Heiße Sonne der Verführung

AMY J. FETZER

Heiße Sonne der Verführung

Deutsch von Claudia Ostwig

Weltbild

Originaltitel: *Lion Heart*
Originalverlag: Kensington Publishing Corp., New York

Die Autorin

Amy J. Fetzer lebt in Beaufort, South Carolina. Sie ist mit ihren Romanen in den USA sehr erfolgreich. Mehr Informationen zur Autorin finden Sie im Internet auf ihrer englischsprachigen Website www.amyjfetzer.com.

Weltbild Taschenbuch

Dieser Roman ist der echten Aurora gewidmet,
Aurora Vasquez Laster,
Staff Sergeant, USMC.

Du bist der Inbegriff einer wahren Heldin: weibliche Anmut und Würde, Stärke und ein gütiges Herz, das seinesgleichen sucht. Ich danke dir dafür, dass du dir jede Freude und jeden Kummer und diese winzige Idee zu einer Geschichte angehört hast, die durch meinen Kopf schwirrte, und am meisten danke ich dir dafür, mi amiga, dass du meine Arbeit durch du weißt schon wen unterstützt hast.

Mein ganz besonderer Dank gilt
Jodi Greenfelder

Das Klingeln des Telefons und ein mit gestresster Stimme hervorgebrachtes »Sag mir, ob das so richtig klingt?«, werden dich bis in dein nächstes Leben hinein verfolgen. Ohne dich, meine Freundin, hätte ich dieses Buch niemals zu Ende schreiben können.

1

Osmanisches Reich
1756

Schwert und Mann waren eins.

Der Toledostahl, verbunden mit Erfahrung, beherrschte die Situation.

Nicht eine Parade verfehlte ihr Ziel.

Nicht ein Stoß war überschätzt.

Exekution und Vollendung im Reich der Stille.

Die gehärtete Schneide seiner Waffe fuhr dem Angreifer in das nachgebende Fleisch, fügte ihm eine tiefe Wunde von der Schulter bis zum Brustkorb zu, legte Knochen und das schlagende Herz frei.

Blut strömte heraus und durchtränkte die Kleidung des Mannes; durch seinen gequälten Schrei wurde Ransom von Mitleid ergriffen und beschleunigte seinen Tod. Die Palastwache brach auf dem Boden zusammen, während Ran weitermachte und auch noch den letzten Wachposten mit einem lautlosen Schnitt in die Kehle tötete.

Die Alarmglocken ertönten, jäh und ohrenbetäubend. Verdammter Mist. Er hatte gehofft, das Ganze heimlich erledigen zu können. Sein Vorteil war nun dahin.

Es hallte vom nassen Steinfußboden wider, als er rief: »Domingo! Schafft gefälligst Eure verdammten spanischen Knochen hier herunter und helft mir!« Er vernahm das Stapfen von Stiefelabsätzen. Auf der Suche nach seiner gefangenen Mannschaft schoss sein raubtierhafter Blick blitzschnell in jede einzelne der finsteren Zellen. »Watkins! Ducks! Dahrein!«

»Hier, Capt'n.« Dreimal ertönte diese Antwort von unterschiedlichen Stellen herüber, als Schritte die schnelle Ankunft weiterer Wachposten verrieten.

Verdammt.

Hinter ihm erreichte Domingo Avilar, gefolgt von drei Crewmitgliedern, das untere Ende der gewundenen Treppe; es blieb ihnen nichts anderes übrig, als sich bedachtsam einen Weg durch die Trümmer zu bahnen. Der Captain schlug so lange mit seiner Schulter gegen die hölzerne Tür, bis die alte Angel nachgab. Mit dem Schwert seines Großvaters brach er ungeduldig das Schloss einer weiteren Tür auf. Die Männer stolperten in die dunkle Halle und schirmten ihre Augen vor dem flackernden Licht der Fackeln ab. Die Kräftigeren halfen den Schwachen – Ransom nahm Kenntnis von jeder einzelnen Verwundung und schwor Vergeltung.

»Schnell, Leute. Wir bekommen Gesellschaft«, befahl Ransom. Gerade in dem Moment, als er einem der Männer den Dolch eines Toten zuwarf, kam ein weiterer Trupp Wachen aus einem der Gängelabyrinthe um die Ecke gestürmt.

Beim Anblick der dunklen Erscheinung, die mitten im Schlachtfeld stand, erstarrten die turbantragenden Männer einen Moment lang in ihren Bewegungen.

Und in diesem winzigen Augenblick der Stille konnte Ran eine einsame Stimme hören.

Sie klang weiblich und traurig.

Er spitzte die Ohren, um dem dumpfen Laut besser lauschen zu können. Sein Blick verschärfte sich in Richtung der hölzernen Tür am Ende des Ganges, der einzigen, die durch Mauerwerk rundherum abgedichtet war. Ein Grab.

Zum Teufel noch mal.

Rans Augen schnellten zu den Wachen, dann zu der Tür, und seine Leute erkannten die Entschlossenheit, die in seinem gefährlichen Blick geschrieben stand. Schon stand er vor der Gruft, sein blutiges Schwert erhoben, um ein Eingreifen jederzeit abwehren zu können. Seine Leute verschafften ihm zu seiner Rechten Deckung. Die Wachen begehrten auf. Zwei von ihnen flohen, ein paar ließen ihre Waffen fallen und erhoben schützend ihre Hände. Einige schwangen ihre Schwerter und versuchten, Ransom am Öffnen der Tür zu hindern. In dem Moment, als seine Hand das Schloss berührte, griff eine der Wachen an und stieß seinen Körper gegen die Tür. Ransom fluchte, steckte sein Schwert in die Scheide und vergeudete sein letztes Pulver, indem er schoss, um die Ketten und das Schloss zu sprengen; dann riss er die Ringe aus der Verankerung.

Weißer Rauch, Schreie und der Klang von Metall und Tod lagen in der schweren Luft. Er bückte sich und schob seine breite Hand in den länglichen Schlitz am unteren Ende der Tür, während er mit der anderen Hand das zerbrochene Schloss umspannte. Dann zog er. Ein feiner weißer Puder legte sich auf sein dunkles Haar. Hinter sich vernahm er laute türkische Proteste.

»Dahrein!«, keuchte Ran, während er mit all seiner Kraft Holz und Steine löste. »Was sagen sie?«

»Ihr Reden ergibt keinen Sinn, *sahib*«, antwortete der Inder, während er mit einem Dolch in der einen und einem Krummschwert in der anderen Hand die Wachen bedrohte und so seinem Captain Rückendeckung gab.

Ran zwängte sich durch den aufgebrochenen Spalt. »Klär mich auf, Dahrein. Sofort!« Die plötzlich gellenden Schreie bedurften jedoch keiner Übersetzung. Soldaten stürmten nach vorn und versuchten Ran einzumauern. Seine Männer schlugen zurück, so gut sie konnten.

Vor Ran befand sich eine weitere Tür aus dickem Holz, die erst kürzlich, was er am noch trocknenden Mörtel erkannte, versiegelt sein musste.

Bei allem, was ihm heilig war, wusste er, dass man niemals vorgehabt hatte, sie je wieder herauszulassen. Da es keine Möglichkeit gab, ihr Essen oder Wasser zukommen zu lassen, war Ran klar, diese Frau war zu einem langsamen Tod verurteilt worden. Warum in Gottes Namen sollte der Sultan dies einer Frau antun? Frauen zählten für ihn lediglich zum schwächeren Geschlecht, das nur zu Diensten des Mannes existierte.

»Sie sagen, dass eine böse Ungläubige dort dahinter liegt. Eine überaus mächtige, *sahib*«, brüllte Dahrein ihm hastig zu. Er machte einen Satz nach vorn, um den Angriff eines türkischen Soldaten abzuwehren. »Sie dringen heftig darauf, *sahib*«, sagte der Junge über seine Schulter, »dass Ihr sie nicht befreit.«

»Verdammter Unsinn«, spottete Ran, während er eine brennende Fackel ergriff und damit eine weitere anzündete.

Domingo rückte vor, schlug sich mit dem Degen einen Weg zu Dahrein frei. Sie kämpften weiter gegen die Burgwachen, während Ransom das verfaulte Portal aufbrach. Üble Verwünschungen schallten durch das Verlies, als er auf eine dritte Schutzwand stieß.

Er war kurz davor, aufzugeben, wollte weder Geduld noch Männer weiter vergeuden, da hörte er, dieses Mal deutlicher, erneut die Stimme.

»Bitte, Sir.«

Irgendetwas in Rans Brust rührte sich, versetzte ihm einen Stich. Es ist doch eine Frau, dachte er und schaute suchend durch das kleine, vergitterte Fenster der Zellentür. Drinnen war es pechschwarz, die Fackel einige Fuß hinter ihm gab nicht genug Licht, aber der Klang rasselnder Ketten ließ ihn plötzlich vor Wut kochen. Er ertastete ein verrostetes Schloss. Dann spannte er seine Muskeln an und warf sich ein Mal, ein zweites Mal gegen die Tür. Krachend gab sie nach. Er hörte etwas auf den Boden fallen, kümmerte sich aber nicht weiter darum.

»Verdammter Mist?«, zischte er, als er auf dem nassen Steinboden der Gruft ausrutschte.

»Das ist aber keine besonders nette Begrüßung«, erklang eine Stimme mit sehr schottischem Akzent.

Durch ein Blinzeln zwang er seine Augen, sich an die Dunkelheit anzupassen, um etwas mehr erkennen zu können.

Sie war an die Wand gekreuzigt worden, mit Ketten an Handgelenken und Füßen, die zu weit gespreizt waren, als dass sie irgendwie ihr Gleichgewicht hätte halten können. Sie schien in der Luft zu schweben, doch er wusste, dass ihr Rücken flach gegen den Stein liegen musste. Und Ran – ein Mann, der den Anblick von Frauen genoss und sie bewunderte, vor allem bestimmte Körperteile – nahm wahr, dass sie unter ihrem fleckigen, zerrissenen Totenhemd nackt war. Welches Verbrechen hatte dieses Wesen nur begangen, um eine solch üble Behandlung verdient zu haben? Machte sie vielleicht gemeinsame Sache mit dem Schwarzen Spion?

»Haben wir die Zeit, uns vorzustellen, Sir?«

Diese beiläufige Bemerkung hielt ihn davon ab, sie weiter anzustarren. Stattdessen schaute er sich nach einem Schlüssel für die Fesseln um.

»Es gibt keinen. Meine Freiheit ist niemals ein Thema gewesen«, informierte sie ihn und klang dabei nicht im Entferntesten entmutigt.

Er schritt zu ihr hinüber und untersuchte die einfachen Verbindungsstifte ihrer Fesseln. Ihn durchlief ein unbehagliches Gefühl. Heilige Maria, konnte diese Frau seine Gedanken lesen? Plötzlich hörte er das Klirren von Metall. Ihre Hand war wie durch Magie frei. Sie berührte seine Schulter, und Ran zuckte jäh zurück. Sofort verfluchte er seine kindische Reaktion. Er starrte sie an.

»Wie es scheint, bedürft Ihr meiner Hilfe gar nicht.« Schemenhaft konnte er die Wölbung ihrer Lippen erkennen. »Warum seid Ihr nicht allein geflohen?«

Ihre kobaltblauen Augen erforschten ihn, wirkten wie eine kühle Brise auf seiner Haut. »Ich bin mir meiner Stärken bewusst, Sir, aber auch jeder einzelnen meiner Schwächen.« Ihre raue Stimme liebkoste seine Sinne. »Ich hätte wohl kaum diese Tür dort bewältigen können, oder?« Sie zuckte mit ihrer nackten Schulter, und das hauchdünne Gewand rutschte tiefer, sodass er das tiefe Tal zwischen ihren Brüsten erkennen konnte. »Es hat doch gereicht, ganz einfach Geduld zu haben, bis Ihr zu mir kamt.«

Bis Ihr zu mir kamt.

Er schwieg und machte ein finsteres Gesicht. Sie redete, als hätte sie ihn erwartet, obwohl er wusste, dass niemand seine Pläne kannte. Diesen Gedanken sofort wieder verwerfend bückte er sich und brach schnell die Fessel an ihrem Fuß auf. »Ihr wart Euch also sicher, dass Hilfe und nicht der Vollstrecker eintreffen würde?«

»O ja«, sagte sie, und er fragte sich, ob er sich das Lachen in ihrer Stimme nur einbildete.

Ein Dutzend Fragen schwirrten durch seinen Kopf; es gab jedoch keine Zeit, um Antworten zu bitten. Ran nannte sich selbst einen Dummkopf, dass er sich überhaupt erst in die Nähe des jungen Mädchens begeben hatte. Die Tatsache, dass sie sich weder vor Erschöpfung und Angst zusammenkauerte noch Erleichterung zeigte, war etwas, das er nicht so schnell verarbeiten konnte.

Mit ihren kleinen Zehen Halt suchend, stellte sie einen Fuß auf seinen angewinkelten Oberschenkel. Ran umfasste instinktiv ihre Taille, als er das andere Fußgelenk befreite. Er ließ seine Finger spielen, massierte ihre geschundene Haut. Sein Blut rauschte. Warum stank sie nicht, wie ihr Gefängnis es tat? Angesichts der Trockenheit des Mörtels musste sie schätzungsweise mindestens vier Tage hier gewesen sein, dachte er. Er richtete sich auf und ließ sie herunter. Ihre Beine sackten zusammen, sie fiel gegen ihn. Halt suchend griff sie nach seinen Armen. Warme, weiche Hügel pressten sich an seinen Körper.

Er wünschte, ihr Gesicht sehen zu können.

Das Geklapper von Schwertern und die Explosion von Geschützfeuer erstickten seine Wünsche im Keim. Ohne einen Moment zu zögern, warf er sie über seine Schulter, ihr blieb die Luft weg.

»Entschuldigt vielmals, Sir, aber das ist eine äußerst würdelose Befreiung!«, keuchte sie.

»Ich könnte Euch einige andere Befreiungsmöglichkeiten zeigen, die mir eine ganze Menge mehr Vergnügen bereiten, das garantiere ich Euch!« Seine breite Hand lag auf der Rückseite ihrer Oberschenkel. Einen Herzschlag lang herrschte Stille, dann sagte sie: »Jetzt fangt Ihr aber an zu prahlen, was?«

Ran lachte leise in sich hinein. Er mochte die Art und Weise, wie ihre Stimme sich herausfordernd am Ende eines Satzes hob, er konnte fast spüren, wie sie hinter seinem Rücken lächelte.

»Hütet Eure Zunge, Mädchen.« Seine Fingerspitzen streiften höher und neckten die empfindliche Rundung ihres Gesäßes, während er auf die Tür zusteuerte. »Ich kann Euch noch immer zurücklassen.«

»Ach wo, nachdem Ihr all diese Türen aufgebrochen habt?«, entgegnete sie und griff nach seinem Ledergürtel, um ihr Gleichgewicht zu halten. »Das wäre eine ganz schöne Vergeudung.« Sie zerrte heftig an dem Leder. »Stopp!« Er gehorchte. »Ich darf meinen Beutel nicht zurücklassen!«

Ran verfluchte im Stillen die Frauen und ihre Gier, was unnötigen Zierrat anging. Trotzdem bückte er sich, damit sie die lederne Tasche aufheben konnte.

»Meinen Dank. Zum Glück wollten sie weder etwas von mir noch von meinen Sachen.« Ihr kaum hörbares Lachen verriet heimliche Befriedigung, als er sie aus ihrem Gefängnis trug. »Wartet!«

»Keinen Moment länger, wenn wir weiter zögern, werden wir uns zu Gast an diesem Ort wiederfinden.« Die Tatsache, dass seine Männer gezwungen waren, ihre Pistolen zu benutzen, machte eine Flucht immer unwahrscheinlicher.

»Aber Ihr habt einen Stein verloren.« Er hielt an und blickte finster auf ihr rundliches Hinterteil. »Aus Eurem Schwertheft, einen roten Stein. Er befindet sich dicht neben Eurem linken Fuß!« Im schwachen Licht der Fackel bückte Ran sich und tastete den Boden ab. Er kam sich wie ein Idiot vor, ihr zu glauben, bis seine Finger den polierten Edelstein fühlen konnten. Ran ließ den Edelstein in seine Tasche fallen, während er ohne ein Wort des Dankes weiterhastete.

»Ihr müsst Shokai retten.«

»Wer soll das sein?«

»Mein Beschützer natürlich.«

»Natürlich«, äffte Ran sie nach, seinen Blick auf den Kampfplatz hinter der zerbrochenen Tür gerichtet. »Entlohnt ihn nur ordentlich für seine Dienste, Mädchen. Er hat gute Arbeit für Euch geleistet.«

»Oh, lasst Euch nicht durch den äußeren Schein trügen, Sir«, entgegnete sie mit geheimnisvoller Stimme. Irgendetwas verhedderte sich zwischen Rans Beinen, und ihr Schmerzensschrei kam gleichzeitig mit seinem wenig anmutigen Stolpern. »Lasst meine Haare los!«

Freches Frauenzimmer, dachte er, als sie den seidigen Strang über seine Schulter nach oben warf und sein Gesicht traf. »Hört auf mit Eurem Gequatsche, oder ich werde dieses Gewirr hier abschneiden.« Er schob den schweren Zopf aus seinem Blickfeld und drängte weiter.

»Nein, das werdet Ihr nicht.« Ihre Gewissheit ärgerte ihn. »Und nun holt Shokai«, befahl sie mit hoheitsvoller Stimme. Er ignorierte sie einfach, gelangte in den nächsten Gang. Seine festen Schritte beschleunigten ihren Atem. Sie wand sich heftig. »Helft ihm!«

Er versetzte ihrem Hintern einen Klaps, was ihre Rebellion für den Moment wirksam erstickte. »Ihr befindet Euch in keiner Position, Befehle erteilen zu können, junge Frau!« Jäh zog er sein Entermesser aus der Scheide. Er war seinen Männern dankbar dafür, dass es ihnen gelungen war, zumindest den Raum jenseits der Zelle der Frau zurückzuerobern.

»Ihr erteilt mir eine Abfuhr?«, fuhr sie ihn an und drehte sich herum, um Ran anzuschauen. »Das tut Ihr wohl wirklich, was?« Ran antwortete nicht. »Das ist überhaupt nicht gut. Ihr seid ein unbarmherziger Kerl, und ich habe das nicht erkannt. Da bin ich dann ja wohl selber schuld.« Sie plapperte weiter, obwohl ihr niemand zuhörte. In dem Moment, als er um das Steinportal herumbog, wurde der Kampf heftiger. Ihm war klar, dass sie das Mädchen töten würden.

»Baynes! Watkins! Dahrein! Gebt mir Deckung!« Sein harter Blick traf mit Domingos zusammen, sein Erster Maat nickte.

Der Weg war frei. Jetzt musste er ihn nur noch irgendwie bewältigen.

»Jawohl, Watkins, du kümmerst dich darum, und Dahrein, du gehst dorthin!« Sie fuchtelte mit ihren Armen herum und wand sich. Er stöhnte und schlug ihre Arme zurück. Die Spitze seines Schwertes schlug so abrupt auf den Boden, dass es Funken sprühte und er beinahe seinen Halt verloren hätte. Die Frau gehört in eine Verwahranstalt, beschloss er. Plötzlich stand eine Palastwache vor ihm, die Domingo scheinbar rücksichtsvoll für ihn verwahrt hatte. Mit einem gezielten Hieb schlug Ran den Mann nieder. Als ob er diese Übung brauchte. Und das alles nur für eine Frau, die dumm genug war, sich in der Gruft des Sultanspalastes einsperren zu lassen. Schon jetzt bedeutete sie nichts als Ärger und Unheil. Ran wusste, dass sein Leben keinen Pfifferling mehr wert sein würde, wenn er sich dieses wohlproportionierten vorlauten Weibes nicht bald entledigen würde. Sie trat und wand sich, rief nach ihrem Beschützer und bestand darauf, dass man für ihn umkehrte. Verdammt unwahrscheinlich. Inzwischen war die gesamte Festung in Gefechtsbereitschaft versetzt worden und das Gewirr von Gängen machte die Sache nicht einfacher. Zu viele Menschenleben waren in dieser Nacht schon vergeudet worden. Sein eigenes würde nicht darunter sein. Ran beschleunigte seinen Schritt und hielt sein Schwert in Kampfposition, um sich einer weiteren Palastwache entgegenzustellen. Er dachte darüber nach, was für eine seltsame Ritterlichkeit bloß in ihn gefahren war, dieser sich beharrlich wehrenden Frau zu helfen.

»Hört auf, sonst werdet Ihr uns noch alle umbringen!« Er verstärkte seinen Griff auf ihrem Oberschenkel.

Sie erreichten die Stufen der gewundenen Treppe, ihr beharrliches Zappeln brachte ihn jedoch aus dem Gleichgewicht. Abrupt stellte er sie auf ihre Füße, bereit, seinen Zorn abzufeuern. Sie strauchelte, warf ihren Zopf über ihre Schulter und starrte zornig zu ihm hoch.

Zum ersten Mal schaute er ihr jetzt ins Gesicht. Noch niemals zuvor hatte Ransom Montegomery eine so feurige Schönheit gesehen. Pechschwarzes, mit kastenanienbraunen Strähnen durchwirktes Haar locker zu einem Zopf zusammengeflochten, ihr markantes Gesicht war gerötet vor Zorn. Die blauen, vor Enttäuschung verengten Augen fixierten ihn. Ran fühlte sich, als hätte seine letzte Stunde geschlagen. Sie zeigte ihm die kalte Schulter, gab ihm das Gefühl, versagt zu haben. Dann nahm sie ihren Beutel, wirbelte herum und machte sich zurück auf den Weg zum Verlies.

Ihre Bewegungen waren anmutig, ihre Figur zeichnete sich unter dem dünnen Totenhemd ab. Ein Weib zum Anbeißen, dachte er, während er ihren Anblick in sich aufsaugte und dabei ganz die Gefahr vergaß, in die ihr kleiner Spaziergang sie bringen würde. Mit gezogenem Schwert machte Ran einen Schritt.

Ganz plötzlich krochen verwundete Barbaresken-Piraten und Palastwachen zur Seite, kauerten sich auf ihre Knie und bedeckten ihre Gesichter, während sie ruhig durch ihre Mitte schritt.

»Schaut Euch das an, Sir!«, rief einer seiner Männer aus. »Sie haben fürchterliche Angst vor ihr!«

»Was sagt Ihr dazu, Ran?«, fragte Avilar ruhig.

»Ich denke nicht übermäßig viel über die Handlungen der Frauen nach.«

Tatsächlich zitterten die Männer, die gedrillt waren, ihr Leben für ihren Herrn zu geben, wie verängstigte Kinder, während sie sich hin und her wiegten und beteten.

Rans Gewissen hieß ihn, schnell hinterherzulaufen, wenn sich auch keine Menschenseele rührte, als das Mädchen lautlos in den dunklen Gang glitt. Er stand wie im Erdboden verwurzelt da, die schwarzen Augenbrauen eng zusammengezogen, während er argwöhnisch um sich schaute. Die knisternde Stille wurde immer unheimlicher. Er nahm nichts wahr außer dem schweren Atmen und schmerzvollen Stöhnen der Männer und – unbestritten – Angst. Dann blieb sie plötzlich stehen und wandte sich um. Wie eine Statue sah sie aus – kaum auszumachen in der Dunkelheit. Ran hielt seinen Atem an, denn er wusste nicht, womit er zu rechnen hatte. Langsam hob sie ihren Arm. Ran hörte das Klimpern heruntergefallenen Metalls und das Kratzen von Holz auf Stein. Sein finsterer, misstrauischer Blick verstärkte sich, schnellte dann zu den feigen, auf dem Boden kauernden Türken hinüber, bevor er sich wieder dem finsteren Gang zuwandte.

Geräuschlos tauchte ein kleiner, dünner, grauhaariger Mann aus der Dunkelheit auf. Ran taumelte, sein Schwert in Bereitschaft.

»Tut ihm nichts«, flüsterte sie, ihren Arm noch immer erhoben, mit rauer Stimme. Dann sagte sie ein wenig lauter: »Er ist gekommen, Shokai.«

Ran näherte sich langsam den beiden. Ihre mandelförmigen Augen schnellten zu ihm hinüber, taxierten und beurteilten ihn mit einem Blick. *»Hai,* Kaiserin. Das sehe ich.«

»Kaiserin?«

»Das ist nichts weiter als ein Kosename«, flüsterte sie nun wieder, und Ran verspürte dieses berauschende Gefühl, als hätte ihre Stimme die Macht einer Berührung. »Es wäre wohl das Beste, Shokai, wenn du mir dieses Mal folgen würdest, nicht wahr?«

»Hai.« Er verneigte sich tief, und der dreizackige Kamm, der seinen Dutt festhielt, glitzerte im Licht der Fackel.

Ran rollte seine Augen gen Himmel. Beim großen Neptun! Dies also war ihr Beschützer! Dieses schrumpelige Etwas von einem Mann! In der Erwartung, sich erneut seinen Weg aus dem Gang heraus freikämpfen zu müssen, drehte er sich um. Die Wachen machten jedoch keine Anstalten anzugreifen, sondern drückten sich ohne Rücksicht auf ihre Verletzungen noch näher an die feuchten Steinwände heran, während sie an ihnen vorbeiglitten. Ihr Gang war gemächlich, raubte ihm auch noch sein letztes bisschen Geduld. Was für eine Frau war sie nur, dass sie so sorglos unter bewaffneten Piraten umherlaufen konnte?

»Wer zum Teufel seid Ihr?«, fragte er mit wachsender Wut. Als trüge sie das Stundenglas des Universums in ihren Händen, hielt sie inne und drehte sich ein wenig. Diese Bewegung verursachte, dass die durchsichtige Gaze ihres Hemdes sich eng an ihren Körper schmiegte. Er konnte die dunklen Spitzen ihrer rundlichen Brüste und die sinnliche Wölbung ihrer Hüfte erkennen. Als sie ihren Kopf neigte, verzog sich ihr Mund zu einem verführerisch weiblichen Lächeln. Es verschlug ihm den Atem. Da lag etwas unglaublich Geheimnisvolles und Mächtiges in diesem wunderschönen Geschöpf.

»Ich heiße Aurora Lassiter, mein Retter.« Sie senkte, ganz kurz nur, ihre Lider. Dann schaute sie ihm in die Augen. »Und sie fürchten nur das«, mit ihrer wie gemeißelten Hand machte sie eine Bewegung in Richtung der zusammengekauerten Wachen, »was sie nicht verstehen können.«

Ein halbes Dutzend Schritte brachten ihn zu ihr hinüber. Ungerührt durch seine unterdrückte Wut schaute sie ihn immer noch an.

»Und was, junge Frau, ist das?«

Der alte Mann bewegte sich lautlos hinter ihnen.

Sie zuckte mit den Schultern. »Dass ich wusste, dass Ihr mich nicht hier drinnen würdet sterben lassen.«

Ran seufzte ungläubig. »Offensichtlich keine sehr genaue Vorhersage, denn noch sind wir nicht frei«, entgegnete er, packte sie ohne Rücksicht auf ihren Protest und klemmte sie sich unter den Arm. »Und wenn Ihr weiterhin meine ritterlichen Befreiungsversuche behindert«, warnte er sie und lief los mit schnellem und erbarmungslosem Schritt, »werde ich Euch Ali Pasha als Geschenk überreichen.«

Ihren kostbaren Beutel an sich gedrückt, schimpfte sie: »Eure Mutter scheint Euch als Kind nicht genug verhauen zu haben!«

2

Aurora Lassiter war ein Geheimnis, das Ransom Montegomery nicht zu ergründen wünschte. Sie hatte ihn schon genug von seiner kostbaren Zeit gekostet, die er so dringend benötigte, um den Rest seiner Crew zu finden. Nachdem sie während eines Gefechtes mit Salé-Piraten gefangen genommen und zu Sklaven gemacht worden waren, waren sie wie Reis im Meer über das ganze Osmanische Reich verstreut worden. Es würde Wochen, vielleicht sogar Monate dauern, sie alle zu finden. Und nun konnten sie den Überraschungseffekt nicht länger zu ihrem Vorteil nutzen. Rans Feinde würden jetzt vorbereitet sein. Wenn der Sultan erst entdeckte, dass er seine Gefangene befreit hatte, so würde der hinterlistige Bastard ihre Rückgabe fordern.

Oder Ransoms Kopf.

Verflucht und zugenäht, er hätte in dieser Nacht allein bleiben sollen!

Ihr Beutel schlug im Gleichtakt mit seinen Schritten gegen die Rückseite seiner Waden. Ran wusste, dass es ihr sehr unangenehm sein musste, so entwürdigend behandelt zu werden.

»Glaubt Ihr vielleicht, ich könnte nicht aus eigener Kraft laufen?«, brachte sie mit keuchender Stimme hervor.

Ran bemerkte, dass ihr Akzent stärker wurde, wenn sie verärgert war.

»Ihr wiegt nichts, und Eure Schwäche würde uns nur Zeit kosten«, erwiderte er und warf sie dann herzlos wie einen Sack Getreide auf seine Schulter. Er hörte, wie ihr der Atem stockte. Sie krallte sich an seinem Hemd fest und murmelte irgendetwas über seinen Mangel an Mitgefühl für diejenigen, die ein »kleines bisschen« kleiner waren als er. Ihrer unanständigen Position zum Trotz arbeiteten ihre Hände sich seinen Rücken hinauf, wodurch sie sich aufrecht drücken konnte.

»Es ist ganz schön gefährlich, so weit vom Boden entfernt zu sein«, bemerkte sie zynisch.

Ran schaute auf, und ein widerwilliges Lächeln breitete sich über sein Gesicht. Ihre Augen abschirmend, als ob das Licht der Fackeln zu hell wäre, ließ sie ihren Blick über die Umgebung wandern, wie eine Krähe von ihrer Stange oben auf dem Besanmast. Eine Verwahranstalt, dachte er, wäre wirklich der einzig richtige Aufenthaltsort für dieses Mädchen.

Sie schaute zu ihm herunter. Ihr energiegeladenes Lächeln brachte Ran dazu, seine Schritte zu verlangsamen. Sein Blick schnellte zu den rundlichen Brüsten, die sich in seiner Augenhöhe befanden, und plötzlich reizte es ihn, diese Pracht unter seinen Handflächen zu spüren. Als er seinen Griff lockerte, sodass sie tief genug hinunterglitt, um ihm in die Augen schauen zu können, vermittelte der köstliche Druck ihres Körpers Ran einen Eindruck ihrer üppigen Figur. Geformt wie die Sanduhr eines Schiffes war sie verschwenderisch reif und voll, und zwar an genau den Stellen, an denen die meisten Frauen von ihrer kleinen Statur nichts als Knochen waren. Und unter dem Totenhemd war sie tatsächlich splitternackt.

»Ihr habt Eure Männer hinter Euch gelassen, Sir«, teilte sie ihm mit und schlang ihre Arme um seinen Nacken, als ob sie alles andere, nur keine Fremden wären. Sein Blick fiel kurz auf das Amulett, das an einer Schnur um ihren Hals hing.

»Das passiert öfter.« Er blieb stehen. Der Duft von warmen Gewürzen und zerstoßener Minze auf feuchter Haut umhüllte ihn und ließ berauschende Bilder entstehen, die er jedoch keine Zeit hatte zu betrachten. Verdammt. Am besten ist es, sie zu ignorieren, beschloss er. Dann lief er weiter, konzentrierte sich auf seine Schritte. Eine steile Treppe führte hinauf in den nächsten Gang. Wie zur Verspottung seines Entschlusses bemerkte Ran intensiv ihr Starren. Er glaubte zu spüren, dass sie lächelte. Wirf das Mädchen bei der erstbesten Gelegenheit zur Freiheit ab und fahre mit deinen Angelegenheiten fort, dachte er und widerstand dem Versuch, ihr in ihre blauen Augen zu schauen.

Aurora begrüßte das Gefühl, das ihr die starken Arme ihres Retters vermittelten. Trotzdem spürte sie aber auch, dass er fest entschlossen war, sie fortzuschicken. Das wäre nicht gut, dachte sie, als er die Treppe zwei Stufen auf einmal nehmend hinaufstieg. Das war nun einmal so.

In ihren Träumen vor der Sommersonnwende hatte Aurora ihn nämlich gesehen. Nun, eigentlich hauptsächlich seine Augen: dunkel und geheimnisvoll wie der Rest von ihm war. Dieser Mann war zweifelsohne ein erfreulicher Anblick. Er war langgliedrig und muskulös, sein Gesichtsausdruck war grüblerisch, seine Gesichtszüge scharf geschnitten. Sein welliges braunes Haar, das sie an den satten Farbton frisch umgegrabener Erde erinnerte, fiel ihm bis auf die Schultern. Eine flüchtige Regung erhitzte ihren Körper und sie spürte, wie sie zwischen ihren Schenkeln feucht wurde. Es war genau so wie damals, als sie seine Augen im Geiste gesehen hatte, nur noch stärker. Welch herrlichen Körper er doch hat, dachte sie, während ihr Blick über seine gebräunte Haut wanderte. Der Schmerz wurde stärker, breitete sich aus, und sie ergab sich ihm. Sie begann, mit dem schmalen goldenen Ring, der durch sein Ohr gestochen war, zu spielen. Seine dunklen Augen starrten sie jetzt zornig an, und sie erwiderte dies mit einem süßen Lächeln.

Er runzelte die Stirn.

Sie verwirrte den armen Mann. Andererseits verwirrte sie aber beinahe jeden, und gelegentlich, dachte sie, sogar ihren geliebten Shokai. Das war jedoch nichts, worüber sie sich allzu viele Gedanken machte. Es war einfach so.

Es war schon ein kleiner Schock für sie, dass ihre Vision zu einem lebenden Menschen geworden war. In der Vergangenheit waren ihre Visionen nie besonders genau gewesen, ansonsten wäre sie mit der Suche nach ihrem Vater wohl schon weiter gekommen. Aber die wilden, raubtierhaften Augen, die sie in ihrer Vision heimgesucht hatten, gehörten ganz eindeutig zu diesem

Mann. Was hatte es jedoch mit dem herumtänzelnden Löwen mit dem tiefroten Fell auf sich? Die Bedeutung des Tieres aus ihren Träumen hatte sie nicht erkennen können, außer, dass die Seele, die zu ihm gehörte, ihr helfen würde. Dieses Mal war er wegen ihr gekommen, wenn auch seine Weigerung, Shokai zu helfen, eine unerwartete Enttäuschung für sie gewesen war.

Ob sie ihn nach dieser Nacht noch einmal wiedersehen würde oder nicht, das konnte sie nicht voraussagen. Und es war ihr auch egal. Freuden gab es nur sehr wenige für sie, und ob sie nun ihr Herz, ihren Geist oder, wie jetzt, ihr Fleisch betrafen, so genoss sie jede einzelne von ihnen als ein kostbares Geschenk.

»Wenn Ihr mich so tragt, habt Ihr keine Möglichkeit, Euch zu verteidigen«, flüsterte sie plötzlich.

Ran zog eine Augenbraue hoch und schaute dann hinter sich. »Würdet Ihr lieber quer über meiner Schulter liegen?«, forderte er sie heraus. Er hatte das Gefühl, dass das Mädchen seine Gedanken lesen konnte, und dieser Gedanke gefiel ihm überhaupt nicht.

»Ich würde viel lieber diesen elenden Ort hier hinter mir lassen.«

Während er seiner unerwünschten Begleiterin einen flüchtigen Blick zuwarf, dachte er kurz darüber nach, sie dem persönlichen lebenden Inventar des Sultans hinzuzufügen; dann jedoch entschied er mit einem Grinsen, dass es sogar Seiner Königlichen Verderbtheit gegenüber ungerecht wäre, ihn mit solch einem verrückten Weib zu strafen. Außerdem, machte er sich klar, während er sich in eine Nische in der Nähe einer reliefgeschmückten Tür duckte, hatte der Mann ja schließlich vorgehabt, sie zu töten.

Dieser Gedanke trieb eine Welle der Empörung durch Ransoms Körper, die er jedoch sofort wieder unterdrückte. Er konnte momentan keine Einmischung in sein Leben gebrauchen, am allerwenigsten die eines unbesonnenen Weibes mit Brüsten, die schön genug waren, ihn zum Wahnsinn treiben zu können. Die Fragen hörten aber nicht auf, in seinem Kopf herumzugeistern.

Warum hatte man sie zu einem einsamen, qualvollen Tod durch Verhungern verurteilt? Warum keine Exekution, wenn ihr Verbrechen wirklich so niederträchtig gewesen war? Welch ein Vergehen konnte eine so kleine schwache Person schon begangen haben? Nein, das würde keine Rolle spielen, korrigierte er sich. Selbst dem Bewandertsten in den osmanischen Bräuchen konnte es passieren, den Sultan unbeabsichtigt so zu beleidigen, dass er dieses mit einem Arm, einem Auge oder gar mit seinem Leben bezahlen musste.

Ran ließ sie herunter und drückte sie eng an seine Seite. Dann presste er sich flach gegen den kalten Stein und starrte in die Richtung, aus der sie gekommen waren, um sicherzugehen, dass seine Männer ihnen folgten. Diejenigen, die den Schwächeren halfen, waren auf der Hut, ihr alter Mann wirkte wie ein gebückter Geist mitten unter ihnen.

»Beim Gott des Donners, Ihr seid wirklich ein schöner Mann«, murmelte sie. Er schaute auf die Frau mit Namen Aurora hinunter. Mit ihren wunderschönen Augen starrte sie zu ihm empor. Sie reichte ihm gerade einmal bis zu seiner Schulter.

»Das hat auch schon diejenige gesagt, die mich nicht genug verhauen hat.« Dann ging er wieder dazu über, das Vorrücken seiner Männer zu beobachten.

»Hat sie Euch auch einen Namen gegeben?«

»Ja.«

Als er auf ihre Frage nicht weiter einging, stieß sie ihm ihren Ellbogen in die Seite.

Er schaute sie böse an; der Bartwuchs eines Tages und seine zotteligen Haare verfinsterten seine Gesichtszüge.

»Ziert Ihr Euch nur, oder ist es ein Geheimnis?«, fragte sie. Seine Lippen verzogen sich zum Lächeln eines Saboteurs.

»Ransom.«

Ihre blauen Augen taxierten kühn seinen Körper, vom Kopf bis zu den Füßen und wieder zurück, und Ran verspürte die beunruhigende Kombination von Hitze und der klirrenden Kälte des Winters.

»Welch mächtiger Name«, bemerkte sie rau. Sein Blut rauschte. Sein Geschlecht schwoll an. Mit ihren Augen zog sie ihn bis auf die Haut aus. Sein Blick glitt über ihr Gesicht zu der Narbe auf ihrer linken Schläfe, registrierte den seidigen Glanz ihrer blassen Haut, bevor er sich zu den nur spärlich bedeckten Brüsten senkte. Die dunklen Knospen unter der dünnen Gaze zeichneten sich unter dem Stoff ab. Dieser Anblick verlockte zur Berührung. Seine Augen wanderten weiter über ihre in das Totenhemd gehüllte Gestalt, bis hin zu der dunklen Stelle, die er dort ausmachen konnte, wo ihre Schenkel sich trafen. Sein Atem ging schneller, als er seinen Blick langsam zurückgleiten ließ, um in diese herrlich blauen Augen zu schauen. Ihr Blick geriet nicht ein einziges Mal ins Wanken. Die Luft schien berauschend, herb wie roter Wein. Sinnlichkeit haftete ihr an wie ein wohlriechendes Parfüm. Als ihre Zunge über die weiche Fülle ihrer Unterlippe glitt, konnte er kaum noch an sich halten. Bei Gott, wenn jemals eine Jungfer nach Entehrung verlangt hatte – ach, verdammt!

Die Tatsache, dass sie ihm seine Selbstbeherrschung durch nichts weiter als einen Blick nehmen konnte, machte ihn wütend. »Für welches Verbrechen hat der Sultan Euch eingesperrt?«, fragte er plötzlich sanft und zerstörte damit jäh den Zauber zwischen ihnen.

Was für ein verschlossener Mann er doch ist, dachte Aurora, und schrieb das dem männlichen Bedürfnis zu, so gut wie alles beherrschen zu müssen. »Das war nicht er.« Sie schmiegte sich eng an ihn und legte ihren Kopf an seine Schultern. »Die Sultanin hat das getan.«

Dieser Moment war für Rans Geschmack viel zu verführerisch, und er stieß sie zurück. »Erklärt mir das bitte.«

»Ihr werdet auch keine Rache dafür nehmen?«

Er seufzte verärgert. Um Rache nehmen zu wollen, musste sie ihm zuerst einmal etwas bedeuten. »Nein.«

»Sie hat versucht, den kleinen Sohn ihrer Schwester zu vergiften. Die völlig verängstigte Mutter setzte ihr Leben aufs Spiel, um mich ausfindig zu machen. Ich war in der Lage, dem Kind sein Leben zurückzuschenken.«

Rans Blick verschärfte sich, seine schwarzen Augenbrauen zogen sich eng zusammen. Die erbitterte Rivalität zwischen den Frauen des Sultans war allgemein bekannt. Eine jede von ihnen kämpfte darum, seine Ergebenheit zu behalten; mehr als alles andere jedoch schätzte der Prinz männliche Nachkommen, seine Erben. Wenn dieses Mädchen das Leben des Kindes gerettet hatte, so war dies normalerweise kein Akt, der mit Einkerkerung vergolten wurde. Ran hatte Probleme damit, das, was sie sagte, zu glauben.

»*Und wie habt Ihr dieses … Kunststück bewerkstelligt?*«

Aurora schien seine unausgesprochene Frage erahnt zu haben.

»Es war lediglich ein Abführmittel nötig, um den Säugling von dem Gift zu befreien. Die erste *kadine* des Sultans wollte nicht glauben, dass ich als Ungläubige diese Kenntnis besitze.« Sie lächelte. »Die Geburt des Säuglings ihrer Schwester bedeutet für sie eine Verzögerung in der Thronfolge.« Scheinbar noch immer entsetzt über das, was sie hatte mit ansehen müssen, schloss Aurora kurz ihre Augen. »Der Zorn des Sultans, als er uns gegenüberstand, war ein Anblick, den man nicht so schnell wieder vergisst; die *kadine* wusste, dass ihr Leben auf dem Spiel stand und behauptete daher beharrlich, dass sie keine solch mörderische Tat begangen habe und dass *meine* Anwesenheit im Königreich ihres Prinzen die Schuld daran trüge.« Sie hob ihren Kopf, und jedes ihrer Worte triefte nur so vor Sarkasmus. »Ich soll angeblich ihren Geist verwirrt haben, wisst Ihr? Soll sie dazugebracht haben, dem Säugling dieses widerliche Gebräu die Kehle hinunterzuschütten, und zwar so lange, bis das bemitleidenswerte Ding Blut und Galle erbrach.« Sie stieß ihren Atem aus und ließ sich in seine männliche, sie umgebende Stärke hineinsinken. »Ich konnte sagen, was ich wollte, es spielte überhaupt keine Rolle. Der Sultan glaubte, dass ich ganz gewiss noch böser sein müsste, als selbst Mohammed es in seinen Träumen für möglich gehalten hätte, wenn ich, eine gewöhnliche Frau, ohne Zuhilfenahme einer Waffe Leben nehmen und geben konnte.«

Ran vernahm den Schmerz in ihrer Stimme und erkannte, dass dieser tiefer ging, als die Geschichte selbst. Sie hob ihren Blick, und er konnte den Glanz unvergossener Tränen erkennen, die sich weigerten, hinunterzulaufen.

»Ich würde niemals ein Leben nehmen, Ransom.« Ihre Stimme war nur noch ein gebrochenes Flüstern. »Eher würde ich selber sterben wollen.« Sie schluckte. »Wisst Ihr?«

Sein Name auf ihren Lippen und der rhythmische Fluss ihrer rauen Stimme schwächten seine Selbstbeherrschung.

»Ich weiß, Mädchen«, versicherte er ihr und drückte sie, wenn er auch nicht wusste, warum er ihr glaubte. Sie entspannte sich ein wenig. Dann legte sie ihre Hand auf seine Brust. Diese zärtliche Geste war verführerisch wie ein feuchter Kuss; sie lockte ihn, und sein Mund pulsierte plötzlich vor Verlangen, ihre Lippen zu spüren, ihre Weichheit, ihren Geschmack. Sein Unterleib spannte sich schmerzvoll. Er neigte seinen Kopf näher zu ihr hin, sein Blick wanderte erneut über ihr Gesicht und ihren Körper, um dann zu diesem unglaublich üppigen Mund zurückzukehren.

Ran spielte kurz mit dem Gedanken, doch vernünftig zu bleiben. Erregung, Lust und der Dunst von Gefahr schwebten in der Luft und führten ihn in Versuchung, sich dennoch das zu nehmen, was diese Katzenaugen versprachen. Sein Mund berührte den ihren, ein kleiner Vorgeschmack, mehr nicht. Plötzlich wurde er grob angerempelt. Beinahe hätte er sie an der Mauer zerdrückt. Wut ließ ihn mit erhobenem Dolch herumwirbeln, als die Nische sich plötzlich mit vertrauten Gesichtern füllte. Gütige Heilige, er hätte getötet werden können während seines Versuches, sie in Besitz zu nehmen!

Er starrte Aurora anklagend an, sie schaute jedoch nicht auf. Das brauchte sie auch nicht, um zu spüren, wie ernst es ihm war. Ihr belügt Euch selbst, Ransom, dachte sie. Ihr habt genauso Einfluss darauf wie ich.

Aurora hatte nicht geahnt, dass es so sein würde, wenn sie sich träfen; sie war sich lediglich sicher gewesen, *dass* sie sich treffen würden. Dieser starrsinnige Riese jedoch, das hatte sie inzwischen schon herausgefunden, hatte keine Ahnung davon, dass Verstand und Herz nur selten im Einklang miteinander standen.

»Dort drüben«, deutete Ran mit seinem Kinn an, wobei sein Flüstern in dem hohlen Gang widerhallte. Er war froh, dass es dunkel genug war, damit die anderen die verräterische Wölbung in seiner Kniehose nicht sehen konnten. Gütige Götter, diese Frau würde selbst einen verdammten Priester in Versuchung führen können.

Seine Männer starrten Aurora eingehend an. Sie wusste, dass ihr Gewand schuld daran war, da es ihren Körper kaum verhüllte. Lüsterne Tiere, dachte sie und manövrierte sich gerade ein klein wenig hinter ihren Retter, als sie auf Shokais Blick traf. Die schmalen Augen des alten Mannes schauten zuerst Ransom und dann Aurora an, bevor er seinen Kopf schüttelte, als wäre das Treiben des Paares so durchsichtig wie ihre Bekleidung.

Ran und Aurora übernahmen die Führung, die Gruppe machte sich auf den Weg zur nächsten Nische. Auf einmal wurde der Klang türkischer Befehle lauter. Sie befanden sich auf gleicher Höhe mit dem Hof, das wusste Ran. In der pechschwarzen Dunkelheit fuhr er tastend mit seiner Handfläche über die reliefgeschmückte Wand.

»Verdammt!«, fauchte er, nachdem er nichts finden konnte. »Ich weiß, dass es irgendwo hier gewesen ist!«

Aurora duckte sich unter seine ausgestreckten Arme, ergriff seine Hand und legte sie auf den gemeißelten Kopf eines steinernen Vogels. Er drückte, und die Wand wich zurück. Ran bedeutete seinen Männern, ihm zu folgen, ergriff Auroras Hand und trat in den Gang, der jetzt vor ihnen lag.

Der Gang war nicht breit genug, dass sie neben ihm gehen konnte, trotzdem ließ Ran ihre Hand nicht los. Sie erschien ihm so klein in seiner Handfläche, so schlank und zart, und doch besaß sie die Kraft und die Schwielen eines harten Lebens. Er fragte sich, wie eine wunderschöne, leicht verrückte Schottin in türkische Länder kam.

Mit kaum mehr als einem Flüstern warnte er sie, nicht zu sprechen, und sie gehorchte ihm, als er lautlosen Schrittes den Tunnel entlangging. Ran bewegte sich nur langsam auf dem unbekannten Boden fort. Er hatte keine Ahnung, ob er seine Männer in eine abgrundtiefe Höhle oder in die Freiheit führte. Als er gedämpfte Stimmen hörte, weibliches Gekicher und Kinderlachen, hielt er stirnrunzelnd in seinem Schritt inne.

»Der Weg des Sultans zu seinen Frauen«, murmelte er bissig.

»Nein, es ist die Promenade derjenigen, die aus seiner Gunst fallen«, flüsterte sie.

In ihren Tod, dachte er. Er musste sich tief hinunterbeugen, um sich an der niedriger werdenden Decke nicht den Kopf zu stoßen.

»Verdammt, der Gang führt nirgendwohin!«

»Ach was, Ihr gebt nur einfach zu schnell auf, Ransom«, schalt Aurora ihn, während sie sich um seinen breiten Körper herumzwängte, damit sie sich vor ihn stellen konnte. Als er gerade zum Sprechen ansetzen wollte, drückte sie in der Dunkelheit ihre Fingerspitzen auf seine Lippen. »Lauscht nur. Hört ihr es denn nicht?«

Er hielt den Atem an.

Ein Säuseln des Windes, ein schwaches Heulen … Er strich mit seiner Hand über die Wand und stieß auf einen vorstehenden Stein. Dann ertastete er einen Riegel und zog daran. Ran betete, dass der Boden nicht unter seinen Füßen verschwinden würde; er schreckte zurück, als sich plötzlich Mondlicht über ihm befand. Ran sprang in die silbrig schimmernde Dunkelheit, seine Füße traten auf festen Sand. Als er sich umdrehte, um Aurora zu helfen, fand er sie schon an seiner Seite. Er ergriff ihre Hand.

Das Geklapper von Hufen auf Stein durchbrach die Luft wie zersplitterndes Glas, Ransom rannte los. Seine langen kraftvollen Beine trieben ihn in das enge Labyrinth der Stadt. In dem Moment sah er, wie bewaffnete Soldaten hoch auf den schnellsten Hengsten sitzend aus den Palasttoren stürmten. Als die Wachen sich trennten und die Verfolgung aufnahmen, stoben Shokai und Rans Männer auseinander. Schüsse durchbrachen die Nacht. Ran hob Aurora in seine Arme und stürzte um den leeren Karren eines Hausierers herum, den er dabei beinahe umgeworfen hätte. Seine Männer würden auf das Meer zusteuern, zu seinem Schiff hin.

Im Vorbeilaufen schnappte Ran sich einen *tcharchaf* von einer Wäscheleine und warf Aurora den Stoff über. Durch dessen dunklen Farbton wurde sie zu einer Einheit mit der Nacht. Er zog sie auf den Boden herunter und rollte sie unter den Karren.

»Bei Fionns Feen, Ihr zerquetscht mich ja!«

Ran drückte ihr seine Hand auf den Mund.

Staub wurde aufgewirbelt, und Kieselsteine spritzten umher, als Hufe an ihrem Versteck vorbeidonnerten; Ran machte jedoch keine Anstalten zu fliehen. Er hatte keine Munition für seine Pistole; eine Verteidigung aus dieser Position heraus wäre einem Selbstmord gleichgekommen. Sie murmelte etwas unter seiner Handfläche, und er drückte stärker zu, als Fußsoldaten sie aufforderten, sich zu zeigen. Mit ihren Gewehren zerschlugen sie alles, was ihnen im Weg stand.

Die Schritte der Soldaten wurden leiser, trotzdem aber wartete er noch und hoffte, dass sie aufhören würde, sich zu winden. Während Ran vorsichtig seine Hand von ihrem Mund nahm, warnte sein wütender Blick sie, nicht zu sprechen, bevor sie nicht unter dem Karren hervorgekrochen wären.

Er musste sein Schiff erreichen, bevor der Sultan es in Brand setzen würde.

»Da kommt jemand«, flüsterte sie, wobei sie ihn jäh ins Dunkle zog und den *tcharchaf* über sie beide warf.

Das seelenvolle Gewieher eines Kamels durchdrang die neuerliche Stille.

Irgendwo schrie ein Säugling. »Da ist niemand«, knurrte er leise, verärgert über die Vergeudung kostbarer Zeit.

»Wartet«, beschwor sie ihn beharrlich und zog ihn zurück, wobei sie ihren Körper ganz dicht an den seinen drückte. Rans Arme hielten sie umfasst, und einen Moment lang vergaß er alles, vergaß die Burgwachen, die Gefahr und die Strafe, die ihn erwartete, wenn man ihn gefangen nehmen würde. Er konnte an nichts anderes mehr denken als an Aurora, an ihren Mund, von dem er lediglich gekostet hatte, an das Drängen und die Nachgiebigkeit ihres sinnlichen Körpers. Er zog sie noch näher an sich heran und drückte sie gegen die Wand. Sein Mund fand den ihren unter der schützenden Geborgenheit des Stoffes. Hitze und der Duft von Minze und Gewürzen brachten seine Sinne in Aufruhr. Und ihre Überraschung verlor sich im fieberhaften Verlangen.

Der dumpfe Klang von Stiefelschritten näherte sich ihrem Versteck. Er legte seine Handflächen um die Rundungen ihres Gesäßes, hob sie hoch und brachte sie dazu, ihre Beine um ihn herumzulegen, damit er sich in die Wärme zwischen ihren Schenkeln zwängen konnte. Sein Geschlecht schwoll erneut an und er bebte. Aurora reifte ihm entgegen, erhörte ihn, nahm seine Stärke in sich auf. Sie stöhnte und tauchte ihre Finger in sein Haar, brachte ihn noch näher zu sich heran, hielt ihn fest und raubte ihm seinen Atem. Sein Blut dröhnte, seine Hände schoben sich unter ihr Gewand und taten das, wonach er sich die ganze Zeit über schon gesehnt hatte – ihr weiches, weibliches Fleisch zu berühren. Es war nackt und erregend – und es stellte seine Welt auf den Kopf.

Sie drückte sich an ihn und bettelte um mehr.

In seinem Kopf drehte sich alles; sein Puls ging schneller. Sein Mund öffnete sich weit über den ihren und Aurora nahm den heißen Stoß seiner Zunge entgegen, saugte und kämpfte; und Ransom glaubte auseinanderzureißen vor lauter Verlangen, sie zu besitzen. Hier, jetzt, schnell und unerbittlich.

Ihre Hände glitten über seine Schultern, seine Brust, seinen flachen Bauch, und ein wilder Schauder zog durch ihn hindurch, in ihn hinein. Das Bedürfnis, sich selbst zu erlösen und in ihren Körper einzudringen brachte ihn fast um den Verstand. Die Glut der Leidenschaft trieb ihn mit der Hitzigkeit eines Hengstes voran. Drängend. Stoßend. Er würde kommen – und zwar hier. Allmächtiger Gott, er würde kommen!

Er zuckte zusammen, und das Feuer seines Höhepunktes ließ nach, bevor es ihn wie einen Schuljungen schwächen konnte. Seine Brust hob und senkte sich, um frische Luft in seine Lungen zu ziehen. Ihre Beine glitten an den seinen hinunter, dann berührten ihre Füße den Boden.

»Beim großen Neptun«, stöhnte er; dann schuf er jedoch plötzlich Abstand und Disziplin zwischen ihnen. Er fühlte sich leer und – der Teufel sollte sie holen – schwach. Der *tcharchaf* glitt von seiner Schulter, als sie ihn um sich selbst wickelte, um so den Kontrast zwischen ihrer unzulänglichen Bekleidung und ihrem erregten Körper seinen Blicken zu entziehen. Sie sagte nichts, berührte jedoch mit ihren Fingerspitzen ihre geschwollenen Lippen.

Zähneknirschend wendete Ran sich von dieser fleischlichen Versuchung ab und versuchte, die Gewalt über seinen Körper zurückzugewinnen, während er um die Mauer herumschaute, um die pechschwarze Nacht nach ihren Verfolgern abzusuchen.

Die Freiheit war in greifbarer Nähe.

Als er sich wieder zurückdrehte, war Aurora Lassiter verschwunden.

3

Vor der Küste von Bengasi
Golf von Sidra

Ransom wälzte sich auf dem Laken; sein muskulöser Körper glänzte vor Schweiß.

Aurora.

Als ihr Bild sich vor seinem geistigen Auge einstellte, durchströmte unvermittelt Erregung seinen Körper. Er zog seine Knie an, um die Härte in seiner Leistengegend abzuschwächen. Er nahm die Gerüche seiner Umgebung wahr – duftete es nach Äpfeln? – und versuchte, Traum und Realität voneinander zu trennen. Dann aber rief sie ihn, und er drehte seinen Kopf, um sie sehen zu können. Auf der Kante seines Bettes schwebend, ihre Arme ausgestreckt und ihn auffordernd, sie in Besitz zu nehmen, so nahm er sie deutlich wahr. Er blinzelte, denn er war sich sicher, dass es nicht so war, wie er es sah. Sie trug ihr schwarzes Haar offen, es wehte in einer nicht existenten Brise. Ihre Brüste, sinnlich voll und rund, lockten seine Berührung, seinen Mund, und er griff nach ihr. Der Nebel wurde jäh zerrissen, und ihre Gestalt verschwand im Dunkel, ließ ihn leer und schweißgebadet durch sein Verlangen nach ihr zurück.

Atemlos und verwirrt stützte Ran sich auf einem Ellbogen hoch und suchte mit den Augen die dunkle Kabine ab. Der süße Duft von Äpfeln durchdrang die warme Luft, trotzdem verriet ihm das vertraute Knarren der Seile und der Takelage sowie das Schlagen der Wellen gegen den glatten Rumpf, dass es sich lediglich um einen weiteren Traum gehandelt hatte.

Verdammt noch mal.

Er ließ sich auf den Rücken fallen, schirmte seine Augen mit dem Arm ab und versuchte, alle Gedanken an Aurora zu verjagen. Dieser Versuch ist vergeblich, brachte er sich selbst zu Bewusstsein, während sein Körper noch immer pulsierte. Seit ihrer ersten Begegnung vor drei Wochen ritt sie auf den Wogen seiner Erinnerung, hatte er ständig ihr Lächeln vor Augen, ihren Körper, die vollen Lippen und ihren unschuldigen Kuss. Und ihr Haar – bei Gott, wie sehnte er sich danach, es zu spüren, es zu berühren, seine Finger hindurchgleiten zu lassen. Schwarzer Samt, der wie ein erotischer Schleier über ihre Schultern fiel und so ihre üppigen, weiblichen Hügel nur erahnen ließ.

Sein Körper zuckte vor Verlangen, und er stöhnte. Er quälte sich selbst, wenn er diese Gedanken weiterverfolgte. Aber sie bestimmten seine Tage und verspotteten ihn, wenn er allein war und sich danach sehnte, eine Frau unter sich zu spüren. Bei Gott, dieses Mädchen war dazu geschaffen, geliebt zu werden – nein, angebetet zu werden – durch einen Mann!

Und in den Tiefen seiner Seele staunte er, wie schnell seine Leidenschaft die Kontrolle übernommen hatte, wie er zuerst verärgert über sie und ihr Geplapper gewesen war, sie dann jedoch so heftig begehrt hatte, dass er glaubte zu explodieren. Sie schien ihm zu geben, wonach er sich sehnte, immer und immer wieder, so ungezügelt. Aber er hatte eine Abenteuerlust in ihr gespürt, einen Willen, jede nur mögliche Schwierigkeit auszukosten, die ihr über den Weg lief, und zwar mit der gleichen Intensität wie ihre plötzliche Freiheit.

Er rollte sich auf den Bauch, aber sein männlicher Schmerz veranlasste ihn, sich sofort wieder zurückzudrehen. Verdammt und zugenäht, dachte er, während er mit seiner Faust in das Bettzeug schlug. Es wurmte ihn, dass sie ihm selbst in der Abgeschiedenheit seines Schlafes noch seine Beherrschung rauben konnte. Mit einem Seufzer setzte er sich auf und griff nach seiner Kniehose. Er stieß seine Füße in die Hosenbeine und stellte sich hin, während er an dem Stoff zerrte, um die letzten Knöpfe zu schließen.

Ran verfluchte seine Lust, denn mehr war es nicht. Er machte sich klar, dass er das Mädchen niemals wieder sehen würde und verbannte sie aus seinen Gedanken. Trotz allem, was vorgefallen war, musste er Prioritäten setzen, nämlich seine Crew ausfindig machen und dieses unfruchtbare Land verlassen. Es stand mehr als nur seine Identität auf dem Spiel.

Das Schiff schlingerte, die Segel knallten, füllten sich mit Wind und zogen das mit vierzig Kanonen bestückte Flaggschiff tiefer in den Golf hinein.

Jemand rüttelte an der Tür. Ran zündete die Öllampe neben seinem Bett an, bevor er zum Eintreten aufforderte.

Dahrein trat ein, in der einen Hand eine Blechlaterne, in der anderen ein schmales Tablett; das Aroma arabischen Kaffees stieg Ran in die Nase.

»Habt Ihr einen angenehmen Schlaf gehabt, *sahib*?«

»Nein, überhaupt nicht«, murmelte Ran mehr zu sich selbst und strich sein Haar aus der Stirn. Es brachte nichts, denn als er in sein Hemd schlüpfte, fielen die dunklen Locken in sein Gesicht zurück. Er verfluchte die Frau mit den unglaublich schönen Augen.

»Das tut mir leid, *sahib*«, tröstete der Junge ihn und schlurfte durch die große Kabine, um das Tablett auf Rans Schreibtisch abzustellen. »Vielleicht trinkt Ihr ja zu viel davon?« Dahrein reichte Ran eine zerbrechliche Tasse mit Kaffee und verneigte sich.

Ran ließ seinen Blick über den Jungen gleiten, dessen Magerkeit trotz der vielen Stoffe, die er um seinen Körper gewickelt hatte, noch gut zu erkennen war. Auch nach zwei Jahren an Bord seines Schiffes hatte Dahrein erst wenig Muskeln entwickelt.

»Das bezweifle ich, Dahrein«, antwortete er und nahm die Tasse entgegen. Der Duft kardamomgewürzten Kaffees füllte seine Sinne. Er atmete tief ein, während er seine Erinnerungen und seine Lust dorthin verbannte, wo sie hingehörten, in einen Teil seines Kopfes, wo sie kontrolliert und unterdrückt werden konnten.

Ran lehnte sich gegen den Tisch, schlürfte das heiße Gebräu und studierte die Karten, die auf der Tischplatte verteilt herumlagen. Indessen schlich Dahrein in der Kabine umher und schien nach etwas zu suchen. Er sah in die Kommode, unter den Tisch und in die Bank vor den Achterfenstern, bis sein Herumhantieren Rans Geduld auf die Probe stellte.

»Was zum Teufel suchst du da, Junge?«

Der Inder richtete sich auf und errötete. »Die Apfelschalen, Sir.«

Ran verspannte sich. Er fixierte den Jungen, während er mit einem Knall die Tasse absetzte.

»Sie werden die Ratten anlocken.«

Dahrein schaute Ran erwartungsvoll an, aber dieser konnte ihm auch keine Erklärung liefern. Es war doch nichts weiter als ein verdammter Traum gewesen? Ran griff nach seinem Fernglas und steuerte auf die Luke zu.

»*Sahib?*«

»Da sind keine … Äpfel!«, knurrte er, stieß die Tür auf und schritt über die Schwelle.

»Wenn Ihr meint«, erwiderte Dahrein, als Ran die Holztür hinter sich zuschlug. Dahrein schaute sich nochmals um, hob dann eine Karte auf und schaute darunter. Er schnupperte. »Ich werde jedenfalls keine Ratten töten, *sahib.*«

Domingo Avilar lächelte träge, als sein Captain die Leiter zum Achterdeck hinaufkletterte und dem Steuermann ein Zeichen gab, das Ruder zu übergeben und alle aus dem privilegierten Bereich zu vertreiben. Er war schon wieder schlecht gelaunt, wie es schien.

»Konntet Ihr nicht schlafen, *Capitán?*«, fragte er leichthin, während er sich eine Olive in den Mund schob.

Ran hatte nicht mehr als ein Brummen für ihn übrig und schaute zu den Sternen, dann schwenkte sein Blick zurück auf den Horizont und die leuchtende Stadt jenseits davon.

Domingo schob die Olive in seinem Mund von einer Backentasche in die andere und beobachtete seinen Vorgesetzten genau; dann drehte er seinen Kopf, um den Olivenkern über die Reling zu spucken, bevor er wieder anfing zu sprechen. »Sie hat Euch erneut in Euren Träumen aufgesucht, *sí?*«

»Das geht Euch gar nichts an, neugieriger Kerl«, warnte Ran, ohne jedoch einen Blick für ihn zu erübrigen.

Domingo lächelte, suchte sich eine Mango aus der hölzernen Schale neben sich aus und schnitt mit einem dünnen Messerchen eine Scheibe davon ab. »Es gibt Dinge, die zu verbergen selbst einem Mann wie Euch schwerfällt.« Die flache Seite des Messers zum Mund führend ließ er das saftige Scheibchen zwischen seine Lippen gleiten.

Ran feuerte ihm einen wütenden Blick zu. Der Erste Maat schaute bedeutungsvoll auf die Wölbung in Rans Kniehose hinunter.

»Ist das etwa ein Annäherungsversuch, den Ihr da macht, Mister Avilar?«, fragte Ran, wobei er fragend eine Augenbraue hob. »Ich hätte nicht gedacht, dass Ihr mehr auf Männer steht.«

Domingo erstickte fast an seiner Mango. Die Farbe wich ihm aus dem Gesicht angesichts dieser, in seinen Augen widerlichen Folgerung. »Nein!«, betonte er, während er die Frucht ausspuckte. »Heilige Mutter Gottes, so etwas dürft Ihr nicht einmal andeuten!« Er fuhr sich mit seiner juwelengeschmückten Hand durch sein welliges schwarzes Haar und schaute dabei den Captain an. Ransoms Schultern zuckten verdächtig, als er fortfuhr, zum Horizont zu starren. Domingo lehnte sich entspannt in seinen Sitzplatz nahe der Reling zurück. Es gab keine Sodomiten auf der *Red Lion,* und Rans handverlesene Crew konnte das bestätigen.

»Ihr braucht eine Frau, Ran.«

»Tu ich das, Avilar?«

»*Sí. Sí*«, begann Domingo in guter Absicht, ihm einen Ratschlag zu erteilen. »Was ist es denn sonst?« Er fuchtelte mit seinem Messer in der Luft herum. »Es ist nun schon die vierte Nacht hintereinander, dass Ihr in einem solch, sagen wir, frustrierenden Zustand zu Eurer Wache aufgewacht seid.« Er steckte sich ein weiteres Stück Mango in den Mund.

»Euer fortwährendes Interesse ist mir ein Trost, Domingo«, spottete Ran.

»Soll ich Euch eine Frau besorgen, mein Freund?«, fragte der Erste Maat laut vernehmlich kauend. »Ich kenne genug.«

»Ich brauche Eure Hilfe nicht.« Die Hartnäckigkeit des Spaniers, was dieses Thema anging, ärgerte ihn.

Domingo versuchte, gekränkt auszusehen angesichts dieser weiteren Beleidigung, es wollte ihm jedoch nicht ganz gelingen. Schulterzuckend sagte er nur: »Ich genieße einfach die Gesellschaft des schönen Geschlechtes, das ist alles.«

Während Ran den Südländer taxierte, entgegnete er verächtlich: »Ihr genießt es lediglich, bei jeder Frau zu liegen, die bereit ist, ihre Beine für Euch breit zu machen, Dom. Ich bezweifle nicht, dass Ihr jedes Mal, wenn wir den Anker lichten, einen Bastard gezeugt habt.« Sein Tonfall durchschnitt mit der Schärfe eines Entermessers die Luft. »Es gibt da Unterschiede im Genuss der liebenswürdigen Gesellschaft einer Frau. Man muss sie nicht gleich auf den Rücken werfen und wie auf den Wellen des Meeres auf ihr reiten.«

Domingo Avilar wusste, wann es besser war, sich von einem heiklen Thema zu verabschieden. Er nahm die Obstschale und stach sein Messerchen in eine Papaya. Während er um den Captain herumlief, erwartete er beinahe, für seine Unverschämtheit geohrfeigt zu werden. »Und was ist mit dieser Nymphe mit dem rabenschwarzen Haar und der Macht, Männer auf ihre Knie zu zwingen? Was, *Capitán?*« Domingo kletterte die Leiter hinunter. »Würde es Euch etwa nicht gefallen, ein wenig Zeit mit ihr zu *genießen?*«

Eine Nymphe, ein Geist. Ein passender Name, dachte Ran, vor allem nach der vergangenen Nacht.

»Mir würde es jedenfalls gefallen«, quälte Dom ihn frech, und Ran warf ihm einen weiteren wütenden Blick zu, bevor der Erste Maat aus seinem Blickfeld verschwand. Domingo grinste. Wenn Ran auch lieber sterben würde, als eine solche Schwäche zuzugeben, so hegte der Engländer doch eindeutig Gefühle für die kleine *señorita.* Domingo entschied, dass ihm das gefiel. *Sí*, es gefiel ihm sogar sehr zu beobachten, wie dieser unbeugsame Mann zum ersten Mal seit seinem Exil verwundbar wurde.

Maghreb
Hafen von Tripolis

»Sib nee finah lee!« Aurora wand sich unter Achmeds Griff. »Lasst mich los oder Ihr werdet Euch auf Schwierigkeiten gefasst machen müssen!«

»Hütet Eure Zunge, bevor ich sie Euch aus Eurer Kehle schneide, Frau«, knurrte der Kaufmann, als er sie zu seiner Karawane hinüberzog. Sie stemmte sich gegen ihn und wünschte, ihn zu einem Eunuchen machen zu können, während er sie in die Enge trieb und sie warnte: »Mein Herr wird äußerst ungehalten sein, wenn Ihr Euch sträubt.«

Auroras Blick schnellte zu den Frauen hinüber, die sich schon in dem kleinen Karren befanden – zusammengekauert, in Tücher gehüllt und bewacht von riesigen Männern mit geschwungenen Schwertern. Nicht schon wieder, stöhnte sie innerlich, als ihr klar wurde, dass der Junge, den sie dafür bezahlt hatte, sie zum Schiff zu bringen, sie an diesen verschwitzten Kaufmann verraten hatte. Der listige Kerl, sie hatte sich doch lediglich eine Passage aus diesem spröden Land hinaus kaufen wollen!

»Dieses Land ist voller Dummköpfe«, murmelte sie und bemühte sich, ihr Handgelenk von seinen dicken Fingern zu befreien.

Er hörte es jedoch und drehte ihren Arm hinter ihren Rücken. Schmerz schoss in ihre Schulter, als seine fleischigen Arme sie gegen seinen fülligen Brustkorb drückten. Er roch nach Datteln und faulenden Zähnen, und ihr leerer Magen revoltierte.

»Es wird nicht von Euch erwartet, dass Ihr redet – niemals«, betonte er. »Seid süß und sanft und still, wie eine Frau es sein sollte. Spreizt Eure Beine und wärmt seinen Diwan«, fügte er finster hinzu, während sie unter seinem Griff nach Atem rang, »vielleicht wird Euch mein Herr dann ja zu seiner Lieblingsfrau machen.«

Aurora umklammerte ihren Lederbeutel, vor Erregung zitternd und überdrüssig, wie ein Gegenstand zum Tauschhandel oder zum Verkauf behandelt zu werden. Wenn sie und Shokai nicht in dem Gedränge des *souk* getrennt worden wären, so hätte dieser Mann niemals so mit ihr reden dürfen. Er hielt sie für eine Hure, da er sie allein und ohne einen männlichen Verwandten zu ihrem Schutze angetroffen hatte. Familien waren dazu verpflichtet, solche Frauen zu töten für den Verlust von *ird*, von Ehre.

Der Familienehre, nicht der ihren, dachte sie, als ihr Knie in seine Weichteile hochschoss. Ihr Mangel an Körpergröße und die dicken Schichten des *abayeh* dämpften ihren Tritt jedoch, so konnte sie ihm lediglich ein Grunzen entlocken, im nächsten Moment aber stieß er Flüche aus und schlug ihr mit seinem Handrücken ins Gesicht. Der dünne Schleier, den sie trug, konnte nichts dazu beitragen, die Heftigkeit des Schlages zu mildern. Als sie stolperte, und ihre Beine fast den Dienst versagten, grinste er selbstgefällig.

Aurora wurde ruhig, so ruhig, dass Achmed ein finsteres Gesicht machte und seine buschigen Augenbrauen hob. Er sah sie sich genauer an, versuchte, ihr Gesicht hinter dem dünnen *burqu'* erkennen zu können, und er fragte sich, ob er nicht vielleicht zu fest zugeschlagen und womöglich seine Ware beschädigt hatte. Er würde sie umbringen, wenn sie ihn dazu zwingen würde, auch nur einen Dinar von dem zu verlieren, was ihr Verkauf seiner Geldbörse hinzufügen sollte. Ausländische Frauen waren eine seltene und teure Ware; eine, bei der sein Herr darauf bestand, dass sie das Bett mit ihm teilte. Und diese hier war eine Jungfrau.

Das konnte er riechen.

Den Schmerz ignorierend, der in ihrem Kiefer brannte, schloss Aurora die Augen und sammelte ihre Gedanken. Achmed der Fette, wie sie ihn insgeheim getauft hatte, hatte ein ordentliches Bad nötig und eine Lektion darin, niemals eine Schottin zu unterschätzen.

Achmeds dunkle Augen weiteten sich, als plötzlich die Verschlüsse seines Umhanges aufsprangen. Fassungsloses Entsetzen stand ihm ins Gesicht geschrieben, als das Kleidungsstück langsam, wie von einer unsichtbaren Hand gezogen von seinen Schultern glitt. Sein ordentlich gewickelter Turban rutschte zu einer Seite hinunter. Er ließ verwirrt seinen Blick hochschnellen, da fiel das dekorative Band, das die Kopfbedeckung zusammenhielt, zu Boden, und der leuchtende Stoff wickelte sich im heißen Wind auf.

Schnell ließ Achmed Aurora los und griff nach seinem Turban, da glitt auch noch sein Gürtel über seine Hüften; Aurora packte die Gelegenheit beim Schopf und rannte in den überfüllten *souk*. Achmed griff verzweifelt nach seinen herunterrutschenden Hosen. Er befahl seinen Männern schreiend, seine Ware wieder einzufangen, wenn sie nicht ihre Finger verlieren wollten.

Aurora rannte, Kinder und Hühner stoben auf ihrem Weg auseinander. Ihre Beine ermüdeten schnell. Durch den *burqu'* hatte sie Probleme, richtig Luft zu bekommen. Von Kopf bis Fuß in weißen Stoff eingehüllt, war sie nicht für eine Flucht gekleidet, auch die Farben des Sultan-Hauses, die in den Besatz eingenäht waren, würden ihre Pläne erschweren. Von solchen Dingen verstand sie allerdings nicht viel. Shokai hatte das Gewand *gefunden.*

Als Aurora sich ihren Weg durch die Menschenmenge und die Händler bahnte, veranlassten ihr Gewand mit den erkennbaren Farben und ihr hastiger Schritt die Männer, nach ihr zu greifen. Frauen waren nichts anderes als Besitztümer, und für die Rückgabe an ihren Herrn konnte man mit einer hübschen Belohnung rechnen. Ihren Herrn! Ach, und da gab es doch tatsächlich welche, die behaupteten, *ihr* Volk wäre barbarisch! Sie respektierte den islamischen Glauben, befolgte die Gebräuche so gut sie konnte, trotzdem aber wünschte sie, dass man aufhören würde zu versuchen, sie zur neusten Errungenschaft des Emirs machen zu wollen.

Irgendjemand zog an ihrer Verkleidung, der Stoff riss und ihr Gesicht wurde entblößt. Aus Angst vor der Vergeltung des Sultans schauten die Menschen weg, und Aurora zog sofort den zerrissenen Schleier wieder über ihr Gesicht. Sie befahl ihren Beinen, sich schneller zu bewegen. Als sie nach hinten schaute, um das Tempo ihrer Verfolger einzuschätzen, stieß sie mit jemandem zusammen.

Der Atem blieb ihr stehen, sie strauchelte und ging zu Boden. Die Person bückte sich zu ihr herunter und – sie starrte in quälend vertraute, bernsteinfarbene Augen.

»Ihr!«, fauchte er und hielt ihr seine Hand hin, wobei sein Blick sich auf ihrem roten, geschwollenen Kiefer senkte. »Beim großen Neptun, was macht Ihr hier, bekleidet mit…?«

»Ich verursache gerade einen Aufruhr, denke ich.« Sie blickte kurz über ihre Schulter zurück, um Achmed den Fetten herannahen zu sehen. »Ihr seht betörend aus, Ransom.« Ihre Finger strichen voller Bewunderung über seine Lippen, als wollte sie den Geschmack seines glühenden Kusses noch einmal erleben. »Aber leider«, zuckte sie mit den Schultern, »kann ich nicht bleiben, um mit Euch zu plaudern.« Jäh rappelte sie sich hoch und rannte in die Menge.

Ran sah, wie ein halbes Dutzend Männer auf den Marktplatz stürmten und ihr hinterhereilten. Domingo, der gerade damit beschäftigt war, das Bein eines gebratenen Hammels zu probieren, schaute in dem Tumult auf. Er sah seinen Captain an, dann der fliehenden Gestalt hinterher. Ran hatte schon den ersten der Verfolger erwischt, ihn mit einem Schlag auf seine Kinnlade kampfunfähig gemacht. Trockenes Holz krachte und zersplitterte, als der Araber in einen Verkaufskarren fiel. Domingo sprang sofort herbei, um seinem Captain Rückendeckung zu geben, ein großes Stück Fleisch zwischen seinen Zähnen.

»Heute bitte keine Toten, Dom«, warnte Ran ihn, während seine Faust sich ihren Weg in einen weichen Bauch bahnte.

»Ich werde mein Bestes versuchen, *Capitán*«, versicherte er ihm mit vollem Mund, und um dies zu beweisen, schob er die Pistole unter seinen Gürtel und schnappte sich lediglich sein Schwert, um die Araber am Vorbeikommen zu hindern. Er schluckte. »Das war *sie,* nicht wahr?« Domingo schaute hinter sich, als er und Ran ihren Rückzug antraten.

Diese harmlose Bemerkung löste in Ransom eine große Frustration aus. Ihr Bild hatte seinen Schlaf zunichtegemacht, die Erinnerung an ihren üppigen Mund, hungrig und wild, bereiteten ihm Lustgefühle. Wie eine höhnende Schlange streckte sein Körper sich. Seine Füße und Fäuste schlugen mit stechender Präzision gegen Knochen und Fleisch, und ihre Verfolger mussten aufgeben. Schwer atmend wischte er sich mit dem Handrücken über den Mund und schaute dann in die Richtung, in die sie geflohen war.

»Geht schon, *Capitán*«, grinste Domingo und bedeutete Ran, ihr zu folgen. »Ich werde mich schon um diese Bauernhunde hier kümmern«, versicherte er ihm, während er einen der am Boden liegenden Männer mit der Spitze seines Schwertes in Schach hielt. Ran zögerte mit warnendem Blick, woraufhin Domingo seine Hände hochwarf und dabei den Toledostahl seines Schwertes in der heißen Sonne funkeln ließ. »Keine Toten! Ich schwör's beim Grabe meiner geheiligten Mutter!«

»Eure Mutter lebt doch noch, Avilar«, tadelte Ran ihn scharf, bevor er sich Ausschau haltend tiefer in die Stadt hineinbegab. Seine Augen waren inzwischen an das gleißende Weiß der Gewänder gewöhnt.

Aurora. Allein schon ihr Name ließ rätselhafte und verführerische Bilder entstehen.

Wie ein Geist passierte sie die engen Gassen. Die Mauern der

Gebäude, die die gleiche Farbe wie ihr Gewand hatten, machten sie fast unsichtbar. Bei Gott, wie ist es dem Mädchen nur gelungen, so schnell hier durchzukommen, fragte er sich, während er sich geschickt um Händler und Stapel von Geschirr herumbewegte und sich dann unter an gespannten Seilen dekorierte Stoffe duckte.

Ran hetzte durch die überfüllten Gassen, ohne Rücksicht auf Menschen, umherstehende Kisten und Tiere zu nehmen. Mitten im Gedränge erhaschte er plötzlich einen flüchtigen Blick von ihrem Beschützer Shokai. Aufrecht wie ein junger Mann stand er da und schwang seine Lanze einem Angreifer entgegen, schlug einen anderen nieder, bekämpfte jeden, der versuchte, den verlorenen Preis des Sultans wieder einzufangen. Ganze Stapel von Handelsware wankten und stürzten um, Tiere trieben auseinander, Tauben flogen davon, Falkner schrien, als Aurora um Karren und markisengeschützte Tische herumlief und sich gemeinsam mit Shokai verteidigte.

Ran rief ihren Namen. Ihr Blick suchte die Menge ab und prallte dann unvermittelt mit dem seinen zusammen. Aus der Entfernung konnte er nichts weiter sehen als ihre lächelnden blauen Augen; trotzdem spürte er ihre Anwesenheit, als hätte sie ihn berührt.

Um Tische herumeilend und achtlos über hinuntergefallene Waren springend, stieß er einen weiteren Händler aus dem Weg und näherte sich ihr immer weiter. Die Straße hatte sich inzwischen in ein Schlachtfeld verwandelt. Ein umherstreunendes Kamel verdeckte Ran die Sicht auf sie, und er drückte das Tier ungeduldig mit seinen Schultern beiseite.

Aurora machte einen Schritt in Rans Richtung.

»Nur ein sturer Dummkopf würde unter die Peitsche zurückkehren!«, rief Shokai ihr zu, nachdem er den Grund für ihre Verzögerung erkannt und ihr ruhig den Weg versperrt hatte. »Flieh, Kaiserin«, befahl er ihr.

»Aber …«

Shokai wehrte einen weiteren Angriff ab; seine Stimme klang

zwar geduldig, aber auch atemlos. »Ein einzelner Pfosten kann kein durchhängendes Haus abstützen, mein Kind.«

Mit einem sehnsüchtigen letzten Blick auf den Engländer floh Aurora schließlich doch.

Shokai stieß einen weiteren Angreifer nieder, und für einen Moment war der Weg frei. Ran rückte vor. Shokai richtete seine Lanze gegen ihn.

»Es ist besser, den Fisch abzudecken, als die Katze zu jagen«, erklärte er ihm, verneigte sich kurz, stibitzte eine Melone und etwas getrockneten Fisch von einem Karren und ließ sie unter seiner zerrissenen Kleidung verschwinden, bevor er sich umdrehte und seine Gestalt in den Schatten der Gebäude verschwand.

Ran verfolgte sie nicht weiter. Es war offensichtlich, dass sie seine Hilfe weder benötigte noch wollte – dieses Mal zumindest nicht –, und er dachte noch über die rätselhafte Bemerkung des alten Mannes nach, als der Kaufmann und seine Lakaien wie ein Rudel tollwütiger Hunde, die ihre Spur witterten, vorbeidrängten.

Ran streckte sein Bein aus und brachte so den einzigen Mann, den er erkannte, zum Stolpern. Achmed landete wie ein großes Stück rohen Fleisches auf der festgedrückten Erde.

»Wie ich sehe, hat ein längerer Aufenthalt in der Wüste nichts dazu beigetragen, deine widerlichen Gewohnheiten zu ändern«, grinste Ran zynisch, wobei er den Araber mit seinem Stiefel anstupste.

Sein Erster Maat kam atemlos zum Stehen. »Ihr habt darauf bestanden, dass ich nicht einen Einzigen töte«, erklärte Domingo ihm, während er Stellung neben Ran einnahm. *»Capitán?«* Der Ausdruck auf dem Gesicht seines Captains missfiel Avilar. Er roch nach Vergeltung.

Plötzlich packte Ransom Achmeds Gewand und zog ihn wieder auf seine Füße.

»Er hat sie geschlagen.« Sein Tonfall zeugte von grausamer Wut.

Achmed zog seinen Dolch, verpasste jedoch die Gelegenheit zuzustechen, als eine englische Faust ihm zuvorkam und auf sein Handgelenk schlug. Der Dolch fiel zu Boden, und Achmed verzog sein Gesicht, als der Schmerz durch seinen Körper fuhr. Eine Schwertspitze bohrte sich in sein bartbewachsenes Kinn. Er schluckte vorsichtig und starrte in dunkle Augen, die vor drohender Vergeltung glühten, dann warf er einen Blick zu seinen Männern hinüber. Die Pistole des Spaniers hielt sie in Schach. Um sie herum ging der Markt weiter, als wäre nichts geschehen.

»Warum jagst du diese Frau?« Als Achmed zögerte zu antworten, verstärkte Ransom den Druck des Dolches.

Achmed zuckte zusammen, denn er befürchtete plötzlich, dass sie dem englischen Pascha gehören könnte. Er versuchte daher sein Glück mit einer Lüge, indem er den Dummen spielte.

»Habt Ihr Interesse an ihr? Achmed wird sie für Euch finden. Ah, ich werde sie Euch zu Füßen legen, Gebieter, eingehüllt in Seidenstoffe wie die *kadine* Eures englischen Sultans.«

»Mein Geduldsfaden wird immer dünner, Sklavenhändler«, knirschte Ran mit tödlicher Stimme, während er seine Klinge über die Haut zog. Blut färbte das Gewand des Mannes rot.

»Sheik Rahman ibn il Abduli sucht sie!«, verriet ihm der Händler. Übel riechender Atem schlug Ran ins Gesicht. Seine Augen blitzten auf, verengten sich dann gefährlich und raubtierhaft. »Das schwör ich!«, beharrte Achmed. »Er hatte lediglich ihre Stimme gehört und dann darauf bestanden, sie zu besitzen.«

Ran starrte einen Moment lang vor sich hin, dann zog er die Klinge seines Schwertes leicht über Achmeds Wange. »Das ist dafür, dass du sie geschlagen hast«, teilte er dem Sklavenhändler mit, bevor er ihn beiseite stieß. Achmed stolperte und fiel. Er hielt sich die Wange, von der das Blut tropfte, und starrte den Engländer zornig an. Ran bedeutete Domingo, zu ihm zu kommen, steckte sein Schwert in die Scheide an seiner Taille und machte sich auf demselben Weg zurück, den er gekommen war.

»Lauft Ihr nicht hinter ihr her?«, fragte Dom erstaunt.

Rans Schultern hoben und senkten sich in einer Geste von Gleichgültigkeit. »Sie hat es vorgezogen zu fliehen.« Schon wieder, dachte er.

»Ich habe gesehen, wie der alte Mann sie dazu gezwungen hat wegzurennen. Und dieser Beduinenprinz, Abduli, der ist gefährlich, *si?*« Der Ruf dieses Mannes, ausländische Frauen zu entführen, war legendär, ebenso die Tatsache, dass er sie später dann wieder zu ihren Familien zurückschickte – unwiederbringlich entehrt, aber angeblich leidenschaftlich geliebt. »Ihr könnt es nicht zulassen, sie ohne Schutz herumreisen zu lassen.«

»Sie hat doch einen Beschützer.«

Avilars Worte klangen verächtlich. »Und wo habt Ihr diese Frau gefunden, Ran?« Zunächst folgte eine angestrengte Stille, und dann: »Habt Ihr ihr denn Euren Schutz angeboten?« Die Antwort kannten sie beide. »Ach, dann schlägt sie sich also weiterhin allein durch, denn sie hat ja keinerlei Veranlassung dazu, Euch das Leben anzuvertrauen, auf das alle anderen so begierig zu sein scheinen.« Avilar schnappte sich eine Birne von einem Karren und warf dem Verkäufer eine Münze zu. »Und noch dazu ein so schönes Leben.«

»*Basta ya!*« Ran peitschte mit seiner Hand durch die Luft, um ihn zum Schweigen zu bringen, als vier weitere Mitglieder seiner Crew sich ihm an die Fersen hefteten. »Wir haben noch zu viel zu erledigen, Mister Avilar, als dass wir unsere Zeit damit vertrödeln könnten, einem lästigen Frauenzimmer hinterherzulaufen.«

»Jawohl, diese da bedeutet sowieso nur Unglück«, beteuerte Baynes hinter ihm. Ran blieb stehen und drehte sich in Erwartung einer Erklärung um.

»Oh …« Der Mann schaute kurz auf seine Stiefel hinunter, dann erwiderte er Rans durchdringenden Blick. »Niemand wird reden, Capt'n. Nicht einmal für eine Handvoll Gold.« Baynes zuckte mit seinen Schultern. »Wir werden nichts in dieser Stadt finden. Sie glauben, dass Ihr vom Sultan rausgeschmissen worden seid«, sein Ton wurde anklagend, »von ihm und seiner Frau.«

Ran starrte durch den Mann hindurch, auf nichts und doch wieder auf alles. Gottverdammt!, dachte er. Es hatte ihn Wochen und eine Menge Goldstücke gekostet, so kurz davor zu stehen, seine verschwundenen Crewmitglieder zu finden, nun wurde er nur wegen dieser paar gemeinsamen Momente mit Aurora verunglimpft. »Denkt an die Männer, Avilar, die uns nun verloren gegangen sind, die Qualen und Folter erleiden und in Gott weiß welchem Dreck leben müssen, und dann fragt Euch, warum ich nichts mit ihr zu tun haben will« – seine Stimme steigerte sich zu einem Donnern –, *»mit dieser Frau!«*

Domingo lächelte angesichts von Ransoms Wut. »Ihr seid sie doch losgeworden, genau so, wie Ihr das gewollt hattet. Warum also, mein Freund«, er hob fragend seine Hände, »starrt Ihr dann so gebannt auf die Gasse, durch die sie verschwunden ist?«

4

El Djezair
Algier
Piratenstützpunkt

Die Tür schwang weit auf, schlug gegen eine schmuddelige, rissige Wand und zog die Aufmerksamkeit der Gäste in dem heruntergekommenen Gasthof auf sich. Der Schein der Dämmerung wurde verdeckt durch die massige Gestalt eines Mannes, der so groß und breitschultrig war, dass er sich ducken musste, um eintreten zu können.

Die trockene heiße Brise wirbelte Sand und Staub um seine Stiefel herum auf.

Plötzlich herrschte Stille.

Alle Augen richteten sich auf den Rohling mit dem roten Haar und dem zottigen Bart und wanderten von seinem verwegen schräg sitzenden Kavaliershut zu dem bedrohlichen Durcheinander juwelenbesetzter Messer, Dolche und Pistolen, die er in seinem breiten Lederhosenbund stecken hatte. Seine schwerlidrigen Augen wanderten in jeden Winkel und in jede Nische des düsteren Raumes, hielten einmal kurz an, ein zweites Mal, und kehrten dann zu den Gästen zurück; seine goldenen Ketten und Klingen funkelten im Kerzenlicht, als er mit seiner in einem Stulpenhandschuh steckenden Hand ein Zeichen gab. Hinter ihm traten einer nach dem anderen fünf schwer bewaffnete Männer ein, deren Anwesenheit eine klare Bedrohung für jeden bedeutete, der versuchen würde, ihnen in die Quere zu kommen.

Sklavenhändler! Das Wort hing schwer wie Blei in der Luft, und die neugierigen Gesichter wendeten sich rasch ab; der Abschaum der Gesellschaft betete, dass niemand sich an ihre Existenz erinnern würde.

Ein schlanker, dunkelhäutiger Mann in einer verschmutzten *throbe* stand neben dem Anführer und bewegte die ganze Zeit über schnüffelnd seinen Kopf. Der Anführer stieß ihn beiseite und wählte einen Platz an einem niedrigen Tisch aus. Er ließ seine massige Gestalt auf einen Stuhl sinken, der daraufhin drohte, unter dem Gewicht zusammenzubrechen. Sofort brachte der Gastwirt ein Tablett mit sechs kleinen, dampfenden Tassen Kaffee und stellte es mitten auf dem Tisch ab. Mit dem Rücken an der Wand warf der rothaarige Pirat einen sichtlich angeekelten Blick darauf, obwohl er genau wusste, dass es im Land des Propheten keinen Branntwein gab. Seine Landsmänner nahmen sich jeder eine Tasse und postierten sich an den Fenstern und Ausgängen.

Ein Raunen ging durch den Raum, aber niemand sprach seine Gedanken aus. Der Pirat nahm die Porzellantasse und trank den kardamomgewürzten Kaffee aus. Keiner bewegte sich oder redete, Hände legten sich an die Waffen, die Anspannung wurde immer unerträglicher. Der Wirt tischte eine Platte mit gezuckerten Datteln, Nusskernen und Feigen vor dem rothaarigen Mann auf. Dieser lehnte sich bequem in seinen Stuhl zurück, brachte ein kleines Messer zum Vorschein und stach damit in eine Feige. Erst dann überließen die Wirtsleute den Eindringling sich selbst und kümmerten sich wieder um Essen und Getränke der anderen Gäste, die sich langsam entspannten und wieder zu erzählen begannen.

Plötzlich tauchte ein turbantragender Mann vor dem Tisch des Rothaarigen auf. Als hätte er dessen Anwesenheit nicht bemerkt, aß der Pirat hungrig weiter; dann gab er dem Besucher mit seinem Messer ein Zeichen, sich zu setzen. Zwei Wachen flankierten sofort den Neuankömmling, der Pirat winkte jedoch ab.

»Welchen Wunsch habt Ihr diesmal, mein Pascha?«

Der Rohling wischte sich den Mund mit seinem Hemdsärmel ab. »Gewürze. Und zwar alles, was man kriegen kann«, antwortete er auf Arabisch und steckte sich eine weitere Dattel in den Mund, während er eine Münze in die Richtung des anderen warf.

Der Araber fing diese auf und überprüfte das runde Goldstück mit seinen Zähnen, bevor er es in den Falten seines dunklen, zerlumpten Umhanges verschwinden ließ.

»Wann und wo, Foti?«, wollte der Pirat wissen, wobei seine tiefe, raue Stimme trotz des Lärms im ganzen Raum zu hören war.

Foti blickte argwöhnisch um sich und lehnte sich dann entspannt in seinen Stuhl zurück; seine kühlen, berechnenden Augen verrieten seine Gier.

»Die Information, die Ihr braucht, wird Euch aber mehr kosten.«

Die in einem Handschuh steckende Faust des Piraten schnellte vor, packte in die Falten des *throbe* und zog den Kaufmann quer über den wackligen Tisch.

»Raus mit der Sprache, bevor ich dich aufschlitze und diese Hütte hier mit deinen Eingeweiden dekoriere.«

Foti starrte in die bernsteinfarbenen Augen, die einer Bestie auf dem Streifzug nach frischem Fleisch ähnlich sahen. »Gebt lieber acht auf Eure eigene Haut, mein Pascha.« Sein unerschrockenes Lächeln ließ seine schwarz gewordenen Zähne zum Vorschein kommen. Er blickte kurz zu den bewaffneten Männern hinüber, die seine Kameraden, mit gekrümmten Schwertern auf ihre empfindlichen Kehlen gerichtet, beschatteten.

»Du glaubst wohl, mich linken zu können, du Lump, was?« Der Pirat zog das Gewand fest genug um den Hals des Kaufmannes, um Foti nachdrücklich klarzumachen, dass er notfalls seinen Männern die Erlaubnis geben würde, den Standort der wertvollen Fracht mit Gewalt herauszubekommen.

Foti öffnete seinen Mund zum Protest, der Pirat unterbrach ihn jedoch. »Ich habe den Eindruck, dass die Hitze dir in den Kopf gestiegen ist«, sagte er, während Foti gleichzeitig einen scharfen Stich in seinen Hoden verspürte. Er machte sich nicht erst die Mühe dorthin zu schauen, er wusste auch so, dass der Pirat gefährlich nahe daran war, einen davon wie eine Feige zu durchstechen.

»Wäre mein Pascha nicht an einer lebendigeren Fracht interessiert?« Sein Messer noch immer über Fotis Zukunft schweben lassend, verengten die Augen des Piraten sich bedrohlich. In der Hoffnung, dass es Interesse und kein Zorn war, was er dort sah, beeilte der Kaufmann sich zu sagen: »In sechs Tagen legt ein Schiff in Tanger an, bevor es dann zu den Kolonien lossegelt.«

»Ich will ein Geschäft mit Gewürzen, nicht mit menschlichem Fleisch.« Irgendwo von links kam ein gedämpftes Keuchen herüber. Der Pirat warf einen Blick zur Seite und schaute sich die Menschen im Raum genauer an; ein Mann mit durch eine Kapuze verhülltem Gesicht schaufelte Essen aus einer Schale in seinen Mund, während Insekten über seinen Tisch krabbelten; der Wirt ohrfeigte einen jungen, der zu langsam nach dem Ungeziefer schlug; eine Ratte jagte unbemerkt über den Boden.

»Wenn die Ungläubigen so unvorsichtig sind, sich gefangen nehmen zu lassen«, der Pirat wendete seinen Blick schulterzuckend zum Kaufmann zurück, der ungeachtet seiner lebensbedrohlichen Situation auf ihn einredete, »dann sind sie selbst schuld, mein Pascha. Diese Dummköpfe sind zehnmal so viel Wert wie ein paar Kräuter.«

Der Pirat lächelte spröde und berechnend, und seine Augen unterbrachen nicht eine Sekunde lang den Blickkontakt, als er den Kaufmann wieder losließ und dann einem seiner Männer ein Zeichen gab, zu ihm zu kommen. Bis die Sonne unterging, war ein Handel abgeschlossen, verworfen und erneut abgeschlossen worden.

Lampen wurden angezündet. Während das Feilschen immer heftiger wurde, bewegte der Junge sich mit seinem Lappen über die Tische wischend ständig näher an sie heran; der Pirat verlangte ein Schiffsmanifest, was Foti ihm jedoch verweigerte. Der Wirt trat aus einem durch einen Vorhang abgetrennten Raum heraus und sah den Jungen böse an, bevor er zu ihm hinübermarschierte, seinen Arm packte und ungeduldig daran zerrte. Der Junge war jedoch viel mehr an dem Handel interessiert als daran, seinen Job zu behalten. Er riss sich gerade in dem Moment los, als der Pirat sich vorbeugte, um das Geschäft zu besiegeln.

»O nein! Tut das nicht!«

Ransoms Kopf schnellte hoch und sein Blick versuchte, den Grund für diese Störung herauszufinden, während seine Hand sofort zu seinen Messern glitt.

»Entspannt Euch und setzt Euch wieder hin; es ist nichts«, überredete Foti seinen berüchtigten Gast und versuchte, den Handel unter Dach und Fach zu bringen und den Erlös in seine Tasche zu scheffeln. Er stellte sich zwischen den Piraten und den Störenfried. »Der Junge ist frech, wie junge Menschen das nun einmal sind«, beschwichtigte er ihn weiter und warf dem Wirt einen bedeutungsvollen, zornigen Blick zu.

»Wie könnt Ihr bei so etwas nur mitmachen?«

Erneut diese Stimme; arabisch zwar, jedoch unverkennbar vertraut. Ransom schnellte hoch, wobei sein Stuhl rückwärts auf den dreckigen Boden fiel. Er sah in kristallblaue Augen, die Augen, die ihn nun seit Wochen schon in seinen Träumen quälten. Ihr gütigen Götter, dachte er, und biss die Zähne zusammen. Was macht *sie* denn *hier?*

Foti hatte sich langsam erhoben. Seine Augen wanderten argwöhnisch zwischen dem Piraten und dem Jungen hin und her. »Was soll das? Versucht Ihr nun, den Preis durch Spielchen in die Höhe zu treiben, *ahmar* Pascha?«

Der Junge befreite sich aus dem Griff des Wirtes, der ihn erneut gepackt hatte, und stürzte nach vorn. Fotis Augen wurden groß, als die Formen weiblicher Hüften und Schenkel sich unter der Kleidung abzeichneten.

»Eine Frau!« Foti warf Ran einen wütenden Blick zu und zog

ein gebogenes Messer. »Ihr betrügt mich mithilfe einer *Frau!*«, brüllte er, als hätte das letzte Wort es nicht verdient, auf seiner Zunge zu verweilen.

Ein Chaos brach aus, und die Männer rangen darum, die unverschleierte Frau sehen zu können, als Ran nach ihr griff und sie schützend an seine Seite zog. Ihr nachlässig gewickelter Turban saß schief auf ihrem Kopf, ihr dicker schwarzer Zopf, der in dem Tuch versteckt gewesen war, fiel herunter.

Die Männer rauften sich wild, um einen Blick auf sie zu erhaschen.

»Zum Teufel noch mal, da habt Ihr aber eine ganz schöne Dummheit begangen – *schon wieder*«, betonte Ran, während er die Männer in Schach hielt.

»Schiebt bloß nicht mir die Schuld dafür in die Schuhe!«, fauchte sie ihn an.

»Bei Gott, da liegt sie aber!« Nachdem seine sorgfältig durchdachten Pläne nun durchkreuzt worden waren, befürchtete Ransom, dass Foti inzwischen seine wahren Beweggründe erahnen konnte; in jedem Falle aber war eine eilige Flucht aus diesem Land sein einziger Ausweg; und seine gefangenen Männer zurückzulassen war die Konsequenz.

Drei Männer versuchten Ran anzugreifen, und er brüllte: »Domingo, nehmt sie!« Sein Erster Maat eilte herbei, um Aurora in seine Obhut zu nehmen. Schon trafen Fäuste auf Fleisch, Ransom war nicht zu halten.

Domingo gab Aurora, da er selber begierig war zu kämpfen, an ein anderes Crewmitglied weiter. »Quincy, nimm du sie«, rief er und stürzte sich in den Kampf, um seinem Captain den Rücken zu decken.

Quincy blitzte Aurora ein Lächeln zu, bevor er sie in die Arme eines weiteren Kameraden trieb. Die beiden Männer entschieden, wobei es nur eines Blickes bedurfte, dass sie um einiges besser dran waren, wenn sie die sich ständig einmischende Frau ihrem Schicksal überließen.

Aurora fühlte sich wie ein Pendel, wie sie so von einem Mann zum anderen weitergereicht wurde. Plötzlich wurde ein Crewmitglied von einem Degen getroffen, und sie fand sich allein inmitten des Tumultes wieder. Einer der Angreifer ergriff sie von hinten, und seine schmutzigen Hände betatschten sie grob, während er mit seinem Körper rhythmisch gegen ihr Hinterteil stieß und dann versuchte, ihr Gewand anzuheben. Ran zog sein Messer, drehte sich herum und sah, wie sie ihren Kopf sekundenschnell nach hinten in das Gesicht des Arabers rammte. Blut schoss aus seiner Hakennase, als sie sich umdrehte und mit ihrem Ellbogen gegen sein Kinn schlug. Der Araber klappte zusammen.

Einen Moment lang war Ran wie benommen angesichts ihrer schnellen, geschickten Bewegungen. Er sah die Reue auf ihren Gesichtszügen, als ein weiterer bewaffneter Mann sich in ihre Richtung warf. Ransom machte einen Satz nach vorn, lenkte den Angriff ab, legte einen Arm um ihre Taille und trat den Rückzug in Richtung Tür an; inmitten der zuschlagenden Fäuste und aufblitzenden Messer stellte der Mann mit dem Kapuzengewand seine leere Reisschale beiseite, stand auf und ließ einen Holzstab unter seiner Bekleidung hervorgleiten. Er kämpfte sich gekonnt einen Weg zum Ausgang frei. Ran erkannte, dass in diesem Augenblick eine Flucht möglich war.

»Domingo! Castille! Stoßt vor und macht Platz für unsere Freiheit«, befahl Ran ihnen, nachdem sie sich erst einmal jenseits der Tür befanden. Aurora hielt er fest im Griff, so stark, dass sie nach Luft schnappte. Er fauchte ihr ins Ohr: »Bei allem, was heilig ist, wenn Ihr gewusst habt, dass ich es war, warum habt Ihr Euch dann nicht ruhig verhalten?«

»Ach, als ob das kein Schock für mich gewesen wäre, Euch wie einen spanischen Gecken zurechtgemacht zu sehen«, erwiderte sie in erregtem Flüsterton. Ran stellte sie gröber als nötig auf ihre Füße und trieb sie die Straße hinunter. Lougière, Quincy und ein verwundeter Baynes folgten ihm mit ein paar Schritten Abstand.

»Was habt Ihr mit diesem Mann zu schaffen, Ransom? Seid Ihr in Wahrheit ein Sklavenhändler?«

Sklavenhändler. Das Wort klang wie ein Fluch aus ihrem lieblichen Mund. Er schaute auf ihr rußgeschwärztes Gesicht hinab. Ihre blauen Augen funkelten vor Empörung, als sie unter ihrem Umhang herumhantierte, den Beutel hervorzog und ihre Hand in ihn hineinzwängte.

»Foti Kafar ist ... ist ...«, sie stöberte tiefer in dem Beutel herum.

»Nicht mehr wert als Schweinefutter?«, half Ran ihr, während er sie weiterdrängte und dabei zurückschaute. Plötzlich entdeckte er Shokai. Er war also der seltsame Kauz mit dem Kapuzengewand gewesen. Nicht mehr als ein Schatten, rückte er hinter ihnen auf.

»Jawohl, ganz recht. Dieser Mann besitzt keine eigene Seele!« Aurora blieb stehen und kippte den Inhalt ihres Beutels in seine Hände. Sie zwang Ran dadurch, ebenfalls mitten auf der Straße stehen zu bleiben. Ein Durcheinander von Säckchen, Fläschchen, Kieselsteinen und Kerzenstumpen kam zum Vorschein. »Ihm macht es nichts aus, Väter, Mütter und Kinder – ach, Ransom, die *Kinder* – aus ihren Heimen und Familien herauszureißen!« Sie hielt inne und begegnete seinem Blick mit einer aufrichtigen Frage in dem ihren. »Besteht Euer Herz aus nichts weiter als Stein, M'lord?«

»Ihr gütigen Götter«, knurrte er zum Himmel empor. »Ich hätte sie Euch überlassen sollen!« Die Gedanken dieser Frau sprangen schneller um als die Winde. Ein silberner Dolch und eine kleine, verschlossene Schatulle kamen als Letztes aus dem Beutel zum Vorschein. Er verfluchte sie. »Was macht Ihr da? Wir müssen uns beeilen!«

»Einen kleinen Moment, Ransom. Habt doch Geduld«, schalt sie ihn, als wären sie nicht gerade in Gefahr, von den widerlichsten Kreaturen des Landes angegriffen zu werden.

Schritte näherten sich, Warnungen erklangen.

»Baynes!«, befahl Ran.

»Sie kommen näher, Sir«, berichtete der junge Mann, während er sich seinen Arm hielt.

Aurora ließ ein kleines Säckchen vorn in Baynes' Hemd gleiten und gab diesem dann einen freundschaftlichen Klaps. »Rühr es zu einer Paste an und streich sie dann auf die gereinigte Wunde«, befahl sie ihm und hielt ihren Beutel auf. Ransom wusste, dass er lächerlich dankbar aussah, als er den restlichen Inhalt wieder hineinschüttete. »Zweimal, jeweils vor Sonnenaufgang.«

Baynes starrte von ihr zu dem verdächtigen Säckchen in seinem Hemd, als Shokai erschien, die Gruppe mit seinem Stab teilte und seinen Platz an Auroras Seite einnahm.

Sie schaute Ransom in die Augen. Ihre Worte kamen mit einer Bestimmtheit, die ihm den Atem verschlug.

»Lebt wohl, mein Retter.« Aurora drehte sich um, und das seltsame Paar schlüpfte in eine Gasse; die Gestalten verloren sich schnell in der Dunkelheit.

Wenn er es sich selbst gegenüber auch nicht eingestehen wollte, so flehte doch etwas in seinem Innern darum, sie nicht mit einem so grausamen Eindruck von ihm ziehen zu lassen.

Mit wenigen Schritten hatte er sie eingeholt. Er ergriff ihren Arm. Sie drehte sich um. Ihr Gesichtsausdruck war so neutral, dass er den Eindruck hatte, sie habe den Gedanken an ihn schon längst beiseitegeschoben. Er schalt sich selbst eitel dafür, dass er sich dadurch getroffen fühlte, trotzdem aber ließ sein verletzter Stolz seine Stimme hart werden.

»Ihr wollt mich also ohne Gerichtsverhandlung verurteilen?«

»Ich habe Euer Gespräch mit angehört.« Die Enttäuschung in ihrer Stimme traf ihn wie ein Schlag.

Er zog sie näher zu sich heran und sah ihr tief in die Augen. »Schaut mich an und sagt mir, ob Ihr ernsthaft glaubt, dass ich ein Menschenleben für eine Handvoll Geld verkaufen würde.«

Auroras Blick glitt über seine Gesichtszüge. Sie versuchte, unter dem Schmutz und den hennagefärbten Haaren, dem ungekämmten Bart und der Kleidung, die seinen Beruf verriet, den Mann zu erkennen, der die Funken des Verlangens, die in seinen bernsteinfarbenen Augen verborgen lagen und die wahre Stärke seines Herzens verbarg. Ihre fälschlichen Annahmen schmolzen dahin wie erwärmtes Wachs, als sie ihre Hand ausstreckte, mit ihren Fingerspitzen sein Kinn streifte und dann sanft über seine Lippen glitt.

»Ich habe Euch verurteilt und mich dadurch armselig verhalten. Werdet Ihr mir verzeihen können, Ransom?«

Einen winzigen Moment lang warf ihn das aus der Bahn; er entspannte sich und hatte auf einmal das seltsame Gefühl zu fallen. Er neigte sich näher zu ihr; ihr Mund lag verführerisch nur ein Flüstern entfernt von dem seinen. Ihr üppiger, in Jungenkleidung gehüllter Körper lockte ihn, sie mit sich zu nehmen, und zwar sofort, bevor sie wieder verschwinden konnte, und er sehnte sich danach – o Gott, und wie er sich sehnte – von dem Geschmack zu kosten, der auf ihren Lippen lag.

»Captain! Sie kommen!«, rief Lougière eindringlich, und Ran wendete seinen Blick zu dem grauhaarigen Quartermeister um, der bewaffnet und bereit war, ihm den Rücken zu decken.

Während Ran sein Entermesser zog, versuchte er noch einmal, Aurora anzuschauen. Shokai zog sie jedoch in die Dunkelheit.

Ran machte einen Schritt in ihre Richtung.

»Weg, alle Kameraden sind nun weg wegen dieser schwachsinnigen Frau!«, fluchte Baynes mit dem Schwert in der Hand, während er das Säckchen in die Richtung warf, in der sie verschwunden war.

Rans Gesichtszüge verdunkelten sich jäh und durchdringend. Er schritt an seinen Männern vorbei und übernahm die Führung.

Verdammt noch mal!

Wenn sie nicht gewesen wäre, so hätte es niemals einen Kampf gegeben, der nun aber zu Ende geführt werden musste, und auch keine vermissten Crewmitglieder, die seine Schwäche ausbaden mussten.

Ran war verwundbar, gefährlich verwundbar sogar, und mehr denn je entschlossen, seine unerwünschten Gefühle für das schottische Mädchen zu unterdrücken. Und doch, als er seine Männer in Sicherheit wusste, meinte er an der Stelle, wo sie ihn berührt hatte, noch immer ihre Finger zu spüren und erinnerte sich daran, welch wunderbare Versuchung sie doch war.

Licht schien aus dem offenen Fenster eines Gasthofes; eine einsame Gestalt beobachtete und lauschte.

Dann ergriffen Hände langsam den Riegel und schlossen die Nacht aus.

5

Alles vorbereiten zum Losmachen!«, brüllte Ransom und entledigte sich seiner Handschuhe, während er die Laufplanke hinaufschritt. Die Crewmitglieder machten alles fertig zum Lossegeln. Rah und Baum sichernd versuchten sie, der schlechten Laune ihres Captains aus dem Weg zu gehen. Ihr Anführer erhob normalerweise nur selten seine Stimme, daher waren seine knappen Befehle ein schlechtes Zeichen.

Dahrein traf an der Reling auf Ran.

»*Sahib?*« Nervös sauste der Junge um ihn herum. Ran nahm jedoch keine Notiz von ihm.

»Nicht jetzt, Dahrein.« Verdammtes, sich ständig einmischendes Weib, dachte Ran und schlug mit seinen Handschuhen auf seine Oberschenkel.

»Ich muss Euch warn…«

»Geh, Junge!«

Dahrein blieb so abrupt stehen, dass Ran sich genötigt sah, ebenfalls innezuhalten. Er riss sich den federgeschmückten Hut vom Kopf und schnaufte, bevor er dem Jungen ein Zeichen gab, mit ihm zu kommen. Ran öffnete die Luke, stieg über den erhöhten Rand und wartete darauf, dass Dahrein ihm folgte. Dann lief er den Gang entlang zur großen Kabine. Ran blieb vor der Tür stehen und drehte sich zu Dahrein um. Der hatte noch den gleichen Blick, erwartungsvoll und bereit, sein Leben für seinen Wohltäter zu geben, und Ransom wünschte sich, der Junge würde mehr an sich selbst denken als an seinen Captain; aufgrund seiner harten Kindheit und seines weichen Herzens hätte Dahrein so viel mehr verdient.

Ran ließ seine Hand leicht auf Dahreins schmaler, nackter Schulter nieder. »Verzeih mir, mein Junge.«

Dahreins sonderbar matte Augen weiteten sich. Der *sahib* hatte noch nie so zu ihm gesprochen, deshalb machte er sich nun Sorgen über den Grund.

»Was ist es, wovor du mich warnen willst?«

»Eine Frau.« Er gestikulierte in Richtung der Kabinentür. »Dort drin, *sahib.*«

Rans Lippen wurden schmal, seine Gesichtszüge verfinsterten sich. Domingo, der ständig nur Frauen im Kopf hatte, fand es amüsant, seinem Captain von Zeit zu Zeit ein üppiges, verführerisches Weib zum Geschenk zu machen. Und Avilar war der Einzige, der wusste, warum Ran sie ständig in die Flucht trieb, enttäuscht trotz eines Geldbeutels voller Münzen.

»Sag Avilar, er soll in zwei Minuten hier erscheinen. Bei den Göttern, dafür werde ich ihm seine Zehen abschneiden?«

»Nein, *sahib?*« Und dann ruhiger: »Nein, ich glaube nicht, dass diese ein Geschenk des Spaniers ist.«

Die gerunzelte Stirn des Jungen, der so erwachsen wirkte, ließ Ransom aufhorchen. Er starrte auf die Tür. Aurora? Nein, sie konnte sich unmöglich zum Schiff durchgeschlagen haben, selbst wenn sie dessen Standort gekannt hätte. Andererseits... Ran stieß die Tür auf und erstarrte auf der Schwelle. Sie saß mit dem Rücken zu ihm, einen dunklen Schal um ihre Schultern und ihren Kopf gelegt. Sein Herz klopfte, als sie sich steif vom Stuhl vor seinem Schreibtisch erhob und sich umdrehte. Ran hoffte, dass sein Mund geschlossen war, denn in Wahrheit war er sprachlos. Die Frau war wunderschön, blass und zart, und ihre schmalen Schultern waren in düsteres Schwarz gehüllt. Das schmucklose Kleid betonte die Schlankheit ihres Körpers und schien keinen Einfluss auf die Heiterkeit der Frau zu haben. Sie hatte beinahe etwas Ätherisches an sich. Trotzdem war er – insgeheim – ein wenig enttäuscht.

Nein, sie war eindeutig keine von Domingos Frauen. »Bringt Euer Anliegen vor, Mistress, ich bin ein beschäftigter Mann.«

Bei seinen Worten zuckte sie zusammen, und Ran war verärgert über diese Schwäche, die er an Aurora nie gesehen hatte.

»Ihr – Ihr seid Ransom Montegomery?« Ran wog zunächst die dunkelhaarige Frau gegen die Sicherheit seiner Crew ab, dann nickte er kurz.

»Dann bin ich Eure Schwester.«

Ran musste grinsen. »Ich bin ein Bastard, junge Frau, und ich habe keine Schwester.« Er durchschritt die riesige Kabine.

»Eure Halbschwester«, korrigierte sie sich selbst und errötete. »Wir haben denselben Vater.«

Ran schwankte, als er das, was von seiner Verkleidung übrig geblieben war, auf einen abgewetzten Brokatstuhl fallen ließ.

»Ihr habt natürlich Beweise dafür«, sagte er über seinen Schreibtisch hinweg, während er seine Waffen abnahm und sie zur Seite legte.

»Ja, ehm, natürlich.«

Als jedoch weitere Erklärungen ausblieben, schaute Ran auf und bemerkte, dass seine blutbefleckten Messer ihre Aufmerksamkeit fesselten. Ihr Blick schnellte wieder zu Ransom, und sie schluckte sichtbar, während sie einen Schritt zurück machte.

»Den Beweis, Mistress.« Zum Teufel noch mal, sie sah aus, als würde sie gleich in Ohnmacht fallen.

Die Frau schüttelte sich. Ihre Hand zitterte, als sie ihr Retikül öffnete und ihre Hand in den Beutel hineingleiten ließ. »Ich bin Rachel Ortiz«, teilte sie ihm mit und überreichte ihm einen Goldring. Ran beäugte zunächst das Schmuckstück und dann sie, bevor er es annahm. »Meine Mutter ist – war – eine Kurtisane.«

Ran blickte auf, starrte sie kurz an und wendete sich dann wieder der Untersuchung des Ringes zu. »Granville Montegomery ist mit meiner Mutter in Madrid zusammen gewesen. Ich bin das Produkt ihrer kurzen Affäre.«

In ihrem Geständnis lag nicht das kleinste bisschen Scham darüber, und Ran bewunderte sie für ihre bescheidene Würde. »Ich bin als Kleinkind in ein Kloster gesteckt worden und habe erst kürzlich vom Tode meiner Mutter erfahren. Sie hat mir kein Vermächtnis hinterlassen, Señor Montegomery, lediglich einen

Brief, in dem sie meine Herkunft erklärt, und diesen Ring als Beweis. Euer – unser – Vater hatte ihn ihr geschenkt.«

»Ein Ring bedeutet nichts.« Er legte ihn vor sie auf die Tischkante; sie machte jedoch keine Anstalten, ihn zurückzunehmen.

»Vielleicht sind diese hier ja der Beweis, den Ihr verlangt?« Sie nahm ein Päckchen auf, das neben ihrem Stuhl auf dem Boden gelegen hatte, legte es vorsichtig, beinahe ehrfürchtig auf den Tisch und schob es zu ihm hinüber. Mit erstaunlicher Geschwindigkeit schnitt Ran die Kordel durch, mit der das Päckchen verschnürt war, und holte einen kleinen Stapel Briefe heraus. Die Handschrift seines Vaters starrte ihn an, und er ergriff einen der Briefe, um ihn zu entfalten. Es waren abstoßend leidenschaftliche Liebesbriefe, und sie sprachen von Einsamkeit und dem Verlangen nach einer Frau namens Rosa und dem Kind, das sie ihm schenken würde.

Er schäumte vor berechtigter Wut und zwang sich, seinen Blick von Rachel abzuwenden. Ransom wollte etwas zerschmettern, er wollte es genießen, dieses Mädchen von seinem Schiff zu jagen und ihr ein erfolgreiches Leben weit weg von ihm zu wünschen, brachte es aber nicht über sich. Er war mit ritterlichem Kodex großgezogen worden; Rachel Ortiz war seine Schwester, dies war so sicher, als hätte er es aus dem Munde seines Vater erfahren. Er würde sich also so verhalten, wie man es von einem Montegomery erwartete. Dies war nun der letzte Stein auf dem Haufen seiner Schwierigkeiten, der auch so schon hoch genug war.

»Was willst du von mir, Schwester?«

Rachels Schultern entspannten sich, sie sank fast theatralisch auf den Stuhl. Ran schaute gen Himmel und schüttelte seinen Kopf, dann bot er ihr ein Glas Wasser an. Sie nippte kurz daran, und er setzte sich auf die Tischkante, seine muskulösen Arme vor seiner Brust verschränkt.

»Ich bin allein«, begann sie mit kaum hörbarer Stimme, während sie das Glas anstarrte, das sie fest in ihrer Hand umklammert hielt. »Ich weiß nicht, wo ich leben soll, und ich habe keine Aussichten auf eine Heirat …«

»Bist du noch Jungfrau?«, unterbrach er sie, worauf ihr Kopf hochschnellte; ihre weiße Haut erblühte rot. Ran ließ sich durch diese Reaktion wenig beeindrucken. »Wenn ich dir einen Ehemann besorgen …« Er machte eine Pause. »Das ist es doch, worum du mich bittest, oder?«

Sie nickte.

»Ich sollte ja wohl über deine Vorzüge genauso im Bilde sein wie über deine Mängel«, erklärte er ihr, lief um den Tisch herum und ließ sich träge auf einen Stuhl fallen, »wenn ich dafür sorgen soll, dass du angemessen verheiratet und beschlafen werden wirst.«

Ihre Wangen schienen vor Verlegenheit noch mehr zu erröten, und ihr Blick nahm eine Schärfe an, die er nicht erwartet hatte.

»Du bist ein kalter Mann, Ransom Montegomery. Und unglaublich herzlos.«

»Ich streite gar nicht ab, wer oder was ich bin, Mistress.« Er zuckte gleichgültig mit den Schultern. »Und es wäre nur zu deinem Vorteil, wenn du das niemals vergessen würdest, denn ich bin derjenige, der sich mit dem Problem herumschlagen muss, eine passende Partie für eine mitgiftlose, unehelich geborene Schwester zu finden.«

Sie konnte seinem Blick nicht standhalten und senkte den ihren. Ein Funke Mitgefühl flammte in ihm auf, er verfluchte sein gefühlloses Benehmen. Kokette schwache Weiber waren jedoch äußerst untauglich in diesem Teil der Welt. Er stellte sich vor, dass Rachel hübsch in eine anständige englische Gesellschaft passen würde. Die Tatsache, dass sie in einem Kloster aufgewachsen und unbefleckt war, würde es leichter machen, sie an einen heiratswilligen Mann zu vermitteln, der vielleicht sogar über ihre fragwürdige Abstammung hinwegsah. Immerhin war sie ja eine Montegomery. Ran musste beinahe lachen angesichts der Absurdität des Ganzen, behielt jedoch sein teilnahmsloses

Gesicht bei. Seine Abstammung besudelte ihn wie eine verdammte Seuche, und vor ihm saß nun das Ergebnis einer weiteren Sünde des ausschweifenden Lebens seines Vaters.

Sie zuckte zusammen, als er sich aufrecht setzte und eine blutrote Kerze entzündete. Dann griff er nach einer Feder, die in einer kunstvoll verzierten silbernen Schreibschatulle lag und tauchte diese in ein Tintenfass. Er nahm ein Blatt Papier und kritzelte schnell etwas hin.

»Sei in drei Stunden zurück«, befahl er ihr. Als sie protestieren wollte, unterbrach er sie mit den Worten: »Wir segeln in vier Stunden mit der morgendlichen Flut ab. Ich werde meine Männer als Geleitschutz mitschicken, damit du dein Gepäck holen kannst. Um dich im Voraus zu warnen, dieses Schiff trifft sich in zehn Stunden mit einem anderen, und du wirst dich an dessen Bord befinden.«

»Dürfte ich erfahren, wohin du mich schickst?«, fragte sie mit einem Funken Trotz. Er schaute auf, streute Sand zum Trocknen der Tinte auf das Schreiben, faltete es und ließ dann Kerzenwachs darauf fließen, um sein Siegel anzubringen. Seinen Blick wendete er nicht von ihr ab.

»In mein Haus, Rachel. Man wird sich dort gut um dich kümmern, wie es sich für meine Schwester geziemt.« Seine Stimme hatte nichts Sanftes an sich, lediglich den Klang eines Mannes, der es gewohnt war, Befehle zu erteilen und der erwarten konnte, dass diese auch ausgeführt wurden. Er stand auf, schritt zur Tür und rief nach Dahrein. Der Junge erschien mit gebeugtem Kopf. »Dahrein. Dies ist Mistress Ortiz, meine … Halbschwester.« Ran stellte sie rasch vor und ignorierte den bestürzten Blick des Jungen, als Rachel aufstand und zu ihnen hinüberkam. »Kümmere dich bitte darum, dass sie ordentlich in einer freien Kabine untergebracht wird, und kommandiere Castille vor ihrer Tür ab.« Ran schaute Rachel mit unnachgiebigen Augen an. »Du wirst dich nicht auf Deck zeigen, und du wirst meine Anweisungen befolgen. Haben wir uns verstanden?«

Er verzichtete darauf, ihr zu erklären, dass eine Frau in diesem Land und vor allem an Bord seines Schiffes Grund genug war für eine Meuterei, und er hatte weder die Zeit noch den Wunsch, seine Crew wegen eines so zarten Weibes zum Gehorsam prügeln zu müssen. Ein Blick des einäugigen Castille würde sowieso genügen, dass sie sich freiwillig in ihrer Kabine verbarrikadierte. »Dies wird deine Heimkehr sichern«, das Wort Heimkehr blieb ihm in der Kehle stecken, als er ihr den versiegelten Brief überreichte.

Dahrein starrte die Frau einen unangemessen langen Moment intensiv an und wartete dann darauf, dass sie ihm folgte.

Rachel blieb an der Schwelle der Tür stehen, legte ihre Hand leicht auf Ransoms Unterarm und schaute ihn mit ihren glänzenden dunklen Augen an.

»Ich danke dir, Bruder. Den Ring und die Briefe hätte ich gerne wieder, nachdem du deine Bedenken ausgeräumt hast.«

Mit diesen Worten raffte sie ihre Röcke und ging hinter Dahrein hinaus.

Mit einem Knall schloss Ran die Tür, machte auf dem Absatz kehrt, stürmte durch die Großkabine und blieb hinter seinem Schreibtisch stehen.

Er riss die rechte Schublade auf, zog ein verschlossenes Kästchen heraus und ließ es auf den überladenen Tisch fallen. Einen Moment lang starrte er es an, dann öffnete er den Verschluss, ließ den Deckel aufschnappen und zerrte einen Ring aus dem Samtfutter. Er griff nach dem Ring, den Rachel ihm zurückgelassen hatte, und verglich die beiden.

»Zur Hölle mit dir, Vater!«

Was ihn dort zur Bestätigung anschrie, war der Adler mit den ausgebreiteten Flügeln des Hauses Montegomery.

»Ist dies das Vermächtnis, das du mir hinterlässt? Und wie viele deiner Bastarde werden mich noch ausfindig machen wegen eines Stückchens von deinem Namen?«

Eine behandschuhte Hand schüttete Münzen in die Handfläche eines bewaffneten Mannes. Der Empfänger zog eine Münze aus dem Häufchen und biss darauf, bevor er den Rest in seiner Geldbörse verschwinden ließ.

»Wo und wann?«

Die verhüllte Gestalt streckte einen Arm aus und legte ihrem Gegenüber ein Stück Papier in die Hand.

Der bewaffnete Mann las das Schreiben. »Ich riskiere viel dafür.« Er klimperte mit der Börse.

Eine Pistole tauchte auf, der lange Lauf war auf seine Kehle gerichtet. Der bewaffnete Mann knurrte und wendete sich ab.

Es war ein armseliges Loch.

Für die Frau jedoch, die auf dem schmutzigen Kissen lag, war es ein Palast. Wenn sie auch Minzöl auf das Kissen sprenkeln musste, um den Geruch der letzten Seele, die dort geschlafen hatte, zu überdecken, so war es doch noch tausend Mal besser, etwas Weiches unter der Haut zu spüren als die unnachgiebige Härte der Mutter Erde. Sich unter den abgewetzten Teppich kuschelnd, den sie als Decke benutzte, und mit ihrem Amulett spielend, schaute Aurora in die Sterne, die klar und hell durch das Loch zu sehen waren, das anstelle eines Fensters in die Wand gehauen war. Sie fragte sich, ob Ransom in dieser Nacht ebenfalls den Himmel absuchte und die Lichtpunkte dazu benutzte, sein Schiff zu seinem nächsten Abenteuer hin zu lenken.

Sie seufzte, rollte sich auf den Rücken und stieß tief den Atem aus.

Er war fort, dessen war sie sich ganz sicher. Genauso, wie sie seine Anwesenheit gespürt hatte – seine Hitze, seinen Blick, seine breiten starken Schultern und das Gewicht seiner Stiefel, als würden diese schwer auf ihrem Herzen lasten. Die Leere, die nun an ihr zerrte, zeugte von seiner Abwesenheit. Obwohl sie nur wenig von ihm wusste, vermisste sie doch schon das Gefühl von Wärme und Sicherheit, das er ihr gab, sobald er in ihre Nähe kam.

Aurora wusste, dass er sie beschuldigte, seine Pläne durchkreuzt zu haben, wie auch immer diese ausgesehen haben mochten. Bestimmte Informationsfetzen hatten sie jedoch in dieses verfallene Seuchenloch gebracht, wo sie ihm wieder begegnet war. Sie hoffte, dass der junge Baynes das Pulver auf seine Wunde gegeben hatte; ihr Krötensteinring war so heiß geworden, dass er beinahe ihren Finger verbrannt hätte, um sie vor der Giftspur in der offenen Wunde zu warnen.

»Shokai?«

»*Hai*«, kam es von dem kleinen Mann herüber, der vor der Tür ausgestreckt lag, um ihr Leben mit dem seinen zu schützen.

»Warum, glaubst du, hat er mit Foti verhandelt?«

»Ein Anführer hat viele Gesichter, mein Kind.«

»Das nehme ich an.« Ihr Seufzer ging in leichtes Lachen über. »Aber hast du diese grässlichen Stiefel gesehen, die er trug? Bis unter seine Knie mit goldenen Troddeln besetzt? Und dieses rote Haar – das war vielleicht ein Anblick!«

Shokai ließ lediglich ein Grunzen hören, er war jedoch schon immer ein Mann weniger Worte gewesen.

»Ob es wohl Zufall war, dass unsere Informationen über meinen Vater uns drei Mal in sechs Wochen diesem Engländer über den Weg haben laufen lassen?«

Shokai bewegte sich, wobei sämtliche Knochen knackten. »Wenn zwei Wege eingeschlagen werden, wer kann dann schon sagen, ob sie sich nicht irgendwann einmal kreuzen werden?«

»Du glaubst, er weiß etwas?«

»O ja!« Mandelförmige Augen blitzten sie an und Aurora erkannte seine Aufforderung, die Dinge erst zu durchdenken, bevor sie wilde Spekulationen anstellte.

»Nein, das ist unmöglich«, beteuerte sie, befriedigt darüber, dass drei Sekunden Nachdenken ausgereicht hatten, das herauszufinden. Shokai stöhnte, murmelte etwas in seiner Muttersprache, rollte sich dann herum und überließ sie sich selbst.

»Ich bedeute Ransom nichts, denke ich.«

Sie glaubte, Shokai lachen zu hören, war sich aber nicht sicher.

»Er hat eine unbändige Lust auf mich, das ja, aber unsere Begegnungen genossen, das hat er nicht.« Sie seufzte laut, ihre Gedanken von Bildern vernebelt: der Luxus seines Kusses, die köstliche Wärme seiner großen Hände auf ihrem Körper, ihre eigenen Hände, die den seinen erforschten. Ja, bei mir ist es wohl echte Zuneigung, dachte sie; sie atmete tief durch, nachdem die Bilder sich verflüchtigt hatten.

Plötzlich hämmerte es in ihrem Kopf.

Jäh setzte sie sich auf.

»Shokai!«, schrie sie, bevor die Tür zersplitterte.

6

Ran taumelte zum Backbordfenster hinüber und stützte sich mit den Handflächen gegen den Rahmen. Das Schiff schaukelte und schlug gegen die Pier. Wenn sein Blick auch starr auf die anderen laternenbeleuchteten Schiffe im Hafen gerichtet blieb, so waren seine Gedanken doch bei den Crewmitgliedern, die er verloren hatte. »Foti hat also gelogen«, bemerkte er unnötigerweise.

»Nicht ganz«, warf Domingo ein. »Das Schiff wird in Tanger sein, unglücklicherweise jedoch frühestens in zwei Wochen, vielleicht sogar erst in vier.«

Ransom murmelte einen Fluch und kehrte zu dem langen, polierten Tisch zurück, um den herum seine Offiziere saßen. Zwei Stühle waren frei, was ihn an den Preis erinnerte, den er hatte zahlen müssen.

»Was werden wir nun tun, Capt'n?«, wollte vom entfernten Ende des Tisches ein wegen seiner neuen Position nervöser Seemann wissen.

»Beten, Willy, denn wenn dieses Frauenzimmer nicht …«

Domingo warf Baynes einen vernichtenden Blick zu. »Wir können wohl kaum der Lady die Schuld dafür in die Schuhe schieben.«

»Warum zum Teufel denn nicht? Wenn sie nicht gerade dabei ist, jede Spur zu verwischen, die wir gerade aufgenommen haben, müssen wir sie aus irgendeinem verdammten Tumult herausziehen.«

»Ich denke, es war unser Captain, der sie da rausgezogen hat.« Domingo schaute Ran ins Gesicht, und er lächelte trotz des über jeden Zweifel erhabenen Blickes, den er empfing.

»Und was macht ein Weib, verkleidet als Junge, an einem Männerort?«

Sie blickten zu Ran hinüber, der lehnte es jedoch ab, Spekulationen darüber anzustellen. Das hatte er nämlich schon die ganze Zeit über getan, seit sie sich vor zwei Tagen in den Straßen getrennt hatten. Es war unmöglich, sich eine objektive Meinung darüber zu bilden, denn er wusste nichts über die Vergangenheit dieser Frau. Was ihn jedoch noch immer beunruhigte, waren die Ornamente, die er kurz auf ihrem silbernen Dolch gesehen hatte. Sie waren ihm bekannt vorgekommen. Nein, nicht so sehr, dass er sich als Ganzes an sie erinnern konnte, nur an Teile davon. War es der endlose Knoten gewesen, der in diesem flüchtigen Moment seine Aufmerksamkeit gefesselt hatte, oder war es der spiralförmige silberne, durch häufige Nutzung glatt gewordene Griff gewesen? Und zum Teufel noch mal, warum benutzte sie die Waffe nicht zu ihrer Verteidigung? Es war offensichtlich, dass ihre Stärke allein nichts ausrichten konnte, da half es auch nichts, sich als Araber zu verkleiden. Und warum war sie überhaupt dort gewesen, an diesem fürchterlichen Ort und genau in diesem Moment? Wie lange hatte sie dort schon gewartet? Warum, wenn sie sich schon extra verkleidet hatte, hatte diese schwachsinnige Frau sie dann beide der Fallgrube randvoll mit Dieben und Plünderern ausgeliefert? Sie musste die Gefahren erkannt haben!

Beim Blute Gottes, er konnte nicht ohne Wut an sie denken. Aber er wusste genau, was geschah, wenn er sie wiedersah. Seine Selbstbeherrschung würde ins Schwanken geraten, er würde schwach werden angesichts ihrer Schönheit, ihres energiegeladenen Charmes und des heftigen Verlangens, das er jedes Mal verspürte, wenn er in ihre klaren blauen Augen schaute.

»Glaubt ihr, sie verfolgt uns?«, wollte der Steuermann von seinen Kameraden wissen.

»Wenn ja, so bedeutet das, dass wir einen Spion an Bord der *Lion* haben.«

Darauf folgte erst einmal Stille, und dann: »Ein Gerücht wie dieses wird dir noch ein Messer im Rücken einbringen, Baynes«, kam es von dem für gewöhnlich stummen Bootsmann Connor Lockewood.

Leelan Baynes erkannte die Unbesonnenheit seiner Bemerkung sowie die Gerüchte, die eine solche Spekulation hervorrufen konnten. Er schaute daher auf seinen Teller herunter, griff nach seinem Kupferbecher und goss sich seine Ration des wertvollen Rums ein. Dann rieb er seinen verwundeten Arm. Der Schiffsarzt bat ihn, ihn nochmals behandeln zu dürfen. Baynes nickte, sein Gesicht blieb jedoch ungerührt. Er bedauerte den Verlust der Medizin, die ihm die Frau gegeben hatte – es musste doch irgendetwas geben, das weniger schmerzhaft war als ein Aderlass.

»Es ist jedenfalls gut, dass das Mädchen weg ist«, bemerkte Lougière, wischte sich die Lippen mit einer Serviette ab, warf diese dann auf seinen Teller und stand auf. »Ich habe die erste Wache«, erinnerte der Quartermeister seinen Captain und schlenderte dann, gefolgt von Lockewood, aus der Kabine.

Ran ließ sich auf seinen Stuhl fallen, spielte mit seiner Gabel herum und hörte nur mit halbem Ohr dem Gespräch zu, das zum größten Teil Aurora und ihren seltsamen kleinen Wächter zum Inhalt hatte, denn sie konnten nichts erreichen, bevor nicht das Sklavenschiff, die *Black Star*, in Tanger eingetroffen sein würde. Dass sie in eine Falle segeln könnten, dieser Gedanke war ihm natürlich schon gekommen. Er glaubte, mögliche Schwachstellen in seinen Plänen zu erkennen, verwarf diese Gedankengänge aber gleich wieder und dachte über durchzuführende Vorsichtsmaßnahmen nach. Er vertraute seinen Männern.

»Ihr dürft mich nun verlassen«, erlaubte er ihnen, ohne seinen Blick von der Gabel abzuwenden, und als die Männer daraufhin eilig aufbrachen, fügte er hinzu: »Nicht jedoch dieses Schiff.«

Enttäuschtes Stöhnen begleitete ein »Jawohl, *Capitán*« des Spaniers, während dieser sich einen halben Laib Brot vom Tisch griff und beim Hinausgehen ein großes Stück davon abbrach.

Dahrein betrat den Raum, um ein Tablett mit schmutzigen Tellern und Besteck zu beladen. Da er die Arbeit des Jungen behinderte, ging Ran zu seinem Schreibtisch hinüber, ließ sich auf den marokkanischen Lederstuhl fallen und legte seine Füße auf die polierte Tischplatte.

Er nahm einen Wetzstein zur Hand und begann, sein Lieblingsmesser zu schleifen.

»*Capitán?*«, rief Domingo von der Türschwelle herüber. Ran sah auf, während er die Klinge mit geschmeidigen, geübten Strichen weiterbearbeitete.

»Avilar«, forderte Ran seinen Ersten Maat zum Reden auf. Dann bemerkte er jedoch die Sorgenfalten in dem normalerweise lächelnden Gesicht des Spaniers. Er ließ seine Füße auf den Boden gleiten und zog erwartungsvoll seine Augenbrauen zusammen, als Domingo Platz machte, um jemanden eintreten zu lassen.

Eine verhüllte Gestalt kam herein, Ransom erkannte sie jedoch sofort.

Auroras Beschützer.

Bei der Liebe Neptuns, wie war es ihm nur gelungen, hier herzukommen, vor allem schon ein paar Stunden nach dem Anlegen der *Lion*? Und wie hatte er das Schiff in einem so überfüllten Hafen überhaupt finden können?

Ohne auf Erlaubnis zu warten schlurfte der alte Mann langsam in die Kabine, wobei das Tacken seines Holzstabes jeden seiner Schritte begleitete.

Rans Herz überschlug sich ganz seltsam in seiner Brust, denn eines war nicht zu übersehen. Shokai war allein.

Mit gebeugtem Kopf stand der Mann bewegungslos da. Ran gab Domingo ein Zeichen einzutreten. Nachdem er die Tür hinter sich geschlossen hatte, setzte Domingo sich zur linken Seite seines Captains, stützte seinen Ellbogen auf die hohe Lehne eines Stuhles und drückte seine Schulter gegen die Kabinenwand.

»Ihr könnt eigentlich nur in einer Angelegenheit an Bord

sein, alter Mann. Welches Missgeschick ist Eurer ›Kaiserin‹ nun schon wieder passiert?«

»Eine schöne Frau lernt eine Menge Leid kennen, Mylord.«

»Ich glaube nicht einen Moment lang, dass die Probleme einer Frau mit ihrem Aussehen zu tun haben.«

»Euer Wunsch scheint in Erfüllung zu gehen, Ran.« Ran warf Domingo einen eisigen Blick zu.

»Ihr wolltet doch, dass sie verschwindet, nun ist die Lady allem Anschein nach entführt worden. Habe ich recht?«, wollte der Spanier von Shokai wissen, woraufhin der Japaner nickte. »Nun, *Capitán*«, fragte Domingo genussvoll. »Wessen Verlangen nach der Frau ist wohl groß gen…«

»Abduli«, stieß Ran voller Zorn aus, und seine Finger klammerten sich so fest um den Messergriff, dass seine Knöchel ganz weiß wurden.

»Hai«, bestätigte Shokai, wobei sein gebeugter Körper schwankte.

»Und Ihr seid nun gekommen, um *mich* zu bitten, *Eure* Aufgabe zu übernehmen?« Rans Muskeln spannten sich an.

»Hai.«

»Niemals«, knurrte Ran und schleuderte sein Messer davon. Es landete in einem Holzblock, der am Deckenbalken befestigt war und dessen Zustand von stundenlangem Üben zeugte. Bei Gott, Shokai hatte keine Ahnung, um was er ihn da bat!

»Mylord …«

»Nein!« Ran stürmte durch den Raum und zog den Dolch mit einem Ruck aus dem Holz. »Sucht nach jemand anderem, der sich für sie einsetzt, alter Mann. Mir ist die Lust auf Befreiungsaktionen vergangen.«

»Aber ein Geist kann nicht frei sein in einem goldenen Käfig.«

Ran ließ seinen Kopf nach hinten sinken und stöhnte. Shokais Worte trafen ihn wie ein durchdringender Schlag. Der goldene Käfig. Der *hareem.* Der Gedanke, dass Aurora auch nur eine Sekunde verschleiert und versteckt als sexuelles Spielzeug für den Beduinen dort verbringen musste, verursachte einen bitteren Geschmack in seinem Mund. Beim großen Neptun, er würde die Stadt auseinandernehmen auf der Suche nach ihr, wenn derjenige, der sie gefangen genommen hatte, ein anderer wäre. Aber mit dem Beduinen zu verhandeln …

»Nein. Ich kann nicht.« Die Wunden, die seine Vergangenheit hinterlassen hatte, aufzureißen für eine Frau, die er kaum kannte, das war undenkbar.

»Dann überlasst Ihr dem Wüstenprinzen also freiwillig einen so leuchtenden Stern?«, forderte Domingo ihn heraus; sein Captain blieb jedoch stumm. *»Madre de dios,* Ihr kennt doch die Sitten des Korans! Er wird Anspruch auf sie erheben und sie wird verloren sein hinter *seinen* Mauern.« Rans Gesicht verdüsterte sich vor gärender Wut. Domingo verlieh seinem Anliegen Nachdruck. »Nun gut, vielleicht wird sie ja auch glücklich sein darüber, von dem berühmten Prinzen *verführt* zu werden, denn man sagt ihm nach, keine Frau widerstehe seinem …«

»Genug! Ich scher mich einen Dreck um Gerüchte. Und Ihr, Avilar«, Ran stieß die Klinge in Richtung des Spaniers, »überschreitet Eure Kompetenzen!«

Domingos Gesicht blieb ungerührt, aber innerlich wunderte er sich doch über diesen heftigen Gefühlsausbruch. Ransom Montegomery war normalerweise ruhig, kontrolliert, aber wenn es um etwas ging, gefährlich rücksichtslos.

»Jungfrauen und Fische halten sich nicht lange«, goss Shokai Öl auf Rans Unentschlossenheit. Obwohl Ran bezweifelte, dass Aurora noch unschuldig war, so ließ die Vorstellung von Rahman, wie er sein Können an ihr ausübte, ungezügelte Wut in ihm hochkommen.

Shokai schwankte und fiel jäh zu Boden. Ran eilte zu ihm, drehte ihn sanft um und schlitzte mit seiner Klinge den Umhang auf. Bei dieser Gelegenheit entdeckte er die Peitschenstriemen auf der mageren Brust des alten Mannes. Einen Fluch ausstoßend brüllte er nach seinem Schiffsarzt.

»Ransom«, stupste Domingo ihn an, und als Ran dem Blick

des Spaniers folgte, sah er die blutigen Fußtritte auf Boden und Teppich.

Er wendete seine Aufmerksamkeit Shokais Füßen zu. Die Fußsohlen waren völlig wund.

»Er muss den ganzen Weg zu Fuß gelaufen sein«, flüsterte Domingo ehrfurchtsvoll.

»Selbst ein Narr wird weise, wenn er verletzt ist.« Shokais Stimme war schwach und heiser, als er seine runzlige Hand auf Rans Arm legte. »Verurteilt das Verbrechen und nicht immer nur den Verbrecher.«

»Wollt Ihr damit sagen, dass Abduli nicht dafür verantwortlich gemacht werden kann?«

»Große Niederträchtigkeit wird oft Loyalität genannt, Mylord.«

Ran war sich nicht sicher, ob der Kommentar des alten Mannes ihn selbst oder Abdulis Männer freisprach. Der Schiffsarzt kam und Ran gab den Befehl, sich um den alten Mann zu kümmern.

Als Shokai vorsichtig aus der Kabine gebracht wurde, stand Ransom in der Nähe des Achterfensters; sein Blick klammerte sich an den vollen Mond.

Er sah dort die Frau, für deren Freiheit er jeden herausfordern würde.

Ich bin schon wieder schwach geworden wegen dir, kleine Lady. Und es ist mir noch dazu völlig gleichgültig.

»In diesem Hafen sind wir ungeschützt, Domingo. Bringt die *Lion* in Gewässer jenseits von Tanger und bleibt dort mindestens fünf Nächte vor Anker. Lauft dann zwei Meilen westlich einen Hafen an. Wir werden dort auf euch warten.«

Domingo verbarg sein zufriedenes Gesicht, denn er wusste, dass sein Captain nicht in guter Stimmung war. Trotzdem konnte er einer letzten Stichelei nicht widerstehen. »Sagt mir, Ran, was war es, das Eure Meinung geändert hat? War es das, was diese mutige kleine Taube mit Euch machen würde, wenn ihr Beschützer sterben würde, oder war es die Vorstellung, wie sie sich unter Abduli windet, und zwar mit mehr als nur ihren Armen um ihn geschlungen?«

Rans Kopf erhob sich kaum zu einem Blick auf seinen Ersten Maat. Sein Haar fiel ihm ins Gesicht, seine Augen sahen scharf und bedrohlich aus vor gezügelter Wut.

»Vergesst, dass ich gefragt habe«, rief Domingo und verließ schnell die Kabine.

Als die Tür zuknallte, fuhr Ran sich mit den Händen durchs Haar. Eine Sekunde später sauste ein juwelenbesetzter Dolch durch die Luft und versank fast bis zum Griff in der Wand.

7

Sahara
Wüste der Berberei

Trockener Wüstenwind zerrte an den Stoffwänden, der Sand peitschte gegen die empfindlichen Barrieren; die winzigen weißen Körnchen drangen in jeden Spalt. In einem Teil des mit einem Turm versehenen Zeltes, umgeben von kleinen, durch Vorhänge abgetrennten Räumen, unterhielten sich leise Männer, aßen und tranken. Frauen, von Kopf bis Fuß in Schwarz gehüllt, huschten schweigend hinter ihnen her, bedienten sie und trugen ihr schmutziges Geschirr weg, unauffällig und unbemerkt.

Hinter einer der Zeltwände spielte jemand auf einer Flöte.

Ein dunkelhäutiger Mann, hoheitsvoll in seinem Gebaren, lehnte sich gegen ein Podium in der Rundung der Zeltwand zurück. Ein Wollteppich lag auf dem Boden vor ihm. Platten voll mit Datteln, Granatäpfeln, geschälten Feigen und getrockneten türkischen Aprikosen standen darauf. Er kostete jedoch nicht davon, beteiligte sich auch nicht an dem Gespräch. Trotzdem spürte Aurora den Blick des Scheichs auf sich, als er die Wasserpfeife an seine Lippen führte und den süß riechenden Rauch einzog. Sie hielt den Kopf gebeugt und verweigerte so dem Mann die Befriedigung eines Augenkontaktes. Sie scheute sich nicht das kleinste bisschen um die Selbstgefälligkeit, die in diesen achatschwarzen Tiefen lauerte.

Von dem Moment an, als seine Männer den abgewetzten Teppich entrollt hatten, um sie wie eine Kriegsbeute vor seine Füße zu legen, hatte sie sich geweigert zu sprechen. Sie war sich bewusst, dass ihr Akzent und die ungewöhnliche Stimmlage ihn dazu verleitet hatten, sie zu entführen. Und er hatte keinen Versuch unternommen, seine Absichten ihr gegenüber zu verbergen. Zwei Tage lang abgekapselt in den Frauengemächern, gebadet und von ihrem Körperhaar befreit, eingeölt und massiert, fühlte Aurora sich wie das gut gewürzte Bein eines Hammels, das für ein Festmahl vorbereitet worden war. Und es ist der Scheich, der dieses Festmahl abhalten wird, dachte sie realistisch.

Jetzt bin ich eine Sklavin.

Cailleach, Mutter aller ... betete Aurora; wie lange konnte ihr Schutzzauber wohl den Beduinen mit dem rabenschwarzen Haar davon abhalten, das Bett mit ihr zu teilen? Und ohne die geringste Vorstellung davon zu haben, wohin man sie gebracht hatte, bezweifelte Aurora, dass auch nur ein Mitglied seines Lagers sich dem gut aussehenden Anführer widersetzen würde, um ihr bei einem Fluchtversuch zu helfen. Wenn sie die Eindringlinge doch nur früher gespürt hätte, so hätten sie vielleicht fliehen können; ihre Freiheit auf Kosten von Shokais Wohlergehen zu verlieren, war nur ein Aspekt dieses Abenteuers, den sie nicht akzeptieren konnte. Oh, Shokai, weinte ihr Herz. Wie es ihm wohl ging? Er hatte sein Bestes gegeben, hatte aber allein gegen so viele junge, starke Gegner nicht bestehen können. Und aus diesem Grunde verabscheute Aurora den Mann, der sich mit angewinkelten Beinen und darauf abgestützten Ellbogen in dem Berg von Kissen niedergelassen hatte.

Was sie verspürte waren Wut und Hilflosigkeit, und keines dieser beiden Gefühle war ihr vertraut. Zugegeben, von Natur aus war sie eher leidenschaftlich, was sie jedoch versuchte, unter Kontrolle zu halten. Denn diese Eigenschaft machte ihr das Leben nicht gerade einfacher. Aurora glaubte jedoch daran, dass dies ein Defekt war, den die Göttin ihr verliehen hatte, um sie zu bereichern und stärker zu machen. Der Scheich und sein bisheriges arrogantes Handeln konnten jedenfalls nicht dafür verantwortlich gemacht werden, die Gebräuche in seinem Lande waren nun einmal so. Ihre eigenen Leute waren berüchtigt dafür, Clan-Erben zu entführen und gegen ein Lösegeld wieder freizulassen, wobei die Entführungen oftmals zu Kriegen führten. Aurora hegte jedoch keinerlei Hoffnung auf solch romantischen Unsinn. Sie hatte keine Clan-Mitglieder, die sich für sie einsetzen könnten.

Da bist du ja diesmal in einen feinen Schlamassel hineingeraten, Aurora, vor allem ohne eine Möglichkeit, wieder herauszukommen.

Erneut spürte sie den Blick des Scheichs auf sich ruhen. Er versuchte neugierig, durch die Lagen von Stoff und Schleiern hindurchzuschauen, sie konnte seine Gedanken erahnen.

Er musste diese Frau haben, und zwar unter sich und über sich, um ihr süßes Fleisch zu spüren und sie reiten, bis das heftige Sehnen, das er verspürte, gestillt werden würde. Doch Rahman konnte nicht verstehen, was ihn von dieser köstlichen Aufgabe abhielt. Von Rechts wegen gehörte sie ihm, trotzdem jedoch hatte sich die bisher einzige, unschuldige, flüchtige Berührung ihrer Hand angefühlt, als hätte er irgendein abscheuliches Verbrechen gegen Allah begangen.

Und Sheik Rahman ibn il Abduli lehnte es ab, irgendeine Frau zu zwingen.

Trotzdem trieben der Sandelholzduft frisch gewaschener Haut und Haare und die hauchzarten Schleier, die ihre Rundungen verhüllten, ihn zum Wahnsinn. Er hatte nicht lange genug im Westen gelebt, als dass er die verlockenden Freuden hätte vergessen können, die das Entfernen jeder einzelnen Schicht bereitete, um die üppigen Schätze aufzudecken, die darunter verborgen lagen.

Und es war an der Zeit, sie zu kosten.

Er streckte sich aus.

Dumpfe Hufschläge zügelten seine Lust, Warnschreie zerrissen die Luft.

Der Blick der Frau schnellte hoch, und Augen so blau wie der Himmel bei Tagesanbruch trafen auf die seinen, bevor sie zu den Zeltausgängen blickten. Rahman klatschte, und die Frauen liefen auseinander, während die Männer ihre Arme erhoben. Seine Gefangene stand auf und wollte zu den anderen Frauen hinübergehen, ein Hieb mit seiner Hand hielt sie jedoch davon ab zu fliehen. Sofort neigte sie ihren Kopf und versuchte, ihre Hände zu verbergen. Rahman dachte plötzlich, dass diese unterwürfige Haltung unglaublich untypisch war für eine fremde Frau.

Der Lärm nahm zu. Rahmans Hand bewegte sich zum Heft seines Schwertes hin. Seine Körperhaltung blieb jedoch entspannt, als sein Bediensteter eintrat und ihm etwas ins Ohr flüsterte.

Eine hoch gewachsene Gestalt, Kopf und Gesicht von einer Kapuze verhüllt, kam durch den Eingang des Zeltes hereingestürzt.

Zwei Wachen hielten sie auf, indem sie ihre Schwerter vor ihrer Brust kreuzten.

»Behandelst du so deine Gäste, Abduli?« Der Wind fuhr unter seinen Umhang und ließ ihn wie einen tintenschwarzen Wirbel um seine in Stiefeln steckenden Waden flattern.

»Wenn es sich dabei um dich handelt.«

Die Frau spannte sich an, wobei ihr Kopf sich langsam nach hinten neigte, und Rahman konnte beobachten, dass ihre Augen so rund wurden wie Geldstücke. Genauso schnell senkte sie jedoch ihren Kopf wieder. Abduli schaute sie grimmig an und wendete seinen Blick dann wieder dem Eindringling zu.

»Ich habe heute Nacht keine Lust zu töten, Beduine. Bitte entschuldige mich also.« Das selbstsichere Kichern der Wachen hörte auf der Stelle auf und Rahmans Blick senkte sich zu den Schwertern, die sich zwischen ihren Beinen erhoben. Seine Gesichtszüge verdunkelten sich vor Verdruss. Auf eine schnelle Drehung seines Handgelenkes hin machten seine Vasallen den Weg frei.

Der Besucher trat näher, wobei er an einem Seil riss, das um sein Handgelenk geschlungen war. Er zog Achmed ungeduldig an seinem Ohr hinter sich her.

»Hast du diesen Hund hier geschickt, damit er tut, was du ihm befohlen hast?«, kam es auf Arabisch, als der riesenhafte Mann den Kaufmann vor Rahmans Füße platzierte.

Der Besucher ignorierte die Wachen, die ihn erneut flankierten und ihre Schwerter erhoben hielten, um ihm auf den geringfügigsten Befehl hin den Bauch aufzuschlitzen.

»Mir ist es egal, wie er seine Arbeit erledigt, *Ahmar Asad.* Hauptsache, er erledigt sie.«

»Offensichtlich nicht. Du siehst also stillschweigend darüber hinweg, wenn sie vorsätzlich entehrt wird?« Er wies auf Aurora.

Rahman schnellte auf seine Füße. »Welche Lügen verbreitest du da!«

»Sie war nicht allein, als Achmed sie raubte. Ihre Familie war bei ihr.«

Rahman brüllte vor Empörung, und seine dunklen Augen wurden hart wie Stein. Achmed warf sich sofort vor seinem Herrn zu Boden, machte eine tiefe Verbeugung und bat um Vergebung. Rahman stieß ein paar Worte auf Arabisch aus, woraufhin seine persönlichen Leibwachen vortraten und Achmed mit einem Ruck vom Boden hochzogen.

»Hackt ihm seine Hände ab, damit er niemals erfahren wird, wie eine keusche Frau sich anfühlt.« Aurora holte tief Luft und starrte Rahman zornig an. Dieser spürte ihren Blick wie einen Hieb.

»Würdet Ihr seinen Kopf vorziehen?«

Sie wies das Angebot vehement zurück.

»Dann werden es also seine Hände sein.«

Die Wachen zogen Achmed fort, und Aurora schaute zu den beiden Männern hinüber in der Hoffnung, diesem Wahnsinn ein Ende bereiten zu können.

Als Ransom seine Kapuze zurückschlug, ignorierte er sie einfach; er weigerte sich, sie anzuschauen, denn ein Blick in diese wunderschönen blauen Augen würde schon genügen, ihn völlig aus dem Gleichgewicht zu bringen und nicht mehr mit Bedacht die Dinge tun zu können, die zu tun für ihre Befreiung vonnöten waren. Es war delikat, er musste die Bräuche auf der einen und ihre Leben auf der anderen Seite abwägen. Ransoms einzige Hoffnung war es zu verhandeln, ein Gefühl von Schande zu erzeugen oder durch seine Überredungskünste ihre Freiheit in seine Hände zu bekommen.

Ohne sie würde er jedenfalls nicht wieder fortgehen.

Bis auf Aurora waren die beiden Männer nun allein und starrten sich gegenseitig an, schweigend und herausfordernd.

Ransoms Blick huschte überheblich an der schlanken Gestalt des Scheiches hinunter, der in ein bauschiges weißes Hemd, weiße Kniehosen und dunkle Kniestiefel gekleidet war.

»Du siehst eher aus wie ein englischer Pascha als wie ein Beduinenprinz«, bemerkte Ransom. Der *kaffiyeh,* der Abdulis Kopf bedeckte und mit einer dicken Kordel festgehalten wurde, deutete als Einziges auf seine Herkunft hin.

Rahman ahmte Rans Blick nach. »Und du verkleidest dich sehr gut als Wüstenbaron, Montegomery«, gab er genauso arrogant zurück.

Aurora stöhnte angesichts dieses Gespräches über Mode, wo doch ihre Freiheit auf dem Spiel stand. Beide Männer blickten zu ihr hinüber, sie jedoch hielt ihren Kopf geneigt.

»Was ist mit dir, dass du trotz so vieler Frauen keine Befriedigung finden kannst und Gefangene nehmen musst«, Ransom hielt kurz inne, »um das zu bekommen, wonach dein Körper verlangt?«

Rahman tat die Beleidigung ganz einfach mit einem Lachen ab. »Ich befriedige sie alle und brauche doch noch mehr, Engländer.« Abduli ließ sich wieder auf die Kissen fallen. Er rückte nah an Aurora heran und spielte mit den Falten ihrer Gewänder.

Ran ballte die Fäuste angesichts dieses unverhohlenen Imponiergehahes. Hatte Abduli sie vielleicht schon in seinem Bett gehabt? Hatte er schon den üppigen Körper ausprobiert und als angenehm befunden und lehnte es nun ab, um sie zu verhandeln? Der Gedanke daran ließ Ran verrückt werden.

»Sie ist keine aus deinem Volk, Beduine, und sie ist deinen Bräuchen nicht verpflichtet.«

»Ach, aber von Rechts wegen gehört sie mir. Und«, Abduli zuckte mit den Schultern, »der Kaufmann hat den Preis für seine Dummheit bezahlt.«

»Macht der Verlust seiner Hände denn den Makel auf deinem Namen wett?«

Rahmans Schultern spannten sich an, und seine Hand zog in offener Drohung das Schwert ein paar Zentimeter weit aus der Scheide. »Stelle bloß nicht *meinen* Namen in Frage, Engländer!«

Aurora atmete scharf ein, und der Blick des Scheichs schnellte zu ihr hinüber. Abduli hob ihren Kopf ein wenig, indem er sanft seine Hand unter ihr Kinn legte. Erneut überkam ihn das Gefühl, dass er sie nicht so hätte anfassen dürfen. Er lehnte sich etwas weiter zurück, konnte aber seinen Blick nicht von ihr abwenden.

Die höhnische Bemerkung des Engländers vergessend, flüsterte er ihr etwas zu.

Aurora starrte in seine rabenschwarzen Augen, denn sie wusste nicht, was er vorhatte. Im Stillen dankte sie der Göttin dafür, dass sie ihr Ransom geschickt hatte; gleichzeitig erkannte sie jedoch auch Rahmans mächtiges Verlangen. Er würde kämpfen, vielleicht sogar töten, um seinen Besitz behalten zu können. Das war eine Ehre, die viele Frauen glücklich machen würde, denn sein umwerfend gutes Aussehen und seine schlanke, muskulöse Figur konnten jede Frau in sein Bett locken. Mit Ausnahme von ihr.

»Ich will mit Euch schlafen«, flüsterte er auf Arabisch. Nun, dachte Aurora, während sie eine Augenbraue hochzog. Mit Sicherheit wird er es auch versuchen.

»Ich verspreche Euch Nächte wohlriechender Freuden, und es soll Euch an nichts fehlen in meinem Haus.« Seine Finger glitten über ihre verschleierten Lippen und er stöhnte, denn diese Berührung überwältigte ihn mit einer seltsamen Mischung aus Ablehnung und Verlangen. »Diese Lippen auf meinem Körper zu spüren und die meinen auf deinem, meine kleine Blauäugige, ist nur der Anfang.« Das bedrohliche Gefühl ignorierend, lehnte er sich an sie und sprach noch leiser. »Ich will meine Finger in dich hineinstecken, ich will spüren, wie du für mich feucht wirst, damit ich dir die Freuden schenken kann, für die du geschaffen worden bist.«

Schon wieder einer, der anfängt zu prahlen, dachte sie, blieb jedoch gelassen. Seine lüsternen Worte regten sie nicht an, nicht einmal, als er ihr ins Ohr flüsterte: »Stell dir nur vor, wie ich in dir bin, meine Kleine, sanft und warm in deinem …«

»Du kannst sie nicht behalten«, entwich es Ransom scharf, denn er war nicht in der Lage, sich dieses Schauspiel auch nur eine Sekunde länger gefallen zu lassen.

Abdulis Blick schnellte zu ihm hinüber. »Du wagst es, mir zu diktieren, was ich besitzen darf, Engländer?«

Die Herausforderung war deutlich. Ransom nahm jedoch nichts anderes wahr als Aurora, und das Bild von ihr, wie sie sich nackt nach Abdulis Inbesitznahme sehnen könnte, fraß seine Seele auf.

»Sie gehört mir, Beduine.«

Abduli versteifte sich, und Aurora schaute Ransom an, völlig fassungslos angesichts dieser kühnen Behauptung. Scheich Abduli schaute zwischen dem Engländer und seiner Gefangenen hin und her. Er erkannte sofort, dass das Feuer, das sie ihm verweigerte, dem Piraten zuteil wurde. Wut schoss in ihm hoch, der widerliche Geschmack einer bevorstehenden Niederlage vergiftete seine Glut. »Hast du mein Lager betreten, um meine Sklavin für dich selbst zu beanspruchen?« Abduli stand auf und schaute seinen Gegner an.

Ran riss seinen Blick von Aurora fort. »Es ist deine Schande, Abduli. Sie ist eine unter Schutz stehende Frau.«

Abduli tat ihn mit einer Handbewegung ab. »Viele meiner Frauen haben Familien, Engländer, und eine Menge von ihnen werden sie auch wiedersehen, aber hier«, er wies auf das leere Zelt, »ist sie *meine* Sklavin.«

Meine Sklavin. Es geht also um nichts anderes als um den Besitz ihres Körpers, dachte Ran, und seine nächsten Worte kamen unaufgefordert.

»Dann verkaufe sie mir.«

Abduli runzelte seine Stirn. Ein solches Angebot hätte er von diesem Mann niemals erwartet. Als er jedoch auf die Frau hinunterschaute, deren Augen starr auf den Piraten gerichtet blieben, erkannte er, dass die unbestreitbaren Gefühle, die sie füreinander empfanden, der Wille Allahs waren.

Das bedeutete nicht, dass ihm dies auch gefallen musste.

Er zog Aurora auf ihre Füße und zerrte sie zwischen sich selbst und den Engländer. Dann verschränkte er seine Arme vor der Brust. »Kannst du denn den Preis bezahlen, Pirat?«

Ran zuckte mit den Achseln. »Du brauchst ihn mir nur zu nennen.« Obwohl er ihre strahlend blauen Augen auf seinem Körper spuren konnte, hielt er seinen Blick weiterhin auf den Beduinen gerichtet.

»Langgewehre.«

Es überraschte Ransom nicht, dass Abduli davon wusste, dass er die Langgewehre mitgebracht hatte, und es geschah lediglich aus Höflichkeit, dass die Waffen nun nicht gegen ihn verwendet wurden.

Sie waren jedoch ein letzter Ausweg.

Ran schüttelte den Kopf. »Zu viel für eine unbedeutende Frau.« Aurora wie einen Stoffballen zu erwerben zerrte an seinem letzten Nerv, und er konnte spüren, wie sie unter ihrem Schleier vor Wut kochte, als der Scheich seine Hände mit besitzergreifendem Druck auf ihre Schulter legte.

»Gewehre, Gussformen und Schießpulver.« Er benötigte diese dringend, und Montegomery wusste das. Wenn der Engländer jedoch lediglich als ihr Beschützer hier war, dann würde Rahman auch dafür sorgen, dass er für die Folgen seiner arroganten Forderungen würde zahlen müssen.

Aurora fand sich plötzlich in Abdulis Arme hochgerissen. Ransom machte einen bedrohlichen Schritt nach vorn, während sein Herz in seiner Brust pochte. Würde er womöglich sie und die Gewehre behalten?

»Die Waffen für das Verlangen nach einer Nacht, *Ahmar Asad?*«

Ihr panischer Blick schoss zwischen den beiden Männern hin und her, und einen Moment später warf der Scheich sie wie überflüssiges Gepäck in Ransoms Arme. Ran konnte nichts anderes tun, als das Bündel aufzufangen. Als er sie fest in seine Arme emporhob, wussten beide Männer, dass dies so unumstößlich war wie sein verbürgtes Wort.

»Erhebe Anspruch auf sie, wie ein Mann Anspruch auf seine Braut erhebt.« Rahmans Lippen verzogen sich zu einem zynischen Lächeln. »Und denk daran, dass ich Ohren habe, Ransom Montegomery.« Mit einer eleganten Handbewegung deutete er zum äußeren linken Rand des Zeltes hin. »Ich werde es mitbekommen.«

Ran hatte keine andere Wahl. Er bahnte sich wortlos mit den Schultern seinen Weg hinter die Seidentücher bis in die Mitte des durch Vorhänge abgetrennten Raumes hinein. Dort lud er Aurora kurzerhand auf einem Haufen Kissen ab. Noch bevor er sich ganz von ihr wegdrehen konnte, hob sie ein Bein und trat ihn in seine Kniekehlen. Ran strauchelte und fiel neben sie auf die Kissen. Er starrte sie an, der Schreck zeichnete sich auf seinem normalerweise gleichmütigen Gesicht ab, als sie sich aus den Schleiern und Tüchern schälte.

Sie stützte ihren Kopf mit ihrer Handfläche ab. »Behandelt mich nie wieder so, Ransom Montegomery.« Sie drohte ihm, indem sie mit einem Finger unter seiner Nase herumfuchtelte.

Rans Lippen zuckten. Er bewunderte ihre Hartnäckigkeit und ihren Mut.

»Es war gut, dass Ihr da draußen Eure Zunge gehütet habt, Frau, denn ich habe meine Pläne schon vor Euren Füßen zerplatzen sehen.«

Mit einem Ruck setzte sie sich auf. »Ihr habt die Waffen ausschließlich zu dem Zwecke mitgebracht, mich zu kaufen?«

Ran wendete sich ab. Kaufen. Eine Seele für ein Lager voller Gewehre. »Stellt Ihr nur die Mittel zu Eurer Freiheit in Frage«, er blickte über seine Schulter zurück, »oder den Vorgang an sich?«

»Aber Gewehre, Ransom, sind zu nichts anderem nütze, als Leben zu vernichten. Unschuldige Leben.«

Er drehte sich zu ihr um, stützte sich ab und zwang sich, seinen Blick nicht zu den verlockenden Gewändern und dem opulenten Körper schweifen zu lassen, der sich darunter abzeichnete. »In der Wüste heißt es, entweder sich verteidigen oder sterben. Abduli braucht neue Waffen, und mit diesen wird er seine Zeit vielleicht besser ausfüllen können«, er musterte sie unverblümt, »und es wird die Chance vermindern, dass er zu seinem Vergnügen schutzlose Frauen raubt.«

»Ich war nicht schutzlos«, schnaufte sie.

»Aber hier seid Ihr es.« Er wies mit einer Handbewegung auf das aufwendig ausgestattete Zelt.

»Ja, genauso wie Ihr.« Sie stieß mit dem Finger nach seiner gewaltigen Brust. »Und entschuldigt nicht so leichthin die Gewehre.«

Ran war nicht in der Stimmung, sich zu streiten, denn es war das Manifest eines Monats, das er für sie abgetreten hatte; es war jedoch offensichtlich, dass sie das Thema nicht aufgeben wollte. »Abdulis Leute brauchen Schutz, zumindest der Kinder wegen – und zwar vor gegnerischen Stämmen.«

Sie starrte ihn mit furchtlosen, kristallblauen Augen an, was ihm wie eine Ewigkeit lang vorkam. »Ihr findet aber auch immer meinen schwachen Punkt, wisst Ihr das eigentlich, Ransom?«

Ran stöhnte angesichts der Vorstellung, die ihre Worte bei ihm hervorriefen, denn es war nicht nur ihr weiches Herz, bei dem seine Gedanken verweilten. Da er seine Hände irgendwie beschäftigen musste, bevor sie sich ihren Weg unter ihre Gewänder suchten, zog er an den Bändern, die seinen Umhang zusammenhielten, schob diesen dann von seinen Schultern und schleuderte ihn beiseite. Sein Blick glitt über das kleine Kohlebecken, das den Raum sowie einen Kessel erwärmte, und dann weiter über einen Teller, randvoll mit klebrigsüßen Delikatessen; einen Moment lang blitzte in seinem Hirn die Vision von ihr auf, wie sie sich eine süße Dattel in den Mund schob und ihm dann die schwierige Aufgabe zuwies, den dicken Sirup von ihren Fingern und Lippen abzulecken. Er schluckte schwer und schob dann den Teller beiseite. Gütiger Gott, eine Nacht mit diesem Mädchen im selben Raum verbringen zu müssen, würde eine gnadenlose Tortur sein!

»Warum habt Ihr das getan, Ransom?«, drang es sanft an sein Ohr. Er schaute jedoch nicht auf. »Das ist eine weite und sicherlich auch kostspielige Reise für Eure Schiffe und Männer gewesen.«

»Da habt Ihr recht.« Er spielte mit den goldenen Fransen eines Kissens.

»Nun?«, bedrängte sie ihn, während sie ihre Pantoffeln von sich schleuderte.

Ran schaute auf und erkannte ihre aufrichtige Anteilnahme an seinem Wohlergehen. Dies sicherte ihr seine Zuneigung und erweckte ein heftiges Verlangen in ihm, sie in seinen Schutz zu nehmen und sie so lange mit Küssen zu bedecken, bis sie an nichts anderes mehr denken konnte als an ihr Vergnügen. Als sie sich bewegte, um ihre kleinen, juwelengeschmückten Füße unter ihre Gewänder zu ziehen, wurde ihm plötzlich bewusst, welche Absichten der Mann, der sie gefangen genommen hatte, gehabt hatte.

Sie war für Abdulis Bett vorbereitet worden. Würde sie sich dem Beduinen wohl freiwillig unterworfen oder würde sie ihn bekämpft haben?

»Kein Mann oder keine Frau hat ein solches Schicksal verdient.« Er rollte sich herum und kam auf seinen Füßen zu stehen. Was hätte er auch anderes sagen können? Es war zwar die Wahrheit, dass kein Mensch es je verdiente, wie ein Pfund Fleisch verkauft oder eingetauscht zu werden, aber ganz ohne Zweifel war es in diesem Falle auch die einzige Möglichkeit gewesen, sie zu befreien. Dem Mädchen zu erzählen, dass das Bild, das Domingo in sein Hirn eingepflanzt hatte, wie Salz in einer offenen Wunde brannte und ihn dazu getrieben hatte, zwei Tage lang ohne Unterbrechung durch die Wüste zu reisen? *Niemals.* Wenn es auch eine Erleichterung für ihn gewesen war, sie unverletzt vorzufinden, so würde er doch mit dem Aussprechen dieser Worte eine Waffe aufgeben, die er sich nicht leisten konnte zu verlieren. Vor allem nicht an diese Frau. Aus Gründen, die er nicht nennen wollte, besaß das Mädchen auch so schon Einfluss genug.

Verdammt und zugenäht!

Ran lief auf und ab.

Aurora beobachtete ihn und zog an ihrem Zopf, der hinten in ihren *abayeh* gestopft war, um ihn zu lösen. Seine bestiefelten Füße hinterließen Abdrücke im Sand. Er baute mit jedem Schritt mehr Spannung auf. Geduldig wartete sie auf die Explosion.

Sie ließ nicht lange auf sich warten.

»Rahman begehrt Euch.«

So, das war es also. Sie massierte ihre Kopfhaut und entflocht den Zopf. »Ja, das war wohl kaum zu übersehen.«

»Er begehrt Euch so heftig, dass er uns nicht gehen lassen wird, bevor er sich nicht sicher sein kann, dass ich Euch«, er zögerte und sie schaute auf, »besessen habe.«

»Ach was«, winkte sie ab. »Er ist lediglich wütend darüber, dass *er* es nicht konnte.«

»Nein, sein Ziel ist es, nun sicherzustellen, dass der Handel auch *besiegelt* wird«, das Wort kratzte ihm in der Kehle, »damit ich die Gewehre nicht wieder mitnehmen kann.«

»Ich verstehe.« Sie nickte ernst, empört über den gut aussehenden Schcich. Ihre Tugend bedeutete Rahman nicht mehr als eine lose Münze.

»Es ist schon überraschend, dass Ihr noch nicht geschändet worden seid.« In seiner Stimme klang eine Frage mit, was sie jedoch gar nicht bemerkte.

»Wäret Ihr nicht gekommen«, sie zuckte mit den Schultern, »so wäre das womöglich auch passiert, M'lord, aber zumindest eine gewisse Zeit lang konnte der Scheich meinen Schutzzauber nicht brechen.«

Er hielt inne, und sein Gesichtsausdruck strotzte vor sarkastischem Zweifel. »Ein Zauber. Natürlich«, bemerkte er nüchtern. Gütiger Gott, das Mädchen hielt sich in der Tat für eine Hexe!

Sie seufzte, lehnte sich zurück und stopfte Kissen unter ihren Kopf. »Ihr habt einen engstirnigen Geist und ein eisiges Herz, Ransom.«

»Das habt Ihr auch früher schon erwähnt«, murmelte er trocken, und sein Blick schoss zu dem sich bewegenden Vorhang hinüber. »Es stimmt also, die Wände haben *tatsächlich* Ohren.«

Aurora stützte sich auf ihre Ellbogen und klopfte auf den Platz neben sich. »Nun, dann dürfen wir sie ja wohl kaum des Vergnügens berauben«, flüsterte sie. »Können wir nun?«

8

»Was?«, schrie er beinahe, dann jedoch senkte er seine Stimme wieder und wandte sich ihr zu. »Mit Sicherheit beliebt Ihr zu scherzen, Mylady.«

Aurora verbarg ihr Lächeln.

Diese Augen hätten kaum weiter aus ihren Augenhöhlen heraustreten können, dachte sie, erstaunt darüber, dass er nicht mehr weiterwusste. Dann war es aber auch schon wieder vorbei, unterdrückt und unter Kontrolle gebracht. Erneut klopfte sie auf das Kissen und beobachtete mit rein weiblichem Vergnügen, wie er langsam zu ihr hinüberschritt. Die Götter haben es gut gemeint mit diesem Mann, dachte sie, als ihr Blick von seinen staubigen Stiefeln zu seinen muskulösen Oberschenkeln und weiter hoch zu seinen schmalen Hüften wanderte, die seine männliche Kraft bargen, dann zu seiner Brust, die so breit war, dass sie mit ihren Armen kaum herum kam. Ein Verlangen, das sie für niemanden sonst je empfunden hatte, breitete sich in ihrem Körper aus. Ihre Sehnsucht, diese Stärke unter ihren Handflächen zu spüren, ließ eine hitzige Leidenschaft in ihr aufkommen. Sie nahm dies als das süße Verlangen hin, das es war, und sah ihm dann in die Augen. Nicht die kleinste Gefühlsregung zeichnete sich in seinen Gesichtszügen ab. Trotzdem lag etwas wie Verwirrung in seinem Blick, als er sich auf dem seidenen Bettzeug niederließ. Er strich sich das Haar aus dem Gesicht und schaute ihr nun ebenfalls in die Augen.

Er war ein großartiger Mann, das hatte der heutige Tag bewiesen, und sie würde nichts lieber tun, als ihrer Sehnsucht nach diesem starken Mann zu erliegen. Jawohl, es würde sie nur noch stärker machen. Für ihn jedoch wäre es lediglich ein Akt korperlicher Befriedigung, mehr nicht. Und Aurora wusste, dass er es anders niemals zulassen würde.

»Was habt Ihr vor, Mylady?«, fragte er vorsichtig, wobei sein Blick in sanfter Liebkosung ihren üppigen Körper hinunterwanderte.

Aurora ließ sich aufseufzend in die Kissen fallen. »Oh, Ransom«, stieß sie sanft aus, bevor sie anfing zu schnurren wie ein Kätzchen. Es raubte ihm einen Teil seiner Stärke. »Ja, da ist etwas Besonderes, das Ihr an Euch habt.« Sie rollte sich auf die Seite und grinste verschmitzt angesichts seines zunehmend finsteren Blickes. »Was für ein schöner Bursche Ihr doch seid. Mmmmmm«, summte sie, schloss ihre Augen und schüttelte leicht ihren Kopf.

Ran lächelte widerwillig über den Erfolg ihrer Possen für die Ohren hinter dem Vorhang. O gütiger Himmel, dachte er, als er auf seine Ellbogen sank, dieses Mädchen bedeutete ein ständiges, unerwartetes Vergnügen.

Sie stupste ihn an. »Kommt schon«, flüsterte sie. »Wenn wir schon eine Vorstellung geben sollen, dann ist es wohl das Beste, wenn wir gemeinsam daran arbeiten.«

War sie verrückt? Das konnte er nicht. Es war unmöglich, sich nicht wie ein Narr zu fühlen, wenn man die Voraussetzungen für ein Vergnügen schaffen sollte, ohne dann das Vergnügen selbst genießen zu können. Als sie sich jedoch immer lebhafter wand und mit ihren Händen ihre Brüste und ihren Bauch hinunterstrich, konnte Ran nicht anders als ihr zuzuschauen. Seine Lenden erhitzten sich, und sein Herzschlag wurde beschleunigt. Sie war geübt. Das musste sie sein, denn keine andere Frau konnte seine Lust in solche Höhen treiben, ohne ihn auch nur ein einziges Mal zu berühren! Dann jedoch tat sie genau das; ihre Finger griffen in sein Hemd und zogen ihn zu sich heran.

»Kommt zu mir, sonst wird der Prinz noch glauben, dass ich Euch nicht zufriedenstellen kann.« Sie befeuchtete mit ihrer Zunge ihre vollen Lippen und keuchte ein wenig lauter.

Das konnte er nicht länger aushalten. »Bei Gott«, knurrte er und drückte sie in die Kissen. »Ich werde Euch etwas geben, über das Ihr wahrlich stöhnen werdet!« Wie ein Donnerschlag nahm sein Mund von dem ihren Besitz. Seine Zunge drang tief hinein, er vergrub seine Finger in ihrem Haar.

Das war ein Fehler.

Sie antwortete mit einem Orkan, krallte sich an seine Schultern und hämmerte auf seine breite Brust und seine starken Arme. Sie wollte es, sie sehnte sich nach einem Kuss, bis zu diesem Moment hatte sie nicht gewusst, wie sehr. Sie genoss ihn, das Gewicht seiner Brust auf ihren Brüsten, die erotische Kraft, die er mit seinem Kuss erzeugte. Ihre stoßenden Zungen führten ein hitziges Duell, und Ran bebte; sein Körper war hart und pulsierend, bereit, in ihre weichen Tiefen hineingleiten zu können. Als sie sich zurückzog, wusste er, dass das noch nicht alles war.

»Glaubst du, die Ohren sind schon zufriedengestellt?«, fragte sie atemlos, während sie mit ihrer Hand seinen flachen Bauch hinunterstrich.

»Nein«, murmelte er gegen ihre Lippen und nahm diese wieder und wieder gefangen, formte sie, leckte und biss. Dann kamen seine Hände ins Spiel. Sie glitten ihre Schulter hinunter und über ihre Brüste, und sie genoss es voller Wonne. Er streichelte sanft, als ob er Angst hätte, sie zu berühren, dann glitt er tiefer über ihren verhüllten Körper, suchte den Saum ihres Gewandes.

Und sie ließ ihn, wollte ihn, empfing die Freuden, die er ihr schenkte. Sein Name lag flüsternd auf ihren Lippen, als seine heißen Küsse ihren Hals bedeckten. Er zog sanft an ihrem Gewand, und es glitt ihr von den Schultern. Ran suchte erneut ungeduldig ihren Mund, zögerte jedoch plötzlich, als sein Blick auf ihr reich besticktes Unterhemd fiel. Es wirkte wie kaltes Wasser auf seine Leidenschaft, er setzte sich abrupt zurück.

Aurora stützte sich stirnrunzelnd auf einem Ellbogen ab. Ihre Brust hob sich mit jedem nötigen Atemzug. Sein sarkastischer

Blick strich über ihren Körper. Verwirrt, ohne jedoch zu wissen warum, bedeckte sie sich selbst. Sein Blick flog dem ihren entgegen, und die Wut, die in den goldenen Tiefen seiner Augen funkelte, erschreckte sie.

»Ransom?« Sie streckte sich aus.

Er schreckte zurück. Er hasste es, hasste die Tatsache, dass sie diese skandalöse Kleidung trug sowie die Bedeutung, die diese für sein Leben hatte. Der *hareem.* Sklavin der Leidenschaft. Sklavin durch das Gesetz *eines* Mannes. Und Qualen und Tod jedem, der den Gehorsam verweigerte.

Er rollte sich weg und verließ den Raum, hielt jedoch direkt hinter dem Vorhang inne, als er sich daran erinnerte, dass es nicht sicher für sie war, allein gelassen zu werden.

Verdammt und zugenäht. Ransom hatte das Gefühl, sich mit der Kultur, die er verabscheute, abfinden zu müssen. Nein, es war die Treulosigkeit des Harems, die er verachtete. Die Treulosigkeit eines Mannes den Gesetzen des Lebens gegenüber. Aurora war jedoch kein Teil seines lautlosen Krieges. Bei Gott, was musste sie nur von ihm denken? Sie bis an die Schwelle der Leidenschaft zu führen und ihr dann den Höhepunkt zu verweigern! Alles, was ihn in diesem Lager umgab, machte ihn wütend und trieb Dornen in seinen Stolz – es war unfair, das Mädchen seinem eigenen Hass und seinen Zweifeln zu unterwerfen. Wie sollte er ihr sein Verhalten nur erklären?

Am anderen Ende des Zeltes beobachtete Sheik Rahman ibn il Abduli den Engländer. Die leidenschaftlichen Laute waren zu ihm gedrungen, während er auf seinem Lager saß und seine Pfeife rauchte, und er stand kurz davor, die beiden sich selbst zu überlassen, als Montegomery bei ihm erschien. Er stand still und mit gebeugtem Kopf da; ein dunkler Geist, der sich gegen den schwachen Schein im Hintergrund abzeichnete. Er ist erregt, und zwar auf eine schmerzliche Art und Weise, dachte Rahman voller Mitgefühl. Und da er den Gedanken aufgegeben hatte, jemals die Aufmerksamkeit dieser Frau erregen zu können, war Rahman nun umso neugieriger zu erfahren, was die beiden von ihrem Liebesspiel abgebracht hatte.

Dann erschien auch sie hinter Montegomery. Der Atem stockte ihm, und Rahman glaubte, dass Allah gekommen sei, um ihn zu holen, denn die Sinnlichkeit, die sie ausstrahlte, war mehr, als ein Mann sich in seinen kühnsten Träumen hätte vorstellen können. Ihr Haar hing offen herunter und streifte den Boden, das Licht ließ verschwommen den Umriss ihres Körpers erkennen. Unter ihrem Gewand war sie nackt, ihre Brüste prall und aufgerichtet, die dunklen Spitzen hart vor Verlangen, ihre Taille schmal, bevor sie dann sanft in rundliche Hüften überging.

Allah, du bist grausam, mir diese erlesene Kreatur zu verweigern.

Sie machte einen zögerlichen Schritt und flüsterte Ransoms Namen, und der Engländer warf ihr einen so besitzergreifenden Blick zu, dass Rahman den ungewohnten Stachel der Eifersucht verspürte.

Ran schaute in ihre leuchtenden Augen, und ihr Unbehagen und ihre Sorge rissen ein Loch in seine Wut. Ohne es zu wollen senkte sein Blick sich zu ihrem Gewand hinunter. Weg waren die Haremstracht und die Juwelen an ihren Hand- und Fußgelenken; er schaute kurz in das Zelt hinein, konnte jedoch nichts von diesen Dingen entdecken. Woher hatte sie gewusst, dass es diese Dinge gewesen waren, die ihn so gestört hatten? Konnte sie wirklich seine Gedanken lesen und wissen, dass es seine Wut nur noch steigerte, sie, eine Frau so voller Energie und Leben, auf eine solche Weise zurechtgemacht sehen zu müssen.

»Kommt herein, M'lord«, versuchte sie, ihn in rauem Flüsterton zu überreden, während sie seine Hand ergriff. »Der Schmerz, den Ihr verborgen haltet«, sein Blick verschärfte sich abwehrend, »wird auch in dieser Nacht keine Linderung erfahren.«

»Ist das eine weitere von Euren Vorhersagen?« Wenn sein Gesichtsausdruck auch hart war, so war doch seine Stimme sanft. »Und wann werde ich dann Linderung erfahren?«

Sie machte einen Schritt zurück. »Sie wird Euch zuteil werden, denke ich«, sie schaute zurück und fügte hinzu, »wenn Ihr bereit dafür seid.«

Dann wird es wohl nie geschehen, dachte er. Ihre Finger fühlten sich unglaublich zerbrechlich an, als er es zuließ, dass sie ihn in ihren Raum zurück und zum Diwan hinführte. Und Ran warf seine Bitterkeit ab, indem er sich auf sie konzentrierte, auf die Bewegungen ihres Körpers, ihre Schönheit, ihre Sinnlichkeit. Sie erhob ihr Gesicht – ihre Augen waren wie ein ruhiger blauer See – und zog ihn in die weichen Kissen.

Sie lächelte wissend, wie beim ersten Mal, als er sie erblickt hatte, und Fragen, die er bisher zurückgehalten hatte, strömten aus ihm heraus.

»Was treibt eine Schottin in dieses ausgedörrte Land?«

Aurora glitt anmutig vor dem Diwan auf ihre Knie. Ihr Zögern zu antworten war deutlich, als sie sich über das Kohlebecken beugte und den Deckel des kleinen Kessels hob, um den Inhalt zu überprüfen. »Ich muss unbedingt eine Suche zu Ende führen«, antwortete sie schließlich; dann schaute sie auf. Sie konnte ohne Mühe seine Zweifel erkennen. »Ihr glaubt nicht, dass Frauen ein solches Bedürfnis haben können? Ihr seid …«

»Engstirnig«, vollendete er. »Jawohl, und zwar laut Eurer Einschätzung sehr. Versucht doch einfach, meinen Geist zu erweitern, indem Ihr mir erzählt, was so viel Wert ist, dass es Euch so weit von Eurem Zuhause fortbringt.«

Sie schlug den Deckel wieder zu. »Ich habe kein Zuhause, Ransom.« In ihren Worten lag eine Spur von Schmerz. »Als ich Schottland verließ, hatte ich allerdings keine Ahnung, dass die Reise mich so weit weg führen würde.«

»Und der Grund für Eure Reise?«

Ihr Blick schwankte, denn etwas Derartiges zu enthüllen würde ihn in ihre Probleme mit hineinziehen, und er hatte schon genug für sie getan. »Sie ist geheim, diese Reise.« Ihr Ausdruck flehte ihn um Verständnis an. »Ihr seid doch nicht gekränkt?«

»Natürlich nicht, wir haben alle unsere Geheimnisse.« Sie sah erleichtert aus, und er redete sich ein, dass es ihm egal war, denn er war ja bemüht, sich von dieser so gefühlsmäßig handelnden Frau fernzuhalten; dass sie ihn nie um seine Hilfe bat oder ihn in ihre Geheimnisse einweihte, gab ihm aber dennoch das Gefühl, ein klein wenig verloren zu sein. Sie wusste einiges von ihm, er aber nichts von ihr, bemerkte er. Während er seinen Gedanken nachhing, folgte sein Blick ihren Bewegungen. Sie bereitete Kaffee zu, und er redete sich ein, dass es ja schließlich nichts anderes gab, auf das er schauen konnte.

»Warum nennt Rahman Euch *Ahmar Asad?*«

Ran gab ihr keine Antwort, und plötzlich hielten ihre hellen blauen Augen ihn gefangen, als würden sie seine Kehle umgreifen. Er erkannte, dass sie in Gedanken nach der Übersetzung suchte. Als sie sie schließlich fand, weiteten sich ihre Augen.

»Der Rote Löwe? Der Pirat?«, entwich es ihr halb fragend, halb schockiert.

Noch immer sagte er nichts. Er wirkte gelassen, und er war stolz auf seine Beherrschung, als ihr Blick anzüglich über seinen Körper glitt und dann bei seinem Gesicht haltmachte.

Sie lächelte, auf weibliche Art selbstgefällig, und etwas in ihrem Innern löste sich. »Ah, da befinde ich mich ja in einer ganz schön verrufenen Gesellschaft, was?«, murmelte sie und wechselte dann klugerweise das Thema. »Wie geht es Mister Baynes Wunde?« Ihre Brüste wiegten sich sanft unter dem voluminösen Stoff, während sie geschäftig hantierte. Guter Gott? Wusste sie denn nicht, welch erotisches Bild sie da abgab?

»Verdammt schlecht«, bemerkte er scharf, woraufhin sie stirnrunzelnd aufschaute. »Er hat Euren Trank nicht genommen.«

Sie stocherte in der Kohle herum, schüttelte ihren Kopf und stellte entmutigt den Kessel auf das Feuer. »Er wird einen hohen Preis zahlen für ein solches Vorurteil, denke ich.« Sie würde ihre

Zeit jedoch nicht damit verschwenden, einen Ungebildeten vom Nutzen natürlicher Heilmittel zu überzeugen. Es würde eh nichts bringen.

»Übrigens, wo ist dieser Beutel mit Euren Schätzen?«

Angesichts seiner Wortwahl verzogen ihre Lippen sich missmutig. »Als Achmed mich gefangen nahm, hat er ihn einfach zurückgelassen.« Sie setzte sich zu seinen Füßen. »Vielleicht hat Shokai ihn ja.«

Ran erinnerte sich, dass er ihn nicht dabeigehabt hatte. »Ihr erkundigt Euch überhaupt nicht nach dem alten Mann?«

»Er ist zu Euch gekommen, Ransom, daher weiß ich, dass gut für ihn gesorgt wird.«

Um Himmels willen, sie war ganz schön vertrauensvoll. Er unterließ es, ihr von den Wunden des Mannes zu erzählen. Der Schiffsarzt der *Lion* kümmerte sich um ihn, und solange sie noch unfreiwillige Gefangene waren, konnten sie sowieso nicht mehr tun.

Zögernd griff sie nach einem seiner Stiefel und zog daran, und Ran half ihr, zunächst den einen und dann den anderen auszuziehen. »Warum tut Ihr das, Mylady? Ich habe es nicht nötig, so verwöhnt zu werden.«

Sie stellte die Stiefel ordentlich zur Seite. »Ihr seid weit gereist wegen mir, Ransom, und ich kann sehen, dass dieser Ort Euch noch mehr missfällt als mir.« Sie goss Kaffee in eine kleine Tasse. »Es ist doch nur ein winziges bisschen Komfort, den ich Euch anbiete.« Sie hielt ihm die Tasse hin. »Mehr nicht.«

Ran beugte sich vor und nahm die Tasse entgegen, während seine Augen über ihren Körper glitten. Dann lehnte er sich in die Kissen zurück. Das Amulett ruhte zwischen ihren Brüsten und quälte ihn. Er schluckte und beobachtete sie durchdringend, als sie ihren Schleier und das Kopftuch zusammenlegte. Ran unterdrückte ein Stöhnen, denn das schwache Licht bot ihm eine fantastische Kostprobe von ihrer reifen, weiblichen Fülle, ihrem samtweichen Bauch, ihren Oberschenkeln und dem dunklen Schatz ihrer Mitte. Er zog in Erwägung, ihr eine

Decke überzuwerfen, um so seine persönliche Folter zu beenden. Seine Fantasie weigerte sich jedoch, den Gentleman zu spielen, als sie sich erhob, einen Teller mit Früchten belud und ihn in seine Reichweite stellte. Auf den Diwan kletternd, schob sie sich eine Dattel in den Mund. Als sie sich dann, ohne sich seiner Gedanken bewusst zu sein, den Sirup von ihren Fingerspitzen leckte, wurde das Bild, das er einige Zeit vorher in seinem Kopf kreiert hatte, zum Leben erweckt.

Gott sei Dank, entschied er, denn gelegentlich hätte er schwören können, dass sie seine Gedanken lesen konnte.

Er versuchte, das Bild seiner Fantasie wieder loszuwerden, stellte die leere Tasse beiseite und konzentrierte sich auf seinen Appetit. Sie saß ein wenig erhöht auf einem Haufen Kissen, und als er sich eine Handvoll Nüsse nahm und es sich gemütlich machte, begann sie sanft seine Schultern zu massieren. Bei ihrer Berührung zuckte er leicht zusammen, sie schien dies jedoch nicht zu bemerken.

»Ach, Ransom, Ihr seid ja völlig verspannt.«

In jeder Beziehung, dachte er. Er versuchte, sie zu ignorieren, sich ihren Händen zu entziehen, es gelang ihm jedoch nicht, und er stöhnte lang anhaltend und scheinbar grollend. Es fühlte sich verdammt gut an. Als sie seine Muskeln und Sehnen so geschickt bearbeitete, wich die Anspannung langsam von ihm ab. Wenn es auch nach der Unterwürfigkeit des *hareem* roch, so wusste er doch, dass sich diese Frau kein bisschen unterwarf. Ein Lächeln lag auf seinen Lippen, als er seinen Kopf auf ihren Schoß bettete, während ihre Finger sanft durch sein Haar glitten.

»Schließt Eure Augen«, flüsterte sie mitten in die Stille hinein. Er gehorchte, und ihre Finger bewegten sich in kleinen Kreisen über seiner Kopfhaut, rhythmisch und beruhigend, und Ran fühlte, wie er kurz davor war, ins Träumen zu geraten.

Sie verführte ihn in ihre Fürsorge.

Und er befürchtete … in ihr Herz.

9

Sie war gefährlich, diese Verwundbarkeit.

Denn er sehnte sich danach, sie zu berühren, sie *wirklich* zu berühren. Allmächtiger Himmel, er brannte darauf, sich in ihren Armen zu winden und die Weichheit ihres Körpers auf dem seinen zu spüren. Und zuzulassen, dass sie ihn – für diesen einen Moment – schwächte. Er hütete sich jedoch davor, es zu tun, denn er erkannte die Explosionskraft, die dahintersteckte.

Sein Leben war hart und besaß nichts von der Sanftheit, die er durch sie erfuhr. Nicht einmal in seiner Jugend hatte er das gekannt. Seine Vergangenheit und die Scham waren ihm ständige Begleiter, seine uneheliche Geburt war ein Makel, den er vorzog, offen zu tragen. Er brauchte es so und gönnte sich selbst nur wenig Vergnügen, ein anderes Leben würde ihn auf den Pfad führen, den er keine Lust hatte zu gehen, und vor allem würde er damit die Sünden seines Vaters Unschuldigen gegenüber wiederholen. Aus diesem Grunde hatte er die letzten zehn Jahre über enthaltsam gelebt.

Fremdländische Häfen mit illegitimen Erben zu bevölkern war nicht das Zeichen, das Ransom der Welt hinterlassen wollte. Stattdessen wollte er lieber den Sklavenhandel niedergeschmettert sehen. Er würde sich nicht durch sein Geschlecht beherrschen lassen. Es war *seine* Wahl, persönlich und geheim. Wenn sein Mangel an Befriedigung seiner niederen Bedürfnisse ihm zu Anfang auch Probleme bereitet hatte, so hatte er sich doch mit der Zeit an diesen Verzicht gewöhnt. Er vermisste nicht länger den Paarungsakt für ein paar Momente primitiven Glücks. Und durch monatelange Aufenthalte auf See, durch eine lange, körperlich auslaugende Arbeitszeit und die Abwesenheit von Frauen auf Schiffen und in den mohammedanisch regierten Häfen, war es nicht allzu schwer, dieses Gelübde einzuhalten.

Bis Aurora aufgetaucht war.

Keine andere hatte ihn jemals so sehr in Versuchung geführt wie diese Schottin.

Kein anderer Mensch, weder Mann noch Frau, konnte so wie sie seine Gedanken und Gefühle erkennen, ohne dass er etwas sagte. Sie zermürbte und faszinierte ihn gleichzeitig, und selbst mit geschlossenen Augen konnte er ihre Schönheit erkennen, ihre Sinnlichkeit spüren. Sie war sich nicht bewusst, welche Macht sie auf ihn ausübte.

Sein Blut rauschte, sein Verlangen wurde immer größer.

Gott, steh mir bei, dachte er, denn er wollte sich diesem Verlangen, das sie in ihm erweckte, hingeben, konnte es aber nicht. Nicht jetzt, die Folgen wären zu schwerwiegend, als dass sein Gewissen sie würde tragen können. Avilar würde lachen, wenn er ihn jetzt sehen könnte, das Schicksal herausfordernd, seinen Kopf auf ihre weichen, wohlriechenden Schenkel gebettet, während ihre Finger sanft durch sein Haar strichen.

Angesichts der Versuchung, die ihm derart zusetzte, hielt Ran es für das Beste, seine wollüstigen Gedanken auf etwas anderes zu lenken.

»Wie alt seid Ihr, Mylady?« Ein harmloses Thema, dachte er, wenn auch seine Stimme in seinen eigenen Ohren unnatürlich klang.

»Fünfundzwanzig«, antwortete sie leichthin.

Er öffnete die Augen und drehte sich herum, um sie sich genauer anschauen zu können. Sie lächelte, hörte jedoch nicht auf, ihn zu streicheln.

»Ich hätte Euch sehr viel jünger geschätzt.« Er hatte sie für gerade mal siebzehn gehalten. Es war beruhigend zu wissen, dass er diese lüsternen Gedanken zumindest nicht für ein Mädchen hegte.

»Und Ihr, M'lord, seid dreiunddreißig, nicht wahr?«

Seine Gesichtszüge spannten sich an. »Ja«, murmelte er,

sprachlos darüber, dass sie es wusste. Er legte sich wieder zurück in ihren Schoß. »Wie lange kennt Ihr den alten Mann schon?«

»Er heißt Shokai.« Schärfe begleitete ihren Tonfall. »Wir haben uns vor neun Jahren kennengelernt. Er hat mir das Leben gerettet.«

»Ist das etwas, das den meisten Männern passiert, mit denen Ihr zusammentrefft?«

»Nur zweien.« Sie beugte sich vor und drückte einen süßen Kuss auf seine Stirn, während sie ihm zuflüsterte: »Und ich danke Euch, mein Retter«, bevor sie sich wieder zurückzog. »Shokai kommt aus Nippon er ist Japaner, versteht Ihr?«

Er warf ihr einen wissenden Blick zu, denn damit sagte sie ihm nichts Neues. »Seine Treue Euch gegenüber ist unübertroffen.«

»Ja.« Sie veränderte ihre Lage, dann stützte sie ihr Kinn in ihre Handfläche und schaute gelehrsam drein. »Er ist wie ein Vater für mich, aber oftmals mehr ein *sempai* als ein Freund«, seufzte sie, »wenn er auch nicht gerade viel redet.«

»Sempai?« Seine Augen nahmen ihre Gesichtszüge in sich auf, von dén langen Augenwimpern, die die hellblauen Augen umrahmten, bis hin zu dem mitternachtsschwarzen Haar, das über ihre Schulter drapiert war und sich wie ein Fluss schimmernden Samtes auf den Kissen verteilte.

»Das heißt: älterer, gelehrter Mann«, erklärte sie ihm. »Wir sind lediglich Schüler ihrer Weisheit und Erfahrung, das ist sehr anspornend.«

Sie liebt ihn, dachte Ransom übertrieben eifersüchtig auf den alten Mann. Ohne Vorwarnung streckte er seine Hand aus, griff nach einer ihrer glänzenden Locken und rieb sie zwischen seinen Fingern. Dann wickelte er sie um seine Faust, führte diese zu seiner Nase hin und atmete tief ein.

»Beim Blute Gottes, Ihr duftet stets so einladend.«

»Würdet Ihr mir denn so nahe sein wollen, wenn ich es nicht täte?«

Er lachte leise in sich hinein, schmiegte sich wie ein Kind an ihren Bauch und ihre Brüste; dann jedoch wurde ihm klar, was er da gerade im Begriff war zu tun, und er zuckte verlegen zurück.

»Nein, legt Euch nur bequem hin, Ransom«, überredete sie ihn. »Wenn Ihr auf diese Weise ein klein wenig Erleichterung finden könnt, so werde ich Euch nicht Eures Kissens berauben.«

Er zögerte, seine bernsteinfarbenen Augen zeugten von einem erbitterten Kampf, die Muskeln seines Körpers spannten sich voller Widerstand an; dabei versuchte Aurora doch lediglich, seinen Aufruhr ein wenig abzumildern, weiter nichts. Sie streckte ihre Hand aus, um die Haarsträhnen aus seinem Gesicht zu streichen. Seine schwerlidrigen Augen schauten misstrauisch drein. Ihm haftete die Aura eines Raubtieres an; der Jagdtrieb schien ihm angeboren zu sein, als wäre er ein zusätzliches Sinnesorgan, berechnend und wirksam. Sie brauchte gar nicht erst zu fragen, um zu wissen, dass er in dieser Welt nur wenig Liebe und zärtliche Fürsorge erfahren hatte, denn er hatte etwas Hartes an sich. Und doch war es gerade diese Kraft, diese unnachgiebige Stärke, die sie anzog, diese dunkle, unterdrückte Macht. Wie die heißen Kohlen unter der weißen Asche war sie da, gefährlich anzufassen. Diese Hitze war eine Warnung, trotzdem fürchtete sie sich nicht vor der Verbrennung. Sie sehnte sich regelrecht danach.

Ihre Finger fuhren über sein Kinn, versanken wieder in seinem Haar, und noch immer widerstand er, kämpfte er dagegen an, seine Augen zu schließen und seinem Bedürfnis zu erliegen. Seine Hände lagen reglos da.

»Habt Ihr Angst vor mir, Ransom?«, forderte sie ihn sanft heraus, während sie ihre Hand zurückzog.

Das hatte er in der Tat, denn sie war wie ein sich bewegender Keil, der sich seinen Weg unter seinen gut ausgerüsteten Panzer zwängte. »Ihr seid eine ganz außergewöhnliche Frau.«

Sie zog eine Augenbraue hoch. »Ihr sucht etwas, das es nicht gibt. Ich bin nicht anders als alle anderen meines Geschlechtes, abgesehen davon, dass ich keine Lust habe, mich hinter der

Mauer der Gesellschaft und dem Willen eines Mannes zu verstecken.« Sie hielt inne und schaute ihm tief in die Augen. »Denn beides habe ich nie kennengelernt.«

Eine Ausgestoßene, dachte er, und die Einsamkeit, die er aus ihrer Beichte heraushören konnte, berührte einen brachliegenden Punkt in seinem Herzen. Das war in jedem Falle etwas, das sie gemeinsam hatten.

»Und trotzdem kommt Ihr in ein Land, in dem Frauen schlechter behandelt werden als Schafe?«

»Die Lebensweisen des Islam sind nicht die meinen, Ransom. Aber eine gewisse Zeit lang kann ich mich anpassen, um zu überleben.« Ihr Blick senkte sich auf das Kissen und sie zeichnete mit dem Finger dessen Muster nach. »Das ist nun mal die Richtung, die meine Reise eingeschlagen hat.«

»Ja, und ständig kreuzt sie die meine.«

Sie schaute auf und grinste verschmitzt. »Ist es *kismet,* was glaubt Ihr?

»Nein, das glaube ich nicht.« Er machte ein finsteres Gesicht. »Es handelt sich bei Euch lediglich um eine Frau, die sich nicht aus Männerangelegenheiten heraushalten kann.«

Aurora lachte, warm und kehlig. Es ging Ran unter die Haut. »Ihr würdet Euer Leben viel einfacher finden, mein Piratenlord, wenn Ihr erkennen würdet, dass Männer nicht das Universum regieren.«

»In diesem Lande tun sie es aber.«

Aurora runzelte ihre Stirn angesichts seiner offensichtlichen Empörung. »Aber Ihr seid so vertraut mit der Lebensart des Islam, dass ich mir sicher war, dass Ihr –« Er versteifte sich, und diese plötzliche Bewegung war wie ein schmerzhafter Schuss, der durch seinen Körper hindurch- und in den ihren hineindrang.

»Nein!« Abrupt rollte er sich an den Rand des Diwans, stützte seine Ellbogen auf seinen Knien ab und schaute auf seine gefalteten Hände. »Nein«, wiederholte er scharf. »Ich bin *kein* Moslem.«

»Und dennoch wurdet ihr so bereitwillig in diesem Lager aufgenommen?«

Er wendete seinen Kopf, um sie anschauen zu können. Es liegt so viel Groll in diesen Augen, dachte sie, sie hätte ihn gern getröstet.

»Meine Anwesenheit ist zwar hingenommen worden, jedoch unter ausgesprochen schlechten Bedingungen.« Sein Blick verschärfte sich, seine nächsten Worte glichen einem wütenden Knurren. »Und zwar nur, weil Rahman ibn il Abduli mein Halbbruder ist.«

»Wie glücklich Ihr Euch schätzen könnt, einen Bruder zu haben«, beeilte sie sich anzumerken, aber Zorn grollte in seiner Brust, als er die Kissen von sich warf.

Verachtete er nun den Bruder oder die Tatsache, dass sie einen gemeinsamen Elternteil hatten? Aurora konnte seinen Groll nicht verstehen. Abduli war doch seine Familie! Ganz egal, welchen Glauben der Scheich hatte. Ach, könnte sie nur ein solches Privileg für sich in Anspruch nehmen. Ransom wollte jedoch nichts von seinem Bruder wissen, vielleicht hasste er ihn sogar, und sie erkannte die Größe des Opfers, das er für sie brachte.

Als sie von dem Kissen hinunterglitt, erregte diese Bewegung Rans Aufmerksamkeit. Er beobachtete, wie sie mit anmutigen Schritten den Raum durchquerte, der sie voneinander trennte. Sie strich ihr Haar von ihrer Schulter nach hinten, und er nahm den Duft ihrer Haut wahr. Sie stand nur ein paar Zentimeter von ihm entfernt, und er spürte die Hitze ihres Körpers. Als sie zu ihm aufschaute, breiteten sich ihre Sanftheit und ihr Mitgefühl in ihm aus und verursachten das gleiche Wohlgefühl wie die warmen Finger, mit denen sie über seine Muskeln fuhr.

Seine Schultern sackten herab. »Aurora«, kam es sowohl fragend als auch entschuldigend.

»Nein, sprecht nicht weiter darüber.« Sie legte ihre Hand auf seine Brust. »Länger darüber nachzudenken verursacht Euch Schmerzen, und ich ertrage es nicht, das mit anzusehen.« Er legte seinen Arm um ihre Taille und zog sie an seinen Körper heran. Dann legte er sanft seine Hand unter ihr Kinn, und sie neigte ihren Kopf so, dass er ihren Mund erobern konnte. Der Druck seiner Lippen war vorsichtig, fast ritterlich und höflich, und Aurora genoss das sanfte Gefühl. Es war ein zärtlicher Kuss, liebevoller als alle anderen, die sie bisher ausgetauscht hatten. Die herrliche Energie, die ihrer beider Berührung hervorrief, entzündete sich schnell. Plötzlich wurde er besitzergreifend, machte Gebrauch von seinem Können mit Lippen und Zunge, und sie sank in seine Umarmung hinein, während ihre Hand seine Brust liebkoste und ihre Finger dann in sein Haar eintauchten.

Er stöhnte angesichts des wohligen Gefühls, das ihre Berührung in ihm hervorrief; seine Arme zogen sich fester um ihren Körper herum. Mit einer Hand machte er sich auf die Suche ihren Rücken hinunter, drückte sie an seine harte Männlichkeit heran. Sie schmiegte sich gegen ihn.

Die natürliche Art, mit der sie auf seinen Kuss und seine Liebkosungen reagierte, war wie ein brechender Damm, der ihn mit ihrem Begehren überflutete und es mehr zu einem Teil von ihm machte als alles andere, was er jemals mit einer Frau erlebt hatte. Er wollte, dass es ewig so weiterginge, andererseits wollte er aber auch, dass es aufhörte, und zwar sofort und schnell. Denn für seine Art zu leben, für das Leben, das er führen *musste* und ohne Einmischung durch irgendjemanden auch führen *würde,* war sie tödlich.

Ganz plötzlich zog er sich wieder zurück; er atmete schwer und sein Blick war auf alles andere gerichtet, nur nicht auf sie, als er seine Arme fallen ließ und Abstand zwischen ihnen schaffte. »Begebt Euch zu Bett, Mylady, wir verlassen diesen Ort bei Sonnenaufgang.«

Als er sich dieses Mal abwendete, um zu gehen, hielt er nicht wieder inne.

10

Es ist einfach nicht möglich, diesen Mann zufriedenzustellen, dachte Aurora und suchte das Zelt nach ihrem Pantoffel ab. Da sie in die Spielchen der oberen Gesellschaftsschicht nicht eingeweiht war, hatte sie keine Ahnung, was dieser Mann im Schilde führte. In einem Moment küsste er sie mit all der Zärtlichkeit und Leidenschaft eines liebenden Mannes, im nächsten Moment legte er sie wieder wie ein überflüssiges Kleidungsstück beiseite. Mitten in der Nacht war sie aufgewacht und hatte ihn auf dem Boden in der Nähe des Eingangs schlafend vorgefunden. Die Kälte hatte sie an seine Seite getrieben. Sofort war er jedoch aufgestanden und hatte sie wie ein Kind wieder ins Bett zurückgetragen. Kein Zureden hatte ihn zum Diwan bringen können. Dabei hatte sie lediglich nach der Wärme seines Körpers verlangt, denn die Wüstennächte waren unglaublich kalt, aber Ransom Montegomery hatte ihr sogar das versagt. Also hatte sie sich seinen Umhang gestohlen.

»›Wir verlassen diesen Ort bei Sonnenaufgang.‹« Ohne Publikum imitierte sie seinen tiefen Tonfall. Hah! Der war nun schon lange vorbei, der Morgen hatte den Piraten nicht zum Zelt zurückgebracht. Ihr Blick schnellte suchend über die Kissen und Möbelstücke, die im Zelt verteilt waren.

Ransom trat ein und fand Aurora auf Händen und Knien vor. Ihr rundliches Hinterteil war alles, was er im ersten Moment von ihr sah. Auf der Suche nach irgendetwas warf sie eine Sammlung von Kissen und Kleidungsstücken über ihre Schulter.

»Große Göttin, wie kann nur ein einzelner verteufelter Pantoffel … Ah! Das war ja eine richtige kleine Jagd, die du da mit mir veranstaltet hast«, sagte sie zu dem Schuh, setzte sich hin und zwängte ihn sich an ihren Fuß.

Ran grinste. »Führt Ihr des Öfteren Gespräche mit Eurer Fußbekleidung?«

Sie warf ihm einen hitzigen Blick zu. »Schleicht Ihr Euch des Öfteren unangekündigt in ein Gemach?«

Sein Lächeln schwand. Dies war nicht die nachgiebige Frau vom vergangenen Abend, die ihn da anstarrte, sondern eine zurückgelassene Frau. Oder vielleicht einfach nur eine Langschläferin?

Ran ignorierte sein Verlangen, sie in die Arme zu nehmen. Sie war wie ein Messer am Faden seiner Verpflichtungen, und an diesem Morgen hatte er entschieden, dass es das Beste wäre, sich zu trennen, und zwar schnell.

Er schüttelte seinen Umhang aus und warf ihn sich über die Schultern. Sofort überflutete ihn ihr Geruch, der noch in dem Stoff hing, und gemeinsam mit diesem schlängelte sich behaglich die Erinnerung, wie er sie gefunden hatte, in seine Gedanken hinein. Er wäre wahrscheinlich nicht wach geworden, wenn sie nicht so unruhig geschlafen und ihre Hände sich nicht auf der Suche nach Wärme unter sein Hemd verirrt hätten. Ach, es ist besser, nicht weiter daran zu denken, dachte er und schluckte den Frosch in seinem Hals herunter.

Ein plötzlicher Hagel von Schüssen ließ sie aufspringen. Sie sah mit einem Mal aus wie eine verängstigte Maus, als ihre großen Augen sich ihm zuwandten.

»Da habt Ihr wohl einen Krieg angezettelt, was?«

»Abduli übt mit seinen neuen Spielzeugen.«

»Ihr habt ihnen beigebracht, wie man mit den Gewehren umgeht?« Ihr Tonfall ließ ihn wissen, dass er schon genug getan hatte, indem er die Waffen als Tauschware benutzt hatte.

»Damit habe ich den ganzen Morgen verbracht.« Als ihr Blick sich verengte, fühlte Ran sich verpflichtet hinzuzufügen: »Hätte ich es nicht getan, so wäre das nichts anderes gewesen, als einem Kind eine geladene Waffe auszuhändigen.«

Er wartete auf ihr Zugeständnis, wusste aber nicht, warum er sich darüber Gedanken machte. Sie nickte kurz, bevor sie den Schleier über ihr Gesicht zerrte, der bis auf ihre Augen alles verdeckte. Ran fragte sich, ob sie unter ihrem Gewand das Hemdchen und die seidenen Pantalons des *hareem* trug. Er steckte seine Messer in den Hosenbund und suchte den Boden nach irgendwelchen vergessenen Besitztümern ab; sein Blick verharrte kurz bei der Haremstracht, die halb versteckt unter den Satinkissen lag. Ran schaute Aurora in die Augen und ließ dann seinen Blick ihren Körper hinunterwandern. Allmächtiger Gott, wie sollte er nur zwei Tage lang durch die Wüste reiten können, wenn die verführerische Vorstellung von ihrer Nacktheit die ganze Zeit über in seinem Kopf herumschwirrte!

Aurora runzelte die Stirn, während sie den *burqú* befestigte. Einen Moment lang sah er aus, als hätte er große Lust, sie auf den Rücken zu werfen und zu entehren. Dann war er jedoch schon wieder vorbei, dieser kurze Eindruck, der unter seiner dunklen Aura, die sie ständig herausforderte, verborgen lag.

Sie lächelte unter ihrem hauchdünnen Schutzschild, als er den Umhang von seiner Schulter warf. Nun sah er aus wie ein Beduine mit seinem *kaffiyeh* mit den golddurchsetzten Befestigungskordeln. Sein langes Haar war unter der Kopfbedeckung verborgen. Eines der Tücher konnte man über den unteren Teil des Gesichtes ziehen, wenn man durch die Wüste ritt.

Die Ansammlung von Messern in Rans breitem Gürtel verriet den Kriegsherrn, die Waffen zogen Auroras Blick zu seiner Taille hin, zu seinen schmalen Hüften und zu den herrlichen dunklen Kniehosen, die in seinen Stiefeln verschwanden. Er ist schon ein schöner Mann dachte sie, und angesichts ihrer Musterung schwoll seine Männlichkeit an. Sie schaute ihm in die Augen. Er machte ein finsteres Gesicht. Sie lächelte, ihre Augen gaben der Selbstgefälligkeit darüber nach, dass er nicht immun war gegen sie, und als er ihre Schultern ergriff und sie aus dem Zelt trieb, musste sie ein Lachen unterdrücken.

Draußen blieb sie mit gesenktem Kopf stehen und wartete darauf, dass er weiterginge.

»Legt nie wieder eine solche Kühnheit an den Tag, Mylady«, fauchte er sie von der Seite her an.

»Ihr seid doch derjenige, der seine *Kühnheit* zur Schau stellt.«

Stirnrunzelnd beobachtete er, wie sie mit ihren Schultern zuckte. »Unternehmt nun bloß nichts, was Rahman verärgern könnte.« In seinem Tonfall schwang etwas Bittendes mit.

»Jawohl, M'lord«, flüsterte sie, dann musste sie kichern.

Ran schaute zum Himmel empor und schüttelte dann den Kopf, während er um einen Anfall von Geduld an diesem jetzt schon Nerven aufreibenden Morgen betete. Keine noch so ernsthafte Ermahnung hatten ihn innerlich auf den reizenden Anblick vorbereiten können, den sie ihm am Morgen noch schlafend auf dem Diwan liegend geboten hatte. Ihr langes schwarzes Haar hatte sich um ihren Körper herum verheddert, sie hatte ausgesehen wie die verführerische Delilah, ihre Gewänder an den Körper geschmiegt, sodass ihre weiblichen Kurven deutlich zu erkennen waren. Dort, wo die Kleidung hochgerutscht war, hatte Ran einen Blick auf ihre wohlgeformten Beine erhaschen können. Er hatte den Wunsch verspürt, in die Kissen hineinzuversinken und sie mit Küssen zu wecken; er konnte es sich jedoch nicht erlauben, sich ein weiteres Mal verführen zu lassen, deshalb hatte er sie in Ruhe gelassen. Die Geschehnisse nötigten ihn, einen reibungslosen Ablauf ihrer Abreise vorzubereiten, denn an diesem Morgen hatte sein Halbbruder ihm klargemacht, dass er doch lieber Aurora in seinem Bett als die Gewehre in seinem Arsenal hätte.

Ransom hatte ihm klargemacht, dass er sogar töten würde, um sie behalten zu können.

Er schritt zu seinen Pferden hinüber. Der pechschwarze Hengst stapfte voller Ungeduld, um wegzukommen; sein sanftmütiger grauer Kamerad war nun nicht mehr mit Gewehren und Gewürzen beladen. Einer von Rahmans Gefolgsmännern hatte die Bündel für die Reise vorbereitet, und Ran überprüfte nun deren Sicherheit. Dann wendete er sich Aurora zu und hob sie auf den Rücken der grauen Stute. Gekonnt ließ sie sich auf das Pferd gleiten, ohne dabei den starrenden Männern auch nur einen Zentimeter ihrer Haut preiszugeben. Trotzdem machte Ran ein finsteres Gesicht angesichts der Tatsache, dass sie im Herrensitz vor ihm reiten sollte.

Rahman kam und reichte einem seiner Männer ein Gewehr, bevor diese fortgingen, um ihrem Anführer ein wenig Ungestörtheit zu ermöglichen. Der Scheich blickte zunächst zu seinem Bruder, dann zu der Frau hoch. Sie hielt ihren Blick gesenkt, während der seine über ihren Körper wanderte.

»Es steht Euch frei zu bleiben«, bemerkte er sanft, ohne seinen Tonfall wie eine Frage klingen zu lassen.

Ransom schritt zwischen Rahman und Auroras Pferd. »Sie gehört mir, Rahman. Ich habe Anspruch auf sie erhoben, und zwar gründlich.«

Die beiden Halbbrüder führten einen wortlosen Kampf. »Ist das wahr, kleine Blauäugige?«, biss Abduli die Zähne zusammen und schaute zu Aurora hoch. »Erhebt mein Bruder Anspruch auf Euer Herz?«

Zum ersten Mal, seit sie das Zelt verlassen hatten, schaute Aurora auf. Ihr Blick fiel jedoch nicht auf die erwartungsvollen dunklen Augen des Scheichs, sondern auf ihren Befreier. Ran starrte seinen Halbbruder an, als er ihr vorherrschendes Gefühl wie ein Streicheln warmer Finger auf seiner Wange verspürte, obwohl nicht einmal eine Brise seine Haut gestreift hatte. Vorsichtig schaute er über seine Schulter zu Aurora zurück. Welcher Trick war das nun wieder?

»Nein, M'lord.«

Ran erbleichte sichtbar.

»Ein Mann kann ja wohl kaum einen Anspruch auf ein Herz erheben«, sagte sie und warf einen prüfenden Blick nach hinten, »wenn keines in seiner eigenen Brust schlägt.«

Abduli brach in Lachen aus. Mit einem Satz schwang Ran sich in den Sattel, da war sie aber schon in die Wüste davongejagt. Der Scheich lachte noch immer leise vor sich hin, als Ran die Verfolgung aufnahm.

Dafür, dass sie mit ihrer Freiheit gespielt hatte, würde er ihr den Hintern versohlen.

Aurora war schnell, wenn sie auch bald schon erkennen musste, dass die Hitze ihr Pferd umbringen würde. Sie verlangsamte ihr Tempo. Ran erklomm einen kleinen Hügel und holte sie ein.

Zögernd schaute sie in seine Richtung. »Schimpft nicht mit mir, Ransom, ich konnte nicht anders. Ich weiß, dass Abduli nur darauf gewartet hat, dass ich Eure Worte widerlege, aber ich konnte einfach nicht lügen.«

Er antwortete verächtlich: »Zu behaupten, dass ich kein Herz habe, ist also keine Lüge?«

Sie schaute in sein verstimmtes Gesicht und zog den Schleier von ihrem eigenen fort. »Ich glaube, in dieser mächtigen Brust befindet sich schon ein Herz, Ransom Montegomery«, säuselte sie, »die Frage ist nur, ob es schlägt oder nicht.«

»Freches Frauenzimmer«, murmelte er, während seine Lippen sich zu einem widerwilligen Lächeln verzogen.

»Wenn Ihr lächelt, seht Ihr weniger furchteinflößend aus, Ransom.« Ihre Stimme klang tief und vertraut, und eine Flut von Erinnerungen rollte über ihn hinweg: das Gefühl, wie sie in seinen Armen gelegen hatte; der erregte Glanz in ihren Augen, als sie erfahren hatte, dass Rahman sein Bruder war; die Art und Weise, wie er auf jede ihrer Nuancen reagierte.

Und die Einsamkeit, die sie verbarg.

Aurora, erkannte er, war eine komplizierte Frau, und er wollte mehr über sie erfahren. Seine Mission verlangte es jedoch von ihm, sie ihrem eigenen Schicksal zu überlassen und allein weiterzumachen. Bedauerlicherweise war es, wenn sie in seiner Nähe war, viel zu einfach, vorrangige Angelegenheiten zu vergessen und sich der Anziehungskraft, die sie aufeinander ausübten, zu ergeben. Er musste die Kontrolle behalten, ansonsten war er mit Sicherheit verloren.

»Ihr denkt viel zu viel nach, Ransom.« Ihre Stimme durchbrach seine Gedanken, und er blinzelte.

»Das kann ich in Euren Augen erkennen. Ihr trefft auf ein kleines Vergnügen, und sofort entdeckt Ihr einen Grund, es nicht zu genießen.«

Er zog schroff eine Augenbraue hoch, was sie für einen Ausdruck seines zynischen Charakters hielt.

»Ich trage die Verantwortung für eine große Anzahl von Menschen, Mylady. Ich darf sie nicht wegen meiner eigenen … Tändeleien im Stich lassen.«

Schuldgefühle verdunkelten ihre strahlenden Augen. »Ich entschuldige mich dafür, wenn meine Umstände Euch und Euren Absichten geschadet haben.«

Er winkte ab, denn er fühlte sich plötzlich zerknirscht. »Es handelt sich doch lediglich um eine Verzögerung und ein paar Gewehre.«

»Es war aber Euer Bruder, an den Ihr sie verloren habt.«

An ihrem Tonfall konnte er erkennen, dass sie begierig war, etwas über seine Beziehung zu Rahman zu erfahren; er lehnte es jedoch ab, näher darauf einzugehen. Da gab es nichts weiter zu erzählen. Sie hatten denselben Vater. Und nicht nur wir beide, dachte er verbittert, als Rachel ihm ins Gedächtnis zurückkam sowie die Tatsache, dass sie nun unter seinem Dach und in seiner Obhut lebte. Soweit Ran wusste, war er der Älteste. Nicht, dass dies irgendwie von Bedeutung war.

»Verachtet Ihr Euren Bruder wegen des Vaters, den ihr teilt? Oder ist es Euer Vater, den ihr dafür hasst, Euch einen Halbbruder geschenkt zu haben?«

Rans Blick schnellte zu ihr hinüber; seine Augen waren hart und prüfend. Bei Gott, diese Frau stellte permanent Vermutungen an oder Thesen auf, sie besaß die Begabung eines Spions. Wie dem auch war, auf jeden Fall berührte sie einen wunden Punkt in ihm. »Ihr schnüffelt herum, wo Ihr nicht erwünscht seid, Mylady«, fauchte er. »Und ich warne Euch, nicht weiter darauf zu bestehen.«

Entrüstet richtete sie sich zu ihrer vollen Größe auf. »Tut mich nicht ab wie ein Kind, Ransom, denn Ihr wisst sehr wohl, dass ich keines mehr bin.«

Er warf ihr einen überheblichen Blick zu. »Meine Familiengeschichte geht Euch nichts an!«

»Achje! Zwei Brüder benutzen mich als Tauschobjekt, und da sagt Ihr so etwas!«

»Das war die einzige Möglichkeit, dort wieder herauszukommen.« Die Anspannung bereitete ihm körperliche Schmerzen; seine Stimme hingegen war ruhig.

»Ich bin mir sicher, dass Ihr etwas anderes als Gewehre benutzt haben könntet, um den Tausch zu vollziehen!«

Sie hatte recht, verdammt. »Vorbei ist vorbei, und nun haltet Euch zurück.«

»Das wird dann aber eine lange Reise noch länger machen, wenn wir nicht reden.«

»Ihr, Mylady, redet genug für uns beide und sagt doch nichts, was ich gerne hören würde.«

Sie machte ein langes Gesicht. »Es ist wahr, Ihr habt kein Herz.«

Das saß. »Jawohl, und ich komme wunderbar ohne aus! Und bei Gott, ohne Euch ebenso!«

Mit einem Tritt trieb er das Pferd zu einer schnelleren Gangart an, und Aurora beobachtete ihn, wie er durch den Sand stürmte, sein Umhang flatterte wie die Flügel eines Falken hinter ihm her.

Ihre Lippen verzogen sich, und ihr Herz schlug schneller angesichts seiner mächtigen Erscheinung. Dann stieß sie dem Tier ihre Knie in die Seiten und folgte ihm.

Es würde mindestens einen Tag dauern, bis sie eine Stadt erreichen würden oder einen Hafen, um auf sein Schiff gelangen zu können. Und zu diesem Tag gehörte eine Nacht. Auch wenn sein Herz und sein Verstand sie nicht wollten, so wusste Aurora doch, dass seine Körper es tat. Und der Abend versprach, sehr kalt zu werden.

11

Tanger

Eisiger Wind drang tief bis unter ihre Gewänder, und Aurora zitterte; es war immer wieder erstaunlich für sie, wie die Hitze des Tages in Eiseskälte umschlug, nachdem die Sonne erst einmal untergegangen war. Das war jedoch nichts verglichen mit dem eisigen Schweigen ihres Begleiters, oder mit der schmerzlichen Klarheit seiner Absichten.

Er wollte nichts weiter, als sie so schnell wie möglich loszuwerden, das brauchte er gar nicht erst auszusprechen. Die undurchdringliche Wand, die er zu Beginn ihrer Reise zwischen ihnen aufgebaut hatte, blieb intakt, und wenn sie es wagte dagegenzustoßen, so machte ihn das gereizt und schlecht gelaunt.

Sie war aus Dörfern verjagt worden, man hatte ihr aufgrund ihres ungezügelten Verhaltens und ihrer Überzeugungen Unterkunft und Freundschaft verweigert; nichts jedoch verletzte sie so sehr, musste sie erkennen, wie Ransoms Ablehnung.

Und sie konnte nicht verstehen, aus welchem Grund er sich so verhielt.

Genauso wenig konnte sie irgendetwas hinter dem Bild erkennen, das ihren Geist erfüllte. Er war undurchdringlich, dieser geistige Schutzschild. Nicht, dass sie jemals wirklich seine Gedanken hatte lesen können; aber gelegentlich konnte sie seine Emotionen spüren.

Nun war es jedoch nicht so. Nicht ein einziges Mal hatte er sie in den vergangenen Tagen berührt oder auch nur in ihre Richtung geschaut. Keine Neckerei, kein Zureden brachten ihn zu ihr zurück. Und jegliche Hoffnung darauf, dass die kalte Nacht ihn zumindest wieder zum Reden bringen würde, schwand dahin, als er vom Einbruch der Dunkelheit bis zur Morgendämmerung weiterritt und nur tagsüber eine kurze Pause zum Schlafen und Ausruhen einlegte.

Dieses Pferd wieder loszuwerden wird schon Freude genug sein, dachte sie und war glücklich, endlich die Lichter der Stadt zu erblicken. Ein unerwarteter Kloß wuchs in ihrer Kehle, aber sie schluckte ihn herunter. Sie würde wieder mit Shokai zusammen sein und auf der Suche nach ihrem Vater. Nur sie beide, wie es schon immer gewesen war. Sie hatte keine andere Wahl, als Ransom aus ihren Gedanken zu verbannen. Am Anfang war es ihr noch leichter gefallen, denn sie hatte lediglich diesen einzigen, weltbewegenden Kuss in der dunklen Gasse erlebt und weder etwas von dem starken Verlangen gewusst, das sie füreinander empfanden, noch von dem Teil von ihm, den es nach einer sanften Berührung dürstete. Sie würde ihn vermissen.

Das hier war alles andere als ein Spaß.

Sie ritten am Rande der Stadt zum Meer hin. Die Feuchtigkeit des Ozeans hing in der Luft; Aurora atmete tief ein und ihre ausgetrocknete Haut sog sie begierig auf.

»Ich liebe das Meer«, murmelte sie in den Wind hinein, woraufhin Ran ihr einen scharfen Blick zuwarf. Sie erwiderte ihn nicht, zog stattdessen den Schleier über ihre untere Gesichtshälfte und ließ es zu, dass er die Führung übernahm. Sie folgte ihm die stark bevölkerten Straßen zur Abgeschiedenheit einer felswandigen Mole hin.

Aurora fragte nicht nach dem Grund für ihr heimliches Vorgehen, er war ein Geächteter der Meere und wich wahrscheinlich einem mehr als unfreundlichen Empfang aus.

Das plötzliche Geräusch sich brechender Wellen drang zu ihr, und gemeinsam beschleunigten sie ihr Tempo, während der volle Mond die Küste und das Meer in ein Bad aus Silberstaub tauchte. Das Wasser schäumte wild wie spuckende Geysire, traf auf die Mole und beruhigte sich dort, um dann wieder mit entfesselter Macht weiterzutosen. Aurora seufzte. Sie genoss diesen

Anblick und schöpfte Kraft aus seiner Großartigkeit – es wirkte auf sie wie ein Crescendo, das ihrem Körper neue Impulse und Stärke gab. Sie konnte Ransom verlassen, und zwar jetzt. Wenn sie die Göttin um Hilfe bat, so würde sie in sich selbst die Kraft finden, weggehen zu können, wie er es sich so sehr wünschte.

Auroras Blut kam in Wallung, ihr Herzschlag beschleunigte sich langsam. Es war die erste Nacht des abnehmenden Mondes. Eine Nacht voller Mächte, wie sie wusste, und sie war klug genug, sie nicht zu vergeuden. Sie konzentrierte ihre Gedanken auf ihr Pferd. Das Tier suchte sich trittsicher hinter Ransoms Hengst seinen Weg über die felsige Küste. Je mehr sie sich jedoch dem Wasser näherten, um so weniger wollte sie von ihm getrennt werden.

Bilder erfüllten ihren Geist, die Stärke der Nacht schärfte ihr Bewusstsein. Sie versuchte, in dem Wirrwarr ihrer Gefühle und Visionen herumzustöbern und die deutlichste Quelle zu erkennen. Irgendetwas stimmte nicht, aber die Visionen entglitten ihr, als Ransom jäh ihre Zügel packte und das Pferd ruckartig zum Stehen brachte.

Ihre Augen blitzten auf, ein unbehagliches Gefühl machte sich in ihr breit.

»Das ist verdammt gefährlich, so zu reiten!« Rans Gesichtszüge lagen im Schatten, aber seine bernsteinfarbenen Augen glühten vor Sorge und Wut.

»Weder ich noch das Pferd haben sich in Gefahr befunden.« Aurora beugte sich vor und streichelte den glänzenden Hals des Pferdes. Als wollte es ihr zustimmen, bewegte das Pferd seinen Kopf auf und ab. »Und da Ihr mich an die Grenze meiner Kräfte gebracht habt, ist dies die einzige Möglichkeit der Erholung, die ich gefunden habe.«

Überrascht angesichts ihres beißenden Tones deutete er zum Wasser hinüber. Sie schaute in diese Richtung und sah, wie ein Beiboot die Küste entlangstreifte und die Crewmitglieder hinaussprangen, um es weiter auf den Strand hochzuziehen. Domingo erteilte Befehle, deren genauer Wortlaut jedoch durch die sich brechenden Wellen gedämpft wurde, als Ransom vom Pferd stieg und Aurora Zeichen gab, dort zu bleiben, wo sie war. Der Erste Maat bahnte sich seinen Weg den Strand hinauf. Als er auf seinen Captain traf, steckten sie ihre Köpfe zu einem hitzigen Gespräch zusammen. Ran fuhr sich mit den Fingern durchs Haar, dann schaute er zu Aurora hinüber, seine Gesichtszüge boten ihr ein Bild des Mitleids. Panik machte sich in ihr breit, denn dieses Mitleid schien einem anderen Wesen zu gelten als ihr. Sie ließ sich aus dem Sattel gleiten, raffte ihre Gewänder und rannte zu den beiden Männern hinüber.

Zuerst ergriff sie Ransoms Arm, dann Domingos. Ihr Atem ging schnell und flach. »Es ist Shokai!«, keuchte sie; ihre Hände zitterten, und Rans Augen blitzten auf. »Warum habt Ihr es mir nicht gesagt?«, schrie sie.

Zum Teufel noch mal, wie konnte sie das wissen? »Ich hatte vorgehabt, Euch zu warnen, Mylady«, versuchte Ran sie zu beruhigen, »sah jedoch keinen Sinn darin, Euch zu ängstigen, solange wir ihn, wie es ja bis gerade eben der Fall war, sowieso nicht erreichen konnten.«

»Bringt mich zu ihm.«

Ran schaute Domingo an, dann machte er eine Kopfbewegung in Richtung des Beibootes. Der fragende Blick des Spaniers ruhte einen Moment lang auf Aurora, dann ging er fort und gab sofort Befehle, das Boot zu Wasser zu lassen. Während Aurora schon hineinkletterte, sammelte Ran ihre Besitztümer zusammen und befahl zwei Männern, so lange bei den Pferden zu bleiben, bis er ihnen ein Zeichen gab. Er warf die Taschen in das Boot und schob es ins Wasser, indem er mit seiner Schulter gegen den Bug drückte; dann sprang er selbst hinein, nahm den Platz achtern ein und lenkte das Boot zur *Red Lion* hinüber.

Auroras schmale weiße Hand umklammerte den Rand des Bootes, ihre Augen waren auf das in die Dunkelheit gehüllte Flaggschiff ein paar hundert Meter vor ihnen gerichtet. Sie schaute niemanden an. Ran fragte sich, woher sie wusste, dass ihr Beschützer im Sterben lag. Wenn der Schiffsarzt recht hatte, so blieben dem alten Mann nur noch wenige Stunden auf dieser Erde. Das wird sie vernichten, dachte Ran.

Als das Beiboot gegen den Rumpf der *Lion* stieß, ergriff Aurora, ohne Ran zu beachten, die Strickleiter und hievte sich an der Seitenwand des Schiffes hoch. Ihre Gewänder zusammengerafft, sodass ihre nackten Füße zum Vorschein kamen, bewegte sie sich mit der Anmut und Geschwindigkeit einer Katze. Sie schüttelte die Hilfe sich anbietender Hände ab, als sie die Reling erreichte. Ran schwang sich gerade noch früh genug über die Schiffswand, um zu sehen, wie zwei Crewmitglieder Aurora ergriffen und ihr den Zutritt ins Schiffsinnere verweigern wollten. Sie kämpfte völlig außer sich, und ein Bombardement gälischer Flüche war zu hören, bevor sie einem Mann ans Schienbein trat, sich dann herumdrehte, sich gegen einen anderen warf und einen dritten beinahe mühelos über ihre Schulter hinüber aufs Deck katapultierte. Ran erstarrte, schaute von dem gefallenen Mann zu ihr hin und dann zu dem, der noch immer seine Wade umklammert hielt.

Aurora rannte zum Eingang, während die Crewmitglieder ihr folgten.

»Lasst sie gehen!«, befahl Ran, als sie im Schiffsinneren verschwand. Er schritt hinter ihr her, warf dem Seemann, der noch immer auf dem Rücken lag und nach Atem rang, einen verachtungsvollen Blick zu und folgte ihr dann.

Ein langer, klagender Schrei ließ die Wände des mit vierzig Kanonen ausgerüsteten Flaggschiffes erzittern. Ran erschauderte. Der jammervolle Laut kam aus dem Quartier des Schiffsarztes. Im Innern der Kajüte war der Gestank unerträglich, trotzdem kniete Aurora sich neben den alten Mann auf den Boden, riss Streifen von ihren Kleidungsstücken und benutzte den Stoff, um seine eiternden Wunden abzutupfen. Sie zerrte die Verbände ab, mit denen die Schnitte des Schiffsarztes verbunden waren, und begutachtete Shokais Arm.

»Aurora?«

Sie warf einen hastigen Blick über ihre Schulter. »Schaut, was dieser Schlächter«, sie machte eine Handbewegung in Richtung des Schiffsarztes, »mit meinem Shokai gemacht hat!«

Ran blinzelte Aurora an, die wie eine fauchende Tigerin, deren Krallen ausgefahren waren, dahockte, scheinbar bereit, den Schiffsarzt bei lebendigem Leib zu verspeisen.

»Er ist ein fähiger Mann, Mylady, der seine Hilfe angeboten hat – übrigens auf meinen Befehl hin.«

»Ihr könnt nichts weiter anbieten als den Tod!«, fauchte sie den Arzt verächtlich an und wandte sich dann wieder Ran zu. »Was habt Ihr mit meinem Beutel gemacht?«

Ran drehte sich zum Gang hin und rief nach Dahrein, damit dieser die Tasche holen ging; als der Junge wieder erschien, ging eine Veränderung in Aurora vor. Als sie den Beutel entgegennahm, schenkte sie Dahrein sogar ein Lächeln. Dann jedoch, als sie auf Rans Blick traf, schwand all ihre Freundlichkeit wieder. Es war klar, dass sie ihn für Shokais Zustand verantwortlich machte.

»Wir müssen an Land gehen«, forderte sie mit einer Stimme, die kaum wiederzuerkennen war. »Und zwar sofort.«

»Nein, Captain«, mischte der Schiffsarzt sich ein. »Er ist viel zu krank, um reisen zu können.«

Ran sah zu dem alten Mann hinunter und versuchte, teilnahmslos zu wirken. Shokais Brust war eingesunken, seine Rippen standen deutlich vor. Die Peitschenwunden eiterten rot und bedrohlich, und seine wunden Füße wiesen keinerlei Zeichen von Heilung auf. Neben seinen nackten Armen lagen die Messer des Schiffsarztes sowie eine Schale Blut. Seine Atmung ging flach, und Ran wusste, dass Shokai sich an der Schwelle des Todes befand. Das musste Aurora einsehen.

»Er wird es nicht überleben, Mylady.«

Sie griff ihn an wie eine beißende Schlange und verblüffte ihn mit ihrer Heftigkeit. »Er wird? Dafür werde ich sorgen!«

Sie macht sich selbst etwas vor, dachte Ran, aber er bemühte sich um Gelassenheit. Mit ruhiger Stimme antwortete er: »Dann tut, was ihr wollt, aber tut es hier.«

»Nein! Dieser Ort ist unrein.« Sie wies auf die Kabine. »In diesem Schmutz kann ich nicht … arbeiten.«

Ran presste die Lippen zusammen. Das Mädchen traut sich eine Menge, dachte er; er konnte es kaum glauben, dass dieselbe Frau, die ihn im Beduinenzelt so sanft beruhigt hatte, ihn nun so böse anstarrte. Ihre Gewänder waren zerrissen und mit Shokais Blut besudelt, Haarsträhnen klebten auf ihrer erhitzten Haut. Ran sehnte sich danach, diese zur Seite zu streichen, Aurora in den Arm zu nehmen und ihren Kummer zu lindern. Sie stand vor ihm und blickte fordernd zu ihm auf. Ihre glänzenden Augen machten seine Selbstkontrolle zunichte; er schwankte, gab ihrem Wunsch nach und rief nach dem Beiboot und nach Freiwilligen.

Plötzlich drückte sie ihre Stirn an seine Brust: Ran spürte ihre Erleichterung, legte seine Hände auf ihre Schultern und drückte sie zärtlich. Aurora legte ihre zitternde Hand auf sein Herz.

»Oh«, flüsterte sie. »Ich glaube, es schlägt wieder.«

Er schenkte ihr ein schwaches Lächeln, denn er wusste, dass sie mit dieser spöttischen Bemerkung nur versuchte, ihre eigene Misere zu überspielen.

Sie wendete sich ab, kniete neben Shokai nieder, hielt dessen Hand und sprach zu ihm in einer Sprache, die Ran nicht verstehen konnte. Der alte Mann antwortete mit einem schwachen Drücken ihrer Hand. Innerhalb kurzer Zeit hatte sie ihn für die Reise vorbereitet. Aurora blieb an Shokais Seite und sprach mit sanfter Stimme zu ihm, während sie zuerst mit dem Boot an den Strand und dann in die Stadt fuhren. Er antwortete nicht, und Ran befürchtete, dass er nie wieder ein Wort aussprechen würde.

Das konnte man von Aurora nicht gerade behaupten. Sie war voller Eile, einen Raum in einer Herberge zu finden, und als sie ihr Ziel erreicht hatte, verwirrte sie Ran, indem sie mehrere Eimer kochenden Wassers und ein Bad bestellte.

Allein mit ihr und ihrem Beschützer lehnte Ran sich gegen

die rissige Wand des kleinen Raumes und beobachtete sie genau, wie sie Shokais Wunden auswusch und reinigte und dann die Umgebung des Pritschenbettes und den derben, hölzernen Badezuber ebenfalls säuberte. Als alles schließlich zu ihrer Zufriedenheit erledigt war, ging sie zu dem kleinen Tischchen neben dem Zuber hinüber. Sie stöberte in ihrem Beutel herum und zog Kerzen, Bindfaden, Feuersteine, kleine Säckchen aus Samt, Leder und Stoff hervor. Die Beschriftungen darauf waren fremdländisch, Ran gänzlich unbekannt, und er bemühte sich, die Schriftzeichen zu entziffern. Seine Augen weiteten sich, als sie einen verbeulten *challis* auf den Tisch stellte und außerdem einen winzigen Kessel auf einem kleinen Kohlebecken. Es folgte der silberne Dolch, den sie ehrfürchtig zur Seite legte.

»Ich bitte Euch, mich allein zu lassen«, sagte sie tonlos, streute ein blaues Pulver in das Wasser und öffnete ihre Gewänder. Er konnte eine seltsame Ruhe in ihr spüren, so sanft und doch bestimmt. Das zermürbte ihn.

»Ihr wollt ein Bad nehmen? Jetzt?« Sie weigerte sich, ihn anzuschauen, und er spürte ihre Distanz, als wäre sie tausend Wegstunden entfernt von ihm. Wie konnte sie sich nur so schnell verändern?

»Ich muss.«

Er öffnete den Mund, um sie zu fragen, warum sie sich nicht zuerst um den alten Mann kümmern wollte; sie unterbrach ihn jedoch mit sanftem Ton.

»Fragt mich bitte nicht darüber aus, denn ich werde es Euch nicht verraten.« Nein, dachte Aurora, er ist noch nicht so weit, Zeuge meines Glaubens und meiner Rituale zu werden. Hatten nicht seine Crewmitglieder schon ihre Hilfe zurückgewiesen? »Euer Schiffsarzt hat … es mit seiner Kunst versucht, nun bin ich mit meiner an der Reihe.« Sie schaute auf Shokai hinunter und Ran konnte hören, wie sie nach Luft schnappte. Ihre Augen glänzten feucht. Als sie ihren Blick jedoch wieder Ran zuwendete, lief nicht eine einzige Träne ihre Wangen hinunter.

»Ich brauche Lavendel und etwas zum Anziehen.« Dies war

eine Aufforderung zu gehen, jedoch ohne den vorhergegangenen Zorn.

So sehr Ran sie auch aus seinem Leben heraushaben wollte, so konnte er sie doch nicht verlassen. Nicht ohne Schutz. Seine Erziehung gebot es ihm. Den größten Teil ihrer Heimreise hatte er sich damit beschäftigt, sich einzureden, dass er sie ruhig sich selbst überlassen könne, wenn es an der Zeit wäre. Die Zeit, entschied er jetzt, war noch nicht gekommen, und er beschloss, zu erledigen, worum sie ihn gebeten hatte. Er war froh darüber, denn er spürte, wie Schuld auf ihm lastete, wenn sie dies auch nie ausgesprochen hatte, Ran hatte kein Interesse daran, die Wege der Medizin zu verstehen, seiner Mannschaft zuliebe würde er jedoch einen Weg finden müssen, den Schiffsarzt wieder zu beschwichtigen.

Shokais Schicksal war besiegelt. Wenn Aurora entschlossen war, sich dennoch mit dem Sterbenden zu mühen, so sollte sie ihren Willen haben.

An der Tür hielt Ran inne. Seine Hand lag schon auf dem Griff, als er kurz über seine Schulter zurückblickte. Er sah, wie sie ihre Gewänder heruntergleiten ließ und in den Zuber stieg. Abrupt wendete er seinen Blick wieder ab, sein Geist suchte nach einer Erklärung für ihr Vorgehen. Das Bild ihres nackten Körpers brannte sich jedoch in sein Herz und vertrieb dort alles andere. Schnell verließ er den Raum und zog die Tür hinter sich zu.

Draußen polierte sein grauhaariger Quartermeister, mit der Schulter lässig gegen die Wand gelehnt, den Lauf einer Steinschlosspistole. Es war seltsam, Lockewood nicht an seiner Seite zu sehen.

Der einäugige Castille hielt gegenüber von Lougière die gleiche Stellung ein, er rollte einen Stumpen zwischen seinen Zähnen. Beim Anblick ihres Captains richteten die beiden sich sofort auf.

»Bleibt hier und lasst niemanden durch.«

Ran schaute jeden einzelnen der beiden Männer scharf an.

»Niemanden.« Das Plätschern von Wasser drang durch die dünnen Wände.

Dann ertönte ihre Stimme, gedämpft und sanft lockend.

»Ich bin sterblich, werde geliebt und umsorgt durch die Dreifache Göttin und den Großen Gott. Durch die Große Mutter sind alle Dinge zum Leben erweckt worden …«

Ran warf einen finsteren Blick in Richtung Tür. Sein Gesichtsausdruck verbarg jedoch lediglich seine Verwirrung. Abrupt machte er auf dem Absatz kehrt und ging auf die Suche nach ihrem verdammten Kraut.

12

Jäh kam Ran vor der zertrümmerten Tür der Kammer zum Stehen; sein Herz schlug ihm bis zum Halse, als sein Blick über das Schlachtfeld glitt.

»Zum Teufel noch mal, nein! Nein!«

Er trat ein, stellte den Tisch wieder auf und fand darunter Lougière. Kinn und Lippen des Quartermeisters waren geschwollen, Blut stieß rhythmisch aus einer klaffenden Wunde an seinem Haaransatz und rann aus seinem Mund. Ran sprach ihn an und beugte sich vor, um ihn sanft anzustupsen; Lougière rührte sich und öffnete seine Augenlider. Er kam langsam wieder zu sich. Mit Mühe drückte Lougière sich auf seine Ellbogen hoch. Ran betupfte mit einem Fetzen Stoff die Platzwunde des Mannes. Der drehte seinen Kopf zur Seite, um Blut auszuspucken.

»Was ist mit Castille?«

Lougière zuckte mit den Schultern und fuhr vor Schmerz zusammen. »Vielleicht haben sie auch ihn mitgenommen.« Er schaute sich im Raum um. »Ich denke, mich haben sie für tot gehalten, Capt'n.«

»Wer waren *sie,* Mann?«, wollte Ran wissen und durchsuchte den Raum. »Wer tut einer Frau und einem sterbenden alten Mann so etwas an?«

Lougière kam steif auf seine Füße, wobei er sich bereitwillig von seinem Captain helfen ließ. »Die sind hier raufgekommen.« Er gestikulierte in Richtung des Fensters. Ran kletterte über die Trümmer hinweg. »Es waren vier, in Schwarz gekleidet und mit maskierten Gesichtern. Wir haben nichts gehört, bis sie nach dem alten Mann schrie«, fuhr er fort, während Ran die Vertiefungen in der Wand und auf dem Holzsims abtastete.

Er sah hinaus und erkannte, dass die Eindringlinge es nicht weit gehabt hatten, da sich das Dach des stillen Örtchens direkt unter dem Fenster befand. Er war unvorsichtig gewesen. Wütend über die Distanz, die sie zwischen sich und ihm aufgebaut hatte, und verwirrt durch ihre Rituale, hatte er sich nicht gründlich genug um ihren Schutz gekümmert.

Es ist meine Schuld.

Verdammt noch mal, dachte er und strich sich das Haar aus der Stirn, warum haben nur so viele die Absicht, diese kleine Frau zu besitzen? Es gab keine Scharen von Zuschauern, und doch hatte es den Anschein, als wäre dies eine sehenswerte Schlacht gewesen. Und trotzdem hatten alle, die sich in Hörweite befunden hatten, den Kampf nicht bemerkt. Es fiel ihm schwer zu glauben, dass Castille so leicht niedergestreckt worden war; der kräftige, einäugige Spanier lebte für seine Schlachten. Und wie hatte wohl Aurora diesen … Kampf hier überstanden? Gütiger Gott, hatte sie ihn vielleicht vergeblich um Hilfe gerufen? Die Vorstellung ließ seinen Magen zusammenkrampfen, und er ballte die Fäuste. Der Duft von Lavendel erregte ihn jäh. Ran öffnete eine seiner Hände; in der Handfläche lag zermalmt das vergessene Kraut.

Aurora. Wohin bist du nur verschwunden?

Wirst du diese Entführung überleben?, zerbrach er sich den Kopf. Wird dein Beschützer es tun?

Sein Blick wurde durch eine Bewegung zu Lougière hinübergezogen, der gerade dabei war, sein zerrissenes Hemd in seine Kniehose zu stopfen und in dem Durcheinander nach seinen Waffen zu suchen. Er fand sie und stöhnte enttäuscht angesichts des zerbrochenen Griffes seiner Pistole, steckte diese aber trotzdem in seinen Gürtel. Er humpelte zur Tür und warf dann einen Blick zurück. Ransom bückte sich, um nach Auroras Beutel zu greifen, da fiel ihm das Blut auf dem Boden ins Auge.

»Das ist meines, Sir«, beruhigte Lougière ihn. Ran warf ihm einen vernichtenden Blick zu, doch den Quartermeister verblüffte die Sorge, die er ebenfalls darin entdeckte. Er sagte nichts, als Ran den Beutel unter seinen Arm klemmte und schnell den Raum verließ.

»Captain?« Lougière lehnte sich gegen den Türrahmen, und ihm stockte der Atem, als er sich in die Seite fasste.

»Wir werden sie suchen, Lougière«, sagte er, ohne sich umzuschauen, und ging dann die Treppe hinunter. »Wir werden jede verdammte Handvoll Sand in dieser Stadt umdrehen, bis wir sie gefunden haben.«

»Und wenn wir sie nicht finden, Sir?« Lougière humpelte hinter ihm her.

Ran blieb heim Treppenabsatz stehen; sein Körper war angespannt, seine Kiefermuskulatur arbeitete heftig. Dann seufzte er tief und schaute über seine Schulter zurück. »Dann werden wir absegeln.«

Drei Tage später war es dann Domingo, der Ran überzeugen konnte, die Suche zu beenden. »Sie ist nicht in der Stadt, mein Freund.«

»Sie muss aber da sein!« Er schlug mit der Faust gegen die Reling, hörte jedoch nicht auf, den Kai zu beobachten, und wenn die Lage nicht so ernst gewesen wäre, so wäre Domingo amüsiert gewesen angesichts der Gefühlsregungen, die Ran in den vergangenen Tagen gezeigt hatte.

»Welches Tempo können sie schon mit dem alten Mann einlegen?«

»Vielleicht ist er ja irgendwo zum Sterben zurückgelassen worden? Das wäre nicht unrealistisch.«

Ran warf seinem Ersten Offizier einen wütenden Blick über die Schulter zu. »Fahr doch zur Hölle!« Mit seinem letzten Wort stieß er sich von der Reling ab, und Domingo wusste nicht, ob Ran ihn oder Aurora verfluchte. Ungeachtet dessen wusste er, dass der Captain nicht aufgeben würde, bis man entweder sie oder einen Beweis für ihren Tod gefunden hätte, oder bis er die Sache einfach akzeptiert hätte. Drei Bewohner Tangers hatten fast ihr Leben lassen müssen dafür, dass sie sich geweigert hatten, sich seinen Verhören zu unterwerfen. Nun schritt er wie ein eingesperrtes Tier auf dem Achterdeck auf und ab, gab bellende Befehle und knurrte bei jeder Bewegung, die einer der Seemänner machte. Wenn er nicht gerade hinter den Männern her war und sie anfuhr, schneller und gewandter zu sein, so kletterte er auf den Mast, reparierte Segel, holte Leinen ein und strapazierte seinen Körper und seinen Geist so lange, bis ihm nichts anderes mehr übrig blieb, als sich schlafen zu legen. Trotzdem hatte Domingo ihn dreimal dabei überrascht, wie er schweigsam in seinem Sessel entspannte, einen Zinnbecher voll Rum in der Hand und den Beutel der Frau in Reichweite.

»Wir haben ein Rendezvous einzuhalten«, erinnerte Domingo ihn unnötigerweise.

Ran hörte auf, hin und her zu gehen und warf ihm einen scharfen Blick zu. Der Spanier lehnte sich an die Reling und reagierte mit einem geduldigen, befehlserwartenden Blick. Herrgott im Himmel, dachte er, neigte seinen Kopf zurück und schaute kurz in die Dämmerung. Die Trockenheit setzte ihm zu, seine Kehle war wie ausgedörrt. Wo war sie nur? War sie verletzt? Oder, bei der heiligen Mutter Gottes, war sie womöglich schon tot? Sein Brustkorb verengte sich und drohte, ihn zu ersticken. Hatte der Sultan sie vielleicht zurückgeraubt und in seine private Gruft eingemauert? Hatte Rahman sein Wort nicht gehalten? Suchte Achmed Vergeltung für den Verlust seiner Hände? All diese unbeantworteten Fragen ließen ihn langsam verrückt werden. Und Shokai, gütige Heilige, als ob er sich nicht schon grauenhaft genug fühlte, weil er nicht verhindert hatte, dass Aurora entführt wurde, so vervielfachten sich seine Schuldgefühle noch angesichts dessen, was seine laschen Bemühungen den alten Mann wahrscheinlich gekostet hatten.

Er hatte keine Möglichkeit ausgelassen, sie zu finden. Niemand wollte etwas sagen, niemand wusste etwas. Verdammt und zugenäht!, fluchte er und fuhr sich mit den Fingern durchs Haar. Er fühlte sich so angespannt! Nicht einmal der Schlaf gönnte ihm eine Gnadenfrist. Aber das war ihm egal. Das, was von seinen Tagen übrig blieb, war dazu bestimmt, von ihrem Gesicht heimgesucht zu werden, ihrem beunruhigenden Zorn, ihrem Schmerz, und mehr als alles andere, ihrem verführerischen Lächeln und der Art und Weise, wie sie ihn beruhigen und erregen konnte wie niemand sonst.

Bei Gott, er vermisste sie. Er sehnte sich danach, in der Hitze ihres Mundes ihre Energie zu spüren und die Wärme ihres Körpers unter seinen Händen, und sie zu besitzen.

Und er schwor, er würde es tun, wenn er sie jemals wiedersähe. Er würde!

»Capitán?«

Ran zuckte zusammen und erkannte, dass sein Erster Offizier auf Befehle wartete. »Bereitet alles zum Losmachen vor, Avilar«, trug er ihm mit ausdruckslosem Tonfall auf. »Nehmt die nächste Nacht-Tide und alarmiert mich.« Ran schaute kurz zum Himmel empor, schätzte die Zeit und die Windgeschwindigkeit ein, die man benötigen würde, um die *Back Star* zu erreichen, und fügte dann hinzu: »Bei acht Glasen.« Abrupt drehte er sich auf dem Absatz um und kletterte die Leiter des Achterdecks hinunter, ohne auch nur den kleinsten Blick in irgendeine Richtung zu werfen.

Einige seiner Crewmitglieder sprangen zur Seite, um ihm Platz zu machen, er schenkte ihnen jedoch keine Beachtung, sondern schritt zu seiner Kabine. Er hatte Schlaf nötig, ja, und geschärfte Sinne für die kommende Nacht, denn dies war die letzte Möglichkeit, seine gefangenen Männer zurückzubekommen.

Bei Gott, er brauchte diese Schlacht.

Zweiundsiebzig Meilen vor der westafrikanischen Küste

Die Nacht war vom Donnern der Kanonenkugeln erfüllt – die *Red Lion* spuckte zorniges rotes Feuer aus. Das Deck des Schiffes der Sklavenhändler wurde beschossen. Ran gab Befehl, die *Black Star* nicht zu versenken, noch in irgendeiner Weise auf den Rumpf zu zielen, denn alle an Bord der *Lion* wussten, dass Sklaven unterhalb der Wasserlinie im Innern des Schiffes untergebracht waren.

Das Sklavenschiff schoss zurück, versenkte den halben Bugspriet der *Lion* und die Ankerwinde. Und zwei Crewmitglieder mit ihnen.

Ran gab Befehl beizudrehen, und das Flaggschiff nahm Wind auf und kreuzte in lebensgefährlicher Position vor dem gegnerischen Schiff. Die *Lion* war trotz ihrer Größe schnell. Ihr Captain entlockte ihr alles, was sie geben konnte, dann verlangsamte er abrupt und verlieh damit seiner Drohung Ausdruck, die Backbordseite der *Black Star* zu rammen. Ran stand auf dem Achterdeck. Seine Crew war plötzlich still, atemlos vor Furcht und Bewunderung, als ihr Captain energisch das Steuerrad herumriss und das Schiff heftig wegdrehte. Währenddessen ließen die besten Schützen der *Red Lion* einen Hagel von Kanonenkugeln auf die *Star* niederprasseln. Noch bevor das Echo verklungen war, befahl Ran, die Segel zu krängen. Inmitten der Panik und des Gemetzels glitt das Flaggschiff neben der *Star* dahin. Ziellose Kanonenschüsse vom Sklavenschiff erleuchteten die Dunkelheit.

Ran schritt zur Reling und stützte seinen Fuß auf dem polierten Holz ab. Den Unterarm auf seinem Knie abgestützt starrte er einen Moment lang vor sich hin, betrachtete sein Werk und machte sich im Geiste eine Notiz, Foti für seine Information zu belohnen.

»Ergebt Euch.« Ran schrie nicht, was angesichts der Nähe des Schiffes und der spannungsgeladenen Stille auch gar nicht nötig war.

Sie weigerten sich jedoch. Die übrig gebliebenen Piraten huschten umher, um die Segel zu hissen und Wind zur Flucht einzufangen.

Plötzlich grollten erneut Kanonen und schlugen den Hauptmast des Sklavenschiffes zu Boden.

»Ich bin ein geduldiger Mensch, Sklavenhändler«, erklärte er, als der Lärm sich gelegt hatte.

»Unser Captain ist tot. Ich bitte um Schonung für die Überlebenden«, schrie eine jugendliche Stimme, allem Anschein nach unter Schmerzen und voller Panik.

Ran bewunderte den Mann, der aus dem dichten Rauch auftauchte. Sein blutgetränktes Hemd hing ihm schlaff von seinen Schultern. Er starrte über das Meer hinweg seinen Gegner an, kühn und verwegen, als stünde ihm die britische Kriegsmarine zur Verfügung; dann jedoch ergab er sich klugerweise. Domingo rief nach den Planken, und Ran ging an Bord des eroberten Schiffes.

Sein junger Gegner konnte nicht älter sein als zwanzig. Er winkte dessen Angebot zur Übergabe seiner Waffe ab. »Ihr wisst einen trefflichen Kampf zu führen«, sagte Ran. Die Crew der *Lion* entwaffnete die Piraten und nahm alle gefangen, die noch standen.

»Es wäre trefflicher gewesen, wenn Ihr verdammt noch mal fair gekämpft hättet.«

Rans Augen glühten vor unterdrückter Wut. Unverschämter Bengel. »Beim Handel mit Menschenleben hört die Fairness auf«, knurrte er, wobei sein Blick verächtlich über den Offizier glitt. »Oder habt Ihr etwa geglaubt, dass Ihr ungestraft mit Menschenfleisch handeln könnt?«

Der Sklavenhändler runzelte die Stirn, warf einen Blick auf das Flaggschiff und dann auf dessen Captain. »Raubt Ihr sie denn nicht für Euch selbst?«

Ran weigerte sich, dies zu kommentieren; sein Gesichtsausdruck war leer. »Fesselt ihn!«

Die Augen des Offiziers weiteten sich.

»Vielleicht wird Euch ja eine Kostprobe vom Leben in Gefangenschaft als Abschreckung dienen.«

Ein paar Crewmitglieder ergriffen seinen Arm, und der Offizier schrie: »Das ist ein Skandal! Welches Ehrgefühl habt Ihr nur, dass Ihr so etwas tut!« Eisen spannte sich um seine Fuß- und Handgelenke.

Ran wusste, dass es nicht üblich war, den Captain beziehungsweise den Ersten Maat eines eroberten Schiffes einzusperren, insbesondere nicht vor den Augen seiner Crew; jeder Gedanke an Nachsicht verging ihm jedoch, als seine Männer die vergitterten Luken aufbrachen und den befreiten Sklaven aufs Deck halfen. Der Gestank, der von innen kam, war unerträglich. Trotzdem verzog Ran keine Miene. Einige waren von Peitschenschlägen gezeichnet.

»Watkins!« Der Mann mit dem feuerroten Haar erschien an seiner Seite. »Nehmt ihnen diese verdammten Dinger da ab. Und zwar sofort!« Ran wies auf die Metallketten, mit denen die Gefangenen gefesselt gewesen waren.

Seine Männer wussten, was sie zu tun hatten; trotzdem war es jedes Mal wieder genau dieser Zeitpunkt eines Angriffes, an dem ihr Captain ungeduldig wurde. Als die Gefangenen in die Freiheit krochen, schaute Watkins Ran in die Augen und schüttelt dann seinen Kopf.

Bis jetzt war niemand von Rans vermissten Männern an Bord zu entdecken.

Verdammt.

Während Ungeduld ihn plagte, schritt Ran zur Luke hinüber und kletterte auf der Suche nach dem Kapitänsquartier in den Gang hinunter. Der Geruch von verdorbenem Essen und menschlichen Ausdünstungen durchdrang den winzigen Raum. Die Koje sah völlig verkommen aus. Auf dem Boden lag faulendes Obst, Kleidungsstücke waren überall verstreut. Eine Ratte kroch unter den fleckigen Bettlaken hervor und über den Matratzenrand hinweg, um dann auf den Boden zu plumpsen. Sie jagte davon, als Ran sich auf der Suche nach dem Logbuch des Schiffes zum Tisch hinüberbegab. Er musste umgekippte Rumflaschen, Stücke gepökelten Fleisches und verbranntes Brot beiseiteschieben, um sich etwas Platz zu verschaffen.

Es wäre interessant zu erfahren, wessen Sklaven genau er da befreit hatte und wo sie hätten hingebracht werden sollen.

»Ran!«, sprach Domingo ihn an, während er über die Schwelle trat.

»Wie viele?« Ran schaute nicht von der Prüfung des Logbuches auf.

»Fast zweihundert.«

Es trat eine angespannte Pause ein, bevor Ran fragte: »Und Bonaface und die anderen?«

Domingo lächelte. »Sie leben, wenn auch mehr schlecht als recht. Sind schon an Bord der *Lion.*«

Ran schloss kurz seine Augen und atmete erleichtert aus. »Haben die Gefangenen schon eine Entscheidung getroffen?«

»Sie nehmen das Schiff.«

Ran runzelte die Stirn. »Sind Seemänner an Bord?«

Domingo nickte. Seine Lippen formten sich zu einem Lächeln. »Eine uberraschende Anzahl von Englands Elite. Sklaverei, so scheint es, hat keine Vorlieben. Seid Ihr zur Inspektion bereit?«

Ran nickte, schloss das Logbuch und holte die Ruderblätter heraus. Es würde keinen Sinn machen, Sklaven zu befreien und ihnen dann ein sinkendes Schiff zu schenken. Domingo bewunderte einmal mehr seine Gründlichkeit, als sie an Deck gingen.

Ran schob sich durch den engen Gang, als der Steuermann sich unter ein Gewirr von Tauwerk duckte und ihm Zeichen gab, ihm zu folgen.

Ran tat es jedoch nicht. Er wollte sich zunächst noch um die Crew des Sklavenschiffes kümmern, denn je länger sie am Heck mit diesem Schiff verbunden waren, desto größer war die Gefahr, entdeckt zu werden.

»Sagt mir, warum ihr es so eilig habt«, fragte er ungeduldig.

»Ich denke, das solltet Ihr Euch mit eigenen Augen anschauen, Sir.«

Ran blickte zunächst finster zu Domingo hinüber und dann zum Bug hin. Der Spanier wies auf die vordere Luke. Sofort übergab Ran dem am nächsten stehenden Mann das Logbuch und die Ruderblätter und schritt das durch Laternen beleuchtete Deck entlang. Er stolperte über heruntergefallenes Tauwerk und zertrümmertes Holz und erreichte endlich die vordere Luke.

Ran beugte sich vor, griff nach einem eisernen Ring und öffnete mit einem mächtigen Ruck die Tür. Der Geruch von Fisch und Kot stieg zu ihm auf. Als das Mondlicht den dunklen Schiffskörper durchflutete, wurde in einer Nische ein bleiches Gesicht erkennbar.

Sein Herz schlug heftig gegen seinen Brustkorb.

»Aurora,» stieß er atemlos aus.

»Ransom! Habt Ihr zufällig meinen Lavendel dabei?«

13

Ran grinste breit, wobei seine weißen Zähne aufblitzten. Sie klang, als wäre es die natürlichste Sache der Welt, sie im Bauch eines Sklavenschiffes wiederzufinden.

»Ja, Mylady«, gab er ihr zur Antwort, beugte sich über den Vorsprung und sprang hinunter in den Schiffskörper. »Aber in meiner Panik, befürchte ich, habe ich es zerdrückt und somit unbrauchbar gemacht.« Er ließ sich auf den Boden sinken, dorthin, wo sie in der Feuchtigkeit kauerte. Er zitterte innerlich; niemals hatte er sich vorgestellt, dass er so erregt sein würde, dieses lästige Frauenzimmer wiederzusehen – zumal sie vom Leckwasser nass und schmutzig war.

Gütiger Gott, er wollte sie bis zum Verrücktwerden küssen.

»Seid Ihr wirklich in Panik gewesen?« Gespannt versuchte sie, seine Gesichtszüge zu deuten. Sie verspürte das Bedürfnis, mehr in sein lächelndes Gesicht hineinzuinterpretieren, traute sich jedoch nicht.

»Ja«, Schuldgefühle überkamen ihn, »denn es ist meine Schuld gewesen.«

Sie machte ein enttäuschtes Gesicht. »War das Euer einziger Grund?« Als er sich an die Befreiung ihrer gefesselten Glieder machte, versuchte sie, ihn anzuschauen. »Euch von Eurer Schuld zu befreien?«

Sein Blick prallte mit dem ihren zusammen. Konnte er ihr denn die unaufhörliche Qual eingestehen, die er erlitten hatte, während sie vermisst wurde? Und das niederschmetternde Gefühl, als er schließlich gezwungen war, seine Suche aufzugeben? Das war neu für ihn, diese Erregtheit, wann immer er an sie dachte, und es gelang ihm nicht, die Worte über seine Lippen zu bringen.

»Wenn Ihr das glaubt, so kennt Ihr mich nicht besonders gut.« – »Ach, ich kenne Euch doch überhaupt nicht«, entgegnete sie.

In Wahrheit tat sie es aber. Von ihrem ersten gemeinsamen Kuss an war sie zu einer Bedrohung für Rans Gelübde und seine Zukunftspläne geworden, trotzdem konnte nichts ihn im Moment davon abhalten, sie sanft zu berühren.

Sie zuckte zurück. »Berührt mich bitte nicht. Ich rieche wie die Abfälle eines Fischhändlers.«

»So riecht es auf dem ganzen Schiff«, murmelte er und strich ihr das triefend nasse Haar aus dem Gesicht. Seine Hand verweilte auf ihrer Wange.

Rans Augen hatten einen so zärtlichen Ausdruck, dass es Aurora fast das Herz brach. Sie wünschte, sie wäre sauber genug für seine Küsse. »Dann befreit mich also erneut, mein Retter, damit ich ein Bad nehmen und so meinem Meister eine angemessene Gesellschafterin sein kann.«

Er lachte stillvergnügt, und Auroras Augen weiteten sich. Noch nie hatte sie ihn so lachen hören, so unbefangen und völlig ohne Spott. Es war ein großartiger Klang, wie das Grollen des Donners.

»Schon zweimal habt Ihr im Gefängnis des Sultans Euer Geschick, Schlösser zu sprengen, unter Beweis gestellt«, bemerkte er, während er mit einer Hand die rostigen Ketten entlangfuhr, die sie an den Schiffskörper fesselten. Er nickte, und sie rissen aus ihrer Verankerung. »Warum habt Ihr Euch nicht, wie zuvor auch, selbst befreit?«

Aurora starrte ihn argwöhnisch an. Hielt er sie für nichts anderes als für eine Diebin? »Dieses Ekel von einem Captain hat mir stündlich einen Besuch abgestattet.« Sie zuckte mit den Schultern und beobachtete, wie seine schmalen Finger mit Leichtigkeit die Scharniere von ihren Knöcheln lösten. Aurora fragte sich, ob irgendetwas auf dieser Welt wohl den Piratenlord aufhalten oder gar schlagen könnte. »Das hätte zur Strafe zumindest eine Auspeitschung gegeben, denke ich, wenn ich bei seinen Besuchen nicht mehr gefesselt gewesen wäre.«

Sein Blick schnellte hoch. »Haben sie Euch wehgetan?«, wollte er wissen, während er ihren Körper nach Spuren absuchte, die man auf den ersten Blick nicht erkennen konnte.

»Mich geschlagen? Ja.«

Seine Gesichtszüge verhärteten sich.

»Die Rechte eines Ehemannes erzwungen? Nein, das nicht«, beruhigte sie ihn, hielt sich an seiner Schulter fest und drückte sich auf ihre Füße. Der Versuch kostete sie ihre ganze Kraft, und sie sackte wieder in sich zusammen. Vorsichtig half Ran ihr auf. Noch immer kniend schaute er sie an. Das mit Schlamm verschmierte Gewand schmiegte sich an Auroras Körper, und es kostete ihn Mühe, seine Hände nicht von ihren schmalen Fesseln hin zu ihren fülligen Brüsten gleiten zu lassen, um sich zu versichern, dass sie auch wirklich lebte und unverletzt war. Um genau das zu verhindern ballte er seine Fäuste zusammen und richtete sich auf. Er erkannte, wie wankelmütig er war.

»Ist Shokai an Bord?« Ran riss seinen Blick von ihrem Körper fort. Dann zog er sein Hemd aus und ließ es über ihren Kopf gleiten.

»Ja.« Sie lächelte, während sie ihre Arme durch die Hemdsärmel steckte. Vor wessen Augen wollte er sie wohl schützen, vor den seinen oder vor denen der Männer hinter ihm? »Er wird zusammen mit den anderen festgehalten.« Sie nickte nach achtern und schaute finster drein. »Ihr habt dieses Schiff überfallen, um die Sklaven zu befreien?«

Ran gab es nicht zu. »Könnt Ihr klettern?«, lenkte er vom Thema ab. Er deutete in Richtung der schmalen Leiter.

Sie war neugierig zu erfahren, warum er auf eine solch noble Tat keinen Anspruch erheben wollte, dann nickte sie. Ran schritt zurück und ließ sie vorbei; als sie sich jedoch von der Schiffswand fortbewegte, sackten ihre Beine zusammen. Sie ergriff seine Arme und legte ihre Stirn an seine breite Brust. Ihr Körper bebte.

Er neigte sich zu ihr hinunter, um ihr zuzuflüstern: »Wann habt Ihr das letzte Mal gegessen oder die Sonne gesehen?«

»Mit Euch zusammen«, murmelte sie in seine salzige Haut hinein. »In der Wüste.«

Er wurde starr. Sechs Tage! Zum Teufel noch mal, die Sklavenhändler hatten sich nicht einmal die Mühe gemacht, ihrer »Ware« ausreichend zu essen zu geben, damit sie ihren Zielort lebend erreichen würden!

Aurora spürte, wie sein Zorn ihr tief unter die Haut fuhr. Sie neigte ihren Kopf nach hinten, um ihn anschauen zu können. Jedes Fünkchen Sanftheit, das sie zuvor an ihm gesehen hatte, war wieder verschwunden.

»Lasst es heraus, Ransom«, flüsterte sie. »Es ist vorbei.«

Er schaute zu ihr hinunter; seine Wut war fast greifbar, und das Verlangen, die Crew dieses Schiffes zu Haifischfutter zu machen, wurde übermächtig. Dann berührte sie sein Kinn, ihre Finger glitten über seine Wange und strichen ihm das zerzauste Haar aus der Stirn; und wie ein Gletscher, der in warme Strömungen gerät, schien er zu schmelzen. Er sah in ihre blauen Augen. Aurora schmiegte sich an ihn, seine Lippen bebten. Er sehnte sich nach ihr, war beinahe wie von Sinnen, wollte einen Schluck von ihrer Leidenschaft kosten. Er konnte es nicht, denn den Reizen Auroras zu erliegen bedeutete, die Schutzhülle seiner Seele aufzureißen.

Abrupt schob er sie von sich weg.

»Ist er so schlimm, der Geruch?«

Seine Lippen verzogen sich, seine Lust nahm ein wenig ab. »Verdammt scheußlich«, gab er gefühlvoll zu, obwohl er sie in Wahrheit am liebsten gegen die Schiffswand gedrückt, ihr seine Zunge in den Mund und seine Männlichkeit in den Körper gestoßen hätte. Stattdessen kauerte er sich zusammen und wies sie an, auf seinen Rücken zu klettern. Sie tat es, schlang ihre Arme um seinen Nacken, als er die Leiter emporkletterte. Domingo hob sie von Rans Rücken, sobald er durch die Luke aufgetaucht war. Er war Zeuge des Gespräches und des Beinahe-Kusses gewesen, und er konnte nicht aufhören zu grinsen. Ran stand verdammt kurz davor, in der Gestalt dieser Frau zu ertrinken, und Domingo fragte sich, wie lange es wohl dauerte, bis er dem heftigen Verlangen nachgab, das seine Gesichtszüge zeichnete und auch an anderen Stellen seines Körpers deutlich zu sehen war.

»Schön, Euch gesund wiederzusehen, *Señorita.*«

Sie lächelte süß. »Mein Dank gilt Euch und Eurem Mut, *Señor* Avilar.«

Die Überraschung, dass sie seinen Namen wusste und seine Muttersprache sprach, erhellte sein gebräuntes Gesicht.

»Was ist mit dem alten Mann?«, wollte Ran wissen. Aurora warf ihm einen scharfen Blick zu.

»Shokai. Shokai Ishido«, korrigierte sie ihn, wobei ihre Lippen sich kaum bewegten.

Domingo grinste. Er schaute zwischen dem Paar hin und her. »Er ist an Bord der *Lion,* und es geht ihm überraschend gut.« In Erwartung einer Erklärung schaute er zu Aurora hinunter; diese zuckte jedoch lediglich mit den Schultern und wendete ihre Aufmerksamkeit dem Deck zu. Sie atmete tief ein.

Ein Mast war komplett zerstört, ein anderer lag gebrochen wie der Flügel eines Vogels darauf, und die zerrissenen Segel hingen wie ausrangierte Lumpen herunter. Weißgrauer Rauch verpestete die Luft. Die Laternen schwangen hin und her. Es war jedoch der Anblick des Decks, übersät mit Körpern, die bis zur Unkenntlichkeit zugerichtet waren, der sie fassungslos machte.

»Habt Ihr das angerichtet?«

Ran schaute sie argwöhnisch an.

»Schreibt dies meinen Kanonieren zu, Mylady.«

»Aber auf Euren Befehl«, konterte sie. »Ach, Ransom, Ihr habt schon so viele getötet.«

Eine seiner Augenbrauen hob sich. »Wäre es Euch lieber gewesen, ich hätte Euch den Sklavenhändlern überlassen?«

»Nein, natürlich nicht, aber es hätte doch sicher einen Weg gegeben, dies zu vermeiden.« Sie wies auf einen der Toten ein paar Fuß entfernt von ihnen.

»Nur ein Feigling würde sich bei der ersten Salve ergeben.« Er mochte es nicht, wenn seine Methoden in Frage gestellt wurden, denn über die Jahre hinweg hatten sie sich als effektiv erwiesen, und zwar mit so wenig verlorenen Menschenleben wie möglich. Wenn nicht ein gewichtiger Grund dahintersteckte, so würde er sich mit Sicherheit nicht selbst in der Lage befinden, mit einem Preisgeld auf seinen Kopf auf den Meeren zu kapern.

»Es ist ein mutigeres Streben zu retten, als Blut zu vergießen.«

Er sah sie unerbittlich an. »Werdet Ihr wohl jemals an dem Weg zu Eurer Freiheit nichts auszusetzen haben?« Er bezog sich auf den Austausch gegen die Gewehre im Lager des Beduinen, und sie wusste es. »Oder bin lediglich ich es, bei dem Ihr versucht, alles in Frage zu stellen und Euch einzumischen«, seine Stimme nahm an Lautstärke zu, »und zu verurteilen?«

»Ich habe niemanden verurteilt. Diesmal jedenfalls nicht«, räumte sie widerwillig ein.

»Ach, Ihr verurteilt sehr wohl und stellt jeden meiner Schritte in Frage. Bei Gott, was seid Ihr doch für ein undankbares Frauenzimmer!«

»Bin ich es, über die Ihr Euch so aufregt, Piratenlord?«, fragte sie und legte ihre Hände auf ihre wohlgeformten Hüften. »Oder hat das Blutvergießen bei ein paar Bösewichten Euch so erzürnt?«

Ein gedämpftes Schnauben kam von Avilar herüber, und Ran schaute gen Himmel, um Geduld und Selbstbeherrschung zu erbitten.

»Es wird Euch krank machen, Ransom, Eure Gedanken nicht auszusprechen. Es widerspricht der Natur.« Er entgegnete ihren Blick, sie sah jedoch nichts als ein verschlossenes Starren in den goldenen Tiefen seiner Augen.

»Fordert mich nie wieder heraus!« Knapp und präzise kamen seine Worte, wie ein Befehl.

Unvermittelt drehte er sich auf dem Absatz um.

»Ich werde nicht vor Euch katzbuckeln, Pirat, ganz egal, wie nobel Euer Streben auch sein mag!«, rief sie aus, als Ran über das Deck schritt. Arrogantes Biest, dachte er, der Wut schon wieder gefährlich nahe. »Euer Captain hat es nicht gern, wenn er von irgendjemandem in Frage gestellt wird, nicht wahr?«, bemerkte Aurora und verschränkte verdrießlich ihre Arme. »Ist es nicht so, *Señor* Avilar?«

»Von irgendjemandem? Nein. Und von Euch, *Señorita,* erst recht nicht.« Domingo machte eine Verbeugung, schlug seine Fersen zusammen und folgte seinem Captain.

Vielleicht war sie ja ein winziges bisschen zu voreilig gewesen, die Ergebnisse seiner Bemühungen so scharf zu kritisieren. Besonders vor seinen Männern. Jeder andere Pirat hätte auf sämtliche Güter Anspruch erhoben und das Schiff dann versenkt, wobei die Menschenleben an Bord nicht mehr als eine Unannehmlichkeit für ihn bedeutet hätten. Aber das spielte nun auch keine Rolle mehr, denn es war offensichtlich, dass er nur sehr wenig von ihrer Meinung hielt. Sie war äußerst ärgerlich, entschied sie, diese Beschränkung, die er sich selbst auferlegte, indem er jedes Aufblitzen von Gefühl nach einem kleinen Ausbruch gleich wieder unterdrückte; und sie fragte sich, was ihn so hatte werden lassen, denn sie konnte sich nicht vorstellen, dass ein Kind mit einer so abscheulichen Veranlagung geboren wurde. Sie war Zeugin dieser kurzen, ungezwungenen Momente gewesen, in dem Durchgang in der Berberei, im Seidenzelt des Beduinen und an der Küste von Tanger. Und vor wenigen Momenten erst im Frachtrumpf. Er war verschlossen und wartete nur darauf, freigelassen zu werden, und sie überlegte, ob er vielleicht Angst vor seiner eigenen Courage hatte.

Ransom und Angst haben?

Ha!

Selbst jetzt schritt er unter den Feinden umher, unbewaffnet bis auf ein paar Messer, die in seinem breiten Ledergürtel steckten, sein gebräunter Brustkorb entblößt und verwundbar. Er half, die Toten und die Trümmer ins Meer zu werfen. Dann befahl er, ein großes Beiboot herunterzulassen, und die Sklavenhändler, die sich weigerten, dem neuen Captain Treue zu schwören, wurden für ihre Verbrechen aufs Meer hinausgeschickt. Seine Bewegungen waren effizient, genau berechnet und unerbittlich, und sie sah, dass er kein bisschen zweifelte an der Richtigkeit seines Tuns, nicht einmal, als er ein kleines Mädchen in Stoff wickelte und in sein Grab schickte. Eine Vielzahl an Menschen schlurfte über die Decks, mit milchig weißer, englischer Haut, die sich krass gegen die der Afrikaner abhob. Einige von ihnen waren zu schwach zum Stehen oder wie gelähmt angesichts ihrer plötzlichen Freiheit. Araber, Chinesen, selbst solche, die deutlich nordisch aussahen, waren von den Sklavenhändlern nicht verschont geblieben. Es freute sie zu sehen, wie Ran das Schwert des Sklavenkapitäns einem großen, dunkelhaarigen Mann mit stechend grünen Augen anbot und ihm die Befehlsgewalt über das eroberte Schiff überließ. Seine Gefangenschaft hatte ihn schwach und seine Haut fahl werden lassen. Aurora wusste, dass die meisten sehr viel länger Gefangene gewesen waren als sie. Als sie ihre langen Haare über ihren Arm wickelte, damit niemand darüber stolperte, schaute er auf.

»Mistress.« Er verbeugte sich und stützte seine gefesselten Hände auf dem Heft des Schwertes ab, dessen Spitze ins Deck stach. »Ich wusste nicht, dass Ihr ebenfalls an Bord wart.«

»Ihr seid ein Kolonist, ein Amerikaner«, entgegnete sie fasziniert, während sie über zerrissene Taue und herumliegende Kisten stieg, um schließlich vor dem Mann stehen zu bleiben.

»Ja, und ich bin stolz darauf, Mistress. Evan Pierce«, stellte er sich vor.

»Mein Name ist Aurora, M'lord.«

»Ich bin niemandes *Lord*«, unterbrach er sie mit sarkastischem Ton.

»Dann wird es wohl so sein.« Sie legte ihre Hand auf die seine und fuhr zusammen, denn seine Qual und Hoffnungslosigkeit schienen auf sie überzugehen. »Es bereitet Euch Schmerzen?« Sie nickte in Richtung seines verwundeten Beines.

Er schaute nicht hinunter, aus Angst, dass dieser Anblick ihn daran erinnern könnte, dass er es schon bald verlieren würde. »Ist auszuhalten.«

»Es wird nicht abgenommen werden müssen, Sir«, bemerkte sie. Er wurde ganz starr, und seine grünen Augen verengten sich.

»Was sagt Ihr da, Mädchen?« Evans Blick schoss zum Schiffsarzt hinüber, der ihn erst kurz zuvor gegenteilig informiert hatte, dann schaute er zu ihr zurück. »Besitzt Ihr die Kenntnisse einer Heilerin?« Er war zu allem bereit, wenn er nur sein Bein nicht verlieren würde.

Sie zuckte mit ihren Schultern. »Ich habe meine eigenen Heilmethoden, drücken wir es so aus.« Sie stellte niemals ihre Sensibilität in solchen Dingen in Frage.

»Sie hat keine Ahnung!«, fauchte der Schiffsarzt und reagierte seine Wut an der stramm verbundenen Wunde eines Verletzten ab. »Voll von bitteren Gebräuen ist sie, dieses Frauenzimmer, von nichts anderem als den Spielzeugen Satans!«

»Satan ist wohl eher Euer Laster, nicht meines«, rümpfte Aurora ihre Nase in Richtung des Doktors, bevor sie Evan wieder anschaute. »Das Bein wird lediglich schlecht behandelt, es benötigt eine gründliche Reinigung«, sagte sie, ignorierte das Gemurmel des Schiffsarztes und beugte sich vor, um es sich besser anschauen zu können. »Das Salz hat zumindest die Infektion daran gehindert, sich zu weit auszubreiten …«

Ransom sicherte ein Seil. Er schaute auf und sah, wie Aurora sich mit Pierce unterhielt; ihre Köpfe steckten zusammen, der Kolonist hing an ihren Lippen. Ran nahm ihre Hand wahr, die über der seinen lag, dann das Lächeln, das sie ihm schenkte und die männliche Bewunderung in dem Blick, den Pierce über ihren Körper gleiten ließ. Ein ungewohnter Schmerz, hässlich und scharf und voller Rechtschaffenheit, drang durch Rans Körper wie der Schlag eines Entermessers auf weicher Haut; der Schmerz schoss durch seine Adern und ließ ihn sich wie ein gequältes Tier fühlen, als er über das Deck stürmte und knappe

Befehle zum sofortigen Aufbruch ausstieß. Er packte Auroras Hand und zog sie zu sich.

»Denkt an Euer Versprechen, die Afrikaner an ihre Küste zurückzubringen«, warnte er Evan, woraufhin der Mann sich beleidigt aufrichtete.

»Ihr seid ein regelrechter Tyrann, Ransom. Und ein unverschämter obendrein.« Auroras Finger versuchten, sich aus Rans Griff freizuwinden. »Nun, Evan …« Sie schaute zu dem Kolonisten. »Heiße Kompressen und vierzehn Tage lang Tinkturen. Echter Steinklee, würde ich sagen, dürfte Eure Schmerzen lindern. Ich bereite …«

»Nein, das werdet Ihr nicht«, unterbrach Ran sie, woraufhin sie eine Augenbraue hochzog.

»Ihr wollt ihm also die Hilfe verweigern, die ich ihm anbiete?« Sie warf ihm vor, grausam zu sein, nachdem er doch so viele Menschenleben gerettet hatte.

»Ich wäre eher dafür, dass wir uns von diesem Schiff entfernen, bevor wir entdeckt werden und das Risiko eingehen, dass ein frisches Rudel Wölfe zum Festgelage hier eintrifft«, bemerkte er und zog sie in Richtung der *Lion.* Auroras Haut fing plötzlich an zu prickeln.

Sie riss sich frei und rieb ihre Arme. »Und wenn ich mich nun dazu entschließen sollte, an Bord zu bleiben?« Sie wollte es eigentlich nicht, aber sie konnte nicht bei dem barbarischen Piraten bleiben, wenn ihre Chancen, ihren Vater zu finden, auf dem Land und nicht auf dem Meer lagen. Dabei spielte es keine Rolle, dass Ransom und der Schiffsarzt ihre heilenden Kräfte nicht ernst nahmen. Es war ihr Vater, den sie suchte, und nicht ihre Anerkennung.

»Ihr seid herzlich willkommen an Bord, Mistress«, bot Evan ihr an, und Rans Schultern verspannten sich angesichts des zärtlichen Lächelns, das sie dem Kolonisten schenkte, bevor sie ihren vernichtenden Blick wieder ihm zuwendete.

»Bringt Shokai zurück. Ich werde bleiben.«

»Ich glaube nicht, dass ich Euch die Wahl gegeben habe.«

Ihren Oberarm packend duckte Ran sich und warf sie über seine Schulter. Aurora wand sich und trommelte mit ihren Fäusten auf seinen Rücken. Ran aber hatte sie fest im Griff, als er über die schwankenden Planken zu seinem Schiff hinüberging.

»Einen Umschlag aus Johanniskraut und Schafgarbe. Stündlich, bis es nicht mehr rot ist«, rief sie Pierce zu, der ein Grinsen nicht unterdrücken konnte. »Haltet es sauber und lasst Luft an die Infektion!«, warnte sie ihn und bedachte Ran mit mehreren äußerst netten Beschreibungen. »Ich bin keine Kriegsbeute, Pirat. Hört sofort auf mit diesem Unsinn!«

Ran gehorchte jedoch nicht; selbst als sie sich am Tragwerk des Gangs festhielt und er dadurch gezwungen war, ihre Finger freizuschälen, setzte er seinen Weg zu seiner Kabine fort und stellte sie dann nicht gerade sanft auf ihren Füßen ab. Er ging zu seinem Schreibtisch und zog Papier und Feder hervor.

»Die Verfahren, nach denen Pierce vorgehen muss, um sein Bein zu retten?« Es klang zynisch und ließ seine Zweifel erkennen, aber immerhin.

Aurora hielt ihre Wut in Schach, gab ihm eine Liste der Kräuter und beschrieb ausführlich die entsprechenden Vorgehensweisen, zufrieden darüber, dass Ransom den Kolonisten nun doch nicht zum Sterben verurteilte. »Ransom?«

Während er ihre Worte niederkritzelte, beruhigte er sich wieder. Diese Stimme war viel zu süß und einschmeichelnd nach der Ansammlung gälischer Flüche, die sie nur kurze Zeit zuvor ausgestoßen hatte. Langsam wandte er sich ihr zu.

»Habt Ihr vielleicht zufällig meinen …?«

»Euren verdammten Beutel voller Plunder, ja.« Er winkte mit seiner Hand in Richtung des Stuhles. Aurora durchstöberte die Tasche und zog ihre kleinen Säckchen hervor. Innerhalb kürzester Zeit hatte sie die richtigen Mengen abgefüllt.

Ran schnappte sie, steckte ihre Instruktionen ein und drehte sich dann um, um damit zur Tür zu gehen.

»Ransom!« Er blieb stehen, um sich dann umzudrehen und sie anzuschauen. Die Fortführung ihrer Suche stand in ihren

Gedanken an allererster Stelle. »Ich will nicht hier bei Euch bleiben.«

Ihre Worte trafen ihn, und zwar tiefer, als er es je für möglich gehalten hätte. »Ihr werdet es aber müssen. Denn Ihr, M'lady, habt mich schon mehr Zeit, Mühen und Männer gekostet …«

Ihre Augen weiteten sich. »Da habe ich aber nichts mit zu tun!«

»Ich kann meine Mission nicht fortführen, wenn die Gefahr Eurer unvorhersehbaren Einmischung ständig über mir schwebt!«, führte er zu Ende aus, als hätte sie nichts gesagt.

»Dem kann leicht abgeholfen werden – schickt mich zur *Black Star* zurück.«

Mit zusammengeballten Fäusten drehte er sich ganz um. »Nein?« Guter Gott, er konnte es nicht, niemals!

»Evan wird mich an die Küste bringen«, argumentierte sie hoffnungsvoll.

»Das ist verdammt unsicher, Mylady. So schutzlos? Wollt Ihr das denn nicht einsehen?« Der Name des Kolonisten, der so liebevoll über ihre Lippen gekommen war, belebte seinen Zorn. »Und als ob die dreimalige schwierige Rettung Eures Lebens nicht schon genug Strafe für einen Mann bedeutet«, quälte er sich ab, »so hat es wohl den Anschein, dass ich Gott nicht genug fürchte, da er nicht aufhört, mir Eure Gegenwart aufzuzwingen!«

Es gab eine zermürbende Pause, während der seine Worte mit aller Schärfe in ihr Ziel eindrangen. Ein Ausdruck von Gekränktheit war plötzlich auf ihrem Gesicht zu sehen.

Holz knarrte, das Schiff neigte sich, und Wellen schlugen gegen den Schiffskörper. Irgendwo unter Deck schlug eine Kanonenluke zu.

»Ihr arrogantes Ekel«, flüsterte sie hitzig. »Ihr glaubt wohl, dass ich kein eigenes Leben zu führen habe?« Sie gab ihm keine Chance, antworten zu können, die wochenlange unsanfte Behandlung stieg wie Meeresschaum in ihr hoch, während sie zu ihm hinüberging. »Ich kann nicht für die Eigenarten der Männer verantwortlich gemacht werden, *mächtiger* Männer, die meinen Tod wollen, *habgieriger* Männer, die nur den Gewinn sehen, wenn sie mich an Männer wie Rahman verkaufen, der wiederum nichts anderes im Sinn hat, als seine Lust zu befriedigen, obwohl jedes *willige* Mädchen das ebenso gut könnte. Und jawohl, ich bin wirklich dankbar dafür, dass Ihr mir mein Leben gerettet habt«, Schmerz und Enttäuschung standen in ihren blauen Augen, die dunkel wie die Nacht geworden waren, »aber *ich* habe Euch nicht um Eure Hilfe *gebeten.«* Sie schlug auf seine entblößte Brust. »Und ich lege keinen Wert darauf, in Eure Männerkriege hineinzugeraten, Ransom Montegomery. Ich bin es verdammt noch mal leid, wie der Apfel eines Verkäufers herumgeworfen«, ihre Stimme wurde lauter, »und behandelt zu werden, als wäre ich lediglich zu dem Zwecke auf dieser Welt, das bewegliche Eigentum eines Mannes zu werden.«

Glas zersplitterte und unterbrach ihre letzten Worte. Aurora zuckte zusammen. Ran blinzelte, und gemeinsam schauten sie zu dem zerbrochenen Krug hinüber; verschüttetes Wasser und Tonscherben bedeckten die Kommode und den Boden.

Aurora schaute sofort wieder weg und errötete. Ran machte ein finsteres Gesicht. Er ging über das Durcheinander hinweg, als das Schiff sich erneut auf die Seite legte und sah wieder zu Aurora. Sie argumentierte verdammt gut, und er war dabei zu verlieren, denn er erkannte einen gesunden Menschenverstand hinter dem Dunstschleier ihres verletzten Stolzes. Trotzdem konnte er nicht, *würde* er nicht ihren Forderungen nachgeben.

»Ich will nichts weiter, als Euch in Sicherheit sehen.«

»Ich kann schwimmen.« Sie blickte schräg zu ihm auf. »Ihr kennt mich doch, Ransom?« Das war ein letzter Hieb für seine Freiheitsberaubung.

Für Ran bedeutete es jedoch eine Weigerung, seinen Schutz anzunehmen, und es fühlte sich wie ein Verrat an.

»Ich kann ebenfalls schwimmen«, warnte er sie, schritt durch die Luke und schloss die Tür; der Riegel wurde vorgeschoben und das Vertrauen zwischen ihnen war zerstört.

14

Ran stieß sich von der Kabinentür ab. Sein Atem ging schnell, als er mit seinen Handflächen auf die gegenüberliegende Wand schlug. Das Holz ächzte durch die Wucht, und er kämpfte um Beherrschung.

Verdammt und zugenäht!

Nun stand er ganz schön unter Druck.

Was hatte er sich nur dabei gedacht, sie gegen ihren Willen zu rauben? Und sie dann auch noch einzusperren! Er fühlte sich wie ein Schurke allererster Güte. Aber zum Teufel noch mal, diese Frau stellte ihn jenseits des Wahnsinns auf die Probe und wurde zu seinem schlimmsten Albtraum; nun war er tief in eine selbst errichtete Falle geraten. Als er sie mit dem Kolonisten zusammen gesehen hatte, wie sie ihn berührte, so verdammt vertraulich, da hatte Ran nichts über die schmerzvolle Empfindung hinaus verstanden, die durch seine Eingeweide riss, außer, dass er nie zuvor so etwas gefühlt hatte. Und es wurde sogar noch intensiver, nachdem sie sich geweigert hatte, den Sklavenhändler zu verlassen. Er hätte sie zurücklassen, hätte verdammt froh darüber sein sollen, aber nachdem seine Fantasien ihn eine Woche lang bis zum Wahnsinn gequält hatten, hatte er sich ganz einfach verraten gefühlt. Die Zurückweisung seines Schutzes war wie der Wurf des Fehdehandschuhs in sein Gesicht. Ran hatte der Herausforderung nicht widerstehen können.

Die Eifersucht hatte ihn getrieben. Beim Blute Gottes, da war er nun in die Falle gegangen durch eine schlichte Gefühlsregung! Und die Tatsache, dass er dieser erlegen war, brachte ihn zur Raserei, ebenso wie Auroras Geringschätzung ihrer persönlichen Sicherheit, nur um den Amerikaner richtig versorgt zu sehen. Versorgt. Pah! Das Interesse dieses verdammten Amerikaners hatte ihm quer übers ganze Gesicht geschrieben gestanden, und es waren mit Sicherheit nicht ihre Heilkünste, von denen er sich angezogen gefühlt hatte!

Du lieber Gott, dachte Ran in einem Anfall von Verzweiflung. Was ist nur aus mir geworden?

Plötzlich klapperte der Türriegel. Er fuhr zusammen und drehte sich jäh um, als die Tür sich knarrend öffnete. Sie stand mit seinem Hemd in der Hand auf der Türschwelle.

»Das hier werdet Ihr brauchen.« Sie hielt ihm das Kleidungsstück hin. Rans Blick schoss vom Riegel zu ihr hinüber und dann wieder zurück. Er hätte schwören können. Nein, er *hatte* sie verriegelt! Hatte sie einfach nur an der Tür gerüttelt, um den Riegel zu öffnen? War das vielleicht irgendein Trick? Er schaute sie an, ihr finsterer Ausdruck bot ihm jedoch keinerlei Erklärung. Er wurde sich nicht zum Narren machen, sie zu fragen! Das Mädchen wollte wahrscheinlich nur beweisen, dass man sie nicht einsperren konnte. Er streckte seine Hand nach dem Hemd aus und griff danach, Aurora weigerte sich jedoch, es loszulassen.

»Ich will mich nicht mit Euch streiten, Ransom.« Die *Red Lion* war schon von dem Sklavenschiff, der *Black Star,* losgemacht worden und kein Flehen der Welt würde ihn dazu bringen umzukehren; es war ihre eigene scheußliche Laune, die sie davon abhielt, seine Sorge um ihr Überleben zu erkennen. Und wenn er auch ein klein wenig gewaltsam war, wenn es darum ging, dies zu zeigen, so war sie doch gerührt über das Ausmaß seiner Fürsorglichkeit. »Ich nehme Euren Schutz an.« Das Hemd glitt von ihren Fingern.

Überraschung flackerte in seinen bernsteinfarbenen Augen, als er den schwarzen Stoff über seinen Kopf zog. Er würde ihren plötzlichen Sinneswandel nicht in Frage stellen. Er hatte auch so schon genug Probleme am Hals. »Gut«, äußerte er großmütig, sie nicht einen Moment lang aus den Augen lassend, während er seine Arme durch die sich bauschenden Hemdsärmel schob. »Es würde Euch auch nichts nützen, mich jetzt herauszufordern.«

Gegen den Türrahmen gelehnt verschränkte Aurora ihre Arme unter den Brüsten. »Wenn Ihr vorhabt, schnippisch darauf zu reagieren, so werde ich dafür sorgen, dass Eure Großzügigkeit nicht so leicht zu verdauen sein wird.«

»Das habt Ihr doch schon getan.« Er milderte seine Worte durch ein schwaches Lächeln und vermied es, einen Blick auf ihren prallen Busen zu werfen, der sich unter dem dünnen, feuchten Stoff abzeichnete. Würde er diese Frau jemals ordentlich gekleidet sehen? »Ihr seid ganz schön jähzornig.«

»Ja.« Sie errötete und senkte ihren Blick, und Empörung färbte ihre Stimme. »Das ist ein erbärmlicher Makel, gegen den ich anzukämpfen habe.«

Ran spürte einen Anfall von Schuldgefühlen, denn in diesem Falle hatte er ihren Ausbruch verdient. »Wir haben alle unsere Makel, Mylady.«

Sie schaute auf, und ihre Augen leuchteten plötzlich vor Verschmitztheit auf. »Würdet Ihr die Euren aufzählen, M'lord?« Ihr Blick glitt über seinen Körper, vom Kopf bis zu den Füßen und wieder zurück.

»Wohl kaum«, murmelte er streng, wobei sein Körper sich als Reaktion darauf anfing zu regen. Er unterdrückte den Drang, etwas dagegen zu unternehmen. Beim Anblick ihrer zerrissenen Gewänder drängte es ihn zu fragen: »Wer hat einen Grund gehabt, Euch an einen Sklavenhändler zu übergeben?« Ran befürchtete eine mächtige Hand hinter ihrem Unglück.

Aurora atmete aus. »Sie waren maskiert, Ransom. Vielleicht haben sie sich ja auch geirrt, und ein solches Schicksal war einer anderen bestimmt?« Sie zuckte mit den Schultern. »Hier in dieser Gegend kennt mich niemand außer Euch und ein paar Eurer Männer.« Sie zögerte und wendete ihren Blick ab. »Und vielleicht mein Vater.«

Er runzelte die Stirn. »Gilt ihm Eure Suche? Sucht Ihr Euren Vater?«

»Ja, aber zweifelsohne würde er mich erkennen.« Wie lange war sie wohl schon unterwegs? War sie wie Rachel auf der Suche nach ihrem Erzeuger? Und wozu? »Und diese Suche, wie werdet Ihr nun weiter dabei vorgehen?«

Sie lächelte sanft und geheimnisvoll. »Ich muss nicht an Land sein, um weiterzuforschen.«

Unzufrieden über ihre Antwort rümpfte Ran die Nase, und als einer seiner Männer den Niedergang hinunterkam, ruckte er mit seinem Kopf, was ein stillschweigender Befehl war, sich einen anderen Weg zu suchen.

»Ihr werdet drinnen bleiben ...« Stirnrunzelnd schaute er auf den Riegel, dann schnellte sein argwöhnischer Blick sofort wieder zu ihr zurück. Aurora antwortete mit einem harmlosen Lächeln. »Schon allein Eure Anwesenheit an Bord genügt, vor meiner Tür eine Meuterei entstehen zu lassen«, fuhr er fort, »und ich werde es nicht zulassen, dass meine Männer sich gegenseitig erstechen, nur um einen Blick auf Euch werfen zu können.«

Aurora glaubte ihm nicht, erkannte jedoch, dass Ransom den Zorn seiner wohldisziplinierten Crew heraufbeschwören müsste, um sie sicher unter seinem Schutz zu sehen. Das demütigte sie. Denn er hatte schon die Wut des Sultans riskiert, sogar seine persönlichen Werte aufgewendet, um diese mit seinem unverschämten Bruder zu tauschen, und alles nur wegen ihr.

»Ja, aber ich will Shokai sehen.« Das kam zwar sanft, gleichzeitig aber auch energisch fordernd. »Er braucht mich.«

»Alles zu seiner Zeit. Es geht ihm gut, Aurora«, sein strenger Blick hinderte sie daran, ihn zu unterbrechen, »und ich gebe Euch mein Wort, dass der Schiffsarzt ihn nicht anrühren wird.«

Ihr Kinn hob sich eine Spur. »Ohne meine Hilfe wird es ihm wieder schlechter gehen.« Ihr forscher Ton deutete an, dass nichts sie davon abhalten würde, sich um Shokais Gesundheit zu kümmern. Weder er selbst noch seine Funktion als Captain.

Ran bewunderte ihre Loyalität. »Und mit Euch wird das Gleiche passieren, wenn Ihr nicht vernünftig esst und schlaft.«

Sie nickte abwesend, und als er seine Hand in die Kniehose steckte, fiel ihr Blick auf seine Taille, um dann wieder langsam zu seinem Gesicht hochzuwandern. Sie hielt seinen Blick durch den ihren gefesselt; sein Kopf war plötzlich wieder leer bis auf diese kristallblauen Augen, die vor unerwidertem Verlangen glühten und die Erinnerung an ihren letzten gemeinsamen Kuss im Zelt des Beduinen auslösten. Erwartungsvoll, berauschend und unglaublich heiß.

Seine Selbstbeherrschung kam leicht ins Wanken. Er würde beweisen, dass er stärker war als die Begierde seines Körpers.

»Bedeckt Euch bitte, Aurora, und glaubt nicht, mich mit Euren sanften blauen Augen und Euren üppigen Reizen betören zu können«, äußerte er steif, während er die Bedürfnisse seines Körpers bekämpfte. Er versuchte, entschlossen zu wirken.

Aurora blinzelte, dann warf sie ihr triefnasses Haar über ihre Schultern und passte sich seinem Tonfall an. »Eine einfache Frau ist wohl nicht gut genug, um Euresgleichen betören zu können!« Sie griff nach dem Riegel und schlug ihm beinahe die Nase aus dem Gesicht, als sie ihm die Tür beim Schließen kräftig vors Gesicht knallte.

Er starrte die Tür an. Einfache? Pah! Das Mädchen war eine Hure. Sie war das, was der Sultan übrig gelassen hatte. Und er würde weiterhin so über sie denken. Welche anständige Frau würde schließlich einen Mann mit solch unverhohlenem Verlangen anschauen, wenn sie nicht schon Erfahrung hätte?

Eine, die die Regeln der Gesellschaft nie kennengelernt hat, argumentierte eine Stimme in ihm. *Eine Frau, die von keinem Vater, Bruder oder Ehemann in ihre Schranken gewiesen worden ist; die in nichts nachgibt, weil sie nie gelernt hat, es zu tun.*

Verdammtes, unabhängiges Frauenzimmer, das zu sehr auf ihre Kräuter, Pulver und mysteriösen Worte vertraute. Guter Gott, wie absurd das Ganze ist, dachte er, während er die Leiter zum Deck hinaufkletterte. Ransom Montegomery, Captain der

Red Lion, wusste nichts von der Wahrheit hinter Aurora Lassiter. Und er schwor sich, auch nichts darüber herausfinden zu wollen.

Aurora fielen mehrere passende Bezeichnungen ein, um den barbarischen Piraten zu beschreiben; sie waren zwar nicht gerade höflich, passten aber dafür umso besser. Arrogant, herrisch, fordernd, kalt, engstirnig. Genauso ist er, dachte sie, während sie sich auf eine stoffbezogene Bank unter dem Achterfenster fallen ließ. Sie befühlte das erlesene Gewebe und zeichnete das Muster nach. Sie erinnerte sich an ihre Sorge um ihn, an das, was ihm durch den Kopf gegangen sein musste, nachdem er herausgefunden hatte, dass sie nicht mehr in dem Gasthof war. Seine Argumente waren berechtigt und verrieten verborgene Gefühle für sie. Das veranlasste sie zu einem Lächeln. Sein Misstrauen Frauen gegenüber, das von seinem disziplinierten Äußeren kaschiert wurde, ließ sie jedoch innehalten. Er würde dagegen ankämpfen, und zwar für immer, ging es ihr durch den Kopf, und Aurora fragte sich, wer ihn so tief verletzt haben konnte, um eine so schreckliche Wunde zu hinterlassen. Genoss er wohl jemals sein Leben? Fand er wohl jemals Gefallen an einem einfachen Gespräch, einem Spaß oder an der reinen Freude, durch die Welt umherwandern zu können? Sie erinnerte sich an ihre Zeit in den seidenen Zelten, an seinen Widerstand gegen auch nur das kleinste bisschen Behaglichkeit, das sie ihm anbot. Oder hatte der Grund einfach nur darin gelegen, dass es von ihr gekommen war?

Ach, könnte sie doch nur die Gedanken dieses Mannes lesen! Konnte er denn nicht sehen, dass dieser heimliche Schmerz nicht dazu beitrug, sein Leben zu verbessern? Ihre Lippen verzogen sich reumütig. *Dieser Mann scherte sich keinen Deut um ihre Art zu leben und hielt sie folglich wahrscheinlich für halb verrückt.*

Sie zuckte mit den Schultern. Es war ihr egal. Sie hatte ja nun Zeit, ihn näher kennenzulernen, bevor er sie an der Küste absetzte.

Plötzlich ging die Tür auf, und ein hübscher Junge von nicht mehr als zwölf Jahren brachte ihr eine einfache Mahlzeit. Er war im Gefängnis des Sultans gewesen, erinnerte sie sich, als sie unerwartet durch seine alarmierend blauen Augen gefesselt wurde.

»*Mem sahib*«, begrüßte er sie und verneigte sich wie ein Huhn, das Körner aufpickt. Während er das Tablett auf den Tisch stellte, schnellte sein Blick nervös von ihr zur Tür hinüber.

»Vielen Dank … Dahrein.« Sie hoffte, dass der Name stimmte.

Er grinste, und seine weißen Zähne, die einen Kontrast zu seiner goldbraunen Haut bildeten, blitzten auf, während er sich rückwärts zur Tür zurückzog.

Sie runzelte die Stirn über sein Verhalten. »Ich werde dir nichts tun, Junge.«

»Tut mir leid, meine Lady.« Er fummelte an der durchstanzten Blechlaterne herum. »Das weiß ich, aber … aber …«

»Du bist wohl noch nicht oft in der Nähe von Frauen gewesen, was?«

Er warf ihr einen romantisch verklärten Blick zu. »Keiner so wunderschönen, wie Ihr es seid, Lady.«

Aurora schaute auf die Decke, die ihre Schultern bedeckte, wohl wissend, dass sich darunter nicht viel mehr als ein zerrissenes Gewand und ein Körper, der nach einem Bad schrie, befanden. »Brauchst du vielleicht eine Brille, Dahrein?«

Er sah verwirrt aus. »Nein, ich sehe gut! Oh! Oh!« Er grinste. »Ihr habt einen Scherz gemacht, was?«

Aurora lachte sanft. »Ja, ganz einfach.«

Sein Grinsen wurde breiter, während er sich aus der Kabine zurückzog und dabei beinahe über die Schwelle gestolpert wäre.

»Dahrein? Kannst du Shokai bitte sagen, dass es mir gut geht und dass ich in Sicherheit bin?«

Dahrein sah für einen Moment unwillig aus. Er wägte die Folgen ihrer Bitte ab; dann lächelte er plötzlich wieder, nickte und verbeugte sich. Sobald er die Tür hinter sich geschlossen hatte, verließ Aurora die Bank, ließ sich auf einen Stuhl vor dem polierten Tisch fallen und verschlang die Mahlzeit aus Hähnchen, knusprigem Brot, in Scheiben geschnittenen Äpfeln und Glühwein. Das war ein Festessen für sie. Insgeheim war sie dankbar für Ransoms Erfolg als Pirat und für seine reich gefüllten Vorratskammern.

Eine Stunde später revidierte sie ihre bisherige schlechte Meinung über den Piraten vollends, als Dahrein nämlich mit drei eimerschleppenden Männern zurückkam und seine Hände auf ein geschnitztes Tafelbild drückte, das sie bis dahin noch nicht bemerkt hatte. Eine Tür sprang auf, und dahinter kam ein Raum zum Vorschein, in dem eine Kupferwanne stand. Dahrein zog die Wanne heraus, Wasserflecken auf dem Boden wiesen auf ihre häufige Benutzung hin. Aurora ignorierte das anzügliche Grinsen der Crewmitglieder, die dampfendes Wasser in den Badezuber gossen, ging zu ihrem Beutel, holte Pulver und Fläschchen heraus und parfümierte ihr Badewasser sowie die zwei vollen Krüge, die Dahrein zurückließ. Als sie wieder allein war, warf sie die Decke weg, schälte sich aus ihrem nassen *throbe,* stieg in den Zuber und versank in der köstlichen Wärme.

Das Schiff schaukelte, nahm Wind und Geschwindigkeit auf. Das Wasser drohte aus ihrem Bad zu schwappen. Männliche Stimmen, hart und forsch, drangen zu ihr hinüber, während sie den Schmutz wegschrubbte. Ihre Füße waren wund, ihre Muskeln reagierten auf die Wärme des Wassers, indem sie sich lockerten und sie schläfrig machten. Sie wusch sich ihr Haar, meterweise schwarze Locken schwammen im Wasser.

Es war schon immer eine lästige Pflicht gewesen, aber sie hatte es nie auch nur in Erwägung gezogen, es aus praktischen Gründen abzuschneiden. *Es ist zu schön, um jemals abgeschnitten zu werden, mein Liebling, zu außergewöhnlich.* Aurora konnte beinahe die Finger ihrer Mutter spüren, wie sie durch die Strähnen fuhren. Aurora seufzte und schickte ihre einzigen deutlichen Kindheitserinnerungen an ihre Mutter wieder in die Tiefe ihres Geistes zurück. Dann erhob sie sich, nahm den Krug und entfernte sanft den Seifenschaum aus ihrem Haar.

Genau dies war der Anblick, der Ran erwartete, als er die Tür öffnete. Verdutzt starrte er sie wie ein pubertierender Schuljunge an. Das Wasser glänzte auf ihrem nackten Körper, das schwarze Haar schmiegte sich daran. Ran wünschte, sie würde sich zu ihm umdrehen; als sie in ihren Bewegungen innehielt, wusste er, dass sie seine Anwesenheit wahrgenommen hatte. Sie machte keine Anstalten, sich zu bedecken, noch forderte sie ihn auf, zu gehen. In Rans Augen kennzeichnete diese Missachtung sie noch mehr als eine Hure.

Mit zusammengebissenen Zähnen warf er die Kleider in den Raum, verließ dann die Kabine wieder und zog die Tür hinter sich zu. Er bewegte sich nicht, konnte sich gar nicht bewegen, denn seine Leistengegend war so verdammt hart, dass auch nur ein einziger Schritt ihn fürs Leben unbrauchbar gemacht hätte. Mit blutlosen Fingern griff er nach dem Riegel. Er atmete tief ein, verfluchte seine Schwäche und schwor sich, sie zu besiegen.

15

Die *Red Lion* glitt ruhig übers Meer, einer zinnoberroten Sonne entgegen, als ihr Captain die wahren Auswirkungen erkannte, die es mit sich zog, eine Frau, eine ungewöhnliche, aufreizende und außergewöhnlich schöne Frau an Bord eines 240 Mann starken Flaggschiffes zu haben.

Es war wie eine an Schießpulver angeschlossene Zündschnur. Seine Crew war nervös und lauerte auf die bevorstehende Explosion; bei jeder Wende zum Schlechteren schimpften die Seeleute vor sich hin und machten Auroras unerwünschte Anwesenheit in einer Männerdomäne dafür verantwortlich. Sie hatte geschlafen und ihre Kraft wiedererlangt, und nun hatte sie nichts als Unfug im Kopf.

»*Mem sahib* sagt, dass sie ihren Beschützer sehen will, diesen Shokai«, meldete Dahrein. »Und zwar sofort, *sahib.*«

»Das will sie also?« Ran fuhr fort, durch das Fernglas zu schauen; es war ihm bewusst, dass jeder Mann in Hörweite lauschte. Ran hatte sie nicht mehr zu Gesicht bekommen, seit er ihr die Kleidung gebracht hatte. Er hielt es für harmlos, dem Jungen zu erlauben, ihr Mahlzeiten und Badewasser zu bringen. Dieses einfache Zugeständnis hatte ihr jedoch einen Verbündeten verschafft.

»Sie sagt, dass Ihr wüsstet, dass Ihr sie nicht eingesperrt halten könnt.« Verwirrt runzelte Dahrein die Stirn. »Wie kann sie nur so etwas sagen, *sahib?* Sie ist doch so klein, und Ihr seid so groß.«

Domingo kicherte. Er verschluckte sich beinahe an der Apfelscheibe, die er sich gerade in den Mund geschoben hatte. Ran warf dem Spanier einen Schweigen gebietenden Blick zu und schaute dann zu dem Jungen herunter. Dahrein blinzelte und wartete auf eine Antwort. Verdammt.

Nicht gewillt, ihre Begabung für das Öffnen von Schlössern oder seine Befürchtungen zu offenbaren, wich Ran ihm aus. »Die Lady ist sich sehr wohl bewusst, dass es nicht zu meinen wahren Vorlieben gehört, sie abgesondert zu halten. Hat sie noch irgendwelche anderen Wünsche?«

»Sie sagt, dass sie sowieso gehen wird, ob Ihr nun Eure Einwilligung gebt oder nicht.«

»Ist das so?« Ran biss sich beinahe auf die Zunge, um einen gleichmäßigen Tonfall beizubehalten. Wie konnte sie es nur wagen, ihn so herauszufordern!

»Ja, *sahib.* Sie hat sich ganz unmissverständlich ausgedrückt.« Dahreins Augenbrauen zogen sich zusammen, während er dieses Gespräch im Geiste wiederholte, um sich sicher zu sein; dann lächelte er, denn er war sich sicher, dass er es exakt wiedergegeben hatte.

Ran knurrte und warf Domingo sein Fernglas zu, wodurch er ihn zwang, mit Äpfeln und Messer herumzujonglieren. Er warf beides weg und fing das wertvolle Instrument in letzter Sekunde auf. Ran stürzte zur Leiter. Er machte sich nicht erst die Mühe, diese zu benutzen, sondern sprang auf das untere Deck. Das ganze Schiff dröhnte. Sämtliche Augen folgten seinem Verschwinden durch die Luke, bevor dann in seiner Abwesenheit Spekulationen gemurmelt wurden. Nur wenige Augenblicke später stand er vor seiner Kabine. Er zögerte, machte dann jedoch mit einem Ruck die Tür auf.

Verdammt und zugenäht.

Der Raum war leer.

An Shokais Seite kniend zerstampfte Aurora Wurzeln und Blätter zu einer dicken Paste. »Ich habe da einen Hass gespürt, *Sempai.«* Sie mahlte mit dem marmornen Stößel in einem Kelch herum.

»Manche Menschen sehen, was nicht da ist, und ignorieren, was gesehen werden kann.«

»Nein.« Sie schüttelte den Kopf, löffelte die Paste heraus und tupfte sie auf die verblassenden Wunden auf seiner Brust. »Es war das Gleiche, als wir zum Sklavenhändler gebracht wurden.« Sie erwiderte kurz seinen Blick. »Es war eine echte und gerechte Wut, die ich gespürt habe.«

Shokai starrte vor sich hin, denn er erkannte den Ernst ihres Unbehagens. »Ist dein Glas klar?«

»Ich habe nicht hineingeschaut«, kam es beinahe beschämt. »Die Angst kann ein törichter Freund sein.«

»Ich weiß.« Vielleicht war ihr Urteilsvermögen ja umwölkt, und Ransom hatte recht. Dieser Hass konnte von seiner Crew kommen, und zwar von allen gemeinsam. »Ach was, ich kann Ransom nicht so deutlich spüren, wie ich dies gespürt habe.« Sie konzentrierte sich auf ihre Aufgabe. »Ich kann ihn überhaupt nicht spüren.«

»Ein reines Herz kann ein Fenster in die Dunkelheit sein, Kaiserin.« Seine Stimme klang einschmeichelnd.

»Er ist abgestumpft. Sehr sogar.« Sie zuckte gleichgültig mit den Schultern.

»Ah, aber der Fasan kann nicht eingefangen werden, wenn er nicht aufschreit.«

Sie schaute auf und biss sich auf die Unterlippe. »Nein. Ich denke, er glaubt, dass ich wie das rothaarige Mädchen bin, dem wir in Ceylon begegnet sind.«

Shokais Gesicht verdüsterte sich. »Nur ein verbitterter Mann beurteilt einen Baum … noch bevor er die Früchte sieht!«

»Na bitte, nun regst du dich selber über nichts und wieder nichts auf.« Als er aufstehen wollte, stupste sie ihn sanft aufs Bett zurück. »Es ist mir egal, Shokai.«

»Dein Mund sagt Nein, und deine Augen sagen Ja.«

»Dann lügen meine Augen eben.«

Ran stieß einige herumlungernde Crewmitglieder beiseite. Seine Stimme klang bedrohlich, als er ihnen befahl, ihren Pflichten nachzukommen oder eine Bestrafung zu riskieren. Als der Niedergang sich leerte, starrte er in den winzigen Raum.

Der Schiffsarzt war nicht da, dafür saß Aurora neben Shokais Koje auf dem Boden. Ihr weißes Gewand, die einzig passende Bekleidung, die er hatte finden können, bauschte sich wie eine Schäfchenwolke um sie herum. Ein aus dünnen Lederstreifen und feinen Goldketten gestalteter Gürtel umspannte ihre Taille, eine mittelalterliche Rosette diente als Schließe. In der schlecht beleuchteten Kabine schimmerte ihr Haar beinahe blau, einige Haarsträhnen hatte sie geflochten und oben auf ihrem Kopf festgesteckt. Schwarzer Samt ergoss sich ihren Rücken hinunter auf den Boden und zog seine Aufmerksamkeit kurz auf ihre nackten Füße. Ein Engel, dachte er. Das Paar unterhielt sich leise in einer seltsamen Sprache. Einen Moment lang war Ran verblüfft. Wie viele Sprachen konnte das Mädchen eigentlich sprechen? Gälisch, Arabisch, Spanisch und Hindi, wenn man Dahrein glauben konnte.

»Aurora!«

»Fahrt mich nicht an, Ransom. Ihr habt es versprochen«, entgegnete sie ihm, ohne ihre Augen vom Auftragen irgendeiner übel riechenden grünen Paste auf die Brust des alten Mannes abzuwenden. Shokai murmelte seinen Widerstand und rümpfte die Nase. Ran nahm wahr, dass er aufrecht saß und seine Brustwunden beinahe verheilt waren, genauso wie seine Füße; guter Gott, es waren erst weniger als vierzehn Tage vergangen, seit das Mädchen ihn pflegte, und doch glänzte dort das Rosa neuer Haut.

Sie stand auf und gab ihm einen Kuss mitten auf seinen grauen Kopf. Shokai schob sie fort und machte eine Schau daraus, den gabelförmigen Kamm, der sein Haar zu einem Dutt zusammenhielt, wieder zu richten; Aurora aber lachte einfach nur. Ihr Lachen erstarb, als sie Ransom anschaute.

Nachdem er sie bei ihrem mitternächtlichen Bad überrascht hatte, hatte er es für klüger gehalten, einen weiteren Fehler zu vermeiden; er hatte also auf Deck geschlafen, sich in die Reparaturarbeiten des Schiffes gestürzt, seine Crew auf Herz und Nieren geprüft und neue Kurse vermessen. Das war zwar monotone Arbeit, aber eine gute Gelegenheit, sein Ziel, sein Gelübde, wieder fest in den Griff zu bekommen; ein Blick auf ihr nach oben gerichtetes Gesicht genügte jedoch, um zu wissen, dass er Schwierigkeiten heraufbeschwor.

»Ich werde später wiederkommen, Shokai«, wendete sie sich an den alten Mann, ohne jedoch die Augen von Ransom zu lassen. Der Alte murmelte irgendetwas in seiner Muttersprache, und Aurora errötete, wischte ihre Hand an einem Stück Stoff ab und warf es dann in eine Schüssel.

»Ich hatte Euch befohlen, die Kabine nicht zu verlassen«, erinnerte Ran sie unnötigerweise, während sein Blick kurz auf das Amulett fiel, das auf ihrer Brust lag.

Sie raffte ihre Röcke, schlich an seiner imponierend großen Gestalt vorbei und lief den Niedergang hoch. »Ich kann nicht einfach so herumsitzen, wenn es etwas zu tun gibt.« Ran genoss ihre Berührung, dann schüttelte er sich und folgte ihr. »Und ich werde mich vor allem nicht wie eine Sklavin oder Gefangene behandeln lassen.«

Sanft ergriff er ihren Arm, und sie drehte sich um. »Ihr seid keines von beiden.«

Entgeistert sah sie ihn an. »Und was soll ich dann also sein?«

Geliebte, dachte er, dann drängte er jedoch diese erotische Vorstellung beiseite und ließ sie gehen. »Ein widerwilliger Gast.«

»Das ist eine passende Bezeichnung, M'lord«, schimpfte sie, bevor sie in die Kabine trat. »Mich hinter diesen Türen versteckt zu halten«, sie machte eine Handbewegung in Richtung der Luke und verschwand dann hinein, »macht Euch nicht besser als Euren Bruder.«

Eine wütende Hitze kroch seinen Nacken hoch, wenn auch in seinem übrigen Körper noch eisige Ruhe herrschte. »Ich bin *nicht* Rahman.«

»Stimmt, aber Ihr habt mich verbannt, damit ich auf *Eure* Anwesenheit warte.«

»Trotzdem aber versuche *ich* nicht, Euch zu meiner Hure zu machen.«

Angesichts seines bissigen Tones fuhr Aurora zusammen. »Das ist auch keine Position, die ich erstrebe, M'lord, das kann ich Euch versichern«, antwortete sie bedächtig. »Schmutzige Tauben legen für Münzen. Ich habe einen solchen Reichtum nicht nötig.«

Ran rümpfte die Nase. Er stand im Türrahmen und beobachtete sie, während sie in der Kabine umherlief. »Und wie füllt Ihr dann Euren Magen? Wo legt Ihr jede Nacht Euren Kopf hin?«

»Ich ruhe bei den Kreaturen der Erde, Ransom.« Sie griff nach einem dicken, gelben Apfel, der in einer Schale mitten auf dem langen Tisch lag, und wendete sich ihm zu. »Und ich ernähre mich von ihren Früchten.« Sie warf ihm den Apfel zu, und er fing ihn mit gerunzelter Stirn auf.

War das der Grund dafür, dass sie es vorzog, auf dem Boden zu schlafen? Keine Schuhe zu tragen? Zum Teufel noch mal, das Mädchen besaß nichts außer ihrem Beutel voller Plunder! Hatte ihr Leben wohl schon immer der einfachsten Annehmlichkeiten entbehrt? Das stimmte ihn nachdenklich.

»Werdet Ihr denn nicht bezahlt für Eure *Heilungen?*«

»Nein!«, antwortete sie ein wenig zu scharf. Er würde es nicht verstehen, dass dies ihre spärlichen Kräfte für immer vertreiben würde.

Ran machte ein finsteres Gesicht angesichts ihrer Hartnäckigkeit. »Mit Sicherheit werdet Ihr doch Eure Tränke nachfüllen müssen?« Das Wort Tränke kam abfällig und mit Skepsis.

»Ja, ich arbeite, Ransom, ich bediene zum Beispiel in einer Schänke, wasche und bügle, pflege Tiere und arbeite sogar ein wenig in der Spülküche, wenn es nötig ist. Ich nehme aber *keine* Münzen für meine Heilkünste an.«

Seine früheren Vorstellungen verblassten, ein wenig zumindest, und als er seine Zähne in den knackigen Apfel versenkte, beobachtete er sie. Er bemerkte den Duft von Sandelholz, als sie dies und das in der Kabine gerade rückte. Schließlich ließ sie sich auf die lange, gepolsterte Bank unter den Achterfenstern fallen, zog ihre Knie an und legte ihre Arme um sie herum. Die Fenster gingen schräg nach außen, fingen so die Reflexion der Sonnenstrahlen auf dem Wasser auf und tauchten den Raum in ein besonderes Licht. Aurora sah unglaublich einsam aus. Und Ran erkannte, dass sie sich nicht so verhielt, weil sie eingesperrt war, sondern weil sie sich langweilte. Gütige Heilige, wie hatte er nur so blind sein können?

»Könnt Ihr lesen?«, fragte er sie und wies zu der verschlossenen Buchvitrine neben seinem Bett hin, während er den Raum durchquerte. Ihr Blick schoss zur Vitrine hinüber, und ihre blauen Augen funkelten.

»Ja«, erwiderte sie beinahe träumerisch. Er zog einen Schlüssel aus seinem Lederwams, entfernte das Schloss und öffnete die Türen.

Liebevoll ließ er seine Finger über die Buchrücken gleiten. »Shakespeare?«

Sie sprang von der Bank auf, lief um das imposante Bett herum und beugte sich vor, um sich die Schätze genauer anschauen zu können. »Dieses da habe ich schon gelesen, vielleicht …« Sie zog ihre Lippen ein und erwiderte seinen Blick. »Voltaire?«

Seine Augenbrauen schossen vor Überraschung nach oben, und er zog die entsprechende Ausgabe heraus, um sie ihr anzubieten. Aurora hielt das ledergebundene Buch ehrfurchtsvoll in ihren Händen und öffnete es vorsichtig, als würde sie zerbrechliche Blütenblätter abpflücken. Ihre Augen wanderten über jedes einzelne Wort. Als sie sich auf den Boden niederlassen wollte, packte Ran sie und geleitete sie einige Schritte zum Bett zurück. Sie nahm es gar nicht wahr. Ihre Lippen bewegten sich lautlos, und Ran sank neben ihr nieder. Vorsichtig blätterte sie die erste Seite um und machte es sich bequem. Ran legte sich zu ihr, begann, seinen Apfel zu essen und beobachtete sie, zutiefst fasziniert von ihrem Wissensdurst.

»Hört Euch das an«, sagte sie und zog ihre Füße auf das Bett, während sie ihm eine kurze Passage vorlas. Ran hörte jedoch nichts davon. Er war zu sehr damit beschäftigt zu beobachten, wie ihre lieblichen Lippen die Worte formten. »Sie sind erstaunlich, die Worte dieses Mannes.« Sie las weiter, nahm ihm abwesend den Apfel aus der Hand, biss ein großes Stück davon ab, kaute und redete und fuchtelte lebhaft mit ihren Armen herum. Ran packte ihr Handgelenk, schlug seine Zähne in die Frucht und biss ein Stück ab; das ist die einzige Möglichkeit, dachte er, noch etwas davon abzubekommen. Sie fragte ihn nach seiner Meinung, dann er nach der ihren, und sie redeten, während der Apfel zwischen ihnen beiden hin und her ging. Sie rümpfte die Nase angesichts seiner Kritik am Autor und überzeugte ihn, es von einer anderen Warte aus zu betrachten. Ran vergaß alles, außer diese Frau, der Schärfe ihres Verstandes, ihrer Fähigkeit, jedes seiner Argumente zu widerlegen. Und der Art, wie ihre Augen aufleuchteten wie blaue Flammen, wenn sie redete, der Art, wie ihr Kleid, das anscheinend zu groß für sie war, ständig ein wenig herunterglitt, um eine weiche, gebräunte Schulter und die Wölbungen ihrer Brüste zum Vorschein zu bringen.

Aurora öffnete den Mund, um in den Apfel zu beißen, und bemerkte, dass nicht mehr als das Kerngehäuse davon übrig geblieben war. Sie schaute anklagend zu Ransom hinüber. Er lachte leise, und ihr Herz machte einen grandiosen Salto in ihrer Brust.

»Das ist meiner gewesen«, rechtfertigte er sein Tun, nahm das Kerngehäuse und schleuderte es in einen Abfallkorb.

»Dann danke ich Euch, dass Ihr ihn mit mir geteilt habt, Ransom.« Er war nahe bei ihr, auf seine Seite gestützt und seinen Kopf in seine Handfläche gelegt. Wie ein großer, fauler Kater, dachte sie. Sein Haar fiel ihm über ein Auge und sie beugte sich vor, um es zurückzustreichen. Ihr Amulett hing an einer blauen Seidenkordel, und er schnappte es sich und nahm dabei wahr, dass es aus mehr als nur einem Stück bestand.

»Mein Vater hat es entworfen«, erklärte sie leise, als er die kunstvolle Arbeit, die einem endlosen Knoten aus Silber glich, untersuchte. »Es ist ein Talisman.« Er warf ihr einen intensiven Blick zu, dann schaute er zurück auf den Anhänger. Der Knoten war der Gleiche wie auf ihrem Dolch, und er kam ihm irgendwie vertraut vor; in einer der Schleifen war jedoch ein glatt geschliffener, runder grüner Stein befestigt, der von einem krallenähnlichen Rahmen aus getriebenem Silber umklammert wurde. »Und diesen«, sie wies auf den Hexenstein, »habe ich auf der *Isle of Jona* gefunden, bevor ich«, sie machte eine Pause und erinnerte sich zurück, »fünfzehn wurde.«

»Hat das Amulett eine Bedeutung?« Sein Tonfall ließ den Skeptiker in ihm erkennen.

Sie ignorierte es einfach. »Es dient dem Schutze, Ransom, es ist ein sehr mächtiges Amulett«, flüsterte sie, als würde sie ein großes Geheimnis preisgeben. Das tat sie auch, aber Ransom würde es nicht verstehen, einfach, weil er es nicht verstehen wollte. Es spielt auch keine Rolle, dachte sie und entzog es seinem Griff.

So ein Blödsinn, dachte er. »Bei Euch scheint es jedenfalls nicht gewirkt zu haben, denn die Frau muss erst noch geboren werden, die Schwierigkeiten schneller anzieht als Ihr.«

»Aber ich bin doch unverletzt«, konterte sie und zog dabei eine Augenbraue hoch.

»Wenn das wahr ist, Mylady, dann erzählt mir doch bitte, was das hier ist!« Er strich ihr Kleid von der Schulter und schob den Ärmel herunter, um die frische Prellung auf ihrem Arm direkt über dem Ellbogen zum Vorschein zu bringen. Aurora drückte den Stoff an ihre Brust, schaute zuerst das Hämatom an und dann ihn.

Ihr Blick stockte.

»Nun?«, fragte er beinahe wütend.

»Der Fleck stammt von Euch, Ransom.« Seine Augen blitzten auf. »Als Ihr mich auf Eure Schultern gehoben habt.«

Rans Blick verlagerte sich von ihrem Gesicht zu den Fingerabdrücken hin und dann wieder zurück. »Mein Gott, das tut mir leid«, flüsterte er, setzte sich auf und stützte seine Ellbogen auf seinen Knien ab. Er legte seinen Kopf in seine Hände, und sein Haar verdeckte seine Gesichtszüge. »Das tut mir leid.«

Aurora starrte vor sich hin und wurde von Mitleid erfüllt. »Es tut nicht weh, weder vorher noch jetzt.« Ihre Hand fuhr über seinen Rücken. »Ihr habt es ja nicht absichtlich getan, Ransom. Und es wird nichts davon zurückbleiben.«

Er schoss vom Bett hoch. »Aber *ich* habe es getan.« Abscheu lag in seiner Stimme. Aurora glitt mit ihren Füßen über den Rand des Bettes und ging zu ihm hin. Sie wirkte zart und zerbrechlich neben dem stattlichen Mann.

»Ihr seid ein schöner Mann, Ransom Montegomery, und so stark«, sagte sie, während sie eine seiner Hände nahm und seine verkrampften Finger löste. Sie zeichnete mit ihrer Fingerspitze die Linien, Narben und Schwielen seiner Handinnenfläche nach. »Es steckt eine enorme Kraft in diesen Händen.« Sie strich mit ihren Fingern über den Handrücken, dann jeden einzelnen Finger entlang. Ran hätte nie gedacht, dass eine so unschuldige Berührung so berauschend sein konnte. Er wollte ihr Gesicht sehen, ihre Augen; und er folgte seinem Impuls. Seine Hand befreite sich aus der ihren, seine Fingerknöchel streiften die Rundung ihres Kinns, und mit einer seiner Fingerspitzen hob er ihr Gesicht an.

»Aber … seht Ihr nun, wie sanft sie trotzdem sein können?«, flüsterte sie, legte ihre Wange in seine raue Handfläche und schloss die Augen.

Ihre Haut war wie cremefarbene Seide, von der Sonne geküsst und warm unter seiner Berührung. Sein Daumen berührte ganz leicht ihre Lippen, die so weich waren und den Farbton von zerdrückten Himbeeren besaßen. Ihre Augenlider glitten langsam hoch und brachten ihre blauen Augen zum Vorschein, die voller unergründlicher Zärtlichkeit waren. Ran zitterte am ganzen Körper. Ein Teil von ihm war drauf und dran zu fliehen, ein anderer jedoch, der tiefer und stärker war, wollte sie fest an sich ziehen, langsam den Geschmack ihrer Haut und ihrer Lippen kosten, Stunde um Stunde damit verbringen herauszufinden, wie ihre Brüste sich in seinen Händen anfühlten, während ihre Oberschenkel die seinen umklammerten.

Er konnte es jedoch nicht. Sie war als etwas Abzuwehrendes gekennzeichnet, wie ein stiller Krieg in ihm selbst, denn Aurora machte ihn gleichzeitig sanft. In einer Zeit voller Blut und Tod und qualvoller Härte symbolisierte sie Leben und Erneuerung und Nahrung. Ein gefährliches Risiko. Dafür gab es viel zu viel zu tun, und es gab viel zu viele Menschen, die von ihm abhingen. Wenn er schwach würde, wenn er eine solche Selbstsüchtigkeit zuließe, so würde er ganz sicher umkommen, und seine Leute mit ihm.

Und doch neigte er sich noch immer zu ihr hinunter, bewegte sich stetig näher an sie heran, an ihr Gesicht, an ihren Mund.

Nur eine Kostprobe. Das würde schon reichen. Er hielt ihr Gesicht zwischen seinen Handflächen und berührte sie nur mit seinen Händen, mit seinen Lippen. Wenn er mehr nehmen würde, so würde er sich niemals wieder zurückziehen können. Niemals. Seine Zunge glitt über ihre volle Unterlippe und befeuchtete sie, woraufhin sie nach Luft schnappte und ein sanftes Vibrieren ihres Atems zwischen ihnen beiden schwebte. Er drückte, sanft und kontinuierlich, formte ihren Mund mit dem seinen und schürte das mit frischem Brennstoff versehene Feuer. Er konnte sie in ihr spüren, die Flamme, die sich entzündete und die Energie, die sie besaß und weitergab. Und als ihre Hände sich nach oben bewegten, um sein Hemd zu öffnen, kämpfte er um seine Selbstbeherrschung. Das war hart und verdammt schmerzhaft, denn ihre Finger glitten unter seine Weste, bearbeiteten die Muskeln, tasteten die Härte seiner Brustwarzen und die Konturen, die zu seinem Bauch hinabführten; und er küsste sie immer weiter, beherrschte ihren Mund, ließ seine Zunge tief hineintauchen. Ein Stöhnen entwich ihr, impulsiv und um mehr bettelnd und noch immer widerstand er. Sie ergriff seinen breiten Gürtel und hielt sich daran fest. Ihrer beider Atem brach hervor, der Wind vor dem Sturm, und er spürte, wie sie sich sehnte nach dem Gewicht seiner Wärme auf ihrem Körper, nach der Kraft und der Stärke, die er zurückhielt.

Er zitterte vor Verlangen und Leidenschaft und irgendetwas anderem, das er sich nicht erklären konnte.

Und Aurora glaubte, in Flammen aufgehen zu müssen, wenn er sie nicht festhalten, unter sich halten würde.

»Sahib!« Dieser Ruf wurde Sekunden zu spät von Ran registriert. »Oh oh!«, kam es in atemloser, ehrfürchtiger Scheu von der Tür herüber.

Ran schreckte zurück und ließ sie unvermittelt los. Aurora kam ins Wanken, ihre Beine gaben nach. Ran bemühte sich krampfhaft, Luft in seine Lunge zu bekommen, denn er hatte das Gefühl, dass er bei der kleinsten Bewegung in zwei Teile zerspringen würde. Sein Blut brauste in den Adern, erstürmte seine Leistengegend und ließ diese vor unbefriedigtem Verlangen pulsieren. Sie schaute ihm in die Augen, tastete nach ihren brennenden Lippen und lächelte sanft. Ran schaute über seine Schulter zu Dahrein hinüber. Der Junge sah aus, als hätte er einen Geist gesehen; sein Gesicht war aschfarben und errötete dann vor Verlegenheit. Er schluckte, wobei sein kindlicher Adamsapfel sich in seiner Kehle auf und ab bewegte; seine aufgerissenen blauen Augen schnellten zwischen dem Paar hin und her, bevor er sie nach unten richtete.

»Es tut mir unendlich leid, *sahib.* Vergebt dieser erbärmlichen Seele.« Er machte eine tiefe Verbeugung.

Ran verdammte sich, von diesem Jungen beim Tändeln erwischt worden zu sein. »Du hast wahrscheinlich einen guten Grund, unangekündigt in meine Kabine gestürmt zu kommen?«, brüllte er und hasste seine Schwäche beziehungsweise die Tatsache, dass ein Mitglied seiner Crew Zeuge davon geworden war.

»Die *Phoenix* kommt, zwei Knoten nach Steuerbord.« Dahrein zog sich eilig rückwärts aus der Kabine zurück. Sofort durchquerte Ran den Raum und zog den Vorhang zurück, um den Horizont zu untersuchen.

»Seid nicht so hart mit dem Jungen, Ransom, es ist doch nicht seine Schuld.«

Sein Blick huschte zu Aurora hinüber. Ihre Haut war gerötet, ihre aufgerichteten Brustwarzen drückten sich gegen das weiße Gewebe ihres Gewandes, und ihr schneller Atem betonte noch die üppige Fülle. Bei Gott, sie war nun wirklich reif, gepflückt zu werden! Seine Fäuste ballten sich zusammen und sein Bedürfnis, sie in die Arme zu nehmen, ließ seine Gesichtszüge scharf werden. Es war schon Jahre her, dass er sich so gefühlt hatte, so verwundbar durch eine Frau; und er rief sich ins Gedächtnis zurück, dass ein paar Momente unbeschreiblichen Vergnügens das Risiko nicht wert waren, womöglich einen Bastard in sie hineinzupflanzen. Nein. Nachzugeben war mit seinen Zukunftsplänen unvereinbar. Und es war Torheit, sich in der Nähe des Mädchens aufzuhalten.

»Ich muss Euch ja wohl nicht daran erinnern, dass dies meine Crew ist und mein Schiff?« Er schlug den Vorhang herunter und ging unruhig in der Kabine umher.

»Ach, Ransom, Ihr könnt doch nicht mit der einen Hand Zuneigung ausdrücken«, sagte sie ruhig und sanft, denn sie hatte nicht vor, seine plötzliche Wut noch zu schüren, »und sie dann mit der anderen Hand wieder wegschlagen.«

Seine Lippen verzogen sich, und es gelang ihm nicht, den Wutausbruch zurückzuhalten. »Ihr seid anscheinend ziemlich bewandert, was die Zuneigung von Männern angeht, was?«

Auroras Gesichtszüge spannten sich an. »Ich habe ihn genossen, Euren Kuss. Sehr sogar.« Sie verschränkte ihre Arme unter der Brust und lehnte ihre Schulter gegen den Bettpfosten.

»Und ich würde es wieder tun, wenn ich nicht einen Moment später den Biss Eurer Beleidigungen zu spüren bekäme.«

Er rümpfte die Nase und blätterte die Seiten seines Logbuches um. »Wenn ich lediglich meinen Vorteil ausnützen wollte«, fauchte er bissig, »so würden wir uns jetzt wie verdammte Karnickel auf diesem Bett erschöpfen!« Er schlug das Logbuch wieder zu.

Ruhig zog sie eine ihrer schwarzen Augenbrauen nach oben. »Da prahlt Ihr ja schon wieder ganz schön, was?« Er lachte leise in sich hinein, sehr selbstsicher, und ihr Blick verfolgte ihn durch den Raum, als er unruhig hin und her lief. »Zum Donnerwetter, schaut Euch doch nur an!« Ihre Hand fuhr wie ein Peitschenhieb durch die Luft. »Ihr streift durch diese Kabine wie ein wildes Tier. Aber Euer Zorn ist genießbar, denke ich.« Er hielt nicht inne, hörte ihr nur zu. »Ich beantworte Eure Fragen, Ihr jedoch seid nie zufrieden, Piratenlord, denn für Euch sind meine Worte nichts anderes als spöttische Bemerkungen. Ihr wollt aus mir machen, was ich nicht bin, damit Ihr eine Rechtfertigung für Euer schlechtes Benehmen mir gegenüber habt.«

»Ist das so?«, antwortete er fragend mit wütendem Blick.

»Ja. Es steckt ein sanftes Herz in Euch, Ransom Montegomery, und es liegt Euch quer im Magen, dass *ich* es gefunden habe.«

Jetzt hielt er inne, und seine Augen wurden einen Moment lang sanft; dann aber kühlte der flüssige Bernstein wieder zu undurchdringlichem Gold ab. »Pah!«, knurrte er mit einem Schnipsen seiner Hand und steuerte auf die Tür zu.

»Ich bin mir sicher, dass Ihr lieber noch ein klein wenig warten wollt, bevor Ihr aufs Deck hochgeht.«

Er wollte nicht stehen bleiben, tat es jedoch. Seine Augen waren dunkel und eisig.

»Eure Verwegenheit ist deutlich zu erkennen.«

Er schaute an sich hinunter und war sich dabei schmerzvoll bewusst, was er dort finden würde; seine Erregung war deutlich zu sehen.

»Nun, *dafür,* M'lord, dürft Ihr ruhig *mir* die Schuld in die Schuhe schieben.«

Er verließ den Raum, und sie sagte nichts, als er sie wieder einschloss.

16

Karnickel, sah er das wirklich so?

Glaubte er tatsächlich, sie würde eine solche Bitterkeit in ihrem Bett willkommen heißen? Dies war ein Ort für mitreißendes Lieben und keiner, um Wut abzulassen. Und es hing vor allem nicht von *seiner* Entscheidung allein ab.

Ihre Arme um den Bettpfosten geschlungen, atmete Aurora beruhigend aus, während sie langsam zu Boden sank. Sie war nicht wütend, nicht ausschließlich jedenfalls, denn ihre Haut war noch warm von der Erregung, und ihre Lippen kribbelten noch immer leicht von dem frischen Geschmack seines wilden Kusses, und wenn ihr aufgeregt schlagendes Herz würde ausbrechen können, so schwor sie, würde es wie ein winziges, verrückt gewordenes Männchen im Raum umhertanzen. Aber wohingegen sie bereit war, die mächtige Leidenschaft, die sie teilten, anzunehmen, war Ransom es anscheinend nicht.

Armer Mann.

Er befand sich in einer jämmerlichen Verfassung. Ihr tat der Seemann leid, der ihm als Erster über den Weg laufen würde. Ransom macht sich seine Gemütszustände zunutze, und er ist auch noch stolz darauf, dachte sie, auf seine Strenge und seine effiziente Herrschaft. Wenn jedoch seine Selbstbeherrschung ins Wanken kam und die ungestümen Bedürfnisse, die er in sich aufstaute, sich nicht länger abweisen ließen, so wusste er nicht, wie er mit dieser Flut fertig werden sollte, außer sie einzudämmen durch Schweigen und Wut, vertäut wie bei ihrer Wüstendurchquerung. Sie hatte seine Zurückhaltung in der bebenden Hitze seines Kusses gespürt, der stets so gierig war und doch gewürzt mit einer dunklen Verzweiflung, als hätte er sich in diesem einen zärtlichen Moment zu viel genommen und würde anschließend für das Vergnügen bestraft werden. Es war ihr ein winziger Trost zu wissen, dass sie ihn bewegte, aber Aurora war nicht dumm. Ran wollte seine Schwäche nicht zeigen, und zwar niemandem, und ob sie nun dazu beitrug oder nicht, ständig seine schnellen Maskierungen zu provozieren, so erkannte sie doch den Krieg, den er führte. Er erregte sie, dieser geheime Schmerz, und sie sehnte sich danach, den Panzer zu durchbrechen. Was bei ihm jedoch überhaupt nicht der Fall war.

Und das war auch der Grund, warum er ihr aus dem Weg ging. Ja, und vielleicht war ja die Tatsache, dass er sie für eine Hure und somit einer solchen Aufmerksamkeit gar nicht würdig hielt, seine einzige Verteidigung gegen die Gefühle, die er für sie empfand? Denn dass er sie empfand, daran hatte sie nicht den geringsten Zweifel. Sie hatte es in seinen Augen sehen können, als er in den Rumpf des Sklavenschiffes hinuntergeklettert kam. Aber das war so vergänglich. Und wenn sie auch keine Versuche mehr unternehmen würde, ihn davon zu überzeugen, dass sie keine Hure war, so musste Aurora doch zugeben, dass es sie schmerzte, dass er ihr keinen Glauben schenkte.

Aber andererseits … er hielt ihre Lebensweise sowieso für sonderbar, was machte es da schon aus, wenn auch noch Hurerei mit auf die Liste genommen wurde.

Aurora bewegte sich leise auf nackten Füßen zu der kleinen Kabine hin, in der Shokai ruhte. Von draußen beobachtete sie, wie er schlief, er atmete gleichmäßig; zufrieden über seine Genesung, machte sie sich auf den Rückweg zu Ransoms Kabine.

Sie fand ihren Weg versperrt.

»Was für ein schönes, üppiges Weib Ihr doch seid«, bemerkte der Seemann, während seine Augen ihre füllige Gestalt aufsaugten und seine Hand grob über ihre Schulter strich.

Sie schlug sie fort. »Hör auf, Junge, sonst wirst du es bereuen.«

Er lachte hässlich und lüstern und packte sie, diesmal fester.

Aurora unterdrückte einen Wutanfall durch beruhigendes Einatmen.

»Der Capt'n ist an Bord der *Phoenix,* wer wird Euch also jetzt beschützen, kleines Flittchen?«, bedrohte der Seemann sie, und Aurora fragte sich, ob dies der Zorn war, den sie gespürt hatte, als sie zum ersten Mal an Bord gegangen war. Plötzlich riss der dunkelhaarige Seemann sie zu sich heran und verbarg sein Gesicht zwischen ihren Brüsten; Aurora ergriff intuitiv sein Handgelenk und grub ihre Fingerspitzen hinein.

Der Seemann richtete sich auf, und seine Augen weiteten sich, als der Schmerz seinen Arm hinaufschoss und diesen gefühllos machte. Sie drehte ihm den Arm um, und er wand sich tief in heftiger Qual.

»Ich möchte dir nicht wehtun, Junge, muss ich also meine Demonstration noch weiter fortführen?«, fragte sie ihn in gedämpftem Flüsterton, denn sie wollte nicht noch mehr von seinen Freunden, die ähnlich dachten wie er, in Alarmbereitschaft versetzen.

»Nein, au! Nein, hört auf!«

»Versprich es mir, als ein Mann von Ehre!«

»Ja, ja, ja«, schrie er.

Aurora ließ ihn frei, und der Seemann stolperte zurück. Plötzlich taumelte er.

Domingo Avilar stand im Niedergang. Er hielt ein schmales, zum Einsatz erhobenes Messer in der Hand. »Der Captain wird davon erfahren!« Mit einem scharfen Nicken trat der Erste Maat zur Seite, und der Seemann sprang eilig vorbei.

Domingo steckte seine Klinge in die Scheide zurück, und als er Aurora anschaute, machte sich Sorge auf seinem Gesicht breit. »Seid Ihr in Ordnung?« *Madre de Dios,* Ran würde ihn dafür niederknüppeln, dass er es nicht zu verhindern gewusst hatte!

»Ja. Vielen Dank«, beruhigte sie ihn lächelnd, und ihr Blick wanderte hinter ihn zu Shokai hinüber, der einen Dolch auf Domingo gerichtet hielt.

Domingo drehte sich herum und schaute Shokai erstaunt an. »Geh wieder zu Bett, Shokai. Mir geht es gut, hörst du?«

Der alte Mann nickte, wobei sein steingraues Haar sich löste. Er drehte es mit sparsamen Bewegungen zurück in den straff auf dem Schädel zusammengezogenen Knoten und steckte es fest.

Domingo hatte gar nicht wahrgenommen, dass er die Luft angehalten hatte, bis der alte Mann sich verbeugte und in seiner Kabine verschwand. »Er traut wohl niemandem, was?« Domingo sah gekränkt aus.

»Das ist ein Misstrauen, das ich befürworte, Mister Avilar.« Sie ging den Niedergang entlang zurück und Domingo folgte ihr. »Nach so vielen Jahren bin ich nur deshalb noch am Leben.«

»Und trotzdem, Ihr hättet Euch nicht aus Eurer Kabine hinauswagen dürfen.«

An der Schwelle der Kabine blieb sie stehen und warf ihm einen schrägen Blick zu. »Der Erste Maat redet ganz wie sein Captain«, bemerkte sie scharf und trat dann in die Kabine.

Domingo lächelte, aus dem Gleichgewicht gebracht durch ihre Direktheit. »Hier drinnen seid Ihr sicher, Lady. Niemand würde es wagen, sich Ran zu widersetzen, aber er – wir – können nicht überall sein«, versicherte er ihr. »Ihr seid eben eine reizende Versuchung.«

Aurora stieß einen unfeinen Laut aus. »Ransom schenkt meinem Gesicht und meiner Figur viel zu viel Gewicht.« Sie ging zur Bank am Fenster hinüber und ließ sich aufgebracht darauf niedersinken. »Und was die Lebensweisen der Männer angeht, so weiß ich mich recht gut darin zu behaupten.«

Domingo runzelte die Stirn. Er fragte sich, ob sie gerade zugab, Erfahrung als Kurtisane zu haben, wie Ran das vermutete, oder ob sie nur einfach sehr vertraut war mit den Gedankengängen der Männer. Und die lagen ja bekannterweise zwischen ihren Schenkeln. Was von beiden es auch war, die Lady hatte jedenfalls keine Ahnung, wie wahrhaft anziehend sie war. »Ich habe schon große Männer zu Füßen einer schönen Frau stolpern sehen.« Wie Ransom zu Ehren, dachte er und lehnte seine

Schulter an den Türpfosten, denn er traute sich nicht, einzutreten.

»Wart auch Ihr einer dieser bemitleidenswerten Kandidaten?«, fragte sie frech.

»Ich befürchte bei mehr Frauen, als ich zählen kann.« Sein Grinsen besaß jedoch nicht die geringste Spur von Selbstvorwurf.

»Aber Ihr zählt sie sehr wohl«, sagte sie, und sein spitzbübisches Lächeln brachte sie zum Lachen. Er war einer, der Frauen gerne den Hof machte, leichtherzig und frei in seinen Gedanken, und mit ziemlicher Wahrscheinlichkeit zähmte er die Damen im Handumdrehen, denn der Spanier gab ein schneidiges Bild heißblütiger, männlicher Perfektion ab. Sein schwarzes Haar wuchs ungebändigt und fiel auf seine breiten Schultern, und sein Schnurrbart, wenn auch dicht, war ordentlich gekämmt und gestutzt. Rabenschwarze Augen starrten sie aus einem freundlichen Gesicht an; seine Gesichtszüge besaßen die Kraft seiner Vorfahren und die winzigen Falten häufigen Lachens. Wenn auch um eine Handbreit kleiner als Ran, so war er doch immer noch ziemlich groß, mit schmalen Hüften und langen Beinen, und jeder Zoll von ihm wurde durch den guten Sitz seiner dunklen Kniehose und seiner langen, bestickten Weste betont. Seine Arme waren nackt und, wie sie es bei den meisten Männern auf dem Schiff gesehen hatte, muskulös.

»Ran wird es nicht gefallen, wenn Ihr mich so anstarrt«, neckte er sie geschmeichelt.

»Ach, Ransom findet in dieser Woche an nichts Gefallen, was ich tue.«

Domingo erstickte fast an ihren Worten und dachte, dass Ransom für seine Selbstbeherrschung verdammt werden sollte. Welcher heißblütige Mann konnte einem so üppigen Wesen schon widerstehen? Sie war aber auch unglaublich selbstsicher und gelassen; ihr innerer Friede war wie ein Leuchtfeuer, das ihn anzog. Und jeden anderen Mann auf diesem Schiff ebenfalls, dachte er ernst.

»Der Capt'n ruft Euch, Sir«, informierte ihn der Bootsmanngehilfe, der plötzlich an seiner Seite aufgetaucht war. »Er sagt, dass Ihr gefälligst Euren spanischen Kadaver an Deck bewegen sollt, bevor Ihr Euch im Krähennest der *Phoenix* wiederfinden werdet.«

Domingo musste lachen angesichts des Vergnügens, das der Junge dabei empfand, diese Nachricht weiterleiten zu dürfen. Er verneigte sich vor Aurora, was diese jedoch gar nicht wahrnahm. Sie starrte konzentriert den jungen Mann an. Ihr Blick fiel auf seinen Arm, auf die Wunde, die er sich in der Berberei zugezogen hatte. Ohne es zu sehen wusste sie, dass diese sich verschlimmert hatte, denn ihr Krötensteinring wurde augenblicklich wärmer und warnte sie so vor vergiftetem Blut. Bisher war es noch nicht tödlich, aber ohne Behandlung …? Sie hatte keine Möglichkeit mehr, ihn nach seinen Symptomen zu fragen, denn er verließ sie in großer Eile.

Domingo erkannte ihre Sorge und zuckte hilflos mit den Schultern. »Er wird nicht zu Euch kommen«, bemerkte er wahrheitsgemäß. »Die Loyalität der Seeleute gilt dem Schiffsarzt.«

»Lasst es bekannt werden, dass ich meine Hilfe anbiete, wenn sie es wollen.« Aurora konnte niemandem ihre Methoden aufzwingen, der sie nicht darum bat. Selbst in der Nacht, als sie Shokai dem Tode nahe vorgefunden hatte, hatte er sie zuerst um ihre Hilfe *bitten* müssen.

»Ran wird sich bis weit in die Nacht hinein an Bord der *Phoenix* aufhalten und Berichte entgegennehmen«, informierte Domingo sie. Er hasste es, sie verlassen zu müssen, sie sah so einsam aus, saß einfach nur da und starrte durch die Achterfenster hinaus.

Auroras Schultern hoben sich, und sie seufzte tief. »Ich weiß, *Señor* Avilar.«

»Domingo«, verbesserte er sie, woraufhin sie über ihre Schulter zurückblickte. Ihre Lippen formten sich zu einem Lächeln, bevor er die Tür schloss.

Aurora lehnte sich gegen die Wand zurück, zog ihre Beine auf die Bank hoch und setzte sich in den Schneidersitz. Sie zupfte an den Falten ihres Gewandes und wünschte, Ransom wäre noch einmal zu ihr zurückgekommen, bevor er auf das Schiff gegangen war. Er hatte sich jedoch nicht die Mühe gemacht, sondern ihr einfach nur Nachrichten zukommen lassen und sie ansonsten gemieden.

»Nun gut, aber das wird nicht allzu lange möglich sein«, dachte sie laut. Es waren schließlich seine Kabine und sein Bett, und er wird beides vermissen. Und dann, vielleicht, auch sie.

Auf dem Bankkissen sitzend, schaute Aurora aus dem Bullauge und träumte vor sich hin. Sie hatte das kleine, konkave Glas aus der Schatulle geholt. Ihr gut trainiertes Hirn konnte die Bilder aus der Vergangenheit bis hin zu denen der Gegenwart mithilfe des Glases in ihr Gedächtnis rufen.

Mondlicht schien auf das Meer und wurde dort reflektiert, um ihr Gesicht und einen Teil der Kabine zu erleuchten. Auf dem Schiff war es ruhig. Es schaukelte sanft, und die Wellen klatschten rhythmisch gegen den Schiffsbauch.

Ein plötzliches Fiepen zerriss die Luft. Aurora zuckte zusammen und legte das Glas in die Schatulle zurück.

»Sei bloß still, du wirst noch den ganzen Haufen hier aufwecken, und was wird dann mit mir geschehen«, flüsterte sie dem Delfin zu, der seine stumpfe Nase durch das offene Fenster stupste. Sie hatte das eingerahmte Glas zur Seite geschoben, um frische Luft hereinzulassen, denn in der Kabine war es erstickend heiß. Das Säugetier war dann jäh erschienen, belästigte sie nun und richtete sich Wasser verspritzend mit aller Kraft auf seine Schwanzflosse auf. »Nun sei schon ruhig.« Der Delfin glitt wieder zurück ins Meer.

Aurora starrte noch eine Weile ins Nichts hinaus, dann schloss sie die Augen und verbannte Gefühle und nebensächliche Geschehnisse aus ihren Gedanken. Ransoms Bild erschien, einen Moment lang konnte sie es genießen. Dann stieß sie jedoch auch ihn hinaus und erzielte wieder die Undurchlässigkeit eines leeren Geistes. Ohne hinzuschauen knipste sie das winzige Schnappschloss auf und öffnete nochmals den Deckel der Schatulle.

Sie öffnete ihre Augen, beugte sich vor und starrte in das Glas. Es dauerte einen Moment, bis die Erinnerungen kamen, denn die Unterbrechung hatte ihre Kraft und ihr Sehvermögen geschwächt. Ein sich windendes Seil erschien, das mit Schwung über Steine und Kiesel streifte, außerdem ein roter Löwe und ein weißer Wolf, zum Angriff bereit, denn beide wollten das Seil besitzen. Der Wolf war gekommen! Sie seufzte, erleichtert darüber, dass ihr Vater in der Nähe und am Leben war. Aber der rote Löwe? War es Ransom? Warum sollte er mit ihrem Vater kämpfen? Aurora schaute sich das Bild genauer an. Sie war sich sicher, alles gesehen zu haben, was es dort zu sehen gab; dann überredete sie das Glas, noch tiefer gehend vorherzusagen. Das Glas wurde trübe, blau und flüssig, dann wurde es rot; sie runzelte die Stirn, denn das Ganze hatte nur einen Moment lang gedauert.

Sie konzentrierte sich, beschwor es und sang. Eine Urne, klein, birnenförmig und klar wie Kristall stand auf einem Tisch und Licht flackerte durch ihr leeres Inneres hindurch. Der Tisch war poliert, dem Stil und dem Holz nach zu urteilen von einem begabten Kunsthandwerker hergestellt. Er war herrlicher als jeder andere Tisch, den sie jemals sehen oder befühlen würde, und Aurora wusste, dass es die Umgebung war, die stets mehr erzählte als die Gegenstände oder Szenen, deren Zeugin sie wurde. Dann wurde sie plötzlich von einer Bewegung gefesselt, einem Flackern, das so schwach war, dass sie es beinahe übersehen hätte. In den Tiefen der Urne steckte eine Figur, in Dunkelheit gehüllt bis auf den Umriss einer Schulter, eines Ellbogens und eines Stückes von einem Ärmel. Aurora konnte nicht erkennen, ob es sich um eine Frau oder einen Mann handelte, und sie strengte sich an, das Ganze klarer zu sehen.

»Was zum Teufel macht Ihr da?«, hörte sie jemanden flüstern. Aurora zuckte zusammen und seufzte, denn das Bild war nun verschwunden. Verärgert schloss sie die Schatulle und sicherte das Schnappschloss. Verdammter Mist. Er sollte doch an Bord der *Phoenix* sein, dachte sie, und all diese männlichen Dinge tun, die Geächtete halt tun.

Ran schloss die Luke hinter sich.

Ein Laut zog seine Aufmerksamkeit zu den Fenstern hin, wo die Nase des Delfins vorwitzig in der Öffnung erschien. Ran runzelte die Stirn. Erstaunt beobachtete er, wie Aurora aufstand und sich über das breite Sims beugte, um die glatte, nasse Haut des Tieres zu streicheln.

»Na geh schon«, scheuchte sie ihn fort. »Ich habe keine Zeit zum Spielen. Der Pirat ist zurück«, fügte sie flüsternd hinzu. Das graue Tier richtete sich auf und verschwand dann im Meer. Aurora drehte sich zu Ransom um. Er sah ein kleines bisschen schockiert aus; sie erkannte jedoch das plötzliche Lodern in seinen Augen, als sein Blick über ihren Körper wanderte.

Abgesehen von ihrem silbernen Amulett war Aurora nackt.

17

Die Luft, die ihn umgab, fühlte sich heiß, feucht und spannungsgeladen an. Langsam und gemessenen Schrittes ging er auf sie zu, während sein Körper und sein Blick gierig jeden Zoll ihres süßen, blassen Fleisches aufnahmen, das im sich brechenden Mondliclit zu erkennen war. Blut schoss durch seine Leistengegend und reagierte mit tödlicher Macht, und eine innere Stimme – genau die, die sich deutlich an den Preis einer solchen Versuchung erinnerte – schrie ihm zu zu gehen. Und zwar sofort.

Jedoch angesichts der Tatsache, dass sie so schamlos nackt und ungezwungen dastand, konnte er dem Vergnügen, sie zu betrachten, nicht widerstehen. Und bei Gott, sie war wirklich bezaubernd – und äußerst ungerührt durch sein plötzliches Eindringen. Sein Blick streifte ihre Taille und ihren wohlgeformten Bauch, wanderte dann zu der üppigen Wölbung ihrer Hüften und geschmeidigen Oberschenkel und schließlich zu ihrem Gesäß. Ihr Haar verhüllte und enthüllte gleichermaßen ihren Körper. Dieser exotische Anblick ließ Rans Knie weich werden.

»Was um alles in der Welt tut Ihr da … in diesem Zustand?« Er klang viel zu atemlos für einen Mann seines Alters.

»Hier drinnen ist es wie in einem Dampfbad, Ransom.« Ran befürchtete, dass die Nähte seiner Kniehose platzen würden. »Also bekommt nicht gleich einen Anfall.«

»Ich bekomme keine *Anfälle*«, knirschte er durch seine zusammengebissenen Zähne hindurch, während sein Verlangen mit seiner Selbstbeherrschung Amok lief.

»Gewiss nicht.« Was jedoch süffisant und nach unterdrücktem Gelächter klang.

»Schließt Euren Mund, Ransom. Das ist würdelos.« Sie griff nach ihrem Unterkleid.

Würdelos! »Wie könnt Ihr von Würde sprechen, wo Ihr doch überhaupt nichts anhabt?« Seine Worte verloren ihre Bedeutung, als sie ihre schlanken, anmutigen Arme hob und den Stoff über ihren Kopf fallen ließ. Jedoch nichts, *überhaupt nichts* unter den blauen Himmeln würde jemals wieder das Bild ihrer Nacktheit aus seinem Hirn verbannen können. Zum Teufel noch mal, Mann. *Verlasse sie, verlasse sie sofort!*

Er tat es jedoch nicht, sondern ließ sich langsam auf der Bank neben ihr nieder. Der vertraute Geruch von Ingwer umwehte ihn und quälte ihn ohne Erbarmen.

»Es ist nicht die Kleidung, die einem Menschen Würde verleiht, M'lord, denn ansonsten hätten die zerlumpten Menschen dieser Welt ja nichts, was ihnen Respekt verliehe.«

Bei Gott, diese Frau hatte ein Talent dafür, seine Kämpfe unglaublich unbedeutend erscheinen zu lassen. Vor allem dann, wenn er gerade dabei war, an dem heftigen Verlangen zugrunde zu gehen, das ihm zusetzte, seit er sie erblickt hatte. Ran riss seinen Blick von ihrer üppigen Figur los und bemühte sich um einen Funken Selbstbeherrschung, obwohl er eigentlich nichts anderes wollte, als sie auf das Kissen zu drücken und sie dann zu verführen, und zwar so, bis sie ihn laut darum bitten würde aufzuhören. Heftig brachte er sich die Konsequenzen in Erinnerung sowie die Tatsache, dass sie sich sehr wohl dabei fühlte, vor ihm ihren Körper zu entblößen. Es gelang ihm, die Zügel seiner rasenden Sinne wieder einigermaßen fest in den Griff zu bekommen, bevor er sie erneut anschaute.

Ran schluckte ein schmerzerfülltes Stöhnen herunter und lockerte seinen Griff.

Aurora hatte keinen Versuch unternommen, sich weiter anzukleiden, sondern blieb selbstsicher auf der Bank sitzen. Das Schiff schaukelte, die Wellen schlugen sanft gegen den Schiffskörper. Sie schauderte vor Wonne.

»Was ist das?« Er zeigte auf die Schatulle und hoffte, dass sie nicht bemerkte, wie seine Hand zitterte.

Sie bemerkte es jedoch und beobachtete ihn neugierig. Dann ließ sie ihren Blick zwischen dem kleinen Kästchen und dem Mann vor sich hin und her schnellen. Es ist nun an der Zeit, dass er es erfährt, entschied sie und schob ihm die Schatulle zu. Ran erwiderte ihren Blick, und durch ein Nicken gab sie ihm die Erlaubnis, den Deckel zu öffnen; er blinzelte. Da Ransom nicht in der Lage war, den Inhalt klar zu erkennen, stand er auf, zündete eine Laterne an und stellte sie in die Halterung auf dem Sims.

Das goldene Licht übergoss ihren Körper äußerst verführerisch und verlockend; und vor allem ließ es seine Beherrschung schmelzen.

»Es ist ein *keek stane.*« Er gab seiner Unkenntnis durch ein finsteres Gesicht Ausdruck, dann beugte er sich jedoch vor, um die Schatulle eingehender zu untersuchen. »Ein Seher-Glas.«

Sein Blick flog dem ihren zu. »Wie eine Kristallkugel?«

»Ja, ein klein wenig, aber …« Sie brach den Augenkontakt ab.

»Aber …?«

Sie zuckte mit ihren nackten Schultern. »Es ist dazu da, Dinge zu sehen.«

»Muss ich Euch denn jedes Wort einzeln aus der Nase ziehen?«, forderte er sie sanft heraus und beobachtete, wie sie nervös ihre Lippen befeuchtete. Er sehnte sich danach, sie zu schmecken.

Aurora seufzte. Warum zögerte sie? *Weil er es nicht glauben wird,* rief eine Stimme in ihr. *Er wird die Nase rümpfen und lachen und dich für verrückt und verdorben erklären, genauso wie alle anderen es auch getan haben.* Nein, dachte sie, indem sie tief einatmete. Dies war Ransom. Er mochte vielleicht nicht an ihre Methoden glauben, aber er würde sie nicht auslachen.

Aurora sah auf und entgegnete seinen Blick mit unbeirrter Ruhe. »Es ist wie ein Werkzeug, Ransom. Ich benutze es schon, seit ich ein Kind bin, um ihm Bilder zu entlocken und das Glas zu enträtseln. Meist sehe ich Menschen und Ereignisse. Gewöhnliche Dinge halt«, führte sie näher aus. »Oft auch eine Warnung oder etwas Ähnliches. Was mich selbst betrifft, so habe ich leider nicht so viel Glück damit.« Sie schüttelte ihren Kopf, wie immer verwirrt und enttäuscht darüber. »Ich sehe Bilder, die ein tieferes Ereignis darstellen.« Angesichts seiner gerunzelten Stirn fügte sie hinzu: »Es ist wie eine eingewickelte Schachtel … ich sehe zunächst nur ihr Äußeres, muss sie jedoch erst auswickeln, um das Innere zu entdecken.« Ihre nackten Schultern bewegten sich erregt. »Der *Lord* und die *Lady* halten mich anscheinend für nicht allzu intelligent, denke ich; ich habe wohl erst noch ein paar Lektionen nötig, bevor ich Klarheit bekomme.«

Der Lord und die Lady? Was haben die – wer auch immer sie sein mochten – mit diesem winzigen Behälter zu tun, und warum hatte sie das so aus der Fassung gebracht? Ran starrte auf die mit Dekorationsstoff ausgekleidete Schatulle. Sie war nichts Besonderes; ein konkaves Uhrenglas ruhte in einem Samtbett, das so geformt war, dass es gut dort hineinpasste. Eine Fassung hielt es davon ab, zu verrutschen oder zu zerbrechen. Als Ran es genauer untersuchen wollte, beugte Aurora sich vor und schob sanft seine Hand beiseite; sie war sich der bernsteinfarbenen Augen nicht bewusst, die kurz über ihr Gesicht und ihre reizende Figur glitten, als sie eine winzige Halterung in einer Ecke löste und dann die Sicherheitsfassung anhob.

Ran riss seinen Blick von ihr fort, nahm das Glas heraus und hielt es gegen das Licht. Er runzelte die Stirn. »Es ist schwarz angemalt, Aurora, man kann nicht durch es hindurchschauen.« Versucht sie, mich zum Narren zu halten?, fragte er sich und ließ die Glasscheibe an ihren Platz zurückfallen.

Vorsichtig befestigte Aurora die Einfassung wieder und schloss die Schatulle. »Ich sehe *in* ihm, Ransom, nicht durch es hindurch.«

»Natürlich.«

Ihr Blick fuhr ruckartig zu seinem Gesicht und suchte nach

Gelächter oder Spott. Mit seinem Unglauben konnte sie sehr wohl leben, nicht jedoch mit seiner Ironie.

»Und was dieses Seher-Glas noch betrifft – müsst Ihr beim Hineinschauen nackt sein?« Ein plötzliches Lächeln ließ seine Gesichtszüge weicher werden.

»Es war so heiß«, entgegnete sie gereizt, ließ die Schatulle in ihren Beutel gleiten und stopfte diesen dann in eine Schublade.

Ran stützte sein Gesicht auf seinem verschränkten Arm ab; eine Bewegung, die ihn näher an sie heranbrachte. »Und was, kleine Lady, habt Ihr gesehen?«

Er schaute sie an. »Es interessiert Euch doch nicht wirklich, Ransom, warum fragt Ihr also erst danach?«

Sie hätte ebenso gut gefragt haben können, ob er zum Frühstück Porridge gehabt hatte, so sachlich war ihr Ton. Es waren jedoch ihre Augen, die ihn warnten; ihr herausfordernder Blick ließ ihn erkennen, wie viel ihr das alles bedeutete. Und um nichts in der Welt wollte er sie bewusst verletzen. Gott, das hatte er an diesem Tag schon oft genug getan. Er mochte vielleicht nicht der gleichen Meinung sein, was ihre Methoden anging, noch daran glauben, aber er würde das Recht dieser Frau verteidigen, sie zu vertreten.

»Sagt mir«, schmeichelte er ihr sanft. »Habt Ihr dort Euren Vater gesehen?«

»Ja.« Ihr Ton war abwehrend und misstrauisch.

»Und wo hält er sich versteckt?«

»Das kann ich nicht sehen. Mein Vater erscheint als ein weißer Wolf«, erklärte sie ihm geduldig. »Das bedeutet, dass er in der Nähe ist.« Sie unterließ es jedoch hinzuzufügen, dass Wolf und Löwe gegeneinander gekämpft hatten, denn sie wusste, dass Ransom eine so undurchsichtige Verbindung zu ihr nicht gefallen würde.

»Da gab es außerdem eine Kristallurne und ein sich windendes Seil, aber ich konnte die Bedeutung nicht sehen, noch nicht.«

Sein plötzliches aufrichtiges Interesse überraschte ihn selbst. »Habt Ihr diese Bilder zum ersten Mal gesehen?«

Sie blinzelte. War er wirklich neugierig oder trieb die Lust ihn dazu an? Sie konnte sich nicht sicher sein, so, wie er sie anstarrte, so ganz und gar heiß. Sie wünschte, er würde sie küssen und so den Schmerz stillen, der durch ihren Körper fuhr.

»Nein«, antwortete sie schließlich und schüttelte den Kopf, wobei ihr die schwarzen Locken ins Gesicht fielen. Unbewusst griff Ran hinein. Aurora schien es nicht zu bemerken. »Da gab es jedoch noch ein anderes, sehr schwaches Bild von einem Menschen, ich konnte aber nicht erkennen, ob es ein Mann war oder nicht.« Sie musste herzhaft gähnen. »Vielleicht beim nächsten Mal.«

Er lächelte zärtlich gestimmt und steckte eine Locke hinter ihr Ohr. »Müde, kleine Lady?« Seine Finger glitten über ihr Kinn, und als seine raue Handfläche mit ihrer weichen Wange in Berührung kam, hielt nur eine irrsinnige Kraft ihn davon ab, sie zu seinem heftig begehrenden Mund heranzuziehen.

Sie nickte schwach, nahm die Decke und wickelte sie um ihre Schultern. »Es ist der sich ausdehnende Druck in meinem Kopf, Ransom.« Sie ließ sich erschöpft auf den Boden hinabsinken. »Ich werde beinahe ohnmächtig vor Müdigkeit, wegen der Aufgabe.«

Ran lächelte, als sie sich behaglich einkuschelte. Noch immer sitzend beugte er sich über sie. »Ihr könnt gerne mein Bett benutzen, Aurora.«

Ihre Augen blitzten auf und trafen auf seine. Sie schienen zu fiebern, eine unausgesprochene Botschaft zu verbergen; sein Grinsen war äußerst verwegen. Sie zog es beinahe in Betracht nachzugeben, denn beim letzten Mal waren sie unter ungeklärten Bedingungen auseinandergegangen und er legte nur selten diese Ungezwungenheit ihr gegenüber an den Tag.

»Nein.« Ihre Augenlider fielen zu. »Ich lege keinen Wert darauf, das Bett mit Euch zu teilen, Pirat.«

Ran versteifte sich und dachte, dass er es wohl auch nicht anders verdient hatte. »Ich meine, allein!«, setzte er erklärend hinzu.

Ihre Augen blitzten plötzlich auf. »Wenn ich mich je dazu entschließen sollte, auf Euren Laken zu liegen, Ransom Montegomery, so werde ich das nicht allein tun.«

Ran fuhr zusammen, und sein Körper, der sich ganz wie der eines Mannes verhielt, der seit zehn Jahren ohne Frau gewesen ist, schien ihm nicht mehr zu gehorchen. »Ihr habt ein ganz schön loses Mundwerk, Mylady«, quälte er aus sich heraus.

»Ja, M'lord.« Sie versuchte, ein Gähnen mit ihrer Hand zu unterdrücken, die unter der Decke steckte. »So ist das wohl.«

So ist das wohl. Nehmt mich entweder so, wie ich bin, oder gar nicht, deutete er, denn Aurora stritt nicht über ihre Unzulänglichkeiten. Und sie akzeptierte die seinen nur allzu bereitwillig. Er war ein Geächteter, und doch war ihr das egal. Er war wegen ihr in das Beduinenlager gekommen, und sie hatte ohne einzugreifen seine Hilfe angenommen und ihm vertraut. Und auf dem Sklavenschiff war es ihr egal gewesen, wie er dort hingekommen war, Hauptsache er war dort, und sie hatte ihm vertraut. Und mit der gleichen Gelassenheit akzeptierte sie die Leidenschaft, die sie füreinander empfanden, und sie vertraute darauf, dass er es ebenso tun würde. Er konnte es jedoch nicht. Gott im Himmel, er wünschte so sehr, er könnte es.

Ran streckte seinen langen Körper auf der Bank aus. In seiner Leistengegend pulsierte es schmerzhaft, als er sich auf die Seite legte, einen Ellbogen anwinkelte und seinen Kopf auf seiner Handfläche abstützte. Sie hockte da wie ein Kätzchen, zusammengerollt und geborgen, und ihr Rücken suchte die gesunde Wärme des Holzes. Ran unterdrückte das süße Bild von ihr, wie sie das Gleiche bei ihm tun würde. Gütige Heilige, für diese Qual konnte er niemand anderem die Schuld in die Schuhe schieben als sich selbst, er allein musste die Konsequenzen ziehen. Aber selbst hüfttief in Holzblöcken, Fässern und Kisten an Bord der *Phoenix* steckend, hatte er sie nicht aus seinen Gedanken verbannen können; stattdessen hatte er sich ständig gefragt, ob es ihr gut ging ... oder ob sie ebenfalls an ihn dachte.

Und in den Stunden, die sie getrennt gewesen waren, hatte er erkannt, dass seine Stimmung nicht viel besser war als die eines verspotteten Tollpatsches ohne das Vergnügen ihres Anblickes. Sie war einfach zu verführerisch, um sie ignorieren zu können. Sinnlich und wollüstig. Niemand würde je behaupten können, dass Aurora nicht durch und durch eine begehrenswerte Frau war.

Und ihre Küsse trieben ihn in den Wahnsinn.

Ich lege keinen Wert darauf, das Bett mit Euch zu teilen. Ihre Worte schmerzten ihn, aber im selben Atemzug erkannte Ran schon, dass er sich wie ein eingebildeter Narr verhalten hatte, anzunehmen, dass sie ihn willkommen heißen würde, wenn er es so beschloss. Ein hochmütiger Bastard, jawohl, das bist du, Montegomery. Selbst eine Hure hatte doch ihren Stolz.

Vorsichtig, um sie nicht zu stören, erhob er sich von der Bank, ging zu seinem Bett hinüber, zog sich schnell aus und schlüpfte zwischen die Laken. Das Buch, das er ihr gegeben hatte, lag noch am Fußende. Er griff danach, starrte auf den Band und erinnerte sich an die ungezwungene Kameradschaft, die sie miteinander erlebt hatten, und wie natürlich er das empfunden hatte. Es schien nun schon Tage her zu sein. Als Ransom das Buch beiseite legte, wünschte er sich noch mehr Momente wie diese, wenn er auch sehr wohl wusste, dass er sich besser überhaupt nichts wünschen sollte. Er würde ihr nichts als Kummer bereiten.

Ran stand mittschiffs, die Arme auf dem Rücken verschränkt und die bestiefelten Füße weit auseinander gestellt, um so das Schwanken des Schiffes abzufangen, als die *Lion* Wind aufnahm. Die Brise peitschte sein Haar aus dem Gesicht und schnappte nach den Ärmeln seines Hemdes.

Sein Blick sprang über das Deck seines Schiffes. Seine Männer hingen barfüßig und mit freiem Oberkörper an Seilen in der Takelage und reparierten die Segel oder fierten die Fallleinen. Andere arbeiteten auf ihren Plätzen und reparierten die Beschädigungen, die die Kanonenkugeln hinterlassen hatten, polierten Holz oder fädelten neues Bändsel in Jungfernblöcke.

Und niemand sah ihm in die Augen.

Einer der Kameraden hatte seine Untat gebeichtet. Die Tatsache, dass Aurora den Angriff ausreichend abgewehrt hatte, spielte dabei keine Rolle. Seine Crew war gewarnt worden, sie nicht anzufassen. Unter keinen Umständen.

Ungehorsam würde er in keinem Falle tolerieren.

Ran wägte sorgfältig Verbrechen und Bestrafung ab und berücksichtigte außerdem, dass seine Stimmung schon ziemlich scheußlich war, denn er hatte die Nacht in einem standhaften Zustand unbefriedigter Erregung verbracht, während er untätig mit anhören musste, wie Aurora wie ein verlorenes Kind im Schlaf aufschrie. Einem Schlaf, der sie ruhig hielt.

Der Verlust des Lohnes oder eine Degradierung würde diesen Männern nichts ausmachen, denn sie teilten die Prise der gekaperten Schiffe zu gleichen Teilen untereinander auf. Außerdem hatte jeder von ihnen mehrere Aufgaben, um das riesige Flaggschiff in Stand zu halten. Nein, härtere Methoden waren die einzige Möglichkeit, Aurora in Sicherheit zu wissen, wenn er nicht bei ihr war.

»Zwölf Peitschenhiebe.«

Sein Ton verriet nichts von dem Zorn, der unter der Oberfläche siedete, nicht einmal, als der Seemann bleich wurde. Seine Kameraden unterbrachen ihre Arbeit, als die Peitsche gnadenlos und schnell zuschlug. Sie hinterließ Striemen auf dem nackten Fleisch. Der Seemann zuckte zusammen, schwieg jedoch tapfer, und der Herr der *Lion* blieb gelassen wie ein Turm aus gemeißeltem Granit. Als der Mann abgeführt wurde, schauten die Crewmitglieder niedergeschlagen von ihrem Kameraden zu ihrem Vorgesetzten.

Die Botschaft war deutlich.

Die Lady lag außerhalb ihrer Befugnisse.

Ran wendete sich ab und feuerte Domingo einen wütenden Blick zu, bevor er auf die Luke zuging. Shokai stand bewegungslos da und versperrte zur Hälfte Rans Weg. Ihre Blicke prallten aufeinander, und Shokai nickte nur sehr flüchtig. War das nun Zustimmung? Ran war sich nicht sicher. Als er jedoch an ihm vorbeischritt, ließen die Worte des alten Mannes ihn unvermittelt stehen bleiben.

»Erzählt ihr davon und der Löwe wird zur Gestalt einer Ratte verkümmern.«

Ran war erstaunt, dass er die rätselhafte Bemerkung verstehen konnte. »Das ist mir egal, alter Mann. Ihr beide werdet nicht lange genug mehr an Bord sein, damit es mir etwas ausmachen könnte.«

Shokai neigte seinen Kopf dorthin, wo die Bestrafung stattgefunden hatte, und erinnerte Ran damit daran, dass zumindest eine Person sein Leben schon beeinflusst hatte. Es ärgerte ihn, dies erkennen zu müssen, und er ging schnell unter Deck, zwei Leitersprossen auf einmal nehmend.

»Kein Herrscher kann regieren, ohne nicht manchmal auch den Tauben oder Blinden zu spielen«, hörte er noch, bevor der alte Mann aus seinem Blickfeld verschwand.

Auf seine Kabine zusteuernd, ließ Ran sich die Bemerkungen des alten Mannes durch den Kopf gehen. Er würde Aurora nicht anlügen. Wenn sie ihn fragte, so würde er es ihr erzählen, aber darüber hinaus war es nicht länger ihre Sache, und er würde nicht von sich aus damit herausrücken. Ran stieß die Tür auf. Er runzelte die Stirn, als er entdeckte, dass sie noch immer schlummerte. Sein Körper und sein Geist reagierten sofort auf ihren Anblick und erinnerten ihn an jedes Detail ihres sinnlichen Körpers, den sie ihn am Abend zuvor hatte sehen lassen. Beim Blute Gottes, sie war wirklich eine wunderschöne Kreatur.

Sie bewegte sich unruhig, zog die Decke über ihre Schultern und murmelte etwas auf Gälisch. Was quälte nur ihren Traum, um sie dermaßen zu erschöpfen, dass sie nicht einmal gehört hatte, wie Dahrein hereingekommen und sein Bad vorbereitet hatte? Oder hatte die Benutzung ihres Seher-Glases sie so viel Kraft gekostet? Er öffnete seinen Gürtel, schnallte sein Schwert ab und legte es leise beiseite. Während Ran nach dem Teller griff, den Dahrein zurückgelassen hatte, beobachtete er Aurora im Schlaf. Dann brach er sich eine Kruste vom Brot ab und schob sie sich in den Mund. Kauend neigte er seinen Kopf, um einen besseren Blick auf sie zu bekommen. Dann jedoch bemerkte er, dass er sich näher an sie heranbewegte, und sofort hielt er inne. Es war das Beste, das Mädchen zu meiden und wieder draußen zu sein, noch bevor sie wach wurde. Er entkleidete sich forsch und stieg in den Badezuber, schäumte seine Handflächen ein und schrubbte sich dann gründlich ab.

Verdammte Männlichkeit. Beherrschte ihn jedes Mal, wenn er sich in der Nähe dieses Frauenzimmers aufhielt. *Ich leg keinen Wert darauf, das Bett mit Euch zu teilen, Ransom,* vibrierte es in seinem Kopf. Schaff sie vom Schiff herunter, erinnerte er sich selbst, dann wirst du nicht länger solche schlecht sitzenden Kniehosen haben. Das Plätschern des Wassers ließ Aurora wach werden. Sie öffnete langsam ihre Augen. Der Anblick, der sich ihr da bot, raubte ihr den Atem. Sie hielt still, und ihr Blick folgte seinen Händen, die über seine Brust und dann hinunter über seinen flachen Bauch fuhren. Ihr Körper erwachte zum Leben, sie sehnte sich nach seiner Berührung. Die Seife schäumte und machte kleine, saugende Geräusche, als er sich unter seinen kräftigen Armen wusch und dann seine Hände erneut einseifte.

Er ist ein Riese von einem Mann, dachte sie, als er nach einem Krug griff, seinen Kopf zurückneigte und Wasser über seine dunklen, eingeschäumten Locken spülte. Es spritzte mehr Wasser auf den Boden als in den Zuber; und es war leicht getönt von dem rotem Farbstoff, mit dem Ran sein Haar gefärbt hatte. Er war einfach zu groß, seine Knie standen ein ganzes Stück über den Rand des Badezubers hervor, und wo sie in der Lage gewesen war, komplett unter Wasser zu tauchen, hatte er Mühe, überhaupt erst hineinzukommen. Wie ein Kind in einem

Eimer, dachte sie und musste lachen. Sein Blick traf den ihren, und seine Lippen wurden schmal.

Ran stellte den Krug mit mehr Kraft beiseite als nötig. Beim Blute Gottes!, fluchte er und fühlte sich ungeheuer verletzlich, wie sie so auf der Seite dalag und ihn beobachtete, nackt und hilflos in seinem Badezuber.

Sie erhob sich ein wenig und stützte ihren Körper auf einem angewinkelten Ellbogen ab. Ein Träger ihres Unterkleides glitt von ihrer Schulter. Sie schaute ihn konzentriert an, glücklich darüber, dass das scheußliche Henna wieder heraus war.

»Findet Ihr badende Männer immer so faszinierend?«, kam es von der anderen Seite des Raumes hinüber.

»Das ist das erste Mal, dass ich so etwas sehe, M'lord.« Sie winkte ihm zu. »Macht ruhig weiter« Sie zuckte vor unterdrücktem Lachen, als sie bemerkte, wie irritiert er war. »Ihr hättet keinen solchen Mangel an Privatsphäre, wenn Ihr mich nicht mit an Bord genommen hättet, beschwert Euch also nicht bei mir.«

Er schrubbte missmutig weiter, denn ihm war klar, dass sie recht hatte.

»Eine Stelle habt Ihr vergessen«, bemerkte sie mit einem Grinsen, wies auf ihren Ellbogen und nickte dabei in seine Richtung. Ran schaute dorthin und schrubbte weiter. Plötzlich stand Aurora auf und schlenderte durch die Kabine, ihre Decke hinter sich herziehend. Sie spürte, wie sein glühender Blick sie verfolgte, als sie an seinem Schreibtisch stehen blieb und sich den kupfernen Löwenkopf an seiner Schnalle genauer anschaute. Ran beobachtete, wie ihre Fingerspitze sich tief in jede Einkerbung senkten und über das gehämmerte Kupfer strichen, als wollte sie sich die Konturen einprägen. Er fragte sich, wie es wohl wäre, wenn sie *ihn* so berührte; dann jedoch schüttelte er sich, entschlossen, die Kabine so schnell wie möglich zu verlassen, und nahm seinen Fuß in Angriff.

»Wer hat ihn entworfen?«, fragte sie, ihre Augen auf den Löwenkopf gerichtet.

Er zuckte mit den Schultern. »Das war ein Geschenk meiner Crew.« Stirnrunzelnd setzte Aurora ihren Rundgang fort. Sie nahm eine getrocknete Aprikose von einem Tablett auf dem langen Tisch und steckte sich die süße Frucht in den Mund. Sie war sich bewusst, dass Ransom sie argwöhnisch beobachtete.

»Ihr habt noch Schmutz auf Eurem Rücken«, informierte sie ihn, als sie in die Nähe des Badezubers kam und im Vorbeigehen Wasser in sein Gesicht schnipste.

Er runzelte misstrauisch die Stirn, als sie ihm den nassen Schwamm aus der Hand nahm und ihn über seinem Kopf zusammendrückte. Fassungslos und entsetzt schnappte Ran nach Luft.

»Verdammt!« Seine Gesichtszüge verfinsterten sich.

»Ich hatte gehofft, diesen finsteren Blick wegspülen zu können.«

Aurora grinste im Gegensatz zu Ran. Sie trat zurück und forderte ihn herausfordernd auf, sich den Schwamm zurückzuholen. »Seife«, verlangte sie mit ausgestreckter Hand.

Ran lehnte es jedoch ab, sich ködern zu lassen. Stattdessen griff er nach einem Tuch und trocknete sich das Haar. »Ich brauche keine Hilfe beim Baden, Aurora.«

Wenn jemals Worte ausgespuckt worden sind, dachte sie, dann gerade eben. »Ihr verlangt also von mir, nach ihr zu angeln?« Sie machte eine Kopfbewegung in Richtung des trüben Wassers.

Zum Teufel noch mal, dachte Ran und schaute gen Himmel. Diese Frau weiß wirklich, wie man einen Mann in Versuchung führt.

Ran tauchte seine Hand ins Wasser und kam mit dem Seifenstück zurück. »Ihr seid wohl entschlossen, mich ohne Rücksicht zu quälen, was?«

»Ja.« Dieser Mann weiß einfach nicht, wie man Spaß hat, entschied Aurora und schritt näher heran, jetzt ohne Furcht vor seinem unheilvollen Blick. Die Decke fiel auf den Teppich, als sie die Seife entgegennahm und ihrer Hand gestattete, kurz auf der seinen liegen zu bleiben, bevor sie den Schwamm einschäumte.

Sein Blick fiel auf das dünne Unterkleid, auf ihre nackten Schenkel und Knie und dann wieder zurück zu ihrem Gesicht; er beobachtete sie argwöhnisch, als sie sich hinter ihn stellte. Sie lächelte und fuhr mit dem Schwamm mit zarten, belebenden Kreisen über seinen breiten Rücken.

»Beim Gott des Donners, Ihr seid ja mit Narben übersät«, stellte sie fest, als sie den Schwamm ausdrückte und der dicke Schaum über seine kräftigen Schultern lief.

Ransom schluckte ein Stöhnen herunter; seine Männlichkeit pulsierte und war angeschwollen, wie schon die ganze Zeit über, seit Aurora aufgetaucht war. Und nun, da sie ihn so vertraulich berührte, spürte er, wie seine Willenskraft sich auflöste und Anspannung und Hitze sich an ihre Stelle katapultierten.

»Es tut mir leid, wenn sie bei Euch Anstoß erregen«, fuhr er sie an.

»Aber sie sind wunderschön.« Sie zeichnete zuerst eine und dann eine andere Narbe mit ihrer Fingerspitze nach. »Das sind Male eines Kriegers, M'lord.« Er warf ihr einen kurzen, ungläubigen Blick zu. »Selbst die Götter mussten sich ihren Platz neben der Göttin erst erkämpfen.«

»*Neben* der Göttin?«, kam es mit einem unterdrückten Lachen.

Aurora neigte sich nahe an Ran heran. Ihre Brust drückte angenehm an seinen Rücken, während sie mit dem Schwamm seinen Arm hinunterglitt. »So lief das bei meinen Vorfahren, Ransom.« Ihre Worte säuselten über seine nasse Haut und in sein Hirn hinein; er bewahrte sie jedoch für später auf, denn im Moment konnte er an nichts anderes denken als an diese Frau selbst und ihr verführerisches Streicheln. »Frauen haben genauso viel Recht und Kraft zu regieren wie Männer.«

Dann ergriff sie jäh den Krug, um die Seife fortzuspülen. Sie strich über seinen Rücken und spielte mit seinem Haar, und er neigte seinen Kopf zurück in ihre Berührung hinein; plötzlich jedoch versteifte er sich. Nachdem sie den Schwamm ins Wasser geworfen hatte, ging sie um den Zuber herum, um ihm in die Augen schauen zu können. Ihre Lippen zuckten. Er sah ganz aus wie ein Kind, das auf seine Bestrafung wartete.

»Ihr kommt lieber heraus, bevor Ihr noch schrumpelig werdet wie eine Feige.«

Nichts an mir kann schrumpelig werden, wenn sie mir so nahe ist, dachte Ran mit einem sich selbst herabwürdigenden Grinsen. »Dann gewährt mir doch bitte die Privatsphäre und dreht Euch um.«

»Prüde seid Ihr also auch noch, Ransom?« Sie verschränkte ihre Arme. »Oder steht ihr mehr auf Jungen?«

Er schleuderte ihr einen gefährlichen Blick zu; sie aber lachte nur, während sie ihm ein frisches Handtuch zuwarf und sich dann beeilte, aus seiner Reichweite zu gelangen.

Ran stand auf, glücklich darüber, dass sie sich von ihm entfernt hatte, und er verließ den Badezuber, indem er das Tuch um seine Hüften wickelte. Er wollte nicht, dass sie sah, wie ihre Berührungen sich auf ihn ausgewirkt hatten.

Aurora warf jedoch einen verstohlenen Blick über ihre Schulter. Die Versuchung war einfach zu groß. Der Atem stockte ihr, und eine tiefe Wärme suchte sich einen Weg zu ihrem weiblichen Punkt. Sie schluckte einen sehnsüchtigen Seufzer hinunter. Es kribbelte ihr geradezu in den Händen, ihn nochmals zu berühren, ihre Finger über jede Wölbung seiner muskulösen Figur fahren zu lassen; und es bereitete ihr ein weibliches Vergnügen zu beobachten, wie er seine Muskeln spielen ließ, als er seine Kleidungsstücke von den Truhen und Schränkchen zusammensammelte. Er ist am ganzen Körper gebräunt, nahm sie wahr, mit Ausnahme des Bereiches zwischen seinen Hüften und seinen Oberschenkeln. Und ihre Neugierde zu wissen warum, wurde befriedigt, als er seine Füße in eine kurze, abgerissene Kniehose schob. Diese bedeckte kaum zur Hälfte seine Oberschenkel! Ansonsten trug er nichts, und das ließ ihn noch größer und bedrohlicher erscheinen als zuvor schon!

Aber da war noch etwas anderes, das sie bemerkte. Er war erregt.

Wahnsinnig erregt. Alles an ihm war herrlich männlich. Sie schnappte nach Luft. Er schaute auf, und sie drehte sich ganz um, ohne ihre Bewunderung und Faszination für ihn zu verbergen. Das ließ ihn beinahe seine Fassung verlieren.

»Gefalle ich Euch?«, fuhr er sie verlegen an, ungeduldig, von ihr fortzukommen.

Sie runzelte die Stirn. »Habt Ihr eine *solche* Angst vor der Zuneigung, die Ihr für mich empfindet?«

Er machte die Knöpfe seiner Hose zu und ignorierte dabei das nasse Unterkleid, das sich an Auroras Brüste und Oberschenkel schmiegte, genauso wie sein heftiges Bedürfnis, zwischen diesen sein zu können.

»Wegen Euch habe ich lediglich einen Schmerz in meiner Kniehose, Mylady, mehr nicht.« Nachdem er das ausgesprochen hatte, steuerte er auf die Tür zu.

»War es auch ein Schmerz, der mir das Buch gegeben und den Apfel mit mir geteilt hat?«, fragte sie hastig. »Oder im Rumpf des Sklavenschiffes zu mir herabgelächelt hat? War es auch ein Schmerz in Eurer Kniehose, Ransom, der Euch veranlasst hat, die Wüste zu durchqueren und mit Eurem Halbbruder um meine Freiheit zu feilschen?«

Rans Blick war auf die Tür gerichtet. Ihr Blick hingegen war auf seinen Rücken gerichtet.

»War es das?«

Ihre Hand berührte seine feuchte Schulter, und er zuckte zusammen und drehte sich um. Er starrte auf ihr nach oben gerichtetes Gesicht, sah ihr Bedürfnis nach einem Geständnis, das er jedoch nicht zulassen konnte, und seine Verzweiflung wuchs. Plötzlich packte er sie an den Armen und presste sie mit dem Körper gegen die Wand. Seine Hände glitten ihre Schultern hinauf, ihre Kehle, ihr Kinn, bevor sie sich von ihr lösten und sich weit gespreizt gegen die Wand über ihr abstützten und sie einschlossen. Sie sah mit weit aufgerissenen Augen zu ihm auf. Seine Finger drückten sich an das Holz.

Unvermittelt beugte er sich vor und sein Mund nahm den

ihren heiß und nachdrücklich in Besitz; seine Zunge brach ihre Lippen auseinander und schoss tief hinein. Und Aurora ließ es sich gefallen, ließ sich die ungezähmte Dringlichkeit in ihm gefallen. Sie wollte ihn, sehnte sich nach seinem Gewicht, nach der alles umhüllenden Hitze seiner großen Hände auf ihren Brüsten; und als seine Hände dann die polierte Wand hinunterglitten, drängte ein Gefühl von Erwartung durch sie hindurch. Er umfasste ihre Brüste, knetete sie und stöhnte in die Hitze seines Kusses hinein. Sein Daumen spielte mit ihren Brustwarzen, seine Hände fuhren über ihre Rippen, ihre Taille, dann um sie herum, rissen das Unterkleid hoch und umfassten ihr nacktes Gesäß. Er schob sie hoch, spreizte ihre Beine und presste sie näher an seine Erregung heran, während seine großen Hände ihre Beine um seine Hüften legten.

Seine Finger fanden sie, feucht und heiß vor Verlangen, und er liebkoste sie und wollte mehr.

Sein Kuss war brutal und voller Wut auf sich selbst und auf sie, dafür, dass sie die Wahrheit aus ihm herausbekommen hatte. Dafür, dass sie hier war, und für seine eigene Schuld an dem Ganzen. Dafür, dass sie ihn mit etwas verspottete, das er nicht ändern konnte. Zumindest nicht als der Mann, der er war. Er drückte sie fester an die Wand und gegen seine Erektion. Es wäre so einfach, dachte er. So einfach. Er rieb sich an ihr, und durch seine Kraft schob er sie die Wand hoch. Aurora spürte jäh die Veränderung in ihm. Sein Kuss wurde hungriger, verletzender, und er zwang ihren Kopf nach hinten. Als sie versuchte, sich freizuwinden, folgte er ihrem Mund, sich immer mehr nehmend. Abrupt grub sie ihre harten Fingerspitzen in seine Achselhöhlen. Er zuckte zusammen, und lautlos kamen ihre Füße wieder auf den Boden zurück.

Schwer atmend starrten sie einander an.

Da stand Schmerz in seinen Augen. Er war wie ein rasendes Tier mit einer verwundeten Seele, das darum kämpfte, gerettet zu werden und das wütend war, wenn es in seinem Leid allein gelassen wurde. Sie wollte in sein Herz hineinkriechen und in ihm leben, um den Schmerz aus ihm zu vertreiben. Aber *er* musste sich ihr aus freien Stücken nähern, wenn er mehr haben wollte als nur Leidenschaft und heiße Küsse.

»Kommt niemals wieder im Zorn zu mir, Ransom. Niemals wieder. Denn so werdet Ihr kein zweites Mal willkommen geheißen.«

Sich an seiner Brust abstoßend wich sie von ihm weg und durchquerte die Kabine. Er schlug mit seiner Faust gegen die Wand, und sie zuckte zusammen, drehte sich jedoch erst um, als sie hörte, dass die Tür geschlossen wurde. Dann sank sie auf den Teppich und bedeckte mit zitternden Händen ihr Gesicht.

18

Er würde sie zur Küste bringen.

Drei Tage lang war er nicht mehr in ihre Nähe gekommen, in zwei weiteren würde das unwillkommene Paar aus seinem Leben verschwinden. Shokai machte das kaum etwas aus, denn er hielt die übel riechenden Barbaren für grob und ordinär. Klugerweise behielt der alte Mann diese Gedanken jedoch für sich. Seine Sorge galt seinem Schützling und der Qual, die er in ihren normalerweise strahlend blauen Augen sehen konnte.

»Habt Ihr eine kürzlich angeheuerte Crew entdeckt?«, fragte sie mit leiser Stimme. Ihre Traurigkeit tat Shokai in der Seele weh. Sie war sein Ein und Alles, das einzige Kind seines Herzens, und er würde sein Letztes geben, um sie vor Schaden zu bewahren. Er war jedoch nicht in der Lage, ihr zartes Herz zu bewachen. Man hätte meinen sollen, dass sie durch all ihre Reisen inzwischen abgestumpft gegen alles wäre, was sie gesehen hatte. Aurora aber blühte auf, ihre innere Gelassenheit, die Art und Weise, wie sie sich der Welt und ihren Kreaturen näherte, der quälenden Frage nach ihrer Identität.

Eine *Wiccan* – eine weiße Hexe. Die Lehre ihrer Vorfahren befolgend kümmerte sie sich um das Wohlergehen der Erde, es war jedoch Shokai, der ihr beibringen musste, Vorsicht walten zu lassen. Die Gesellschaft betrachtete sie nicht so, wie er es tat – mit Liebe, Bewunderung und einer unerschütterlichen Fürsorge, sondern mit bitterer Verachtung und Angst. Und wenn sie auch in den meisten Fällen die Beleidigungen gar nicht wahrnahm, so war sie doch leicht verletzbar. Dies war das erste Mal seit ihrem sechzehnten Lebensjahr, dass sie es zugelassen hatte, dass irgendetwas sie über einen längeren Zeitraum hinweg unglücklich machte. Und sie lehnte es ab, mit ihm darüber zu reden.

»Keine in zwei Sommern. Und Treue macht blind.« Sie schaute vom Entfernen der Bandagen auf.

»Hast du etwas anderes erwartet?«, fragte sie. Das zynische Hochziehen ihrer Augenbrauen gefiel ihm ganz und gar nicht. Sie waren Ausgestoßene, und nichts würde die Crew dazu bringen können, sie zu akzeptieren. Shokai hatte seine Fähigkeit bewiesen, sich selbst verteidigen zu können, aber durch die Bestrafung, die der Seemann hatte erleiden müssen, war Aurora diejenige, die nicht willkommen war.

Ein Schrei dröhnte von den unteren Decks herüber und sie runzelte ihre Stirn. Sie erhob sich von ihrem Stuhl am langen Tisch, ging zur Tür hinüber und öffnete diese einen Spaltbreit. Es war ihr untersagt worden, auf dem Schiff herumzulaufen, also war Shokai zu ihr gekommen, und zwar ohne Rans Erlaubnis, da war sie sich sicher.

»Dahrein!« Sie schnappte sich den Jungen, als dieser mit einem Tablett vorbeieilte. Feindselig schaute sie auf die Instrumente, die auf dem Tuch angeordnet waren. »Wer schreit denn da in solchem Schmerz?«

»Der Bootsmannsgehilfe, Lady.« Er verneigte sich flüchtig. »Der Schiffsarzt wird ihm seinen Arm abnehmen.«

Aurora atmete tief durch. »Nein!« Sie schüttelte ihren Kopf. »Nein, das wird nichts bringen, es ist nicht der Arm, der noch immer verwundet ist, sondern es ist das Blut, das vergiftet ist!«

Dahrein starrte sie verwundert an. »Ihr kennt Euch aus mit der Heilkunst?«

»Ja.« Aurora sah zu Shokai, der schützend hinter ihr stand, und dann zu dem Jungen. Ihr Blick jagte unentschlossen den Gang hoch, dann kam erneut ein Schrei, diesmal bettelnd und flehend, und sie schritt aus der Kabine. »Führ mich zu dem Jungen, Dahrein!«

Dahrein nickte ehrfürchtig, und sie folgte ihm. Shokai lief lautlos hinter den beiden her.

»Baynes hat schreckliche Angst, *mem sahib*. Vielleicht könnt Ihr Eure Methode ausprobieren, bevor …«

»Nur wenn er mich darum bittet«, entgegnete sie ihm, als sie tiefer in das Herz des Schiffes schritten. Dahrein betrat die Kabine, Aurora blieb jedoch vor der Tür stehen. Der junge Mann wand sich in Todesangst auf einer niedrigen Pritsche. Sein Arm, seine Hand und seine Finger waren rot und geschwollen durch eine schwere Infektion. Auroras Krötensteinring sandte eindeutige Botschaften aus. Die Wunde war geschlossen worden, und die Naht sah aus wie die einer gut gepolsterten Couch. Das Gift war auf dem Weg zum Herzen des Jungen.

»Raus mit Euch!«, forderte der Schiffsarzt. »Wir brauchen Euresgleichen hier nicht!«

»Vielleicht braucht er mich aber.« Sie nickte in Richtung des Seemannes. Er hob seinen Kopf vom Kissen auf; seine Augen waren glasig vor Panik und einem Schmerz, dessen Intensität Aurora erzittern ließ. Er würde die Nacht nicht überleben.

»Sein Blut, es ist vergiftet.« Sie zog ihren Blick von dem jungen Mann fort. »Warum habt Ihr die Wunde zugenäht?«

Der Schiffsarzt ging um sie herum, seine Hände mit dem Blut des Seemannes befleckt, das er aus dem anderen Arm abgeleitet hatte. »Kommt bloß nicht auf die Idee, mir etwas über meinen Beruf erklären zu wollen, dreistes Frauenzimmer«, spottete er. »Habt Ihr vielleicht einen akademischen Rang? Seid Ihr in Leyden ausgebildet worden?«

»Nein«, antwortete sie ihm mit schlichter Würde. »Aber Eure Methode bringt hier nichts.«

»Der Arm muss amputiert werden, um den Mann zu heilen«, informierte der Schiffsarzt sie und drehte sich um, um einen gekrümmten, gezahnten Säbel bereitzulegen.

»Nein! Oh, heilige Mutter Gottes, nein! Nehmt mir nicht meinen Arm ab.« Baynes schrie, seine weit aufgerissenen Augen auf die Knochensäge geheftet. »Ich werde nutzlos sein. Tötet mich doch lieber sofort. Bitte. Tötet mich!«

Aurora verdrängte die möglichen Folgen und stürzte zu dem Jungen hin, kniete sich direkt neben ihn, flüsterte ihm beruhigende Worte zu und strich über seine feuchte Stirn. Der Schiffsarzt drehte sich wieder zurück. Als er sie in seinem Territorium vorfand, beugte er sich über seinen Patienten und ergriff ihren Arm. Er hatte nicht die geringste Chance, etwas zu sagen, denn sofort schlug Shokai mit einer Handkante gegen den Unterarm des Doktors. Der Schiffsarzt sprang zurück, Shokai war jedoch noch nicht zufrieden. Wie ein Wirbelwind schoss er um den Schiffsarzt herum, verdrehte dessen Arm, ergriff sein Handgelenk und bog es nach unten. Der Doktor atmete tief ein. Der alte Mann drückte ihn gegen die Wand zurück, seine krummen Finger erhoben, um noch einmal zuschlagen zu können.

»Berührt sie nie wieder«, warnte Shokai ihn und stieß den hilflosen Mann nach vorn, um ihm ins Gesicht schauen zu können.

Der Schiffsarzt schluckte, als er die Bedrohung seines Lebens in den schräg gestellten dunklen Augen widergespiegelt sah.

»Was zum Teufel macht Ihr da?«

Alle bis auf Shokai schauten sich um. Ransoms gewaltige Statur füllte die enge Luke aus. Hinter ihm trat Dahrein von einem Fuß auf den anderen.

»Shokai, lasst Mister Buckland los. Und zwar sofort!«, befahl er, als Shokai sich nicht rührte; dann wendete er seinen Blick Aurora zu.

»Geht sofort in die Kabine zurück«, kam es forsch und keine Möglichkeit der Widerrede zulassend.

»Ich kann ihn nicht allein lassen, Ransom. Er braucht Hilfe.«

Bis auf eine deutliche Verfinsterung seiner Augen blieb er gelassen. »Mister Buckland ist ein Offizier dieses Schiffes, Aurora. Ihr mischt Euch in seine Befugnisse ein und werdet mir gegenüber dafür Rechenschaft ablegen müssen.«

Unbeeindruckt durch seine Drohungen befühlte sie die Stirn des jungen Mannes und schaute dann zu Ransom zurück. »Ihr könnt doch nicht zulassen, dass der Junge seinen Arm verliert.«

»Und Ihr dürft dem Mann keine falschen Hoffnungen machen!«

Sie stand auf. »Welchen Schaden könnte denn ein Fünkchen

Hoffnung schon anrichten, wenn es überhaupt keine Hoffnung mehr gibt?«

Ran komplimentierte sie aus der Kabine, sie riss sich jedoch wieder los und weigerte sich, auch nur einen Schritt weiterzugehen. »Ohne Operation wird er sterben«, knurrte Ran. »Und ich werde es nicht zulassen, dass diese Männer glauben, Ihr könntet jedes Gebrechen mit Eurem übel riechenden Gebräu heilen.«

Sie reckte ihr Kinn. »Ich kann nicht jede Krankheit heilen, aber in diesem Falle ist es eine Verunreinigung des Blutes, Ransom, und nicht seine Wunde. Er ist in jener Nacht in der Berberei durch eine verunreinigte Klinge verletzt worden«, beeilte sie sich zu sagen. »Aus diesem Grunde hatte ich ihm die Kräuter gegeben. Ich konnte das Gift spüren.«

»Spüren?«, spottete er. »Soll ich Euch vielleicht erlauben, einen gelehrten Arzt zu unterminieren, nur um einer Annahme nachzugehen? Nein. Nein!«, kam es nun lauter, als sie ihren Mund öffnete. »Denn, wohingegen Ihr bald fort sein werdet, wird der Schiffsarzt bleiben.«

Aurora unterdrückte ihre Verletztheit und dachte an den jungen Mann, der sich seinem Tode näherte. »Wollt Ihr wirklich seinen Arm für den Stolz eines Arztes riskieren?«

Stille breitete sich aus.

Ran starrte in hoffnungsvolle blaue Augen. Augen, von denen er wusste, dass sie vor Leidenschaft dunkel werden konnten, Augen, die niemals eine Träne vergossen hatten, sondern das Elend des Universums zu mildern versuchten. Es sah ihr ähnlich, die Autorität zu übergehen und Vernunft schlicht und einfach als eine Angelegenheit des Stolzes hinzustellen. Jedes Argument schien belanglos angesichts ihres logischen Denkens.

Als er ihr keine Antwort gab, bedrängte sie ihn weiter. »Wenn Baynes meine Hilfe nicht will, so werde ich gehen. Aber fragt ihn bitte, Ransom. Für die geringe Hoffnung, an die er sich festklammert, fragt ihn.«

Ran schaute in den Raum hinein. Baynes wand sich vor Schmerz, seine Haut war blässlich-grau, seine Lippen kreideweiß. Seine Brust hob und senkte sich, weil er nicht richtig Luft bekam, und sein linker Arm war feuerrot und grotesk aufgedunsen.

»Capt'n«, krächzte er, woraufhin Ran zu ihm hinüberging und sich auf seine Knie niederließ.

»Was ist, Baynes?«

Leelan Baynes' Blick ging nervös zum Schiffsarzt hinüber, der seine Würde und Arroganz wiedergewann, sobald der alte Mann ihn losließ; dann schaute er seinen Captain an. »Wozu ist ein einarmiger Bootsmanngehilfe schon nütze, Sir?« Die Worte kamen wie gehaucht. »Ohne meinen Arm kann ich nicht leben. Ich kann's einfach nicht.« Leelan kämpfte gegen seinen Schmerz und seine Angst an, denn er traute sich nicht, vor seinem Captain zu schreien; er hatte jedoch schreckliche Angst. »Schaut nur den alten Mann an, Sir.« Er machte eine kurze Pause, um nach frischer Luft zu schnappen. »Erinnert Ihr Euch, wie schlecht es ihm gegangen ist?« Rans Blick glitt kurz zu Shokai hinüber. In diesem Punkt musste er ihm Recht geben, denn seine Genesung war wirklich bemerkenswert gewesen.

»Es ist aber dieselbe Frau, der du dafür die Schuld gegeben hast, dass deine Kameraden weiterhin im Gefängnis leiden müssen«, warnte Ran ihn, war sich jedoch seiner eigenen Schuld an der ganzen Sache bewusst. »Und zu dem Zeitpunkt hast du ihre Hilfe abgetan.«

»Ja.« Er schaute an seinem Captain vorbei zu Aurora hinüber, und sie beantwortete seinen stummen Ruf, indem sie zu ihm hinüberging. »Könnt Ihr mir vergeben, Ma'am?«

»Natürlich, Leelan«, flüsterte sie und kniete neben der Pritsche nieder.

»Genug, um mir zu helfen?« Verzweifelt umklammerte er ihre Hand, und Auroras Herz zog sich zusammen. Er stand Todesängste aus, wusste, dass er sterben würde, und sie bewunderte seine Anstrengung, seine Tränen zu unterdrücken.

»Ja.« Sein angespannter Körper sackte zusammen. »Du darfst aber meine Methoden nicht in Frage stellen, ja?«

»Das werd ich nicht, ich schwör's.« – »Schließ lieber noch keinen Pakt mit mir ab, Baynes.« Sie lächelte sanft, dann erhob sie sich, wie auch Ran es tat. Über die Pritsche hinweg trafen sich ihre Blicke. Seine Augen signalisierten ihr eine scharfe Warnung vor den Konsequenzen, sollte sie den jungen Mann enttäuschen, nun, da sie sein Vertrauen gewonnen hatte. Die Anspannung wurde fast unerträglich, und einen Moment lang sah er so aus, als würde er sie erwürgen, sollte sie auch nur die kleinste Bitte äußern. Sie tat es aber trotzdem.

»Er ist zu lange schon falsch behandelt worden, und wir haben keine Zeit zu verlieren. Lasst seine Kabine sauber machen, und zwar gründlich. Und er«, gestikulierte sie in Richtung des empörten Schiffsarztes, »soll seine Finger von ihm lassen.«

»Das ist ein Skandal!«, explodierte der Schiffsarzt. »Er ist mein Patient!«

»Nicht mehr«, belehrte Aurora ihn sanft und verließ die Kabine.

Ran gab kurze Anweisungen, die Kabine freizumachen und zu scheuern, dann folgte er ihr in sein eigenes Quartier. Sie breitete schon ihre Besitztümer aus und wies Dahrein an, Tücher, Nadeln, frische Wäsche, Wasser und eine Schüssel in die gereinigte Kabine bringen zu lassen, bevor sie nach einem Bad verlangte.

Dahrein machte sich nicht erst die Mühe, die Erlaubnis seines Captains einzuholen, sondern tat, was sie verlangt hatte, und zwar mit einer Loyalität, die Ransom wurmte.

Eile war geboten. Innerhalb kürzester Zeit hatte sie eine Truhe freigeräumt und ein Tuch darübergelegt, nun ordnete sie methodisch den *challis,* Dolch, Stößel, Mörser und einen winzigen Kessel in der Mitte an. Letzteren füllte sie mit Wasser und zündete eine kurze dicke Kerze darunter an. Sie streute Kräuter in das Wasser, brachte mehrere Lederbeutel zum Vorschein und legte dann ein hellgraues Kleid vor die Seetruhe. Danach drehte sie sich zum Badezuber um und streute getrocknete Blüten und Kräuter hinein, während Dahrein das kupferne Sitzbad füllte.

Ran beobachtete sie mit verschränkten Armen von seinem Standort in der Nähe der Tür aus; er lehnte mit seiner Schulter am Schott.

»Vielen Dank, Dahrein.«

Er verneigte sich. Sein Gesicht strahlte vor Zuneigung. »Ich werde in der Nähe bleiben, wenn meine Lady es wünscht.«

»Das wünsche ich, Dahrein. Lass niemanden mich stören, und mach den Weg dorthin frei, wo Baynes liegt. Niemand darf ihn blockieren.«

Ran trat vor Aufregung von einem Fuß auf den anderen. Hätte sie nicht ihn darum bitten können? Aber andererseits hatte er sich an diesem Tag keine allzu große Mühe gegeben, für ihre Überzeugungen einzutreten, und sie hatte wahrscheinlich keinen Sinn darin gesehen, ihn zu fragen.

Als Dahrein ging und die Tür hinter sich zumachte, fragte Ransom sich, ob sie wohl wahrnahm, dass er sich noch immer in der Kabine aufhielt. Dann schaute sie ihn an, und er spürte, wie die Distanz zwischen ihnen größer wurde, genauso wie in dem Gasthof. Es war, als würde sie ihn in kleinen Schritten verlassen, und er hätte am liebsten geschrien, sie gebeten, es nicht zu tun. Er spürte sie wie kühlen Sand durch seine Finger gleiten, unwiederbringlich. Entschlossenheit stand in ihrem Gesicht geschrieben, ihre Augen glänzten.

Und obwohl er nur ein paar Fuß von ihr entfernt stand, so war es doch, als wäre sie einen ganzen Kontinent weit von ihm weg.

»Wünscht Ihr, allein zu sein?« Warum fühlte er sich nur so unbedeutend?

»Ja. Aber es ist Euer Schiff, Ransom, und ich kann Euch nicht aus Eurem Zuhause vertreiben.« Mit kühler Gleichgültigkeit zog sie ihre Schulter nach oben. »Ich erwarte aber, dass Ihr weder sprecht noch Euch bewegt, und ich bitte Euch, Eure Wut auf mich draußen zu lassen.«

Seine Wut? Wusste sie denn nicht, dass es sein eigener brutaler Angriff auf sie war, den er nicht ertragen konnte?

Sie wartete gar nicht erst auf seine Zusicherung, sondern ging zum Badezuber hinüber, nahm ihren Gürtel aus Leder und Gold ab, wand sich dann aus ihrem Gewand heraus und ließ beides auf einem Stapel auf den Boden fallen. Als Nächstes fiel das Unterkleid herunter, und sie stand nackt da, ihren Rücken ihm zugewandt, als sie in den Zuber stieg. Sie löste ihren Zopf und ließ sich langsam in das Wasser gleiten. Er konnte sie nicht deutlich hören, schnappte jedoch Bruchstücke von dem leisen Gesang auf. Dann versank sie komplett unter der Wasseroberfläche, kam langsam wieder nach oben und reinigte ihren Körper und ihr Haar mit den feuchten Blättern, die im Wasser trieben.

Der Duft von Jasmin und Klee erfüllte die Luft.

Das Deck schaukelte sanft wie die Arme einer Mutter.

Ihre Stimme war nur ein Flüstern. »Ich rufe Euch an, Große Mutter, ich danke und segne Euch, vertreibt die Unreinheiten aus diesem erdgebundenen Körper. Gebt mir Stärke und Kraft, das zu tun, was ich tun muss.«

Sie verließ den Zuber, trocknete sich ab und legte das nebelgraue Kleid an. Es schmiegte sich an ihren Körper wie ein Schleier aus Rauch. Er war erstaunt, als sie sich vor die Truhe stellte und die Kapuze über ihren Kopf zog.

Ihre Gesichtszüge waren nicht mehr zu erkennen.

Genau in diesem Moment verließ sie ihn. Es überstieg sein Begriffsvermögen, wie er das wissen konnte, denn er konnte sie noch deutlich sehen; und doch spürte er ihre plötzliche Abwesenheit. Ein Kribbeln durchlief seinen Körper, seine Haare auf den Armen und im Nacken standen zu Berge. Aurora war nicht mehr in seiner Kabine, sondern an einem friedlichen Ort, den nur sie sich vorstellen konnte. Und das machte ihm Angst. Was, wenn sie nicht zurückkehrte? Als ihm dieser Gedanke kam, konnte er sich nicht mehr bewegen. Er war sich genau darüber bewusst, dass er in etwas Bemerkenswertes eingeweiht worden war, in eine Zeremonie, bei der sie ihm vertraute, dass er sie für sich behalten würde.

Aurora hob ihre Arme weit nach oben – ihre Stimme nur wie ein Atemzug.

»*A null e. A nall e. Slainte.*« Sie nahm ihre Arme wieder herunter. »Mein Schutzschild ist stark und würdig. Die Hände meiner Göttin mögen um mich bleiben. Leitet mich, Lord und Lady. Gebt mir Macht.« Sie kniete nieder und leerte einen Beutel in einen Mörser aus. »Stärkt dieses Kraut, das die Erde mir geschenkt hat. Ich danke ihren Wurzeln und Blättern und Blumen, denn in ihnen liegt die Kraft zum Heilen und zur Wiedergeburt.« Mit dem Stößel pulverisierte sie die Kräuter, dann stellte sie diese beiseite. »Sei großzügig, Kraft des Wassers, Erhalterin des Lebens, ich verneige mich vor deiner Stärke.« Aus einem anderen Beutel nahm sie ein gelbes Pulver und streute es in den *challis,* dann goss sie dampfendes Wasser aus dem Kessel in den Mörser und in den verbeulten Kelch. Der Duft von Gewürznelken, Kamille und Löwenzahn erfüllte die Kabine, süß und entspannend, als sie den Kelch anhob und ihn in die Nähe ihrer Brust hielt. »Ich gebe diesem Aufguss all meine Stärke, indem ich meine Kräfte zusammen mit den Früchten der Mutter Erde anbiete, damit das Leiden Leelan Baynes' nachlassen möge.« Sie neigte ihren Kopf und stellte sich vor, wie sein Schmerz zurückging und das Gift sein Blut verließ. Sie behielt das Bild von ihm, wie er ohne Hilfe seinen Arm benutzte, noch einen Moment länger in ihrem Kopf, dann stellte sie den Kelch vorsichtig auf die Truhe. Sie nahm ihren Dolch auf, und Ran war überwältigt, als sie ihn über die kurze Flamme zog. »Reines Silber und Stahl meiner Vorfahren, schadet nicht dem Mann, sondern der Seuche, die durch seine Adern fließt, und befreit ihn von seinen Todesqualen.« Sie wickelte den Dolch in ein Tuch und eilte dann in die Realität zurück.

»Gesegnet seien alle, die mir zu Hilfe kommen. Dieser Zauber ist nun vollendet.« Sie löschte die Kerze aus, kam hoch, zog das graue Kleid aus und ließ es dort liegen. Ran dachte, dass er noch niemals eine Frau kennengelernt hatte, die so natürlich mit ihrer Nacktheit umging wie sie. Sie hob ihr anderes Kleid vom Boden auf, zog es über den Kopf und legte dann ihren Gürtel wieder um. Nachdem sie ihre Besitztümer sorgfältig in den Beutel zurückgesteckt hatte, nahm sie den Kelch, den Mörser, den eingewickelten Dolch und ein kleines Säckchen und ging zur Tür. Ihr Blick blieb starr, als sie die Luke öffnete und hinaustrat. Jenseits der Wände war es still, und er hörte, wie Dahrein ihr etwas zuflüsterte. Sie antwortete ihm jedoch nicht.

Ran folgte ihr.

Aurora trat in die winzige Kabine und überprüfte deren Sauberkeit. An der Wand flackerte die Flamme einer einzelnen Öllampe. Leelan starrte sie mit fiebrigen Augen an. Sie kniete sich neben ihn, stellte ihre Gegenstände auf den Boden und strich ihm dann das feuchte Haar aus der Stirn. Er sah verängstigt und verzweifelt aus.

»Es wird besser werden, mein Freund. Das verspreche ich dir.«

Er nickte zittrig, und sie erhob sich mit dem Säckchen in der Hand. Sie tauchte mit ihren Fingern hinein, zerdrückte grüne Blätter, verstreute sie in den Ecken der Kabine, und der angenehme Duft von Minze erfüllte die verbrauchte Luft. Mit jeder Menge bat sie um Reinheit und Heilung für diesen Raum. Dann ging sie zum Bett hinüber und half Baynes, sich aufzusetzen und aus dem Kelch zu trinken. Er verzog das Gesicht, sie ermutigte ihn jedoch sanft, noch mehr davon zu trinken, bevor er schwer auf die Strohpritsche zurücksank, da er mit seiner Kraft am Ende war.

Sie hielt seinen Blick in dem ihren gefangen, konzentrierte sich und gab ihm ihre Energie. Schon in dem Moment, als sie die Kabine betreten hatte, hatte sie gewusst, dass er allein zu schwach war, die Nacht zu überleben.

»Wie fühlst du dich?«

»Schon besser«, artikulierte er undeutlich, woraufhin sie nickte, erfreut darüber, dass der Aufguss seinen Schmerz linderte. Sein Fieber war gefährlich hoch.

»Ich werde dich nicht anlügen, Leelan. Ich muss die alte

Wunde wieder öffnen.« Er nickte schwach, und sie verlor keine Zeit; mit ruhigen und effektiven Bewegungen wickelte sie den Dolch aus und zog ihn über die entzündete Wunde. Er zuckte leicht zusammen, als Blut herausfloss; der Geruch von Verseuchung war klar für sie erkennbar. Sie tupfte und drückte auf seiner Haut herum, immer und immer wieder, und Rans Augen weiteten sich, als er sah, dass die Schwellung schon ein wenig zurückging. Aurora holte die durchtränkten Kräuter aus dem Mörser und strich die Paste auf die Entzündung. Sie wickelte locker ein Tuch darum, dann ermunterte sie Leelan, nochmals aus dem Kelch zu trinken. Innerhalb weniger Sekunden sank er in einen tiefen, schmerzlosen Schlaf.

Aurora tupfte seine feuchte Stirn, Brust und Hals ab. Unentwegt berührte sie die Wunde mit ihrer Handfläche und hielt diese dann dort, während sie leise flüsterte. Einen Sprechgesang. Eine Bitte um Hilfe.

Aurora betete mit gesenktem Kopf. Sie rief die Mächte des Wassers, des Windes, der Erde, des Feuers und des Geistes an sowie die Lady und den Lord, die sie regierten.

19

Ran stand hinter der Tür und starrte konzentriert auf Auroras Rücken. Der Bootsmannsgehilfe lag leblos da, während sie die Kräuterumschläge auffrischte. Man konnte sie seufzen hören, als sie sich mit dem Handrücken über ihre Stirn fuhr. Trotzdem machte sie unaufhörlich weiter, mehr als achtzehn Stunden lang.

»Aurora?«

Ohne Unterbrechung tauchte sie das Tuch ein, wrang es aus und wickelte es um die Wunde. Ran wendete sich enttäuscht und ein wenig verärgert ab. Die Distanz, die er vor ihrer Beschwörung verspürt hatte, nahm nicht wieder ab, er fühlte sich unangemessen verwirrt. Was wusste er schon von diesen Dingen? Für ihn war es äußerst absurd, dass ein paar Worte, ausgesprochen über irgendeinem Kraut, Wunder bewirken könnten. Woran jedoch nicht zu zweifeln war, war Auroras Glaube an ihre Methoden. Und es war vor allem alles, was dem jungen Leelan noch geblieben war.

Gott würde ihr beistehen müssen, wenn sie keinen Erfolg damit haben sollte. Denn in diesem Fall würde der Zorn von zweihundertvierzig Seemännern sich über sie ergießen, und Ran war sich nicht sicher, ob er sie dann noch beschützen konnte.

Einige Segel flatterten im Wind, und ohne nachzuschauen, befahl Ran, als er über das Achterdeck schritt, den Großmast zu hissen; er verspürte eine stechende Verspannung in seinen Schultern, ein paar der Crewmitglieder tauschten finstere Blicke und Schulterzucken aus. Sie warfen einen kurzen Blick auf ihren Captain, bevor sie ihre Aufmerksamkeit wieder ihren Aufgaben zuwandten. Domingo schaute von den Karten auf, die er gerade studierte, und beobachtete seinen Captain, wie dieser das Deck mit donnernden Schritten marterte. Dann schüttelte er seufzend den Kopf. Auch Lougière beobachtete Ransoms ungewöhnliches Verhalten, dann konzentrierte er sich jedoch wieder auf seine Bestandsaufnahme. Dahreins Gesicht war von Sorge gezeichnet, denn er fürchtete um seine Finger.

»Ihr müsst etwas unternehmen, *sahib.* Sie antwortet nicht, niemandem«, bat der Junge ihn leise, als könnte er durch eine laute Stimme das ruhelose Umherschreiten des Mannes stören. Ran hörte auch tatsächlich nicht auf damit; genauso wenig, wie er antwortete. Es waren nun schon beinahe zwei Tage vergangen, und Aurora war noch immer eifrig mit dem fiebernden Baynes beschäftigt, ohne Nahrung oder Wasser und ohne Pause, obwohl ihre Bewegungen mit jeder Stunde vor Erschöpfung schwerfälliger wurden. Mehrere Male hatte er sie angesprochen, hatte sie angefleht, eine Pause einzulegen; sie hatte ihn jedoch einfach ignoriert, als hätte er gar nichts gesagt, als würde er überhaupt nicht existieren.

Und eine Zeit lang stellte er sich vor, dass sie den jungen Leelan in eine andere Welt mitgenommen haben könnte.

Verdammter Zauber, dachte er.

Ihre Bewegungen waren mechanisch, ihre tiefe und kehlige Stimme versuchte aber, den Bootsmannsgehilfen zu überreden, sich zu wehren. Sie hatte sie gewarnt, sie nicht zu unterbrechen, und sie hatte sie darüber informiert, dass Baynes' Zustand sich erst einmal verschlechtern würde, bevor er seine Gesundheit wiedererlangen konnte. Buckland dachte anders darüber und versuchte bei jeder ihm sich bietenden Gelegenheit, seinem Pessimismus Ausdruck zu verleihen, bis seine Verspottung Ran an die Grenzen seiner Geduld getrieben hatte.

Der gute Doktor wurde in seine Kabine gesperrt.

Ran presste eine Hand auf sein Gesicht und rieb sich dann seinen Nacken.

Die *Red Lion* war eine Nachtfahrt von ihrem Treffen mit der

Morgan entfernt, dem Schiff, das auf Rans Geheiß hin Aurora zu welcher Küste auch immer sie wollte bringen sollte. Es war nicht möglich, mit ihr zusammen an Bord zu leben, ohne durch ihr ungezügeltes Verhalten verführt zu werden. Er war verdammt unfair, dieser wilde Ritt zwischen unverhohlenem Verlangen und bitterer Wut, und er würde sich oder sie nicht länger in diese Lage bringen, denn er hatte nicht länger die Kraft, den Versuchungen zu widerstehen.

Egal, wie süß sie auch küsste. Sie musste gehen. Ja, er vertraute sich selber nicht, dass er sie nicht womöglich ein zweites Mal verletzte. Denn der Verzückung, sie zu berühren, konnte kein sterblicher Mann widerstehen.

Er drehte sich auf dem Absatz um, fuhr jedoch sofort zusammen und blieb stehen, denn Shokai stand plötzlich vor ihm, ein Tablett voller dampfender Becher in der Hand.

Bei Gott, dieser Mann hatte die unheimliche Fähigkeit, wie mit dem Wind zu erscheinen und wieder zu verschwinden!

Eingehüllt in die Gewänder und Schärpen seines Volkes, stand Shokai trotz des schaukelnden Schiffes bewegungslos da. Das kam zu Rans Sorgen noch hinzu.

Er nahm sich einen Becher vom Tablett und stieß dabei auf die schmalen, schräg gestellten Augen, die ihn dunkel und unergründlich und herausfordernd anschauten. Shokai hatte die Aufgaben des Kochs übernommen, nachdem der während der Konfrontation mit der *Black Star* getötet worden war. Shokai hatte deswegen nicht um Erlaubnis gefragt. Dieser Mann, so erfuhr Ran, redete nur wenig und tat sowieso stets das, was er wollte. Und es war deutlich, dass er Ran nicht mehr traute, wenn er ihm überhaupt jemals getraut hatte.

»Geht es Euch gut genug, um auf den Beinen zu sein?«, wollte Ran von ihm wissen, wobei er ihn über den Rand seines Bechers anschaute.

»Ja, aber selbst Fische und Gäste stinken nach drei Tagen.«

Ein Lächeln zog über Rans Lippen. Als er an dem Kaffee nippte und dessen Sämigkeit bemerkte, musste er daran denken, dass das Essen sehr viel besser schmeckte, seit Shokai sich darum kümmerte.

Der Lärm auf dem Schiff erstarb plötzlich, und Rans Stirn legte sich in dichte Falten; langsam nahm er den Becher vom Mund und suchte mit verengten Augen das Schiff ab.

»Ran?«, meldete sich Domingo. Als er sich daraufhin umdrehte, wies der Spanier unter Deck.

Rans Gesichtszüge spannten sich. »Aurora«, hauchte er, und Domingo musste in sich hineinlächeln.

Aurora schritt apathisch auf das Hüttendeck und drehte sich um, während sie ihre Augen abschirmte und zum Achterdeck hochschaute.

Sie öffnete den Mund, um etwas zu sagen, ihre Worte wurden jedoch abgeschnitten, als ihre Beine zusammensackten und sie langsam zu Boden glitt. Ran warf den Becher beiseite und war schon neben ihr.

»Aurora? Aurora?« Er fühlte ihren Puls, dann riss er sie sofort in seine Arme; sein Gesicht war von Panik und Sorge gezeichnet. Die Augen sämtlicher Crewmitglieder folgten seinem schnellen Aufbruch in den Gang. Ran stieß mit seiner Schulter die Kabinentür auf, durchquerte den Raum, indem er sich um den langen Tisch herum bewegte, und legte sie vorsichtig auf das breite Bett. Sie stöhnte. Er setzte sich neben sie und strich ihr die Haarsträhnen aus dem Gesicht. Er redete sie an, sie reagierte jedoch nicht darauf. Er massierte ihre Handgelenke, noch immer keine Reaktion. Er goss einen Becher Wasser ein, hielt ihren Kopf und zwang sie zu trinken. Die Flüssigkeit tropfte von ihren Lippen, und plötzlich wogte Angst durch seinen Körper.

»*Sahib?*«

»Lass Buckland kommen.«

»Jaa-woohl!«

Ran drehte sich um, um einen Blick über seine Schulter werfen zu können. Shokai, seine nackten Füße weit auseinandergestellt und seine Hände auf die in eine Schärpe gewickelten Hüften gestützt, sah selbst für sein fortgeschrittenes Alter noch bedrohlich und Achtung gebietend aus.

»Verwelkte Blumen brauchen Wasser und Sonne«, bemerkte er, »man sollte sie nicht stutzen oder abschneiden.«

Shokais Mangel an Mitgefühl machte Ran wütend und ließ ihn auf seine Füße springen. »Herrgott, Mann, schaut sie Euch doch an!« Er machte eine Bewegung mit seiner Hand. »Sie ist ausgehungert, blass und …«

»Müde«, war alles, was Shokai daraufhin äußerte, dann postierte er sich leise neben der Tür, Ran drohend, ihm ja nicht zu widersprechen.

Ran drehte sich zu Aurora zurück. Ihr Kleid war schmutzig und blutverschmiert, ihr Teint glänzte durch das Schwitzen. Sie hatte dunkle Ränder unter ihren Augen. Ihre Hände waren wund und rot, ihre Handflächen aufgeraut. Nachdem Ran ihren Beschwörungen beigewohnt hatte, war ihm einiges klar geworden, er hatte aber nicht gewusst, was er nach einer Heilbehandlung zu erwarten hatte. Ihre Selbstlosigkeit, das sah er jetzt, kostete sie mehr, als er sich vorgestellt hatte. Sie war erschreckend blass.

»Was habt Ihr nun schon wieder angestellt, kleine Lady?«, flüsterte er, während er an der Decke herumfingerte und sich nicht traute, sie in seine Arme zu nehmen, wie er es gerne getan hätte. Sie schien dem Tode nahe. Ihr Atem ging flach, und Ran fühlte sich zutiefst verloren. Hatte sie das Gift in sich selbst aufgenommen?

»Ran?«

Er erkannte Domingos Stimme, löste jedoch seinen Blick nicht von Aurora.

»Baynes fragt nach Essen.«

Ran fuhr herum.

»*Sí.* Ihr werdet es nicht glauben, wie gesund er aussieht.«

Behutsam zog Ran die Decke über Auroras bewegungslosen Körper; mit dem Handrücken strich er über ihre Wange und ihre weichen Lippen, bevor er einen Schritt zurück machte. Er ließ sie mit ihrem seltsamen kleinen Wächter, der auf sie aufpassen sollte, allein und passierte den mit Seemännern vollstehenden Niedergang. Sie machten ihm einen Durchgang frei, und er hielt vor der Kabine Baynes' an. Seine schwarzen Brauen schossen nach oben, sein Schock spiegelte sich in den gleichermaßen geschockten Gesichtern der anderen wider. Baynes saß gegen die Wand gelehnt da und führte dem Publikum seinen Arm vor. Natürlich auch Buckland. Lockewood stand schweigend neben seinem jungen Kameraden, und als der Patient Rans Blick erwiderte, folgten noch weitere. Buckland trat zurück, während sein Gesicht sich tiefrot färbte.

Ran schob sich in den Raum hinein.

»Sie hat das getan, Sir«, teilte Baynes ihm mit feierlicher Stimme mit. »Sie hat es versprochen, und sie hat es gehalten.« Zum Beweis dafür drehte er seinen verbundenen Arm in der Schultergelenkpfanne.

»Der Schmerz, ist er sehr schlimm gewesen?« Mochte der Herr im Himmel verhüten, dass irgendjemand aus der Crew auch nur andeutungsweise eine Vorstellung davon bekam, was sie war, denn dann wäre der Teufel los. Er hoffte, dass Baynes zu große Schmerzen gehabt hatte, um sich erinnern zu können, was sie getan hatte.

Leelan schüttelte seinen Kopf. »Hab nicht das Geringste gespürt, nachdem ich dieses nach Scheiße riechende Zeug getrunken hatte.« Gekicher dröhnte durch den Raum, und Ran entspannte sich wieder. »Und seht nur.« Baynes wickelte den Verband auf. »Was für schöne Stiche«, lobte er sie. »Mit meinen eigenen Haaren genäht?«

Buckland beugte sich vor, um die genähte Wunde zu untersuchen, und er wunderte sich, dass nichts von der Entzündung mehr zu sehen war.

»Habt Ihr irgendetwas zu sagen, Buckland?«

Der Doktor richtete sich auf, und sein Blick streifte die interessierten Gesichter, um dann auf dem Gesicht des geheilten Mannes stehen zu bleiben. »Ich bitte um Entschuldigung, und zwar euch alle. Ich bin blind gewesen.« Er schluckte demütig. »Gott, hab Erbarmen mit mir, der ich anmaßenderweise blind gegen eine mir unbekannte Methode war.«

Ran verschränkte seine Arme vor der Brust; seine Augen waren dunkel und unergründlich. Er würde ihre Zaubersprüche und Sprechgesänge für sich behalten, denn er war sich nicht sicher, ob er das Ganze überhaupt verstanden hatte. In jedem Falle aber hatte Aurora eine Entschuldigung verdient. Vom Schiffsarzt und vom Captain dieses Schiffes.

»Sorgt für eine Wiedergutmachung bei der Lady«, befahl er, bevor er dem Bootsmannsgehilfen zunickte und den Raum verließ.

Ran fand Shokai vor der Kabine stehend und ihm den Weg versperrend. Diese himmelschreiende Herausforderung ging ihm durch und durch. »Tretet zur Seite«, knurrte er. »Und zwar sofort.«

»Man kann eine hungrige Katze nicht die Milch bewachen lassen.«

Seine Augen verdunkelten sich ein klein wenig und fieberten vor Unduldsamkeit. »Guter Gott, Mann, ich habe nicht vor, die Frau zu schänden! Sie hat nichts von mir zu befürchten.«

Shokai schnaubte verächtlich. »Ein zehnmal verwundetes, empfindsames Herz bleibt für immer verwundet.«

Schuldgefühle nagten an Ran. »Ich habe nicht vor, ihr wehzutun, Shokai«, versicherte er ihm, wobei er krampfhaft versuchte, seine Stimme ruhig klingen zu lassen, nachdem er erkannt hatte, dass Shokai mehr von seiner Beziehung zu Aurora wusste, als ihm lieb war.

»Dann versucht auch nicht, kostbare Kiefer in Bambus zu pfropfen, mein Gebieter, denn man kann im Schmutz arbeiten und trotzdem ein sauberes Leben führen.«

»Dessen bin ich mir sehr wohl bewusst.«

»Nun«, seufzte Shokai, als wäre diese Einsicht zu spät gekommen.

Und das war sie wohl auch.

Bedauern überkam Ran. Kostbare Kiefer in Bambus; eine sanftmütige Frau in eine Hure.

Guter Gott, sein eigenes Leben war nicht gerade tadellos, warum also glaubte er, dass ihres es sein müsste? Er erinnerte sich an die Schwielen an ihren zarten Händen; Hände, die hart gearbeitet hatten, um ein Menschenleben zu retten. Hände, die seine Wut beschwichtigt und seine Lust geweckt hatten. Der Schmutz eines sauberen Lebens. Ihre Hemmungslosigkeit sah er als lüstern an, ihrer beider Leidenschaft als eine Bedrohung. *Und wer, außer dir, hat sie noch verletzt?*

Ran starrte auf die Tür und erkannte, dass er nichts von dieser Frau wusste, die dort in seinem Bett lag. Und in ein paar Stunden würde sie nicht mehr da sein. Er wusste nicht, ob er sie gehen lassen konnte.

Ohne darum gebeten worden zu sein, schritt Shokai beiseite. Seine Hand schon auf dem Riegel, sah Ran noch einmal kurz den Mann an, der vor sich hin starrte. Die Arme hatte er über seiner schmalen Brust verschränkt. Shokai ist ein tödlicher Gegner, entschied Ran plötzlich, denn er liebt Aurora, und in dieser Liebe liegt unsterbliche Treue. Er würde nicht zögern, für sie zu töten, zog es jedoch vor, sich nicht in ihre Entscheidungen, in ihr Leben einzumischen.

Ran öffnete die Tür der Kabine, ging hinein und machte sie dann leise wieder zu. Er lehnte sich an den Rahmen; sein Blick war auf die Frau gerichtet, die ausgestreckt in seinem Bett lag, und die scheinbare Rechtmäßigkeit ihrer Anwesenheit dort ließ ihn die Stirn runzeln. Er drückte sich von der Wand ab und wollte zu ihr hinübergehen, dann blieb er jedoch wieder stehen. Auroras Kleid lag am Fußende des Bettes, eine Schüssel mit einem Schwamm war auf der Kommode abgestellt worden. Shokai. Die Tatsache, dass er ihr vertraut genug war, sie ausziehen und waschen zu dürfen, ließ Ran ihre Beziehung in einem anderen Licht sehen. Hat dieser Mann sich schon immer wie die Zofe einer Lady um sie gekümmert?, fragte er sich, denn er wusste, dass das Paar schon seit Auroras sechzehntem Lebensjahr zusammen war. Guter Gott, da war es kein Wunder, dass das Mädchen so hemmungslos war, mit lediglich diesem in Rätseln sprechenden Mann als Gesellschaft. Was aber wusste Shokai schon davon, wie man eine heranwachsende junge Frau großzog? Dieser Mann war reserviert und wohl kaum jemand, mit dem man so einfach plaudern konnte.

Die Entbehrungen, die sie erlitten haben musste, die Einsamkeit, all diese Gedanken stürzten auf ihn ein und machten sein Vorhaben, sie allein zu lassen, zunichte. Er stellte einen Stuhl neben das riesige Bett und ließ sich träge darauf nieder.

Sie sah ungewöhnlich klein aus, wie sie so dalag in der Mitte des weichen Bettes, wie ein Engel in einer flauschigen Wolke. Er wollte sie in den Arm nehmen, verzweifelt sogar, ihr etwas anderes geben außer der kühlen Zuneigung eines verhutzelten alten Mannes. Nachdem er ihr jedoch so in Wut begegnet war, und mit dem Wissen, dass er dabei war, sie fortzuschicken, glaubte er nicht, dass sie jemals wieder ein höfliches Wort zu ihm sprechen würde. Denn so freimütig und optimistisch sie auch war, es gab doch Einschränkungen für sein Zusammensein mit Aurora. Und Ransom wusste, dass er die Anforderungen, die sie an ihn stellen würde, nicht erfüllen konnte.

Ran wich nicht eine Sekunde lang von ihrer Seite.

Stundenlang drehte und wand sie sich, schwaches Geflüster kam unkontrolliert über ihre Lippen; es war jedoch erneut Gälisch, was sie sprach, und er wünschte sich, er wäre in der Lage, es zu verstehen. Plötzlich warf sie die Decke weg und lag nackt vor ihm. Sämtliche guten Vorsätze, standhaft zu bleiben, verflüchtigten sich. Er konnte sich nicht an ihr satt sehen. Ungehindert glitt sein Blick über ihren Körper.

Das ist sehr unfein von mir, dachte er flüchtig, aber er wusste, dass seine feineren Umgangsformen zu wünschen übrig ließen, sobald es um Aurora ging. Sie war so verschwenderisch geformt, kein Gramm Fett zu viel, jedoch auch kein Knochen, der hervorstand; ihr Körper hatte etwas Sinnliches, Weiches, sehr Weibliches. Ganz betörend. Ran ballte die Fäuste, als er seine niederen Gelüste unterdrückte und nach der seidenen Decke griff, um sie vor ihm abzuschirmen. Als hätte sie seine Anwesenheit gespürt, drehte sie sich zu ihm um. Ein trauriger Seufzer entfuhr ihrer Kehle. Seine Hand streifte eine ihrer weichen, warmen Brüste, und sie versuchte instinktiv, diese leichte Berührung festzuhalten, sich näher an ihn zu schmiegen. Ran erstarrte, jede Zelle seines Körpers bettelte darum, sie liebkosen zu dürfen, an ihren rosigen Brustwarzen saugen zu dürfen und ihre kehlige Stimme zu hören, wie sie in erotischem Geflüster … Verdammt und zugenäht!

Er atmete tief ein und zog die Schlafdecke mit einem Ruck bis unter ihr Kinn, wodurch er sie wie ein Paket zum Verschicken einhüllte. Sie ist schwach vor Erschöpfung, erinnerte er sich; und trotzdem spielte seine Fantasie verrückt, als sie sich unter das Bettlaken kuschelte. Sie beschwor Bilder von feuchten Körpern und rauchigem Lachen herauf, von seiner Männlichkeit, die feucht in ihre Weiblichkeit hineinglitt und von ihren geschmeidigen Oberschenkeln, die seine Hüften umklammerten. Oh, lieber Gott im Himmel! Beende diesen Wahnsinn, forderte sein Hirn, und er ließ sich in den Sessel fallen, warf seinen Kopf zurück und schloss die Augen. Es war ihm unbehaglich zumute, denn seine Kniehose drückte. Zum Teufel, dachte er, in diesem Zustand befinde ich mich nun schon, seit diese Frau an Bord gekommen ist.

Warum erregte Aurora ihn so? Sie betäubte seinen Verstand, ließ ihm keine Ruhe mehr. In den vergangenen zehn Jahren war es ihm gelungen, weibliche Zuneigung einfach zu ignorieren, denn seine Gelübde hatten sehr viel mehr Macht über ihn gehabt als seine Lust, es mit den nackten Frauenzimmern, die Domingo ihm wiederholt in seine Kabine geschickt hatte, zu treiben. Sie waren für ihn aber nicht mehr als Gesichter und Körper gewesen, darum hatte er nie Probleme gehabt, sie dem Spanier postwendend zurückzuschicken. Aurora hingegen, zum Teufel noch mal; der Gedanke daran, wie sie ihn in ihr Bett einlud, rief völlig andere Empfindungen in ihm wach.

Ran schloss die Augen und bemühte sich um eine Erklärung dafür. Ständig mangelte es ihm an Selbstbeherrschung, wenn er mit ihr zusammen war, ständig, und sein Kampf dagegen war genauso vergeblich wie seine Versuche, ein verworrenes Tau zu entwirren. Trotzdem blieb er in ihrer Nähe, dürstend nach ihrer Aufmerksamkeit, nach der Art und Weise, wie sie in ihm das Gefühl erweckte, für sie der Einzige auf der ganzen Welt zu sein. Er sehnte sich danach, seinen Namen aus ihrem Mund zu hören, zu spüren, wie ihre Finger durch sein Haar strichen, und in den sanften, trägen Traum hineingezogen zu werden, ohne die Chance, jemals wieder aufzuwachen, die harte Welt zu vergessen und in Auroras Wahnsinn zu versinken.

Als er die Bettdecke rascheln hörte, öffnete er seine Augen und schaute sie an. Unvermittelt setzte er sich im Sessel auf, und sein Herzschlag beschleunigte sich, während sie sich unter der Decke wand, scheinbar erregt, so, als würde sie einen Angriff abwehren. Ihr Atem ging schnell, ihr Stöhnen war durchdrungen von Verzweiflung und einem unverhüllten Schmerz, den er noch nie zuvor an ihr wahrgenommen hatte. Sie war schutzlos und allein in ihrem Albtraum. Und dieser Anblick zerriss ihm das Herz. Sie rief nach Shokai und nach dem Schutz ihrer Göttin.

Und dann schrie sie verzweifelt nach ihm.

Ran antwortete ihr, setzte sich neben sie auf das Bett und schüttelte sanft ihre Schultern. Sie stieß und kratzte, plötzlich schlug sie dann ihre Augen auf und atmete tief ein; ihre Augen, glänzend voller unvergossener Tränen, suchten sein Gesicht. Sie rang nach Luft.

»Ich bin's, kleine Lady, Ihr seid in Sicherheit«, flüsterte er.

»Oh, Ransom«, keuchte sie und umklammerte seine nackten Arme. »Castille ist tot!«

Er zog seine dunklen Brauen nach unten, und sein Blick bekam etwas Düsteres. »Wie wollt Ihr das wissen, wie?«

Sie schüttelte ihren Kopf. »Ich weiß es nicht, aber es ist so! Oh, Große Mutter, was haben meine Schwierigkeiten Euch und

Euren Leuten nur angetan«, stöhnte sie und stand kurz davor, in Tränen auszubrechen. »Ich allein bin schuld!«

Rans Brust zog sich zusammen. Noch nie hatte er sie so gesehen. Er nahm sie in seine Arme. »Nein, nein, nein«, beruhigte er sie, drückte sie an seine Brust und massierte ihren Nacken, ihr verheddertes Haar schmiegte sich in seine Hand. »Castille hat sich freiwillig gemeldet, genauso wie Lougière. Es war ihre Entscheidung, als Wachen zu bleiben. Nicht Eure.«

Ihre Arme wanden sich um seine Taille, und sie hielt ihn fest umschlungen. »Aber er musste für seine Tapferkeit sterben.«

»Da könnt Ihr Euch doch gar nicht sicher sein.« In seiner Stimme schwangen Fragen mit, viele Fragen.

Die Stille dauerte immer länger an. Ran konnte beinahe spüren, wie ihr Kummer sich zurückzog. Trotzdem blieb sie zitternd in seine Arme geschmiegt, und alles, was er wusste, war, dass er sie nicht wieder loslassen wollte, trotz der Gefahr, die es barg.

»Castille war nicht mit uns auf dem Sklavenschiff. Wo ist er also?«

Ran spannte sich an, ergriff ihre Schultern und hielt sie so, dass er ihr ins Gesicht schauen konnte. »Seid Ihr sicher, dass er nicht auf dem Schiff war?«

»Ja. Castille ist in dem Raum geblieben.«

Sein finsterer Blick verdüsterte sich noch mehr.

»Ich schwöre Euch, ich habe ihn auf dem Boden liegen sehen, bevor wir entführt wurden.«

»Vielleicht hat er sich ja doch noch erhoben, um sich zu verteidigen, und ist so nach Euch gefangen genommen worden?«

Sie neigte ihren Kopf und fingerte nervös an dem abgewetzten Rand seiner Lederweste herum. »Das wäre möglich«, räumte sie ein, an ihrer Unterlippe nagend; überzeugt davon war sie jedoch nicht, ansonsten hätte der Traum nicht mit der Traurigkeit unwiederbringlichen Verlustes geendet, mit der Trostlosigkeit ausgelöschter Energie. Andererseits hatten ihre Sinne sie aber auch früher schon irregeführt.

»Ich werde versuchen herauszufinden, wohin er verschwunden ist«, versicherte Ran ihr, während er in Gedanken versunken ins Nichts starrte und dabei unbewusst ihren Rücken streichelte. »Ich verspreche es.« Und genauso werde ich die Namen derjenigen herausfinden, die ihr ständiges Unglück zu verantworten haben, dachte er. Er zweifelte daran, dass es ihre arglose Natur war oder einfach nur ihre Schönheit, die sie ständig in Schwierigkeiten brachte. Irgendjemand war auf ihren Aufenthalt in dem Gasthof aufmerksam gemacht worden, und dieser Jemand verachtete sie genug, um sie zu einem Leben in Sklaverei verurteilen zu können.

Als sie nicht antwortete, suchte Ran ihren Blick. »Was verschweigt Ihr mir sonst noch, kleine Lady?«

Sie zögerte und bereitete sich innerlich auf seine Ungläubigkeit vor. »In meinem Traum habe ich Hass gespürt, Ransom. Entstanden aus einer selbstsüchtigen Gier nach einer Macht, die ich nicht kenne.« Die Erinnerung daran ließ sie zittern. »Zunächst dachte ich, dass es das wäre, was ich auf diesem Schiff spürte, weil es Eurer Crew nicht gefällt, dass ich an Bord bin und all das. Was ich da verspürte, war jedoch Wut, und die war anders als dieser grässliche Hass. Nein«, sagte sie, als wäre sie zu einem Entschluss gekommen. »Es war in dem Gasthof, als ich es zum ersten Mal gespürt habe.

Ran lehnte sich zurück und ließ seine Hände sinken. »Und was zum Teufel ist da der Unterschied?«

»Es ist leicht, wütend zu werden, Ransom«, antwortete sie unbedarft, »aber sehr viel schwerer zu hassen.«

Verdruss milderte seinen strengen Blick, aber Zweifel und Skepsis waren weiterhin in seinen Augen zu erkennen.

»Ich kann es nicht erklären.« Sie zuckte mit ihren nackten Schultern. »Es ist einfach so.«

Er starrte sie an, und in sein inneres Auge drangen allmählich Bilder ein: ihre enorme Empfindsamkeit; wie er sie nackt über ihrem *keek stane* und mit dem Delfin sprechend vorgefunden hatte; ihren unerschütterlichen Glauben an ihre Heiltränke, ihre Beschwörungen; ihr Erfolg und der Preis, den sie dafür zahlen musste … Und plötzlich platzte er damit heraus: »Ihr seid eine verdammte Hexe.«

Sie runzelte die Stirn. »Ich bin eine *Wiccan,* so wie Ihr Christ seid und Rahman Moslem. Eine Hexe, ja, wenn Ihr das so bezeichnen wollt. Das wollt Ihr, ich kann es in Euren Augen sehen.« Sie fuhr mit einem Finger zart eine seiner Augenbrauen entlang. »Nun seid Ihr mir gegenüber bestimmt misstrauisch.«

»Nein, aber wenn jemand anderer mich darüber aufgeklärt hätte, so wäre ich es wahrscheinlich gewesen«, räumte er aufrichtig ein, regte sich aber nicht, denn er wollte noch mehr von ihrer Berührung. »Es war nicht so, wie ich es erwartet hatte.« Er schaute weg und fingerte an der Schlafdecke herum. »Eure Beschwörung, meine ich.«

»Hattet Ihr erwartet, dass mir Warzen und ein Buckel sprießen würden?« Sie konnte nicht anders, als ihn aufzuziehen.

Sein Blick eilte zu ihr. »Natürlich nicht!«

»Oder dass ich in einem großen Kessel rühre und Wassermolchdärme und Schafsaugen hineingebe …«

»Aurora«, warnte er sie. Sie hörte auf mit ihrer Neckerei und wurde ernst.

»Magie besteht nicht nur aus Zaubersprüchen und Glücksbringern, Ransom, und es ist auch nicht etwas, das ich Euch beibringen kann, wie man ein Buch öffnet und jemanden daraus etwas lehrt. Sie ist hier«, Aurora berührte die nackte Haut über ihrem Herzen, »und hier«, sie tippte auf ihre Schläfe, »genauso.« Nach einer Pause fügte sie dann leise hinzu: »Das habe ich aber auch nie vor Euch verheimlicht.«

»Sie ist nur das halbe Problem, diese Unverblümtheit an Euch«, bemerkte er, wobei seine Lippen sich verzogen, denn sie hatte ja darauf bestanden, dass ihre Zauberformel Rahman davon abgehalten hatte, sie in sein Bett zu holen. Zu jener Zeit hatte er noch nicht an sie geglaubt, und wenn er sie inzwischen auch mit anderen Augen sah, so begriff er doch immer noch nicht wirklich, was und wie sie es tat.

»Ihr braucht nur zu fragen, Ransom.« Ihre Hand fuhr leicht seinen muskulösen Arm bis zu seiner breiten Schulter hoch, und ihre Finger kreisten um den goldenen Ohrring, den er ständig trug. »Ich werde Euch niemals belügen. Niemals«, betonte sie, und entschied, dass sie ihm für den Moment genug gesagt hatte, was er zunächst einmal verarbeiten musste; sie unterließ es deshalb, ihm Geschichten von Elfenkönigen, Sehern und Wassergeistern zu erzählen. Ihre Finger versanken in seinem Haar.

»Aurora«, stöhnte er und neigte seinen Kopf in ihre beruhigende Hand. Wie konnte sie auch nur in seiner Nähe sein wollen, wo er doch zuvor so brutal ihr gegenüber gewesen war?

»Ihr seid die ganze Zeit über an meiner Seite geblieben, nicht wahr?« Ihre blauen Augen hielten eindringlich seine bernsteinfarbenen fest.

»Ja«, gelang es ihm zu sagen, obwohl sein Körper sich anspannte und sein heftiges Verlangen kurz vor dem Ausbruch stand. Hatte er nicht erst eine Stunde zuvor geschworen, sich nicht wieder in diese Lage zu bringen?

»Warum?«

»Ihr seid zusammengebrochen.« Er stützte seine Hände auf dem Bett zu beiden Seiten ihrer Hüften ab. »Ich habe mir Sorgen gemacht.«

»Und diese Sorgen haben Euch dann dazu gebracht, mich auszuziehen und in Euer Bett zu legen.« Ihr Augen funkelten neckend.

»Um Ersteres hat Shokai sich gekümmert, ich mich um Letzteres«, gab er zu, wobei sein Blick für einen Moment auf ihre nackten Schultern fiel; ihre Brust wurde von der Decke verhüllt. *Wende dich ab, Mann.*

»Ich hatte doch geschworen, nicht allein auf Euren Laken liegen zu wollen, Ransom.«

Ihre Worte trafen ihn wie ein Schlag mitten in seinen Leib und schlugen ihm die Luft aus der Lunge. Er schluckte, unfähig sich zu bewegen, und seine Finger krallten sich in die Bettdecke. »Ihr seid ja auch nicht auf Euren Wunsch hin hier.«

»Vergesst das bitte nicht, M'lord.« Sie schlang eine Hand um seinen Nacken, während sie die andere gegen seine Brust drückte; sein Atem beschleunigte sich.

»Warum tut Ihr das, Aurora?«

»Zum Vergnügen«, flüsterte sie und drückte ihre Lippen auf die nackte Haut an seinem Hals. Er stöhnte tief, konnte sich jedoch nicht zurückziehen, denn ihr Mund versengte seine Kehle. »Gebt mir nach, Ransom«, murmelte sie, und er fing an zu zittern. »Ich sehne mich danach, Euch zu schmecken.«

»Gütiger Gott, Aurora.« Seine Leistengegend spannte, und seine Sinne verlangten nach diesem anbetungswürdigen Körper, der sich nur einen Hauch von seinem eigenen entfernt befand. »Tut es nicht.«

Ihre Lippen waren den seinen gefährlich nahe, und ihre Worte verführten ihn an die absolute Grenze seiner Willenskraft.

»Kommt zu mir, Pirat, ich will Euch lediglich einen winzigen Kuss stehlen, nicht Euer geschätztes Löwenherz.«

20

Einen Kuss.

Das war alles, was sie wollte.

Und dabei würde sich dann die Gelegenheit finden, unter seinen Panzer zu schlüpfen und den Schmerz zu verjagen, der ihn davon abhielt, sich zu öffnen. Sich ihr zu öffnen. Sich allen Menschen zu öffnen. In diesem wertvollen Moment wurde Aurora Zeugin der unbewachten Seite Ransom Montegomerys, bis auf die Haut von seinem kontrollierten Äußeren befreit.

Er zitterte um sie.

Er zermarterte sich den Kopf darüber, ob er sie einfach nur berühren durfte.

Und er kämpfte gegen Dämonen an, denn dieser mächtige Piratenlord sehnte sich danach, alles aufzugeben, was ihn hinter seinem Panzer hielt … und zu erliegen.

Sie konnte es spüren. Es war wie ein dunkler Umhang, der auf seiner gewaltigen Schulter lastete. Die Gefühle in den Tiefen seiner Seele jagten ihm fürchterliche Angst ein.

Und Aurora sehnte sich danach, ihm zu zeigen, dass es nicht, wie er es glaubte, wehtun würde; dass, wenn er es so wollte, sie nicht mehr als einen Kuss von ihm verlangen würde. Ja, und so sehr sie auch darauf brannte, bei ihm zu liegen, sich mit ihm zu vereinigen und zu spüren, wie seine Stärke sie füllte und befriedigte, so würde sie seine Wünsche befolgen.

Dennoch stand sie kurz davor, leichtfertig zu werden, um ihn dicht bei sich zu haben. Ein kleiner Seufzer entfleuchte ihr, als sie gegen das Bedürfnis, sich auf ihn zu werfen, ankämpfte. Schon allein der Gedanke daran, wie er ihre nackte Haut berührte, ließ ihre Sinne prickeln und eine schwere, glühende Hitze in ihrem Inneren entfachen. Ihre Brüste sehnten sich nach seinen Liebkosungen, und zwischen ihren Schenkeln war es feucht und heiß vor Verlangen nach seiner Aufmerksamkeit; sie winkelte ein Bein an, damit der quälende Schmerz nachließ. Diese Bewegung brachte ihn wieder näher an sie heran.

Komm zu mir, Ransom.

Ihr Atem streifte seine Lippen, und Ran war machtlos, denn sie schürte das Feuer zwischen ihnen, knabberte an seinen Lippen, fuhr mit ihrer Zunge darüber. Sie quälte ihn. Sie lockte ihn. Ihr unregelmäßiger Atem erregte ihn noch mehr, und plötzlich erhob er Anspruch auf sie, tief und bewegt, und er nahm sich heftig, was sie ihm bot.

Das Schiff schaukelte. Schritte stapften laut und vernehmlich auf dem Deck über ihnen.

Der Sturm der Erregung füllte die Kabine.

Ransom bebte. Sein Herz donnerte.

Erst wenige Stunden zuvor hatte er noch geschworen, so etwas nicht noch einmal zu versuchen, nachdem er sie beim letzten Mal so sehr verletzt hatte. Aber ihre Küsse waren wie das Mondlicht, silbrig weich und tiefgründig.

Synchron glitten seine Hände an ihren Armen hoch, schoben sich unter die Decke und schlugen sie zurück. Als die kühle Luft Auroras Haut berührte, keuchte sie gegen seinen Mund, wölbte sich ihm entgegen, bot sich ihm an, und die zarten Spitzen ihrer Brüste streiften sein ledernes Wams.

Er zögerte. Sie zerrte das weiche Kalbsleder auf. Berühre mich, drängte sie ihn lautlos, denn sie sehnte sich danach, seine Hände auf ihren Brüsten zu spüren; ihre Brustwarzen waren hart vor Erregung, aber noch immer weigerte er sich, ihrer Aufforderung nachzukommen. Sie bearbeitete mit ihren schmalen Händen seine harte, männliche Brust. Sein ausgehungerter Mund öffnete sich weit, und seine Zunge tauchte tief in sie hinein. Ihre Fingerspitzen umrissen sanft seine Brustwarzen, seine Hände ballten sich zu Fäusten zusammen, öffneten sich dann wieder, und die Vorfreude erfasste ihre Sinne.

»Berühre mich, Ransom«, hauchte sie stöhnend. »Bitte.«

Er ergriff ihre Taille und glitt dann weiter hoch. Seine Handflächen füllten sich mit weichem, weiblichem Fleisch, und Aurora schrie auf, ihr Schrei wurde jedoch in der Hitze seines Mundes erstickt. Seine Zunge glitt in die süße Dunkelheit, die darin versteckt lag, und kämpfte fieberhaft mit der ihren. Er griff nach ihren prallen Brüsten, umkreiste mit den Daumen so lange sanft die empfindlichen Brustwarzen, bis sie zu straffen, rosigen Gipfeln wurden.

Ransom glaubte, er würde explodieren angesichts des Vergnügens, das sie ihm bereitete.

Ihre Hände fuhren tiefer seine Brust hinunter bis zu seinem Bauch. Ran spürte, wie sie zart erschauderte, als er sie streichelte, und ihr Atem beschleunigte sich. Er zog sich zurück und starrte in ihre kristallblauen Augen, bevor er seinen Blick auf ihre Brüste senkte, die in seinen Händen geborgen waren. Er betrachtete sie, wissend, und plötzlich löste seine heiße Berührung die Anspannung, die sie bis jetzt gefangen gehalten hatte.

Aurora schluckte, fuhr mit der Zunge über ihre trockenen Lippen und beobachtete, wie er sich zu ihren Brüsten hinunterneigte, wie seine Lippen sich über ihrer Brustwarze schlossen. Sie atmete tief ein und bäumte sich auf. Er saugte und zog die pulsierende Spitze tief in seinen Mund hinein, und sie fuhr mit ihren Fingern in seine langen, glänzenden Locken und hielt ihn dort fest; ihre Fingerspitzen streiften dann seinen Mund. Seine Erregung steigerte sich zu einem furchtbaren Wahnsinn, und sein Mund suchte den Weg zu ihrem prallen Hügel, um ihn für seine Liebkosung anzuheben.

Sie flüsterte seinen Namen, flüsterte, wie herrlich sein Mund sich auf ihrer Haut anfühlte und wie sehr sie seine starken Hände und deren zarten Griff anbetete; und die mit rauchiger Stimme ausgesprochenen Worte waren wie Tropfen Öl auf eine heiße Flamme. Seine Männlichkeit war hart wie das Pinienholz des Schiffskörpers; ihr Stöhnen und ihre erotischen Worte rissen die Verankerung seiner Beherrschung los. Er betete sie an.

Er wollte sie. Fieberhaft. Rücksichtslos. Die ganzen Jahre, in denen er sich darauf konditioniert hatte, einer solchen Versuchung widerstehen zu können, schwanden mit jeder ihrer Bewegungen, mit jedem ihrer Worte mehr und mehr dahin. Er kämpfte dagegen an, nicht brutal zu werden, er kämpfte, nicht sofort ihre Schenkel auseinanderzuspreizen und in sie hineinzustürmen, wie sein Körper es verlangte. Und er zitterte stark, jeder Muskel, jede Pore schien zu explodieren, wild vor entfesselter Leidenschaft. Sie berührte ihn, seine Schultern, seine Arme, seine Schenkel. Und er wollte mehr davon, mehr von ihr. Er beugte sich über sie und drückte sie langsam auf das Kissen aus gefederten Daunen zurück. Hungrig fuhr er mit seinen Lippen über ihren Körper, während eine seiner Hände zu ihrer Taille wanderte und weiter über ihre rundlichen Hüften, bevor sie dann zur nackten Haut ihres Gesäßes hin glitt. Er umfasste es und drückte es hoch, ganz sacht, als hätte er Angst, ihr wehzutun, sie zu verletzen; er schmiegte ihre geschmeidigen Hüften an die seinen, lag halb auf ihr, und sein Mund verschlang sie, und er sehnte sich danach, in dieser Frau zu sein.

Plötzlich legte sie ihr Bein um seinen Oberschenkel herum, fuhr mit ihren Fingern unter den Bund seiner Kniehose – und Ransom war verloren. Aus seinem Gürtel löste sich ein Messer und fiel zu Boden. Keiner von beiden nahm es wahr. Er suchte mit seinen Fingern ihr feuchtes Zentrum, und sie reagierte auf den rhythmischen Druck, indem ihre Hände seinen starken Rücken hinaufglitten, um seinen Kopf in ihren Handflächen zu wiegen, voller Angst, er könnte sich von ihr losreißen, voller Angst, er könnte seine Wut in dieses Bett mit hineinbringen. Aurora sehnte sich nach ihm, sehnte sich danach, *ihn* kennenzulernen. Über das Erleben der Freuden seines Körpers hinaus wollte sie sein Herz berühren, das er so sehr vor allen abschirmte. Sie hoffte, dass es eines Tages ihr gehörte, denn er besaß ja schon das Herz, das in ihrer Brust schlug. Und sie wollte es nicht zurückhaben.

Sie wollte *seines* dafür.

Seine Finger fanden sie, glitten tief in sie hinein, und sie stieß seinen Namen aus und hielt ihn fest. Er zog sich zurück und tauchte erneut ein, und sie pulsierte in seinem Rhythmus. Als sie versuchte, ihn von seiner Kniehose zu befreien, ließ er es aber nicht zu. Er konnte es nicht zulassen, denn es wäre selbstsüchtig und riskant gewesen. Er sehnte sich danach, die Brutalität seines letzten Kusses aus ihrer Erinnerung zu vertreiben und zu sehen, wie sie Vergnügen an seiner Berührung fand.

»Ransom, komm in mich hinein. Bitte.«

»Nein, lass mich dir so Vergnügen bereiten, o Gott, du riechst so gut«, stieß er in ihr Haar hinein aus. »Fühle, wie du mich aufnimmst«, flüsterte er in ihr Ohr. »Lass es zu, dass ich dir dies gebe.«

»Ja, ja … o Ransom, hör nicht auf.«

Seine Fingerspitzen umkreisten die empfindliche Perle ihres Geschlechtes. Er verlagerte sich, während sein Mund über ihre Brüste glitt, über ihren Bauch, über ihre Hüften und Oberschenkel. Er glitt vom Bett auf seine Knie, schob die Decke beiseite und zog sie zum Rand der Matratze. Auf ihre Ellbogen gestützt schaute sie ihn erwartungsvoll an. Er spreizte ihre Beine auseinander und hielt ihrem Blick stand, als er die Innenseite ihrer Oberschenkel leckte und dann über ihren zarten Kern streichelte. Haltlos vor Verlangen ließ sie sich auf das Bett zurückfallen. Er schmeckte sie ausgiebig, hob ihre Beine über seine Schultern; und sie umklammerte ihn, sich windend und seinen Namen rufend. Es war etwas Wunderbares, ihren Körper so geöffnet zu sehen, zu sehen, wie sie mit ihren Händen über ihre Brüste und ihren Bauch streichelte und ihr Keuchen und Wimmern und ihre genüsslich langen Seufzer zu hören.

Dann spürte er ihr Zittern, bereit für die süße Explosion, und er schob seine Finger erneut in sie hinein, die sofort von ihren zarten Muskeln ergriffen und weiter hineingezogen wurden. Und er gab und gab. Ihre geöffneten Lippen bebten, als sie sich jäh herumdrehte und ihn hochzog, um sein Gewicht auf sich zu spüren. Ransom war erfüllt von einer unglaublichen Befriedigung, denn ihr Loslassen löste auch ihn. Sein Streicheln wurde sanfter, aber sie hielt ihn zwischen ihren Schenkeln und bewegte sich aufreizend. Er zog sich zurück, sie hielt jedoch seine Hand und küsste ihn.

»Das ist nicht genug«, sie atmete schwer, und ihr Körper bebte. »Du bist es, den ich dort spüren möchte.« Ihre Handfläche rieb an seiner Erregung entlang, die hart und warm unter seiner Kniehose zu spüren war. Sie schnipste einen Knopf auf.

Ein heftiges Klopfen war an der Kabinentür zu hören. Aurora intensivierte selbstsüchtig den Kuss.

Das Klopfen wiederholte sich, und Ran zog sich plötzlich zurück und starrte auf sie hinab. Aurora überwand jedoch den Raum, der sie nun wieder trennte, und küsste ihn erneut. Sie weigerte sich, sich zu bewegen und ihn sich durch irgendetwas wegnehmen zu lassen.

»Verlass mich nicht, Ransom.« Sie folgte ihm mit den Augen, als er langsam aufstand.

Stöhnend hielt er inne. »Ich … kann es nicht.« Er rang nach Luft. »Nicht an Euch.«

Ihre Hand glitt über seine breite Brust, ihr Atem raste. »Nicht *an* mir, sondern *mit* mir.«

»Gott, Aurora, sagt doch nicht solche Dinge!« Er stieß sich vom Bett hoch, drehte ihr den Rücken zu und starrte auf den Boden.

Aurora bat ihn, zurückzukommen. Dann hielt sie jedoch jäh inne, denn sein schneller Rückzug erinnerte sie daran, dass sie lediglich um einen Kuss gebeten und schon sehr viel mehr erhalten hatte. Sie würde ihn nicht weiter drängen, denn wenn sie seinen Gesichtsausdruck richtig deutete, so hatte ihn schon jetzt plötzliches Bedauern überkommen. Es tat weh, mit ansehen zu müssen, wie er Unbehagen dabei empfand, sie zu lieben. Sie würde jedoch keine Entschuldigung von ihm akzeptieren, noch ihm im Gegenzug dafür eine anbieten. Es war nun einmal so, und sie war geduldig genug, nicht mehr zu verlangen – nicht für den Moment.

»Wie Ihr wünscht, M'lord.«

Er richtete seine Kleidung und warf mit einem heftigen Schütteln seines Kopfes seine Haare zurück, um sie anschauen zu können. »Wie Ihr wünscht? Etwas anderes habt Ihr nicht zu sagen?«

Sie zog die Laken um sich herum, um so ihre Nacktheit zu verbergen. »Doch«, entgegnete sie ihm. »Meinen Dank dafür, dass Ihr mir so viel Vergnügen bereitet habt, Ransom. Vielleicht, wenn *ich* es lediglich darauf angelegt hätte, so würden wir uns jetzt *wie verdammte Karnickel erschöpfen*«, verspottete sie ihn.

Seine aufgerissenen Augen sprühten vor Zorn, er sagte jedoch nichts.

»Wenn Ihr jedoch den Schmerz zwischen Euren Schenkeln endlich stillen würdet«, sie erhob sich und steuerte auf die Tür zu, »so könntet Ihr vielleicht auch Frieden finden für den Schmerz in Eurem Herzen.«

»Das eine hat mit dem anderen nichts zu tun«, log er, hob seinen Dolch vom Boden auf und steckte ihn in seinen Gürtel. Bei Gott, diese Frau war wirklich direkt. »Ich sehe auch keinen Anlass, dieses ... Thema weiterhin zu massakrieren.« Seine Worte verhallten, als er wahrnahm, dass sie dem Anklopfenden solchermaßen gekleidet aufmachen wollte, und in drei Schritten war er bei ihr. »Bleibt stehen, Mylady, Ihr seid nackt.«

»Es ist doch nur ein Körper, M'lord.« Sie zuckte mit den Schultern. »Was ich bin, das befindet sich in dieser Hülle.« Ihre Hand berührte schon den Riegel, er blockierte ihr jedoch den Weg und drängte sie von der Tür weg.

»Himmelherrgott noch mal, wollt Ihr denn unbedingt einen verdammten Aufstand provozieren?«

Sie schaute ihn an und lehnte ihre Schulter gegen die Wand, geduldig und unglaublich gefasst. Zur Hölle mit ihr.

»Sahib?«

Ran öffnete die Tür, wobei sein Blick sie warnte, sich nicht sehen zu lassen.

»Sahib?« Dahrein versuchte, einen Blick nach innen zu werfen. »Geht es meiner Lady gut?«

Ran blickte auf die Frau hinunter, die lediglich ein Bettlaken an ihren Busen drückte und sich damit mehr schlecht als recht bedeckte. Ein verschmitztes Lächeln kam über ihre Lippen, wie bei einer Katze, die gestohlene Milch schleckte. Sie ließ ein Stück mehr von ihrer Haut sehen, und die Gefühle übermannten Ran: ihr Fleisch unter seiner Handfläche, wie süß sie über seinen Mund gefahren war, ihre gehauchten Bitten, sie zu lieben; es zog ihn zu ihr hin, dann jedoch fing er sich wieder. Verdammt, würde er es denn nie lernen?

»Sahib?« Ungeduld würzte den Tonfall des Jungen.

»Ja.« Rans Augen blieben auf sie gerichtet. »Sie hat sich wieder erholt.«

Ihr Blick fiel bedeutungsvoll auf die Wölbung, die sich in seiner Kniehose abzeichnete. »Was man von Euch nicht gerade behaupten kann«, flüsterte sie süffisant, und Rans Lippen verzogen sich.

»Freches Frauenzimmer«, zischte er, nur für ihre Ohren bestimmt, wobei er sich bemühte, züchtigend zu klingen – es gelang ihm nicht.

»Ihr Kleid, Sir.« Dahrein warf ihm das Kleid in die Hand und runzelte die Stirn, als er das Gesicht seines Captains sah. Er hatte ihn noch nie zuvor so lächeln sehen.

Ran zog seine Augenbrauen hoch. »Ist es trocken? Schon?«

»Ich habe es auf die Spinnakerleine gehängt«, beichtete der Junge, und Aurora musste ein Lachen unterdrücken. Ran schaute zur Decke hoch, dann schüttelte er seinen Kopf und befahl dem Jungen, ihr eine Mahlzeit zu bringen.

»Ach ja, und *sahib?* Die *Morgan* ist in Sicht.«

Rans Blick sprang auf der Stelle zu Aurora hinüber. Er fühlte sich, als hätte man ihn geschlagen, als er sah, wie alle Farbe aus ihrem Gesicht wich. Aurora hatte es vergessen, und ihr Herz sank ihr in die Kniekehlen; jegliche Hoffnung auf eine Chance mit Ransom wurde nun zunichtegemacht, der Panzer, der gerade dabei war, rissig zu werden, schloss sich wieder.

Er schickte sie fort.

Keine Zärtlichkeit der Welt konnte bei diesem Mann all die Jahre der Verschanzung durchbrechen, und sie verspürte den scharfen Stachel des Verlustes. Als er in ihren Armen gelegen und ihren Körper geliebt hatte, da hatte er die ganze Zeit über die Absicht gehabt, sie an die Küste zu bringen. So sehr er auch im Stillen nach ihrer Aufmerksamkeit schrie, so fuhr er doch fort, sie als eine Bedrohung für seine Freiheit, für seine Sache zu sehen – und für seine verfluchte Selbstbeherrschung. Da bin ich wohl selber schuld, dachte sie, und sie wollte ihn doch so sehr. Sie drehte sich um und durchquerte den Raum, das Laken hinter sich herschleppend wie den Umhang einer Königin. Vor der Kommode hielt sie an und wickelte das Tuch fester um sich herum. Sie nahm den Schwamm aus der kleinen Waschschüssel, die darauf stand, und wusch ihr Gesicht.

Ihr entmutigter Gesichtsausdruck hinterließ einen dumpfen Schmerz in seiner Brust. Ran stellte sich hinter sie, und ihre Blicke trafen sich in dem kleinen, silbernen Spiegel.

»Aurora«, kam es bedauernd, jedoch auch entschlossen aus seinem Munde.

»Lasst mich in Ruhe, Pirat. Besorgt mir einen Platz auf der *Morgan,* ich weiß, dass es auf der *Lion* keinen für mich gibt.«

Die Gebrochenheit in ihrer Stimme drohte ihn zu zerreißen. »Ihr seht doch, was zwischen uns passiert.« Er wies zum durchwühlten Bett hinüber. *»Dies* kann ich mir in meinem Leben nicht erlauben.«

»Ja, das ist mir nun klar«, bemerkte sie tonlos und ließ den Schwamm in die Schüssel zurückfallen. »Aber es ist mehr als Leidenschaft, was wir geteilt haben, Ransom.« Sie drehte sich zu ihm um und schaute in seine bernsteinfarbenen Augen. »Und wenn Ihr etwas anderes glaubt, so ist das eine Lüge, mit der Ihr allein fertig werden müsst.« Er unterbrach kurz den Blickkontakt, dann jedoch schaute er zu ihr zurück. »Was habt Ihr Euch eigentlich gedacht, würde aus uns werden, als Ihr mich in Euer Privatquartier eingesperrt habt? Warum habt Ihr mich überhaupt erst an Bord geholt?«

Sie wollte wenigstens ein kleines Zugeständnis. Sie bekam es jedoch nicht.

»Ich wollte Euch beschützen.« Eine verdammt schwache Ausrede, dachte Ran, denn sie wussten beide, dass es Eifersucht gewesen war, die seine Handlungen befehligt hatte.

»Wie ritterlich. Und doch schickt Ihr mich und meinen gerade erst geliebten Körper fort.«

Er zuckte zusammen. »Ich muss. Bei Gott, Ihr seid nicht mit meinen Plänen zu vereinbaren!« Ran fuhr sich mit den Händen durchs Haar, sich schon im Nachhinein kritisierend, denn mit Castilles seltsamem Verschwinden hatte sich die Lage verändert. Möglicherweise schickte er sie einem Mörder auf den Weg. »Versteht doch, dass ich anderweitig verpflichtet bin und Euch nicht mitnehmen kann. Niemals.« Er hatte schon zu viele Versprechen gegeben, sowohl anderen als auch sich selbst; und auf diese Weise mit ihr zusammen zu sein war ein weiteres tödliches Gift für seine persönlichen Abwehrmaßnahmen.

Ein kurzes bitteres Lachen entwich ihr, und dieser seltsame Ton verursachte ihm ein unbehagliches Gefühl. »Dann ist mit Sicherheit das kalte Meer Eurer Bett und dieses Schiff Eure schweigsame Geliebte, denn sie widerspricht Euch nicht, wie ich es getan habe.« Traurig schüttelte sie ihren Kopf. »Das ist ein Heim, das Ihr Euch selbst eingerichtet habt, Ransom, und ich lege keinen Wert darauf, vor der Schwelle zu stehen, um niemals eingelassen zu werden.« Mit einem tiefen Atemzug richtete sie sich auf. »Ihr vergesst, dass auch ich schon ein Leben besaß, bevor ich Euch begegnet bin, sowie einen Vater, den ich finden muss. Und Euer *Schutz* hat mich lange genug davon abgehalten, denke ich.« Sie drehte sich zur Kommode zurück und ihre Stimme sank zu einem gebrochenen Flüstern ab. »Shokai und ich werden in weniger als einer Stunde bereit sein.«

Irgendetwas tief in Ransoms Innern zerbrach; er schluckte schwer. Er hatte sie niemals verletzen wollen, und zu sehen, wie ihr sprudelnder Geist zu Leblosigkeit mutierte, zog ihm die

Brust zusammen. Es würde niemals aufhören. Er würde sie immer und immer wieder verletzen.

Sind deine verdammten Gelübde es denn Wert, dröhnte eine Stimme. Kannst du noch in Frieden weiterleben, nachdem du Zeuge deines eigenen Werkes geworden bist und weißt, dass du vielleicht die Chance deines Lebens beiseitewirfst?

Er hatte geglaubt, dass der Weg, den sein Leben nehmen sollte, vorher zugeschnitten, gut durchgeplant und unnachgiebig wäre … bis zu diesem Moment jedenfalls. Gott, wie fühlte er sich doch betrogen.

Dann aber dachte er an seine Leute, an die Menschenseelen, die in der Sklaverei gefangen waren und an die Halbschwester unter seiner Obhut: und bevor er Aurora womöglich noch in die Arme nahm und sich entschuldigte, drehte Ran sich auf den Fersen um und verließ den Raum.

21

Der Wind liebkoste sanft ihr Gesicht, und seine unsichtbare Macht löste Strähnen aus ihrem Haar. Aurora stand auf dem Deck der *Red Lion* und spürte die Wärme der Sonne sanft auf ihrer Haut. Das Schiff roch stark nach Salz und Teer, nach Schmiere und Bienenwachs – nach Leben auf einem Schiff. Mittschiffs über ihr bauschten sich die Segel wie prahlende Gockel auf. Tüchtige Seemänner mühten sich ab mit ihren Aufgaben, als die *Morgan* näher kam. Einige starrten Aurora in atemloser Ehrfurcht an, andere wiederum mit offener Verachtung. Ein paar Crewmitglieder bewegten sich näher um sie herum, als sie es eigentlich durften; sie war jedoch vorsichtig genug, sich vom überfüllten Deck fernzuhalten, und klammerte sich an die Reling.

Niemand sprach sie an.

Shokai stand in der Nähe und beobachtete alles und nichts. Er war ständig auf der Hut. Aurora spürte jedoch nicht länger die Wut, die sie bei ihrem ersten Betreten des Schiffes gespürt hatte. Dies linderte ihr Bedauern, als sie beobachtete, wie ihr neues Heim für die nächsten vierzehn Tage sich seinen Weg durch das Wasser zum Flaggschiff hin bahnte. Die *Morgan*, ein mächtig gebautes Schiff in Mitternachtsschwarz mit vier Masten, bewegte sich in einer Geschwindigkeit fort, die sie in Erstaunen versetzte, geschickt befehligt von Nickolas Ryder. Nun, was spielte es schon für eine Rolle, wo sie sich aufhielt? Ihre Zeit an Bord der *Lion* war die längste gewesen, die sie je an ein und demselben Ort verbracht hatte, seit sie sechzehn war. Es war jedoch nicht der Ort, den sie vermissen würde, sondern die Menschen.

»Macht das Schiff klar.«

Aurora verkrampfte sich, als dieser Befehl bei ihr ankam; dann jedoch, als die Männer Seilrollen vor die Aus- und Einstiegslücke in der Reling legten, befreite sie sich wieder von diesem ärgerlichen Gefühl.

»Ma'am.« Sie drehte sich um. Leelan zog höflich seinen Kopf ein und zerdrückte seine gestrickte Mütze in seiner Hand. Sein Arm war bis zum Handgelenk verbunden. »Ich hatte noch keine Gelegenheit, Euch zu danken.«

»Das hast du doch schon getan, Leelan, indem du lebst. Das ist Dank genug.«

Leelan kam sich gedemütigt vor, er neigte sich plötzlich nahe an sie heran, um ihr einen flüchtigen Kuss auf die Wange zu geben. Gerührt durch diese Geste schnappte Aurora nach Luft und berührte ihr Gesicht. Er errötete, schaute um sich und errötete noch ein wenig mehr.

Auf dem Achterdeck stehend, erstarrte Ran bei diesem Anblick, ärgerte sich jedoch sofort über seine Reaktion. Einer nach dem anderen näherten die Männer sich ihr vorsichtig, als hätten sie Angst vor ihr. Dabei bot sie ihnen ein strahlendes Lächeln, und Ran beobachtete, wie es ihr gelang, hartgesottene Seemänner durch ihre Worte freundlich zu stimmen. Auch sie spüren ihren nährenden Geist, dachte Ran, als schließlich Buckland vortrat. Aurora hielt ihm ihre Hand hin und lachte leise, als er sich wie ein Ritter, der um die Gunst einer Dame buhlt, über sie beugte. Einen Moment später steckten sie und der Doktor ihre Köpfe im Gespräch zusammen. Ran fühlte sich isoliert. Die Trennung wurde noch komplizierter durch seine Eifersucht, als Lougière sich zu der Gruppe gesellte. Er lehnte sich neben ihr gegen die Reling zurück, und zwar auf diese lässige Art, die Frauen so faszinierend finden. Bei Gott, der Mann war zehn Jahre jünger als er!

Ran biss die Zähne zusammen und verlangte sein Fernglas.

Domingo knallte es ihm in seine ausgestreckte Handfläche, und zwar so hart, dass er ihn daraufhin zornig anstarrte.

»Das war die einzige Möglichkeit, damit Ihr wahrnehmt,

dass ich es dorthin gelegt habe«, rechtfertigte sich der Erste Maat, nicht das kleinste bisschen entschuldigend; dann senkte er seine Stimme. »Ich hätte nicht geglaubt, dass ich den Tag erleben würde, an dem Ihr für dieses verdammte Gelübde ein Menschenleben aufs Spiel setzt«, fauchte Domingo, und Rans vernichtender Blick nagelte seinen Ersten Offizier fest. *»Madre de Dios,* erst nehmt Ihr sie dem Kolonisten weg, angeblich zu ihrer Sicherheit, und nun übergebt Ihr sie Ryder!«

»Bei Nickolas ist sie sicher.«

»Er ist ein Schwerenöter allererster Güte, und das wisst Ihr!« Domingo ballte wütend und enttäuscht seine Fäuste zusammen. Aurora war Rans letzte Chance auf Glück, der einzige Mensch, dem es je gelungen war, durch sein kühles Äußeres zu stoßen, und Domingo wollte nicht mit ansehen, wie sein Freund einst als einsamer, verbitterter Mann sterben würde. »Ryder wird durch nichts davon abzuhalten sein, sich bei einer solchen Herausforderung in seinem Bett zu übertreffen.«

Ran weigerte sich, dies zu kommentieren, denn heiße Bilder von Auroras Liebe verspotteten ihn. Würde sie Ryders Manneskraft erliegen und dem Mann aus Carolina ihre feurigen Küsse schenken? Würde er sich durch ihre ungekünstelte Art bezaubern lassen und sich wie Ran schwach fühlen, ohne jegliche Willenskraft, ihr zu widerstehen? Rans Gesichtszüge verschärften sich. Ryder konnte keiner Frau widerstehen, dieser hedonistische Angeber.

»Dios, was seid Ihr doch für ein kalter Bastard«, murmelte Domingo, als er keine Antwort erhielt. »Und wenn Ihr auch nicht den Anstand besitzt, Euch von der Frau zu verabschieden, ich werde es jedenfalls tun.« Er ließ Ran einfach stehen, um zur Reling hinunterzugehen.

Ran ergriff das Fernglas und suchte den Horizont ab, wobei er krampfhaft versuchte, einen weiteren Blick auf Aurora zu vermeiden, indem er sich mit einer Mischung aus Erleichterung und Furcht auf das Herannahen der *Morgan* konzentrierte. Er deutete die Signale, die von der *Morgan* gegeben wurden, eine komplizierte Mischung aus Segelaufziehen, Spinnakerverschiebungen und Farbzeichen, die dazu bestimmt waren, auf eine große Distanz Nachrichten zu anderen Schiffen zu übermitteln. Ran hatte diese für das Treffen vereinbart, denn die *Lion* war taktisch angreifbar, wenn sie auf dem Atlantischen Ozean darauf wartete, dass die Captains beider Schiffe Kontakt miteinander aufnahmen. Ruhig befahl er, die Flagge seines Schiffes zu hissen einen scharrenden roten Löwen vor schwarzem Hintergrund.

Auroras Lachen schreckte ihn auf, hell und klar wie das Strahlen der Sonne. Er kämpfte mit sich, nicht in ihre Richtung zu schauen, um nicht sehen zu müssen, wer diesen reizenden Klang verursacht hatte. Ihm wurde zunehmend bewusst, dass nicht er es gewesen war.

Er hatte sie nicht mehr gesehen, seit er am Morgen seine Kabine verlassen hatte. Und ihre Traurigkeit verfolgte ihn und die *Red Lion,* als hätten ihre unausgesprochenen Gefühlsregungen die Macht, ihn zu berühren. Seine Männer waren ruhig, die See war klar, der Wind nicht mehr als eine leichte Brise, aber Ran fühlte sich wie ein Bösewicht. Die enttäuschten Blicke, die Dahrein ihm ständig zuwarf, trugen auch nicht gerade dazu bei, seine schreckliche Stimmung zu verbessern.

Aurora aus seinen Gedanken zu verbannen, war das Schwierigste, was er seit vielen Jahren hatte tun müssen. Sie jedoch an Bord zu behalten würde eine Verpflichtung bedeuten, und er konnte sich nicht den Luxus von Beständigkeit erlauben. Genauso unmöglich war es ihm, sich von einer Frau ablenken zu lassen, die ihr Leben mit Tränken, Sprechgesängen und Verzauberungen verbrachte. Seine Missionen, seine Gelübde mussten für ihn an erster Stelle stehen. Sie schlängelten sich durch sein Leben, und sie zu brechen würde Jahre harter Arbeit und Opfer zunichtemachen. Arbeit, ja. Das war sein einzig echter Lohn. Leidenschaft dagegen war vergänglich – und ersetzbar, würde sein Vater sagen. Verpflichtungen einzugehen und Versprechen einzuhalten war nicht gerade eine Stärke der Montegomerys, Ransom hatte sich aber zehn Jahre zuvor entschieden, dieses Erbe nicht anzutreten.

Aurora verdiente etwas Besseres, als er bereit war, ihr zu geben. Vor allem hatte sie es nicht verdient, verletzt zu werden. Vielleicht würde sie ja, wenn sie sich erst wieder auf der Suche nach ihrem Vater befand, einen Mann finden, der alles das war, wonach sie sich sehnte.

Ich sehne mich danach, Euch zu schmecken, vibrierte es in seinem Kopf, und die Aura ihrer Sinnlichkeit erfüllte sein Dasein mit einer Macht, die ihn dazu veranlasste, sie anklagend zu betrachten. Sie erschien ihm zerbrechlich und freudlos, und doch wusste er, dass sich unter dem weißen Gewand eine Verführerin befand, üppig geformt und reif vor Verlangen. Sie war wie ein ungezähmtes Fohlen in seinem Bett, und ihre geflüsterten Appelle, sie zu lieben, quälten ihn nun.

»Holt ein?«, knurrte er, kurz bevor die *Morgan* neben der *Lion* dahinglitt. Befehle wurden weitergetragen und schnell ausgeführt, während Aurora sich von den Rufenden verabschiedete. Erhobenen Hauptes stand sie wartend an der Reling, als Domingo die Barrikade weghob. Eine Strickleiter wurde nach unten entrollt und zwei Seemänner kletterten hinunter, um das kleine Boot zu besetzen.

»Schafft Ihr das?«

»Ja, Domingo, und vielen Dank«, entgegnete sie ihm und schenkte ihm ein freundliches Lächeln.

»Es ist mir in der Tat ein Vergnügen gewesen, *querida*«, verabschiedete er sich, indem er ihre Hand nahm und diese zu seinen Lippen führte.

»Ach, Domingo«, entgegnete sie darauf mit geneigtem Kopf und Zuneigung in ihrer Stimme. »Ich wünsche Euch ein schönes Leben, mein Freund.« Sie zog ihre Hand zurück, drehte sich zur Reling um – und erstarrte. Bedauern, scharf und schmerzlich und von unleugbarer Tiefe umklammerte jäh ihre Brust. Sie schnappte nach Luft, wirbelte herum und erwartete, Ransom in ihrer Nähe stehen zu sehen. Keine Menschenseele versperrte ihr jedoch den Weg. Ihr Blick suchte das Schiff ab und glitt dann widerwillig dorthin, wo er am Ruder stand, unberührbar, gebieterisch, wie ein König, und ihr Herz zerriss ihr fast die Brust. Aus der Entfernung konnte sie seine dunklen, bernsteinfarbenen Augen sehen; Augen, die schon wochenlang ihre Visionen heimgesucht hatten, noch bevor sie ihn das erste Mal gesehen hatte. Er würde sie nicht anschauen, sich nicht von ihr verabschieden. Es war seine eigene Entscheidung, das wertvolle Geschenk, das sie teilten, zurückzuweisen, und Aurora konnte nicht länger dort bleiben, wo sie unerwünscht war. Das war zu demütigend, um damit leben zu können.

»Aurora?« Domingos Tonfall verriet seine Sorge.

Sie schüttelte den Kopf und ließ sich ohne Hilfe über die Seitenwand hinab.

Shokai blieb an der Reling stehen, die Hände auf seine schmalen Hüften gestemmt, und starrte hinunter auf das Skiff. Dann schaute er nach oben zu der Stelle, wo Ransom breitbeinig dastand, seine Hände auf dem Rücken verschränkt.

Er schloss seine Augen, und Shokai rümpfte die Nase über den sagenumwobenen Captain der Meere, dann drehte er sich um und stieg hinab.

»Ein Geschenk, Ran?«, rief Nickolas Ryder erfreut aus. »Wie nett von Euch, an mich zu denken.«

»Fahrt zur Hölle«, murmelte Ran und schritt zur Reling hinüber. »Tut nichts weiter, als sie zur Küste zu bringen, Ryder.« Seine Worte kamen klar und mit einer unausgesprochenen Drohung. Gott im Himmel, dachte Ran, das Ganze ist dabei, mich umzubringen:

Nickolas stützte seine Unterarme auf dem polierten Holz ab und grinste auf das herannahende Skiff hinunter. Aurora spürte seinen Blick und drehte sich herum, um sich den dunkelhaarigen Mann anzuschauen. Er blitzte ihr ein verwegenes Lächeln zu und begrüßte sie dann, Zuversicht in den Gesichtszügen. Aurora blieb jedoch unbeeindruckt. Wenn er auch hübsch war, so war ihr seinesgleichen in den vergangenen Jahren immer wieder über den Weg gelaufen. Er ist eine Hure in Kniehosen, entschied sie, und es machte sie wütend, dass Ransom sie in die Hände eines solchen Schurken übergab.

In der Absicht, es ihm für seine Geringschätzung tüchtig heimzuzahlen, schaute sie zur *Lion* hinüber. Er hatte ihr jedoch den Rücken zugekehrt und verbannte sie somit gleichermaßen aus seinem Blickfeld wie auch aus seinem Leben. Aurora spürte, wie der Schmerz sie beinahe erstickte. Sie wünschte, sie würde genauso leicht ihre Gefühle beiseitelegen können.

Durch sein Fernglas starrend, dessen Linse auf die Windseite des Schiffes ausgerichtet war, konnte Ran seinen Blick in einem Umkreis von hundertachtzig Grad wandern lassen. Plötzlich hielt er inne, senkte das Glas und schaute ein zweites Mal.

»Alle stehen geblieben! Jeder auf seinen Posten! Signalisiert der *Morgan,* dass sie sich sofort zurückziehen soll!« Drei Schiffe näherten sich der *Lion,* ihre Kanonenluken zur Schlacht geöffnet. Sie hatten keine Flaggen gehisst, aber Ransom konnte britisches Fleisch kilometerweit riechen.

Schon bei der ersten Warnung sprang Domingo zur Ankerwinde hinüber und suchte den Horizont ab, dann fluchte er, während die Crewmitglieder auf ihre Posten kletterten. Im plötzlichen Chaos traf er auf Ransoms Blick, und gemeinsam schauten sie dann auf die Frau, die würdevoll in einem Beiboot zwischen den beiden Schiffen saß.

»Watkins, kehr um!«, befahl Ransom über den Lärm hinweg und eilte das Schiff hinunter. »Sofort!«

Auf dieses Kommando hin stand Aurora auf, wodurch das kleine Boot anfing zu wackeln. »Zurück? Nein, Ransom, nein!« Bei den Göttern, so durfte er nicht mit ihr spielen! »Und wenn du auch nur im Geringsten auf die Idee kommen solltest, dieses Ruder einzutauchen, um uns zurückzubringen, Junge«, warnte sie den Seemann, »so werde ich den Rest der Strecke schwimmen.«

»Aber Ma'am, er hat mir doch den Befehl erteilt.«

»Sei still«, entgegnete sie ihm mit einer drohenden Handbewegung, und der Mann fiel wie getroffen zurück.

Während er sich krampfhaft bemühte, sich wieder aufzusetzen, tastete Watkins nach dem hinuntergefallenen Ruder. Hilflos schaute er zu seinem Captain hinüber.

»Aurora, verdammt noch mal!«, schrie Ran und schaute zwischen ihr und den britischen Kriegsschiffen hin und her. »Lasst Watkins das Skiff zurückbringen!« Gütige Heilige, sie gab eine perfekte Zielscheibe ab!

»Watkins kann verdammt noch mal tun, was er will, ich jedoch werde Euer wertvolles Schiff nicht wieder betreten!«

»Fahrt doch zur Hölle, verdammt!

»Verflucht mich gefälligst nicht, Pirat. Es ist schließlich Eure Entscheidung gewesen, nun steht sie also auch durch!«

Er konnte es nicht, er konnte sie nicht auf der *Morgan* lassen, nicht jetzt. Die *Lion* war zweimal so groß wie die *Morgan,* schwer mit Kanonen bestückt, und im Moment wollte Ran Auroras Sicherheit nicht Ryder anvertrauen, nicht in einer Schlacht. Die *Morgan* war schnell und Nickolas' Fähigkeiten lagen im Ausweichen, im unversehrten Davonsegeln.

»Captain Ryder scheint die Güte zu besitzen, mich zur Küste zu bringen. Ist es nicht so, Sir?«

»O ja, meine süße Meerjungfrau.« Ryder grinste breit, selbst dann noch, als seine Crew umherkletterte, um absegeln zu können. »Kommt und überzeugt Euch selbst.«

Überzeugt Euch selbst, wie Ihr ziemlich wahrscheinlich in meinem Bett landen werdet, ergänzte Ran in Gedanken, als er das Achterdeck verließ und sich seinen Weg zur Öffnung in der Reling bahnte.

»Da seht Ihr's.« Sie drehte sich zu Ransom um. »Ihr habt also keinen Grund, Euch Sorgen zu machen. Und falls Captain Ryder sich nicht wie ein Gentleman verhalten sollte, so wird Shokai ihm das abschneiden, was dafür verantwortlich ist.« Shokai, der wie ein Steinbuddha dasaß, nickte zur Bestätigung einmal kurz, und Nickolas lachte laut auf. »Ich bin schon halb drüben, warum also umkehren?« Sie hielt die Luft an und schaute zu ihrem Piratenlord hoch.

»Weil Ihr an Bord der *Lion* sicherer seid.«

An Bord der *Lion.* Nicht sicherer bei mir, sicherer in meinen Armen, sondern schlicht und einfach an Bord eines größeren Schiffes. Verdammt und zugenäht, nein, sie würde sich seinen ritterlichen Launen nicht ausliefern!

»Ihr besudelt Nickolas' Ruf«, gab sie schnippisch zurück, enttäuscht über seine Antwort.

»Ihr werdet also meine Ehre verteidigen, hübsche Meerjungfrau?«, fragte Ryder und genoss den Anblick Rans, der sich vor Verzweiflung die Haare raufte.

»Nun, Ihr gebt also vor, eine zu haben?«, warf sie ihm mit einem verschmitzten Blick über ihre Schulter zu.

»Meine Liebe, das tut weh!« Wenn Nickolas' Ausdruck auch etwas völlig anderes sagte, fügte er hinzu: »Lasst es mich Euch beweisen.«

»Ryder! Fahrt zur Hölle, Mann, momentan seid Ihr nicht gerade eine Hilfe!« Herrgott noch mal, dass sie sich aber auch gerade jetzt dazu entschließen musste zu rebellieren! Sie standen kurz davor, in die Luft gejagt zu werden!

Nick zuckte gleichgültig die Schultern. »Die Lady wünscht Eure Gesellschaft nicht, Montegomery.«

»Sie wird aber verdammt noch mal mit ihr vorliebnehmen müssen!« Ran warf seinen Gürtel ab, wobei die Messer zu Boden fielen, bevor er ins Wasser sprang und neben dem Skiff wieder auftauchte.

»Warum habt Ihr das getan?« Die Hände auf ihre Hüften gestemmt starrte sie ihn kampfeslustig an; ganz die trojanische Jungfer, die gegen ihn in den Krieg zog. »Versucht Ihr schon wieder, mich dem Schutze eines anderen Mannes zu entziehen?«, fragte sie schnippisch und schlug dann wie wild um sich; er jedoch hievte seine Arme über den Rand und brachte so das kleine Boot zum Schaukeln. Sie fiel mit einem würdelosen Plumps auf den Sitz zurück. »Das habt Ihr mit Absicht getan!«

»Korrekt!«, kam es trocken, als Ran sich das Haar aus den Augen wischte und sich in dem wogenden Wasser um Ruhe bemühte. »Aber in weniger als einer Stunde wird dieser Abschnitt des Ozeans ein Schlachtfeld sein.« Er hoffte, wenigstens darauf eine Reaktion zu bekommen. Er hoffte umsonst.

»Dann schaut doch am besten, dass Ihr schnell zu Eurem Schiff zurückkommt.« Sie winkte ihn fort und warf einen Blick auf die Schiffe. Ihre Unerschütterlichkeit wurmte ihn und er entschied, dass er ihr wohl doch nicht so viel bedeutete, wie er es sich vorgestellt hatte. Andererseits hatte er sie aber auch verletzt, und sie war nicht bereit, ihm auch nur einen Millimeter nachzugeben.

»Was wollt Ihr?«, knurrte er, die Ruderer ignorierend, die aufmerksam zuhörten.

Sie verschränkte die Arme und zog eine schwarze Augenbraue nach oben. *»Ihr* seid doch derjenige, der gekommen ist, weil er etwas will.«

»Kommt mit mir zurück … bitte.«

Tapfer herausgezwungen, jedoch ohne Überzeugung, dachte sie. »Nein. Ich habe einen Vater, den ich suchen muss, und Nickolas wird mir dabei helfen.«

»Ich werde Euch helfen.« Wenn wir das hier überleben, dachte er, denn die Crewmitglieder beider Schiffe liefen wie aufgeschreckte Bienen herum und erinnerten ihn an das, was in Kürze passieren würde.

»Ransom«, kam es niedergeschlagen aus ihrem Mund, und ihre Härte schien von ihr abzufallen. »Ich werde bereitwillig aus Eurem Leben verschwinden«, sie hielt seinem Blick stand, »wenn Ihr mich nur einfach gehen lasst.«

Verwirrung und Aufruhr belebten die blauen Augen, die zu ihm hinabschauten, und Ran konnte ganz genau sehen, wie tief er sie verletzt hatte. Er fühlte sich energielos und unwürdig, und einen Moment lang war es ihm egal, dass die Briten über die Meere segelten, um den Preis, der auf seinen Kopf ausgesetzt war, einzufordern. Genauso egal waren ihm die mehr als dreihundert

Augenpaare, von denen sie aufmerksam beobachtetet wurden; wichtig war nur, dass sie wusste, dass er sie brauchte, mehr als er es jemals für möglich gehalten hatte, mehr als klug war; und wenn er sie auch nicht hatte fortschicken wollen – so war es doch zu jenem Zeitpunkt die einzige Möglichkeit gewesen.

»Ich kann nicht«, gab er flüsternd zu. »Beim Blute Gottes, Aurora!«, fluchte er. »Es ist schwerer, als ich es mir vorgestellt habe!«

Plötzlich beugte sie sich zu ihm hin. »Nun, das war doch gar nicht so schwer«, meinte sie, während sie mit ihren Fingern über seine feuchten Lippen fuhr. »Oder?«

»Doch, kleine Lady, das war es.« Er küsste ihre Fingerspitzen und ließ sich zu seinem Untergang erweichen, denn er war sich bewusst, dass sie sogar ihr Leben riskieren würde, nur um diese kleinen Worte von ihm zu hören. »Ich kann Euch nämlich nicht geben, was Ihr verlangt«, fügte er hinzu, hatte es aber schon getan, denn seine gequälte Beichte verriet mehr, als ihm bewusst war.

»Ich hätte gar nicht vermutet, dass Ihr wisst, was ich verlange, Pirat«, entgegnete sie, als Ran sich in das Boot schwang. Ihre Befriedigung ließ ihn die Stirn runzeln.

»Habt Ihr mich mit einem Zauber belegt?«

»Einem, mit dem man ein menschenfressendes Ungeheuer in einen Troll verwandeln kann!«, schnaufte sie beleidigt und stieß mit dem Ruder gegen seine Brust.

Was bedeutet das nun schon wieder?, fragte Ran sich, während er hastig das Skiff zurückbrachte.

»Ihr hättet mich ja auch erneut mit Gewalt nehmen können«, bemerkte sie, als sie die Leiter hochkletterte, und sie fragte sich, warum er es eigentlich nicht getan hatte.

»Nein, kleine Lady«, antwortete er ihr, und während er ihr aufs Deck half, mitten in das Chaos bereitstehender Kanonen und umhereilender Seemänner hinein, schaute er ihr tief in die Augen. Dreiunddreißig Jahre machten ihn noch längst nicht zu einem weisen Mann, wie er erkennen musste, denn sie hatte in ihrem ganzen Leben noch nie jemandem Rechenschaft ablegen müssen, und ihm war nichts Besseres eingefallen. »Nein, dieses Mal nicht.«

Der Pfiff des Bootsmannes zerriss die Luft, die Flaggleinen wurden gehievt, und das Flaggschiff nahm Wind auf. Aurora durchforschte Rans seltsame Gesichtszüge und versuchte zu erkennen, was er unter seinem düsteren Blick verbarg. Dann jedoch rief Domingo nach ihm. Er drückte einen keuschen Kuss auf ihre Stirn und drehte sich weg, und mit großen Schritten überquerte er das überfüllte Deck. Seine gebieterische Stimme teilte Befehle aus und flößte Zuversicht ein. Die Crewmitglieder kletterten so leichtfüßig die Masten hinauf, wie man einen Hügel erklomm; Seile entrollten sich, flogen wie wirbelnde Schlangen neben Auroras Füße, und sie drückte sich an die Reling, um einer möglichen Gefahr aus dem Wege zu gehen, als Shokai in dem Gedränge verschwand.

»Aurora!« Ransom gab ihr durch Handzeichen zu verstehen, dass sie zum Achterdeck kommen sollte, und sie gehorchte. Sie bahnte sich einen Weg vom Mittschiff zum Hüttendeck und dann zur Achterdeckleiter hin. Mit der einen Hand ergriff sie die Reling, mit der anderen raffte sie ihre Röcke, und Ran gab ihr die Hand und zog sie neben sich aufs Deck. »Hier oben seid Ihr sicherer, im Moment jedenfalls«, erklärte er ihr.

Als Ran sie weiter nach achtern lotste, fiel Auroras Blick auf die drei Schiffe, die auf sie zuhielten. »Ransom, die sind aber riesig!«, bemerkte sie ehrfürchtig, bevor sie plötzlich die Stirn runzelte. »Aber die *Lion* befindet sich doch nicht in der Nähe irgendwelcher Beobachter, sondern meilenweit von der Küste entfernt. Wie konnten sie also …?«

Sein kalter Blick ließ sie innehalten. »Wir sind verraten worden.«

»Allmächtige Göttin!«

»Ja, betet nur zu ihr, denn wir sind in der Minderzahl, sowohl was Kanonen als auch was die Männer betrifft, und ohne das kleinste bisschen Wind im Rücken.«

Verloren also, wollte er sagen. Aurora weigerte sich, das zu glauben. Dann zog er jedoch ein Messer aus der Sammlung an seinem Hüftgürtel und drückte es ihr in die Hand.

»Für den Fall, dass sie an Bord kommen. Lasst es nicht zu, dass die Bastarde Euch kriegen. Versprecht mir das.«

Sie starrte auf die schlanke, juwelenbesetzte Klinge hinunter und schluckte. Sie könnte sich nicht selbst das Leben nehmen, egal, was auch passierte, und er sollte das eigentlich wissen. Sein Blick verriet ihr, dass er es wusste, trotzdem aber steckte sie den schmalen Dolch in ihren Ledergürtel.

»Wenn die Bombardierung beginnt, geht bitte schnell in meine Kabine, und rührt Euch nicht vom Fleck.« Sein Tonfall flehte sie an, in diesem Punkte einmal nicht mit ihm zu streiten, und als sie daraufhin nickte, fielen seine breiten Schultern erleichtert herunter. Sofort eilte er davon. Plötzlich überkam sie eine plötzliche Ungewissheit, das Bedürfnis, ihn ein letztes Mal zu berühren.

»Ransom!« Sie hielt ihn fest, als er sich gerade über die Achterdeckleiter herunterbeugte. Er hielt inne, ergriff ihre Hand und drückte sie; er sehnte sich danach, sie im Arm zu halten, sie zu küssen und die aufrichtige Angst zu beschwichtigen, die er in ihren blauen Augen versteckt liegen sah. Er konnte es jedoch nicht. Sie sollte ruhig Angst haben. Er verdammt noch mal hatte sie jedenfalls.

»Wenn Ihr einen Zauberspruch kennt, um den Wind zu beschwören«, neckte er sie, und zwar so, dass nur sie es hören konnte, »dann wäre es nun an der Zeit, Aurora.« Er drückte sanft ihre Hand, dann ließ er sie wieder los und verschwand zum unteren Deck.

Als die angreifenden Schiffe näher kamen, zog Aurora sich zurück. Menschenleben würden vernichtet werden und Zukunftspläne zerstört. Shokai tauchte an ihrer Seite auf und ergriff ihre Hand.

»Es ist einfacher zu sterben, meine Kaiserin, als zu leben.«

Sie schaute ihn an, und seine Worte drangen tief in ihr Herz. Ransom würde sie schon besiegen. Er musste es einfach. Sie hatte nicht die ganze Zeit über ein einsames und ödes Leben gelebt, um ihn schließlich zu finden und ihn dann während eines verdammten britischen Angriffes im Namen irgendeines fetten Königs sofort wieder zu verlieren.

Aurora betete und bat die Mächte des Windes und des Wassers eindringlich, für die *Red Lion* zu tosen.

Die *Morgan* zog sich nicht zurück. Befehle schreiend, verfluchte Ran Nickolas Ryder, der dickarmige Steuermann drehte das Steuerrad herum, und die Ruder zogen durch das eisige Wasser. Segel fielen, Spinnaker und Rah verlagerten sich, und die *Red Lion* drehte bei, um sich den britischen Schiffen zu stellen. Gleichzeitig glitt die *Morgan* mit vollen Segeln, elegant und geschmeidig wie eine feine Lady und mit gefährlicher Schlagseite leewärts, um ihren Meister zu verteidigen.

Über Tritons Königreich wurde eine Linie gezogen.

Ran schaute zu Aurora zurück. Der Wind peitschte gegen ihr weißes Gewand, ihr geflochtenes Haar flatterte wie ein loses Seil, die Sonne spiegelte sich in ihrem silbernen Amulett, und in ihren Gesichtszügen lagen Entschlossenheit, Mut und Trotz.

Ihr Blick verließ ihn nicht.

Ihn überkam ein Gefühl unverfälschter Macht, ein Gefühl, dass in ihr die Geheimnisse lagen, nach denen die Menschheit jahrhundertelang schon suchte, und zwar Frieden und die Schätze eines reichen Lebens. Und in diesem Moment wusste Ransom, dass jede einzelne Gefühlsregung, die er in seinem Innern versteckt hielt, offen in seinem Gesicht zu lesen war. Sie lächelte, so typisch für sie, so optimistisch und vor Ermunterung strotzend. Und er wusste, dass er die britischen Bastarde auf den Meeresboden befördern würde, um das Leben dieser Frau zu retten.

Die erste Salve sauste über den reparierten Bugspriet der *Lion,* klatschte ins Meer und ließ tonnenweise Wasser über das Deck prasseln. Nicht ein Mann wollte sich untätig besiegen lassen.

Ransom ließ die britischen Kriegsschiffe aufholen. Sobald Aurora unter Deck war, eröffneten die Kanoniere der *Lion* das Feuer und griffen die zwei Gegner an, die so unvorsichtig nah heranglitten. Vier Salven erreichten ihr Ziel, rissen den vorderen Rumpf auf und schleuderten Ballast und Männer ins Meer. Mehr als sechs Kugeln richteten sich auf das andere britische Kriegsschiff, es war jedoch nicht zu besiegen.

Es machte sich bereit zum Feuern, die *Morgan* jedoch, leichter und schneller und ohne Vorräte, die sie behinderten, drehte herum, um in den Kampf zu segeln. Sie schob sich zwischen das nicht mehr seetüchtige und sinkende Kriegsschiff und die anderen zwei, die schussbereit waren, positionierte sich gar nicht erst, um abzufeuern, sondern schoss Kartätschengeschosse ab, begab sich wie ein speiender Drache in die Höhle des Löwen. Weißer Rauch hüllte die Szenerie ein.

Einem Drittel der *Morgan*- und der *Lion*-Crew waren die britischen Taktiken bekannt. Sie waren auf dem Meer genauso vorhersehbar wie zu Lande. Eine Linie und Angriff, keine Ausweichmanöver, und Ransoms Geschick wurde dabei auf Herz und Nieren geprüft. Einhundertzwanzig Kanonen gegen seine insgesamt vierundsechzig.

Heißer Rauch und der Geruch verbrennenden Fleisches erfüllten die Luft. Die Schlacht zog sich über vier Stunden hin.

Im Quartier des Captains beobachtete Aurora gefesselt den Kampf durch die Backbordfenster. Sie wendete ihren Blick nur kurz ab, als ungesicherte Gegenstände über den Boden rollten. Das britische Schiff war riesig, und durch den Rauch konnte sie den Captain erkennen, unbeweglich, seiner Crew die Schlacht und das Sterben überlassend, während er unbeschadet und tadellos in seiner Uniform auf dem Achterdeck stand.

Oben schlug eine Salve ein, gefolgt von zersplitterndem Holz und Schmerzensschreien. Die *Lion* kam durch den Aufprall ins Schaukeln. Aurora ergriff einen Wandhaken, um ihr Gleichgewicht zu halten. Die Laternen klapperten, die Bücher in den Vitrinen verrutschten. Es ist das Achterdeck, dachte sie panikartig, und war kurz davor, zu Hilfe zu eilen. Sie wusste jedoch, dass sie die Crew lediglich ablenken würde.

Es ist ein unfair geführter Krieg, entschied sie und schloss plötzlich die Augen, konzentrierte ihre Gedanken tiefer und tiefer.

»A null e. A nall e, Slainte«, sang sie und zog Stärke aus den alten Worten. Sie konzentrierte sich auf das Kriegsschiff, legte einen empfindlichen Punkt genau fest, stellte sich vor, wie die Leine der Takelage zerriss und der plötzlich durchhängende Teil Belegklampen und flatternde Segel auf das Deck warf. Hurrageschrei erklang, und Auroras Blick fiel auf das britische Schiff, um es in weiße, zerfetzte Segel gehüllt vorzufinden.

Sie lächelte erfreut. Noch nie zuvor hatte sie sich an etwas so Kühnem versucht.

Die *Lion* nahm schnell Wind auf. Sie beobachtete, wie das britische Kriegsschiff in Rauch und Flammen aufging und dann kleiner und kleiner wurde.

»Unkluge Frauen sind die Plage jedes Mannes.«

Sie brauchte sich gar nicht erst umzudrehen, um zu wissen, dass Shokai in ihrer Nähe stand.

»Schimpf mich nicht aus, *sempai,* es ist doch kein Schaden für irgendjemanden damit verbunden.« Sie stieß ein kleines Lachen aus. »Das war gut, ich konnte meine Fähigkeiten noch nie zuvor so direkt einsetzen.«

Sie drehte sich um und holte tief Luft, denn Ransom stand auf der Schwelle, sein Haar vom Wind zerzaust, sein Gesicht rußig, die Kleidung zerrissen und mit Blut befleckt; sein Gesichtsausdruck war gezeichnet von Ungläubigkeit und Verblüffung. Sie ging darüber hinweg und flog auf ihn zu. Ran blieb bewegungslos stehen und ließ seinen Blick misstrauisch von ihr zum fortgehenden Shokai und wieder zu ihr zurück gleiten. Unvermittelt legte er seinen Arm um sie und beruhigte sie, indem er sie eng an seinen Körper zog. Sie spürte, wie er ihr Gesicht mit einer Intensität durchforschte, die ihr den Atem verschlug. Dann plötzlich presste er seinen Mund auf den ihren, und seine

Lippen tranken von ihrer Vitalität, von – ihrer wilden Energie. Und sie schenkte sie ihm. Seine Zunge umspielte ihre Lippen und schob sich dann dazwischen, während seine Hand die Rundungen ihrer Hüfte und ihres Gesäßes fand. Sie klammerte sich fest, und ihr Körper schmiegte sich an den seinen.

»Kleine Lady«, hauchte er gegen ihre Lippen. »Was soll ich bloß mit Euch anstellen?«

Plötzlich drückte sie sich von ihm ab. »Ach je! Es werden einem manchmal Dinge zu Füßen gelegt, die selbst das sehende Volk nicht erkennen kann?« Sie warf ihm einen enttäuschten Blick zu. »Ich habe keinen Körper, den Ihr benutzen könnt, Pirat. Oder hat der Krieg Euch das Hirn vernebelt?« Das triefte zwar nur so vor Sarkasmus, es war jedoch Verletztheit, die da sprach. Das Ganze ging ihr zu nah, als dass sie es hätte zulassen können, dass er sie küsste, ohne ihr gleichzeitig seine Liebe zu schenken. Da würde sie schon lieber ganz ohne ihn leben. Leicht gesagt und schwer getan, dachte sie, senkte ihren Blick und sagte: »Befehlt bitte die *Morgan* heran, Ransom. Ich werde dort an Bord gehen, und schon bin ich fort.«

»Aurora?«

Sie schaute ihn an.

»Die *Morgan* ist versenkt worden.«

22

Versenkt.

»Und ich beinahe mit ihr«, murmelte Aurora und ließ sich benommen in einen Sessel fallen. Ihre Entscheidung, auf die *Lion* zurückzukehren, hatte ihr also das Leben gerettet, und Rans Gesichtsausdruck stellte klar, dass er dabei seine Hand im Spiel gehabt hatte, dieser arrogante Kerl. »Und Captain Ryder?«

»Wurde gefangen genommen.« Er legte die verbrauchten Steinschlosspistolen auf den Tisch.

Ihr Blick flog zu ihm hinüber. »Oh, Ransom!«

»Macht Euch keine Sorgen. Er wird es nicht lange bleiben.« Ein Entermesser kam zu dem Haufen dazu.

»Ihr klingt so sicher.«

»Ich kümmere mich um meine Leute, Lady.« Der Name Montegomery besaß noch immer einigen Einfluss in den richtigen Kreisen, und Ran würde sich diesen zunutze machen. Sein Vater war es ihm schuldig.

Unvermittelt in Panik geraten stand Aurora auf. »Und Dahrein?«

»Ein paar Kratzer. Und bevor Ihr mich mit Fragen durchlöchert, nehmt Euren Beutel, kommt mit und schaut selbst.«

Sie blinzelte, sprachlos darüber, dass er es ihr erlaubte, an Deck zu gehen und sich um die Verwundeten zu kümmern. Sofort suchte sie die Kabine nach ihrem Beutel ab, denn sie war sich sicher, dass Shokai sich um ihn gekümmert hatte.

»Aber ich warne Euch«, räumte er ein, während er auf den Haufen wies, der auf dem Boden lag, »rezitiert auf meinem Deck nicht einen einzigen Sprechgesang oder eine Zauberformel oder was zum Teufel auch immer Ihr so tut.« Sie glitt an ihm vorbei und nahm ihren Beutel auf. »Meine Männer sind Euch gegenüber auch so schon misstrauisch genug.«

Sie hielt bei ihrer Bestandaufnahme der Kräuter inne. »Glauben sie denn, dass ich sie betrogen habe?« Ihren Kopf schüttelnd tat sie ihre Sorge wieder ab.

»Das kann nicht sein.« Und wenn es sein müsste, so würde Ran sie verteidigen, da war sie sich sicher.

»Wegen Eurer Anwesenheit fehlt nun Castille. Und ihre Loyalität liegt bei ihm.«

Und die Schuld bei ihr, einer erreichbaren Zielscheibe. »Wäre es da nicht klüger, mich an die Küste zu bringen?«

»Unmöglich.« Der Gedanke daran, sie aus den Augen zu verlieren, machte seinen Tonfall härter.

»Nicht einmal in Rabat? Das war der Ort, wo meine letzte Information mich hinführte.«

Ran registrierte ihre Worte und speicherte sie. »Jene Schiffe *kamen* aus Rabat, und wenn dort auch nur der kleinste Blick auf dieses Schiff hier erhascht wird, so wird es vom Wasser direkt in die Luft gejagt werden. Nein.« Er schüttelte den Kopf, fest entschlossen. »Wir sind noch immer in Gefahr, denn Tauwerk kann repariert werden«, erinnerte er sie mit einem scharfen Blick. Noch immer war er sich nicht ganz sicher, ob sie wirklich ihre Hand dabei im Spiel gehabt hatte. »Und ich kann Eure Wünsche nicht über das Leben meiner Crew stellen.«

Ihre Schulter hob und senkte sich resigniert, denn es gab nichts, was sie gegen sein Argument hätte vorbringen können. Verdammt und zugenäht! Schon wieder von der Außenwelt abgeschnitten. »Und wie werdet Ihr ihnen entkommen?« Sie machte eine Handbewegung zu den Achterfenstern und den qualmenden Schiffen hinüber, die im Wasser ruhten.

Er zuckte mit der Schulter. »Verschwinden, zumindest für eine gewisse Zeit.«

»Für wie lange, Ransom?«, kam es verhalten.

Er raffte sich auf, bevor er ihr antwortete: »Vielleicht vierzehn Tage, vielleicht auch einen Monat.«

Ihre Augen weiteten sich, und als sie ihren Mund zum Protest öffnete, küsste er sie schnell und innig in einem dichten Wirbel erotischer Besessenheit; dann zog er sich genauso plötzlich wieder zurück. Als er ihren benommenen Gesichtsausdruck sah, warf er ihr einen Kussmund zu, packte ihre Schultern und schob sie durch die Kabinentür nach draußen.

Aurora warf einen verärgerten Blick über ihre Schulter zurück, wobei sie beinahe über die Schwelle gestolpert wäre. »Selbstgefälliges Ekel«, murmelte sie, er lächelte. »Grinst mich gefälligst nicht so breit an, Ransom Montegomery. Denn das hat mir nicht im Geringsten gefallen!«

»Was hat Euch nicht gefallen?«, fragte er sie ins Ohr hinein, als sie bei der Leiter stehen blieb.

Eine Hand auf der Reling, drehte sie sich herum, um ihn anschauen zu können. Sein neckendes Grinsen verschwand jedoch sofort wieder, denn sie schien kurz davor zu stehen, in Tränen auszubrechen.

»Ich kann nicht vergessen, dass Ihr erst heute Morgen noch meinen Körper richtig geliebt habt und trotzdem gewillt wart, mich loszuwerden. Und das lediglich für Eure ›Verpflichtungen‹.«

Schuldgefühle verschärften seine Gesichtszüge. »Wenn ich es bis zur *Morgan* geschafft hätte, so würden wir beide nun diese Unterhaltung nicht führen.« Der Seitenhieb in ihrer Stimme war wie eine Pistolenkugel in seiner Brust; sie riss mit sengender Hitze durch ihn hindurch und verstärkte sich noch durch das Wissen, dass sein verdammter Stolz, seine Unentschlossenheit sie hätte töten können. Domingo hatte recht. Er hätte beinahe ihr Leben für sein Gelübde geopfert.

»Aurora?«, kam es sanft und einschmeichelnd. »Schaut mich bitte an!«

Sie tat es, und er war völlig verstört, als er die Enttäuschung in ihren Augen sah.

»Es ist nun mal geschehen. Jetzt seid Ihr aber hier und lebt.«

»Aber nichts hat sich geändert, Ransom. Ich sehe es in Euren

Augen, spüre es in Eurem Kuss, in Eurer Berührung. Und ich fürchte«, sie schluckte, »ich habe mich in Euch getäuscht.«

»Wie könnt Ihr nur so reden?« Seine Hände hielten ihre Arme gefangen.

»Ihr habt eine Kälte in Euch, an die ich nicht herankommen kann. Sie ist ein Teil von Euch, den Ihr für niemanden aufgeben wollt. Ich hatte geglaubt, die kurzen Momente genießen zu können, das hatte ich wirklich geglaubt; ich hatte mir vorgestellt, dass ich mit nur einem kleinen Stück Eurer Leidenschaft glücklich werden könnte, und zwar in der Hoffnung auf mehr. Aber selbst das seid Ihr nicht gewillt zu geben.«

»Kleine Lady«, stöhnte er und zog sie näher zu sich heran.

»Nein, küsst mich nicht«, warnte sie ihn und drehte ihr Gesicht weg. »Das ist mir nicht genug.« Sie schaute ihm in die Augen und nahm ihre ganze Willenskraft zusammen. So konnte sie keine vierzehn Tage leben, nicht so. »Ich gebe mich nicht länger mit Krumen zufrieden, Ransom. Nein. Ich habe schon mein ganzes Leben lang so verbracht, ich werde nicht weniger verlangen als … Euer Herz.«

»Das kann ich Euch nicht geben.« Jäh durchbohrten die Worte sie wie ein heißer Dolch.

»Dann bitte ich Euch, mich in Ruhe zu lassen«, flehte sie ihn an. »Denn es ist demütigend, sich nach Eurer Nähe zu sehnen und erfahren zu müssen, dass sie nicht mehr ist als eine kleine Liebkosung.«

»Kleine Liebkosung!«, fauchte er, ließ seine Hände auf die Reling gleiten und schloss sie so zwischen seinen Armen ein.

»Ich brauche Euch nicht mal zu umarmen, um Eure Ausstrahlung zu spüren, Aurora. Bei Gott, wisst Ihr denn nicht, was Ihr mir antut, mit nichts als einem einfachen Blick, einer unschuldigen Berührung?«

»Ich versetze Euch in Wut, Ransom«, entgegnete sie ihm, ohne sich aus der Fassung bringen zu lassen. »Denn es endet stets mit bitteren Worten.«

»Ja, ja! Denn Ihr macht mich schwach, Aurora Lassiter, und

das Gefühl gefällt mir überhaupt nicht. Mit Eurer Lebenslust, Eurem liebevollen Vertrauen und Eurer sanftmütigen Fürsorge habt Ihr allein *zehn Jahre* meines Lebens zunichtegemacht; denn Ihr seid keine Frau, die ein Mann in seinem Bett lieben und am Morgen darauf regungslos anschauen kann.« Bei diesen Worten runzelte sie ihre Stirn. »Ja, ich bin nicht so blind, dass ich nicht hinter die geschmeidigen Kurven und die sanfte Stimme schauen kann.« Augen wie aus bronzenem Feuer glitten auf einmal heiß ihren Körper entlang, bevor sie zu ihrem Gesicht zurückkehrten. »Ihr seid kein Frauenzimmer mit wenig Verstand und von ungebildeter Art, und ich sehne mich nach allem, was Ihr mir anbietet. Ich kann es jedoch nicht annehmen; denn wenn ich erläge, würde ich mehr als nur einen oder zwei Monate Zeit verlieren, ich würde meine Seele verlieren.«

Aurora sah die Dunkelheit in seinem Herzen, das brüllende Tier, das unter dem Gewicht irgendeiner gespaltenen Loyalität seiner Vergangenheit gegenüber litt; wem oder was auch immer er seine Loyalität zugesichert hatte, es hatte ihn davon abgehalten, irgendetwas anderes zu spüren als Schmerz in der Gestalt von Liebe. Die Liebe war ihm so fremd, dass er sie nicht anerkennen konnte. Er erkannte lediglich, dass es ihn verletzlich machen würde zu lieben.

»Ach, Ransom, ich wollte Euch doch nicht schwach, sondern stärker machen, ich werde es dadurch ebenfalls sein.« Seine Ungläubigkeit mischte sich mit Verachtung,.

»Beim Gott des Donners, wer hat Euer Hirn und Euer Herz nur mit so viel Unsinn gefüllt? Eine ganze Reihe Bastard-Geschwister sind mir Warnung genug, nicht gedankenlos zu lieben«, schnappte er bissig. »Ein untreuer Vater und eine rückgratlose Mutter sind der Grund dafür, dass ich nicht dem kleinsten bisschen Hingabe trauen kann.« Niemals würde er wie sein Vater werden. Niemals. Kinder Lügen leben lassen, sie Menschen zuschieben, die sie für geringer halten als Maden, die von verdorbenem Fleisch leben, und die sie dementsprechend auch behandeln. Menschen wie Lady Anna Montegomery. Die Frau, die er dreiundzwanzig Jahre lang Mutter genannt hatte.

»Nein«, flüsterte sie, und ihre Augen durchforschten sein Gesicht in neuer Verwunderung. »Es ist nicht der Verlust von Liebe, wovor Ihr Angst habt, sondern Liebe zu bekommen. Ja, streitet es nur nicht ab. Ihr habt doch das Gefühl, dass Ihr, wenn Ihr Euren Bedürfnissen nachgeht, nicht besser sein werdet als Euer skrupelloser Vater.« Sie strich ihm langsam eine Locke aus seiner Stirn. »Ach, Ransom. Ihr seid nicht wie dieser Mann.«

»Hört auf, Aurora, sagt nichts mehr.« Das kam tief und gequält; ein Teil seiner Seele verkümmerte jedes Mal, wenn sie seinen Worten widersprach.

Sie wich zurück. »Aber mit Sicherheit haben doch die Momente, die wir beide …«

»Gütiger Gott, glaubt Ihr denn, dass mich das nicht zerreißt?« Er umklammerte die Reling. »Denn Ihr, vor allen anderen, seid meiner Verbrechen unwürdig.« Er wandte seinen Blick ab und ließ ihn über das Deck streifen.

Ihr Herz überschlug sich für ihn; sie hob ihre Hand, um ihm durch sein windzerzaustes Haar zu fahren, zog sich dann aber wieder zurück.

»Warum, Ransom. Was ist geschehen?«

Er schaute auf; seine bernsteinfarbenen Augen waren voller Verzweiflung und Reue.

»Mord.«

Ihre Augen weiteten sich.

»Ja. Ich habe einen Mann im Namen der Untreue meines Vaters getötet, für eine Schwäche des Fleisches, die ich mich *geweigert* hatte zu sehen.«

Er stürmte fort und ignorierte ihre Appelle. In seiner Kabine lehnte er sich gegen das Holz und schloss seine Augen. Allmächtiger Gott, seit Jahren hatte er nicht mehr darüber gesprochen, trotzdem war die Erinnerung noch immer schmerzhaft frisch: die Anschuldigung, dass auch Ran einer von Granvilles Bastarden sei; das Duell. Das Leben, dem Ran ein

Ende gesetzt hatte, war das eines Jungen gewesen, der sich in Whitehall erst noch zu einem Mann entwickeln musste. Und dann Anna.

In seinem ganzen Leben hatte sie ihm keine Zärtlichkeit zukommen lassen. Trotzdem hatte er nie aufgehört zu hoffen.

»Du unverbesserlicher Narr!«, hatte sie in der prunkvollen Halle von Montegomery House geschrien. »Glaubst du es etwa nicht?« Ein herzloses Gackern, dann ein wütendes Kopfschütteln. »Schau doch in den Spiegel. Siehst du da auch nur den kleinsten Hinweis auf mein Blut? Mein Gott, du *stinkst* förmlich nach ihr! Diese Augenbrauen und diese fürchterliche, goldbraune Haut! Deine Mutter war nichts anderes als eine Hure!« Anna hatte es Vergnügen bereitet, es ihm zu erzählen. »Hat ihre Beine für ihren Besitzer, ihren Herrn breit gemacht. Und als er ihrer überdrüssig geworden war, hat er sie weggegeben wie ein Schmuckstück. Und zwar an Granville. Verstehst du endlich?« Sie schaute auf ihn herab. »Du, Lord Montegomery, bist in einem *hareem* geboren!«

Das vernichtete den kultivierten jungen Lord, denn über seine eigene Qual hinaus hatte ein unschuldiger Mensch wegen einer Lüge sterben müssen.

Bei Tagesanbruch wurden die Verwundeten versorgt, und die *Lion* musste nicht länger kämpfen, um Vorsprung zu gewinnen. Trotzdem lehnte Ran es ab, nachzulassen, sondern behielt die höchste Geschwindigkeit bei, die das riesige Schiff erreichen konnte. Er war erschöpft, nervös und müde, denn obwohl Aurora Domingos Angebot angenommen hatte, seine Kabine zu benutzen, so war Rans Quartier doch noch von ihrem Geruch durchdrungen, und er lag wach und sehnte sich nach ihrem Trost, stritt aber auf der anderen Seite sein Bedürfnis danach ab. Ich werde niemals Frieden finden, dachte er, als er das Ruder besetzte und auf die aufgehende Sonne am Horizont erblickte.

Was sie wohl denken mochte nach der letzten Nacht? Fürchtete sie sich nun vor ihm? Hatte es sie abgestoßen?

»Shokai«, rief Ran leise. Als der alte Mann lautlos an seine

Seite trat, bemerkte Ran, dass er nicht länger Auroras Schatten war. Vertraute er ihm nun? Oder seiner Crew?

»Mylord.« Shokai verneigte sich.

»In dem Gasthof, habt Ihr da vielleicht die Angreifer sehen können?«

Shokai schaute stirnrunzelnd zu ihm auf. »Kein Mensch ist je gestolpert, der geruhsam in einem Bett gelegen hat.«

»Hört auf, in Rätseln zu sprechen, alter Mann. Ich glaube, dass irgendjemand seine Hand im Spiel hat, das Schicksal Eurer Herrin betreffend.«

Shokais Blick schoss zu der Stelle, wo Aurora auf einer Kiste saß und mit Dahrein Karten spielte. Eine kleine Zuschauerschaft von Crewmitgliedern folgte ihrem Tun aufmerksam.

»Ich habe nichts Böses gesehen, denn ich war blind vor Schmerz.« Er wendete seine Aufmerksamkeit wieder dem Captain zu. »Sie kennt nichts anderes als dieses Schiff, Mylord.«

Ran glaubte nicht eine Sekunde lang, dass irgendjemand von seiner Crew daran beteiligt gewesen war. Allerdings dachte er darüber nach, dass jemand ihre Position an die englischen Obrigkeiten verraten haben könnte und dass ihre letzte Information bezüglich ihres Vaters aus Rabat gekommen war.

»Ist sie vielleicht irgendjemandem in die Quere gekommen?«

Shokai musterte ihn unverblümt.

»Ich meine irgendjemandem, der ihr dafür Schaden zufügen könnte?«

Shokai verschränkte die Arme über seiner schmalen Brust; sein Blick war starr.

»Körperlich«, stieß Ran durch seine zusammengebissenen Zähne aus. »Sultane, denen sie einen Strich durch die Rechnung gemacht hat, fette Kaufmänner und Wüstenkönige.«

»Von *solchen* weiß ich schon«, entgegnete Ran, der langsam die Geduld verlor. Der Sultan war berüchtigt dafür, schon beim geringsten Affront Strafen zu verhängen; Achmed war wohl kaum in der Lage, noch eine Dummheit zu begehen, andererseits war der Verlust seiner Hände für jeden Mann schon Grund genug, nach Vergeltung zu trachten; und Rahman hatte weder ein Motiv, noch würde der Beduine je wortbrüchig werden. Foti. Vielleicht glaubte Foti ja, dass Ran seine Taten verraten würde und versuchte nun, die Gunst der Engländer zu gewinnen, indem er ihnen seinen Standort weitergegeben hatte.

»Rache und Neid nehmen meist die gleiche Gestalt an, M'lord«, warnte Shokai ihn. »Und eine schöne Frau und ein Sack voller Münzen erregen viel Aufmerksamkeit.«

Hinter ihnen humpelte Lougière über das Deck und starrte Aurora so konzentriert an, dass der Quartermeister dabei eine Seilrolle übersah und wenig elegant stolperte. Aurora lachte hinter ihrem Kartenfächer, bevor ihr Blick zum Achterdeck hinaufglitt, wo er mit Rans zusammenstieß. Der teuflische Glanz in ihren Augen wurde weicher; er zerrte an seiner düsteren Stimmung und überflutete ihn mit warmem blauem Licht. Sie schnipste eine Karte herunter, ohne den Blickkontakt zu unterbrechen, und Ran versank noch tiefer in seine Gedanken. Hatte sie ihm vergeben, dass er ihr Leben aufs Spiel gesetzt hatte? Gütige Heilige, dachte er, verdient hätte er es nicht.

Shokai schaute zwischen den beiden hin und her, dann murmelte er verächtlich: »Zwei nasse Vögel unter einem Schirm«, und schlurfte von dannen. Ran bemerkte, dass er blöd grinste und schaute sofort weg, um nach den Speichen des Steuerrades zu greifen.

Fast zwei Dutzend Seeleute hatten diese Situation beobachtet. Sie lächelten ausnahmslos.

Der durchdringende, traurige Klang eines Dudelsacks lag in der Luft und durchdrang den Schiffskörper der *Red Lion.* Auf Deck des Schiffes war es ruhig, die Männer waren in ihre eigenen Gedanken versunken, während der Dudelsackpfeifer für die untergegangenen Schiffe und das Herannahen der Mitternacht spielte. Vor Erschöpfung taumelnd machte Ran sich auf den Weg zu seiner Kabine, wohl wissend, dass sie leer sein würde, und es doch gleichzeitig bedauernd. Ein schwaches, gedämpftes Geräusch erregte seine Aufmerksamkeit und er ging denselben Weg den Niedergang entlang zurück, um an Domingos Tür zu lauschen. Das Geräusch erklang erneut, wie erstickt, und er zog die Luke auf. In der abgedunkelten Ecke der engen Koje kauerte Aurora und schluchzte verzweifelt in ein Kissen hinein.

Seine Knie wurden weich. Der Schock, der Klang ihrer unterdrückten Schreie raubte ihm den Atem. Sie hatte noch nicht ein einziges Mal Tränen vergossen. Nicht einmal, als Shokai im Sterben lag! Allmächtiger Gott, hatte womöglich er diesen Aufruhr verursacht?

»Aurora?«

Sie drückte sich näher an die Wand heran und wendete ihr Gesicht ab.

»Geht, Pirat, ich will Euch nicht hierhaben.«

So konnte er sie nicht allein lassen. Er betrat mit vorsichtigen Bewegungen die Kabine, als würde er sich einem ängstlichen, verwundeten Tier nähern.

»Geht, hab ich gesagt!«, zischte sie.

Langsam setzte er sich auf die Koje. »Erzählt mir, was Euch bekümmert, kleine Lady.«

»Eure Sturheit!«

Seine Lippen verzogen sich angesichts dieser Antwort. »Aurora?« Die Musik zerrte an ihren Nerven.

»Befehlt ihnen bitte aufzuhören, Ransom«, flehte sie ihn jämmerlich an. »Befehlt ihnen aufzuhören!«

Seine Augenbrauen zogen sich zusammen. »Mit dem Dudelsackspielen?«

»Ja, ja, ja!« Sie bedeckte ihre Ohren, und ihre Qualen drangen wie kleine Pfeile in sein Herz.

»Aurora, das ist doch nur ein Gruß an ein versunkenes Schiff.«

»Es ist ein Lied der Heimat. Ich ertrage es nicht!«

Sofort ging Ran zur Tür und befahl einem vorbeikommenden Crewmitglied dafür zu sorgen, dass ihr Wunsch erfüllt wurde. Als er sich wieder zu ihr umdrehte, hockte sie auf ihren

Knien, schaukelte hin und her, und umklammerte mit ihren Armen ihren Leib. Sie sah aus, als hätte sie körperliche Schmerzen. Er eilte zu ihr hinüber, sie wich jedoch vor ihm zurück und versteckte sich hinter einem Vorhang aus schwarzem Haar. Es zerriss ihm das Herz, sie so zu sehen, denn sie hatte bisher nichts anderes gezeigt als Stärke und Entschlossenheit.

»Das ist aber doch nicht alles, weswegen Ihr weint. Erzählt es mir, kleine Lady«, neckte er sie sanft, während er es sich neben ihr bequem machte.

»Meine Mutter.« Ein fast kindliches Wimmern.

»Und wo ist sie?«

»Tot, Ransom. Ermordet.« Sie zitterte völlig aufgebracht. »Ich kann noch immer ihr Gesicht sehen. Ich sollte es eigentlich nicht, nach so vielen Jahren, aber ich tue es.«

»Ist sie es, von der ihr träumt'?«

»Ja, o ja«, schluchzte sie, sich hin und her bewegend, und ihre Verzweiflung zerriss ihn in Stücke. »Sie wusste, dass sie kommen würden, Ransom, denn sie versteckte mich kurz davor in der Höhlung eines Baumes. Ich hörte, wie sie mit ihnen stritt und dann schrie, immer und immer wieder nach meinem Vater schrie.«

»Und wo war der?«

»Auf der Jagd, nehme ich an.« Sie zitterte heftig. »Es war ein schrecklicher Tod. Dieses Ungeheuer hat sie zerschnitten, Ransom.« Sie erhob ihren tränengefüllten Blick zu ihm. Er war verzerrt und trostlos. »Hat einfach das wunderschöne Gesicht meiner Mutter zerschnitten, ihr den Finger und ein Ohr abgehackt?« Ihre Lippen bebten, sie sah aus, als ob ihr übel würde, daher griff Ran nach einer Schüssel. Sie winkte jedoch ab und schaute kurz weg. »Nicht einmal dann hatte sie ihren Frieden gefunden, denn sie stöhnte mir zu, dass ich mich versteckt halten, bloß nicht hervorkommen sollte. Dann kam ein anderer Mann«, sie hielt neu aufkommende Tränen zurück, »und Mama sprach ihre letzten Worte zu ihm.«

»War es Euer Vater?«

»Nein. Aber Papa kam später zurück, und … und er wurde verrückt, Ransom, heulte wie eine Bestie der Untoten, zerrte an seinem Haar und zerkratzte sich das Gesicht. Ich hatte schreckliche Angst, denn das war nicht mein Vater, sondern ein wildes Tier. Niemals zuvor hatte ich ihn so … verwirrt gesehen.«

»Hat er denn nicht nach Euch gesucht?«

»Ich brachte kein Wort über die Lippen, um ihn zu rufen«, berichtete sie ihm, als wäre es ihre Schuld gewesen. »Er verschwand in die Wälder.« Sie senkte den Blick auf ihre Knie und flüsterte: »Und das war das Letzte, was ich von ihm gesehen habe.«

So allein gelassen zu werden, als sie am dringendsten jemanden gebraucht hätte. »Wie alt wart Ihr damals?«

»Drei oder vier.« Sie schniefte und zuckte mit den Schultern, als würde das keinen Unterschied machen. »Großmutter hat mich gefunden, glaub ich. Ich habe bis zu ihrem Tode bei ihr gelebt.« Ihre Stimme erstickte. »Dann bin ich weggegangen, um meinen Vater zu suchen. Auf Shokai bin ich gestoßen, als ich überfallen wurde von Dieben.«

»Was hat er denn in Schottland gemacht?«

Sie schaute ihn an. »Das war in England«, korrigierte sie ihn, »und wenn er gewollt hätte, dass ich etwas über seine Vergangenheit erfahre, so hätte er mir schon davon erzählt.«

»Warum sucht Ihr einen Vater, der Euch verlassen hat?«

»Er hat mich nicht verlassen!«, verteidigte sie ihn hitzig. »Er wusste ja nicht, dass ich in dem Baum saß und lebte, wahrscheinlich hat er geglaubt, dass ich entführt worden war.«

»Der Mörder hat mit Eurer Mutter gestritten?« Sie nickte, wobei sie ihn seltsam ansah. »Vielleicht kannte sie ihn oder sie?«

Aurora musterte ihn. »Was wollt Ihr damit sagen?«

Lieber hätte er sich den Daumen abgehackt als vorzuschlagen: »Vielleicht hat ja Euer Vater …«

»Nein, nein!« Sie warf sich auf ihn und bedeckte seinen Mund mit ihrer Hand. »Nein, sprecht es nicht aus, nein, Ransom! Sie liebten sich, sie liebten sich! So sehr sogar, dass sie ihre Familie für ihn aufgegeben hat!«

Ran legte seine Arme um sie herum und schaute in ihre geröteten Augen. Ihre Lippen zitterten. Langsam lockerte sie den Griff ihrer Hand auf seinem Mund, und er zog sie näher zu sich heran.

»Nein, nein«, stöhnte sie, schlang ihre Arme um seinen Hals, hielt ihn fest und schluchzte gegen seine Brust. »Er hat sie geliebt.« Ihre Schultern zuckten erbärmlich. »Das hat er«, versicherte sie ihm durch ihre Tränen hindurch, und Ran widersprach ihr nicht.

Er hielt sie fest, und seine Hände streichelten ihr über den Rücken. »Ich glaube Euch ja, Kleines.« Sie drückte sich näher an ihn heran. »Aber warum sucht Ihr ihn jetzt erst, nach all den Jahren?

»Nicht nach all den Jahren, Ransom. Seit ich sechzehn geworden bin, suche ich nun schon nach ihm.«

Neun Jahre, hallte es in seinem Kopf wider, und er hielt sie so weit zurück, dass er ihr Gesicht sehen konnte.

»Guter Gott, Aurora, warum?«

»Seht Ihr denn nicht, dass er alles ist, was mir auf dieser Welt noch geblieben ist? Und vielleicht ist er ja einsam und braucht mich.«

Braucht mich. Dachte sie denn nie an sich selbst?

Eine Flut von Zärtlichkeit überschwemmte ihn, denn er sah das mutterlose Kleinkind, versteckt, als die Mutter niedergemetzelt wurde; er sah das schmächtige junge Mädchen, das niemanden hatte, der ihr Rüschenkleider nähen, ihr Blumengirlanden ins Haar winden oder ihr am Bett Märchen vorlesen konnte. Er sah das vaterlose Kind, das niemanden hatte, der sie vor Rüpeln schützen, sie vor der Rauheit der Welt warnen, ihr Spielzeug machen oder sie sanft im Arm halten konnte, wenn sie von mitternächtlichen Kobolden in Schrecken versetzt worden war. Er stellte sich das wilde Mädchen vor, das in den Highlands aufwuchs, Kräuter und Blumen sammelte und an ihre Zaubersprüche und Tränke und an ihre Göttin glaubte. Er sah die Kindfrau, die mutig ihr Heim verließ, um nach ihrem Vater zu suchen, der sich selbstsüchtig seinem Kummer hingegeben und so sein einziges Kind vernachlässigt hatte.

Und dann sah er die an die Wand des Sultangefängnisses angekettete Frau, die ruhig auf ihn wartete. Seine Brust schien anzuschwellen, ein Anschwellen vor Stolz und Bewunderung, das in seinen Panzer schnitt, den er in jahrelanger Arbeit geschmiedet hatte. Er stellte sich vor, wie sie die letzten neun Jahre verbracht hatte, wo sie gelebt hatte, die Anlässe, bei denen sie sich kalt oder hungrig oder einsam gefühlt hatte, einsam, abgesehen von der Gesellschaft eines reservierten alten Mannes. Sie verlangte nichts und würde ihr letztes Hemd hergeben, wenn irgendjemand es benötigte. Und Ran wollte ihr zurückgehen, was sie verloren hatte; er wollte sie mit den Annehmlichkeiten überhäufen, die sie vermisst hatte, an denen ihr aber andererseits auch wenig lag. Er wollte Aurora glückliche Träume schenken und ihre Albträume verjagen.

»Er ist in der Nähe, Ransom«, flüsterte sie. Der weiße Wolf aus ihrer Seher-Schatulle, erinnerte er sich und schaute zu ihr hinunter. »Ihr seht also, warum ich Euch verlassen muss?«

Es war aber unmöglich, sie an Land zu bringen. Zumindest nicht dort an Land, wo sie hinwollte. »Wie ist sein Name? Vielleicht kann ich ja helfen?«

»MacLaren, Angus MacLaren.«

Er war verwirrt. »Aber …?«

»Lassiter ist der Name meiner Mutter. Ich habe den Namen MacLaren nie benutzt, weil ich Angst hatte, er würde vor mir davonlaufen, wenn er wüsste, wer ich bin.«

Zumindest zieht sie in Erwägung, dass ihr Vater vielleicht gar nicht gefunden werden will, dachte er, dann fragte er sie: »Würdet Ihr ihn denn überhaupt erkennen?«

»Meine Erinnerung ist die eines Kleinkindes, und genauso, wie ich mich verändert habe, muss auch er es getan haben. Aber sein Haar ist rot«, bemerkte sie. Ran drückte einen Kuss auf ihr Haar, sie drehte sich sofort zu ihm um. Aurora umfasste sein Gesicht und nahm seinen Mund, versenkte ihre Zunge tief zwischen seine Lippen und zog ihn aufs Bett hinunter. Sie küsste ihn voller Verzweiflung, voller Verlangen und Begierde, und sie wimmerte in diesen Kuss hinein. Er überließ ihr das Kommando, ließ sie ihre Ängste und ihren Kummer auslöschen, denn er fühlte sich erschüttert und schwankend, sich selbst nicht mehr erkennend. Die Kruste der Bitterkeit und des Zornes riss, denn seine zerrüttete Vergangenheit, *jeglicher* Schmerz, den er erlitten hatte, war plötzlich unbedeutend und erbärmlich verglichen mit ihrem harten Leben, das sie im Namen eines verlorenen Vaters geführt hatte. Und als sie vor Erschöpfung weicher wurde und ihre Lippen sich sanfter bewegten, als sie den Rest ihrer Tränen vergossen hatte, glitt er klugerweise von der Koje hinunter und kuschelte sie in die Laken hinein.

Ran ließ sich auf dem Boden ganz nah bei ihr nieder und strich mit einer sanften Berührung Haarsträhnen aus ihrem Gesicht. Blind griff sie hinüber, umklammerte seine Hand und öffnete kurz ihre Augen.

»Glaubt Ihr, er wird mich mögen?«

Das machte ihm Angst; ihre Augen waren ohne Leben, und ihre Stimme klang schrecklich hoffnungsvoll.

»Ja, kleine Lady. Er wird Euch lieben.«

Eine Stunde später rief er nach Shokai, damit dieser sich zu ihr setzte, nachdem er ihm erklärt hatte, was er wusste und wie er sie vorgefunden hatte. Shokai schien nicht überrascht zu sein über ihren Aufruhr, und sein Mangel an Mitgefühl für Auroras Elend machte Ran wütend. Dies ließ ihn darüber nachdenken, wie seltsam es doch gewesen war, dass Shokai zufällig in der Nähe war, als Aurora von Dieben angegriffen wurde.

23

Auf dem Schiff herrschte Stille, abgesehen vom Rauschen des Wassers, einem einsamen, gepfiffenen Befehl und dem Zischen des Mitternachtswindes durch die zerfetzten Segel, während die *Red Lion* in die Freiheit jagte.

Unter Deck, mit nacktem Oberkörper und barfuß, starrte Ran auf das Licht, das durch einen Riss in der Kabinentür fiel. Sie war wach. Seine Hand schien wie gelähmt und kennzeichnete so seine Unentschlossenheit zu klopfen. Er hatte nicht mehr mit ihr gesprochen, seit sie in seinen Armen geweint hatte, und auch sonst hatte er nur kurze Blicke von ihr erhaschen können. Er hatte sich dabei ertappt, wie er nach Bereichen auf dem riesigen Schiff suchte, in die er sich sonst nur selten vorwagte, und er brachte im Stillen Entschuldigungen dafür vor, dass er sich in der Kombüse oder vor ihrer Kabine aufhielt, und zwar in der Angst, dass ihre Albträume sie wieder quälen könnten. Ihr Summen, beruhigend und weich, drang zu ihm und er atmete tief aus und lehnte sich an die Wand zurück.

Es hatte ihn die halbe Nacht gekostet, seine ganze Willenskraft zusammenzunehmen, um sich so nah an sie heranzuwagen, und noch immer zögerte er. Beim Blute Gottes, ich befinde mich in einem fürchterlichen Zustand, dachte er und strich sich mit den Fingern durchs Haar, völlig verwirrt durch ein zierliches Persönchen. Seine Gefühle veränderten das Gesicht, das er brauchte, um Disziplin und Ordnung bei seiner Crew aufrechtzuerhalten. Rans Bemühungen, dieses zu verbergen, gaben ihm das Gefühl, ein Betrüger zu sein. Und doch, als er ihren neckenden Humor, ihre kühnen Reden oder den Duft warmen Ingwers vermisste, der sie stets begleitete, da wusste er, dass es unklug gewesen war, mit seinem Glück zu spielen.

Immerhin hatte er ihr ja einen Mord gebeichtet. Und sie hatte sich zurückgezogen; ob nun aus purer Angst oder seinen wiederholten Beteuerungen nachgebend, dass sie keine Zukunft hätten, so war es in jedem Falle unmissverständlich. Wenn Ran sie auch gelegentlich beobachtete, wie sie von einem Punkt seines Schiffes zu einem anderen ging, so nahm er doch auch wahr, dass sie nur *ihm* aus dem Weg ging. Die Zurückgezogenheit in seiner Kabine brachte ihm genauso wenig Frieden, denn auch dort ließ sie ihn nicht los. Es waren die kleinen Dinge, zunächst fast unbedeutend und kaum bemerkt: angewärmtes Wasser in seinen Krügen, wenn er sich rasieren wollte; Gerichte aus pochiertem Fisch anstelle von gepökeltem Schweine- oder Rindfleisch; ein vorbereitetes Bad, wenn er von seiner Wache zurückkam, das dampfende Wasser leicht mit Sandelholz parfümiert. Oder die kochendheiße, mit Zitrone und Minze aromatisierte Tasse Tee auf seinem Schreibtisch, als hätte sie sie gerade erst dorthin gestellt.

Er schien sich ständig einen oder zwei Schritte vor oder hinter ihr zu bewegen. Niemals jedoch im Gleichschritt.

Und er wusste, dass sie es so beabsichtigte.

In dieser Nacht entschied er, dass ihm das überhaupt nicht gefiel.

Ran hatte gerade seine Hand zum Klopfen erhoben, als ein gedämpftes, schlurfendes Geräusch ihn innehalten ließ und er sich umdrehte.

»*Sahib?*«, gähnte Dahrein mit verschlafenen Augen und mit jeder Faser nach dem mutterlosen Jungen aussehend. »Kann ich Euch hel…« Er richtete seinen Blick auf seinen Captain, auf die Tür, und dann auf den Mann zurück. Dahrein runzelte die Stirn, eher wie ein fürsorglicher Bruder als ein unerfahrener Junge, und Ran ließ seinen Arm wieder sinken.

Er spürte den stummen Tadel, als hätte man ihn mit seiner Kniehose um die Fußgelenke herum erwischt. »Ihr solltet *mem sahib* nicht stören«, hatte der Inder den Schneid, ihm zu sagen. »*Ihr* bringt nur ihr Karma durcheinander.«

Rans beißender Blick warnte ihn, und Dahrein wurde rot, bevor er eine flüchtige Verbeugung machte und sich rückwärts zurückzog, irgendetwas über Erwachsene und ihre kindische Art murmelnd.

Ran neigte seinen Kopf zurück und starrte auf die Decke. Zum Teufel noch mal. Was machte er bloß hier? Er war innerlich zerrissen und verstand nicht das Geringste von dem, was er fühlte. Das Einzige, was er klar begreifen konnte, war, dass er sich ohne ihre Nähe leer und betrogen fühlte, und das stand wie eine Festung der Hoffnung gegen die Lektionen seiner Vergangenheit und die Jahre des gefühlsmäßigen Verfalls. Alles das erschien ihm nun geringfügig und bedeutungslos verglichen mit dem harten Leben, das sie durchgemacht hatte, was er sie hatte durchmachen lassen, wenn auch im Namen seiner Gelübde; und seine einzige Sorge in den vergangenen Tagen hatte Aurora gegolten – was mochte sie wohl denken oder fühlen? Hatte sie es bequem, war sie unglücklich? Fürchtete sie ihn nun, oder hatte sie, wie er vorgegeben hatte es zu wollen, ihn aus ihrem Herzen verbannt?

Bei dem letzten Gedanken bohrte sich ein stechender Schmerz durch seine Brust. Er richtete sich auf und schaute erneut auf den Lichtspalt.

»Verdammt«, murmelte er, bevor er sich in seine Kabine zurückzog.

Aurora lauschte seinen Schritten, unruhig und begierig, Ran zurückzurufen. Beherrschung war nicht unbedingt eine ihrer Stärken; ihre früheren Begegnungen mit der Gefahr bewiesen, dass sie oft Hals über Kopf in Schwierigkeiten rauschte, ohne groß darüber nachzudenken. Und Ransom zu meiden kam einer Nahrungsverweigerung gleich, denn von Tag zu Tag wurde sie schwächer. Es war schon seltsam, ihn zu vermissen, obwohl sie oft weniger als ein paar Meter voneinander entfernt waren. Aber das war ja genau das, was er wünschte. Mit geschlossenen Augen wartete sie darauf, dass das wilde Verlangen vorüberging.

Umgehend sprang ihr das letzte Bild von ihm in den Kopf: auf Deck stehend, wo die Brise mit seinen langen kastanienbraunen Haaren spielte, seinen bestiefelten Fuß auf einer Kiste abgestützt und das Meer betrachtend, als könnte es ihm die Antworten geben, nach denen er suchte. Er strahlte Kraft aus; unterdrückte Stärke schrie aus jeder Pore seiner großen, muskulösen Gestalt. Er brauchte eigentlich gar nicht die Ansammlung von Messern und Steinschlosspistolen, die ständig in seinem breiten Gürtel steckten, auch ohne diese sah Ransom bedrohlich genug aus. Es zeigte sich an seiner Haltung – distanziert, unnahbar und kontrolliert.

Aurora ließ sich jedoch nicht täuschen. Unter dem Lederwams, das straff über seiner Brust geschnürt war, befand sich die verletzte Seele eines Mannes, der danach schrie, geliebt zu werden, und zwar vorbehaltlos.

Und sie liebte ihn wirklich.

Die wahre Tiefe ihrer Gefühle war ihr bewusst geworden, als er darauf bestanden hatte, sie an die Küste bringen zu lassen – und als er sie wieder zurückgerufen hatte.

Wenn er auch darauf beharrte, dass in seinem Leben kein Platz für sie sei, so wurde sein persönlicher Kampf doch nicht länger unterdrückt, das konnte sie an seinen Gesichtszügen erkennen, jedes Mal, wenn er sie anschaute. In diesen bernsteinfarbenen Augen sah sie den jungen Prinz der englischen Gesellschaft, der spielte, mit Gleichrangigen zechte, sich mit seinen Fähigkeiten bei den Damen brüstete, der aber dann für die Sünden seines *Vaters* ausgestoßen wurde. Und ihr Herz zerbrach für ihn, für den Teil von Ransom, der an jenem Tag gestorben war. Wie niedergeschlagen musste er gewesen sein, wie gedemütigt und wütend. Und wer war für ihn da gewesen? Wer hatte sich seinen Schmerz angehört und ihn festgehalten, als er alles um sich herum zerstören wollte?

Wer hatte ihn geliebt, nachdem er erkannt hatte, dass er einen unschuldigen Menschen getötet hatte?

Anscheinend waren weder Mutter noch Vater für ihn da gewesen, ansonsten wäre nicht so viel Bitterkeit in ihm angestaut worden. Das Ganze war ein unglücklicher Zufall gewesen, außerhalb seiner Kontrolle stehend, entschied Aurora. Trotzdem aber saß die Wunde tief, und sie eiterte noch immer.

Und er wollte auch gar nicht, dass sie heilte. Noch nicht.

Wenn er es wollte, wenn er ihr vertraute, dass sie ihn nicht verließ, dann würde er wissen, dass er zu ihr kommen konnte. Wo auch immer ich dann sein werde, dachte sie, bevor sie ihre Aufmerksamkeit dem indigofarbenen Stoff zuwandte, der auf ihrem Schoß lag. Der Ballen prächtiger ägyptischer Baumwolle hatte in der Koje gelegen, als sie am Morgen aufgewacht war, und mit Dahreins Hilfe hatte sie aus dem Stoff ein schlichtes Kleid zugeschnitten und angepasst. Sie legte keinen Wert auf Ausgefallenes, sie hatte noch nie mehr als ein oder zwei schlichte Kleider besessen. Ransom hatte ihr jedoch diesen Stoff gegeben, und die Tatsache, dass er ihr ein Geschenk gemacht hatte, war wertvoller, als wenn er ihr die Gefühle zugeflüstert hätte, die in seinem Herzen eingeschlossen waren.

Sie musste einfach glauben, dass es so war.

Ansonsten wäre dieser ganze Herzschmerz zu nichts nutze.

Ran lehnte sich gegen den Türpfosten seiner Kabine, die Arme vor der Brust verschränkt, als Aurora den Gang entlangkam. Seine Haltung schien entspannt und lässig, sein Blut jedoch rauschte mit vierzig Knoten durch seinen Körper und erregte seine Sinne.

»Habt Ihr Angst vor mir, Mylady?« Er hoffte, die richtige Menge Trotz in seinem Tonfall zu haben.

Aurora blieb stehen, eine Hand auf ihre Hüfte gestützt, in der anderen ein mit einem Tuch bedecktes Tablett haltend, und drehte sich um. Sie fühlte sich in die Enge getrieben. Der Gang schien sich um sie herum zusammenzuziehen, und ihr Herz pochte wie wild, denn sie erkannte die schwelende Glut in seinen Augen. Es war gefährlich, ihn einfach so anzuschauen; er raubte ihr alle Gedanken bis auf einen – wie wahnsinnig sie ihn liebte. Es ist *meine* Schwäche, dachte sie, während sie die edlen Gesichtszüge studierte, die sie in ihren Träumen sah. Sie sehnte sich danach, die Wärme seiner durch Arbeit rau gewordenen Hände zu spüren, wie sie über ihren Körper streichelten. Er starrte sie jedoch nur bewegungslos an.

Das ließ sie unruhig werden.

»Ihr würdet mir doch niemals irgendwelchen Schaden zufügen, Ransom«, entgegnete sie ihm mit geneigtem Kopf.

»Und doch vermeidet Ihr es schon seit Tagen, auch nur in meine Richtung zu schauen.« In Shokais oder Dahreins Gesellschaft oder umgeben von aufmerksamen Crewmitgliedern, knirschte er mit den Zähnen, niemals jedoch allein.

»Ich bin nur ein wenig beschämt, dass Ihr mich so vorgefunden habt«, sie schaute auf den Boden, »heulend wie ein Baby.«

»Eure Tränen waren doch berechtigt«, sagte er mitfühlend und sie schaute ihm in die Augen.

»Bietet mir bitte kein Mitleid an, Ransom«, entgegnete sie ihm brüsk. »Ich will es nicht.«

»Genauso wenig, wie ich es von Euch will«, konterte er, wie immer überrascht über ihre Temperamentsausbrüche.

»Gut. Mitleid ist etwas für diejenigen, die sich nicht selbst zu helfen wissen.«

Er runzelte die Stirn. Die Herausforderung, die sie für ihn bedeutete nach den zehn Jahren der Unterdrückung, entwickelte sich zu einem gefährlichen Brodeln. Er konnte spüren, wie es seinen Rücken hinauffuhr. Diese Frau konnte seine Gefühle mit einem sorgfältig formulierten Satz oder durch einen langen, durchdringenden Blick heillos durcheinanderbringen. Vor allem diese Blicke, nach denen er sich so sehr sehnte, diese kühnen, heißblütigen Blicke, die ihr Bedürfnis nach Liebe und Zuwendung verrieten sowie die Geduld, die sie aufwendete, um beides zu bekommen, machten ihm zu schaffen.

Sie hätte ihm zwar ausweichen können, ihre Augen jedoch sagten ihm alles. Aurora Lassiter konnte nicht lügen. Diese Fähigkeit besaß sie einfach nicht. Sie spielte ihre Spielchen mit ihm, und jedes Mal, wenn sie seinem Blick begegnete, sah Ransom einen Funken eines undeutlichen Traumes, den er einst gehegt hatte und von dem er wünschte, die Kraft zu haben, ihn auszuleben – oder wegzulaufen.

Das war jedoch eine Wahl, die er nicht treffen konnte.

Langsam stieß er sich von der Tür ab und näherte sich ihr so weit, bis sie ihren Hals recken musste, um zu ihm hochschauen zu können. Unerschütterlich erwiderte sie seinen Blick. Er berührte sie nicht, seine Augen sprachen jedoch eine deutliche Sprache, und Aurora wollte sich ihm in die Arme werfen und ihn so lange festhalten, bis der sanfte Schmerz, der sich in ihre Brust drängte, gelindert würde.

Wann wirst du es endlich zulassen, dass ich dich liebe?, schrie ihr Herz. Aufregung zerrte an ihren Nerven, aber Geduld beruhigte sie. Noch immer schaute er sie an, und sein Atem wurde schneller. Ihre Zunge schnellte heraus, um ihre Lippen zu befeuchten, und seine Augen loderten auf. Es war ein räuberischer Blick, der eines Jägers auf der Pirsch, durstig und ausgehungert.

»Ja?«, fragte sie erwartungsvoll.

Wie konnte sie nur so gelassen sein, wo er sich doch fühlte wie ein zerrissenes Segel, das im Sturm hin und her peitschte!

»Wem bringt Ihr da etwas zu essen?«, wollte er auf das Tablett weisend wissen, obwohl es ihm eigentlich völlig egal war.

»Dem Bootsmann, Connor Lockewood. Er ist unter Deck,«

»Lockewood hält sich stets unter Deck auf.« Bei Gott, er würde ihr gerne diesen kühlen Blick aus dem Gesicht küssen, »Es sei denn, er befindet sich in Gesellschaft von Lougière. Die meiste Zeit über ist das Paar unzertrennlich,«

»Es ist gut, einen Freund wie ihn zu haben«, gelang es ihr zu sagen, wobei er sie mit so ungezügelter Glut und Verlangen anschaute, dass sie Mühe hatte, die Worte über ihre Lippen zu bekommen. »Wenn ich den Bootsmann auch noch nicht zu sehen bekommen habe.«

»Er ist ein ruhiger alter Junge«, beschrieb Ran ihn.

»Es ist wohl besser, wenn ich jetzt gehe«, murmelte sie, bewegte sich jedoch nicht.

»Ja.« Er tat es genauso wenig.

»Ransom?«

Die Luft zwischen ihnen beiden knisterte.

»Schaut mich nicht so an.«

»Wie schaue ich Euch denn an?« Sein Gesichtsausdruck veränderte sich nicht das kleinste bisschen und sein Blick hielt sie weiterhin gefangen.

»Als würdet Ihr, wenn ich kein Essen in den Händen hielte, meine Röcke heben und mich angreifen wie ein brünstiger Bock.«

Er grinste und ließ seine weißen Zähne aufblitzen. Das Bild, das sie zeichnete, erregte ihn. »Ist das so?«, kam es angespannt aus ihm heraus.

»Und glaubt nur ja nicht, dass es mir etwas ausmacht«, erklärte sie, woraufhin er stöhnte und sich zu ihr herunterbeugte. Sie beobachtete, wie sein Mund näher kam, und befeuchtete unbewusst ihre Lippen. »Aber wir haben zu unterschiedliche Pläne für unsere Zukunft.« Er kam noch näher. »Ihr habt es deutlich gemacht, dass ich nicht in Eure Zukunft passe, und ich bin nicht dumm.« Ihre Stimme senkte sich und wurde zum schamlosen Appell einer Liebenden. »Eine kluge Frau bleibt nicht«, er kam noch näher, »und verspottet ein wildes Tier«, ihre Finger verschlossen seine Lippen, »sondern sie flieht.« Sie zog eine Augenbraue hoch. »Nicht wahr?«

»Habt Ihr noch nie davon gehört«, entgegnete er daraufhin gegen ihre Finger, »dass man einen Wilden auch zähmen kann?«

Irgendjemand räusperte sich, woraufhin sich Ran, die Unterbrechung verfluchend, zurückzog. Aurora schaute ihm einen kurzen Moment lang nach, dann drehte sie sich weg und ging zu Lougière, der im Niedergang stand, Lockewood befand sich hinter ihm. Sie verlangsamte ihren Schritt, gewann ihre Fassung zurück und starrte mit eng zusammengezogenen Augenbrauen den Quartermeister an. Völlig in Gedanken versunken, reichte sie Lockewood das Tablett hinüber. Er nahm es, entgegnete kurz ihren Blick und kehrte dann den Gang entlang zurück.

»Macht Euch keine Gedanken wegen Connor, Mylady«, gab Lougière ihr den Rat, während er auf sie zugehumpelt kam. »Ich glaube, wenn man sich lediglich in seiner eigenen Gesellschaft im Vorderdeck aufhält, macht einen das launisch.«

Aurora nickte. Plötzlich überkam sie ein Frösteln, noch nie zuvor hatte sie sich so gefühlt. Sie konnte diese Empfindung nicht bestimmen … kalt, dunkel vor Wut? Reue? Oder war es Hass? Wie viele Männer auf diesem Schiff tragen wohl kleine Geheimnisse mit sich herum, fragte sie sich und schaute sich Lougière an. Er und Connor waren älter als Ransom, grauhaarig, wenn auch Lougières Locken noch mit dem Honigblond seiner Jugend durchzogen waren. Er war sympathisch, geistig rege und ein unverbesserlicher Charmeur. Sie spürte jedoch sehr stark, dass das eine Maske war, und eine natürliche Neugierde ließ sie sein Angebot annehmen, sie in den Sonnenschein hinauszubegleiten. Als sie sich jedoch zu Ransom hin umdrehte, entging Aurora nicht die Eifersucht in seinen Augen. Es durchstach sie wie eine Klinge, denn sie wollte nichts lieber tun, als an seinem Arm spazieren zu gehen, ihn auf die Art und Weise zu lieben, die er verdient hatte.

Es war jedoch unmöglich, Ransom Montegomery dazu zu überreden, seine Vergangenheit abzulegen, und mit Sicherheit noch weniger, sich zu verlieben.

24

Der Schrei aus dem Krähennest veranlasste die Männer zur Eile, ihr Captain jedoch blieb gelassen mit dem Fernglas am Auge auf dem Hüttendeck stehen.

Land.

Angesichts der Zerstörungen, die die *Lion* erlitten hatte, hatten sie es in einer hervorragenden Zeit geschafft. Ran freute sich jedoch überhaupt nicht auf diesen Moment. Und das noch weniger, als Aurora auf Deck stürmte und ihre Augen abschirmte, um aufs Meer hinausschauen zu können. Ihr blaues Gewand bauschte sich in der Brise und leuchtete in dem schwindenden Licht; ihre offenen Haare peitschten im Wind. Eine Beengtheit zerrte an Rans Brust. Seit dem Moment im Niedergang zwei Tage zuvor war er ihr nicht mehr so nahe gewesen.

Und sie würde ihn dafür in der Luft zerreißen.

Sie stellte sich an der Reling auf die Zehenspitzen. Ran wusste, dass sie im aufkommenden Dämmerlicht nichts sehen konnte und stellte sich neben sie. Das passierte nur einen Moment, bevor sie zu ihm aufschaute. Ihr Blick fuhr durch ihn hindurch wie ein Schwert durch Papier.

»Es ist also wahr? Land?« Zuerst war sie enttäuscht, dann jedoch voller Hoffnung.

»Ja.«

»Aber wo?« Sie suchte den Horizont in allen Richtungen ab, und beinahe hätte er gelacht. Aber nur beinahe. Er hielt ihr das Fernglas hin und gab ihr ein Zeichen, es doch damit zu versuchen. Sie nahm es und stellte es ein.

»Ach, das ist ja nicht mehr als ein Fleck.« Der Anblick löste ein Reißen in ihrer Brust aus. Land bedeutete, dass ihre Trennung näher rückte.

»Und wird es auch bis morgen bleiben.« Sie nahm das Glas herunter und blinzelte in die Ferne, als sie es ihm zurückgab.

»Wir werden also daran vorbeisegeln?«, vermutete sie mit leiser Stimme, wobei sie mit ihrem Amulett spielte.

»Nein, Mylady, wir segeln gerade drauf zu«, erklärte er ihr und sah, wie sie sich versteifte.

Himmel noch mal! Sie hatte nicht erwartet, dass sie so bald schon in einen Hafen einlaufen würden! Nicht mit den Briten, die das Meer durchkämmten, um sie zu finden. Aber sie vertraute Rans Instinkten und sie wusste, dass es einen guten Grund dafür geben würde, jetzt an Land zu gehen. An Land. Wie sehr hatte sie doch gehofft, dass mit der Zeit …

»Hat dieses Land einen Namen?«

»*Sanctuary* – die Zuflucht.«

Und dann, nach einer Pause: »Dort ist mein Zuhause, Aurora.«

Sie riss ihre blauen Augen vor Überraschung weit auf. »Zuhause?« Sie schaute um sich, und ihr Blick sagte ihm, dass sie die *Lion* für seinen einzigen Aufenthaltsort gehalten hatte. »Ihr habt ein *richtiges* Zuhause?«

Richtiges. Ran konnte es nicht sagen. Es war ein Haus mit Bewohnern, mehr nicht. Aber es war die Art, wie sie dieses eine Wort aussprach, voller Ehrfurcht und Neid, eine Fülle an Sehnsucht empfindend, die ihm das Herz brach. Wird sie es mögen?, fragte er sich plötzlich, oder wird sie es schmucklos und kalt finden?

»Ja«, antwortete er schließlich, schaute in ihre glänzend blauen Augen und hatte das Gefühl, vollkommen von ihnen verschluckt zu werden. »Es ist durch ein Riff geschützt und hat nur einen Weg landeinwärts zu den Buchten. Wir werden nicht vor Einbruch der Dunkelheit zur Küste fahren, dann müssen wir vor Anker gehen und bis zum Sonnenaufgang warten.«

Noch eine Nacht, dachte sie und verschluckte sich fast an dem Knoten, der in ihrer Kehle anwuchs. Noch eine Nacht, und sie würde von ihm getrennt sein. Aber das war es ja, was er wünschte. »Ich verstehe.« Sie senkte ihren Blick auf den Ausschnitt seines Hemdes und drehte sich dann weg.

Ran runzelte die Stirn und packte sie am Arm. »Aurora? Was habt Ihr?«

»Nichts, nichts.« Sie hielt ihren Kopf geneigt, denn ihr war nicht viel mehr geblieben als ihre Würde, und sie war entschlossen, sich nicht zum Narren zu machen, wenn er sie nicht bitten sollte, mit ihm zu kommen. Sein Zuhause. Er ging nach Hause, zu Freunden, in einen Hafen der Ruhe; und sie würde mit ihrer Suche fortfahren. Ach, bemitleide dich doch jetzt nicht selbst, schalt sie sich lautlos. Trotzdem aber nagte es an ihrem Herzen, dass es in seinem Leben keinen Platz für sie gab. Dies war ein Feind, gegen den sie nicht ankämpfen konnte.

»Schaut mich an, kleine Lady.«

Sie tat es jedoch nicht, denn die Art, wie er sprach, zerrte an ihrer Gelassenheit. »Ich freue mich, wirklich, denn nun kann ich wieder nach meinem Vater suchen«, stieß sie aus, riss sich los und rannte zur Luke. Ran lief hinter ihr her, dann hielt er jedoch inne.

»Warum habt Ihr es ihr nicht gesagt?«, wollte neben ihm Domingo wissen, und als Ran nach oben schaute, bemerkte er, dass mehr als nur einer seiner Männer das Gespräch mit angehört hatte. Shokai eingeschlossen. Der alte Mann sah ihn nun böse an wie ein schwarzer Donner.

»Ihr was gesagt, Dom?«, kam es in einem leisen Zischen. »Dass ich sie nach neunjähriger Suche an einen Ort bringen werde, wo sie niemals ihren Vater finden wird? Dass ich sie auf einer Insel aussetze, wo sie für Wochen keine Chance auf Freiheit haben wird?« Er schüttelte den Kopf, schlug die Hände vors Gesicht und fuhr sich dann mit den Fingern durchs Haar. Die Bekümmertheit, die sie versuchte zu verbergen, ließ ihm das Herz schwer werden. Nach all den Gelegenheiten, bei denen er sie zurückgestoßen und seine Unfähigkeit deklamiert hatte, sich ihr anvertrauen oder seine Verpflichtungen ihr gegenüber ändern zu können, tat er nun genau das. Sie würde unglücklich sein. Sie würde wütend und verletzt sein, dass er ihr seine Pläne verheimlicht hatte; Pläne, die ihr Leben erneut zum Stillstand bringen würden, und das wegen seiner Fehler, wegen seiner Gelübde. Wegen seines Bedürfnisses, sie beschützen zu wollen trotz allem.

Und doch musste sie bei ihm bleiben, denn Ran befürchtete, sie an *irgendeiner* Küste abzusetzen, würde innerhalb von wenigen Tagen ihren Tod bedeuten.

Obwohl sie es ihm nicht glauben würde, wenn er in diesem Punkt hartnäckig blieb, so war er sich doch sicher, dass irgendjemand eine geschickte Hand walten ließ, um ihre Missgeschicke zu steuern. Und der Missetäter hielt sich nahe genug bei Ran oder seiner Crew auf, um in den vergangenen Monaten mehrmals ihren Weg zu kreuzen. Ja, Foti könnte sie an die Briten verraten haben, und Aurora an die Sklavenhändler nach diesem Fiasko in dem düsteren Gasthof. Das erklärte jedoch noch lange nicht, wie irgendjemand von ihrem genauen Aufenthaltsort erfahren haben konnte, nachdem sie aus Rahmans Lager zurückgekommen waren, oder warum sie von den anderen Frauen an Bord der *Black Star* getrennt gehalten worden war. Nichts davon beeinträchtigte jedoch die Tatsache, dass sie – wer auch immer sie waren – Castille getötet und beinahe auch Lougière erschlagen hatten, um sie zu bekommen.

Wer hegte genügend Rachegefühle, um sie unbedingt aus dem Weg haben zu wollen? Und warum? Diese Frau würde niemals wissentlich einer anderen lebenden Kreatur Schaden zufügen. Ran überlegte, dass Shokai das eigentlich beabsichtigte Ziel gewesen sein könnte. Oder vielleicht hatten ihre Angreifer ja auch angenommen, dass sie niemanden hatte, den es kümmern würde, wenn sie von der Erdoberfläche verschwinden würde? Dieser Gedanke ließ seine Knie weich werden. Was könnte sie wohl wissen oder getan haben, was eine so abscheuliche Vergeltung rechtfertigen könnte?

»Ich denke, Ihr habt die Lady unterschätzt, Ran«, unterbrach Domingo seine Gedanken. »Nach vierzehn Tagen mit Euch zusammen auf See wird sie die Ruhe willkommen heißen.«

Ran erkannte nicht, dass er lediglich einen Scherz gemacht hatte, und sein frostiger Blick zeigte das. »Vielleicht verschwindet sie ja auch im Dschungel, wie Ihr das so gerne hättet«, reizte Domingo ihn, während er sich in regelmäßigen Abständen Nüsse in den Mund steckte. »Es ist ja eine große Insel.«

»Fahrt doch zur Hölle, Dom«, krächzte Ran und starrte auf die unerforschte Insel. *Sanctuary* – die Zuflucht. Mindestens dreihundert Seelen nannten sie ihr Zuhause, und das schloss noch nicht die Eingeborenen und die wilden Kreaturen ein, die des Nachts zu hören waren. Ran hatte *Sanctuary* jedoch noch nie als ein Zuhause betrachtet, wie Aurora es genannt hatte, denn selbst hier fand er nur wenig Frieden. Das war der Grund dafür, dass er den größten Teil seines Lebens auf dem Meer verbrachte. Die Stein- und Holzkonstruktion eines Hauses stellte eine Dauerhaftigkeit dar, der er nichts abgewinnen konnte, jedenfalls nicht, solange er seine Art zu leben weiterverfolgte. Er hätte es gerne, bemerkte er, wenn es anders wäre.

Trotzdem aber würde er lieber sterben, als sie für seine Gelübde zurück in die Gefahr zu schicken. Denn die grenzenlose Enttäuschung, die er seinerzeit in ihren Augen gesehen hatte, war zu qualvoll, als dass er sie ein weiteres Mal mit ansehen wollte.

»Schickt zwei große Beiboote zur Küste, damit Vorbereitungen für unseren Aufenthalt getroffen werden.«

Domingo nickte und fragte ihn dann: »Soll ich Sayidda informieren, dass Ihr einen Gast haben werdet?«

»Erzählt ihr, was Ihr wollt, Avilar«, knurrte er. »Es ist mir egal.«

Ran verließ das Deck und stieg in den Gang zu seiner Kabine hinunter. Das Zuschlagen der Tür konnte man auf dem ganzen Schiff hören.

Die Nacht brach schnell herein, und die Erleichterung der Crew nach der gefährlichen Reise sowie ihre Ungeduld, nach Hause zu kommen, zeigten sich in endlosem Schwatzen und Musik; die fröhlichen Töne der Flöten und Mundharmonikas erfüllten den warmen Abend. Die *Lion* schaukelte wie eine Kinderwiege auf dem ruhigen Wasser. Eine sanfte Brise bewegte das hauchdünne Netz, welches das große Himmelbett umgab, in dem Ran, die Hände unter seinem Kopf verschränkt, auf einer Bettdecke dalag. Er konnte keinen Schlaf finden. Seine Gedanken wollten nicht stillstehen. Sie schwirrten von den Gefühlen Auroras zu den Aufgaben hin, die er noch nicht erledigt hatte, und zu Rachel Ortiz und wie es ihr nun wohl ging. Außerdem zu dem, was Sayidda wohl sagte, wenn sie Aurora sehen würde.

All die Momente, die er mit Aurora verbracht hatte, steckten wie gesprungene Eissplitter in seinen Gedanken, klar, scharf, und doch irgendwie ineinander verschmelzend: wie er sie zunächst gefangen und angekettet gefunden hatte, ihr furchtloses Bemühen, Shokai zu retten, ihr herzzerreißender Kuss, die Enttäuschung in ihren Augen, als sie ihn für einen Sklavenhändler gehalten hatte, und ihre schnelle Annahme, als er sie bat, ihm zu vertrauen.

Seine Lippen kräuselten sich, als er sich an ihre unverhohlenen und häufigen Reaktionen auf seine Erregung und ihre Rolle dabei erinnerte; dann jedoch überschattete ihre Wut über Shokais schwachen Zustand das Bild und ließ seine Lippen schmal werden. Sie hört nie auf, mich zu überraschen, dachte er, sie jedoch nackt in seiner Kabine vorzufinden, hatte dem Zugeständnis heimlicher Wünsche eine neue Bedeutung gegeben.

Bilder schossen ihm durch den Kopf, Bilder ihres Lächelns und ihrer heißblütigen Blicke.

Aurora, frei und schamlos, wie sie seine Schläfen massierte und seinen Rücken schrubbte. Aurora, wie sie seinen Apfel mit ihm teilte und ihn bis zum Wahnsinn küsste, barfuß und vollbusig und verschwenderisch erotisch. Aurora, wie sie über Blumen und Kräuter sprach und über einen sterbenden jungen Mann, der sich nichts als ihren Tod gewünscht und sie dann doch um Hilfe gebeten hatte. Und sie hatte sie ihm zukommen lassen. Genauso wie ihr Mitgefühl und ihr Verzeihen und ihr Verlangen gab sie ohne zu zögern alles, was sie war. Sie hatte ihn nicht um seine Hilfe gebeten, um seine Gesellschaft, genauso wenig an Bord behalten zu werden. Nicht einmal um eine Mahlzeit oder Kleidung oder besondere Rücksichtnahme seinerseits hatte sie je gebeten. Um nichts, außer um mein Herz, dachte er trübselig. Um nichts, außer all dem, was er weggeschlossen hütete.

Geben.

Es war, als wollte sie ihm seine Haut abziehen.

Aber ich sehne mich doch nach ihr, gab er stillschweigend zu; er erflehte ihre zärtliche Liebe, bevor die tatsächliche Welt wieder über ihn hereinbrach. Allmächtiger Gott, er hatte es satt, sich an seine Vergangenheit zu klammern, seine Gefühle für sie zu leugnen. Und er wollte sie spüren, ihre seelischen Schwingungen, ihren nährenden Geist, die unglaublich sinnliche Anmut ihres Körpers. Ihre Gegenwart beeinflusste eine jede seiner Bewegungen, seine Gedanken, und er erinnerte sich an die Schuldgefühle und die Hoffnungslosigkeit, die ihn überschwemmt hatten, als sie plötzlich aus dem Gasthof verschwunden war; an die zerreißende Qual, die in seinen Eingeweiden eingeschlossen geblieben war, ihn zu zerstören schien, bis sie dann aus dem Bauch des Piratenschiffes zu ihm aufblickte.

Sie weinte um eine ermordete Mutter, hoffte, einem abtrünnigen Vater zu gefallen, und … begehrte einen Piraten. Einen Bastard, der nichts anderes zu bieten hatte als eine verbitterte Seele und ein paar zerrüttete Gelübde.

Und er hatte sie zurückgestoßen, obwohl er sie eigentlich für sich beanspruchen wollte.

Für sich.

Ein schwacher, blecherner Klang zerschlug seine Gedanken; und er hörte genauer hin; eine traurige Melodie schien ihm die Luft aus der Lunge zu pressen.

O Gott!

Der Dudelsack.

Er erhob sich ruckartig aus dem Bett, und in seiner Eile, zur

Tür zu kommen, zerriss er das Netz. Draußen schnappte er sich einen gerade vorbeikommenden Seemann.

»Sagt dem Bastard, er soll mit dem verdammten Dudelsackspielen aufhören! Und zwar sofort!«, knurrte er, stieß dann den erschrockenen Mann beiseite und machte sich auf den Weg zu Domingos Kabine. Mit riesigen Schritten stapfte er über das Deck, und in dem Moment, als er sie erblickte, war sie schon in ihn hineingerannt.

»Oh, Ransom«, kam es in einem erbärmlichen Krächzen. »Haltet mich fest?«

»Ist ja schon gut, Kleines.« Er nahm sie in seine Arme. »Ich bin doch da.«

Sie schlang ihre Arme um seinen Nacken, vergrub ihr Gesicht an seinem Hals und benutzte ihre Arme, um ihre Ohren zu bedecken.

In seiner Kabine hielt er sie fest und drückte seine Lippen auf ihre Stirn, und er hatte das Gefühl, als würde die gesamte Welt zitternd in seinen Armen liegen.

»Meine kleine Lady«, beruhigte er sie in ihr Haar hinein, Ihr Herz klopfte schnell und schneller, bis das Dudelsackspiel ganz plötzlich abgebrochen wurde. »Es sind doch nur alte Träume, die Euch quälen.«

Sie nickte und klammerte sich an ihn, als ob sie ihn nie mehr loslassen wollte. Er konnte eine Zerbrechlichkeit in ihr spüren, eine Dringlichkeit, an die er nicht herankommen konnte. Dann neigte sie ihren Kopf nach hinten.

Tränen füllten ihre großen Augen und ergossen sich über ihre zarten Wangen. Und ihr Schweigen quälte ihn. Er wollte sie irgendwo verstecken, wo niemand ihr wehtun konnte. Er schaute auf sie hinab und wusste, dass sie in dieser Nacht seine Arme nicht mehr verlassen würde, wusste, dass sein Widerstand gebrochen war. Sie war das Einzige, was zählte. Er schluckte und gab sich geschlagen.

Heute Nacht würde er sein Gelübde brechen.

Es wird Euch stärker machen.

Diese Erkenntnis verschlug ihm den Atem. Seine Beherrschung bröckelte und löste sich in Nichts auf.

»Aurora«, kam es leise und sich ergebend.

»Ich brauche dich, Ransom. Ich brauche dich wirklich«, sie erstickte fast an ihrem Flüstern; ihre Hände fuhren ungeduldig von seinem Nacken hoch in die Fülle seines Haares hinein, und Verzweiflung setzte ihr zu, denn sie hatte nur noch diese eine Nacht, ihn zu lieben. Und wie ein vertriebener Dieb würde sie sich diese stehlen, den Spalt suchen, durch den sie zu dem Mann eindringen konnte, den sie mehr als ihr Leben liebte. Sie drängte ihn, näher heranzukommen.

»Komm heute Nacht zu mir. Stoß mich nicht fort«, flüsterte sie gegen seine Lippen, und er sog die Worte auf. Leidenschaftlich barg er sie in seinen kräftigen Armen, und sein Knie schmuggelte sich zwischen ihre Schenkel. Aurora wimmerte leise, als sie an seinen Lippen leckte und sinnlich daran zog, bevor sie ihre Zunge in seinen Mund hineindrückte. Er schmeckte nach Kognak und Winter. Seine Arme spannten sich an, seine Hände fuhren unter ihr Gewand und zogen sie an seinen harten und muskulösen Schenkeln hoch. Sie wiegte sich gegen ihn, warm und glücklich, ihn dort zu haben, und Ran erwiderte bebend ihre Bewegungen. Seine Männlichkeit pulsierte, ein Stöhnen glühender Freude und Einwilligung dröhnte in seiner Brust, als er sich auf das Bett zubewegte.

Ran wusste, dass er es bereuen würde, wusste, dass es ihnen Schmerzen bereiten würde, aber nichts konnte ihn noch von ihr fernhalten. Es war Aurora, für die er sein Gelübde brechen würde. Aurora, die in ihm den Drang erzeugte, sie zu erfreuen, ihr alles zu geben und sie anzubeten. Ein Teil von ihm brach aus ihm heraus wie eine Kreatur, die lange unter der Erde vergraben gelegen hatte; Gefühle rauschten durch seine Adern, rein, freigesetzt, ohne Bitterkeit, ohne Reue.

Er konnte es kaum erwarten, alles herauszulassen.

Nur ein dünnes Hemd noch, dessen Knöpfe geschlossen waren, trennte ihre Haut von ihm. Die Kraft seines Kusses trieb sie zum Wahnsinn, Sie stöhnte entzückt, als er die Knöpfe öffnete und das Hemd von ihrem Körper zog und warf ihren Kopf zurück, nackt und zum Anbeißen weiblich. Er ergriff mit einer Hand ihre Brust, umfasste das pralle Fleisch, während er seinen Kopf senkte. Seine Lippen schlossen sich über ihrer rosigen Brustwarze, saugten daran, und sie schnappte nach Luft. Hitze sammelte sich in ihrem Körper und brannte durch sie hindurch. Sie krallte sich an seinen Schultern fest, erregt und hungrig und feucht, als er sich auf das Bett kniete.

Ran hielt sie dort, über seine Schenkel gegrätscht, ihre Haut zwischen seinen Lippen schmeckend und den Duft ihrer Erregung riechend, als sie mit ihren gespreizten Fingern um seine Brustwarzen fuhr, während ihre andere Hand seinen Bauch hinunterglitt und zwischen seine Schenkel fuhr.

Er zuckte zusammen und schaute ihr in die Augen. Irgendwo knallte eine Luke zu.

Sein Arm zog sich fester um ihre Hüfte herum.

Ihrer beider Atem vermischte sich sinnlich und feucht.

Sie bearbeitete seine Erektion, langsam, weiblich erfreut und dennoch urtümlich und kraftvoll.

»Schenke mir diese Kraft«, keuchte sie gegen seine Lippen und öffnete die Knöpfe seiner Kniehose. Ran schluckte; sein Atem ging rasend schnell. Die harten Spitzen ihrer Brüste stießen gegen seine Brust, als sie den Stoff seines Hemdes auseinanderzog und ihn davon befreite. Es gab kein Zögern in ihr, keine Angst, nur Verlangen, nur ihren kristallblauen Blick, der den seinen festhielt, als sie ihre Finger um seine Erektion schloss. Sein schweres Stöhnen ließ die Kabine vibrieren, er presste seinen Mund wild auf den ihren, seine Zunge tauchte hinein und ihr Haar ergoss sich auf dem Laken. Er ließ sie auf das Bett niedersinken, stützte sich über ihr ab, und sein mächtiger Körper bebte mit der rauschenden Kraft seines Verlangens; sie tastete nach seinem Brustkorb und versuchte, ihn herunterzuziehen.

»Nein«, hauchte er gegen ihre Lippen. »Ich werde dich erdrucken.«

»Dann erdrück mich doch, mein Gebieter«, keuchte sie, während sie seine Kniehose herunterschob. »Ich brauche das Gefühl deines Gewichtes auf mir.«

Schmale Hände glitten um ihn herum, um sein Gesäß ergreifen zu können und ihn dann zwischen ihre auseinandergespreizten Schenkel zu drängen.

»Ransom.« Ein besorgtes Einatmen. Sie konnte die verlockende Hitze seines Geschlechtes spüren, aufgerichtet gegen ihre Schenkel, pulsierend.

»Nein, Kleines, langsamer.« Er befreite sich von seiner Kniehose, wobei sein Haar über ihre Wangen strich.

»Ich kann nicht.« Sie wand sich, griff zwischen sich und ihn, und ihre Hand umschloss wieder seine Erregung. Ran sträubte sich, atmete tief ein, steinhart sich in ihrer Handfläche ausdehnend. Sie bearbeitete ihn freigebig und ausdauernd, während sie ihn zwischen ihre Schenkel führte. »Komm in mich hinein, Ransom«, hauchte sie gegen seine Lippen. »Fülle mich mit deiner Magie.«

»Oh, zum Teufel noch mal, Aurora!« Er würde es nicht verhindern können. Zu lange schon hatte er gewartet, zu lange schon war er der Versuchung ausgesetzt gewesen. Seine Spitze trat in ihr feuchtes Zentrum ein. Seine Augen loderten heiß. Seine sämtlichen Muskeln waren angespannt. Er schluckte, und seine bernsteinfarbenen Augen glühten vor Lust – und nur für diese Frau, die nackt und bereit unter ihm lag.

Ursprünglich. Schamlos. Unglaublich liebevoll.

Er drückte. Ihr stockte der Atem, und ihre Augen schlossen sich. Er bebte heftig, denn ihre unglaubliche Enge forderte seine Beherrschung heraus. Eine Brise bewegte das Netz. Sie kam ihm entgegen, drückte ihn tiefer und winkelte ihr Bein an.

»Hör auf. O Gott, hör auf!« Er schnappte nach Luft, ergriff ihre streichelnden Hände, verschlang seine Finger mit den ihren und führte langsam ihre Arme über den Kopf, weit auseinandergespreizt. »Schau mich an, Liebes«, flüsterte er, und ihr Blick flog ihm zu; ihr Herz lag in ihren Augen. Bei Gott, sie war wirklich bezaubernd. Und Ran kämpfte um Beherrschung. Er wollte so wahnsinnig gerne all das sein, was sie sich ersehnte. Es ist zu lange her, dachte er, sein Bedürfnis nach Befriedigung trieb ihn fast bis zur Gewalttätigkeit. Er sank ein Stückchen weiter in sie hinein, zog sich sanft wieder zurück, liebte sie mit seinem Herzen, seinem Körper, immer und immer wieder, immer tiefer. Immer mehr wollte sie. Und immer mehr nahm sie sich. Ihre Beine umklammerten seine Hüften und drängten ihn ganz in sie hinein.

»Aurora«, stöhnte er, schloss die Augen und konnte so den Schmerz nicht sehen, der über ihre Gesichtszüge fuhr. Er zog sich zurück und tauchte wieder ein. Und das Gleiche immer und immer wieder.

Bronzefarbener Marmor gegen cremefarbenen Alabaster. Glatte, geschmeidige Körper, sich vor Freude und Erwartung hin und her werfend.

Und Ran beobachtete sie, ertrank in ihr, in dem moschusartigen Duft und dem schwelgerischen Gefühl, das sie ihm schenkte, indem sie ihn hielt und dann wieder losließ; in der Art, wie sie ihre Hüften anhob, um ihm entgegenzukommen, im Dunkelwerden ihrer Augen und in der Ernsthaftigkeit ihres Blickes, als jahrelanges Zölibat in qualvollen Wellen über ihm zusammenstürzte. Er schob, und ihre Beine umklammerten ihn, forderten ihn auf, nichts vor ihr zurückzuhalten. Er streichelte über ihr Fleisch, und sie flüsterte ihm Ermunterungen zu, flüsterte ihm zu, wie lange sie sich schon nach diesem Moment gesehnt hatte und wie herrlich er sich anfühlte, wenn er sich in ihr bewegte, so hart und schwer und doch sanft.

Und sie streckte sich unter ihm, und berauschende Hitze glitt durch ihren Körper hindurch wie warmer Rotwein. Ihr Blut dröhnte mit ungeheurer Kraft, verursacht durch die Zärtlichkeit dieses mächtigen Riesen, als die süßen Anzeichen der Ekstase ihre Muskeln zusammenzogen.

Ihre Finger verspannten sich, als er hart in sie hineindrängte, zwar seine Rauheit bedauernd, jedoch nicht in der Lage, seine

Leidenschaft zu zügeln. Es kroch durch ihn hindurch wie ein rasendes Tier, ließ das Blut in seinen Ohren dröhnen, und er warf seinen Kopf zurück und stöhnte tief, um dann ein dunkles Aufheulen animalischer Befreiung auszustoßen. Sein riesiger Körper bebte in heißen Zuckungen, und das wilde Brennen seines Höhepunktes fuhr durch seinen Körper hindurch, brach aus und floss in sie hinein.

Und er beobachtete sie, wie sie ihm folgte und sich auf die Lippen biss, als er sich zurückzog, wie ihre feuchte Höhle ihn zurückrief, und er erneut in sie eintauchte. Ihre Freude breitete sich über ihrem Gesicht aus, machte sie weicher und schöner. Ihre Lippen teilten sich und ließen eine Explosion ausbrechen. Und er fing ihren Schrei ein, glitt mit seiner Zunge in ihren Mund und trank von der fruchtbaren Magie Auroras.

25

Das Schiff räkelte sich auf dem Kamm einer Welle und beruhigte sich dann wieder, als Ransom langsam und noch immer bebend sein Gewicht auf sie niedersinken ließ; sein Kuss wurde sanfter, als er ihre Hände losließ. Seine Arme glitten um sie herum und er tauchte seinen Kopf in die Wolke ihrer Haare. Aurora lächelte. Ihr Körper war noch immer von der Wärme und dem Beben der Erfüllung ergriffen. Sie blinzelte plötzliche Tränen zurück. Ach, *Lord* und *Lady*, was für ein Geschenk habt ihr mir da gemacht. Sie presste ihre Lippen an Rans Hals, während sie mit einem Bein schwelgerisch über die Rundung seiner Gesäßbacken glitt.

Er gab einen zufriedenen Laut von sich, dunkel und kraftvoll, und er atmete schwer.

»Du klingst ein wenig atemlos für einen Mann deines Alters, Ransom.«

Seine Schultern bebten. Er drehte seinen Kopf zu ihr um und bedachte sie mit einem eindeutigen Blick. »Gib mir Zeit, Liebes.« Er erhob sich auf seine Ellbogen, spielte mit dem fließenden langen Haar und sah irgendwie scheu und jungenhaft aus für einen so erfahrenen Mann. »Ich habe das seit zehn Jahren nicht mehr gemacht.«

Ihre Augen weiteten sich, und sie strich sein schwarzes Haar nach hinten, damit sie seine Gesichtszüge genauer betrachten konnte.

Ihr wurde klar, dass er ein Gelübde gebrochen hatte, einst abgelegt zum Trotz gegen das schurkische Benehmen seines Vaters, und die Auswirkungen seiner Beherrschung und seines Opfers durchfluteten ihre einsame Seele.

Sie lächelte wunderschön und aufreizend und zog an dem

goldenen Ohrring, der sein Ohrläppchen durchbohrte. »Dann bist du ja praktisch noch jungfräulich gewesen, oder?«

»Wohl kaum.« Zynismus schwang in seiner Antwort mit, trotzdem rieb er seine Wange gegen ihre Handfläche, ihre zarte Berührung vertrieb das Auflodern von Bitterkeit. Es ist ihr eigener Zauber, dachte er, doch irgendetwas Ähnliches wie Angst flackerte in ihren Augen, ein Funke, der schnell wieder erstickt wurde, bevor er sich auf die Seite legte und sie mit sich zog, noch immer hart und behaglich warm in ihr und verdammt unwillig, das Vergnügen schon aufzugeben. Ran suchte ihren süßen Mund und brachte sie mit beharrlichen Küssen dazu, ihm in die Augen zu schauen.

»Da hast du ja eine ganz schön lange Zeit auf mich gewartet, was?« Die Überzeugung in ihrer Stimme machte aus seinem Stolz einen Trümmerhaufen, und ihre neckenden Finger, mit denen sie über seine Brust fuhr, stocherten in der Glut seiner Begierde.

»Ja, kleine Lady«, murmelte er mit fester Stimme, denn er wollte irgendetwas tun, um den liebenden Blick in ihren Augen zu halten. »Eine ganz schön lange Zeit.« Er legte ihr Bein über seine Hüfte und spürte das Auflodern, als er mit seiner Hand zu ihrer Brust glitt. Sein Daumen berührte leicht ihre Brustwarze, woraufhin sie seine Hand mit der ihren bedeckte.

»Nun, es macht mir ganz den Anschein, mein Riese«, sie zog ihre Hüften zurück, und seine Erregung wurde mit erstaunlicher Kraft fester, »dass mehr nötig sein wird, um das verleugnete Tier zu zähmen. Und deshalb«, hauchte sie und schmiegte sich an ihn, »machst du dich am besten gleich wieder an die Arbeit.«

»Hab Erbarmen, Aurora!«, stöhnte er angespannt, halb lachend und halb schmerzerfüllt.

»Schon erschöpft, M'lord?«, forderte sie ihn schroff und mit einem weiteren Schubs heraus.

Plötzlich rollte er sich auf den Rücken und nahm sie dabei mit sich. »Ja, vollkommen.« Ein Lächeln geisterte über seine

Lippen, als er sich gegen das geschnitzte Kopfteil des Bettes zurücklehnte.

Er machte keine Anstalten, sie zu berühren, und sie runzelte ein klein wenig die Stirn. »Du hast diesen Ausdruck an dir«, sagte sie vorsichtig, stieß sich von seiner Brust ab und setzte sich rittlings auf seine Hüften. Ihre Augen waren weit aufgerissen, und sie stieß ein Keuchen aus. »Beim Gott des Donners!«

Er lachte leise in sich hinein und gab ihr einen Stups; und sie schlang ihre Arme um seinen Nacken und eroberte seine Lippen mit einem atemberaubenden Kuss.

»Aurora«, murmelte er in ihren Mund hinein, ergriff ihre Hüften und brachte diese in Bewegung.

»Ja, ja, gib mir alles.«

Und das Verlangen kam, intensiv und fordernd, das Verlangen nach mehr als nur dem heißen Ausbruch der Erregung, sondern nach dem Gefühl, von ihm geliebt zu werden, und zwar in diesem Leben, auf dieser Erde und nicht nur in ihren Träumen. Eine Nacht. Eine Nacht, um immer und immer wieder nach ihm zu verlangen, und sie fühlte sich lasterhaft und schön, als sie in seine dunklen Augen schaute und ihn in sich spürte, hart und unnachgiebig. Hier war er frei. Hier in ihren Armen verlor er die Dunkelheit, die Last seiner Vergangenheit.

»Bring uns erneut dorthin, mein Herz.« Und seine Seele brach auf und füllte sich mit ihrem Wesen, während er ihren Körper füllte. Mein Herz. Mein Herz. O Gott. Wenn sie ihn nur lieben könnte, nachdem …

Seine breiten Hände stürmten über ihren Körper und kneteten ihr Gesäß, ihre Schenkel und ihre Brüste, während sie sich hin und her wiegte, schnell und feucht vor Begierde und ungezähmt; und Ran liebte sie, liebte ihren Eifer und ihre Hemmungslosigkeit. Ihre Finger glitten durch sein Haar, ihr Körper gab ihm alles, verschwenderisch und lüstern.

Er hielt ihre Hüften, und seine Daumen trafen sich über dem Zentrum ihres Geschlechtes. Er streichelte sie dort, und sie schlug gegen ihn, klammerte sich fest und redete ihm zu, ihr feuchter Körper zuckte mit der Heftigkeit ihrer Leidenschaft. Ihre Beine versteiften sich, ihr Geschlecht umklammerte ihn, und er bebte in ihren Armen. Sein Höhepunkt durchzog ihn mit brennenden Spasmen. Er bäumte sich auf und stieß einen Schrei aus, dann ein tiefes Stöhnen. Im nächsten Moment lehnte er sich zurück.

Ihre Haare glitten über seine Schenkel, und Ran griff hinein, fuhr dann mit seinen Händen ihren Rücken hoch, um ihren Kopf festzuhalten und ihre ungezähmte Begierde mit der Wildheit eines verhungernden Mannes zu verschlingen.

Sie blieben in enger Umarmung liegen, ihre Glieder vertraulich ineinander verschlungen; sie atmeten gedämpft und schnell, und als das Morgengrauen wagte, über *Sanctuary* hereinzubrechen, liebten sie sich noch immer.

Ran öffnete die Augen und erblickte sie auf ihre Seite gestützt, den Kopf in die Handfläche gelegt und ihn anschauend.

»Wenn du schläfst, siehst du aus wie ein Baby«, sagte sie sanft.

Sein Blick liebkoste ihren nackten Körper, »Bei Euch, Mylady, ist das nicht ganz der Fall.« Es klang zufrieden und verschlafen. Das Morgengrauen war gerade dabei, den Himmel tiefrot zu färben.

»Das ist so, seitdem du so schamlos deinen Willen durchgesetzt hast.« Anzüglich grinsend glitt ihr Blick seinen gebräunten Körper lang. »Das ungezähmte Tier hat einen ganz schönen Appetit.«

Er rollte zu ihr hinüber, legte seinen Arm um sie herum und zog sie an sich heran. Ihre Brüste fühlten sich kühl an, so gegen seine dunkle Haut gepresst.

Er küsste sie sanft, und sie wand sich näher. Sie roch nach Ingwer und Minze, und er betete die rosige Farbe an, mit der die Liebe ihre Haut gefärbt hatte. Und dann sah er den Fleck auf seinem Laken.

Sein Blick schnellte zwischen dem Blut und ihren Augen hin und her. »Aurora«, kam es anklagend und gedemütigt. »Was ist passiert, Kleines?« Er war beschämt wegen der unschönen Dinge, die er über sie angenommen hatte.

»Jetzt werde doch nicht gleich wieder wütend, Ransom«, sagte sie, als gäbe es überhaupt keinen Grund für ihn, sich darüber aufzuregen, dass sie vor dieser Nacht noch jungfräulich gewesen war. »Ich hatte doch nichts anderes in diesem Leben, es war der einzige Preis, den ich dir geben konnte.«

Wütend? Er schluckte schwer, seine Stimme wurde zu einem kaum hörbaren Flüstern. »Aber es ist das Geschenk, das man einem Ehemann macht.« Und das hatte er verdammt noch mal überhaupt nicht verdient.

Sie schüttelte langsam ihren Kopf. »Es gehörte mir«, flüsterte sie. Ihre Finger legten sich fächerförmig auf seine Lippen und hielten so seine Worte zurück. »Ich hab es dem Mann geschenkt, der die Wüste durchquert hat, um mich von dem Beduinen zu befreien. Demjenigen, der Lavendel für mich gesucht und seinen Apfel mit mir geteilt hat und der mitten in einen Krieg hineingeschwommen ist, um mich zurückzuholen.« Ihr Lächeln kam zurück, verschmitzt und kokett, und es wischte seine grüblerischen, finsteren Gedanken wieder weg. »Und beim Auspacken habt Ihr richtig gute Arbeit geleistet, M'lord.«

Unvermittelt drehte er sie auf den Rücken, und sein mächtiger Körper drückte sie in die Federmatratze. »Allmächtige Heilige, Aurora«, brachte er voller Verwunderung hervor. »Du bist die schamloseste Jungfrau, die ich je in meinem Leben kennengelernt habe.«

Sie boxte ihm in die Rippen. »Bei den vielen, die du schon gehabt hast, muss das ein Kunststück sein, du unersättliche Bestie.«

Er stupste ihre Beine auseinander. »Eine Bestie bin ich also?«

»Ja, wie man sieht.« Sie lachte, als er sich in ihre taufeuchte Weichheit schob, kraftvoll und hart, wie er war. »Die Bestie ist ruhelos, habe ich das Gefühl.«

»Ja, und begierig.« Er verließ sie ganz und tauchte dann wieder in sie ein.

»Unzähmbar, würde ich sagen.« Sie schnappte nach Luft, und sein Tempo beschleunigte sich. »Oh, Ransom, mein Herz, ja, ja. Liebe mich wach.«

Ran knöpfte seine Kniehose zu. »Steh nun auf und zieh dich an, Liebes.« Er warf das frisch geplättete Kleid über einen Stuhl und hielt sicherheitshalber Abstand von der Versuchung, die sie darstellte.

»Nein, ich will nicht.« Aurora streckte sich träge, eine graziöse Verflechtung langer Glieder.

»Doch, sag ich«, konterte er lächelnd.

»Uh-ah.« Sie warf das Laken beiseite und brachte die ganze Pracht ihres Körpers zum Vorschein.

»Aurora«, erklang es streng und unnachgiebig; sein Blick wanderte begierig über ihre nackte Haut.

»Ich will aber nicht.« Schmollend und sinnlich streiften ihre Fingerspitzen zwischen ihren vollen Brüsten hindurch über die weiche Ebene ihres Bauches.

Ran wurde unbeweglich wie ein Fels. »Bei Gott, ich bin doch kein Heiliger!«

Katzenhaft, geschmeidig und verführerisch kroch sie über das Bett. »Ich weiß.« Sie setzte sich auf ihre Waden zurück, mit eng geschlossenen Beinen, und ihr vom Schlaf durcheinandergebrachtes Haar verdeckte ihren Körper fast gänzlich.

Ransom wurde auf der Stelle härter.

Und sie wusste das.

»Du verspottest mich absichtlich.« Er näherte sich behutsam dem Bett. In seinen Augen lag ein Ausdruck sinnlicher Vergeltung.

»Ja.«

»Hast du denn überhaupt kein Schamgefühl?«, wollte er wissen, wobei er von der Bettkante auf sie hinabschaute.

Einen Moment lang sah sie verwirrt aus. »Scham entsteht, wenn man sein Verhalten bereut.« Ihre Stimme senkte sich zu einem kehligen Schnurren, das ihn vor Verlangen zum Wahnsinn trieb. »Es ist Magie, was wir vollführen, Ransom, und ich bedaure den Zauber nicht.«

Er stürzte sich auf sie, was mit einem kreischenden Lachen belohnt wurde, und küsste sie wild. Es raubte ihr fast den Atem.

»Noch einmal«, hauchte sie in seinen Mund hinein und befreite seine Erregung aus ihren Fesseln. Alles, was er von sich gab, war ein zufriedenes Knurren, und er grub sich tief in sie hinein.

Ihr Liebesspiel war rau und ursprünglich, beinahe gewalttätig; beide klammerten sich verzweifelt an das bisschen Glück, das sie in der Höhle des Löwen gefunden hatten.

Aurora schritt auf das Deck und blieb einen Moment unbemerkt. Gerade lange genug, um ihre Fassung wiederzuerlangen. Sie hatte diesen Moment hinausgezögert, hatte gebadet, ihre Kabine aufgeräumt und Ransom erneut in ihre Arme gelockt. Dies hier war der Ort, wo sie leben wollte, aber sie näherten sich dem Land. Ihre Trennung war unvermeidlich. Und sie musste ihren Vater finden, denn das war der einzige Trost in einem Leben ohne ihren Piraten.

Auroras Kehle schwoll an, und sie schluckte, doch als ihre Anwesenheit Aufsehen erregte, sah man ein Lächeln auf ihrem Gesicht. Sie fühlte sich wie eine Schwindlerin.

Ihr Magen revoltierte von dem Trank, den sie zu sich genommen hatte, um eine Empfängnis zu verhüten, denn sie hatte verstanden, dass dies der einzige Grund für Rans zölibatäres Gelübde gewesen war.

Er wollte keine Bastarde mit seinem Namen.

Die Fehler seines Vaters zu wiederholen, würde Ransom zerstören, und niemals würde sie ihn so verletzen. Selbst wenn sie mit ihrem Herzen dafür zahlen musste.

Dann jedoch sah sie ihn.

Und er raubte ihr den Atem. Die mitternächtlichen Stunden, die sie mit ihrem Liebesspiel verbracht hatten, breiteten sich über sie wie eine warme, sinnliche Wolke der Erinnerung, als er sich ihr mit seinen bestiefelten Füßen stapfend näherte. Sein gewaltiger Körper war eng eingeschlossen in die lange Lederweste, die er so oft trug, und der breite Gürtel mit dem Löwenwappen schlang sich um seine Hüfte. Ihn anzuschauen ließ ihr Herz ein paar Schläge überspringen, und sie betrachtete sein Herannahen mit weiblicher Anerkennung. Der Wind fuhr durch sein Haar, als er vor ihr stehen blieb und nach unten schaute. Irgendetwas war anders an ihm; die geheimnisvolle Art, wie er sie anschaute, die entspannte Haltung seiner Schultern. Er war stets reserviert, vor allem unter wachsamen Blicken, nun jedoch erschien er richtiggehend unachtsam, beinahe schon gelassen.

Ein Hoffnungsschimmer brannte in ihrer Brust. Hatte die körperliche Liebe wahrhaftig sein verschlossenes Herz befreit?

»Guten Morgen, Aurora«, kam es in einem tiefen Knurren, gesättigt mit Vertrautheit.

»Ransom«, erwiderte sie atemlos und zog an einer Strähne, die der Wind ihm vor die Augen geweht hatte. Er schaute an ihr vorbei zum Land hinüber, und seine Haltung versteifte sich. »Musst du sie denn nicht hineinlotsen?«

Sein Blick fiel auf sie zurück; auf seinen Lippen lag ein wölfisches Grinsen. »Wir werden noch einen Moment lang die Flut ausnutzen, dann ja, dann muss ich das Ruder besetzen.« Es juckte ihm in den Händen, sie zu berühren. »Du kannst hier sitzen.« Er wies zu einer Kiste hinüber, die an der Reling festgebunden war. »Von dort aus hast du einen großartigen Ausblick.«

Sie schüttelte den Kopf, beugte sich näher zu ihm, und ihre Augen nahmen einen weicheren Glanz an. »Heute Morgen ist es nicht so angenehm für mich zu sitzen.«

Zärtlichkeit und Mitgefühl machten sich auf seinem Gesicht breit. Und die Auswirkung dessen, was sie ihm in der Nacht zuvor in seinem Bett gegeben hatte, schmolz wie warmes Wachs durch ihn hindurch. Er verspürte den lächerlichen Drang, seine Muskeln spielen zu lassen und zu brüllen.

»Ich würde mich freuen, wenn du mir einen Kuss geben würdest, aber ich weiß, dass du das vor deinen Männern nicht tun wirst.« Sie wollte mehr, immer noch mehr, und sie lehnte es ab, diesen Moment mit Gedanken an ein Leben ohne ihn zu verderben.

Plötzlich schob er seinen Arm um ihre Taille, was ihr vor Überraschung den Atem raubte. Er schaute ihr tief in die Augen, bevor er ihren Mund in einem feurigen Kuss einfing.

Seine Crew rief Beifall, Domingo kicherte, Aurora stöhnte, und Shokai räusperte sich geräuschvoll.

Langsam zog Ran sich zurück und sah ihren benommenen Blick.

»Wären wir allein«, murmelte er, »so würde ich noch viel mehr tun als nur deinen aufreizenden Mund küssen.«

Ihr Lächeln forderte ihn heraus, sein Versprechen einzulösen, und er wollte gerade noch etwas hinzufügen, als der Steuermann nach seinem Captain rief. Ran ließ sie los, schätzte die Distanz zur Insel ab und lief dann fort. Nachdem er schon mehrere Schritte gegangen war, blieb er wieder stehen und schaute zu ihr zurück. Sein Blick glitt liebevoll über ihren Körper, vom Kopf bis zu den Zehen, bevor er sich auf den Weg zum beschädigten Achterdeck machte.

Noch immer erstaunt durch sein untypisches Benehmen, folgte Auroras Blick ihm so lange, bis er das Ruder besetzt hatte. Ihre schmalen Hände hielten sich am polierten Holz der Reling fest, als sie näher heransegelten, indem sie das unter Wasser liegende Riff umfuhren. Sie erkannte in einiger Entfernung eine schiefergraue Klippe und eine felsige Landspitze, die ins Meer herausragte. Die *Lion* drehte scharf bei, glitt mit Schlagseite durch eine Lücke im Riff und steuerte landeinwärts. Sie hielt den Atem an, und ihr Blick wanderte von dem gefährlich gezackten Riff, das sie unter dem klaren Wasser erkennen konnte, zu dem zerklüftet geschwungenen Land hin, und dann zur Klippe.

Allmächtige Göttin. Er würde mitten hindurchsegeln? Das ist nicht breit genug, dachte sie ängstlich, dann zwang sie sich jedoch, sich zu entspannen. Es war Ransoms Zuhause, und er würde am besten wissen, was mit seinem Schiff möglich war.

Die *Red Lion* glitt wie ein dicker Faden durch ein Nadelöhr zwischen dem flachen Berg, der zur Linken aus dem Meer herausragte, und der gerundeten, felsigen Küste hindurch. Es war ein schmaler Durchgang für ein so großes Schiff, aber die *Lion* passierte den Kanal und glitt mühelos in das Hafenbecken. Das sie umgebende Wasser war nachtschwarz durch seine Tiefe, und sie verstand nun, warum Ransom diesen Ort ausgewählt hatte, um dort sein Zuhause zu errichten. Vom Meer aus war die kleine Bucht so gut wie gar nicht zu sehen, verdeckt durch die Überlappung von Mole und Klippe.

Und dann erblickte sie das Piratenlager – *Sanctuary*.

Üppige Vegetation, wohin man auch blickte, saftig-grüne, wolkenverhangene Berge ragten in den blauen Himmel. Wasser schäumte auf, als es auf die Mole traf. Sie hätte schwören können, dass der Sand rosafarben war. Der Strand stieg vom Meer an, um dann in ein Gebiet mit einer verschwenderischen Fülle an Pflanzen und leuchtenden Blumen überzugehen. Es war jedoch das Haus, das Auroras Aufmerksamkeit erregte. Mitten am Berghang thronend, hoch über einer Stadt, die es wie ein Schutzwall umgab, stand das zweistöckige Haus, prachtvoll und makellos weiß. Es schien wie aus der Erde gehauen, mit holzbraunen Torbögen, mit von Geländern umgebenen Veranden und Balkonen, die auf Pfähle gesetzt worden waren, um das unebene Gelände darunter auszugleichen. Ein Weg aus Holzbohlen führte von der sandigen Küste zu einem breiten Pfad hin, der in den Dschungel hineingeschlagen war und sich unter dem grünen Laub verlor. Er tauchte darin vor den Stufen des Hauptportals wieder auf. Der schwere Duft wilder Blumen erfüllte die warme, feuchte Luft, und Aurora fühlte sich hineingezogen in die Geschäftigkeit und die Aufregung, die von der kleinen Stadt ausgingen.

Hunderte von kleinen Häusern mit Gärten, liebevoll gepflegt, gut erhalten und geschützt, sah Aurora. Sogar eine Kaserne gab es. Und die Menschen riefen und winkten mit Tüchern, während Kinder – hübsche, sonnengebräunte Kinder – die ganze Küste entlang auf und ab liefen, hüpfend und tanzend und »Papa« schreiend. Der Lärm auf dem Schiff war nicht weniger ohrenbetäubend. Aurora schaute über ihre Schulter zurück, um erwachsene Männer zu sehen, die winkend von der Takelage ihrer Freude Ausdruck gaben. Der eine oder andere von ihnen weinte sogar. Sie verspürte einen Stich in der Brust und nahm die Liebe in sich auf, die sie bei diesen Menschen spürte.

Aurora wendete ihren Blick wieder *Sanctuary* zu, als kleine Boote die Küste verließen, sie hörte das Poltern auf Deck, als der Anker fallen gelassen wurde, das Aufplatschen, das wie ein Seufzer der Erleichterung erschien.

Sie spürte, dass Ran neben ihr stand, sie beschützte und nicht von ihrer Seite wich, als die Männer herumkletterten, um Strickleitern und Boote herabzulassen und ihre Familien zu begrüßen. An die zwanzig Schiffe unterschiedlichster Größen und Formen trieben auf dem dunklen Wasser der Lagune.

»Gehört das alles dir?« Ihre weit aufgerissenen Augen nahmen das glückliche Durcheinander auf. Niemals hätte sie sich vorstellen können, dass Ran an einem so lieblichen Ort lebte.

»Nur das Haus, kleine Lady.« Schau mich an, bat er sie wortlos, und ein freudiger Schauer durchlief ihn angesichts der Freude, die ihr Gesicht erhellte.

»Ach, Ransom.« Sie stieß ihn mit dem Ellbogen. »Du hast mir ja gar nicht erzählt, dass du ein Piratenkönig bist.« Sein sarkastischer Gesichtsausdruck ließ sie wissen, was er von ihren royalistischen Gedanken hielt.

»Ich habe Gerüchte über diese Welt hier gehört.« Mit ihrer Hand wies sie auf die kleine Stadt. *»Ahmar Asad«,* stellte sie ihn mit einem neckenden Lachen vor. »Der rote Löwe und sein Königreich.«

»Ich befehlige Schiffe, keine Menschen.«

Sie warf ihm einen Seitenblick zu. »Oft kann man sich der Verantwortung nicht entziehen, die andere einem auferlegen,

Ransom. Für diese Männer bedeutest du Autorität und Schutz, ob es dir gefällt oder nicht.«

Dazu äußerte er sich nicht, er schaute sie einen Moment an und erkannte ihre Neugierde. Seine Unterarme auf die Reling gestützt beobachtete er, wie die Männer ihre Frauen und Kinder begrüßten, und er musste an die Familien denken, die durch den Verlust der *Morgan* niemanden mehr hatten, der zu ihnen zurückkehrte.

»Die Gesellschaft will diese Menschen nicht, hat ihnen schon längst den Rücken zugekehrt, und sie haben sich mir und meiner Lebensweise zugewendet, und zwar für die Chance auf ein gutes Leben, das ihnen einst durch die starken Hände der Sklavenhändler geraubt worden war.«

»Sind das alle, die du befreit hast?« Sie winkte in Richtung der Stadtbewohner.

Er schüttelte seinen Kopf. »Die meisten sind nach Hause zurückgekehrt. Diejenigen, die das nicht wollten, konnten hierbleiben. Wir teilen uns das Land zusammen mit den Eingeborenen.« Es lag Bedacht in seinem Tonfall, als er sich umdrehte, seine Hüfte gegen die Reling stützte und ihr sein Gesicht zukehrte. »Sie leben in den Bergen, und ihnen ist es egal, nur ein kleiner Teil von *Sanctuary* zu sein, sie missgönnen uns nicht den Ort zum Leben und Arbeiten.«

»Du hast den Zorn von Königen und Sultanen heraufbeschworen, indem du ihnen ihre ›Fracht‹ gestohlen hast.« Das Wort »Fracht« war gefärbt von ihrer Empörung.

»Ja«, war alles, was Ran darauf sagte, während er in ihrem Blick versank.

»Das ist eine Eigenschaft an dir, die ich bewundere, Ransom. Die Stärke deiner Überzeugung.«

»Und das, obwohl sie dir Schmerzen verursacht hat?«

»Das ist Vergangenheit.« Sie zuckte ein wenig mit den Schultern. »Dort zu leben heißt, in Irrtümern zu leben. Ich kann einen solchen Unsinn nicht ausstehen.« Das war eine Warnung, subtil und bestimmt, und in Ran drängten sich Schuldgefühle herauf.

»*Sanctuary* ist eine Insel«, platzte es aus ihm heraus. »Eine In…« Sie schaute auf das Land und versuchte, die Lage zu erkennen. Sie kam sich töricht vor, denn sie hatte es für die Küste von Guinea gehalten. Trotzdem würde sie es niemals bereuen, sich ihm hingegeben zu haben, niemals. Sie befand sich nun von der Außenwelt abgeschnitten, Hunderte von Meilen von Rabat und ihrem Vater entfernt!

»Warum hast du es mir nicht gesagt?«

Er zuckte beinahe jungenhaft mit den Schultern. »Ich konnte die Worte nicht über meine Lippen bringen«, beeilte er sich zu sagen, »denn ich habe dich von deiner Suche abgehalten, indem ich dich an Bord genommen habe, und nun halte ich dich wegen meiner Probleme erneut davon ab.« Er neigte seinen Kopf in Richtung des beschädigten Schiffes. »Es wird Wochen dauern, bevor ich einem Schiff die Erlaubnis geben kann, fortzusegeln.«

Sie schlug mit ihrem Handballen auf seine Brust. »Es sind nun schon über neun Jahre vergangen, da werden ein paar Wochen mehr wohl auch noch zu verkraften sein.« Er blinzelte. »Für einen gelehrten Mann spielst du viel zu oft den Dummkopf«, sagte sie leise, und seine Schultern sackten ab. Wie viel mehr würde sie ihm noch vergeben?

»Mem sahib. Mem sahib!« Aurora drehte sich um, und Ran konnte sehen, wie ihr Gesicht sich erhellte, als Dahrein stolpernd vor ihr zum Stehen kann.

»Aufgeregt, was?« Als er nicht aufhörte, von einem Fuß auf den anderen zu hüpfen, packte sie ihn bei seiner Schulter.

»Oh, *mem sahib,* wartet nur, bis Ihr von Léonies Essen probiert habt. Ich kann das geschmacklose Zeug nicht mehr sehen.« Aurora und Ran schauten einander grinsend an. Wie typisch für einen Jungen, mit seinem Magen zu denken. »Ihr werdet unsere Insel lieben. Sie ist sehr sauber und kühl … und ich werde Euch alles zeigen«, bot er voller Stolz an.

Aurora widersprach ihm nicht. »Dann machen wir uns lieber gleich auf den Weg, bevor du noch aus deiner Haut heraushüpfst«, lachte sie, hob ihren Beutel auf und nahm seine Begleitung an.

Ran verschränkte die Arme vor seiner Brust und beobachtete wohlwollend, wie sie den Jungen beruhigte und ihm dann das Gefühl vermittelte, ein Mann zu sein, indem sie seine Hilfestellung annahm, obwohl jeder an Bord wusste, dass sie wie eine Katze klettern konnte. Sie stieg hinunter, und ihr Blick fing kurz den seinen ein, bevor sie aus seinem Sichtfeld verschwand.

Er runzelte die Stirn und starrte über die Reling, und plötzlich schlug sein Herz schneller. Ihm war die Traurigkeit in ihrem Gesichtsausdruck nicht entgangen, und er hatte plötzlich das Gefühl, als hätte sie sich durch diesen einen Blick von ihm getrennt. Das verunsicherte ihn.

Shokai bewegte sich lautlos zur Reling hinüber und stemmte dann seine Hände in seine schmalen Hüften, als er mit seinem üblichen Widerwillen auf den großen Höhenunterschied starrte; dann murmelte er: »Stehle Geld, und du bist ein Dieb, stehle Land, und du bist ein König.«

Rans Lippen zuckten. Nachdem er eine Wache in das Krähennest abkommandiert und einen Plan aufgestellt hatte, die Vorräte auszuladen, gesellte auch er sich zu der Flottille von Beibooten, die zwischen Küste und Schiff hin und her ruderten.

Aurora ging schon an Land, Shokai war direkt hinter ihr. »Ran?« Domingo gestikulierte in Richtung Ufer, und sein Captain drehte sich um.

Die Küste war bevölkert mit seinen Männern und ihren Familien; es war jedoch Aurora, auf die er seinen Blick konzentrierte. Und die stritt sich mit Dahrein. Der Junge zerrte an ihrer Hand und drängte sie zu den Pferden, die zu ihrer Benutzung dort angebunden standen. Sie lehnte es jedoch ab, entzog sich schließlich seinem Griff und lief den Strand entlang, Shokai ein paar Schritte hinter ihr.

Dahrein wandte seinen Blick Ran zu, und dieser erkannte, dass der Junge gegen Tränen ankämpfte. Ransom tauchte die Ruder ins Wasser, und die Kraft seiner Schläge beförderte das

Boot schnell an Land. Die Menschenmenge wurde still, und die Crewmitglieder, die wussten, dass Aurora mehr war als nur eine Lady mit einem netten Gesicht, schritten näher.

Sobald das Boot auf den Strand traf, sprang Ran hinaus und lief hinter Aurora her. Ihre erneute Zurückweisung seines Schutzes fühlte sich wie eine Zurückweisung all dessen an, was sie miteinander geteilt hatten. Irrte er sich vielleicht, wenn er glaubte, sie würde seine Gefühle erwidern?

»Aurora?« Sie rannte weiter. Ran lief mit großen Schritten über den Strand, packte sie am Arm und wirbelte sie zu sich herum. Zuerst hatte er instinktiv vorgehabt, seine Wut an ihr auszulassen, dann war er jedoch wie betäubt von ihrem niedergeschlagenen Blick.

»Wo gehst du hin, Liebes?«

»Mit Shokai«, antwortete sie ihm, als hätte er es wissen müssen. »Schick mir bitte einen Boten, wenn es sicher genug ist, wieder fortzusegeln.«

Sie wollte ihn also verlassen. Er konnte es nicht glauben. »Kommst du denn nicht mit ins Haus hoch?«, fragte er sie sanft.

Ihr Blick huschte zu dem weißen Gebäude hinüber, das majestätisch und verlockend dastand. Für wie lange würde sie den Komfort dieses Hauses mit Ransom genießen können? Bis es sicher genug war fortzusegeln? Nein, ihr Herz würde die Trennung nicht überstehen, und eigentlich wollte er sie ja auch gar nicht dahaben.

»Ich kann nicht.«

»Zur Hölle mit deiner verdammten Unabhängigkeit, Aurora!«, fuhr er sie an. Er hatte das Gefühl, als würden Hunderte von Augenpaaren auf ihm ruhen, was ein kurzer Blick ihm dann auch bestätigte. »*Sanctuary* ist nicht die *Lion,* hier habe ich nicht die Kontrolle!«

»Dann brauchst du dich mir gegenüber ja auch nicht verpflichtet zu fühlen«, entgegnete sie ihm einfach, und ihr Blick sagte ihm, dass sie schon einen Weg finden würde zu verschwinden.

»Wie kannst du nur so reden?«, zischte er und schaffte sie außer Hörweite der anderen, während der rasende Schmerz darüber, dass sie ihn so einfach verlassen wollte, ihn zu zerreißen schien. »Gütige Heilige«, stöhnte er. »Ich habe dir deine Jungfräulichkeit genommen.«

»Du hast mir nichts genommen, was ich dir nicht auch geben wollte, Ransom Montegomery«, antwortete sie ihm und lockerte seinen Griff. »Durch mich wirst du nicht den Ruf deines Vaters bekommen, denn aus deiner Liebe wird kein Kind entstehen. Dafür habe ich gesorgt.« Sein finsteres Gesicht verdunkelte sich noch mehr, und ein neuer Schmerz brannte in seiner Brust. »Es ist genau so, wie du es gewollt hast, also brauchst du auch nicht das Gefühl zu haben …«

»Erzähl mir nichts von meinen Gefühlen, Aurora«, unterbrach er sie, ergriff ihren Arm und hätte sie am liebsten geschüttelt. Sie bot ihm Freiheit an, keine Bindungen – und er wollte es gar nicht mehr. Er wollte sie. Und sie entglitt ihm, das konnte er spüren. »Mein Gott, kleine Lady, wie kannst du dich nur so einfach von mir abwenden«, wollte er wissen, wobei er ihr tief in die Augen schaute, »nachdem wir uns letzte Nacht auf so unglaubliche Weise geliebt haben?«

Diese Erwähnung schoss wie ein bleierner Pfeil in ihre Brust, und ihre Beherrschung löste sich in Wohlgefallen auf.

»Das ist unfair, Ransom«, beschuldigte sie ihn mit leiser Stimme. Sie schaute zu ihm auf, verwirrt und zitternd und sich innerlich auflösend. »Was willst du noch von mir, was ich dir nicht schon gegeben habe?«

Er erblasste.

»Du hattest geschworen, dass in deinem Leben kein Platz mehr wäre, und ich habe das so akzeptiert.« Mit einer schnellen Drehung ihrer Hand wies sie auf die Insel, die Menschen und sein Zuhause. »Ich freue mich für dich, aber bitte mich nicht, mit dir zu kommen«, ihre Stimme brach, »denn du willst es nicht wirklich.«

Ein Kloß des Bedauerns schnürte ihm die Kehle zu.

»Kleine Lady, hältst du mich wirklich für so herzlos?«, flüsterte er. Er hatte sich so oft zwischen sie gestellt, dass sie nun nichts anderes annehmen konnte, als dass für sie kein Platz in seinem Leben war, dass sie lediglich glauben konnte, dass er sie nicht in seiner Nähe haben wollte. Noch dazu war sie auf einer Insel gefangen, von der aus sie nirgendwo anders hingehen konnte. Und das alles, nachdem sie ihm seine zornigen Gelübde weggeliebt hatte.

Gott, er fühlte sich dieser Frau so verdammt unwürdig.

Diese Gefühle waren ihm neu, und über keines von ihnen war er sich sicher. Er wusste lediglich, dass er wollte, dass sie mit ihm kam, und zwar freiwillig; er wollte sehen, was auch immer sie sah und was sie dazu brachte, so viel von ihm zu wollen. Er wusste, dass es unfair war, denn nach *Sanctuary* zurückzukehren erinnerte ihn daran, dass er ein Geächteter war, dass er sterben konnte, ohne ein zweites Mal die Magie erlebt zu haben, die sie miteinander geteilt hatten. Und nachdem er erst einmal gemerkt hatte, wie süß das schmeckte, wollte er mehr davon.

»Aurora, schau mich an.« Sie sah zu ihm auf. »Wein doch nicht, Liebes«, stöhnte er hilflos, durch diesen Anblick schwach geworden. »Mir fehlen die gewandten Worte, um die Wunden zu lindern, die ich dir beigebracht habe, aber du sollst wissen, dass du einen Teil von mir freigesetzt hast, von dessen Existenz ich noch gar nicht gewusst hatte.« Er holte Luft, strich das Haar von ihrer Wange und ließ seine Finger in der tintenschwarzen Wolke versinken. »Ich bete dich an, kleine Lady. Nein, bestraf mich bitte nicht mit diesem scharfen Blick, denn ich weiß selber, dass ich etwas anderes gesagt habe. Ich bitte dich aber nun darum, nicht so einfach aufzugeben, was zwischen uns entstanden ist. Ich weiß, dass das selbstsüchtig von mir ist, aber«, er schluckte, »aber ich habe bemerkt, dass ich meine Seele verliere.«

Aurora erforschte seine Gesichtszüge, versuchte, diesen einmaligen Moment festzuhalten, denn nie zuvor hatte er etwas Derartiges zugegeben, und sie wusste, ach, sie wusste, welche

Überwindung ihn das kostete. Wie konnte sie ihn verlassen, wo sie doch geschworen hatte, da zu sein, wenn er sie brauchte?

Ran wartete angespannt darauf, dass sie etwas sagen würde.

»Gehört mir wirklich ein Teil deines Herzens, Ransom?« Ihre Stimme brach sich. »Denn wenn das so ist, dann werde ich diesen Teil nicht zurückgeben.«

Er musste lächeln über die Schärfe in ihrem Tonfall, über die Drohung.

»Ich sehe schon, dass ich daran arbeiten muss, dich zu überzeugen.« Er riss sie in seine Arme und küsste ihren bebenden Mund, langsam und so lange, bis er spürte, wie seine Beine weich wurden und ihr Körper sich sanft gegen den seinen drückte. Die Zuschauermenge grölte erfreut.

Irgendjemand rief ihn, und eine Gestalt schob sich durch die Menge. Aurora entfernte sich aus seinem plötzlich fester gewordenen Griff und fing seinen verärgerten Blick auf, bevor sie eine in einen weißen *abayeh* gekleidete und verschleierte Frau erblickte.

»Hast du denn den Verstand verloren?«, rief die Frau aus, während sie sich wie eine spanische Galeone mit vollen Segeln über den Stand auf sie zu bewegte. »Bring dieses arme Kind sofort aus der Sonne, bevor es noch ganz rot wird!« Sie blieb zwischen Aurora und Ransom stehen, riss sich den Schleier von Gesicht und Kopf und legte ihn über Auroras nackte Schultern. Sie lächelte Aurora freundlich an, bevor sie Ransom einen enttäuschten Blick zuwarf.

»Ich bin entsetzt über deine Manieren, Kassir«, schimpfte sie ihn leise aus, beinahe zögerlich, und Aurora erhob ihren Blick zu Ran und verschränkte kampfeslustig ihre Arme.

Ran stieß seinen Atem aus und richtete kurz seinen Kopf gen Himmel, bevor er ihr in die Augen blickte.

»Aurora Lassiter, ich darf dir Sayidda Ashran vorstellen.« Seine Lippen wurden schmaler, und seine nächsten Worte waren kaum noch zu hören. »Meine Mutter.«

26

Aurora öffnete sprachlos ihren Mund, und ihr Blick schoss zwischen Mutter und Sohn hin und her.

Kassir. Es bestand so gut wie gar keine Ähnlichkeit zwischen ihnen, abgesehen von der goldbraunen Haut.

Sayidda Ashran. Das bedeutete, dass Ran zur Hälfte Marokkaner war oder … Sie schloss ihren Mund wieder und lächelte Sayidda matt an.

»Guten Morgen, M'lady.« Aurora machte einen Knicks. »Nicht so formell, mein Kind.« Die Stimme der Frau klang tief und warm.

Auroras Blick glitt über Sayiddas Gesicht, das sanft und makellos war; lediglich das Silber, das ihr schwarzes Haar durchzog, verriet ihr Alter. Eine Schönheit, dachte sie und schaute zu Ransom hinüber.

Ihr Herz sank. Jede Spur von dem Mann, der sie um Verzeihung gebeten hatte, war verschwunden. Zurückgelassen hatte er lediglich den Piraten, der den Palast des Sultans erstürmt hatte, Faust und Schwert für ihre Freiheit schwingend; schreckenerregend und arrogant.

»Geh ins Haus zurück«, knurrte Ran seine Mutter an. Aurora schnappte nach Luft angesichts dieses unhöflichen Befehls. In ihren Augen blitzte Tadel, Sayidda schien jedoch unbeeindruckt.

Ran wollte nach Aurora greifen, sie aber zog ruckartig ihren Arm zurück und stieß durch diese Bewegung gegen eine andere Person.

»Kann ich helfen?« Die Worte waren von einem spanischen Akzent gefärbt, und Aurora drehte sich um. Da stand eine kleine schlanke Frau, deren Hände in den Falten ihrer Röcke verschwanden. Sie war entzückend anzusehen, trotz ihres eintönigen Gewandes und des streng zurückgekämmten schwarzen Haares. Es lässt sie ernst und unnahbar aussehen, dachte Aurora und ließ ihren Blick zu Ransom hinüberschnellen.

Ran steckte seine Daumen hinter seinen Gürtel und schaute kurz weg. »Und dies ist meine Halbschwester Rachel«, murmelte er. Gott, er hatte gehofft, sie auf das hier vorbereiten zu können, und er konnte sehen, dass Aurora alles andere als erfreut war über sein Verhalten. Verdammt und zugenäht.

»Schwester? Welch ein Vergnügen«, entgegnete Aurora, strahlte die junge Frau an und umarmte sie dann. Sie spürte Rachels Zurückhaltung und eine gewisse Unnahbarkeit.

»Was für ein Glück du doch hast, Ransom, so viel Familie zu haben.«

Innerlich wich Ran vor ihrem beißenden Ton zurück. Wenn ihr Gesichtsausdruck auch sanft und heiter war, so hatte er doch das Gefühl, als stünde ein kleines Pulverfässchen kurz davor, in die Luft zu gehen. Und zwar seinetwegen.

»Genug jetzt, es ist viel zu heiß«, erklärte Sayidda. »Was auch immer ihr besprechen wollt, so verschiebt es auf später. Kommt ins Haus, meine Kleine, kommt.« Sayidda legte ihren Arm um Auroras Schulter und komplimentierte sie den sandigen Abhang hinauf. Ausnahmsweise einmal war Ran seiner Mutter dankbar für ihr Drängen, denn er bezweifelte, dass Aurora bei ihm so leicht eingewilligt hätte.

»Du bist ein Schurke allererster Güte, Ransom Montegomery«, warf Aurora ihm mit einem Blick über die Schulter zu.

In Erwartung einer bissigen Antwort schossen Sayiddas große Augen zu Ran hinüber, der jedoch sagte nichts. Stattdessen hatte er einen zufriedenen Blick, den sie noch nie zuvor an ihm gesehen hatte. Sayidda schaute zu der Frau neben sich hinüber und lauschte ihrem heiteren Geplapper. Sie erkannte die Freundschaft, die sie mit Domingo und Dahrein verband. Als sie erneut zu ihrem einzigen Sohn hinüberschaute, der sie wie immer völlig ignorierte, freute Sayidda sich, ein Flackern der Sehnsucht in seinen Augen erkennen zu können. Allah sei gepriesen, dachte sie und wendete ihre Aufmerksamkeit Aurora zu. Die Menschen drängten sich zusammen, und eine Frau griff nach Auroras Arm und schaute ihr forschend ins Gesicht, bevor sie sich wieder abwandte. Auf Auroras stumme Frage hin zuckte Sayidda mit den Schultern, und sie setzten ihren Weg zum Haus hin fort.

Ran verschränkte seine Arme vor der Brust; sein Gesichtsausdruck schwankte zwischen einem Grinsen und einem finsteren Blick.

»In einem Streit sollten beide Parteien bestraft werden«, bemerkte Shokai an seiner Seite.

»Es handelt sich lediglich um eine Fehleinschätzung, Shokai. Und zwar meinerseits.«

Shokai schnaubte, als sie hinter der Gruppe her den Berg hinaufliefen. »Man gräbt einen Brunnen, wenn man durstig ist!«

Ran zog eine Augenbraue hoch und schaute auf den alten Mann herab. Es ist schon eine Leistung, seine hintergründigen Bemerkungen zu verstehen, dachte Ran. Er lehnte das Angebot des Stalljungen, ein Pferd zu benutzen, ab und folgte gemächlich den Dorfbewohnern. Ja, der Schaden war angerichtet durch seine armselige Entschuldigung, und Ran verspürte eine Abneigung gegen seine Unfähigkeit, sich ihr gegenüber mit beredten Worten ausdrücken zu können.

»Opfer derselben Krankheit haben viel miteinander zu reden«, murmelte Shokai, und Ran musste kämpfen, um mit den kurzen, schnellen Schritten des alten Mannes mithalten zu können.

Hatte Shokai das Gefühl, dass Aurora genauso viel an ihm lag, wie ihm an ihr? Der Gedanke freute Ran außerordentlich, denn auch wenn Aurora in seinem Bett freigebig sein mochte und bereit, es auszusprechen, so konnte er sich doch nie sicher sein, wie sie auf die meisten Dinge reagieren würde; in einem Moment noch ruhig und vernünftig, im nächsten jedoch schon bereit, ihn als Haifutter zu benutzen.

Entlang des Weges zum Haus hin fand Shokai ein gebogenes Stück Holz. Er klopfte damit den Boden ab und untersuchte es kritisch, bevor er anerkennend vor sich hin murmelte und es dann benutzte, um seine Schritte zu begleiten.

»Habt Ihr noch einmal darüber nachgedacht, wer ein Interesse daran haben könnte, ihr zu schaden?«, wollte Ran von ihm wissen, als sie im kühlen Schatten der Rebengewächse und Palmenbäume den Weg entlangschritten.

»Niemand hat hinten im Kopf Augen.«

»Fahrt doch zur Hölle, Mann!«, zischte Ran, streifte einen üppigen Vorhang aus Dschungelgewächs beiseite und duckte sich darunter. »Habt Ihr denn keine Sorge um ihre Sicherheit?«

Shokai blieb abrupt stehen, und Rans gebückte Haltung gab Shokai die Möglichkeit, ihn direkt anzusehen. Dann aber schlurfte Shokai weiter, schlich um das Haus herum und verschwand im Dschungel.

Ran seufzte. Man konnte nichts tun, bevor der Schuldige nicht seine Hand zeigte, und Ran war sicher, dass niemand das auf seiner Insel versuchen würde.

Ransoms Haus war von mehreren kleineren Gebäuden umgeben, die sich zu beiden Seiten des Berges hinunterzogen; ein kleiner Stall, ein Räucherhaus, eine riesige Zisterne, um frisches Regenwasser aufzufangen, ein Kühlhaus und ein Kochhaus. Und als Aurora durch den Eingang schritt und dabei beinahe gestolpert wäre, weil ihre Umgebung sie so in Erstaunen versetzte, wusste sie, dass sie noch nie im Leben etwas Prachtvolleres gesehen hatte. Gewölbte Decken erhoben sich über ihr, Fenster, die zum Meer hin zeigten, ließen Licht in die großen, geräumigen Zimmer. Der Duft von Blumen und der salzige Geruch des Meeres hingen in der Luft und vermischten sich mit dem köstlichen Duft von Lammbraten.

»Das ist ja wie *Bealltainn*«, flüsterte sie, während sie sich umherdrehte und alles anschaute.

»Verzeihung?«, fragte Sayidda stirnrunzelnd.

»Frühling«, erklärte Aurora, als Sayidda sie durch einen Salon, der elegant in warmen beigefarbenen, korallenroten und hellbraunen Tönen eingerichtet war, hindurch und hinter eine verschlossene Tür führte, die in die Mitte des Hauses ging. Zu ihrer Linken lag ein riesiger Speisesaal. In diesem befand sich ein polierter, von mehr als zwanzig Stühlen umgebener Tisch, und luftige Gardinen strichen in der Brise über den Boden. Das Ganze war verschwenderisch und herrlicher als alles, was sie je gesehen hatte. Anrichten, Servierwagen auf Rädern, ein silbernes Teeservice und von irgendwo hinter der breiten Bedienstetentür konnte sie lachende Stimmen, klappernde Teller und schreiende Kinder hören.

Von einem langen Korridor im ersten Stock, der sich durch das ganze Haus zu ziehen schien, gingen mehrere Türen ab.

»Euer Haus ist wunderschön, Sayidda«, bemerkte sie, während sie sich beinahe ehrfürchtig die gewundene Treppe zum zweiten Stockwerk hin anschaute.

»Kassirs Haus«, korrigierte Sayidda sie, bevor sie wegschaute. Aurora zog ihre Augenbrauen zusammen, hatte jedoch keine Zeit mehr, dies zu kommentieren, denn eine rundliche, rotwangige Frau platzte durch die Bedienstetentür aus der Küche herein.

»Oh, Domingo hat mir schon erzählt, dass Ihr eine Schönheit seid!«, rief die Frau aus, die sich selbst als Léonie, die Köchin und Haushälterin vorstellte. Und aufgrund ihrer Statur konnte Aurora sich vorstellen, dass sie es ausgezeichnet verstand, das Essen zuzubereiten. »Kommt, kommt«, winkte die Köchin sie zur Treppe und stieg diese ächzend hinauf. »Ich habe im blauen Zimmer ein Bad vorbereitet«, sagte sie zu Sayidda.

Sayidda nickte lächelnd, raffte ihre Röcke und ging an den beiden Frauen vorbei.

»Ich werde eine Mahlzeit nach oben bringen, und dann könnt Ihr Euch ausruhen«, meinte Léonie und eilte den Korridor entlang.

»Ausruhen? Es ist doch mitten am Tag!«

Léonie schaute auf, als sich die Tür öffnete. »Ihr seid nicht müde?«, wollte sie wissen. Aurora bemerkte die Spur eines französischen Akzentes.

»Nein, und Ihr braucht mich auch nicht zu verpflegen.« Sie schaute zwischen beiden Frauen hin und her und betrat dann den Raum. »Ich werde mich schon selber darum kümmern.«

»Aber Ihr seid doch Gast hier!« Das kam einstimmig, bevor die beiden ihr nach drinnen folgten.

Aurora schaute abschätzig drein und warf ihren Beutel beiseite. »Shokai würde Euch sagen, dass Fische und Gäste nach drei Tagen stinken.«

Léonie grinste, und Sayidda lachte, als Aurora mit offenem Mund das Schlafgemach anstarrte. Genauso wie im unteren Stockwerk hatte man an nichts gespart: ein Bett mit einem Baldachin, üppige, tiefblaue Vorhänge, gerüscht und elegant zusammengebunden, ein Sitzbereich, Frisiertisch, Kommode, Truhe und Kleiderschrank in heller Birke – und Aurora hatte das Gefühl, Traumland betreten zu haben. Wohlig seufzend wendete sie Sayidda ihr Gesicht zu, als die Frau den Raum durchquerte, den *abayeh* von ihrem Körper zog und ihn auf das Bett warf.

Aurora fragte sich, wie viele mohammedanische und europäische Lebensweisen sich wohl in ihr vermischten, während sie ihr schlichtes graues Gewand bewunderte. Es passte ganz ausgezeichnet zu ihrer ein wenig rundlichen Figur, und der Farbton unterstrich ihre goldbraune Haut und ihr dunkles Haar. Aurora konnte nicht anders, als sie anzustarren, während die ältere Frau das Wasser parfümierte und über Auroras fehlendes Schuhwerk schmunzelte.

Ransoms Mutter.

Ransoms Zuhause. Weiß er überhaupt, wie glücklich er sich schätzen darf?, fragte sie sich, als Léonie sie hinter den Paravent aus ihrem Gewand hinaus- und in den warmen Badezuber hineinlockte.

»Ich würde mich freuen, wenn ihr noch ein wenig bleiben würdet«, drängte Aurora Sayidda, als diese gerade gehen wollte, und wies zu dem zerbrechlich aussehenden Stuhl hinüber.

Sayidda nickte leicht, und Aurora erkannte, dass diese Geste denen Ransoms ähnlich war.

»Ich danke Euch für Eure Freundlichkeit, M'lady«, sagte Aurora, als Sayidda sich auf den Stuhl niedersinken ließ.

»Ihr, Aurora Lassiter, seid sehr willkommen. Nun, meine Kleine«, sie faltete die Hände auf ihrem Schoß und lehnte sich ein wenig vor, »erzählt mir doch, wie Ihr meinen anmaßenden Sohn kennengelernt habt,«

Aurora schaute auf und lächelte. Es war klar, dass Sayidda eine gute Zuhörerin war und Antworten wollte. Nun, dachte Aurora und lehnte sich zurück in die Seifenblasen, und die will ich auch.

Ran hörte auf der anderen Seite der Tür zu, wie Aurora fröhlich mit seiner Mutter plauderte, sie mit Fragen über die Insel, die Menschen und die Kinder überhäufte. Er dachte darüber nach, wie lange ihre Suche ihr wohl schon weibliche Gesellschaft vorenthalten hatte. Wann war sie zuletzt in einem Privathaus gewesen? Der Gedanke daran, dass ihr solch einfache Freuden versagt geblieben waren, demütigte ihn ebenso, wie er wütend darüber war, dass ihr Vater nicht zu *ihr* gekommen war, damit sie diese quälende Suche beenden konnte. Aurora würde niemals Frieden finden, bevor sie nicht in Erfahrung gebracht hatte, wo er sich aufhielt.

Rachel näherte sich ihm vorsichtig mit einem Tablett in der Hand, und ihre Zaghaftigkeit verärgerte Ransom.

»Möchtest du, dass ich ihr Bescheid sage …?«

»Nein«, unterbrach er sie und warf einen kurzen Blick auf ihr Gesicht, das durch ihr streng zurückgekämmtes Haar verhärmt wirkte. »Ist es dir hier gut ergangen?«, fühlte er sich verpflichtet zu fragen.

»Sí, es ist ein Vergnügen gewesen, hier zu leben, Bruder.« Ran wurde ganz starr.

»Ich danke dir.« Hastig glitt sie in das Schlafgemach, wo ihr Kommen Auroras Aufmerksamkeit erregte.

»Das ist lieb von Euch, Rachel, aber Ihr hättet nicht …« Ihr Blick schoss zur Tür. »Spionieren ist nicht besonders höflich,

Ransom«, warnte sie ihn forsch, wobei sie spüren konnte, wie seine Augen ihr dünnes Gewand durchdrangen. Er sah irgendwie anders aus, sein Haar war zurückgekämmt und noch feucht vom Bad, sein cremefarbenes Hemd und die goldbraune Kniehose zeugten von Reichtum und Eleganz. Nur der goldene Ohrring verriet noch den Piraten, der sich dahinter verbarg.

»Das Thema war einfach zu interessant, um vorbeigehen zu können.«

»Hüte in meiner Nähe diese aalglatte Zunge, du eingebildetes Mannsbild.« Sie verscheuchte ihn. »Ich bin ein wenig gereizt.«

»Ich weiß, Liebes«, entgegnete er, wobei er seine Augen nicht von Aurora lassen konnte.

»Und mit gutem Grund, Ransom.«

»Ja.«

Sie neigte ihren Kopf. »Du bist sicher gekommen, um mich um Verzeihung zu bitten, ist es nicht so?«

»Wirst du mir denn verzeihen?«

Sie starrte ihn einen Moment lang an. »Ja.« Er lächelte zuversichtlich, und sie erhob sich vom Frisiertisch und ging durch den Raum hindurch zu ihm hinüber. »Schau bloß nicht so selbstzufrieden drein. Verzeihen«, flüsterte sie ihm ins Ohr, »und dich in mein Bett zu lassen sind zweierlei Dinge.« Sie gab ihm einen Schubs, und er war sprachlos, als sie ihm die Tür vor der Nase zuschlug.

Sayidda riss vor Schreck den Mund auf. Rachel blinzelte, und die Teetassen klapperten in ihrer zitternden Hand.

»Ich kann einfach nicht glauben, dass Ihr das getan habt!«, schnappte Rachel nach Luft.

Aurora zuckte mit den Schultern. »Seine Kniehose ist ihm ein wenig zu eng, denke ich«, entgegnete sie gelassen. »Sie drückt diese verdammte Arroganz an die Oberfläche.«

»Aurora!«, schimpfte Sayidda. »Wie könnt Ihr es nur wagen, so mit Kassir zu spielen.«

Aurora runzelte die Stirn, als sie zwischen den beiden Frauen hin und her schaute und bei beiden Angst und Vorsicht entdeckte. »Ransom würde mir nie etwas tun, Sayidda. Nie«, erklärte sie ihr und kehrte zum Frisiertisch zurück. »Und Euch genauso wenig«, versicherte sie Rachel.

Rachel senkte sofort ihren Blick, und Sayidda nahm ihr Bürsten wieder auf, ihren Zweifel verbergend. Der lockere Umgangston zwischen dem Paar überraschte Sayidda, ebenso wie die Tatsache, dass Kassir Aurora aufgesucht hatte, und das sogar in ihrer Gegenwart. Es war jedoch vor allem sein Benehmen, das Bände sprach: die nachlässige Art, wie er sich gegen den Türrahmen lehnte, und der liebevolle Ausdruck in seinen Augen, wenn er sie auf Aurora richtete. Seit Jahren hoffte sie schon, irgendwann einmal etwas anderes als Verachtung und Kälte von ihm zu erfahren, und sie hatte selbstsüchtig darum gebetet, dass er, wenn er jemals Liebe in seinem Herzen empfinden sollte, auch sie dann ein wenig lieben könnte.

»Sayidda, geht es Euch nicht gut?«, fragte Aurora, als sie ihre Tränen bemerkte.

»Doch, mir geht es gut«, winkte die ältere Frau schniefend ab; Rachel nahm ein abgeändertes Kleid von ihrem Arm.

»Ich wünschte, ich könnte ebenfalls diesen Farbton tragen«, bemerkte sie wehmütig und reichte Aurora das weinrote Gewand herüber.

»Und warum solltet Ihr das nicht können? Wir haben doch die gleiche Hautfarbe.« Aurora bot ihr an, das Kleid wieder zurückzunehmen.

»Nein, danke«, murmelte Rachel, machte einen Knicks und rauschte aus dem Zimmer.

»Was für eine scheue Blume«, flüsterte Aurora.

Sayidda gab einen Laut von sich, und Aurora war sich nicht sicher, ob er Zustimmung oder Ablehnung bedeutete. Als sie jedoch fragend eine Augenbraue hochzog, schwieg Sayidda gleichmütig.

Wie viele Menschen hat Ransom sich wohl schon durch sein kühles Auftreten entfremdet, fragte Aurora sich, und sie wünschte, diese könnten ebenfalls den Mann in ihm kennenlernen, den sie so liebte.

Ran fand Auroras geliehene Schuhe hinter der offenen Tür, die dazugehörige Frau konnte er jedoch nirgends entdecken. Ein getrennt von ihr verbrachter Tag erschien ihm wie eine Woche, und wenn er es auch für klüger gefunden hatte, ihr Zeit zu geben, nachdem sie ihm die Tür vor der Nase zugeschlagen hatte, so musste er doch unbedingt mit ihr sprechen. Er hatte schon beide Stockwerke nach ihr abgesucht, bevor die süßen Backgerüche ihn zur Küche hinzogen. Als er die Tür aufdrückte, fand er sie voller Menschen vor. Domingo hockte auf einem hohen Stuhl und aß mit genüsslichem Stöhnen Léonies neuestes Konfekt, während zwei Hausangestellte zwischen Tisch, Theke und dem breiten Herd hin und her gingen und Dinge holten, mixten und eingossen.

Dahrein saß an dem hohen Küchentisch. Kaum mit dem Kinn über die Tischkante reichend, erhob er seine Gabel, um ein unanständig großes Stück Kuchen zu verschlingen. Seine Lippen waren mit Schlagsahne verschmiert. Fünf Laibe frisch gebackenen Brotes lagen an der Tischkante aufgereiht neben Platten mit Obst, Käse, filigranem Teegebäck und Beerentörtchen.

Ran nahm sich ein Törtchen von der nächstliegenden Platte, biss mit Genuss hinein und zog dadurch die Aufmerksamkeit der anderen im Raum auf sich. Er lächelte verlegen und leckte die dicke Beerenfüllung von seinen Fingern. Léonie unterbrach ihre Arbeit und schaute von ihm zu dem Törtchen hin. Er nickte ihr zu, denn sein Mund war zu vollgestopft, um etwas sagen zu können. Sie grinste und legte zwei weitere auf einen Teller vor ihn hin.

Ran schluckte. »Habt Ihr Aurora gesehen?« Er hielt die mit feinen Perlen bestickten Schuhe hoch.

»Da habt Ihr sie also schon verloren?«, zog Domingo ihn auf, und Léonie drehte sich um, um ihr Lächeln zu verbergen.

»Lougière«, informierte Dahrein ihn um ein großes Stück Kuchen herum und wies mit der Hand wedelnd nach draußen.

Rans Blick verengte sich auf die Fenster und die Szenerie dahinter.

»Dieser Blick wird Euch bei ihr in Schwierigkeiten bringen, Ran«, warnte Domingo ihn. »Und außerdem habt Ihr Euch seit unserer Ankunft gestern in Eurem Arbeitszimmer eingeschlossen.« Er zuckte mit den Schultern. »Vielleicht war sie ja gelangweilt?«

Nein, sie ist wahrscheinlich wütend, entschied Ran. Schließlich hatte sie den vergangenen Abend damit verbracht, sich mit seiner Mutter anzufreunden. Er nahm sich ein zweites Törtchen, und mit den Schuhen unter dem Arm ging er zur Tür hinüber.

»*La petite* ist wütend auf ihn?« Léonie bot Domingo eine Kostprobe vom Fleisch an.

»Ich bin davon überzeugt, dass es in ihrem Körper auch nicht das kleinste bisschen Platz für Wut gibt, Léonie«, versicherte er ihr und schaute aus dem Fenster, wo Ran jeden, der vorbeikam, nach Aurora fragte. »Lediglich ein wenig Verärgerung.« Domingo biss in das Fleisch, murmelte ein Lob und gab Léonie einen wohlverdienten Kuss.

»Schau dir nur das an, Lougière, hast du jemals schon eine solche Blume gesehen?« Auroras Fingerspitzen glitten aufgeregt über die scharf geformten, sternenförmigen Blütenblätter.

»Keine so entzückende, wie Ihr es seid, Mylady.«

Sprachlos und errötend warf sie ihm einen Seitenblick zu. »Du flirtest ja mit mir.«

Er lächelte, und seine hellen Augen funkelten, als er näher rückte, die Blüte pflückte und sie ihr hinters Ohr steckte. »Entzückend«, murmelte er und ordnete eine ihrer Haarsträhnen. Plötzlich machte er ein langes Gesicht und schritt abrupt zurück. Er richtete seine Aufmerksamkeit auf den Dschungel jenseits des Weges, und Aurora verkannte nicht die Schuldgefühle, die sich in seinen schönen Gesichtszügen abmalten. Hatte er vorgehabt, ihr den Hof zu machen und sich dann plötzlich wieder an seinen Captain erinnert? Verwirrt nahm Aurora wahr, dass sie sich durch seine Aufmerksamkeit unwohl fühlte, denn er schaute sie an, als würde er ein anderes Gesicht in dem ihren suchen.

»Nanu, Lassiter!« Ihr Blick schob sich am Quartermeister vorbei, um Buckland fürchterlich falsch pfeifend den abgetretenen Weg hinaufschreiten zu sehen.

»Ich dachte mir«, er schnappte nach Luft, »vielleicht … könntet Ihr mir ja zeigen, wie Ihr aus den Kräutern und Pflanzen Nutzen zieht.«

»Ich weiß nicht, ob wir hier viele finden werden«, sie schaute sich um. »Aber natürlich, gerne, versuchen wir es.«

Lächelnd lief Buckland neben ihr her und trug ihren Korb. Lougière humpelte mit verstimmtem Gesichtsausdruck hinter ihnen her. Aurora war sich ihrer Bewegungen nicht bewusst, ihrer Anmut und ihrer Freude, wenn sie eine Pflanze fand, die sie kannte. Ungeachtet ihres umfangreichen Kleides raffte sie ihre Röcke und verließ den Weg. Lougière und Buckland tauschten ein Lächeln über ihr fehlendes Schuhwerk aus, als sie ihren Dolch aus ihrer Rocktasche hervorzog und dann in die Hocke ging.

»Ich danke für diese Blume, ihre Blätter und Wurzeln und für die Hilfe, die sie leisten wird.«

Buckland und Lougière runzelten die Stirn, als sie in der Erde grub und die Wurzeln mit der Klinge herausholte. Sie brachte dem Doktor genau bei, wie und warum sie so vorsichtig dabei war.

»Ihr müsst sie selber sammeln, Schiffsarzt.«

»Welchen Unterschied macht es denn, wer sie aus der Erde zieht?«, wollte Lougière wissen, der dabeistand, während Aurora behutsam den Schmutz abkratzte.

»Diese Frage kann man nicht beantworten. Aber man sollte Folgendes wissen: Es ist immer nur ein ganz bestimmter Teil der

Kräuter, der die Kraft zum Heilen enthält, und aus dem man dann einen Tee zubereiten kann, oder vielleicht eine Salbe.« Sie hielt ihm Zitronenmelisse zum Riechen hin, und er lächelte erfreut. »Jedes einzelne Kraut muss mit Bedacht ausgewählt und, falls nötig, so getrocknet werden, dass nichts von der Wirkung verloren geht. Frisch ist natürlich am besten, denn bei pulverisierten Kräutern, die man kauft«, warnte sie Buckland, »weiß man manchmal nicht, was was ist.« Sie ließ den Schiffsarzt die Pflanze untersuchen. »Die Wurzel muss man zerstampfen und kochen. Durchseiht die Blätter, wie Ihr das mit Tee tun würdet, das wird dann einen verstimmten Magen und die Nerven beruhigen.«

»Und der Stiel?«, wollte Buckland wissen.

»Wegwerfen. Er ist nutzlos und verschlimmert eher die Symptome, wenn man ihn benutzt.«

Buckland nickte und machte sich Skizzen und Anmerkungen in ein Merkbuch. »Werdet Ihr mir auch weiterhelfen?«, fragte er, noch immer schreibend, und schaute dann beinahe verlegen auf. »Ich würde gerne die Kenntnisse erwerben, die Ihr besitzt, Lady.«

Aurora nickte lächelnd, legte die Pflanze in den Korb und ihre Hand auf seinen Arm.

»Lougière?« Sie neigte ihren Kopf und Markus beschleunigte seinen gestelzten Schritt. Die nächste Stunde verbrachten sie damit, Kräuter, Pflanzen und Blumen zu sammeln und zu kategorisieren, und Aurora war überrascht, wie viele sie doch fanden. Das Trio landete dann in Bucklands Heim und bereitete dort mehrere Gebräue zur Aufbewahrung zu. Aurora wischte ihre Hände an ihrer Schürze ab und schaute in den kochenden Topf.

»Das hier werden wir abkühlen lassen, durchsieben und dann die Tinktur für später in ein Gefäß füllen.« Buckland nickte, Lougière rührte, und Aurora war erstaunt über ihr Interesse.

»Kamille ist ein Beruhigungsmittel und in den meisten Fällen wirksam, um Geburtsschmerzen zu lindern«, informierte sie

Buckland, und sein erleichterter Blick brachte sie zum Lachen. »Zu viel davon ist nicht heilsam. Verabreicht es in kleinen Dosen und wartet, bis Ihr die Auswirkungen abschätzen könnt, bevor Ihr die Dosis erhöht.«

Buckland kritzelte und hörte nur auf, um seine Feder in das Tintenfass zu tauchen und dann mit der gefiederten Spitze auf eine andere Pflanze zu zeigen.

»Die wird zur Empfängnisverhütung benutzt, ist jedoch unzuverlässig. Schafsdärme sind da besser«, meinte sie, ohne mit der Wimper zu zucken, Lougière blickte auf seine Füße, Buckland jedoch war neugierig. »Colonel Cundums Gummischutz«, erklärte sie. Beide Männer erröteten, und sie musste lachen. »Ach, ihr seid vielleicht ein zimperlicher Haufen, Ihr, M'lord Schiffsarzt, müsstet es besser wissen. Wie viele Frauen haben schon zu viele Kinder geboren und sind daran gestorben?«

»Die würde ich lieber nicht zählen«, entgegnete er ernst.

»Und dabei ist Hilfe doch so einfach, zum Beispiel eine Spülung mit einer Tinktur oder ein Stück verknoteter Schafsdarm, den man über ...« Ihre Worte verhallten, als die Augen der beiden sich weiteten. Sie kicherte in sich hinein. »Wie prüde«, murmelte sie und drehte sich um, um die Mixtur durch ein Sieb zu gießen. In dem Moment erblickte sie Ransom, der die Eingangstür ausfüllte. Unterdrückte Wut grub sich in seine dunklen Gesichtszüge ein.

Sie lächelte. »Guten Tag, Ransom.«

»Könnte ich bitte mit dir sprechen, Aurora?« Das hört sich zwar höflich an, ist jedoch mit Wut gefärbt, dachte sie und beruhigte den besorgten Buckland mit einem sanften Klaps, bevor sie um die Tischkante herumglitt und zu Ransom hinüberging. Lougières helle Augen wanderten zwischen seinem Captain und der Lady hin und her und trafen dann auf Bucklands Blick, als Ran sie außer Hörweite brachte.

»Guter Gott, Aurora, ich kann kaum glauben, was ich da gehört habe!« Er ließ ihre Schuhe vor ihr auf den Boden fallen.

»Dann lausch doch nicht!«

»Wie kannst du nur über so … intime Dinge mit ihnen reden?«, brachte er mit Mühe heraus.

»Weil das zum Leben dazugehört, Ransom. Ob es nun um käufliche Liebe geht oder nicht, Männer und Frauen haben ein Recht darauf, nicht krank zu werden oder ein Leben lang mit den Folgen leben zu müssen, wenn es doch nur ein klein wenig Vergnügen ist, was sie suchen.«

Wie einfach doch ihre Art zu denken ist, dachte Ran und wünschte sich, er könnte die Welt mit ihren Augen sehen.

»Gerade du solltest das doch eigentlich genauso sehen!«, reizte sie ihn. »Und meist ist es doch die Frau, die dafür zahlen muss.«

Mit starrer Körperhaltung schaute er zum Meer hinüber. Er wusste, wo das hinführte, und hatte keinerlei Interesse daran, ihre Gedankengänge weiter zu verfolgen.

»Bist du den ganzen Tag über hier gewesen?«

»Nachdem ich ein klein wenig herumgestreift bin, ja.« Sie schlüpfte in die Schuhe und zog ein Gesicht angesichts dieser Beschränkung.

Er erwiderte ihren Blick. »Es ist unschicklich für dich, dich in Gesellschaft unverheirateter Männer aufzuhalten.«

Sie lachte leicht. »Ach, Ransom, es war unschicklich für mich, mich in Gesellschaft von zweihundertvierzig Männern aufzuhalten, und trotzdem habe ich es getan.«

Aber das war, bevor wir uns geliebt hatten, wollte er sagen, brachte es jedoch nicht über die Lippen. »Komm mit ins Haus zurück.«

»Nein, ich kann nicht.«

Er machte ein finsteres Gesicht.

»Die Mixtur jetzt so zu lassen, wie sie ist, wäre eine Vergeudung.«

»Dann vergeude sie eben.«

»Nein«, zischte sie, wenn auch ihr Gesichtsausdruck ohne Wut war. »Ich werde der Erde nichts wegnehmen und die Erträge dann wegwerfen, nur weil du nicht erfreut darüber bist und Sayidda nicht gefragt hast, wo ich mich aufhalte.«

Ran biss die Zähne zusammen, ohne eine passende Antwort darauf zu haben.

»Wenn du bitte warten würdest?«

»Die Zeit habe ich nicht«, entgegnete er ungeduldig.

»Nun«, seufzte Aurora entmutigt. »Vielleicht solltest du dich dann wieder deinen Aufgaben zuwenden und ich mich den meinen, nicht wahr?«

Er starrte auf sie hinab und hätte sie gerne mit Küssen bedeckt, in sein Bett geholt und sie so lange geliebt, bis sie ihm vergeben hätte. Dies schien der einzige Ort zu sein, wo er sie wirklich beherrschen konnte.

»Wie lange hast du noch vor, mich für meine Missetaten bezahlen zu lassen?«, kam es sanft, jedoch leicht gefärbt von Verletztheit und Verwirrung.

»Ach, Ransom, ich will dich doch nicht bestrafen«, entgegnete sie ihm, als hätte er Unmögliches verlangt. Sie schritt näher, ihre warme Hand strich seine Brust hoch und blieb dann mitten darauf liegen. Er blieb jedoch wie eine Statue mit seinen Händen auf den Hüften stehen und starrte auf sie herab. »Ich will dich lediglich lieben.«

Er atmete scharf aus und ließ seine Schulter fallen. Langsam wanden seine Arme sich um sie herum, und ihren Kopf nach hinten neigend lud sie ihn zu einem Kuss ein. Seine Lippen trafen die ihren, zunächst sanft, und Sehnsucht und Verlangen brannten zwischen ihnen wie Feuer. Es fühlte sich an, als hätten sie sich jahrelang nicht mehr berührt. Sie drückte sich geschmeidig an seinen Körper.

»Aurora«, stöhnte er in den Kuss hinein. »Ich brauche dich, Liebes.« Er küsste sie heiß und voller Liebe. »Wenn ich heute Nacht zu deinem Gemach komme …« Er zögerte und holte tief Luft. »Wirst du mich dann hereinbitten?«

»O ja, Ransom«, flüsterte sie, und ihre Hand glitt seine Hüfte hinunter und streifte nah an seine Männlichkeit heran; er stöhnte. »Denn der Bestie in dir kann ich nicht widerstehen.«

27

Ihrer beider Lächeln war geheimnisvoll und von Versprechen durchdrungen, und Aurora erwartete sehnlichst die kommende Nacht; ihr Körper war lebendig vor Verlangen und Erregung. An diesem Abend würde sie in Ransoms Armen liegen, eingehüllt in seine Stärke; im Moment jedoch konzentrierte sie sich auf ihre Mahlzeit. Das war nicht ganz einfach, denn er saß entspannt auf seinem Stuhl, seine Absichten unverhohlen in der lodernden Art und Weise, wie er sie beobachtete. Aurora konnte spüren, wie ihre Haut sich rötete, hörte sein tiefes, zufriedenes Raunen und sandte ihm einen scheltenden Blick zu, während sie ein Stück Fleisch auf ihre Gabel steckte.

Der Esstisch war kaum groß genug für die zahlreichen Gäste, und er bog sich von der Last der Speisen: Taubenpastete mit Korinthen, Kuskus mit geschmortem Lammfleisch, Gemüse und Früchte, mit Safran gewürztes und mit Mandeln gefülltes Huhn, Datteln und Limonen, gedünstete Getreidekörner mit Kreuzkümmel und Zimt gewürzt und pürierte Zwiebel, Karotten und dicke Bohnen. Auroras Lieblingsspeise war marokkanisches *Bisteeya,* eine Mischung aus Eiern und Hühnerfleisch, gebettet in einen dünnen Mehlteigmantel. Die Gespräche an dem langen, polierten Holztisch waren lebhaft, Teller und Kelchgläser klirrten, und die Speisenden stimmten Lobgesänge auf Léonies Talente an. Léonie strahlte und hielt dem stets schweigsamen Lockewood eine Platte hin, die überquoll mit geschnittenem Lammfleisch. Er stach in eine Scheibe hinein und reichte die Platte höflich an Lougière weiter, der sie dann zum äußeren Ende des Tisches hindurchreichte, wo Ran am Kopf residierte.

Über den kunstvoll gedeckten Tisch hinweg beobachtete Aurora, wie Dahrein sein Essen in sich hineinstopfte, ohne zwischendurch auch nur einmal Luft zu holen, sodass sie schon befürchtete, er würde daran ersticken. Armer Junge, es war, als hätte er wochenlang nichts mehr gegessen. Während Ran lediglich lächelte über die Überschwänglichkeit des Jungen, so war Aurora doch gut genug erzogen, um zu sehen, dass seine Tischmanieren fürchterlich waren. Sie wollte den Jungen nicht in Verlegenheit bringen und tippte ihn daher nur leicht mit dem Fuß unter dem Tisch an.

Mit vollen Backen und stetig arbeitendem Kiefer schaute Dahrein auf. Auroras Blick ging demonstrativ von ihrem Teller zu ihm hin, bevor sie vorsichtig ein Stück Fleisch abschnitt, es zu ihrem Mund führte und es darin anmutig und geduldig zerkaute. Dahrein beobachtete sie einen Moment lang, seine Gesichtszüge ganz verspannt, aber nachdem er gekaut und heruntergeschluckt hatte, ahmte er ihre Bewegungen nach.

Bevor seine schlechten Tischmanieren von irgendjemand anderem entdeckt wurden, wendete Aurora ihre Aufmerksamkeit Sayidda zu, die zu ihrer Rechten saß. »Näht Ihr?«

»Nur selten und nicht so gut wie Rachel.«

»Wirklich, Rachel?!« Rans Schwester nickte, und Aurora erkannte, dass sie einen Weg gefunden hatte, die scheue Frau in ein Gespräch zu verwickeln. »Wunderbar. Meint Ihr, Ihr könntet etwas Stoff für …«

»Wenn du etwas brauchst, Liebes, so brauchst du mich nur zu fragen«, unterbrach Ran sie, woraufhin Aurora sich zum Kopfende des Tisches hin umdrehte. »Es soll nicht für mich sein, sondern für Dahrein.« Der Junge streckte seinen Kopf, und Aurora lächelte stolz über seine Bemühungen, seinen Eifer beim Essen in Schach zu halten. »Meinst du nicht auch, dass es an der Zeit wäre, ihm Männerkleidung zu geben? Dahrein, was meinst du dazu?«

»Wirklich, *mem sahib?* Genauso wie *sahib?*«, fragte er ehrfürchtig und ließ einen neidischen Blick über Rans Kleidung gleiten.

»Ja, mein Junge. Was auch immer du haben möchtest.« Unter dem Tisch stupste sie Ran an, und dieser stimmte zu.

Aurora wendete sich wieder Rachel zu. »Ich biete gerne meine Hilfe dabei an, aber ich muss zugeben, dass ich im Nähen nicht besonders gut bin.« Außer, wenn es sich um Fleischwunden handelt, dachte sie. Dann spürte sie ein intensives Frösteln. Sie schaute verstohlen über den Tisch. Lockewood. Sein durchdringender Blick verwirrte sie, denn sie hatte noch nicht einmal mit dem Mann geredet.

»Sí«, entgegnete Rachel und senkte ihren Blick auf ihren Schoß.

»Ich habe ein paar schöne Lederstreifen, die ich zu einem Gürtel flechten könnte, Dahrein, aber dazu benötige ich noch einen Verschluss«, schlug Sayidda vor und blickte zögernd ihren Sohn an. »Vielleicht könnte Kassir mir helfen?«, fügte sie hinzu und hoffte, dass er ihr zugehört hatte. Ran wendete jedoch seine Aufmerksamkeit Aurora zu, er ignorierte unhöflich ihre indirekte Bitte.

»Ich werde dir besorgen, was immer du wünschst, Liebes.«

»Nicht nur ich brauche etwas, Ransom«, sie machte eine Handbewegung zu ihrer rechten Seite hin, »sondern auch deine Mutter.«

Ran schaute zu seiner Mutter hinüber. »Sie bekommt nichts von mir.«

Sayidda erblasste und stand unvermittelt auf. »Allah ruft mich«, murmelte sie, und Ran gab ein angewidertes Geräusch von sich, als sie den Tisch verließ, ohne sich noch einmal umzuschauen. Aurora starrte fassungslos hinter Sayidda her und richtete dann einen vernichtenden Blick auf Ransom.

Sein Gesichtsausdruck blieb leer und unzugänglich.

»Mem sahib.«

Aurora konzentrierte sich auf Dahrein.

»Es ist nicht nötig.«

Da bietet nun ein Kind an, die Kränkungen der Erwachsenen zu seinen Lasten wiedergutzumachen, dachte sie. »Doch,

Dahrein, das ist es. Rachel und ich werden dir etwas, das Ransoms Kleidung ähnelt, entwerfen, wenn das dein Wunsch ist.« Sie beugte sich über den Tisch. »Lass noch ein kleines Plätzchen für Léonies Kuchen, den werden wir dann auf der Veranda zu uns nehmen«, flüsterte sie verschwörerisch.

Er nickte energisch.

Sie setzte sich zurück, schaute zu den anderen hin und erwiderte Lächeln mit Lächeln. Domingo nickte leicht. Lougière war damit beschäftigt, Rachel anzuschauen, die ganz davon in Anspruch genommen wurde, mit ihrem Weinkelch herumzuspielen, während Lockewood und Buckland ihre Mahlzeiten mit fast barbarischem Appetit verschlangen. Sie schaute zu Ransom hinüber. Ihm schien es nicht im Entferntesten leid zu tun, dass er seine Mutter beleidigt hatte.

Aurora erhob sich langsam und entschuldigte sich bei den übrigen Gästen.

»Aurora?« Ran packte ihre Hand.

»Ich verspüre ebenfalls das Bedürfnis zu beten«, murmelte sie Ransom zu und lockerte geschickt seinen Griff. »Denn meine Gedanken sind ein wenig unfreundlicher Natur.«

Sie verließ den Speisesaal, wobei Ran ihr nachsah, bis sie aus seinem Blickfeld verschwand. Er warf seine Serviette neben den Teller, die anklagenden Blicke vom ganzen Tisch spürend. Den schlimmsten verspürte er von Dahrein, der wieder angefangen hatte zu essen und ihn zwischen zwei Bissen zornig anstarrte.

Beim Blute Gottes!, dachte er, stieß sich vom Tisch ab und erhob sich. Sie mischte sich in eine Angelegenheit, die sie überhaupt nichts anging. Er wollte es jedoch nicht schon wieder mit ihr verderben, denn er hatte ja gerade erst angefangen, wiederherzustellen, was er durch seine Täuschung zerstört hatte. Er hatte keine Ahnung, was nun passieren würde, denn noch nie zuvor hatte er so viel Gift in ihr gespürt.

Aurora ging an Rans Studierzimmer vorbei und dachte kurz darüber nach, zu Sayidda zu gehen; die Frau hatte jedoch an diesem Tag schon genug Demütigungen erfahren und brauchte nicht auch noch ihre Entschuldigung in Rans Namen, um das Ganze zu verstärken. Die Erinnerung an Sayiddas Gesicht, als sie hoffnungsvoll zu ihrem Sohn hinübergeschaut hatte, traf Aurora so tief, dass sie hätte schwören können, dass Wut durch ihre Adern floss. Dann ging sie doch in sein Zimmer hinein. Mit zusammengeballten Fäusten schritt sie hin und her, wobei ihre nackten Füße eine Spur in dem erlesenen Teppich hinterließen und die Nippfiguren in den Vitrinen klirrten.

Verdammt und zugenäht! Sie konnte regelrecht spüren, wie es sich in ihr zusammenbraute.

Der Riegel klapperte, und sie marschierte zur Tür hin, um sie aufzustoßen. Ran starrte sie stirnrunzelnd an, als er die rosige Färbung ihrer Haut und ihre fest zusammengepressten Lippen sah.

Ihre blauen Augen strahlten ungewöhnlich hell.

»Ich möchte nicht, dass irgendjemand meine Worte mithören kann, Ransom«, fuhr sie ihn energisch an und bedeutete ihm mit der Hand hineinzukommen. Dem leistete er Folge und sie machte die Tür hinter ihm zu und schaute ihn an. »Der Mann, den ich da vor mir sehe, ist mir völlig gleichgültig.« Sie tippte ungeduldig mit dem Fuß.

Ran durchquerte den Raum und glitt hinter seinen Schreibtisch. »Ich bin derselbe, der ich heute Morgen noch gewesen bin, Mylady, und auch am letzten Abend, als wir uns mein Bett teilten.«

»O nein, Ransom.« Ihr ungebändigtes Haar schimmerte schwarz gegen ihr weinrotes Gewand. »Dieser Mann würde nicht so grausam sein und seine Mutter vor einem Dutzend Gäste demütigen!«, endete sie harsch. Ein Logbuch schlug auf, und seine Seiten wurden durch eine nicht existierende Brise umgeblättert. Ran warf kurz einen finsteren Blick auf das Buch und drehte sich dann zur Seite, griff nach einer kristallenen Karaffe auf der niedrigen Anrichte und schnappte sich ein Glas.

»Was zwischen Sayidda und mir ist, geht dich überhaupt

nichts an«, stieß er mit gezielter Schärfe in seinen Worten aus. Dann zog er mit einem Ruck am Verschluss der Karaffe.

»Ich mag deine Mutter, Ransom, und zwar um einiges mehr, als du das von dir behaupten kannst.« Aurora neigte ihren Kopf zurück und kämpfte gegen einen Wutanfall an, und als sie ihn anschaute, wie er den Brandy in das Glas goss, erschreckte ihn der Schimmer in ihren Augen, sodass er den Rand des Glases verpasste und einige Tropfen auf dem polierten Holz verschüttete.

»Wie kannst du mich nur so liebevoll behandeln und die Frau, die dir das Leben geschenkt hat, so erbärmlich?«

»Weil du dieses Leben nicht fortgegeben hast.« Das klang gefühllos, eben ganz Ransom, wie sie ihn kennengelernt hatte.

»Wenn sie dir eine solche Quelle des Schmerzes ist, warum hast du sie dann hier bei dir?«

»Sie ist nicht die Quelle«, knurrte er in sein Glas hinein. »Sie ist eine Erinnerung daran.« Er stürzte den Brandy herunter. Aurora schnappte nach Luft. »Warum?«

»Jedes Mal, wenn ich sie anschaue, sehe ich die Rolle, die sie in meinem Leben gespielt hat.« Ran warf ihr einen kühlen, bedächtigen Blick zu. »Sie war schwach und ließ es zu, dass man sie an den Höchstbietenden verkaufte. Eine verdammte Konkubine«, zischte er und goss sich noch mehr Alkohol ein.

»Sie hatte wohl kaum eine Wahl. Entweder das oder der Tod, und gerade du hast doch gesehen, dass ein Sklave alles tun würde für eine Chance auf Freiheit.« Ihre Stimme enthielt eine herausfordernde Schärfe.

»Bei Gott, *sie*«, er stieß einen Finger zur Tür hin, »hat ihr eigenes Fleisch und Blut hergegeben, um sich selbst zu retten!«

»Nein! Um dafür zu sorgen, dass *du* leben konntest!«, schrie sie, und auf dem Regal kippte ein Buch um. »Sie war nicht die Auserwählte des Paschas, sondern eine Sklavin. Nach den Vorschriften des Islam und des Korans herrschen die Männer, selbst die Kinder sind ihr Eigentum. Das weißt du sehr wohl, Ransom. Ein winziges Baby kann eine genauso große Bedrohung wie ein Krieg sein«, sagte sie hastig, »und dein Leben war in Gefahr, denn Ali bestand darauf, dass es *sein Sohn* war, den Sayidda da gebar. Ach, ich sehe, dass du das anscheinend noch nicht gewusst hast«, warf sie auf seinen skeptischen Blick hin ein. »Aber es ist wahr. Sie hat es mir selbst erzählt. Sie sollte eigentlich für Granville nur tanzen und ihn bedienen, aber sie liebten sich, Ransom, diese eine Nacht lang *liebten* deine Mutter und dein Vater sich.«

Ihre Worte waren wie ein Tritt in seine Eingeweide. »Dass es nur eine Nacht war, macht sie noch mehr zu der Hure, die sie ist!«

»Macht eine Nacht mit dir mich auch dazu?« Eine Gardine raschelte, obwohl nicht die kleinste Brise zu spüren war.

»Nein! Zwischen uns beiden ist es etwas ganz anderes.« Er lehnte sich auf seinem Stuhl zurück.

»Wir hatten auch nicht mehr als deine Eltern«, betonte sie und schüttelte den Kopf. »Wie kannst du nur so auf dem hohen Ross sitzen und dich zum Richter über ihre Vergangenheit aufspielen, Pirat.« Mit den Händen in ihre Hüften gestemmt starrte sie ihn über den geschnitzten Schreibtisch hinweg an und versuchte, sich zu beruhigen. »Kannst du dir denn nicht vorstellen, wie sie sich gefühlt haben muss, ihrem Sohn das Leben zu schenken und dann gezwungen zu sein, ihn über die Mauer an einen Mann zu übergeben, mit dem sie nur ein einziges Mal zusammen gewesen war? Und sie wusste, dass du für immer aus ihrem Leben verschwinden würdest! Vor diese Wahl dürfte nie eine Mutter gestellt werden.« Tränen verschleierten ihr die Sicht, und sie hielt sich an der Tischkante fest. »Sie hätte ihr Kind dem Pascha aushändigen und sich dadurch ein besseres Leben verschaffen können, sie hat jedoch den Mut gefunden, dich deinem Vater zu übergeben, damit er dir mehr geben konnte, als es ihr jemals möglich gewesen wäre!«

Er kippte den Brandy in einem Schluck herunter. »Sie gab mir nichts als eine qualvolle Kindheit«, er schlug sich mit dem

Rücken seines Handgelenkes auf die Lippen, »und einen liederlichen Menschen, meinen Vater.«

»Ach, was bist du nur für ein kalter und sturer Mann!« Blätter flatterten wie von einer wütenden Hand geschlagen vom Schreibtisch. »Es ist ein Gefängnis, in das du sie hineingesperrt hast. Ein Gefängnis, das sie bereitwillig angenommen hat.« Sie schritt wie wild einher, und aus dem Augenwinkel heraus konnte Ran sehen, wie eine Vase wackelte und die Tinte im Tintenfässchen geschüttelt wurde. Er stellte langsam sein Glas beiseite. »Sie ist mit dir hierher gekommen, obwohl sie wusste, dass du ihr dafür die Schuld gibst, was in England passiert ist. Sie wollte jedoch nichts anderes, als in der Nähe ihres Sohnes sein.«

»Und wenn sie nicht schwach gewesen wäre, so hätte ich nicht in dem Glauben aufwachsen müssen, dass dieses kalte Miststück, bei dem ich aufgewachsen bin, meine Mutter ist!« Er erhob sich langsam. »Wenn sie mich bei sich behalten hätte, so hätte ich niemals David der Lüge bezichtigt, niemals Satisfaktion verlangt und niemals eine Kugel in sein Herz gejagt!«

Aurora wirbelte herum. »Es war aber nicht sie, die den Abzughahn gezogen hat, Ransom.« Sie zeigte auf ihn. »Du bist es gewesen!« Mit diesen Worten gab es plötzlich ein klirrendes Geräusch, und das Brandyglas brach mittendurch. Ran starrte zuerst die Scherben an und dann Aurora; ganz in ihrer Wut gefangen, ignorierte sie den Vorfall jedoch. »Du versuchst, ein Leben zu leben auf der Grundlage von: *Was, wenn es anders wäre.* Das wird es aber niemals sein.« Die Vase schwebte vom Regal. »Bei den Göttern, siehst du denn nicht, dass du dich mit jedem Schiff, das du angreifst, mit jedem Mann, jeder Frau und jedem Kind, das du befreist, lediglich an ihr rächen willst? Dass du Sayidda beschützt, damit niemand so sehr leidet, wie du gelitten hast!«

»Nein, Aurora, nein«, entgegnete er ihr mit unglaublicher Ruhe. »Denn es ist mir gleichgültig, ob sie leidet oder nicht.« Er beugte sich über den Schreibtisch, seine Fäuste zusammengeballt und sein Körper gespannt wie ein Bogen. »Und nun, wo du deinen Teil aufgesagt hast«, drohte er mit vernichtender Stimme, »werde ich dir lediglich einmal sagen: Aurora Lassiter McLaren, halte dich da raus!«

»Beim Gott des Donners!«, zischte sie. »Du bist nicht ein Bastard aufgrund deiner Geburt, Ransom Montegomery«, ihre Stimme wurde lauter, »sondern ein Bastard, den du selber geschaffen hast!«

Eine Glasscheibe zersplitterte und ließ glänzende Scherben wie einen Regen von Elfentränen auf seinen Kopf herabrieseln. Aurora taumelte, und sämtliche Farbe wich aus ihrem Gesicht. Ran schaute von der zersplitterten Glasscheibe fassungslos zu ihr hin. Sie starrten sich gegenseitig an. Ran griff zu ihr hinüber, sie wandte sich jedoch ab, sah vom zerbrochenen Glas zu den verstreut herumliegenden Blättern und dem entzweigebrochenen Brandyglas. Ran blinzelte, als sie die Vase gefährlich nahe an der Kante auf das Regal zurückstellte, und als er zu Aurora blickte, war sie verschwunden. Die Tür knallte gegen die Wand, und ihr weinrotes Gewand verschwand gerade um den Türpfosten herum. Einen Moment später ging er um den Tisch herum, um ihr zu folgen. Auf den Eingangsstufen stieß er mit Dahrein zusammen.

Ran packte den Jungen bei den Schultern, damit dieser nicht hinfiel, während er gleichzeitig den Bereich hinter ihm absuchte. Er erhaschte gerade noch einen Blick von Aurora, bevor sie vom Weg abbog.

Dahrein schaute zu Ran hoch, wand sich aus seinem Griff und lief ins Haus. Léonie stand auf der Veranda vor dem Speisesaal. Als sie wieder hineinging, war ihr rundes Gesicht von Enttäuschung gezeichnet.

Domingo seufzte und schüttelte den Kopf. »Sie will Euch doch nur glücklich sehen, Ran.«

Ran brauchte gar nicht erst zu fragen, ob sie alles mit angehört hatten. Die vernichtenden Blicke von Buckland und Lougière, die gerade fortgingen, und sogar von Lockewood waren wie mit todlicher Genauigkeit durchgeführte Kanonenschüsse.

Ran fuhr sich mit den Fingern durchs Haar, lehnte sich gegen einen Stützpfosten und stieß einen scharfen Atemzug aus.

Plötzlich fühlte er sich mutterseelenallein.

Einen Moment später schlurfte Shokai vorbei, blieb stehen und schaute Ran in die Augen. Er gab ein empörtes Geräusch von sich und sagte dann: »Ein kleines Hirn und einen großen Mann findet man oft vereint«, bevor er seinen Weg fortsetzte.

Arm an Geld und reich an Freunden, dachte Ran, als er sie schließlich fand. Sie saß auf dem Boden, ohne auf ihre feinen Röcke zu achten, und schmuste mit einem neugeborenen Lamm in ihrem Schoß. Das Tier blökte süß, als sie sein flaumiges Fell streichelte, und sie musste lächeln, als ein weiteres Lamm auf sie zuwackelte, zwischen dessen Hufen ein kleines graues Kätzchen herumflitzte. Plötzlich machte ein Vogel mit einem langen Schweif einen Sturzflug, setzte sich hoheitsvoll auf einen niedrigen Ast und neigte seinen Kopf neugierig zu den Eindringlingen in seinem Reich hin. Lichttupfer sprenkelten durch das Laubdach und tauchten ihren geheimen Platz in einen ätherischen Glanz. Ran blieb außer ihrer Sichtweite und beobachtete sie.

Ein weiterer Vogel, nicht viel größer als sein Daumen, setzte sich auf Auroras Schulter und piepste glücklich. Das Kätzchen spielte mit ihrem Haar und verhedderte sich, und sie beugte sich vor, um das Fellbündel zu befreien und ihm daraufhin zu erlauben, das Gleiche wiederzutun.

Sie ist ein Glück für alle lebenden Kreaturen, dachte er und erwartete fast, dass Elfen und Feen um sie herumhuschten. Oder Wassergeister, was zum Teufel auch immer die waren.

»Wo ist deine Mama, Kleines?«, fragte sie das Kätzchen und neckte seine Schnurrhaare mit einem Grashalm. »Ist sie in der Nähe oder befindet sie sich auf der *Lion,* um Mäuse für deine Mahlzeit zu fangen?« Ihre Stimme brach, und Ran nahm wahr, dass sie nicht so beherrscht war, wie sie den Anschein machte. »Ach Göttin, was würde ich nicht alles dafür geben, wenn ich meine Mutter bei mir haben könnte, um ihr erzählen zu können, wie sehr ich sie vermisst habe. Ich würde wie ein kleines Mädchen auf ihren Schoß klettern und die Sanftheit ihrer Arme spüren können.« Sie neigte ihren Kopf zurück. »Das ist ein Geschenk, das er in Händen hält«, flüsterte sie, und in Rans Kehle bildete sich ein Kloß, während er ihr zuhörte und sich im Geist ihre Welt ausmalte, leer und beschränkt, tapfer ihn davor abschirmend.

»Wie kann man nur wertvolle Zeit besitzen und sie an alten Zorn vergeuden«, grübelte sie laut, und Ran ließ sie allein; mit jedem Zoll fühlte er sich als der Bastard, der er war, weil er sie so erbärmlich behandelte. Es war kein Wunder, dass sie zu ihrer Göttin sprach, denn er hatte keine Rechtfertigung, die er gegen ihre Anschuldigungen hätte setzen können.

Ihre Worte hallten immer und immer wieder in seinem Kopf. Dein Leben stand auf dem Spiel … Eine Bedrohung … Hätte dich als den Sohn des Paschas ausgeben können … Sie haben sich geliebt … Es ist ein Gefängnis, in das du sie hineingesperrt hast … und dennoch bleibt sie.

Ran hatte oft darüber nachgedacht, warum Sayidda in jener Nacht auf Kreta mit ihm gekommen war. Sein Vater hatte ihn dort hingeführt. Granville hatte immer gewusst, wo Sayidda sich aufhielt, hatte sie vom Pascha weggeholt und ihr ein neues Leben verschafft. Ohne ihren Sohn. Hatte sie seinen Vater angefleht, ihn ihr zurückzugeben? Hatte sie sich nach seiner Gesundheit, nach seinen Freunden erkundigt? Hatte sie gewusst, dass Anna boshaft und distanziert zu ihrem Sohn gewesen war? Zum Teufel noch mal, dachte er, ich hab's wirklich von einem Meister gelernt.

Er trat nach der Erde, schickte einen Kieselsteinregen über den Weg und machte ein finsteres Gesicht, als er plötzlich Stimmen hörte. Als er daraufhin aufschaute, sah er in der Entfernung zwei Gestalten in der Nähe des Kochhauses. Seinen langsamen Schritt beibehaltend blinzelte er, um das Paar erkennen zu können. Zwei Frauen, entschied er und erkannte, dass eine davon seine Halbschwester war. Rachel hatte kaum jemals einen Fuß vor die Tür gesetzt, hatte man ihm erzählt, und sie war so zurückhaltend, dass sie einen beträchtlichen Teil ihrer Zeit in ihrem Zimmer oder mit dem Mönch zusammen verbrachte, und zwar betend.

Die kleinere Frau, schlank und hellhäutig, ging fort; ihr mit einem Schal bedeckter Kopf war gebeugt und ihre zierlichen Füße sahen unter ihren gestreiften Röcken hervor. Rachel betrat das Kochhaus. Halbherzig wünschte er, er könnte Gefühle aufbringen für diese scheue Frau. Dann jedoch entschied er, dass es ihm viel lieber wäre, wenn ein Mann käme und sie in seine Obhut nähme. Vier Frauen in seinem Haus waren eindeutig zu viel, vor allem dann, wenn eine von ihnen Aurora war.

Ran schlenderte ohne ein bestimmtes Ziel umher und traf dabei auf Shokai, der sich in einer Höhle ein Zuhause einrichtete. Der alte Mann blieb an dem weinumrankten Eingang stehen und schaute Ran an, zuckte dann jedoch mit den Schultern und ging gebückt hinein. Ran deutete dies als eine Einladung. Die kühle Höhle, die in den Berg gehauen war, stand voll mit alten Töpfen und Kisten, ordentlich aufgereihte, ausrangierte Dinge. Kerzenstumpfe erhellten jeden Spalt. Als Ran sich hineinduckte, überkam ihn ein seltsames Gefühl. Seine Größe würde es ihm nicht erlauben, sich völlig aufzurichten. Er räusperte sich, Shokai schaute jedoch nicht von der Stelle auf, wo er neben einem Feuer auf dem Boden kniete. Ein gesprungener Topf mit kochendem Wasser stand auf einem Rost.

»Im Haus gibt es doch Platz genug, Shokai. Warum lebt Ihr hier?« Ran erkannte die Decke, die in der Ecke einen Schlafplatz bildete. Es war Sayiddas.

Shokai bereitete zwei Tassen Tee zu. »Der Himmel kann keine zwei Sonnen gebrauchen, genauso wenig wie ein Haus zwei Herren.« Er goss ein und wies dann auf die geflochtene Matte ihm gegenüber.

»Aurora wird nicht zufrieden sein.« Ran setzte sich auf den Boden.

»Mit Frauen und kleinen Männern ist es schwer, fertig zu werden, Mylord.«

Ran schnaubte, nahm die Tasse entgegen und schaute skeptisch auf den grünen Inhalt, bevor er ihn probierte. Es schmeckte leicht bitter, aber gleichzeitig auch süß. »Sie ist«, er schaute kurz weg, »verdammt wütend«, beichtete er.

Shokai kicherte wissend. »Ahhh, wenn der Drache gegen den Tiger kämpft, so werden beide verletzt.«

»Ihr habt mit ihr gesprochen?«

Shokai schüttelte den Kopf. »Alte Tauben kennen die Tränen von Schwänen nicht.«

»Habt Ihr eigentlich jemals *nicht* in Rätseln gesprochen?«, wollte Ran irritiert wissen.

»Alte Worte sind Weisheiten für Unwissende, Mylord.«

Ran schaute auf und verengte seine Augen. »Guter Gott.« Ran lächelte. »Ihr seid genauso direkt wie Eure Herrin!«

»Besser den Pfeil in der Brust als im Rücken, nicht wahr?«, bemerkte der alte Mann.

»Zum Teufel noch mal, ja«, bestätigte Ran mit Nachdruck. »Ich glaube, heute bin ich von einigen durchbohrt worden.«

»Erspart mir Eure Spatzentränen, Mylord«, winkte der alte Mann ihn ohne Mitleid ab.

Verdammt und zugenäht, wer hatte eigentlich noch nicht von ihrem Streit gehört? »Glaubt Ihr eigentlich, dass es mir *gefällt,* mich so zu fühlen?«

»*Hai,* denn Euch gelingt es, zehn Jahre lang dem größten Schmerz ausgesetzt zu sein, während ein anderer leidet.«

»Ich habe nicht vorgehabt, Aurora wehzutun, alter Mann.«

»Ihr seid ein blinder Mann, der durch einen Zaun schaut!« Rans Blick verschärfte sich. »Sayidda hat also auch Euch schon beeinflusst, wie ich sehe.« Shokai atmete ungeduldig aus. »Oftmals gelingt es uns, sieben Fehler bei anderen zu entdecken und nicht einen einzigen von unseren zehn.«

»Ich weiß, dass ich nicht unschuldig bin, aber Ihr könnt nicht von mir verlangen, alles einfach zu vergessen.«

»Um Elternliebe und die Größe von Vergebung verstehen zu können, muss man erst selber ein Kind haben.«

»Das glaube ich nicht«, murmelte Ran in seine Tasse hinein, trank dann und konnte schon fast Shokais unerbetenen Rat voraussehen.

»Ach, aber Ihr habt es ja schon miterlebt, als Sklavendieb, Geächteter, Pirat und Entführer.« Er verschränkte seine Arme und wartete ab, bis die Worte bei ihm ankamen und Ran erkannte, dass nicht nur Aurora, sondern auch seine Mutter ihm ständig Untaten und scharfe Worte vergab. »Seht Ihr«, nickte Shokai, sich seiner Erleuchtung bewusst, »zu lehren heißt lernen, nicht wahr? Meine Kaiserin urteilt nicht nur aufgrund dessen, was sie hört oder sieht, sondern aufgrund dessen, was sie hier fühlt.« Er klopfte sich auf seine schmale Brust. »Das habe ich schon immer an ihr bewundert«, gab Shokai mit völliger Offenheit zu und zuckte dann mit seinen schmalen Schultern. »Oftmals ist es die Sprache, durch die man eine Lady erobert. Mutter sowie Geliebte.«

Ran starrte konzentriert ins Feuer.

»Früher oder später werdet Ihr schon noch merken, was Ihr wirklich denkt und fühlt«, fügte Shokai hinzu.

Schweigend tranken sie ihren Tee; Shokai schaute den englischen Captain an, Ran starrte in die tanzenden roten Flammen.

»Mylord?«

Lediglich Rans Augen schauten hoch.

»Ihr werdet das Herz eines anderen Menschen erst kennenlernen, wenn Ihr in Euer eigenes schaut.«

Ran atmete angespannt aus und erhob sich dann. »Meinen Dank, Shokai.« Shokai erwiderte die Bemerkung mit einer leichten Verbeugung. »Solltet Ihr irgendetwas benötigen«, fügte Ran noch hinzu, wobei er auf die dürftige Einrichtung schaute, »so kommt einfach zu mir.«

»Jeder zusätzliche Gegenstand, den ich besitze, bedeutet zusätzlichen Ärger.«

Ran nickte und drehte sich um, dann hielt er jedoch am Eingang inne, um noch ein letztes Mal zurückzuschauen. Shokai zog den gabelförmigen Silberkamm, der seinen Dutt festhielt, heraus und starrte auf die messerscharfen Zacken. Und Ran wusste, dass sein Zurückschauen bemerkt worden war.

»Nachzugeben, Mylord, ist manchmal der größere Sieg.«

Nachdem er allein war, atmete Shokai tief aus und ging zu seiner Pritsche hinüber. Seine alten Knochen knackten, als er sich zum Ausruhen hinlegte.

»Selbst die höchsten Bäume«, murmelte er mit leisem Gekicher, »können durch einen kleinen Sturm geknickt werden.«

28

Sayidda Ashran war eine starke Frau. Es war jedoch eine erzwungene Stärke, entstanden aus der Liebe zu ihrem einzigen Sohn. Sie hatte viel durchgemacht seit jener Nacht in Grans Armen: ihren Sohn mithilfe eines mitfühlenden Eunuchen geboren und dann tagelang auf eine Nachricht gewartet, wie sie Kassirs Vater erreichen konnte, danach der herzzerreißende Moment, in dem sie ihr neugeborenes Kind abgeben musste, damit der kleine Junge das erste Jahr seines kostbaren Lebens überstehen würde. Die schmerzvollen Schläge, die sie für ihren Verrat an Ali bekommen hatte, waren jedoch nichts gegen die bissigen Bemerkungen von Kassir und die Verweigerung seiner Zuneigung. Und wenn Gran sie auch vor dem Tode bewahrt hatte, so hatte sie doch oft darüber nachgedacht, dass es eigentlich Allahs Absicht gewesen war, sie in jener Nacht sterben zu lassen, und dass der nie enden wollende Kummer, den sie nun erleiden musste, die Strafe dafür war, dass sie ihr Schicksal abgewendet hatte.

»Hier, mein Kind«, reagierte Sayidda schließlich auf das hartnäckige Rufen und blieb oben auf der Treppe stehen, wobei sie sich am Geländer festhielt. Die Treppe sieht heute ungewöhnlich steil aus, dachte sie, als Aurora, wie immer lächelnd, die Stufen hinaufstieg. »Tragt Ihr diese Kleider denn überhaupt nicht?«

»Sie erschienen mir ein wenig zu fein, um damit in der Erde herumzugraben, M'lady.« Sie zuckte mit den Schultern und schaute auf das weiße Kleid, das Ransom ihr an Bord der *Lion* gegeben hatte. »Ich möchte sie nicht ruinieren. Und ich entschuldige mich dafür, dass ich das andere hier nun beschmutzt habe.«

Sayidda winkte ab und verzog die Lippen. »Wir werden schon etwas Passendes finden, womit Ihr im Schlamm spielen könnt.« Sie trafen sich auf der Treppe. »Abgewetzt und zu groß«, schmunzelte sie, wobei sie an dem Kleid zupfte. Plötzlich wurde ihr schwindelig, und sie griff zum Geländer.

»Sayidda? Geht es Euch nicht gut?«

»Es ist nichts.« Sie schüttelte ihren Kopf, um so die Trübung in ihrem Blick wieder fortzubekommen.

»Kommt die Treppe hinunter und setzt Euch hin«, versuchte Aurora sie zu überreden.

»Mir geht es gut«, wiederholte Sayidda und atmete tief ein. »Aber Ihr? Ihr habt Euch mit meinem Sohn gestritten?« Sayidda hatte den Verdacht, dass es dabei um sie gegangen war. »Es kann nicht besonders erfreulich gewesen sein.«

Auroras Gesichtsausdruck veränderte sich. »Ich habe mich in ein Gebiet gewagt, in dem ich nichts zu suchen habe, Sayidda. Und ich habe Male auf seinem Rücken hinterlassen, denke ich.«

»Liebt Ihr meinen Sohn, Aurora?«, kam es frei heraus.

Aurora schaute Sayidda in die Augen. »Ja«, sagte sie nachdrücklich. »Ja. Aber ein Mann kann nicht mit halbem Herzen zurücklieben.«

»Vielleicht hat er ja gar nicht mehr«, flüsterte Sayidda und gab sich selbst dafür die Schuld.

»Nein«, antwortete Aurora bestimmt und drehte sich um, um die Treppe hinunterzugehen, als Ransom gerade das Haus betrat. »Das glaube ich nicht.«

Sie kam aus dem Gleichgewicht und stolperte einige Stufen hinunter.

»Kassir!«, schrie Sayidda und machte einen Satz nach vorn.

Aurora fing sich wieder und verhinderte so einen Sturz, stieß jedoch hart gegen Rans Brust; seine Kraft hielt sie davon ab, mit mehr als nur einem gestockten Atem und einem riesigen Schrecken davonzukommen.

Sein Arm umgriff ihre Taille, und schwer atmend drückte er sie an sich. Sie rückwärts die Stufen hinunterstürzen zu sehen, hatte ihm sein Herz in die Kniekehlen sinken lassen, und er brauchte nun einen Moment, um seine Haltung wiederzuerlangen.

»Aurora«, keuchte er und erhob kurz seinen Blick zu seiner Mutter.

Sayidda war bleich geworden, und sie hielt sich die Hand aufs Herz, während sie flüsterte: »Allah sei gepriesen.«

Ran riss Aurora in seine Arme, drehte sich dann um und trug sie den Rest der Treppe hinunter in sein Studierzimmer. Sanft, als würde er einen Kristallsplitter halten, legte er sie auf das Sofa und kniete sich dann neben sie hin.

Sofort schoss sie hoch und stützte ihren Körper mit ihren Ellbogen ab. »Ich danke dir, Ransom, aber ich bin unverletzt.« Er warf ihre Röcke zurück und untersuchte ihr Fußgelenk, indem er mit seinem Daumen über den Fußrücken und die Wölbung fuhr. Sie kicherte und wand sich. »Siehst du nun?«, fragte sie und warf den verschmutzten Saum wieder herunter. Das Gewand glitt ihr von den Schultern, und sie schob es mit einem Achselzucken wieder hoch. »Du machst aus einer Mücke einen Elefanten, Ransom, ich bin ausgerutscht, das ist alles.« Er starrte sie mit einer Intensität an, die ihr Angst machte. Langsam schwang sie ihre Beine über die Sofaseite hinüber. »Warum schaust du mich so an?«

Das Hämmern in seiner Brust hatte sich wieder gelegt, in seinem Kopf jedoch spielte sich ihr Stolpern wieder und wieder ab. Wie leicht hätte sie sterben können, erkannte er, und als sie versuchte aufzustehen, hielt er sie auf. »Nein! Du bleibst sitzen!«, befahl er, und bevor sie noch antworten konnte, hatte er schon den Raum verlassen und brüllte nach der Hausangestellten.

Ran kniete sich auf die Treppe und ließ suchend seine Hand über jede einzelne Stufe gleiten. Das Holz glänzte und der Geruch von Bienenwachs hing noch schwer in der Luft. Aurora war keine unbeholfene Frau; Ran richtete sich auf und benutzte seine Stiefelspitze dazu, jede Stufe, auf der sie gestanden hatte, anzustoßen. Er klopfte, und Sayidda, die noch immer über ihm auf der Treppe stand, beobachtete ihn, wie er mit noch mehr Kraft trat und das Holz auseinanderbrach.

Sayidda schnappte nach Luft, und Ran richtete seinen Blick zu ihr hin. »Wer könnte denn so etwas tun?«, flüsterte sie.

Er wusste es nicht. Aber selbst Sayidda konnte erkennen, dass irgendjemand sich bewusst daran zu schaffen gemacht haben musste, da der Schnitt unter dem Teppichläufer versteckt gewesen war. »Behalte das bitte für dich«, murmelte er leise, solange sie noch allein waren.

»M'lord?« Ein blondes und zierliches Mädchen knickste zum Gruße.

»Wann hast du das letzte Mal poliert?« Er wedelte mit seiner Hand zur verwünschten Treppe hin.

»Vor zwei Tagen, M'lord«, kam ihre zaghafte Antwort. »Siehst du das hier?« Er gab dem wackelnden Stück einen kleinen Stoß.

»Ja, M'lord, das is' aber noch nich' so gewesen, das schwör ich, das schwör ich.«

»Ist schon gut, Meggie«, beschwichtigte er sie mit ruhiger Stimme, wenn sie sich dadurch auch nicht wieder entspannte. »Bist du dir da sicher?«

»Ja, o ja. Ich hätt's doch jemandem gesagt, M'lord. Das is' doch gefährlich so was.«

Er hatte keinen Grund, dem Mädchen zu misstrauen, und so entließ er die Bedienstete. Er ging die Treppe wieder hinunter, dann blieb er jedoch plötzlich stehen und drehte sich zu seiner Mutter um. Einen Moment lang starrten sie sich gegenseitig an, dann bot Ran ihr seine Hand an. Sayidda blinzelte, starrte auf seine geöffnete Handfläche, auf sein Gesicht und dann wieder zurück. Vorsichtig, fast besorgt, dass er sie wieder zurückziehen könnte, legte sie ihre zitternden Finger in die warme Mitte seiner Hand. Seine Finger legten sich sanft um ihre Hand herum, und ohne sie anzuschauen, half er ihr über den Spalt in der Treppe. Sobald sie unten angekommen waren, ließ er sie wieder los und ging zu seinem Studierzimmer.

Er erstarrte. Aurora stand in der Tür, die Hände auf ihren Hüften und einen seltsamen Blick auf ihrem Gesicht. Er lief weiter, bis er fast vor ihr stand; sein Herz schlug wie wild. Gott, dachte er, was habe ich nun schon wieder getan? Sie sah aus, als stünde sie kurz davor loszuschreien. Er hoffte, sie würde es nicht tun. Er fühlte sich stets so hilflos, wenn sie es tat.

»Was ist, Liebes?«

Plötzlich lächelte sie breit und strahlend, und er konnte nicht anders, als zurückgrinsen, wenn er auch nichts Amüsantes an ihrem Missgeschick finden konnte.

Sie schaute um ihn herum zu Sayidda hin. »Entschuldigt uns bitte«, sagte sie zu ihr, ergriff seine Hand, zerrte ihn ins Studierzimmer und zog die Tür hinter sich zu.

Sofort schlang sie ihre Arme um seinen Nacken; seine Hände ergriffen ihre Taille und sie zog ihn hinab zu ihrem Mund. Sie küsste ihn hungrig, glücklich, und mit einer solchen Überschwänglichkeit, dass Ran ganz weiche Knie davon bekam. Seine Hände fuhren leidenschaftlich ihren Rücken auf und ab und drückten sie näher an sich heran. Gerade eben war sie noch so wütend auf ihn gewesen, und nun … Er vergeudete keine Sekunde, riss sie hoch in seine Arme, und er unterbrach den Kuss nicht einen Moment, als er sie zur Couch hinübertrug und in die Kissen fallen ließ.

Sie wich zurück und schaute bewundernd in seine prächtigen Bernsteinaugen.

»Aurora!«, forderte er ungeduldig und verwirrt eine Erklärung.

»Das war etwas ganz Bedeutendes, was du da eben getan hast, mein Herz. Ganz bedeutend.« Ihre Finger fuhren in sein Haar und hielten ihn für einen weiteren mitreißenden, berauschenden Kuss gefangen, denn dieses kleine Zugeständnis war ein Sieg über seine Vergangenheit.

»Ich bin so stolz auf dich«, murmelte sie gegen seinen warmen Mund.

Sayidda, verstand Ran plötzlich benommen, als sie Küsse

über seine Stirn und seine Wangen verteilte. »Dass ich ihr die Treppe hinunterhalf, hat dich also so glücklich gemacht?« Er schob sie zurück, um ihr ins Gesicht schauen zu können.

»O ja, ja«, beteuerte sie und nahm dann sein Kinn und seinen warmen Hals in Angriff. »Ich hatte nicht erwartet, dass du es so bald schon tun würdest.« Sie schaute ihn an. »Aber dass du es tun würdest, daran hatte ich nicht den geringsten Zweifel.«

Wird ihr Vertrauen in mich immer so unerschütterlich sein?, fragte er sich und ließ sich in die Kissen sinken, im Stillen Shokai für seine Weisheit dankend.

»Was willst du, Liebes?« Er setzte sich gegen sie zur Wehr, schob ihr Gewand tiefer, und er war sich ihrer Körperhaltung bewusst sowie des köstlichen Angebotes, das sie ihm machte.

»Dich«, stieß sie hervor, zog sein Hemd auf und bearbeitete seine harte, wie gemeißelte Brust.

»Hier drinnen?« Seine Haut reagierte sensibel auf ihre Berührung.

»Ich kann dich ja wohl schlecht in mein Gemach mitnehmen.« Sie senkte ihre Stimme. »Das würde ganz schön Aufsehen erregen, wenn man all das Stöhnen und das ›o Ransom, ja, berühre mich noch einmal‹ hören würde und vor allem das wundervolle Gebrüll, das du von dir gibst, wenn … Ah, jetzt wirst du ja ganz rot!«

Er wurde es in der Tat und wusste nicht warum, aber er wurde es! Gott wusste, dass er sie wollte, aber seinem Haushalt mangelte es an gewissen Manieren und die Dienerschaft hatte überhaupt keine Bedenken, einfach in einen unverschlossenen Raum hineinzumarschieren. Er warf einen Blick auf die Tür. »Vielleicht sollten wir lieber warten.«

Sie machte ein enttäuschtes Gesicht und ließ ihre Hand in seinen Hosenbund gleiten. »Ich will dich jetzt, mein Herz«, flüsterte sie, und die süßen Worte wanderten zu seinen Lippen hinüber. Er stöhnte dunkel, denn der Druck ihrer üppigen Brüste schwächte ihn.

»Ach, du treibst mich in den Wahnsinn, Aurora. Und das

weißt du.« Sein Atem beschleunigte sich und seine Hände liefen ihre Arme hinauf und hinunter.

»Dann komm mit mir, Ransom, an einen Ort, der wie geschaffen ist für uns.«

Fragend zog er eine Augenbraue hoch.

»Es ist tief im Dschungel.«

Noch bevor er ihr erneut widersprechen konnte und ohne auf die Wölbung zu achten, die sie in seiner Kniehose verursacht hatte, wand sie sich von seinem Schoß, ergriff seine Hand und zog ihn mit sich. Sie riss die Tür auf, und er folgte ihr wie ein ergebenes Hündchen.

Markus Lougière drückte sich gegen die Wand und schloss kurz seine Augen, bevor er von dem offenen Fenster zurückwich. Er verließ die Veranda, schlich am Haus entlang und dann in den Dschungel hinein. Mehrere Meter dahinter folgte Shokai ihm auf seinem Weg, leise und selbst von der Brise unbemerkt.

Sie kletterten höher den Berghang hinauf.

»Ich habe es gefunden, als ich Kräuter sammeln war.« Sie schob einen Ast beiseite und duckte sich darunter. »Es ist wirklich zauberhaft, Ransom.« Sie ließ den Ast wieder los, sodass er gegen Ransoms Brust schlug.

Ran blieb kurz stehen, schüttelte seinen Kopf und schlug den Ast beiseite. »Wenn das so ist«, entgegnete er trocken und grinste, »dann müssen wir natürlich dorthin gehen.«

Ihre Aufregung war ansteckend, und die Vorfreude darauf, sie zu lieben, trieb durch seinen Blutstrom direkt in seinen Unterleib. Selbst ihr temperamentvoller Gang und ihr wallendes Haar luden seine Fantasie ein, Amok zu laufen. Er wollte sie jetzt und hier. Im Wald, wo sie hingehört, dachte er, sein mitreißendes Geschöpf des Lebens. Trotzdem aber, als sie ihre Schritte auf dem enger werdenden Pfad verlangsamte und nach rechts abbog, runzelte Ran die Stirn und schaute zurück, um sich ihre Fährte zu merken. Er hatte sich noch nie zuvor in diese Richtung vorgewagt. Das war ein Gebiet, das von den Eingeborenen bewohnt wurde.

Als er sich wieder zu Aurora herumdrehte, war sie schon beunruhigend weit vorgelaufen, daher beschleunigte er seinen Schritt. »Langsamer«, rief er, und dann schärfer: »Aurora!«

Sie schaute über ihre Schulter zu ihm zurück. Der Befehl hatte genügend Warnung enthalten, um sie zum Stehenbleiben zu veranlassen. Sie wartete gegen einen Baum gelehnt auf ihn; seine große Gestalt wurde teilweise durch die dichte Vegetation verdeckt.

Hoch oben kreischten Vögel.

Die feuchte Brise bewegte die Palmwedel hin und her, sie wirkten wie ein glatter, grüner Vorhang.

»Hast du etwas gehört?«

Er zuckte mit den Schultern und schaute nach links und rechts. Sein Blick blieb auf irgendetwas in der Ferne hängen, und sie blinzelte ins Unterholz, um es ebenfalls sehen zu können.

Plötzlich machte er einen Satz nach vorn, durchbrach den Dschungel, warf sie auf den Boden und bedeckte sie mit seinem Körper, und zwar genau in dem Moment, als etwas mit einem hohlen, dumpfen Geräusch über ihre Köpfe hinwegschoss. Die Blätter raschelten kurz und verstummten dann wieder. Er rührte sich nicht; er suchte mit den Augen die Umgebung ab und wurde dann plötzlich starr. Seine Gesichtszüge strafften sich, panische Angst und Wut schossen durch ihn hindurch. Lediglich vier Fuß über ihnen steckte ein kleiner, dünner Pfeil in einem Baumstamm.

Heilige Maria!

Ran setzte sich unvermittelt wieder auf und zog sie dabei mit sich hoch. Seine Hände liefen über ihr Gesicht, ihren Hals und ihre Arme, und seine Augen suchten nach einem Einstich in ihrer Haut.

»Was ist los? Warum hast du das getan?«

Ihre Fragen ignorierend drehte er sie um, um sich ebenfalls

ihren Rücken anschauen zu können. »Wie fühlst du dich? Bist du getroffen worden?«

»Nein, ich bin in Ordnung.«

»Fühlst du dich schwindelig? Ist deine Kehle trocken?«

»Ransom!« Er war erschrocken, das hatte sie fassungslos gemacht.

Einen Herzschlag lang erforschte er ihre Gesichtszüge, dann wies er durch ein Nicken zu dem Baum nur ein paar Fuß von ihnen entfernt.

Sie atmete scharf ein und wollte nach dem Pfeil greifen, »Nein!« Er packte ihr Handgelenk.

Sie schaute ihn erschrocken an. »Ist er giftig?«

»Tödlich.« Er drückte ihre Hand gegen seine Brust, und sie konnte den verängstigten Schlag seines Herzens spüren. »Warum sollte irgendjemand uns das antun wollen?«

»Ich würde nur ungern eine Vermutung anstellen«, entgegnete er und behielt seinen Verdacht für sich. Dann stand er auf und half auch ihr auf die Füße. Es wäre ungerecht, jemanden ohne Beweise anzuklagen, dachte er und scheuchte sie auf den Pfad zurück.

»Aber du hattest doch gesagt, dass die Eingeborenen deine Leute in Ruhe lassen.« Sie ging vor ihm her und sprach so über ihre Schulter zurück. »Und es ist doch wohl klar, dass dies nicht die Waffe eines Piraten ist.«

»Noch niemand hat es bisher gewagt, so tief in ihr Gebiet einzudringen, Liebes«, erklärte er ihr und versuchte dabei, seine Stimme nicht nervös klingen zu lassen.

»Ich aber schon.« Er nahm ihren Arm und drehte sie zu sich herum, seine Augen waren hart und fragend. »Mit Lougière«, erklärte sie. »Erst heute Morgen noch.«

»Hier?« Er wies um sich. *»Genau* hier?«

»Nicht ganz.« Aurora wies zu ihrer Rechten und ging dann um ihn herum. »Hier entlang ist es.« Noch bevor er sie aufhalten konnte, verließ sie den Pfad, indem sie sich duckte und ihren Weg durch den Dschungel bahnte. Ran folgte ihr dicht auf den Fersen und runzelte die Stirn, als die Vegetation licht genug wurde, dass er eine Brücke erkennen konnte, die über eine enge Schlucht gespannt war. Ein kleiner Wasserfall stürzte vom Berg herunter und machte die Luft dunstig. Sie schritt auf die schwingende Brücke, drehte sich dann um und hielt ihm die Hand hin. Das Wasser rauschte den dunklen, höhlenartigen Grund entlang und beruhigte seine angespannten Nerven. Es war wunderschön hier, das musste Ran zugeben.

»Wir sind fast da, mein Herz.« Jedes Mal, wenn sie ihn so nannte, ging ihm das durch Mark und Bein; und wenn er auch seine Zweifel hatte, ob die Seile ihrer beider Gewicht halten würden, so wollte er doch andererseits auch nicht ihr Leben aufs Spiel setzen, indem er noch länger im Wald herumtrödelte.

»Irgendjemand hat diesen Pfeil abgeschossen, Liebes«, erinnerte er sie bedächtig. »Komm mit mir zurück.« Er gab ihr ein Zeichen, sie seufzte jedoch nur und machte einen Schritt nach vorn.

»Später.« Mit einem neckenden Lächeln auf ihren Lippen streckte sie ihre Hand aus, und ihre Fingerspitzen streiften gerade die seinen, als plötzlich die Seile der Brücke rissen.

Einen Herzschlag lang hing sie erschrocken in der Luft.

Ran hechtete zu ihrer Hand, als sie wild schlingernd versuchte, sich irgendwo festzuhalten. Er umspannte ihr Handgelenk, sie verlor jedoch den Halt unter ihren Füßen und riss ihn dadurch zu Boden. Er hielt sich irgendwo fest, um nicht über die Kante zu rutschen, und seine freie Hand suchte einen Halt in der Vegetation; die vom Sprühnebel feuchte Haut und der weiche Untergrund zogen ihn jedoch zum Rand.

»Aurora?« Erde und Steine regneten auf ihren Kopf, und er glaubte schon, sie wäre bewusstlos. »Aurora!«

Sie neigte ihren Kopf zurück und schluckte, bevor sie etwas sagte. »Ich bin in Ordnung, Ransom«, keuchte sie, und er sah, wie sie mit ihrer freien Hand nach einer zerbrochenen Latte griff. »Aber ich habe nichts mehr unter meinen Füßen, auf dem ich mich abstützen kann«, teilte sie ihm zaghaft und verängstigt mit.

»Beweg dich nicht. Lass mich das machen«, warnte er sie und schob sich stückweise nach hinten. Er war sich darüber im Klaren, dass er sie, wenn er sich winden würde, auf dem unsicheren Grund verlieren würde. Er zog ganz vorsichtig, während seine sanfte Stimme ihr versicherte, dass er sie niemals loslassen würde.

Bitte, lieber Gott, ich flehe dich an, ich darf sie nicht verlieren.

Ihr Kopf erschien über der Kante der Schlucht und ihre Hand krallte sich in die Erde. Er spannte beide Hände um ihren Arm herum und arbeitete sich Hand um Hand vor. Sobald er in die Nähe ihrer Taille greifen konnte, griff er nach ihrem Kleid und zog sie vom Klippenrand weg in seine Arme hinein.

Sie klammerte sich zitternd an ihn, und Ran spannte seine Arme um sie herum.

»Aurora, ach, dem Himmel sei Dank.«

Er presste seine Lippen auf ihre Schläfe, auf ihre Stirn, und sie legte ihren Kopf zurück, schaute in seine bernsteinfarbenen Augen und zwängte ihre Hände zwischen ihre Körper, um ihn zu berühren.

Sie fuhr mit einem Finger über seine Wange, über seine Augenbrauen, um dann über seine Lippen zu streichen. Große Göttin, wie sehr sie doch dieses Gesicht liebte und die Angst ausradieren wollte, die darüber schwebte.

»Bei Fionns Feen, Ransom, ich bin ganz schön dankbar dafür, dass du so stark bist.«

Er lächelte zärtlich. »Und ich erst, dass du so ein Leichtgewicht bist, kleine Lady.«

Sie schaute auf das sich windende Seil – alles, was von der Brücke noch übrig war – und schaute dann zu Ransom auf.

»Ich verspüre das Bedürfnis nach einem deiner Küsse, Ransom«, kam es beinahe schüchtern.

Und er gab ihr, nach was sie sich sehnte; sein Mund, seine Zunge und sein Körper sagten ihr in der heißen und feurigen

Erlösung all das, was er nicht aussprechen konnte. Er küsste sie immer und immer wieder, und das Grauen, sie fallen gesehen zu haben, verschmolz mit der Scham darüber, ihr nicht gesagt zu haben, dass er sie liebte.

»Aurora, Aurora, meine Liebste«, murmelte er mit heiserer Stimme auf ihren Mund, und sie zog sich zurück und schnappte nach Luft; ihre Hände glitten über seine Brust und seine Schultern und umfassten dann sein Gesicht.

»Bring mich nach Hause, Ransom. Dieser Ort hier«, sie schaute hinter die Schlucht, »hat seinen Zauber verloren.«

29

Ran konnte nicht glauben, dass sie das Ganze so leicht nahm.

»Das hätte jedem anderen auch passieren können, Ransom«, erklärte sie ihm in vernünftigem Tonfall, während sie vor ihm herlief. »Du bist lediglich gereizt, weil du nun nicht deinen Spaß mit mir gehabt hast, das ist alles.«

»Sei bitte nicht albern.« Er hielt sie auf dem Weg an und schaute in ihr verschmutztes Gesicht. »Über die Jahre hinweg habe ich gelernt, mich zurückzuhalten, meine Liebe.« Er zog einen Kieselstein aus ihrem Haar und warf ihn beiseite. »So gerne ich mich auch mit dir in den Wäldern vergnügen würde«, murmelte er, wobei sein Blick über ihre üppige Figur streifte, »so ist es doch zu gefährlich. Und du kannst mir ruhig glauben, wenn ich dir sage, dass *das*«, er wies mit seinem Kopf zum Wald hin, »Absicht gewesen ist. Genauso wie der Spalt in der Treppe.«

»Du siehst nicht gerade überrascht aus über das, was du herausgefunden hast.« Sie schmunzelte.

»Ich bin es auch nicht.« Er führte sie den Hang hinunter. »Das ist einer der Gründe, warum ich dich hierher gebracht habe: damit du in Sicherheit bist.«

Sie runzelte die Stirn und ließ sich seine Worte durch den Kopf gehen; dann warf sie ihm einen wütenden Blick zu. »Du hattest also nie vorgehabt, mich zurückzubringen«, erkannte sie, und er konnte das Unwetter hören, das sich in ihrer Stimme zusammenbraute. »Du hast also etwas von deinen verdammten Verpflichtungen von dir gegeben, obwohl du niemals die Absicht gehabt hast, mich nach Marokko zurückzubringen!«

»Das stimmt«, kam es ohne eine Spur von Gewissensbissen.

»Du wirst mir jetzt sofort sagen, warum, Ransom Montegomery.« Sie versperrte ihm den Weg, ihre Hände in die Hüften gestemmt.

Es ist wohl kaum der richtige Zeitpunkt zu lachen, warnte er sich selbst. »Wir … ich werde gesucht.«

Ihre Augenbrauen hoben sich, und ihre Gesichtszüge spannten sich an. »Glaubst du etwa, ich hätte dich an die Obrigkeit verraten?«

»Nein!« Das kam schnell und überzeugt. »Aber ich bin nicht der Einzige, der Probleme damit hat.« Er wies in Richtung des Dorfes. »Und dich an die Küste zu bringen, wäre dein Tod gewesen.«

Sie schaute verächtlich drein, sein sich verengender Blick warnte sie jedoch, ihn anzuhören.

»Du hast nicht so oft meinen Weg gekreuzt, ohne dass irgendjemand seine Hand dabei im Spiel hatte, Aurora. Rahman und Achmed könnten noch eine Angelegenheit für sich sein, aber Foti und wer auch immer Castille getötet hat, wissen, dass du dich in meiner Gesellschaft befindest, glaub mir.«

»Du meinst, in Gesellschaft des Roten Löwen … des stolzen Piraten«, stellte sie klar.

»Ja, ja. Ich weiß nicht, ob diese Vorfälle gegen mich gerichtet sind und du dabei lediglich eine verletzbare Zielscheibe bist, ein schwacher Punkt, durch den man an mich herankommen kann. Aber ich kann nicht das Risiko eingehen, dass dir irgendetwas zustößt«, seine Stimme senkte sich, »wegen mir oder meiner Leute.«

»Ich weiß«, seufzte sie und gab in diesem Punkt nach. »Aber, wenn das wahr ist, dann ist es eine Rache, die in die falsche Richtung gegangen ist. Ich habe nichts getan, was Bedrohungen rechtfertigen könnte.« Sie hielt kurz inne und fügte dann sanft, aber bestimmt hinzu: »Ich kann jedoch nicht glauben, dass Rahman irgendetwas mit deinen Schwierigkeiten zu tun hat.«

»Wahrscheinlich nicht.« Ran legte eine Hand auf ihren Rücken und drängte sie, ihren Heimweg fortzusetzen, er hielt sie nahe bei sich. »Aber verstehst du denn wenigstens, dass ich mir viele Feinde gemacht habe? In England bin ich ein Krimineller, ich kann nie wieder dorthin zurückkehren.« Seine Worte waren präzise und legten die Auswirkungen seiner Taten dar: das Fehlen einer Zukunft, jeglicher Zukunft. Er wollte, dass sie verstand.

»Auch hier bist du ein Geächteter.« Aurora zuckte mit den Schultern. »Ich verstehe nicht, worauf du hinauswillst.«

»Der Tag wird kommen, an dem ich dafür werde bezahlen müssen, kleine Lady.« Und zwar durch Hängen, fügte er in Gedanken hinzu.

»Bist du vor Gericht gestellt worden, Ransom?«, fragte sie vorsichtig, und er nickte.

Sie blieb stehen. Er jedoch ging weiter.

»Wie kommt es dann, dass du hier bist, obwohl man dich verurteilt hat?«

»Ich bin verbannt worden.«

Einen Herzschlag lang starrte sie auf seinen Rücken, und ihre Augen weiteten sich. »Du hast einen Adelstitel!«, keuchte sie.

»Das war ganz schön dumm von ihnen, nicht wahr?«

»Du bist also wirklich der Piratenlord.«

Er schaute ihr in die Augen. Das Gelächter in ihrer Stimme erschreckte ihn, und ein paar Schritte lang lief er rückwärts weiter, um sie anschauen zu können. Er musste grinsen, als sie ihre Röcke raffte und sich beeilte, um ihn einzuholen. Wie oft, fragte er sich, habe ich schon eine bestimmte Antwort von ihr erwartet und stattdessen genau das Gegenteil davon erhalten.

»Reg dich doch nicht wegen nichts auf, Ransom, Ich kann genauso wenig in meine Highlands zurückkehren.« Sie vermied es, ihn dabei anzuschauen. »Die Ausübung von Hexerei ist gegen das Gesetz.«

Es erschien ihm wie eine Ewigkeit, bevor er sie leise fragte: »Du bist gar nicht von Dieben angegriffen worden, als du Schottland verlassen hast, ist das so, kleine Lady?«

»Ich bin ebenfalls verbannt worden«, gab sie zu und schaute

ihn dann durch den Vorhang ihres Haares hindurch an. »Schau mich bitte nicht an, als würde ich kleine Kinder braten. Ich habe lediglich ein paar von den ängstlicheren Seelen erschreckt, das ist alles.«

»Tatsächlich?«

Aurora wurde rot und raffte ihr Kleid. »Ich entschuldige mich auch dafür, dass ich deine Glasscheibe zerbrochen habe«, murmelte sie und schaute überall anders hin, nur nicht auf ihn. Sie fuhr sich mit dem Handrücken übers Gesicht und hinterließ dort eine Spur aus Dreck.

Er grinste breit.

»Verdammt und zugenäht!«, zischte sie und beschleunigte ihren Schritt.

»Aurora, das Haus befindet sich in dieser Richtung.« Sie blieb stehen und drehte sich um. Er wies zur linken Seite, woraufhin sie schnaufend vom Weg abbog und den Hang hoch in Richtung Dorf lief. Ran holte sie ein und ergriff ihren Arm.

»Sag nichts von dem Pfeil und auch nichts von der Brücke.« Ihr Blick stellte seine Gründe dafür infrage.

»Wir sind irgendwie verraten worden.« Enttäuschung und Wut ätzten sich in seinen Ton ein, »und ich muss den Bastard finden, bevor er erneut zuschlägt.« Er blieb am Hang stehen und schaute über die Bucht hinüber zu den Schiffen, die im ruhigen Wasser schaukelten. Wer kann das nur getan haben?, fragte er sich. Welchem Schiff waren sie begegnet? Waren es blinde Passagiere oder hatte er wirklich illoyale Männer in seiner Truppe? Erkannte der Bastard denn nicht, dass sie deswegen alle sterben konnten? Er schaute zu Aurora hinab, zog sie in seine Arme und presste seinen Mund auf den ihren. Der Kuss war hart und wild, heiß vor Leidenschaft, die auf den Wogen der Angst ritt und durch die Tatsache, dass sie verraten worden waren, zurückgehalten wurde.

»Aurora, Aurora«, murmelte er und übersäte ihr Gesicht und ihren Hals mit Küssen. Er wollte sie so sehr, er brauchte für sich die Bestätigung, dass sie noch da war.

»Oh, was fühle ich denn da?« Sie ließ ihre Hand dorthin gleiten, wo nur die Bäume es sehen konnten, und bearbeitete seine Männlichkeit. Rans Augen loderten auf, sein Atem beschleunigte sich. Plötzlich hörte er einen Ruf. Sein Blick richtete sich auf das Haus. Seine Mutter, seine Halbschwester und Dahrein liefen auf sie zu.

»Gütige Heilige!« Er schaute zu ihr hin. »Du verursachst, dass ich mich in diesem Zustand befinde und bringst mich damit vor meiner Familie in Verlegenheit.«

Familie. Es war das erste Mal, dass sie es ihn hatte sagen hören. Glaubte er es selber, oder hatte er es lediglich ihr zuliebe dahergesagt? Als er irgendetwas von gutem Ruf und Ehre murmelte, drehte sie sich in seinem Arm herum, drückte ihren Rücken gegen ihn und schaute dann hoch. »Euer guter Ruf ist gesichert, Eure Lordschaft.« Sie lachte, und seine zusammengekniffenen Augen ließen seine Sorge um *ihren* guten Ruf erkennen.

»Nenn mich bitte nicht so«, zischte er ihr ins Ohr und ließ dabei seine Hände mit einem sanften Druck auf ihren Schultern liegen.

»Ganz, wie du wünschst, mein Herz.« Er küsste sie auf ihren Kopf, bevor die Gesellschaft bei ihnen ankam. Domingo schritt gemächlich und mit einem wissenden Blick hinter Rachel her.

»Es war ein Unfall. Ein Sturz den Berg hinunter, das war alles«, erklärte Ran ihnen, als sie sie über ihr Aussehen befragten, und Aurora war ihm dankbar dafür, dass sein Tonfall kein Infragestellen duldete. Sayidda schaute ihren Sohn mit einer stummen Warnung in ihren dunklen Augen an, bevor sie Aurora besorgt zum Haus hin drängte.

Als die Gruppe fortging, baute Domingo sich vor Ran auf. »Entweder ist es das wildeste Liebesspiel gewesen, auf das je ein Mann hoffen kann«, äußerte er und ließ seinen Blick über Rans zerrissene und verschmutzte Kleidung gleiten, »oder Ihr habt Eurer Mutter zuliebe gelogen.«

Warum, fragte Ran sich, hat er meine Halbschwester nicht in diese Vermutung mit einbezogen?

Sayidda zuckte zusammen, als sie Ran in der Tür stehend bemerkte, wenn er sie auch nicht anschaute. Lautlos sammelte sie die verschmutzte Kleidung auf und durchquerte den Raum zu ihrem Sohn hin. »Benimm dich bitte. Sie ist müde«, flüsterte sie ihm zu, als er an ihr vorbeiging. Er verfolgte ihren Rückzug und schaute dann zu Aurora zurück.

Er lehnte sich an den Türpfosten, lächerlich zufrieden darüber, ihr beim Haarebürsten zuschauen zu können. Bei Gott, sie war wirklich wunderschön. Der Morgenrock schmiegte sich an ihren Körper, und als sie ihre Arme hob, um die Masse ihres Haares zu einem Zopf zu drehen, konnte er erkennen, dass sie darunter nackt war. Dieses Wissen jagte pure Lustgefühle durch sein Blut.

»Hast du vielleicht vor, den ganzen Tag dort stehen zu bleiben, Ransom?«, wollte sie wissen, wobei sie auf das Band schaute, das sie in ihr Haar flocht.

Ran stieß sich vom Türrahmen ab und betrat den Raum. »Hattest du mir nicht erzählt, dass du in deinem Glas ein sich windendes Seil gesehen hast?«

Aurora schaute kurz auf. »Ja. Aber was ich dort sehe, bezieht sich nicht immer nur auf mich. Meistens betreffen die Visionen Menschen, die ich überhaupt nicht kenne.«

Ran schloss die Tür ab, und das Schnappen des Schlüssels im Schloss sandte ihr ein Kribbeln über den Rücken. Sie schaute ihn an.

»Ihr befleckt Euren guten Ruf, M'lord.«

»Ich will den deinen beflecken«, knurrte er und ging zum Frisiertisch hinüber; eine freudige Erwartung drängte sich durch ihren Körper. Sie würde ihn nicht davon abhalten. Sie würde ihm alles geben, was er wollte, denn sie liebte ihn so sehr. Als sie sich in der Schlucht zwischen Leben und Tod befunden hatte, hatte sie an nichts anderes denken können als an Ransom, wie sehr er sich verändert hatte, sanftmütiger geworden war, und dass sie nicht in eine andere Welt hinüberschreiten konnte, ohne ihn zuvor geliebt zu haben, wie er es brauchte. Und als er sich jetzt vorbeugte, seinen Arm um ihre Hüfte gleiten ließ und einen zarten Kuss auf ihren Hals drückte, fühlte sie sich geliebt und bewundert, und sie schmiegte sich in seine Umarmung.

Wenn er auch nie die Worte aussprach, wenn er auch sein Leben als Geächteter hinnehmen musste, so gehörte er doch zu ihr, in ihr Herz, in ihr Bett. Seine Lippen auf ihrem Hals waren feucht, sein Kuss berauschend, sein Atem schnell vor Begehren, und sie neigte ihren Kopf und griff hinauf, um ihre Finger durch sein Haar gleiten zu lassen. Im Spiegel konnte er sehen, wie der seidene Ärmel ihres Morgenrockes zurückglitt. Sofort sank Ran neben ihr auf die Knie und hielt sanft ihr Handgelenk. Mit schuldbewusstem Gesicht untersuchte er den dunkelblauen Bluterguss.

»Ich möchte nichts von einer Entschuldigung hören, Ransom.«

Er nickte und strich mit den Fingerspitzen über die Male. »Hat meine Mutter sie gesehen?«

»Ja.« Sie schaute ihm in die Augen. »Wir können ihr vertrauen, Ransom. Ich habe ihr nicht alles erzählt, nur, dass du mich aufgefangen hast, als ich beinahe in eine Schlucht hinabgestürzt wäre.« Sie schaute auf ihren Arm und entzog sich seinem Griff. »Ich mag es nicht, sie anzuschwindeln. Sie ist unglaublich nett zu mir gewesen.«

»Wir können niemandem vertrauen, kleine Lady.«

»Aber du hast es Domingo erzählt«, schoss sie aus dem Hinterhalt, woraufhin er verwirrt aussah. Sie lächelte. »Ich habe es nicht gewusst, bis gerade eben jedenfalls nicht.«

»Kluges Frauenzimmer!« Er ließ seine Hände unter ihre Oberschenkel gleiten und spreizte ihre Beine. »Domingo ist derselben Ansicht wie ich.«

»Ist er das?«

»Er stimmt mir zu, dass ich ein wachsames Auge auf dich halten soll.«

Ran zog an der Schärpe und ließ den seidenen Stoff durch seine Finger gleiten, dann öffnete er den Morgenmantel. Sein Blick liebkoste ihre Nacktheit, und er atmete in tiefen Zügen ein.

»Du beherrschst das Entkleiden so gut, Ransom«, lobte sie ihn und beugte sich vor, und als sie ihn küsste, zog die Hitze ihres frisch gebadeten Körpers ihn näher; ihre Zunge fuhr um seine Lippen herum und stieß dann dazwischen.

Er hielt still, und sein bebender Atem drängte in ihren Mund.

»Hör jetzt bitte nicht auf«, bettelte sie, und seine Hände glitten ihre Schenkel hinauf und weiter hoch zu ihren Brüsten.

Sie ließ sich in den warmen Druck hineinsinken, und als seine Daumen die zarten, rot werdenden Spitzen umkreisten, langsam, so langsam, da hatte Aurora das Gefühl, vor Freude über seine Berührung zu zerbersten. Er vermittelte ihr das Gefühl, sinnlich zu sein und bewundert zu werden; ihr Körper bewegte sich von allein, erwiderte jede Berührung mit Zärtlichkeit und stellte sich auf seine Bedürfnisse ein, noch nie in ihrem Leben hatte sie sich so begehrenswert gefühlt.

»Aurora«, hauchte er gegen ihren Mund, und sie bewegte sich unruhig auf der Bank hin und her, drängte sich ihm näher, Hitze an Hitze. Er senkte seinen Kopf und nahm die prickelnde Spitze ihrer vollen Brust zwischen seine Lippen. Sie schnappte nach Luft, ein Einatmen der Befriedigung, als er die Brustwarze tief in seinen Mund hineinzog und daran saugte.

Sie warf ihren Kopf zurück, als seine Hände ihre Hüfte hinunterglitten und dann weiter, um unter ihr Gesäß zu gelangen und dieses anzuheben; seine Fingerspitzen suchten das warme, weibliche Fleisch. Und er fand sie nass und bereit. Das vertrieb jeden anderen Gedanken aus seinem Kopf bis auf den einen, sie befriedigen zu wollen.

Sie kam seiner Berührung entgegen, holte ihn näher und immer näher, und Ran flüsterte: »Schling deine Arme um meinen Nacken«, und sie gehorchte ihm; er stand auf, und ihre Beine schlangen sich um seine Taille. Er trug sie zum Bett hinüber, legte sie auf den Rücken, streifte den Morgenrock von ihrem Körper und seine Kleidungsstücke von seinem, wobei er nicht eine Sekunde lang seine Augen von ihr ließ, während sie sich drehte und wand und ihn anflehte, zu ihr zu kommen, sich zu beeilen.

Sie rollte sich auf den Bauch und griff nach der Schlafdecke, um diese zurückzuschieben. Er hielt sie jedoch davon ab, neigte sich mit seinem Gewicht über sie und stupste ihre Schenkel auseinander.

»Ransom, Ransom«, schrie sie sanft und drückte ihrerseits gegen seine eindringende Härte. Er flüsterte ihr ins Ohr, was er alles mit ihr anstellen würde, dass er ihren Körper so lange lieben würde, bis sie es nicht mehr aushalten könnte, und er griff nach den Kissen und steckte sie ihr unter die Hüften, wobei ihr katzenhaftes Lächeln ihn aufstachelte, es so zu versuchen. Diese Position fühlte sich lasterhaft und sinnlich an und erhöhte die Leidenschaft noch, die durch ihr Blut rauschte, und sie wollte, dass er sie füllte – sofort; er tat es jedoch noch nicht. Er lag halb auf ihr, behutsam, seine Hand glitt zwischen sie und die Kissen und fand ihre taufrische Weichheit. Er stieß leicht gegen sie, streichelte geschickt ihre seidig glänzende Haut, wiegte sein durch Leidenschaft hart gewordenes Fleisch gegen ihr weiches, pries flüsternd die verschwenderischen Kurven ihres Köpers, ihre winzigen Atemzüge und die Art, wie sie süß seinem Mund zugesetzt hatte, als er sie zum ersten Mal nackt an sich gedrückt hatte; und Ran spürte ihren Höhepunkt gegen seine Hand, ein opulenter Impuls von Vergnügen und Hitze. Sie schauderte, und als sie wieder zu Atem kam, fing er an, sie wahrlich zu lieben.

Er leckte und streichelte ihre Schulter, die Kurve ihres Rückens, verteilte hitzige Küsse über jeden Zoll ihrer Haut, die seinen Blicken ausgesetzt war, und zwar so lange, bis ihr Körper wieder straff gespannt war vor zunehmendem Verlangen und ihn um Erlösung anflehte. Er wollte jedoch nicht nachgeben, sondern spielte weiter mit ihr, zog ihre Sinne auf einen Gipfel und ließ sie dann schweben, während jede Faser ihres Körpers sich nach ihm sehnte.

»Ransom!«, winselte sie und biss in ein Kissen. Und er platzierte sich hinter sie, ließ seinen Arm unter ihre Hüfte gleiten und drang langsam in sie ein, Zoll für Zoll. Aurora konnte nicht stillhalten. Der Druck schärfte ihre Nerven, verstärkte sich mehr und mehr, und als er sich dann zurückzog und erneut in sie hineinstieß, erhob sie sich, griff nach dem Kopfteil des Bettes und schaute zu ihm zurück. Er erwiderte ihren Blick und wand seine Arme eng um sie herum, steckte seine Knie zwischen ihre, erhob sich sanft bei jedem Stoß gemeinsam mit ihr und prägte sich ihren Körper mit seinen Händen ein.

Ihre Hände umklammerten das Holz, und sein Blick fiel auf ihren blauen Fleck am Arm. Er hätte sie heute verlieren können, und der Schmerz darüber kerbte sich in sein Herz wie die Kralle eines Tieres. Er hing an ihr, er brauchte es, ihre Haut zu spüren, er sehnte sich danach, diesen Moment zu erhalten, wenn ihre Körper aufeinanderprallten und ihre Herzen aufgerissen wurden, überfließend, liebend. Sie lehnte ihren Kopf zurück auf seine Schulter, ihr Atem rasselte, und gierig nahm er ihren Mund und ließ seine Zunge tief hineinsinken, während seine Finger über ihren zarten Kern glitten; und sie sträubte sich und drückte und rieb sich gegen ihn, und er drängte, vergrub sich tief, verströmte seinen Samen, und ein heimlicher, einsamer Teil von ihm betete, dass er ihr in diesem Moment sein Kind schenkte.

Und wusste doch, dass sie es verhinderte …

30

Verdammt, zu viele Menschen in diesem Haus, dachte Ran, denn es kam ihm so vor, als wäre schon eine Woche vergangen, seit er zum letzten Mal mit Aurora allein gewesen war. Das lag nicht an mangelnden Versuchen und auch nicht daran, dass sie ihm womöglich nicht ihre ganze Aufmerksamkeit schenkte, wenn sie zusammen waren. Aber sie war sehr gefragt, bei Buckland und seinen Patienten, bei seiner Mutter und bei Dahrein, und Ran hielt es für eine Verschwörung, um sie auseinanderzubringen. Er blieb stehen, um sich zu vergewissern, dass der Schreiner den Spalt in der Stufe repariert hatte.

»Ich denke, Aurora liebt ihn«, hörte er Léonie sagen, und er lächelte in sich hinein.

»Ohne Zweifel betet er sie an.« Das war Sayiddas Stimme. »Sonst hätte er es wohl nie zugelassen, dass sie ihm das Haar schneidet.«

Darüber machte Ran ein finsteres Gesicht und setzte seinen Weg die Treppe hinunter fort.

»Schaut sie Euch doch nur an.« Léonie wies zum Fenster hin und lachte, und Ran ging leise hinter ihnen her, wobei er seine Schultern vor Anspannung hochzog. Lougière stand auf dem Rasen, teilweise verdeckt von Palmwedeln. Sein Aussehen war unverändert, und er sprach mit jemandem, der offensichtlich kleiner war als er.

Rans Körper spannte sich an. Er ging um Sayidda und Léonie herum zu den offenen Türen und blieb dann wie angewurzelt stehen, während sich ein Grinsen auf seinem Gesicht breitmachte.

Auf dem Rasen lagen Aurora und Dahrein auf ihren Rücken, ihre Arme weit ausgebreitet und die Augen geschlossen. Dahrein war ohne seinen Turban, und Ran konnte sehen, dass sein schwarzes Haar geschoren war.

»Kannst du es spüren?«, hörte Ran Aurora fragen. »Ja, ja«, versicherte Dahrein ihr ehrfürchtig.

»Das ist die Energie der Erde«, flüsterte sie, als wäre das ein großes Geheimnis.

Ran fuhr sich mit den Fingern durchs Haar, und seine Schultern zuckten in einem stillen Lachen, als er ins Haus zurückging. Plötzlich befand er sich Auge in Auge mit seiner Mutter.

»Könnte ich dich bitte sprechen?« Sie wies rasch zu seinem Studierzimmer hin und Ran nickte, runzelte jedoch die Stirn über ihre kurz angebundene Art, denn in den letzten Jahren hatte sie ihm nicht einmal widersprochen, nicht ein einziges Mal, und das, obwohl er ihr Grund genug dafür gegeben hatte.

Sie ging ihm in den Raum voraus und hielt dann inne, um ihn vorbeizulassen und die Tür hinter sich zu schließen.

Sie starrten sich an.

Sie ist äußerst blass, dachte Ran, und viel dünner geworden.

»Du hast mir etwas zu sagen?«, spornte er sie an, während er sich gegen seinen Schreibtisch lehnte.

»Ich habe dich in der letzten Nacht ihr Gemach verlassen sehen.«

Ran wurde starr.

»Ich möchte nicht wissen, was dort passiert ist, lediglich, ob du ihr auch keine Schande bereitest. Aurora ist eine großartige Frau, Kassir, und sie verdient es, gut behandelt zu werden.«

»Und ich nehme an, dass du mir nun erzählen wirst, dass ich es nicht getan habe?«

Sayidda schaute zur Seite, um ihren ganzen Mut zusammenzunehmen. In den vergangenen Tagen waren sie so weit gekommen, dass sie sogar höfliche Gespräche geführt hatten, und sie wollte das auf keinen Fall wieder zerstören. Sayidda betete jedoch die Schottin an, und er musste einsehen, was sein wenig ehrenhaftes Verhalten anrichtete.

»Man redet über Aurora.«

Ran richtete sich auf. Was auch immer geredet wurde, so war es ihm in jedem Falle durch einen Blick auf Sayiddas Gesicht klar, dass es ihm nicht gefallen würde.

»Einige sagen, dass du dir deine persönliche Hure mitgebracht hast.«

»Sie sollen doch alle zur Hölle fahren.«

»Kassir!«

»Es stimmt nicht!«

»Natürlich stimmt es, denn genauso hast du sie behandelt.«

»Das ist eine verdammte Lüge!« Er ballte seine Fäuste. »Hast du etwa nicht in diesem Hause öffentlich das Bett mit ihr geteilt, und zwar ohne Ehegelübde?«

Er errötete leicht. »Aurora weiß, dass ich sie respektiere.«

Sayidda rümpfte die Nase und verschränkte ihre Arme. »Kassir«, sagte sie mit einem besänftigenden Atemzug, »ich weiß nur zu gut, welche Folgen das für das Leben einer Frau haben kann, ob es ihr nun egal ist oder nicht.«

»War es dir denn egal?«, fragte er plötzlich leise und mit einschmeichelnder Stimme. »Hast du dir *jemals* Gedanken darüber gemacht, wie es *mir* ergangen ist?«

Sayiddas Augen schimmerten von Tränen. »Du hast lange gewartet, um mich das zu fragen, mein Sohn.«

»Wusstest du, wie grausam sie zu mir war? Wie sie mich verachtete, weil ich nicht ihr Sohn war?«

Sayidda schüttelte den Kopf.

»Ich konnte nie verstehen, wie eine Mutter so herzlos sein konnte«, seine Stimme wurde härter und seine nächsten Worte stieß er gepresst vor Bitterkeit heraus, »bis zu dem Morgen, als ich David Chalmers mitten ins Herz geschossen habe.«

»Es war nicht meine Entscheidung, dein Erbe von dir fernzuhalten, Kassir. Dein Vater hielt es für das Beste, und er hat mir in Briefen versichert, dass man sich gut um dich kümmert.«

Briefe, dachte Ran, und ein seltsames Gefühl der Befreiung flutete durch seine Brust. Sie *hatte* also Kontakt gehalten.

»Ich habe mein Leben damit zugebracht, mich zu verstecken, und zwar vor Ali, und ich konnte dich diesem Risiko doch nicht aussetzen. Nein, nein, hör mir zu«, befahl sie ihm vehement, als er sie unterbrechen wollte. »Als ich dich Granville übergeben habe, habe ich mein Herz weggegeben. Du warst alles, was ich hatte!« Sie wischte ihre Tränen weg. »Glaubst du etwa nicht, dass ich es gehasst habe, dass *sie* dich aufwachsen sehen durfte«, kam es wütend aus ihr heraus, »dass *sie* dich in den Armen hielt, wenn du dir wehgetan oder dich erschreckt hattest?«

»Das hat sie nicht«, knurrte er. »Da haben die Diener sich drum gekümmert.«

Ihr Gesichtsausdruck löste sich in Verzweiflung auf. »Das habe ich nie gewusst«, flüsterte sie, und Ran spürte den Stich seiner Bitterkeit, wohl wissend, dass er seine Mutter genauso verhöhnt und verspottet hatte, wie Anna Montegomery das mit ihm getan hatte.

»War denn dein Vater nicht …?«

»Der war meist weg und trieb sich bei anderen Frauen rum.« Seine Worte kratzten in seiner Kehle. »Und Gott allein weiß, ob er es nicht noch immer tut.«

»Verdammter Treuloser, er hatte es mir versprochen«, murmelte sie mit gesenktem Kopf und schaute dann zu Ran. Sie rückte ihm einen Schritt näher. »Du bist *mein* Sohn«, betonte sie rechtschaffen, als könnte niemand anderer einen Anspruch darauf erheben. »Und ich liebe dich, Kassir.« Er sah erschrocken aus. »Ich würde deinem schändlichen Verhalten mir *und* Aurora gegenüber nicht trotzen, wenn ich es nicht täte.«

Ran schaute ihr noch einen Moment länger in die Augen und fuhr sich dann seufzend mit den Fingern durchs Haar. »Ich kann sie nicht heiraten.«

»Warum nicht?«

»Weil ich in einer Handvoll Ländern gesucht werde!«

»Der Pirat namens Roter Löwe wird gesucht«, stieß sie spitz aus.

»Man könnte mich hängen, man wird mich hängen!« Er

schlug mit der Hand durch die Luft. »Was für eine Zukunft ist das denn, die ich ihr bieten könnte?«

»Wir alle könnten morgen schon sterben. Jeder von uns. Hast du denn in den vergangenen Jahren überhaupt nichts dazugelernt? Siehst du denn nicht die Reichtümer, die Allah dir geschenkt hat?« Sie wies zu den Fenstern hin, wo Auroras und Dahreins Lachen von draußen hereinschallte. »Willst du etwa, dass Dahrein deinem Beispiel folgt auf seinem Weg zum Mannsein?«

Ran drehte sich herum, um durch das trübe Glas nach draußen zu schauen. Aurora umarmte den Jungen, woraufhin Dahrein errötete; Ran konnte jedoch in seinen Augen erkennen, wie glücklich ihn das machte. Sie bemutterte den Jungen, überhäufte ihn mit der sanften Hege, die ihm seit seiner Geburt vorenthalten worden war; trotzdem behandelte sie ihn aber auch mit gebührendem Respekt für den Mann, zu dem er eines Tages heranwachsen würde. Und er hatte schon die Voraussetzungen zu einem trefflichen Mann bewiesen, indem er am Tag nach dem Missgeschick mit der Brücke seiner Besorgnis Ausdruck verliehen hatte. Ran log Dahrein niemals an. Daher hatte er ihm auch diesmal die Wahrheit anvertraut und ihn schwören lassen, den anderen nichts davon zu verraten. Dahrein schien zwei Zoll zu wachsen, nachdem sie mit einem Handschlag ihr Übereinkommen besiegelt hatten, er sich selbst zu Auroras persönlichem Wächter ernannt hatte. Wenn sie auch Ran ihr Versprechen gegeben hatte, sich nicht mehr ohne Geleitschutz vom Haus wegzuwagen, so lobte er doch innerlich Dahreins Hartnäckigkeit; sein Stolz auf den Jungen war unerschütterlich und unnachgiebig, wie auf einen eigenen Sohn. Ja, dachte Ran, ich will etwas Besseres für Dahrein.

»Würdest du es zulassen, dass man deinen eigenen Sohn Bastard nennen würde?«

Ran warf ihr einen harten Blick zu. »Auroras Fertigkeiten haben das … verhindert.«

Ungläubigkeit verhärtete ihre Gesichtszüge. »Aber du bist der Sohn deines Vaters, Kassir.«

Und ebenso potent, wollte sie damit sagen; und gerade er verließ sich beim Liebesspiel auf Tränke und Kräuter.

»Und wenn Allah es wünscht, so wird es geschehen.«

Ran erinnerte sich daran, wie selbstsüchtig er sich vor drei Tagen erst ein Kind von Aurora gewünscht hatte. *Um sie an mich zu binden,* erkannte er, hatte jedoch nicht darüber nachgedacht, wie sie sich wirklich fühlte. »Zum Teufel noch mal«, zischte er und schlug sich mit der Hand auf seinen Oberschenkel, »mal ganz abgesehen davon, was weiß ich denn schon davon, wie man ein guter Ehemann ist?«

»Das ist kein Geheimnis. Und nach all dem, was ich bisher gesehen habe, verstehst du dich recht gut auf die Pflichten, die dafür von einem verlangt werden.« Ihr sarkastischer Tadel nagelte ihn fest. Dies war das erste Mal, dass er von seiner Mutter heruntergeputzt wurde, und er konnte erkennen, dass sie sich ihre Wut zunutze machte. »Ich brauche dir ja wohl nicht erst zu sagen, dass Aurora eine ganz besondere Frau ist, wäre sie nicht in unser Leben getreten, so würden wir jetzt nicht miteinander reden.«

Es gab eine Pause, während der Mutter und Sohn sich durch den Raum hindurch anstarrten. »Du bist ein trefflicher Mann, Kassir.« Irgendetwas rührte sich dabei in ihm. »Und ich werde dir nicht sagen, wie du dein Leben zu leben hast, lediglich, dass du die Auswirkungen deiner Handlungen auf Unschuldige bedenken solltest.« Sie wendete sich abrupt ab und ging mit leise raschelnden Röcken zur Tür.

»Kassir?«

Er schaute auf. »Ja.« Sie stand mit dem Rücken zu ihm, ihre Finger lagen schon auf dem Riegel. Ein Moment verging, ohne dass etwas passierte, und dann: »Wenn du es vorziehst, Aurora zu verlassen, dann tue es bitte bald.«

Sayidda verließ den Raum, und beim leisen Klicken der sich schließenden Tür sackten Rans Schultern zusammen.

Sie verlassen? Allmächtiger Gott. Das konnte er doch gar nicht. Aber nachdem er solange dagegen angekämpft hatte, die

Fehler seines Vaters nicht zu wiederholen, musste Ran nun erkennen, dass er dabei war, genau das zu tun. Er mochte zwar nicht überall in der Welt Bastarde zeugen, seine Sünden waren deswegen jedoch nicht weniger schwer.

Und was, fragte eine Stimme, wirst du tun, um das zu sühnen?

Es dauert nun verdammt noch mal schon lang genug, dachte Aurora, als sie den oberen Korridor entlanglief. Selbst Dahrein nahm Ransoms nachdenkliches Schweigen seit dem vergangenen Tage wahr. Aurora überlegte, dass Ran vielleicht gekränkt oder gar ein wenig eifersüchtig darüber war, dass sie den größten Teil des vergangenen Nachmittags und Abends mit dem Jungen zusammen verbracht hatte. Oder war er vielleicht noch immer besorgt wegen ihres Missgeschickes mit dem Pfeil und der Brücke? Ihr Schutzzauber war eine ausreichende Vorkehrung, er war jedoch nicht überzeugt davon.

Es ist an der Zeit, ihn zu fragen, entschied sie, als sie um die Biegung des Korridors schritt. Ein glucksendes Geräusch erregte ihre Aufmerksamkeit und veranlasste sie stehen zu bleiben. Mit zusammengezogenen Augenbrauen lauschend nahm sie wahr, dass es aus Sayiddas Zimmer kam. Als sie leise an die Tür klopfte, hörte sie lediglich ein lautes Würgen, und besorgt ging Aurora einfach hinein. Sofort stürzte sie zu Sayidda hinüber und gab der älteren Frau, die über einem Nachttopf hing und den Inhalt ihres Magens ausleerte, Hilfestellung.

Als der Anfall allmählich nachließ und Sayidda sich in einen Sessel fallen ließ, tränkte Aurora ein Stück Stoff mit frischem Wasser und tupfte ihr damit die Stirn ab. Ihre Haut war so bleich, dass sie beinahe schon gelblich aussah. Aurora sagte nichts dazu, goss ihr ein wenig Wasser ein, damit sie ihren Mund ausspülen konnte, deckte den Topf ab und stellte ihn beiseite.

Schwer atmend wischte Sayidda sich ihr Gesicht mit dem feuchten Tuch ab.

»Wie lange geht das schon?«, wollte Aurora von ihr wissen.
Sayiddas Schultern bewegten sich schwerfällig. »Vielleicht eine Woche, vielleicht auch schon länger. Es passiert immer morgens, nachdem ich mich gebadet, angezogen und gefrühstückt habe.«

Aurora warf einen Blick auf das Tablett; die Brötchen, der Marmeladentopf und eine chinesische Teekanne waren unberührt. Sie hob den Kannendeckel an und beugte sich darüber, um daran zu riechen. Nichts Ungewöhnliches, dachte sie, ihr Krötensteinring erwärmte sich jedoch.

»Könnte es vielleicht sein, dass Ihr in anderen Umständen seid?«, fragte sie und machte den Deckel wieder zu.

Sayidda lachte kurz. »Aurora!«

»Möglich wäre das doch.«

»Nein, Kind«, entgegnete Sayidda und richtete sich im Stuhl auf. »Denn seit der Zeit vor Kassirs Geburt habe ich nicht mehr die Freuden durch einen Mann kennengelernt.«

Aurora blinzelte. Ransoms Zölibat war nichts gegen Sayiddas dreiunddreißig Jahre Abstinenz.

Ran dachte das Gleiche, als er sich an die Wand jenseits der Tür drückte. Äußerst beschämt über sich selbst schloss er seine Augen. Wie erbärmlich habe ich ihr das Leben gemacht, dachte er. Dann jedoch, als er Schritte hörte, richtete er sich auf, drückte sich von der Wand ab und ging zur Treppe hinüber. Als Rachel an ihm vorbeiging, wünschte er ihr einen guten Morgen und schaute dann zurück, als sie in Sayiddas Gemach schlüpfte. Ich habe mit allen Fortschritte gemacht, außer mit ihr, dachte er und stieg die Treppe hinab.

»Stimmt irgendetwas nicht?«, fragte Rachel, die sich nicht weiter als bis zur Tür getraut hatte. Sie drückte ihre Hände in die Falten ihres dunklen Rockes und wartete.

»Kommt, setzt Euch zu Sayidda«, gab Aurora ihr zu verstehen und schaute dann zu Rans Mutter. »Ich werde Euch etwas holen, das die Verstimmung lindern wird.«

Sayidda nickte, und Aurora ging fort. Bei ihrer Rückkehr

fand sie die beiden Frauen unverändert vor. Aurora legte ihren Beutel auf die Bank des Frisiertisches, wühlte darin herum und zog Fläschchen und kleine Säckchen heraus.

»Eure Medizin«, sagte Rachel, beinahe erregt. »Genau deswegen habe ich Euch gesucht. Da gibt es ein Mädchen. Sie ist in den Bann eines Mannes geraten.« Die andere Frau schaute fragend auf, und Rachel wand nervös ihre Hände und schaute kurz zu Boden. »Sie ist in anderen Umständen und unverheiratet. Er wird sie jedoch nicht ehelichen, und sie hat fürchterliche Angst. Ich befürchte, dass sie sich etwas antun könnte.«

Aurora stellte langsam das Fläschchen ab und runzelte die Stirn. »Und was erwartet Ihr da von mir?«

»Mister Backland sagt, Ihr habt Tinkturen?«

»Ja, aber die wirken nicht besonders gut und sind außerdem gefährlich, Rachel.«

»Zeigt mir, wie hoch die Dosis sein muss, und ich werde mich darum kümmern.«

Aurora schüttelte den Kopf. »Nein. Sagt ihr, sie soll zu mir kommen. Es ist zu schwierig, das zu beurteilen, ohne ...«

»Nein!«, und dann sanfter: »Nein, bitte«, flehte Rachel sie an. »Ich habe geschworen, ihre Identität nicht preiszugeben.«

»Ihr würdet sie also ermutigen, sich von dem Kind zu befreien?« Aurora war verwirrt. »Aber Euer Glaube, das Kloster?«

Aurora und Sayidda tauschten besorgte Blicke aus, und Rachel setzte sich hoheitsvoll auf.

»Dieses Mädchen leidet sehr, und ich fürchte um ihr Leben. Ich kann ihr helfen. Ihr könnt es«, erklärte sie. »Und ich weiß«, sie schluckte, »dass mein Gott mich anweist, den Unglücklichen zu helfen.« Ihre Stimme nahm eine trotzige Schärfe an. »Ich werde tun, was auch immer ich tun muss.«

»Ihr seid Euch sicher, dass sie in anderen Umständen ist?«

Rachel nickte, woraufhin Aurora unentschlossen auf das Fläschchen starrte. Es widerstrebte ihr zu helfen, ohne das Mädchen gesehen zu haben, andererseits glaubte sie jedoch auch fest daran, dass es für eine Frau unnötig war, ein Leben lang für das

Vergnügen eines Mannes leiden zu müssen. Ohne ein Wort füllte sie die richtige Dosis in ein anderes Fläschchen ab und gab ihr dann die Anweisungen, dass es in Intervallen genommen werden müsse und dass sie sofort zu ihr kommen solle, wenn es irgendwelche Probleme gäbe. Rachel nahm die Tinktur freudig entgegen und dankte ihr auf ihre ruhige, würdevolle Art. Sayidda und Aurora schauten ihr hinterher, als sie den Raum verließ.

Sayidda erhob ihren Blick zu Aurora. »Sie lügt«, bemerkte sie forsch.

Aurora zog eine Augenbraue hoch und räumte innerlich ein, dass Rachel eine distanzierte Frau und schwer einzuschätzen war, aber – »Mir hat sie nicht dieses Gefühl vermittelt.«

»Mir aber«, antwortete Sayidda bestimmt, bevor ihr Gesicht sich plötzlich vor Schmerz verzerrte. Sie fasste sich auf ihren Magen, und jegliche Farbe wich aus ihrem Gesicht. »Aurora«, stöhnte sie. »Helft mir. Das ist schlimmer als …« Sayidda bedeckte ihren Mund, und Aurora schob ihr die Schüssel zu.

Eine halbe Stunde später lag Sayidda bequem auf dem Bett und ließ sich in einen schmerzlosen Schlaf treiben. Aurora untersuchte die Reste auf ihrem Frühstückstablett und dann die Fläschchen, die auf ihrem Frisiertisch verstreut herumstanden. Sie roch an dem Puder, den Cremes, den Parfüms und selbst an der parfümierten Seife. Alles schien in Ordnung zu sein. Aurora zog die Schlafdecke um Sayidda herum, befühlte mit dem Handrücken ihre Stirn und ihre Wange, beobachtete ihren Atem, zählte im Geiste die Symptome auf und suchte nach der Ursache.

»Aurora, was geht hier vor?«

Aurora erwiderte Rans Blick und schaute dann erneut zu Sayidda hin, bevor sie zu ihm hinüberging, ihn aus dem Raum drängte und die Tür hinter sich zuzog.

»Deiner Mutter geht es nicht gut«, flüsterte sie. »Lass sie sich ausruhen.«

»Was fehlt ihr?«, wollte er wissen, wobei sein tiefer Tonfall seine Panik verriet.

Sie legte ihre Hand auf seinen Arm. »Ich bin mir nicht sicher, aber ich glaube, dass sie irgendein Gift zu sich genommen hat.«

»Was?«, stieß er aus und sie schob schnell ihre Hand über seinen Mund und wies durch ein Nicken den Korridor hinunter.

»Bist du dir da sicher?«, fragte er sie, als keiner mehr mithören konnte.

»Nein. Aber auf jeden Fall ist es unabsichtlich geschehen«, antwortete sie ihm. »Wahrscheinlich ist es nichts weiter, als dass sie ein wenig verdorbenes Fleisch gegessen hat, oder es ist eine Reaktion auf ein neues Nahrungsmittel …«

Er ergriff ihre Arme. »Kannst du ihr helfen?« Das Flehen in seinen Augen war ein Verrat an allem, was er in der Vergangenheit zu Sayidda gesagt hatte.

»Ich werde es versuchen, Ransom. Das verspreche ich dir.« Sie legte ihre Hand auf seine Brust. »Aber durch das Heilverfahren könnte es ihr zunächst schlechter gehen, bevor sie geheilt wird.«

Ran schluckte und schaute an ihr vorbei zu der verschlossenen Tür, hinter der seine Mutter lag. Nicht jetzt, lieber Gott, betete er, *ich* habe sie doch schon genug gestraft.

»Ich kann ihr helfen!«, versicherte sie ihm, als sie seine Tränen spürte.

Er drückte seine Lippen auf ihre Stirn und wendete sich dann abrupt ab.

Rachel lief forsch den Weg vom Dorf zum Haus entlang. Ihr Blick schoss zwischen Büschen, Blumenansammlungen und jedem Baum hin und her, und sie riss ihren Kopf bei dem leisesten Geräusch herum. Ihren Blick senkend, falls irgendjemand es wagte, sie anzuschauen, beschleunigte sie ihren Schritt. Krampfhaft hielt sie das leere Fläschchen in der Hand.

31

Ran riss die Tür seines Studierzimmers auf und wurde im gleichen Augenblick mit Fragen von den gewählten Köpfen des Dorfes beschossen.

»Gentlemen!«, reagierte er scharf. »Ich kann ja wohl kaum alle Fragen auf einmal beantworten, oder?« Ran machte einen Schritt zurück und ließ die erfahrenen Piraten vorbeimarschieren, als Aurora den Korridor vom Speisesaal kommend durchquerte. Sie trug ein mit einem Tuch bedecktes Tablett auf ihrer Hüfte und kaute auf einer Brotkruste. Sie blieb stehen, schluckte und beobachtete, wie Ran jedem einzelnen Mann zunickte, der sein Studierzimmer betrat. Sein Blick schnellte hoch und kehrte dann rasch wieder zurück, um über die Köpfe der Männer hinweg auf den ihren zu treffen. Sein Gesichtsausdruck wurde auf der Stelle sanft, und sie trat einen Schritt näher.

»Captain«, rief jemand aus seinem Raum, »dieser Vorschlag von Euch, was …?«

»Einen Moment noch, Mister Hawthorn.« Seine Augen blieben auf Aurora geheftet.

»Guten Tag, Ransom«, begrüßte sie ihn atemlos. Seit Tagen war sie nicht mehr so nahe an ihn herangekommen, und sie vermisste ihn. Ihr war jedoch erst an diesem Morgen klar geworden, dass er ihr bewusst aus dem Weg ging. Das schmerzte und verwirrte sie. »Ich muss unbedingt mit dir reden.« Sie fühlte sich, als würde sie um eine Audienz bitten. »Später vielleicht, wenn du einen Moment erübrigen kannst.« Es lag kein Biss in ihrer Stimme, lediglich Hoffnung.

»Aurora, ich … ach«, stammelte Ran, schaute zur Seite und dann in ihre Augen. Sie runzelte die Stirn angesichts seiner Besorgnis, seiner Traurigkeit, und trat näher. Beharrliche Stimmen riefen ihn jedoch hinein.

Eine Hausangestellte stand oben auf der Treppe und gab ihr aufgeregt Zeichen. Aurora wendete sich also rasch ab, während Ran in den Raum glitt. Mit einem Seufzer schloss er die Tür und trat den Männern gegenüber, die sich auf seine Bitte hin versammelt hatten. Gott, es musste einfach funktionieren.

Aurora stand über Sayidda gebeugt und beobachtete, wie sie schlief; die Augenbrauen der Frau zogen sich zusammen und glätteten sich wieder, während sie mit ihren Schmerzen kämpfte. Ihre Krankheit war schlimmer geworden, und Aurora war nicht in der Lage, ihre Beschwerden zu lindern. Die Tatsache, dass sie ihr Essen und ihre Getränke untersucht hatte und sogar so weit gegangen war, sie selber zuzubereiten, um sicherzugehen, dass sie einwandfrei waren, hatte die Schmerzen weder lindern noch die Ursache aufdecken können. Und doch war es Gift. Da war Aurora sich sicher, denn ihr Krötensteinring erwärmte sich so stark, dass er ihr fast den Finger verbrannte und sie ihn abziehen musste. Entmutigt seufzend nahm sie das Tablett, befühlte mit ihrem Handrücken Sayiddas Gesicht und verließ den Raum. Später würde sie erneut alles untersuchen, womit Sayidda in Kontakt kam, und sich mit Mister Buckland beraten. Dies, entschied Aurora, liegt nicht im Bereich meiner Kenntnisse.

Sie ging leise den Korridor entlang und stieg dann mit gefährlicher Eile die Treppe hinunter, direkt auf Ransoms Studierzimmer zu. Sie blieb stehen. Die Tür war angelehnt, und als sie hineinschaute, konnte sie sehen, dass der Raum leer war.

»Aurora?« Sie drehte sich um und entdeckte Léonie, die ruhig neben ihr stand. »Das Tablett …« Sie wies darauf und Aurora händigte es ihr mit einem Dank aus. »Er ist zum Berg gegangen«, informierte Léonie sie, als könnte sie ihre Gedanken lesen.

Auroras Schultern versteiften sich, und ihre Augen verengten sich auf den Ausblick durch die geöffneten Fenster. »Falls Ihr

Eure *Lordschaft* sehen solltet«, teilte sie ihr steif mit, »so sagt ihm doch bitte, dass ich um eine weitere Audienz bitte. Falls er einen Moment für das kleine Volk erübrigen kann.«

Léonie runzelte die Stirn angesichts Auroras beißenden Tones, und sie beobachtete, wie die junge Frau das Haus verließ und nach Dahrein rief. Dann ging das Paar in Richtung Meer fort.

Nach Westen hatte der Ausguck einen perfekten Drei-Viertel-Blick über die Insel, deren Ostseite von den Eingeborenen bewohnt wurde. Die Reise in den Westen der Insel war für Unerfahrene beschwerlich. Die Eingeborenen, das wusste Ran, hatten sich schon oft als fähig erwiesen, wenn es darum ging, Eindringlinge davon abzuhalten, die Küsten auf ihrem Gebiet zu erreichen. Sie vertrauten darauf, dass Ran das Gleiche auf seinem Gebiet tat.

Drei Seemänner standen schweigsam und mit steifen Schultern daneben, als Ran sich bückte, um die Kanone zu überprüfen, indem er mit einem geschlossenen Auge durch das leere Rohr schaute und dann entschied, dass sie gut gepflegt war. Dann richtete er sich wieder auf und schritt zwischen den Pulverfässchen, dem Fernrohr und den Kartätschen einher, die für einen Angriff fertig gemacht wurden. Steine knirschten unter seinen Stiefeln. Dies war sein üblicher, wöchentlicher Rundgang. Einige der Männer hatten nichts weiter zu tun, als nach herannahenden Schiffen Ausschau zu halten. Es war eine geruhsame Zeit, frei von den Unbilden des Lebens an Bord eines Schiffes.

Jedoch genauso wenig wie auf seinen Schiffen würde Ran hier Faulheit oder Nichtbeachtung seiner Befehle tolerieren, und als er sich vorbeugte und einen dunklen Damenschuh hinter einem Fässchen hervorzog, zuckte einer der Seemänner zusammen. Ran ließ das verräterische Schuhwerk an seiner Fingerspitze baumeln, und sein Blick schnellte zu den beiden hinüber, die in dieser Woche Wache geschoben hatten.

»Das ist … meiner, nun, nicht meiner«, beeilte der Seemann sich mit rotem Gesicht zu sagen. »Aber … ich bin schuld dran, Sir«, mit einem Ruck zog er seine Kappe vom Kopf, »zwei Tage hier oben reichen auch so schon, und als sie mir das Essen gebracht hat, nun, da hab ich sie überredet zu bleiben und dann …« Der Seemann räusperte sich unbehaglich, und Ran nahm wahr, dass er fürchterliche Angst hatte und zitterte. Bei Gott, fürchtete sich denn eigentlich jeder vor ihm?

»Sorg dafür, dass das nicht noch einmal vorkommt, Pellum«, wies Ran ihn an und schleuderte den Schuh gegen den Seemann, bevor er sich abwendete. Der sprachlose Mann starrte fassungslos auf den Rücken seines Captains und dann zu seinem Kameraden, bevor seine Augen schließlich zum Ersten Maat hinüberwanderten, der gegen eine Steinmauer gelehnt dastand. Pellum stieß einen langen, erleichterten Atemzug aus.

»Löst die Wache im Eintagesrhythmus ab«, befahl Ran Domingo, dann schaute er zu den drei Kanonieren zurück. »Eure Ablösung kommt gerade den Hang hinauf. Mister Avilar und ich werden die Stellung halten, bis sie hier eingetroffen sein wird. Wegtreten!«

Die Seemänner nickten und grinsten, übergaben ihrem Captain das Fernglas und verabschiedeten sich ohne weitere Verzögerung.

Domingo lachte leise in sich hinein, als die Männer aus der breiten, granitenen Öffnung der Höhle hinausrannten, über Felsblöcke kletterten und den Hang hinunterrutschten. Ran stellte sich zwischen die beiden Endkanonen, vermaß ihre Reichweite neu und schritt dann mit dem Fernglas in der Hand vom kühlen Schatten in die Sonne hinaus. Domingo, der sich eine Mango aus den Wachvorräten nahm, beobachtete Ran, wie dieser seine Insel begutachtete. Wenn der Captain auch darauf bestand, es nicht hervorzuheben, so war er hier doch der Herr und Meister.

Ransom ließ seine Augen über das endlose, in der Sonne glitzernde Meer wandern und richtete dann das Fernglas auf die

Klippe und die Küste. Die Schiffe schaukelten wie müde Wachen ruhig und einsam in der Bucht, das Dorf jedoch war erfüllt von Geschäftigkeit: Kinder rannten umher, Hunde und Ziegen nervten die Menschen, die hart arbeiteten. Er bemerkte Shokai, der sein Mauseloch verließ und sich in Richtung Dorf begab.

Ran verlagerte seinen Blick nach links zum Berghang hin, wo Arbeiter das Land zur Bepflanzung rodeten. Zuckerrohr, hatte er mit Zustimmung seiner Männer entschieden. Aurora hat recht, vermutete er. Er schien die Autorität zu sein, die sie suchten, trotzdem aber war es ihre Übereinstimmung gewesen, die *er* in den vergangenen Wochen gesucht hatte. Zucker war nur ein kleiner Anfang, das war ihm klar, und er fragte sich, was sie von der Unternehmung halten würde. Gott, ständig überlegte er sich, was sie wohl denken könnte.

»Sie ist dort drüben«, informierte Domingo ihn, und Ran schaute, das Fernglas noch immer in der Hand, zum Spanier hinüber. Domingo wies mit seinem Kinn zum Meer hin, während er sich eine Scheibe von der Mango abschnitt. »Im Tidebecken«, zeigte er ihm mit dem Messer, »wo sie jeden Morgen gewesen ist, seit Ihr ich weiß nicht was getan habt und nicht mehr mit ihr reden wollt.«

»Habt Ihr vielleicht eine Meinung, die Ihr äußern wollt, Avilar?«, fragte Ran, nahm das Fernglas ans Auge und richtete es auf die Bucht und die Lagune. Sein Herzschlag beschleunigte sich bei ihrem Anblick. Sie sah aus, wie eine Meerjungfrau aussehen konnte. Ihr schwarzes Haar trieb während des Schwimmens auf der Oberfläche des Wassers hinter ihr her.

»Zur Hölle mit ihr!«, zischte er, und seine Finger krallten sich um das Fernglas herum. Sie trug nichts weiter als ein Unterkleid, und der nasse Stoff schmiegte sich an ihren Körper und zeichnete ihn ab. Sie könnte verdammt noch mal genauso gut nackt sein! Bei Gott, erkannte diese Frau denn nicht die Gefahren ihres leichtsinnigen Sich-zur-Schau-Stellens? Rans Atem normalisierte sich wieder ein wenig, als er Dahrein mit dem

Rücken zu Aurora auf einem riesigen Felsblock sitzen und die Gegend überwachen sah, um sie zu beschützen, wenn sie unter die Wasseroberfläche tauchte. Ran erkannte, dass er sie zwar von seiner Position auf dem Berg sehen, sonst jedoch niemand einen Blick von ihr erhaschen konnte, da der Felsblock sie abschirmte.

Er entspannte sich noch ein wenig mehr.

»Ich habe noch nie eine Frau kennengelernt, die mehr Liebe zu verschenken hat und einen so unpassenden Mann, für den sie bestimmt ist.«

Ran beobachtete, wie sie im dunklen Wasser schwamm, dann tauchte und einen Moment später mit einer dicken, glänzenden Muschel wieder auftauchte. »Wollt Ihr damit etwa sagen, dass ich Auroras Liebe nicht würdig bin, Avilar?«

Wenn es hart auf hart kommen sollte, dachte Dom, so werde ich ihm meine Meinung sagen, und die Sache ist erledigt. »Ich will lediglich sagen, dass Ihr dem abgeneigt seid. Und das zölibatäre Gelübde zu brechen, was ich schon immer für absurd gehalten habe …«

»Das habt Ihr mir schon gesagt …«

»… ist erst der Anfang gewesen.«

»Der Anfang von was, Domingo?«

»Euch freizuschütteln von dieser übertriebenen Beziehung, die Ihr zu den Sünden Eures Vaters habt.«

Ran ließ das Fernglas sinken und starrte den Spanier an.

»Drei Menschen lieben Euch vorbehaltlos, und doch habt Ihr kaum einen Moment oder ein höfliches Wort für sie übrig, was sogar so weit führt, dass sie Euch lieber aus dem Weg gehen«, er schwang seinen Arm in Richtung Lagune und Aurora, »anstatt Eure düsteren Stimmungen zu ertragen.«

»Vielleicht habt Ihr ja noch mehr, was Ihr meinem widerlichen Benehmen hinzufügen könnt, wo Ihr schon einmal dabei seid?«

»Haben wir denn so viel Zeit?«

»Dom!« Es klang müde und flehend.

»Heiratet sie, Ran, habt fette Babys mit ihr und vergesst die Sklavenschiffe. Ihr habt Euren Teil schon geleistet.«

Zwei Seemänner kletterten in die granitene Höhle und unterbrachen wirkungsvoll das Gespräch. Die beiden Männer in abgewetzten Kniehosen, Stiefeln und sonst nichts bauten sich vor ihrem Captain auf.

»Mister Cross sagt, dass er das Land bis nächste Woche für die Bepflanzung gerodet hat, Sir«, berichtete der Mann mit dem sandfarbenen Haar, wobei er zwischen jedem Wort nach Luft schnappte. »Und der Tischler sagt, dass die Galionsfigur der *Lion* in was auch immer Ihr wollt umgewandelt werden kann, da sie groß genug ist.« Er drehte sich um, hielt dann jedoch inne. »Ach, und der Schulmeister lässt Euch bitten, mit dem Jungen zu reden, denn beim letzten Mal, als er in der Klasse war, hat er schon abgeschaltet, noch bevor sie überhaupt ihre Fibeln aufgeschlagen hatten.« Das schien den Seemann zu amüsieren.

»Ich danke dir, Ducks.« Ran klopfte ihm auf die Schulter. »Gut gemacht.« Ducks lächelte und ließ dabei zwei Zahnlücken sehen. Dann stand er stramm, als Captain und Erster Maat aus der Höhle gingen und sich auf den Weg den Berg hinunter machten.

Vor Verwirrung die Stirn runzelnd schoss Domingos Blick auf das gerodete Gebiet, auf Aurora, auf das Haus und die Schiffe. Plötzlich packte er Rans Arm und hinderte ihn am Weiterlaufen. Ran drehte sich zu ihm um.

»Ihr … werdet Euch zurückziehen?«

Ran blickte verächtlich drein. »Nun werdet aber nicht lächerlich«, warf er ihm an den Kopf und setzte seinen Weg nach unten fort.

»Ich schwör's beim Grabe meiner Mutter, dass ich nicht ein Wort davon verraten werde«, spornte Domingo ihn an und folgte ihm dann wie ein Kind, das begierig auf einen Leckerbissen ist.

»Eure Mutter lebt immer noch, Ihr lügender spanischer Tunichtgut.« Ran schnappte nach einem Ast, um Halt zu finden. »Und Aurora wird als Erste davon erfahren.«

Domingo schnaubte. »Falls sie überhaupt mit Euch redet.«

Ran schaute stirnrunzelnd zurück. »Und warum sollte sie das nicht tun?«

Da der Weg nun breiter wurde, konnte Domingo neben Ran hergehen. »Ach, mein Freund«, lachte Dom kopfschüttelnd in sich hinein und ließ seine Hand auf Rans Schulter fallen. »Ihr seid einfach zu lange ohne diese süßen, sanftmütigen Kreaturen gewesen, und ich glaube, es ist an der Zeit, darüber zu reden, wie schlecht Ihr Eure Frauen behandelt.«

Shokai zerrte Teile zerbrochener Möbelstücke aus dem Haufen, stapelte sie ordentlich auf das breite Lederband und verschnürte das Bündel anschließend. Er nickte Leelan Baynes zu, als der junge Mann schnell die Straße hinunterlief und kurz anhielt, um seinen Arm zu heben als Beweis, dass er wieder gut geheilt war. Ach, Kaiserin, da hast du ja ein weiteres Mal Erfolg gehabt, dachte er und ließ ihm eine Verbeugung und eine genaue Nachbildung eines Lächelns zukommen. Dann warf er sich das Holzbündel auf den Rücken und legte sich das Verschlussband über die Stirn. Die Dorfbewohner starrten ihn an, er beachtete sie jedoch nicht, sondern ging langsam von dannen, die Hände frei, um seine Schritte mit einem Stab zu unterstützen.

Es gab zwar nur wenige Straßen, die jedoch waren sauber und ziemlich belebt, und herumtollende Kinder wirbelten dort Staub und Sand auf. Häuser und Läden säumten den Weg zum breiten Steinbrunnen hin, wo Frauen unterschiedlichster Figur, Größe und Herkunft sich zusammenfanden, um Gefäße und Kessel zu füllen, und um zu tratschen.

Gackernde Hennen, dachte Shokai, als er einen kurzen Blick auf sie warf und dann wieder auf den Weg vor ihm schaute. Er war müde heute, denn der Schlaf kam inzwischen weniger leicht zu seinen schmerzenden Knochen. Er blieb stehen, um das Band bequemer zurechtzurücken. Sein Blick fiel auf einen

Mann, der gegen den Steinbrunnen gelehnt dastand und Wasser für eine alte Frau hochzog. Shokais verwittertes Gesicht legte sich in Falten, denn in dem bartbewachsenen Gesicht verbarg sich etwas Vertrautes.

»Junge«, rief Shokai und winkte, woraufhin ein Kind von sechs oder sieben Jahren zu ihm hochkam, zu seinen Freunden zurückschauend, die in beschützender Entfernung hinter ihm blieben. Der Junge ballte seine Fäuste zu beiden Seiten seines Körpers und hob tapfer sein Kinn in die Höhe. »Am Brunnen, der Mann dort?«, war alles, was Shokai sagte, und nur der Blick des Jungen ging dorthin.

»Das ist doch der Bootsmann der *Lion,* Sir, Connor Lockewood. Er redet nicht besonders viel.«

Shokai nickte, als würde er die Bedeutung dessen verstehen, und durchstöberte dann seinen lose umgehängten Mantel. Mit einer Geschwindigkeit, die das Kind erschreckte, drückte er eine Münze in die zitternde Hand des Jungen und setzte seinen Weg fort. Seine Lippen verzogen sich, als er den ehrfürchtigen Fluch des Jungen hörte und die glücklichen Schreie seiner Kameraden über eine so leicht errungene Beute.

Seine schmalen, mandelförmigen Augen überwachten die Umgebung und gaben gleichzeitig auf den Weg vor sich acht. Shokais überfeine Sinne nahmen das Erscheinungsbild des Bootsmannes in sich auf, entfernten im Geiste die massige Gestalt und die hammelkeulengroßen Arme und tauschten das dunkle Haar gegen einen helleren Farbton aus.

»Du kannst zwar deine Kleidung und dein Gesicht verändern, alter Freund«, flüsterte er zu sich selbst, »nicht jedoch deinen Charakter.«

Als der Mann namens Lockewood den Brunnen verließ, indem er den Damen zum Gruße an seine Kappe tippte und dann in Richtung Berghang schlenderte, folgte Shokai ihm mit ein wenig Abstand. Dass Shokai ihn bis zu jenem Zeitpunkt noch nicht gesehen hatte, war nicht erstaunlich, denn das Schiff des Piratenlords war riesig und beherbergte weit über zweihundertvierzig Mann, und der Bootsmann war, genauso wie Shokai, nicht besonders gesellig. Aber seine Kaiserin … Sie hätte eigentlich die Gegenwart des Mannes spüren müssen. Oder hatte sie es vielleicht getan und ihm nur nichts davon gesagt? Die Folgen, die das haben konnte, verärgerten ihn.

Der Spanier tauchte plötzlich um die Ecke eines Hauses auf. Er suchte eine Frau nach der anderen auf, plauderte mit ihnen, schnappte sich ein Stück Fleisch vom Feuer und erntete dafür einen Klaps auf die Hand. Er küsste eines der Mädchen und umfasste kühn ihr Hinterteil, worauf er ein Lächeln und eine sanfte Liebkosung über seine Wangen bekam. Shokai schüttelte den Kopf. Die einzigen Begabungen dieses Mannes sind essen und die Frauen, dachte er; dann runzelte er die Stirn, denn wenn der Spanier sich auch mit den Frauen unterhielt und sie schamlos mit seinen Zärtlichkeiten verführte, so wanderte sein Blick doch zwischen der Hausecke, der Tür und dem Hang hin und her. Plötzlich verabschiedete er sich von den Damen und eilte fort.

Shokai schaute unentschlossen zwischen Lockewood und Avilar hin und her.

Lockewood konnte die Insel nicht ohne Ankündigung verlassen, also entschied er sich, Avilar von seiner Entdeckung Mitteilung zu machen. Shokai näherte sich Avilar, jedoch auf halbem Wege in den tiefen Dschungel, der das Gelände um die Häuser herum umgab, verließ der Spanier den Weg. Shokai folgte ihm. Er schritt weiter unbemerkt hinter Domingo her, als der ein Büschel Farne herunterdrückte. Er erstarrte augenblicklich.

Shokais Augen verengten sich zu Schlitzen, seine Hände hielten verkrampft den Holzstab.

In der Abgeschiedenheit des Rebendschungels lagen ein Mann und eine Frau in ihrer nackten Pracht auf dem grünen Teppich der Natur; schlanke Glieder schlangen sich umeinander, ihre schweißgebadeten Körper wiegten sich im heftigen Kampf wilden, hemmungslosen Liebesspiels.

Domingo seufzte, schüttelte den Kopf, ließ die Zweige wieder los und drehte sich um. Sein Körper verspannte sich, als er den kleinen Mann ein paar Fuß von sich entfernt entdeckte.

Shokais schmaläugiger Blick ging an Domingo vorbei, während sie die kehligen Laute des Paarungsaktes gedämpft wahrnehmen konnten. »Selbst der klarste Spiegel kann den Rücken nicht sehen, nicht wahr?«

Domingo warf ihm mit einem argwöhnischen Gesichtsausdruck einen kurzen Blick über seine Schulter zu. »Ich möchte Euch bitten, darüber Schweigen zu bewahren, Shokai. Vorerst zumindest.«

Shokai nickte stumm und schlurfte zum Weg zurück. Mit einem enttäuschten Seufzer folgte Domingo ihm und ließ den Quartermeister der *Red Lion* mit Ransoms Schwester allein.

32

Ran streckte seinen Kopf in die Küche und schaute sich dort um. Die Hausangestellten unterbrachen ihre Arbeit, um zu ihm hinüberzusehen, nur Léonie näherte sich ihm.

»Habt Ihr Aurora gesehen?«

Léonie lächelte wissend. Er hat sie also schon wieder verloren, die arme Kleine. »Sie war im Garten, als ich aus dem Küchenhaus kam.«

Ran betrat die Küche und schnappte sich auf seinem Weg zur Gartentür hinüber ein Limonentörtchen von einer vollbeladenen Platte. Auf der Schwelle hielt er inne.

»Allein?«, wollte er wissen und nahm einen Biss, und Léonie nickte.

Verdammt? Sie hatte ihm versprochen, nicht ohne Geleitschutz hinter das Haus zu gehen!

Als Ran den Garten betrat, verdüsterte sich sein Gesichtsausdruck. Nichts als Kräuter und Gemüse in ordentlichen Reihen zwischen den Begrenzungen aus Stein begrüßten ihn. Als sein Blick zum Tor hinüberging, bemerkte er einen schmalen Schatten, der sich dort hindurchbewegte. Aurora, dachte er und aß das Törtchen zu Ende, während er durch den eisernen Tordurchgang schlüpfte. Hinter dem ummauerten Garten blieb er abrupt stehen und ließ seinen Blick umherschweifen. Zum Teufel, dachte er, wo ist sie nur? Weiter unten auf dem abfallenden Gelände befanden sich das Räucherhaus und die Sommerküche, die vorwiegend zum Braten und Backen benutzt wurde; nachdem er in Ersterem nachgeschaut hatte, ging er in die Sommerküche, ohne von den jungen Mädchen bemerkt zu werden, die gerade ein Lamm begossen.

Ran räusperte sich und schreckte die beiden auf, die seine

freundlichen Fragen mit leerem Starren und Zeichen zum Wurzelkeller hin beantworteten. Die verängstigten Blicke, die die Dienerschaft ihm ständig zuwarf, fingen an, Ransom zu ärgern. Er hatte große Lust, die beiden zu schütteln, musste dann jedoch beinahe laut lachen bei dem Gedanken daran, denn das war vermutlich genau das, was sie von ihm erwarteten.

»Auf Wiedersehen, meine Damen«, verabschiedete er sich, wobei er sein schönstes Lächeln aufsetzte, oder zumindest das, was er dafür hielt, und ihnen fröhlich zuwinkte. Er ging wieder hinaus und erfreute sich an ihrem überraschten Gekicher.

Nachdem er um die Ecke der Gartenmauer herumgegangen war, kam Ran zum Wurzelkeller, der vollgestellt war mit Gläsern und Flaschen, getrockneten Früchten, Fässern voller Bohnen, Aprikosen, Reis, Kuskus, Salz, Weinfässchen, Ale, den verschiedensten Gewürzen … aber keine Aurora war zu sehen. Er nahm sich eine Aprikose aus einem der Fässer, biss kräftig hinein und ging die steilen Stufen wieder nach oben, wobei er sich den Kopf am Türrahmen stieß.

Seinen gepeinigten Schädel reibend schaute er nach rechts und links. Langsam wurde er nervös. Wie konnte er für ihre Sicherheit sorgen, wenn er sie nicht fand?

Wenn auch seine Schritte entspannt schienen, als er den Hang hinunterschritt, so war Ran doch besorgt, und zugegebenermaßen hatte er ein wenig Angst.

Er war nicht davon überzeugt, dass Domingos Rat, schöne Worte und Geschenke anzuwenden, bei Aurora ankommen würde. Da kannte Ran sie besser. Sie würde diese fadenscheinigen Gesten durchschauen und stattdessen Worte, Beichten und sein Herz verlangen. Gott im Himmel, und dabei besitzt sie es ja schon, dachte er, aber Ran brauchte mehr.

Er wollte Beständigkeit, zum ersten Mal in seinem Leben wollte er hierbleiben, zusammen mit ihr, mit seiner Familie.

Familie.

Allmächtiger Gott, nie hätte er gedacht, dass er jemals eine haben würde, geschweige denn sich eine wünschte. Seit jedoch

Aurora in sein Leben gestürzt war, war das, was er von sich selbst und von anderen annahm, niemals das, was sein Herz ihm sagte.

Shokai hatte recht: Früher oder später spielen wir durch, was wir wirklich fühlen.

Und Ran musste sie erwischen, bevor sie herausbekam, was er getan hatte.

Von der Straße aus starrte Aurora auf das Schiff, das zum Fortsegeln fertig gemacht wurde. Ihr Herz schlug wie wild. Verdammt und zugenäht! Die *Lion* lag wie eine fette Prinzessin ruhend auf dem Wasser, und die Reparaturarbeiten gingen nur langsam vonstatten. Dieses andere Schiff jedoch, über das krochen Seemänner wie hungrige Ameisen, überprüften Leinen und Winden, Segel und Tauwerk, und geschickte Hände hievten Fässchen und Tonnen über die Schiffswand, um die Vorräte aufzufüllen. War es wirklich schon klar zum Ablegen? Ransom würde sie auf dieses Schiff schicken, wurde ihr bewusst. Schon früher hatte er versucht, sie loszuwerden, und das, obwohl sie beide wussten, dass er es im Grunde seines Herzens gar nicht wollte. Hatte sie sich etwa getäuscht? Eine plötzliche Wut kam in ihr auf, und sie wirbelte herum, um mit ihrer Nase gegen eine breite, muskulöse Brust zu stoßen. Warme Hände beruhigten sie.

»Du hast dich in dieser Woche ziemlich rar gemacht, Aurora.«

Sie sah zu ihm auf und schaute direkt in seine dunklen Bernsteinaugen. »Nicht mehr als Ihr auch, M'lord.« Sie rieb sich ihre Nase.

»Du hattest mir versprochen, nirgendwo ohne Geleitschutz hinzugehen.«

Aurora wand sich aus seinem Griff. »Komm mir bloß nicht mit Schutz und Wachen und all dem, wenn ich mir das hier anschaue!« Sie fuhr mit ihrer Hand in Richtung des Schiffes.

Rans Blick schnellte über ihren Kopf hinweg zur *Ruben* hin. »Sie segelt nach Maghreb.«

»Und wann hattest du vorgehabt, mir das mitzuteilen?«, fragte Aurora steif.

»Ich teile es dir jetzt mit.«

Schmerz machte sich auf ihrem Gesicht breit. »Darum also bist du umherstolziert, als würde dir jeden Moment eine Axt in den Nacken fallen?« Er traute sich nicht, ihr seine Pläne zu beichten.

Ran presste die Lippen zusammen und schaute weg, denn er wollte dieses Gespräch nicht in der Öffentlichkeit führen, sie verstand sein Schweigen jedoch als Bestätigung.

»Ach was!« Aurora erhob ihre Hände. »Das ist das letzte Mal, dass du mich so behandelst, Ransom Montegomery.« Forschen Schrittes ging sie zu dem Weg, der zum Haus hochführte. »Wenn du mich loswerden willst, werde ich meine Sachen jetzt gleich packen!«

Ran blinzelte benommen; sein Blick sprang von Aurora zum Schiff und wieder zurück. Packen? »Aurora«, rief er ruhig und holte sie mit großen Schritten ein. »Du kannst nicht fortgehen.«

Sie schaute ihn verächtlich an. »Und warum nicht?«

Sag es ihr. Ran schluckte, und seine Zunge fühlte sich plötzlich trocken und wie geschwollen an. *Sag es ihr.* Er konnte es jedoch nicht. »Sayidda braucht dich, und was ist mit Dahrein? Der Junge sieht dich inzwischen als die Mutter an, die er nie gehabt hat«, beeilte er sich zu sagen, und ihre Schritte verlangsamten sich. »Und du kannst von Shokai nicht verlangen, durch die Hitze der Wüste zu reisen, nicht nach der Pein, die er erlitten hat. Er ist ein alter Mann, Liebes.«

Sie sandte ihm einen glühenden Blick zu, der ihm sagte, dass sie zur Not auch allein reisen würde, wenn es sein müsste.

»Zur Hölle mit deiner Sturheit!«, schimpfte er.

»Verfluche mich nicht, Pirat, denn du lässt mir keine andere Wahl!«

Er ignorierte die Blicke der Dorfbewohner, hörte nur den Schmerz hinter ihrer Wut. Gütige Heilige! Würde er es denn niemals lernen? »Aurora?«

»Was ist mit dir, Ransom? Bin ich eine solche Behinderung für deine Mission, dass du mich fortschicken würdest, ohne nach meinen Wünschen zu fragen?«

Angesichts ihrer stockenden Stimme geriet seine Willenskraft ins Wanken. »Das Schiff segelt fort, um deinen Vater zu suchen.«

Sie hielt inne, und Ran war schon ein paar Schritte an ihr vorbeigelaufen, bis er es merkte.

Mit großen Augen schaute sie zu ihm auf. »Meinen Vater?«, kam es leise und verwundert.

»Ja.« Er schaute auf seine Stiefelspitzen, wobei sein langes Haar herunterfiel und seine Gesichtszüge verdeckte. »Die *Ruben* wird erst zurückkehren, wenn sie entweder Informationen oder ihn selbst gefunden hat.«

Auroras Gesichtsausdruck wurde weicher, und ihr Herz schwoll vor Freude an. Ran erschien unsicher über ihre Reaktion, und sie schaute ihn sich genauer an. »Warum tust du das für mich?«

Sein Kopf fuhr hoch, und sein Blick stieß mit dem ihren zusammen. »Selbstsüchtigkeit«, entgegnete er ihr und richtete sich auf, und sie runzelte die Stirn. »Weil ich will, dass du bleibst«, er zögerte, strich sich sein Haar zurück und holte tief Luft, »und zwar bei mir.« Seine Gesichtszüge spannten sich an, er ergriff ihren Arm und zog sie zu sich heran, und sein Blick durchforschte besorgt ihr Gesicht. »Wirst du bleiben?«

Angst. Nie hätte sie gedacht, sie jemals an ihm zu erleben, aber da war sie, ganz und gar sichtbar bloßgelegt. *Ich will, dass du bleibst.* Diese Worte enthielten eine Unmenge an Gefühl, sie drückten alles aus, was er nicht aussprechen konnte. Sie waren Ransom nicht leicht gefallen, da der Schutzschild zwischen ihm und seinem Herzen schon viel zu lange existierte. Aber die Dunkelheit in ihm fing an zu dämmern. Er sah nun mit neuen Augen, einem neuen Herzen; und die Freude, die sie für ihn empfand, trieb ihr Tränen in die Augen.

»Aurora!« Ungeduldig verkrampften seine Finger sich auf ihrem Arm.

Sie legte ihre Hände auf seine Brust, ihre Handflächen weit über seine wie gemeißelten Muskeln gespreizt. »Ja, ja«, flüsterte sie und spürte den donnernden Schlag seines Herzens. Er hatte ein ganzes Schiff lediglich in ihren Dienst gestellt, um Informationen für sie einzuholen – und er hatte es entschieden, noch bevor er mit ihr hatte sprechen können, in der Hoffnung, dass sie keinen Grund haben würde, sich über diese Angelegenheit mit ihm zu streiten. Diese Geste ließ sie ihn noch mehr lieben. »Ich will sowieso nicht von hier fort.«

»Ist das so?« Seine Stimme wurde rau, und sein Kopf neigte sich näher. Mein Gott, so nahe an sie heran, dass er nicht einmal mehr wusste, was er zu ihr sagte.

»Nur wegen all dieser Muskeln hier hättest du es überhaupt geschafft«, ihre Hände glitten seine Brust hinunter, um nach seiner Taille zu greifen, »denn mich auf dieses Schiff zu verfrachten, wäre ein ganz schönes Stück Arbeit gewesen.«

»Ein ganz schönes Stück.« Jeder einzelne ihrer Atemzüge drückte ihren Busen leicht gegen seine Brust.

»Dein *Sanctuary* ist ein Zuhause, das ich angefangen habe zu lieben.« Sie befeuchtete ihre Lippen, und Vorfreude wirbelte durch sie hindurch. »Es ist zauberhaft.«

»Zauberhaft«, wiederholte er und spürte die schwache Hitze ihres Mundes über den seinen streichen.

»Capt'n Montegomery!«

Ran stöhnte vor Enttäuschung und drückte kurz seine Stirn an die ihre, bevor er sie losließ. Dann starrte er den Seemann an.

»Hawkins bittet Euch, an Bord der *Ruben* zu kommen, Sir.« Ducks lüftete seine Kappe, er war sich bewusst, in einem intimen Moment gestört zu haben, lächelte aber trotzdem vorwitzig. »Irgendwas wegen der Route, die Ihr angeordnet habt.«

Ran seufzte. Er musste sich um die Angelegenheit kümmern. »Ja, ja«, sagte er bewegt und drehte sich gerade in dem Moment zu Aurora um, als Dahrein den Weg hinuntergelaufen kam.

»*Mem sahib?*«, rief Dahrein und kam mal wieder stolpernd

neben ihr zum Stehen. »Es ist schon fast drei«, erinnerte er sie aufgeregt. »Wir werden zu spät kommen.« Er trat aufgeregt von einem Fuß auf den anderen.

»Das dürfen wir auf keinen Fall zulassen, nicht wahr?«, beruhigte sie ihn, indem sie leicht seine Wange tätschelte und dann Ransom anschaute. Ihre Blicke trafen aufeinander und nahmen voneinander Besitz.

»Kommt Ihr, Capt'n?«

»Mem sahib?« Dahrein ergriff ihre Hand und zog daran. Sie zuckte hilflos mit den Schultern und schritt zur Seite weg.

»Das ist noch nicht alles gewesen«, teilte er ihr mit und beobachtete dann ihr Weggehen, bevor er sich zur Küste hin begab.

Er war erst ein paar Schritte gegangen, als er hörte, wie sie ihn rief. Er hielt an und schaute zu ihr hinüber. Sie kam den Hang wieder hinuntergelaufen. »Wenn du willst, dass ich bleibe, so hättest du mich doch einfach nur darum bitten müssen.«

Ran stieß ein Stöhnen aus und schüttelte seinen Kopf. Bitten. Was für ein verdammter neuer Vorstoß war das nun schon wieder!

Ran schritt den Pfad hinauf und schaute dabei nach rechts und links.

Verdammt und zugenäht. Er hatte seine Angelegenheiten mit Hawthorne in unhöflicher Eile erledigt, und zwar in der Hoffnung, sie noch zu erwischen, bevor irgendjemand anderer ihm über den Weg lief oder nach Auroras Aufmerksamkeit verlangte.

Zum Teufel mit ihnen allen, er brauchte sie. Es war ja nicht so, als wollte er die Frau vergewaltigen. Nun ja, er hätte es schon gerne getan, aber nur eine Vergewaltigung in beiderseitigem Einvernehmen selbstverständlich. Ein Lächeln erhellte seine dunklen Gesichtszüge, als er ihr Lachen hörte. Es kam aus Shokais Höhle, und er ging eilig vorm Pfad ab nach links. Als er in die düstere Höhle schaute, musste er jedoch feststellen, dass sie leer war. Er machte ein finsteres Gesicht. Verdammt.

Er drehte sich gerade um, als er ein Ächzen hörte, dem ein Aufprall folgte. Ran schlug sich seinen Weg durch die Bäume hindurch und beruhigte sich dann wieder, als er Aurora sah, die gerade auf ihre Füße kam und sich den Staub von ihren Händen wischte.

Was führte sie nun schon wieder im Schilde? Und, guter Gott, wo hatte sie nur die Kniehose her?

Ran kämpfte sich durch das Dickicht hindurch und trat hinaus auf die Lichtung. Shokai stand Auge in Auge mit Dahrein und unterrichtete ihn in den genauen Bewegungen seiner Füße.

Plötzlich stürzte Aurora vor, als wollte sie den alten Mann angreifen. Ran hätte beinahe seine Zunge verschluckt, als Shokai eine kleine Bewegung machte und Aurora an sich vorbeifliegen ließ. Sie stürzte – mit dem Kopf zuerst – auf den Boden. Ran rannte zu ihr hinüber, Aurora jedoch saß schon wieder auf ihrem Po und klopfte sich ab.

»Hallo, Ransom«, begrüßte sie ihn fröhlich. Er bot ihr seine Hand an. Während er ihr auf die Füße half, streifte sein Blick über ihren Körper.

»Macht das bitte noch einmal«, bettelte Dahrein, dessen Augen vor Erstaunen weit aufgerissen waren.

»Nein!«

»Gewiss doch.«

Ran und Aurora sprachen gleichzeitig.

Shokai lachte leise in sich hinein und rief den Jungen zu sich. Aurora sah Ransom an.

»Schimpf bitte nicht schon wieder mit mir«, bat sie ihn müde. »Dahrein kann es besser als ich. Sieh nur«, fügte sie stolz hinzu, als Dahrein sich geschickt mit seinen Fäusten und durch seine Wendigkeit verteidigte. »Shokais Vater hat das von einem Priester aus China gelernt.«

Ran hatte weder für den Lehrer noch für den Schüler einen Blick übrig. »Mir ist es egal, wie oder wo er das gelernt hat, Aurora, ich will nur nicht, dass du dich mit einem Jungen schlägst.«

»Du hättest wohl lieber, dass ich es mit dir tue, was?«, forderte sie ihn in scharfem Ton heraus und trat näher, und als er mit einem süffisanten Gesichtsausdruck seine Arme verschränkte, schaute Aurora bewundernd zu ihm auf. Dann jedoch schlang sie ihren Fuß hinter sein Knie, machte eine harte und ruckartige Bewegung und warf ihn zu Boden. Ran blinzelte und rang nach Atem, und in der Zeit eines Herzschlages ließ Aurora sich neben ihn fallen und stützte ihren Unterarm über seiner Kehle ab.

»Das ist nun schon das zweite Mal, dass ich dich auf den Rücken geworfen habe, Pirat.« Sie wölbte eine Augenbraue und grinste ihn nun ihrerseits süffisant an.

»Ich würde dich eigentlich viel lieber auf den deinen drücken«, knurrte er leise, während seine freie Hand ihren Hinterkopf umfasste und sie zu einem Kuss heranzog. Es schmerzte ihn fast vor übergroßem Verlangen. Gott, wie habe ich dich doch vermisst, dachte er und zog sich zurück. Angesichts ihres verträumten Aussehens musste er leise in sich hineinlachen.

Ihre Augen blitzten auf. »Bestie«, murmelte sie.

»Ja, und die Bestie ist hungrig.« Ran hob seinen Kopf an, um sie erneut zu küssen.«

Shokai räusperte sich laut vernehmlich, woraufhin Auroras Blick sich zwischen ihrem finster dreinblickenden *sempai* und einem grinsenden Dahrein hin und her bewegte.

Sie kletterte von Ransom herunter und wartete, bis auch er stand.

Er griff nach ihr, sie schlug jedoch seine Hand weg und drängte ihn, dem Unterricht zuzuschauen. Shokai unterrichtete weiter, Dahrein hörte zu, Aurora beobachtete und Ran konzentrierte sich auf ihre Kniehose.

»Diese da«, er wies auf die Hose, die lediglich von einem Stück Kordel zusammengehalten wurde, »ist äußerst, *äußerst* unschicklich.«

»Ich weiß schon, warum ihr Engländer keinen Kilt tragt«, entgegnete sie daraufhin, seine Schelte ignorierend. »So was hier ist viel zweckmäßiger«, sie zupfte an der zu weiten Hose, »und so bequem.«

»Das ist es nicht, was ich meine«, zischte er, sie wusste es ganz genau, die kleine Lady.

Aurora schleuderte ihren Zopf von ihrer Schulter und gewährte ihm einen sanften Blick. »Du magst sie nur darum nicht, weil du sie nicht hochwerfen kannst, das ist alles.«

Ran wäre fast erstickt. »Bei Gott, du bist eine ganz schön dreiste Frau!«

»Das bin ich.«

Dahrein hielt inne, um das sich befehdende Paar anzustarren, bis Shokai ihn mit einem einzigen Stoß gegen seine Brust zu Boden warf und ihn dann mit einem Finger drohend warnte.

Ein Pistolenschuss zerriss jäh die Luft, dann ein weiterer, und noch bevor ein dritter Schuss erklang, schlug Ran sich schon durch den Dschungel. Er traf auf Domingo, der gerade seine Steinschlosspistole in seinen Hosenbund zurücksteckte und sich über einen Körper beugte. Neben ihm stand ein Eingeborener.

Domingo schaute auf, als Ran sich näherte.

»Wer ist es?«

»Schwer zu sagen. Eine Frau jedenfalls.«

Ran beugte sich ebenfalls vor und verzog sein Gesicht. »Allmächtiger Gott!« Die Leiche war übel zugerichtet, die Haut von Hals und Armen in Stücken abgezogen, und ein großes Stück Fleisch war aus ihrer Seite herausgerissen und brachte ihre Rippenknochen zum Vorschein, Organe quollen heraus. Klauen, erkannte Ran.

Sein Blick schoss zu Domingo hinüber. »Ein Löwe?«

»Po-tahd glaubt es jedenfalls.« Domingo neigte seinen Kopf in Richtung des Eingeborenen, der bewegungslos dastand, einen Speer umklammernd. Die Eingeborenen verehrten die Tiere als Götter und brachten sogar Junge in Kanus von den entlegenen Inseln herüber.

Aurora kam hinter Ran an und atmete tief ein. Sofort zog er sie von dem grausigen Anblick fort.

Sie wand sich frei. »Ich bin in Ordnung«, sagte sie bestimmt und schritt stirnrunzelnd einen Schritt näher.

Dahrein betrat mit Shokai an seiner Seite die Lichtung. Beim Rascheln der Blätter drehte Aurora sich um. »Nein, geht zu eurem Unterricht zurück«, befahl sie ihnen, und als Dahrein Anstalten machte, sich ihr zu widersetzen, fügte sie entschiedener hinzu: »Widersprich mir nicht, Dahrein, bitte.«

Der Junge riskierte einen schnellen Blick und ging dann mit Shokai wieder fort.

»Er hat schon Schlimmeres gesehen, Aurora.«

Sie begegnete seinem Blick. »Er ist noch ein Kind, Ransom, und ich möchte seine Erinnerungen gerne glücklich und angenehm halten, bis er zu einem Mann herangewachsen sein wird.«

»Erinnere mich bitte daran, dir von seiner Vergangenheit zu erzählen«, sagte Ran traurig.

»Ich will lediglich, dass ihm dieser«, sie schaute auf die Leiche, »Albtraum erspart bleibt.«

Ran ließ die Angelegenheit auf sich beruhen und konzentrierte sich auf das Opfer. Er musste jedoch seine Fäuste zusammenballen, um sich davon abzuhalten, Aurora zurückzuziehen, als sie sich hinkniete und ein abgerissenes Stück vom Rock der Leiche zwischen ihren Fingerspitzen rieb. Sie erhob ihren Blick zu Ransom, bevor sie ihn wieder der Frau zuwendete.

Irgendetwas stimmte nicht, und sie spürte das ebenfalls, da war er sich sicher.

»Sie kommt mir irgendwie bekannt vor.«

»Ja«, stimmte Ran ihr zu, jetzt, wo sie es erwähnte. Sein Blick glitt über den zerrissenen Rock, er konnte ihn jedoch nicht einordnen. »Guter Gott, Rachel?«

»Nein, nein«, versicherte Aurora ihm. »Diese Frau hier ist kleiner.«

»Es ist Helena«, kam es in einem leisen Flüstern.

Aurora sprang auf ihre Füße.

Connor Lockewood stand ein paar Fuß von ihnen entfernt,

seinen Blick auf die tote Frau gerichtet. Mit einem bedauernden Blick schritt er näher.

»Wenn du sie kennst, Mann, dann sprich lauter«, forderte Ran ihn auf und beobachtete dabei sein Gesicht.

»Ich nicht. Aber Markus kannte sie«, erklärte er, wobei die Worte ihm schwer auf der Zunge lasteten. Er erhob seinen Blick und schaute zunächst Aurora, dann Ransom an. »Sie waren ein Liebespaar.«

Domingo stupste seinen Captain an und bedeutete ihm durch ein Kopfnicken, ihm zu folgen. Ran musterte Lockewood einen Moment lang, dann schritt er zu seinem Ersten Maat hinüber. Sie standen mit gebeugten Köpfen zusammen.

»Was!«, hörte Aurora und schaute zu Ransom hin. Ran fluchte, schaute zum Himmel empor und dann auf die Leiche. Domingo nickte und verschwand in den Wäldern.

Der Warnschuss hatte auch Buckland erschreckt. Schnaufend umklammerte er seine Tasche, als er sich seinen Weg durch das Gestrüpp bahnte.

»Du meine Güte!«, keuchte er und blieb neben Aurora stehen.

Ohne den Blick von der Leiche abzuwenden, fragte sie ihn: »Sagt mir, was Ihr da seht, Doctor.«

Gemeinsam starrten sie auf das übel zugerichtete Opfer hinab. »Sie ist noch nicht lange tot. So wie's aussieht, ist sie hier gestorben«, erklärte er und richtete dann seinen erstaunten Blick zu ihr.

»Sprecht es nicht laut aus«, flüsterte sie und begegnete Rans Blick. Danach wendete sie sich wieder Lockewood zu.

Dieser hatte sich nicht bewegt; sein Blick war noch immer starr auf das Opfer gerichtet, und Aurora spürte die Stärke seiner Trauer. Dann schaute er sie an, und ihr stockte der Atem, so intensiv war sein Blick. Nahm er so starken Anteil an dem Tod des Mädchens, weil es sich bei ihr um eine verlorene Liebe handelte? Sie hatte keine Zeit, weiter darüber nachzudenken, denn das Gelände füllte sich sehr schnell mit Neugierigen. Ran trieb sie zum Dorf zurück. Als Lockewood sich ihnen anschließen wollte, hielt Ran ihn jedoch zurück.

»Wir müssen sie begraben. Domingo wird jeden Moment mit einem Pferd zurückkommen.« Lockewood nickte ernst und wendete sich ab, um für sich allein zu warten. Ran blieb neben Aurora stehen, die ihre Aufmerksamkeit weiter auf die Leiche gerichtet hielt.

»Du bist schon eine seltsame Frau, Liebes, dass du dir das anschaust«, bemerkte er voller Abscheu.

Sie ignorierte seinen Widerwillen und schaute ihm in die Augen.

»Ich dachte, Löwen greifen nicht an, es sei denn, sie sind fast verhungert oder sie werden provoziert.«

»Das stimmt auch«, bestätigte Ran ihr und erkannte ihren Gedankengang. »Das Rudel lebt schon seit Jahren friedlich mit uns und den Eingeborenen zusammen.«

»Und sie haben noch nie zuvor jemanden angegriffen?«

»Einmal ein Lamm, glaube ich, aber sonst nichts, an das ich mich erinnern könnte.«

»Sie hat dieses Tier nicht gereizt, Ransom.« Das klang endgültig und sicher.

»Was sagst du da, Mädchen?« Verwirrt runzelte er die Stirn.

»Schau dir doch ihre Beine an.« Sie zeigte darauf. »Nicht ein einziger Kratzer. Würde der Löwe nicht zuerst dort angreifen, oder ihren Rücken, um sie zu Fall zu bringen? Und die Wunde auf ihren Armen und ihrer Kehle«, sie wies mit einer Hand darauf, und er runzelte die Stirn, denn er konnte nicht verstehen, was sie meinte, »dort fließt nur wenig Blut heraus, und es gibt noch weniger davon auf dem Boden um sie herum.«

Seine Gesichtszüge spannten sich an. »Sie war also schon tot, bevor der Löwe sie berührt hat«, folgerte er daraus.

»Ja«, bestätigte Aurora ihm leise. »Gerade gestorben, denn ein Löwe würde nur eine kürzlich verendete Beute anrühren.«

»Oh, mein Gott!« Ran fuhr sich mit den Fingern durchs Haar und traf auf ihren Blick. Mord also.

33

In den Stunden des schwindenden Tageslichtes befragten Ran und Domingo so gut wie jede Menschenseele, die die Insel bewohnte. Sie fanden jedoch nur wenig heraus. Helena war eine Einzelgängerin gewesen, wie Ran nach und nach erfuhr. Hinter seinem Schreibtisch sitzend spielte er mit einem kleinen Messer, und Aurora, die am anderen Ende des Raumes auf einem Sofa saß, beobachtete, wie er das Messer über seine Knöchel und um seine Finger herumlaufen ließ, als ob es lebendig wäre. Das Lampenlicht ließ das Silber funkeln und hielt sie in Bann.

»Warum befragt Ihr mich so? Habe ich Euch auch nur ein einziges Mal in den zwei Jahren einen Grund gegeben, mir zu misstrauen?«, brüllte Lougière und sprang auf seine Füße. Das erschreckte Aurora, und sie schaute auf. »Ich sage Euch doch, dass ich nicht der einzige Mann auf dieser Insel bin, der bei Helena gelegen hat.«

»Trotzdem geht aber das Gerücht, dass sie in dich verliebt war.« Auf Lougières Gesicht zeichnete sich Erschütterung ab, er erholte sich jedoch schnell wieder.

»Sie ist von einem wilden Tier angegriffen worden, verdammt noch mal!«

»Ich will ja nicht dir die Schuld daran geben, Markus, ich will lediglich herausfinden, warum sie überhaupt im Dschungel gewesen ist.« Ran wirkte ruhig und unnahbar. »Du warst schließlich ihre letzte Bekanntschaft.«

»Zufällig«, entgegnete Markus mit geballten Fäusten. »Hast du irgendeine Veränderung in ihrer Stimmung, in ihrem Verhalten bemerkt?«

Markus runzelte die Stirn und versuchte krampfhaft, sich zu erinnern. »Sie war immer ein leicht beeinflussbares Mädchen, einfach und geduldig«, sagte er mit einiger Zuneigung. »Ihr Englisch reichte jedoch nicht aus für viel Konversation.« Ein herzliches Lächeln kam ihm über die Lippen, bis er sich wieder an ihr Schicksal erinnerte.

»Wo stammte sie her?«, wollte Dom wissen, während sein Blick über Lougière glitt.

Markus spürte das, und sein Gesichtsausdruck wurde plötzlich leer. »Das hat sie mir nie gesagt.« Er zuckte mit den Schultern. »Aus irgendeinem Land nördlich des Kaspischen Meeres«, meinte er vage und vermied es dabei, Ran in die Augen zu schauen. »Vielleicht Russland, denn ihr Akzent war slawisch.« Er zuckte erneut mit den Schultern, und Domingos Augen verengten sich, während sie sich auf ihn hefteten.

»Wegtreten, Lougière«, befahl Ran, woraufhin Markus sich auf den Fersen umdrehte und den Raum verließ.

»Ich frage mich nur, ob sein Stelldichein mit Rachel beabsichtigt war, die Entdeckung, meine ich.«

Aurora schoss von ihrem Sitz hoch. »Rachel?« Ihr Blick sprang zwischen der Tür und Domingo hin und her, und er erklärte, was er gesehen hatte, wobei er jedoch ausließ, dass Shokai ebenfalls Zeuge dieser Affäre gewesen war.

»Ich kann nicht glauben, dass das so ist«, äußerte Aurora sich, »wo sie doch Novizin im Kloster gewesen ist.«

Ran gab einen gehässigen Laut von sich, ein abscheuliches, höhnisches Grinsen, und er ließ Aurora spüren, dass sie wohl nicht oft genug in Rachels Nähe gewesen war, um sie wirklich kennenzulernen. Diese Frau war immer so schüchtern, so ungesellig, und sie verbrachte nicht einen Moment länger als die Mahlzeiten dauerten in Auroras Gesellschaft.

»Du wirst doch hoffentlich nicht mit ihr darüber reden, Ransom.«

»Nein«, beruhigte er sie mit einem müden Seufzer und richtete sich auf seinem Stuhl auf. »Das kann ich ja wohl kaum tun, ohne ein Heuchler zu sein.« Sie schauten einander über den Tisch hinweg an, und Sehnsucht färbte ihre Blicke.

»Da gibt es wohl wenig mehr, was wir heute Abend noch tun können, Ran.« Domingo hatte nicht den Eindruck, dass einer von den beiden ihm zugehört hatte, und zum ersten Mal an diesem Abend lächelte er und ließ sie allein.

Als Ran aufstand, ging Aurora um den Schreibtisch herum. Ein Klopfen kam von der Tür her, und Ransom stöhnte über die Unterbrechung auf, bevor er gereizt einen knappen Kommentar von sich gab. Auroras Hand bedeckte die seine, und ihr Gesichtsausdruck tadelte ihn, als Léonie um die Türkante herumschaute.

»Ich dachte, Ihr würdet vielleicht gerne wissen, dass Buckland oben bei Sayidda ist, Mylady, und Dahrein hat gegessen und ist zu Bett gegangen.«

»Und Rachel?«

»Sie hat ein Tablett mit in ihr Zimmer genommen.«

Aurora ging zur Tür hinüber und schaute kurz zurück. »Rede bitte mit Dahrein, Ransom; befriedige seine Neugier.« Rans Lächeln war zärtlich. Er ging zu ihr, um ihre Hand zu ergreifen. Er führte sie an seine Lippen, küsste ihren Handrücken und dann die warme Innenseite, wobei er seine Augen schloss.

»Wann wirst du einmal auch an uns beide denken, Aurora?«, flüsterte er und zog sie näher an sich heran, sodass sein Mund nur eine Spur von dem ihren entfernt war.

Sie schaute in die Augen, die ihr wie flüssiges Gold erschienen, und ihr Körper erblühte vor Verlangen. Sie sehnte sich nach Rans Berührung, nach dem Gefühl seiner Stärke.

Eine Hausangestellte rief nach ihr. Aurora lächelte enttäuscht und entschuldigend, glitt dann um die halb offene Tür herum – und ließ Ransom schon wieder allein.

Doctor Buckland deckte Sayidda zu und trat vom Bett zurück. Er fühlte ihren Puls, beobachtete ihre flache Atmung und steckte dann ihren Arm unter die Schlafdecke. Kopfschüttelnd richtete er seinen Blick zu Aurora auf.

»Ich verstehe es einfach nicht. Morgens und abends geht es ihr immer schlechter.«

»Ja, gegen Mittag sitzt sie zumindest aufrecht und nimmt ihren Tee ein, aber am Morgen und bei Einbruch der Dunkelheit ist sie dann wieder so wie jetzt.« Aurora nickte in Richtung der Frau, die still in ihrem Bett dalag. Ihre Haut hatte einen gelben Schimmer. »Ich könnte die Magenverstimmung und den Schmerz lindern.«

Bucklands Stirn zog sich in Falten. »Was lässt Euch glauben, dass es Gift ist?«

Aurora schaute zur Seite und biss sich auf die Lippe. Sie griff nach seiner Hand, nahm sich einen einzelnen Finger davon und führte diesen an den glatten Stein, der mitten auf ihrem Ring saß.

Bucklands Augen weiteten sich. »Der ist ja nicht nur warm, sondern regelrecht heiß.«

»Er warnt mich, dass ich mich vor Gift in acht nehmen soll«, erklärte sie ihm. »Und nun geht nach Hause, Doctor.« Sie komplimentierte ihn zur Tür, noch bevor er irgendwelche Fragen stellen konnte. »Ich werde bei ihr bleiben.« Aurora gähnte, und in ihren Augen standen Tränen.

Bucklands Lippen formten sich zu einem zärtlichen Lächeln. »Ihr seht aus, als würdet ihr gleich im Stehen einschlafen, Lady.« Er tätschelte ihre Hand. »Schickt nach mir, wenn es irgendeine Veränderung gibt.«

Pläne brachen in sich zusammen sowie Jahre des Wartens, der heimlichen Botschaften und gesichtslosen Kuriere, durch die die finanziellen Mittel des Königs arg geschröpft worden waren. Und die Schuld dafür würde man einem Treuen in die Schuhe schieben. Die kaiserliche Blutlinie musste ausgelöscht werden, es durfte kein Anspruch auf den Thron mehr bestehen, keine Bedrohung mehr für den regierenden König und seine Braut.

Ran saß auf dem Fußende von Dahreins Bett. Der Junge schien sich nicht unwohl zu fühlen angesichts des späten Besuches oder Rans Sitzposition, wenn beide auch wussten, dass er bisher nur sehr wenig Zeit im Zimmer des Jungen verbracht hatte. Dieses sah ganz so aus, wie es zu einem Jungen in Dahreins Alter passte: eine kleine Truhe voller geheimer Schätze, Muscheln und seltsame kleine, vom Meer geglättete Stücke Glas, die das Fensterbrett schmückten, eine ausrangierte, an die Wand genagelte Landkarte, auf der mit dunklem Graphit ein abenteuerlicher Pfad eingezeichnet worden war. Ran lächelte, denn in Dahreins Alter hatte er das Gleiche getan.

Die Vorhänge und die Tagesdecke sind neue Errungenschaften, erkannte Ran, genauso wie ein Schrank und ein Teppich. Es beschämte ihn, dass er sich so wenig Gedanken über die Bequemlichkeit des Jungen gemacht hatte, und er war sich ganz sicher, dass Aurora für die Einrichtungsgegenstände gesorgt hatte.

»*Sahib?*« Dahrein schaute Ran an, und der lächelte, zog seine Knie auf das Bett hoch und lehnte sich mit dem Rücken gegen das Fußbrett.

»Nenn mich doch bitte Ransom.« Er testete die Matratze. Dahreins Augen weiteten sich. »Aber nicht einmal der Bootsmann nennt Euch so!«

»Du bist nicht der Bootsmann. Lockewood und ich sind schließlich nicht Freunde.«

Dahrein strahlte und sank in die Bettdecken. Ein sanftes Klopfen und Aurora öffnete die Tür und schlüpfte hinein. In ihrer Hand hielt sie ein Tablett, auf dem ein Glas Ziegenmilch und eine dünne Scheibe von Léonies Zimtkuchen lag.

»Hungrig, Dahrein?«, fragte sie in verschmitztem Flüstern, ging auf die andere Seite des Bettes und stellte das Tablett auf die Kommode.

»Aurora«, ermahnte Ran sie, »es ist doch schon zu spät, um das noch zu essen.«

»Ein süßes Betthupferl verschafft süße Träume, Ransom, und du bist ja schließlich auch kein heranwachsender Junge.«

Dahreins Blick schoss zwischen den beiden hin und her, während Ransom die Stirn runzelte und Aurora ihm diesen Genuss anbot. Erfreut nahm er die Milch entgegen und trank sie halb leer, bevor er sie zur Seite stellte, um sein mitternächtliches Festessen zu genießen.

»Hast du irgendwelche Fragen, Dahrein? Zu dem, was passiert ist?«

Er hielt inne, die Gabel auf halbem Wege zu seinem offenen Mund, um über ihre Frage nachzudenken. »Helena war nett zu mir.« Verschmitzt erwiderte er Rans Blick. »Wie zu jedem.«

Ran spitzte den Mund, in seinen Augen lag eine Warnung. Aurora stemmte beleidigt ihre Hände in die Hüften. Ran wagte einen Blick zu ihr hinüber, dann zuckte er verlegen mit den Schultern.

»Aber ich glaube nicht, dass sie Mistress Rachel leiden konnte.«

»Wie kommst du darauf?«, wollte Ran wissen.

Dahrein hörte höflich auf zu kauen. »Helena hat sich vor dem Kochhaus mit ihr gestritten, an dem Tag, als Ihr …«

»Fahr fort, Junge«, drängte Aurora ihn und schaute kurz zu Ran hinüber.

Dahreins matter Blick wechselte schnell zwischen den beiden Erwachsenen hin und her. »An dem Tag, als Ihr Euch wegen Sayidda gestritten habt.«

Rans Gesichtszüge verkrampften sich. Er konnte sich nun an Zeit und Ort erinnern und warum sie ihm so bekannt vorgekommen war. Er hatte die beiden an jenem Nachmittag gesehen.

Aurora wartete ohne Kommentar, bis Dahrein seine Mahlzeit beendet hatte, dann packte sie ihn warm in sein Bett ein.

»Ich finde, die neue Galionsfigur der *Lion* sollte ein großer Habicht mit gespreizten Flügeln werden«, schlug Dahrein gähnend vor.

Ran gab ihm diskret Zeichen, den Mund zu halten; er schaffte es jedoch nicht, auf sich aufmerksam zu machen, bevor Aurora sich umdrehte, um ihn anzuschauen.

»Neue Galionsfigur?« Eine Augenbraue schoss nach oben

und ihr Blick ging abwechselnd von einem der beiden männlichen Wesen zum anderen.

»Die *Red Lion* ist auf dieser letzten Reise versunken, *mem sahib*«, informierte Dahrein sie, höchst amüsiert über die fantastische Geschichte, als er sich unter seine Bettdecke kuschelte.

»Dahrein!«, stöhnte Ran.

»Ihr habt es ihr also nicht gesagt.« Er warf ihm einen verstohlenen Blick zu und erkannte seinen Schnitzer.

»Erinnere mich bloß daran, nie wieder ein Geheimnis mit dir zu teilen«, lächelte Ran und beugte sich vor, um das Haar des Jungen zu zerzausen. Dahrein seufzte, war sich jedoch nicht sicher, ob ihm vergeben worden war.

Sein Magen war gefüllt, sein Körper erschöpft vom Unterricht. Es war also kein Wunder, dass Dahrein fast schon eingeschlafen war, als Aurora ihm einen Kuss auf seinen Kopf drückte. Ran stand bei der Tür und sah zu, wie sie ihm vorsichtig die Haare aus der Stirn strich und ihr Gesichtsausdruck dabei von so viel Bewunderung zeugte, dass sich ein Funke in seiner Brust entzündete. Wie gern hätte ich als Kind diese Liebe erhalten, dachte Ran, als sie das Tablett aufnahm, es auf ihrer Hüfte abstützte und ihm dann nach draußen voranging.

Ran schloss die Tür und bemerkte, dass sie schon den Korridor entlang in Richtung Speisesaal ging.

»Du bist ja schon wieder wütend.« Ihre Hüften wackelten verführerisch und fesselten seine Aufmerksamkeit.

»Nein, lediglich verärgert«, korrigierte sie ihn, und er ergriff ihren Ellbogen und nahm ihr das Tablett ab. »Ransom, ich habe noch Arbeit, um die ich mich kümmern muss.«

»Ich möchte aber viel lieber mit dir spielen«, konterte er mit rauer Stimme und stellte das Tablett auf dem langen Tisch ab.

Bevor sie Einspruch erheben konnte, zog er sie in seine starke Umarmung und presste seinen Mund auf den ihren. Seine Lippen waren warm und weich. Sie schmeckte Limonen und Brandy, als seine Zunge tief in ihren Mund hineinglitt.

Aurora umklammerte Rans Schultern und drückte sich ruhelos gegen seinen kraftvollen Körper. Sie sehnte sich nach ihm, und ihr dringliches Winseln sprach an ihrer Stelle, als seine Hand ihren Rücken hochfuhr und in ihr Haar eintauchte. Sein Kuss wurde wilder, gieriger. Ihr leises Stöhnen und eine tickende Uhr waren die einzigen Geräusche in diesem schon schlafenden Haus. Gedämpfte Seufzer baten flehentlich um mehr.

Kerzenlicht flackerte und warf gespenstische Schatten an die Wände.

Schwer ahnend zog Aurora sich ein wenig zurück. »Du glaubst also, mich durch Küsse wieder gnädig stimmen zu können?«

»Und durch mehr«, fügte er flüsternd hinzu, berührte mit seinem Mund ihren Hals und glitt dann tiefer.

Verlangen breitete sich heiß in ihrem Körper aus und lenkte sie ab. »Nein, nein, nein«, drückte sie sich aus seinen Armen.

»Aurora«, kam ein enttäuschtes Murren, als sie sich von ihm entfernte, das Tablett wieder nahm und zur Küche ging.

Ran folgte ihr, das Geklapper von Tellern machte jedoch seine Wirkung auf sie wieder zunichte.

»Die *Red Lion* ist auf der vergangenen Reise gestorben«, rechtfertigte er sich, als sie vorsichtig die gebrauchten Teller in den Waschzuber stellte. »Das Schiff wird mit einer neuen Galionsfigur in britischen Gewässern segeln, und ihre neue Mannschaft wird die Nachricht verkünden, dass der Pirat namens Roter Löwe verschwunden, mit seinem beschädigten Schiff untergegangen ist.« Sie schaute ihn mit ihren wunderschönen großen Augen an und wischte ihre Hände an einem Tuch ab. »Dieser unerwartete Sieg wird ihnen gefallen, meinst du nicht auch?« Er lächelte.

Sie lächelte nicht. »Und du wirst auf ihr mitsegeln?« Das klang atemlos und voller Angst.

»Nein, Liebes. Und die *Ruben* wird schon das Gerücht von meinem Tod verbreitet haben, noch bevor die *Lion* lossegeln wird.«

»Ransom«, warnte sie ihn, als sie die Küche verließ. »Ich bitte dich nicht darum, dich völlig zu ändern, lediglich dich ein klein wenig zu fügen.«

Er folgte ihr.

»Gib also bitte nicht deine Sache für mich auf.«

Er liebte es, wenn sie so voller Elan und Entrüstung war. »Ich bin lediglich dabei, meine Prioritäten neu zu setzen.« Er zuckte nachlässig mit den Schultern. »Und die Aufgaben Domingo zu übergeben.«

Sie hielt am Fuße der Treppe inne. »Du willst mir doch wohl nicht weismachen, dass es dich befriedigen wird, untätig auf dieser Insel herumzuhocken.« Sie machte eine Handbewegung zu dem saftigen Grün hinter den Mauern hin, und seine Mundwinkel zuckten verwegen.

»Ich habe inzwischen herausgefunden, dass ich mehr als zufrieden bin, ein Pflanzer zu sein.« Er stützte einen Ellbogen auf das Geländer, legte sein Kinn in seine Hand und grinste.

Aurora nahm das frisch gerodete Land wahr und suchte in seinen Gesichtszügen nach einer Bestätigung. »Ransom, mach dich bitte nicht über mich lustig.«

Er richtete sich auf und wurde ernst. »Ich bin aus den falschen Gründen gesegelt, Liebes, und als ich dich gebeten hatte, hierzubleiben«, seine Stimme wurde leiser, »meinte ich nicht allein.«

»Dies ist aber ein Haus, in dem es vor Menschen nur so wimmelt, Ransom.« Freudig erregt über sein Bekenntnis tätschelte sie ihm die Wangen. »Keiner von uns wird wahrscheinlich jemals einsam sein, denk ich.« Sie drehte sich um und stieg schnell die Treppe hinauf.

»Das weiß ich«, murmelte er und ging hinter ihr her. »Bei Gott«, zischte er leise, »würdest du bitte für einen Moment stehen bleiben und mit mir reden!«

Sie hielt auf dem oberen Treppenabsatz inne und schaute zurück. »Ich habe noch etwas zu erledigen«, erinnerte sie ihn.

»In diesem Haus ist schon alles ruhig für die Nacht, Liebes, und du solltest dich ebenfalls schlafen legen.« Er hastete hinter ihr her, und als er sich in Augenhöhe mit ihr befand, blieb er ebenfalls stehen. »Und zwar mit mir.«

Ihre Augenbrauen wölbten sich. »Ist das nun eine Einladung?«

Ran rückte näher und legte seine Hand auf ihre Hüfte. »Wirst du sie annehmen?«

Sie schaute zur Seite. »Ich habe versucht, deine Wünsche zu respektieren, denn ich weiß, dass du kein Kind mit mir haben willst, aber ich kann nicht dafür verantwortlich gemacht werden, wenn …«

»Bist du etwa dicker geworden?«, fragte er taktlos.

»Nein.«

Er runzelte die Stirn. »Bist du dir da sicher?«

»Ganz sicher.« Sie drehte sich aus seiner Berührung heraus und passierte den laternenbeleuchteten Korridor. »Und wenn du auch nur ein einziges Mal in den vergangenen Tagen mit mir geredet hättest, so hätte ich es dir sagen können.«

Verdammt. Ihre Menstruation, dachte er und lief die restlichen Stufen hoch.

Mit gesenktem Kopf, die Hände auf seinem Rücken verschränkt, lief Ran einen Moment lang in Gedanken versunken den Korridor entlang, bis er vor Sayiddas Tür stehen blieb, hinter der Aurora verschwunden war. Er klopfte leicht und trat dann ein. Sie fuhr mit einem Tuch über die Stirn seiner Mutter, ihre eigene von Sorge gezeichnet.

»Aurora.«

»Halt das bitte, Ransom. Ich muss frisches Wasser holen.« Sie nahm die Schüssel und glitt hinter den Paravent. Aurora stellte die Schüssel auf der Kommode ab, schüttete das schmutzige Wasser in den Badezuber und griff dann nach dem Krug, der auf einem Regal hinter dem Zuber stand. Ihr Fuß stieß gegen irgendetwas, und sie beugte sich vor, um nachzuschauen, was es war. »Verdammt und zugenäht«, murmelte sie. Es war zu dunkel, also nahm sie eine Lampe und ging in die Hocke. Sie versuchte, in der Dunkelheit etwas zu erkennen. Das Licht fiel auf etwas Aufblitzendes, und als sie sich bückte und danach griff, schoss eine bruchstückhafte Erinnerung in ihr Gedächtnis. Ein birnenförmiges Fläschchen lag umgekippt zwischen der Kommode und dem Badezuber, nahe bei den drapierten Vorhängen, die den Badebereich vom übrigen Raum abtrennten. Aurora kam der Gedanke, dass das Fläschchen absichtlich hinter dem Vorhang versteckt worden war, da sie es nie zuvor gesehen hatte.

Sie erhob sich, drehte das bauchige Gefäß in ihrer Hand und hielt es gegen die Lampe. Es war wunderschön, aus geschliffenem Kristall mit einem Glasverschluss in Form eines Vogels. Gerade wollte sie es auf der Kommode abstellen, als ein Stechen durch ihren Körper schoss und sie von innen nach außen zu durchbohren schien. Sie schloss die Augen und atmete tief ein, während sie noch immer das Gefäß in der Hand hielt.

Die Vision kam schnell wie der Blitz eines Sommergewitters, geräuschlos und ohne Vorwarnung, und innerhalb einer Sekunde war sie schon wieder vorbei. Die Urne aus dem *keeks tane*.

Aurora öffnete ihre Augen wieder, stellte die Lampe auf die Kommode, entfernte den Verschluss des Fläschchens und tauchte ihren Finger hinein. Es war bis auf einen Tropfen leer. Als ihr Finger mit diesem in Berührung kam, spürte sie, wie er taub wurde. Stirnrunzelnd führte sie ihn daraufhin an ihre Nase. Sie roch an der Flüssigkeit, wischte sie dann sofort wieder ab, das Gefühl blieb jedoch bestehen. Schwindel ließ ihr Blut jäh in heiße Wallung geraten, und als Ran sie ansprach, schien ihr das von ganz weit her zu kommen.

Das Fläschchen fest in der Hand haltend, bewegte Aurora sich schwerfällig um den Paravent herum. Sayidda war wach und lächelte ihren Sohn schwach an. Aurora stellte sich ihre Freude darüber vor, ihren Sohn an ihrem Bett vorzufinden.

»Du siehst aber gar nicht gut aus«, bemerkte Ran, stürmte vor und half Aurora in einen Sessel.

Er goss ihr etwas Wasser ein und kniete sich neben sie – sein Gesicht war plötzlich voller Angst. Aurora nahm einen kräftigen Schluck und reichte ihm das Glas zurück. Sie hielt das Fläschchen vor sich und blinzelte, um sich darauf konzentrieren zu können, während sie ihm erklärte, wo sie es gefunden hatte.

»Rachel hat es mir gegeben«, flüsterte Sayidda heiser, woraufhin beide sie anschauten.

»Wann?«

Sayidda versuchte, sich zu erinnern. »An dem Tag, an dem ihr angekommen seid. Sie hat es benutzt, um mein Badewasser zu parfümieren.«

Rans Blick schnellte zu Aurora hin. »So etwas darfst du nicht einmal denken, Ransom, denn sie könnte es ebenfalls geschenkt bekommen haben.«

»Das werde ich schon herausfinden!«

Er wollte das Glasfläschchen nehmen, sie hielt es jedoch außerhalb seiner Reichweite. »Nein, *ich* werde das tun.«

Ran hielt ihrem Blick stand und kämpfte gegen sein Bedürfnis an, die Angelegenheit selber zu klären und Aurora vor Schaden zu bewahren. Er sah jedoch ein, dass sie bei Rachel bestimmt mehr erreichen würde und nickte.

Aurora stand auf. Dann ging sie zu Rachels Gemach, hielt jedoch vor der Schwelle inne, um ihre Haltung wiederzuerlangen. Sie hörte drinnen jemanden weinen, gedämpfte, herzzerreißende Schluchzer, und als sie die Tür aufdrückte, fand sie die schlanke Frau auf ihren Knien vor dem Bett, die gefalteten Hände auf der Schlafdecke liegend.

»Rachel? Seid Ihr krank?«

»Es geht schon wieder.« Sie schniefte und erhob sich vom Boden, um sich niedergeschlagen auf ihr Bett zu legen. Aurora, die viel zu aufgeregt war, um warten zu können, bis sie ihre Fassung wiedererlangt hatte, brachte das Fläschchen in Rachels Blickfeld.

»Wo habt Ihr das her?«

Rachel blinzelte und schaute dann auf. »Es war ein Geschenk.« – »Von Markus?«

Rachel schaute sie an, als hätte sie eine Ohrfeige bekommen. »Ich weiß, dass Ihr mit Lougière zusammen gewesen seid.«

»Weiß Ransom es ebenfalls?«, fragte Rachel ängstlich.

»Ja.«

Sie fiel noch ein wenig mehr in sich zusammen. »Ist er bestürzt?«

»Eher enttäuscht, aber Euer Bruder hat nicht das vorbildliche Leben gelebt, um sich zu Eurem Richter zu machen, und ich genauso wenig.« Eine Pause entstand, dann fragte Aurora: »War Helena das Mädchen, das um die Medizin gebeten hatte?«

Rachel schaute zur Seite; ihr zerzaustes Haar verdeckte ihr Gesicht. Sie antwortete nicht.

»Warum behaltet Ihr den Namen für Euch, wo das Mädchen doch tot ist?« Aurora ließ nicht locker, da brach Rachel ihr Schweigen.

Sie fing erneut an zu weinen.

»Ich habe ihr gesagt, welche Dosis sie nicht überschreiten darf, aber sie hat mir einfach das Fläschchen aus der Hand gerissen. Noch bevor ich zu Ende gesprochen hatte, hatte sie schon alles ausgetrunken!«, jammerte Rachel.

»So?«, entgegnete Aurora abwesend. »Und Ihr habt Sayidda täglich bei ihrem Bad geholfen und dies hier benutzt?«

»*Si*«, murmelte Rachel und runzelte die Stirn über den schnellen Themenwechsel. »Ich lege keinen Wert auf Düfte.«

Auroras Rücken versteifte sich, als sie auf das bemitleidenswerte Geschöpf hinabschaute. Rachel verheimlichte irgendetwas. Obwohl ihre eigenen Gefühle sie in verschiedene Richtungen zogen, war Aurora sich in dieser Hinsicht sicher.

Aber diese Frau war Ransoms Schwester. Sie hatte keinen Anlass zu Misstrauen gegeben, und Aurora wurde klar, dass sie sie eigentlich kaum kannte.

Rachel wirkte beschämt und entmutigt. Als Aurora den Raum verließ, warf sie sich aufs Bett und schluchzte hysterisch.

Ransom stand an Sayiddas Bett, als Aurora das Gemach betrat. Er erkannte sofort an der steifen, verkrampften Haltung ihrer Schultern, wie es ihr ging.

»Sie hat Schmerzen«, teilte er ihr voller Sorge um seine Mutter mit.

Auroras Schultern sackten herunter. Obwohl Sayidda schlief, hatte sie sich wie ein Kind zusammengerollt, um so zu versuchen, ihre Qual zu verringern.

Aurora warf Ran das Fläschchen zu. »Markus hat es Rachel gegeben. Ein Geschenk, sagt sie.«

Lediglich sein Blick erhob sich. »Du hast Zweifel daran?«

»Es war gefüllt mit dem Saft der Wolfsmilch, vermute ich, wenn auch geschickt mit Lavendel verfeinert und parfümiert.«

»Guter Gott!« Ransom schien schwach zu werden. Er ließ sich mit gesenktem Kopf in einen Sessel fallen. Wolfsmilch ist tödlich, wurde ihm bewusst, und sie kommt aus Afrika.

»Wenn Rachel und Markus ein Liebespaar sind, warum sollte er ihr etwas so Tödliches schenken?« Aurora schüttelte ihren Kopf und beantwortete sich ihre Frage selbst: »Nein, Helena hat es ihr gegeben, denke ich.«

Sein Kopf schnellte hoch. »Um Rachel zu vergiften? Warum? Aus Eifersucht?»

Aurora erzählte ihnen von dem Abtreibungsmittel, das Rachel Helena gegeben hatte und von dem Helena trotz aller Warnungen zu viel auf einmal genommen hatte. Das hatte sie vermutlich getötet.

»Vielleicht hat Helena ja auch Selbstmord begangen«, schlug Ran vor. »Aus unerwiderter Liebe?«

»Das wäre möglich. Man kann sich nicht in das Ausmaß der Schmerzen eines anderen hineinversetzen. Sie war in anderen Umständen und muss erkannt haben, dass sie Markus' Herz an Rachel verloren und darüber hinaus hiermit keinen Erfolg hatte«, sie wies auf das Glasfläschchen in ihrer Hand, »da ist es gut möglich, dass sie ihren Tod herbeigesehnt hat.«

Aurora konnte solche Gedanken zwar niemals nachvollziehen, sie zog jedoch diese Möglichkeit in Betracht.

»Aber Helena war doch bereits tot, als der Löwe über sie herfiel, und irgendetwas oder irgendjemand muss ihn provoziert haben, anzugreifen.«

»Um ihren Tod wie einen Mord aussehen zu lassen.«

»Vielleicht, um jemand anderen damit zu belasten.«

»Rachel oder Markus?«

Ran zuckte mit den Schultern; er war zu müde, um weiter darüber nachdenken zu können. »Sie waren der Fluch ihres Schicksals.« Er drehte das Fläschchen in seiner Hand. »Du hast es in deinem Glas gesehen, nicht wahr?« Das war eine Feststellung, ohne den geringsten Zweifel.

»Sie hat das Gift durch ihre Haut aufgenommen, vielleicht jeden Morgen in ihrem Badewasser, dann nochmals zur Abendzeit, wenn sie abgekühlt wurde, als das Fieber stieg.« Es ärgerte Aurora, dass sie das Gift nicht gespürt hatte, bevor es in Sayiddas Körper eingetreten war. »Nun, da kein weiteres mehr hinzukommen wird, können wir es sie vielleicht ausschwitzen lassen und mit einem Blutreiniger …« Ihre Worte verloren sich und er schaute auf; Hoffnung lag auf seinem schönen Gesicht. Aurora wusste, was vonnöten war und – ganz plötzlich – auch er.

Ran stand auf und griff so fest nach der Flasche, dass der Verschluss einen Sprung bekam. »Ich werde ein Bad für dich herrichten lassen, Liebes.« Er schaute ihr tief in die Augen. »Bereite du deinen Altar vor.«

Er wohnte dem Ritual nicht bei, sondern hielt sich draußen vor dem Gemach auf; er konnte jedoch den ihm inzwischen bekannten Sprechgesang zur Beschwörung hören: alte Worte, mit denen die Mächte der Erde und des Geistes angerufen wurden. Und in diesem flüchtigen Moment, wie kurz auch immer er war, glaubte Ransom Montegomery an das, was nicht erklärt werden konnte.

34

Aurora schlüpfte in das Gemach. »Ransom?«, flüsterte sie in der Annahme, dass er schlief. Nachdem sie keine Antwort erhielt, suchte sie die Dunkelheit ab und fand ihn auf dem Balkon, den Rücken gegen den offenen Türrahmen gelehnt. Das blau-graue Licht der Mitternacht hüllte seinen mächtigen Körper in gespenstische Schatten. Auroras Blut geriet in Wallung, und eine ursprüngliche Hitze fuhr durch ihren Körper.

Er war nackt bis auf ein Badetuch, das er sich um seine Hüften gewickelt hatte.

Sie studierte sein Gesicht oder das, was sie in den Schatten davon erkennen konnte. Sein Blick verweilte auf dem Meer, und sie spürte schmerzvoll eine Sehnsucht in ihm.

Ran musste ihren tiefen Atemzug gehört haben, denn er drehte sich ruckartig zu ihr um. Sie stand mitten im Raum; ihr offenes Haar bildete einen lebhaften Kontrast zu dem fließenden, weißen Nachtgewand, an dessen voluminösen Falten sie mit ihren Fingern herumspielte.

»Komm hierher, Liebes«, forderte Ran sie auf, während er seine Arme ausstreckte; und sie flog zu ihm hinüber, schmiegte sich an ihn, drückte ihren Körper fest an ihn, und Ran küsste sie und barg sie in seiner Umarmung.

Sie zitterte plötzlich, und er legte einen Finger unter ihr Kinn und zwang sie so, ihn anzuschauen.

Sein Blick suchte den ihren. »Was ist? Sayidda?«

»Nein, sie schläft, aber …« Ihr Blick schwankte.

»Du hast Angst«, staunte er. »Was ist der Grund dafür?« Sie schaute ihm in die Augen. »Du.«

Seine Augenbrauen zogen sich eine Spur nach oben.

»In einem Moment bittest du mich, mit dir zusammen hierzubleiben, und dann beobachte ich dich, wie du dich danach sehnst, wieder fort zu sein.«

»Ach, Liebes«, er strich mit dem Rücken seiner Fingerknöchel über ihre Wange. »Ich blicke doch nur zurück auf das Leben, das ich aus Selbstsüchtigkeit heraus gelebt habe.«

»Das war ein heldenhaftes Leben, Ransom, und ich wünsche nicht, dass du es je vergisst.«

Sie suchte sein Gesicht nach der Wahrheit ab und lächelte. »Ich will nicht zurückgelassen werden, wenn du eines Tages wieder das Bedürfnis hast, fortzusegeln und irgendetwas zu erobern.«

Er grinste schurkisch. »Ich würde nicht im Traum daran denken, irgendetwas ohne dich zu erobern.« Sie lächelte müde, und er neigte sich näher. »Ich habe dich die ganze Woche über vermisst«, murmelte er und strich mit seinen Lippen leicht über die ihren.

»Ich weiß, dass ich dich vernachlässigt habe, aber Dahrein, er …«

»Ich weiß, Liebes.« Ran verstärkte seinen Kuss, dann strich er mit seinen Händen über ihren Rücken, und sie seufzte und legte ihren Kopf auf seine Brust. Genauso könnte er sein ganzes Leben verbringen.

Ran sehnte sich danach, in ruhigen Nächten aufzuwachen, in seinen Gedanken von einem Thema zum anderen zu springen und mit ihr reden und ihren tiefsinnigen Gedankengängen folgen zu können. Er wollte sie in seiner Nähe haben, denn sein Haus war voller Leben, wenn sie da war, und er fühlte sich nur mit ihr lebendig. Er wollte sie kugelrund mit seinem Kind und warm in seinem Bett. Er brauchte ihre Gelassenheit, ihre Lebensfreude, damit sie ihn davon abhalten konnte, in die Dunkelheit seiner Vergangenheit abzugleiten. Er brauchte die Gewissheit, dass sie mitkommen würde oder auf ihn wartete, wenn er jemals wieder die Segel setzte. Das würde ihn zwar vorsichtig werden lassen, das wusste er, und begierig zurückzukehren, aber das Einzige, was für ihn zählte, war, dass Aurora ihn liebte, dass sie ihn nicht verlassen würde, dass sie für immer sein Herz in Händen hielt.

Er wollte eine Zukunft. Er wollte sie zu seiner Frau.

Und als er endlich begriff, dass sein Wunsch nach all dem größer war als sein Bedürfnis, zu seinen Missionen zurückzukehren, da hatte er sie mit seiner Zielstrebigkeit schon beinahe wieder auseinandergetrieben. Ich werde Jahre brauchen, ihre Gedankengänge kennenzulernen, dachte er.

Sie sackte zusammen, und in zärtlicher Stimmung lächelnd neigte er ihren Kopf nach oben. Sie war eingeschlafen. Behutsam hob er sie in seine Arme, schlich langsam zu seinem Bett und legte sie in die weiche Mitte. Sie kuschelte sich in die Schlafdecke, und er sorgte dafür, dass sie vor der kühlen Nachtbrise geschützt war. Ransom ließ sich in einen Sessel nieder. Bis tief in die Nacht hinein saß er dort und beobachtete sie im Schlaf.

Er liebte sie so sehr, und er fragte sich, wann er wohl den Mut haben würde, es ihr zu sagen.

Wie ein Prinz auf einem Seidenkissen inmitten seines Königreiches hockte Dahrein im Schneidersitz auf einem Felsblock. Er hatte Aurora, die in der kleinen Bucht schwamm, den Rücken zugewandt.

»Mem sahib?«, rief er über seine Schulter, als er sie nicht mehr herumspritzen hörte.

»Dahrein«, warnte sie ihn liebevoll und schnipste Wasser auf seinen Rücken.

Er zuckte zusammen. »Es ist nicht einfach, Euch so zu nennen… Aurora. Das ist ganz schön vertraut.«

»Freunde sind doch Vertraute, oder etwa nicht?«

Er grinste unglaublich zufrieden. »Vielen Dank für den Kampfunterricht.«

»Dabei geht es doch nicht um Kampf, Dahrein.« Aurora stand in dem blaugrünen Wasser. »Es geht viel mehr darum, sich selbst verteidigen zu können.«

Er nickte wissend. Die starke Brise zerzauste sein gestutztes Haar.

Von den zweiunddreißig Wegen der Verteidigung«, erklärte sie ihm, »ist der beste noch immer die Flucht.«

Sein Kichern klang tief und ausgesprochen männlich für sein junges Alter. »Ihr klingt wie Shokai.«

Aurora lächelte; ihre Arme bewegten das Wasser, als sie nach draußen schwamm. »Er ist ein weiser und sanftmütiger Mann, Dahrein, und es würde dir guttun, seinen Weisheiten zuzuhören. Es liegen Lösungen – und Warnungen – in seinen lustigen kleinen Sätzen.«

»Er ist sehr stolz auf Euch, Aurora.« Der Name kam ihm schon leichter über die Lippen.

»Genauso wie ich auf seinen neuen Schüler.«

Seine Mundwinkel verzogen sich zu einem verlegenen Lachen, und gedankenlos drehte er sich um, um sie anzuschauen. Seine Augen wurden plötzlich groß wie Untertassen. »Aurora!«, schrie er aus Leibeskräften.

Ran beugte sich vor, um größere Hebelkraft ausüben zu können, schnappte sich die Zügel und drängte das Ackerpferd die Spur im Feld entlang. Er spannte seine Arme an, um das unhandliche Wirrwarr von Leder und Metall gerade zu halten, und ließ dabei seine Muskeln spielen. Verdammt ermüdende Arbeit, dachte er, aber nach zwei Tagen hatte er bemerkt, dass er zufrieden mit seinen Leistungen war. Besser, als tausend Sklaven zu retten und zehn feindliche Schiffe zu versenken. Er befand sich in Hochstimmung. Die Zuckerpflanzen, Geschenke von der Barkasse des Sultans, standen wie Miniaturwachen auf dem ansteigenden Land am Hang und warteten auf ihre Chance, im dunklen, feuchten Grund Wurzeln schlagen zu können.

Plötzlich jedoch zog er ruckartig die Zügel zurück und verdrehte seine Schulter. Ein Kribbeln lief seinen Rücken hinunter. Lockewood schritt vorbei, nickte und setzte seinen Weg wieder fort; Ran erwiderte jedoch kaum seinen Gruß. Er hielt verkrampft die Zügel, ließ sie dann fallen und zog seine Finger aus den Handschuhen. Er suchte die Gegend ab, drehte sich zum Meer und zur Küstenlinie hin, warf einen kurzen Blick in die Ferne und fragte sich, warum er sich so seltsam fühlte. Sofort griff er nach hinten zu seinem Messer, zog die lange, gebogene Klinge heraus. Er umklammerte den Elfenbeingriff und ließ seine Augen weiter umherschweifen. Es war Angst, die er verspürte, unermessliche Angst, jedoch nicht seine eigene. Dann hörte er Dahrein schreien und rannte los in Richtung Küste, die Männer ignorierend, die ihn riefen. Ransom zwang seine Beine, schneller zu laufen. Die Dorfbewohner starrten ihn an, als er vorbeirannte und um den Felsblock herumkletterte, dorthin, wo Aurora immer schwamm.

Sein Herz schlug gegen seinen Brustkorb.

Aurora stand hüfttief im Wasser und Dahrein am Ufer.

Ein Hai umkreiste langsam ihre Beine; die Rückenflosse zog wie eine Klinge durchs Wasser.

»Nein, Dahrein! Bleib zurück!«

»Aber er wird angreifen!«

»Nein! Ich bin geschützt, er wird es nicht tun!«

Aurora beobachtete, wie die dunkle Flosse immer näher kam, und sie sang und betete zur Göttin, sie zu beschützen.

Dahrein fluchte. Der Hai stieß gegen Auroras Beine, und sie schlug wie wild um sich, um das Gleichgewicht zu halten. Dahrein sprang ins Wasser, um ihr zu helfen. Der Hai sauste mit erstaunlicher Geschwindigkeit auf die Störung zu.

»Nein! Dahrein!«, schrie Aurora hilflos. Dahrein versuchte umzukehren, aber die Tiefe des Wassers hinderte ihn daran, und der Hai rammte seinen Kiefer in die Wade des Jungen. Er schrie, und sein Kopf schnellte zurück, bevor er ganz ins Wasser gezogen wurde. Aurora suchte den sandigen Boden nach einem Stein ab, nach einer Muschel, nach irgendetwas, das ihr als Waffe dienen konnte. Das riesige Tier schüttelte Dahrein gewaltsam. Sie musste mit anhören, wie er um Hilfe flehte.

Ransom, hilf mir, Ransom, rief sie lautlos und versuchte, ihre

Gedanken darauf zu konzentrieren, dass die gezackten Zähne des Hais von Dahrein abließen. Ihre Panik gewann jedoch die Oberhand. Das Wasser war schon vom Blut gefärbt, als Ransom keuchend auf dem Felsen zum Stehen kam. In der Zeit eines Herzschlages erfasste er die Situation und schaute sie an.

»Hilf ihm!«, schrie Aurora.

Ran hielt das Messer an der Klingenspitze, während sein Blick zwischen Aurora und Dahrein und der Flosse, die die Oberfläche durchschnitt, hin und her schoss. Er zog seinen Arm zurück und warf; die Klinge fegte ins Wasser hinunter und traf das Tier mit einer solchen Kraft, dass es sich krümmte und Dahrein losließ, bevor es wie wild um sich schlug.

»Beeil dich!«, schrie Aurora und wich vorsichtig zurück. Ran schnappte sich den fast bewusstlosen Jungen aus dem Wasser und brachte ihn an den Strand. Er drückte seine Hände auf das übel zugerichtete Fleisch. Blut spritzte zwischen seinen Fingern hindurch und er drückte so fest, bis er die Knochen spüren konnte. Aurora zog sich rückwärts aus der Brandung zurück, dann rannte sie zu Dahrein und ließ sich auf die Knie fallen. Sie kontrollierte seine Augen, dann sein Bein, ließ sich ihm gegenüber jedoch nichts wegen der Wunde anmerken. Hastig zog sie ihr Unterkleid aus und wickelte es um seine Wade, zog es strammer und strammer und knotete es dann zu.

»Aurora«, keuchte Dahrein. »Seid Ihr in Sicherheit?«

»Ja, mein Schatz, bitte rede nicht.« Sie erwiderte Rans Blick. »Nach Hause, schnell.«

Ran stand auf, sein Gesicht vor Sorge gezeichnet. Er schaute zu ihr hin, denn in dem Moment wurde ihm bewusst, dass sie nackt war.

»Aurora, du kannst doch nicht …«

Ihr Blick traf ihn rasierklingenscharf. »Das kümmert mich im Moment kein bisschen, Ransom«, entgegnete sie, und ihr Ton machte ihm klar, dass sie keine Widerworte duldete. »Bring meinen Jungen ins Haus!« Ran nahm Dahrein auf seine Arme, und Aurora lief neben ihm her. Ihr Blick konzentrierte sich auf die Hände, die sie auf die notdürftig verbundene Wunde gedrückt hielt. Sie würde alles in ihrer Macht Stehende tun, um Dahrein zu retten, und sie konzentrierte und kanalisierte ihre Gedanken, um seinen Schmerz zu verringern und das Bluten zu stoppen.

Eine Menschenmenge hatte sich angesammelt, und Domingo drängte sich durch sie hindurch, erteilte schroff Befehle und zog sich sein Hemd aus, um es Aurora um ihre Schultern zu legen.

Ran warf Dom einen ernsten Blick zu. Er sprach dann zu dem Jungen, rief ihn beim Namen, während Aurora mit nackten Beinen neben ihm herlief. Lockewood erschien, ein Pferd hinter sich herziehend; Ran schwang sich mit Dahrein in seinen Armen auf dessen ungesattelten Rücken, drehte sich herum und galoppierte den Hang zu seinem Haus hinauf. Aurora rannte hinterher, ihr Hemd zuknöpfend und darum bittend, dass irgendjemand Buckland holen möge. Sie war ganz außer Atem und schluchzte, als sie das Haus betrat. Dahrein lag bewegungslos auf dem Esstisch, und Ransom schaute sie hilflos an. Sein Bauch und seine Kniehose waren blutgetränkt.

»Kocht Wasser! Bringt mir Tücher, Nadeln, Garn, Decken und meinen Beutel«, keuchte sie zwischen zwei Atemzügen und wischte sich die Tränen fort. Als Léonie und Domingo davoneilten, um zu tun, was sie ihnen aufgetragen hatte, ging Aurora zu Dahrein hinüber. Sie schaute auf den entsetzten Jungen herab und strich ihm sanft das nasse Haar aus seiner Stirn. Er zitterte.

»Mein mutiger Junge«, flüsterte sie traurig, ihre Tränen unterdrückend. »Nein, rede nicht. Ich weiß, dass es wehtut.« Seine Lippen pressten sich zusammen, und seine hellblauen Augen bettelten um Erleichterung. »Ich verspreche dir, dafür zu sorgen, dass es aufhört.«

Sie schaute zu Ransom auf und schluchzte wieder. »Halte deine Hände fest auf die Wunde und lass sie nicht los.« Ihre Stimme versagte, aber sie bemühte sich um einen gleichmäßigen Tonfall. »Ich brauche Stoffstreifen und ein Stück Holz, schnell.«

Léonie zerriss ihre Schürze und griff dann zum Kaminsims, brach die Kerze von einem Holzständer ab und reichte ihn ihr. Aurora stellte eine Aderpresse her und verlangsamte so den Blutfluss zur Wunde, als Buckland das Haus betrat und kurz stehen blieb, um die Situation zu erfassen. Dann wurde der Schiffsarzt in Sekundenschnelle zum unübertrefflichen Fachmann.

Aurora war erleichtert.

Sie arbeitete schnell, bereitete ein Beruhigungsmittel zu, hielt dann Dahreins Kopf und zwang ihn, es zu trinken. Er glitt in eine schmerzlose Welt hinüber, als Aurora Bucklands Blick über den Tisch hinüber auffing.

»Nein!«, zischte sie wütend, leise, mühelos seinen Zweifel erkennend. »Denkt gar nicht erst daran. Wir schaffen das schon! Das Bein bleibt dran!«

Sie zog Kraft aus ihrer Entschlossenheit, und gemeinsam machten sie sich daran, um Dahreins junges Leben zu kämpfen.

Ransom beobachtete sie einen Moment lang und bewunderte ihr Fähigkeit, ruhig zu bleiben, während sie die klaffende Wunde reinigte. Singende Worte kamen leise über ihre Lippen, und Buckland fing an, seine Instrumente in dem zerfetzten Fleisch einzusetzen.

Ran verließ den Raum, blieb auf der Veranda stehen und ließ sich auf die Stufen niedersinken. Er nahm seinen Kopf in die Hände. Dahreins Leiden traf ihn mit der Kraft eines Entermessers. Immer und immer wieder spielte sich der furchtbare Moment in seinem Kopf ab, dieser Bruchteil einer Sekunde an Unentschlossenheit, als zwei Menschenleben, die ihm so viel bedeuteten, sich in Gefahr befanden. Sein Magen drehte sich ihm um, der Geruch von Blut stieg ihm in die Nase. Lieber Gott, lass nur diesen Jungen nicht sterben, betete er.

Ran stand unvermittelt auf, verließ die Veranda und ging zu

dem grasenden Pferd hinüber. Er schnappte sich die Zügel und stieg auf.

»Ran?«

Ran warf einen Blick zu Domingo hinüber. Das Pferd machte einen Ausfallschritt, bevor es seinem Herrn gehorchte. »In all den Jahren, in denen wir hier schon leben, Dom, habt Ihr da jemals miterlebt, dass ein Hai sich in diese kleine Bucht hineingewagt hat?« Ran riss die Zügel herum, das Tier preschte los und brachte ihn schnell zur Bucht.

An der felsigen Küste angekommen, suchte Ran die friedliche Umgebung ab. Er war sich nicht sicher, was er, abgesehen von einer blutigen Spur, wohl finden würde. Der tote Hai trieb im Wasser und klatschte mit jeder Welle gegen den glatten Felsblock, auf dem Dahrein Wache geschoben hatte. Die Steinformation befand sich auf der einen Seite des Beckens; zum Strand hin war die seichte Öffnung kaum von Wasser bedeckt, und zum Meer hin lag die Vertiefung in der Mole, wo bei Flut Wasser hineinfloss. Die einzige andere offene Stelle der Bucht führte am Rande der Mole in die kleine Bucht hinein. Da Ran keine Lust hatte, durchs Wasser zu waten, kletterte er auf den Felsen, sprang über den Spalt und wählte sich seinen Weg weiter unten auf der gekrümmten Landzunge, die die Bucht vom Meer trennte. Seine Stirn tief in Falten gelegt, stand Ran auf dem Felsen und schaute suchend hinter die Spitze der Mole. Das Wasser stieg kräftig an. Nichts scheint verändert zu sein, dachte er, wenn er auch bis zu diesem Zeitpunkt noch nie einen Grund gehabt hatte, hierher zu kommen.

Entmutigt setzte er sich auf einen Steinhaufen und ließ seinen Blick über die Küste, die Schiffe und die Klippen gleiten, die sich zu seiner Linken erhoben. Die Bucht war voll mit Schiffen, das dunkelblaue Wasser verdeckte deren Rümpfe und Anker. Haie waren noch nie gesichtet worden, was deren Existenz in dem warmen Wasser aber nicht ausschloss. Wenn der Hai jedoch durch den Kanal zwischen den Klippen und der Mole hineingekommen war, so … Ran verließ seinen Platz und schritt zu der Öffnung auf der Seite des Gezeitenbeckens hinüber. Er kletterte auf die Felsen, manövrierte sich über die Spitze und kam Schritt für Schritt näher an sein Ziel. Sein Blick glitt über das Wasser. Breitbeinig dastehend wartete er darauf, dass die Wellen ins Meer zurücktrieben. Sein Arm schoss nach vorn und er fluchte böse, als er die Überreste eines Lammes aus dem Wasser zog.

An dem Kadaver baumelte ein Seil, dessen Ende sicher mit einem Seemannsknoten an einem Felsen befestigt war.

Sein Blick verengte sich und richtete sich auf den Pfad, der zu dieser Stelle hinführte, als Domingo sich zu ihm gesellte.

»Ich habe Fußspuren gefunden«, teilte er ihm mit und wies mit dem Daumen hinter sich. »Sie hören direkt vor der Bucht auf. Domingo schaute aufs Meer hinaus; seine Stimme klang vor Wut ganz heiser. »Sie sind deutlich zu erkennen, Ran.«

»Eure Meinung, Avilar?« Die Worte schossen heraus wie der Knall einer Peitsche.

Domingos Blick stieß mit Ransoms zusammen. »Der Gang des Bastards ist ungleichmäßig. Er zieht sein rechtes Bein ein wenig nach.«

Rans Augen nahmen einen wilden, primitiven, räuberischen Glanz an und streiften über das Terrain von *Sanctuary*. Lougière. »Trotzdem habe ich aber Lockewood gesehen, wie er sich von genau dieser Stelle hier entfernte«, zischte er und nickte zu dem Pfad hinüber, dem Domingo gefolgt war.

»Ihr glaubt also, die beiden haben das gemeinsam geplant?«

Ran schleuderte den Kadaver in den Sand. »Ich weiß es nicht, Dom, es besteht jedoch kein Zweifel daran, dass Aurora diejenige gewesen ist, die sterben sollte und dass stattdessen Dahrein …«, seine Stimme stockte und er musste schlucken, »… in die Falle gegangen ist.«

»Was könnte sie schon getan haben, um das hier zu rechtfertigen?«, wollte Dom wissen, und beide Männer kletterten hinab, um die Spuren in der Nähe von Dahreins Ausguck zu untersuchen. Rans Blick schweifte vom weichen Sand zu der

Stelle hin, wo diese vor dem Felsblock endeten. Die Flut hatte noch keine Chance gehabt, sie wegzuspülen, aber noch während Ran bewegungslos dastand, strömte das Meer zwischen die Felsblöcke und ließ sie im Sand verschwinden.

Wut jagte durch Rans Blut, pochte in seinen Schläfen und beengte seine Atmung. Verrat. Seine Familie wurde bedroht, verletzt, lag blutend und ums Überleben kämpfend danieder.

Lockewood und Lougière.

Er würde sie töten.

Und Gefallen daran finden.

35

Ran hatte sich noch nicht wieder beruhigt, als er den Kamm des Hügels erreichte. Das Pferd spürte seine Erregung und bäumte sich angesichts der schlechten Behandlung auf. Er lockerte sofort seinen Griff am Zügel und beruhigte das Tier.

Ran konnte nicht zum Haus hinüberschauen. Er wollte seinen Zorn frisch und beißend halten, er wollte Blut für Blut fließen sehen, konnte jedoch nichts anderes tun, als sich an Dahreins Gesicht erinnern, an seine seltsam blauen Augen, die ihn schweigend um Hilfe gebeten hatten, die ihn angefleht hatten, ihn nicht sterben zu lassen. Ran schluckte. Er hörte, wie der Junge aufschrie. Ran schaute weg und biss knirschend die Zähne zusammen.

Das hatte Dahrein nicht verdient. Niemand hatte das, am allerwenigsten jedoch dieser weichherzige Junge. Das Schicksal hatte ihm seine Kindheit gestohlen, das halb englische, halb indische Baby war verlassen worden, und die Waisenhäuser hatten es von einer grausamen Hand in die nächste abgeschoben. So lange, bis er alt genug gewesen war, eine Spitzhacke halten zu können, und in die Diamantenminen, oder besser gesagt in die Dunkelheit geschickt werden konnte. In einen vergessenen Winkel der Hölle.

Ran erinnerte sich an das schmutzige Kind, das er erwischt hatte, als es ihm in Bombay seinen Geldbeutel stehlen wollte; hellblaue Augen hatten tapfer in sein wütendes Gesicht geschaut. Er nannte sich selbst Dahrein, kein Nachname, lediglich Dahrein, und er bestand darauf, dass das genügen würde, da er … zu klein und unbedeutend war, um mehr zu haben. Seitdem befand Dahrein sich in seiner Obhut.

Und nun würde er sterben. Ohne jemals erfahren zu haben,

wie stark er werden konnte, ohne die Welt hinter Maghreb gesehen zu haben, ohne die Herrlichkeit der Liebe zu einer Frau wie Aurora erfahren zu haben.

Verdammt.

Ran gab sich selbst die Schuld, denn wenn er die Unfälle der letzten Monate als zusammenhängend erkannt hätte, so hätte er wahrnehmen müssen, dass hinter seinem Rücken Verrat existierte und Aurora die Zielscheibe war.

Langsam hob er seinen Kopf. Sein Blick war messerscharf vor Gehässigkeit. Er wusste, wo er die Antworten finden würde.

Auf seinen Waden sitzend rückte Shokai die bratende Taube über dem niedrigen Feuer zurecht. Fett tropfte in die Flammen, und es spritzte. Das Zischen durchbrach die Stille, weißer Rauch schoss zu der zerklüfteten Decke hoch.

»Mylord«, begrüßte Shokai ihn, ohne aufzuschauen, während er den Vogel auf dem Spieß drehte.

»Habt Ihr eigentlich hinten im Kopf Augen, alter Mann?« Ran ging gebückt in die Höhle hinein, er spürte sofort die kühlere Temperatur.

»Nur Narren und Väter hören die Schritte eines wohlgestalteten Mannes nicht.«

Rans Lippen spitzten sich und seine Stimmung verbesserte sich ein wenig. Man konnte sich auf Shokai verlassen, wenn es darum ging, ein wenig angestrengter nachdenken zu wollen.

»Setzt Euch, Mylord.« Shokai wies auf die Stelle neben sich, und Ran erkannte den eleganten Brokat, der seinen Körper umhüllte. Wer hatte wohl die Gewänder entworfen, die in diesem Land Tradition waren? Es konnte ja kaum Aurora gewesen sein, denn die hatte Rachel beim Nähen von Dahreins neuer Kleidung um ihre Hilfe gebeten, um die Frau enger in die Familie mit einzubeziehen.

»Der Junge?«

Rans Blick verlagerte sich. »Aurora bemüht sich um ihn.«

Shokai winkte seine Besorgnis ab. »Dann brütet auch nicht

wie ein einsamer Hengst. Oft werden die Besiegten zu Rebellen.«

Ran lächelte schwach. Ja, Dahrein hatte die innere Stärke dazu, wenn er überlebte.

»Ich weiß, dass Ihr nicht wegen meines Tees zu mir gekommen seid, Mylord.« Shokai goss etwas aus seinem gesprungenen Kessel ein und reichte Ran dann die Tasse.

Ran drehte diese in seiner Handfläche, nippte daran und stieß einen langen Seufzer aus. »Erinnert Ihr Euch noch an die Nacht in dem Gasthof?«, fing er an, klar und präzise seine Ergebnisse und Theorien an den alten Mann weiterzugeben, einschließlich der Entdeckung des Fläschchens in der letzten Nacht und der Verdächtigen. Shokai hörte ihm zu, nickte und murmelte ab und zu, unterbrach ihn jedoch nicht.

Als Ran geendet hatte, schien Shokai verzückt in die Flammen zu schauen, die an der Haut der Taube leckten. Als er dann jedoch anfing zu sprechen, erschreckte der Klang seiner Stimme Ran.

»Fragt Ihr Euch nicht selbst, warum eine Frau der Mätresse ihres Geliebten wohl helfen sollte?«

Ran machte ein finsteres Gesicht, und sein Familienstolz meldete sich, Rachel zu verteidigen. Shokai erhob jedoch einen seiner langen, knotigen Finger, um seinen Kommentar abzuwehren.

»Warum sollte sie ihre Tat zugeben, wenn das Mädchen doch schon tot war?«

Ran zuckte mit den Schultern. »Schuldgefühle vielleicht, dass sie darin verwickelt gewesen war?«

»Wenn er das Fläschchen zuerst der einen Frau geschenkt hatte und es dann an die andere weitergegangen ist, so würde der Verdacht doch sicherlich nicht auf ihn fallen, oder?«

Lougière hatte es Helena gegeben, aber vielleicht hatte diese ja von dem Inhalt gewusst und es bewusst an Rachel weitergegeben? Gott, sein Kopf schmerzte, wenn er an die Verschwörung dachte.

»Dass jemand den Quartermeister und die Frau beim Liebesspiel überraschen sollte, das war beabsichtigt.«

»Warum?«

»Waren sie nicht zusammen, als das Mädchen verschwand?«

»Ein Alibi also«, murmelte Ran. »Es ist aber ziemlich schwach, Shokai, das dürftet selbst Ihr erkennen.«

»Hai, aber der größte Fehler meiner Kaiserin ist der, in jedem nur das Gute zu sehen, wo doch drei Gesichter versuchen, sie blind zu machen.«

»Drei?«

»Hört mir genau zu, Mylord, denn ich bin alt, und etwas zu wiederholen erschöpft mein Hirn.« Shokai griff nach dem Stock, auf dem die Taube aufgespießt war, und legte den Vogel auf einen Teller aus Blättern, wobei ihm die Hitze nichts auszumachen schien, als er ihn von dem Stock schob.

»Ich höre zu.« Es war das erste Mal, dass Shokai nicht in Rätseln redete.

Shokai schleuderte ihm einen verärgerten Blick zu. »Ein junger, stattlicher Hexer wurde einst als Schiffbrüchiger an die Küste von Scizore geschwemmt und dort von Cassiandra, der Tochter des Kaisers gefunden.« Rans Gesichtszüge spannten sich an. »Während sie ihn gesund pflegte, verliebte das Paar sich ineinander. Er war jedoch nur ein Barbar, ein Bürgerlicher, der ihr lediglich eine Handvoll Edelsteine und magische Zaubersprüche bieten konnte. Und sich mit der Kaiserin zu vermählen war ihm verboten, denn eine solche Verbindung würde die reinen Blutlinien beflecken.«

Ran gab einen angewiderten Laut von sich, und Shokai spitzte seine Lippen. »Eine Todsünde, *hai,* aber sie riskierten es. Ihre Liebe wurde jedoch entdeckt und der Barbar zum Tode verurteilt.« Er zuckte mit den Schultern, als ob das Schicksal es so gewollt hätte. »Cassiandra konnte das nicht ertragen, und sie flehte einen Gesandten des kaiserlichen Hofes an, ihnen bei der Flucht zu helfen. Da dieser die Schöne heimlich liebte, tat der Gesandte bereitwillig, um was man ihn gebeten hatte, und er brachte sie in die Heimat des Barbaren.«

Shokai stocherte nachdenklich mit einem Stock in den Flammen herum und bot Ransom dann ein Stück von seiner Mahlzeit an.

»Das Paar lebte im Verborgenen, geschützt durch uralte Magie; sie versteckten sich aus Angst, entdeckt und getötet zu werden für das Verbrechen der Liebe. Cassiandra schenkte ihrem Gemahl ein Kind, und wenn das Baby auch nach den Bräuchen seiner Familie großgezogen wurde, so wussten doch beide, dass der Säugling ebenfalls abgesondert gehalten werden musste und nichts von seiner wahren Identität erfahren durfte.«

Aurora, dachte Ran fassungslos. Shokai seufzte, nahm einen Bissen Fleisch und schluckte ihn herunter, bevor er fortfuhr.

»Cassiandras Vater wurde im Schlaf ermordet und alle glaubten, die Tochter würde bei dem Leben bleiben, das sie selbst gewählt hatte. Der Gesandte erfuhr jedoch von den Plänen des selbst ernannten Königs, das Paar ermorden zu lassen und so den letzten Anspruch auf den Thron auszulöschen. Er machte sich sofort auf die Reise zu ihnen, um sie zu warnen, begegnete jedoch dem maskierten Mörder und verletzte ihn, bevor er fliehen konnte.« Seine Stimme wurde schwach, so leise und mit Bedauern angefüllt, dass Ran sich anstrengen musste, ihn zu verstehen. »Als er sich dann besorgt der Kaiserin zuwandte, musste er feststellen, dass er zu spät gekommen war. Mit ihrem letzten Atemzug in dieser Welt flehte sie ihn an, ihre Tochter zu beschützen, die im Fuße eines Baumes versteckt war.« Shokai seufzte, und seine Stimme wurde wieder stärker. »Ohne zu zögern brachte er das Kind in Sicherheit. Der Barbar kam von seiner Jagd zurück, fand seine Liebe niedergemetzelt und sein Kind entführt und floh in seinem Kummer in die Berge.«

Ran verglich die Geschichte mit dem, was Aurora ihm erzählt hatte, und er fragte sich, ob Shokai wohl gerade seine Rolle in ihrem Vermächtnis preisgegeben hatte.

»Das kleine Mädchen wurde in die Obhut einer Verwandten

gegeben, in der Hoffnung, dass ein solches Heranwachsen von ihrer wahren und rechtmäßigen Vergangenheit ablenken würde. Der Gesandte hielt sich an den Wunsch der Kaiserin, blieb in der Nähe und beobachtete, wie das Kind zu einer Frau heranwuchs. Dann jedoch, als sie ihre gefährliche Reise begann, war er gezwungen, sich mit ihr bekannt zu machen.

»Ihr wart der Gesandte.«

»Ah, sein Geist ist wohl doch nicht so klein«, entgegnete Shokai, ohne dabei aufzuschauen.

Am Eingang der Höhle stieß Aurora einen Seufzer aus. Ran schaute hoch und sprang auf. Sein Blick fiel hinter sie. »Wo ist Domingo?«

»Ich bin hier, Ran«, kam es von draußen, und Ran entspannte sich wieder. Aurora schoss ihm einen scharfen Blick zu, denn sie wollte noch immer nicht wahrhaben, dass sie diejenige war, die sich in Gefahr befand.

Ran behielt seine Wut für sich. Er hatte ihr ja noch nicht von dem Kadaver erzählt.

»Was ist mit Dahrein?«, fragte er sie hoffnungsvoll.

»Er wird leben, Ransom, und sein Bein behalten. Aber ich befürchte, er wird ein klein wenig hinken.«

Ran schluckte und schaute vor Erleichterung überwältigt weg. »Wer Dahrein kennt, der weiß, dass er kämpfen wird, um die Verletzung zu besiegen.«

»Ja, er wird nun mehrere Tage lang schlafen, hoffe ich, denn nichts wird den Schmerz lindern können, den er wird erleiden müssen, wenn er wieder aufwacht.«

»Du hörst so vieles heimlich mit an, dass dir demnächst Korn in den Ohren wachsen wird, mein Kind«, schimpfte Shokai mit Aurora. Ihr Blick fiel auf ihn, und sie tauschten stumm ihre Botschaften aus. Ran fühlte sich plötzlich wie ein Außenseiter.

»Du hast meine Mutter geliebt?«, fragte sie.

Er zuckte mit seinen schmalen Schultern.

»All die Jahre, und du hast mir nie etwas davon gesagt?«

»Du suchst einen Vater, keinen Träumer.«

Ran konnte sehen, dass Shokai sich bei dieser Frage unwohl fühlte. »Und du hast kaiserliches Blut in deinen Adern«, sagte er mit hochgezogener Augenbraue zu Aurora.

Sie schnaubte unfein. »Ich will nichts von einem Land, das seine Kaiserin töten würde.«

Noch immer schaute sie Shokai an. Aurora sah ihn nun mit anderen Augen, liebte ihn noch stärker als vorher. Sie ging zu ihm, beugte sich hinab und gab ihm einen Kuss mitten auf seinen Kopf. Er schaute verächtlich drein und wischte ihre Hand fort, ihren Blick jedoch wie ein liebender Vater erwidernd. Mit zusammengepressten Lippen verließ Aurora plötzlich die Höhle, und Domingo begleitete sie zum Haus zurück.

Connor Lockewood trat aus dem Dickicht hervor, starrte zu dem sich zurückziehenden Paar hinüber und dann zu dem Lichtschein, der aus der Höhle strahlte, bevor er sich wieder ins Unterholz zurückzog, seinen Blick auf Auroras Rücken geheftet.

Am Eingang der Höhle hielt Ran inne. »Was ist es, das Ihr nicht vor ihr aussprechen wolltet?«, fragte er leise, denn er konnte es in seinen Knochen spüren, dass Shokai ein weiteres wertvolles Stück Information verschwiegen hatte.

Shokai zog den gabelförmigen Kamm aus seinem Haar, und der Dutt wickelte sich langsam auf. »Ein *sai*«, er zeigte darauf und schüttelte seinen Kopf, und die Kaskade langen grauen Haares gab ihm ein mächtiges Erscheinungsbild, düster und klug. »Schaut zu.« Shokai hielt den gezackten Kamm hoch und machte eine leichte Bewegung mit seinem Handgelenk. Rans Augen weiteten sich, als der Kamm durch die Höhle schoss und die dreigeteilte Spitze sich tief in eine Holzkiste bohrte.

Shokai fixierte Ransom. »Der Kopf des Nagels ist zum Vorschein gekommen, Mylord. Und er trägt eine alte Wunde, hier.« Er klatschte mit einer Hand auf die Hinterseite seines Oberschenkels und nickte gleichzeitig zu dem *sai* hin.

Cassiandras Mörder, dachte Ran. »Erwartet Ihr nun von mir, dass ich jede Menschenseele auf dieser Insel bitten werde, seine

Kniehose herunterzulassen?« Ran hatte große Lust ihn zu schütteln, und Shokai spürte das.

»Sein Gesicht war bedeckt. Jemand Falschen anzuklagen würde für den Mörder die Freiheit bedeuten!«, fauchte Shokai, dann beruhigte er sich jedoch wieder. Er war einen Moment lang still, und Ransom wollte gerade schon gehen, als der alte Mann aufschaute; Reue zeigte sich auf seinen Gesichtszügen. Als er dann redete, klang seine Stimme müde und angegriffen. »Zwei Jahrzehnte lang frage ich mich nun schon, warum der Barbar sie schutzlos zurückgelassen hat, wo er doch die Gefahr gekannt haben muss?« Sein Tonfall verhärtete sich und klang vorwurfsvoll. »Und warum ist er nicht zurückgekehrt, um sein einziges Kind zu suchen?«

Ran verstand die Last, die Shokai tragen musste, indem er Aurora auf ihrer Suche nach einem Mann begleiten musste, der womöglich ihre Mutter getötet hatte. Es war genau so, wie Ran es befürchtet hatte, als sie ihm zum ersten Mal ihre Geschichte erzählte. Er schloss kurz seine Augen, betete, dass es nicht wahr war und dass ihr Vater sich nicht in der Nähe aufhielt.

Es würde sie vernichten, wenn sie erführe, dass er in ihrer Nähe war und sich nicht zu erkennen gab.

Aurora saß neben Dahrein und machte die letzten Stiche an einer Puppe, die mit starken Kräutern gefüllt war und die sie dann unter sein Kopfkissen steckte. Sie summte leise ein Schlaflied, während er sich im Bett hin und her wälzte. Sie goss eine dunkle Flüssigkeit in eine Tasse und gab Wasser hinzu, hielt seinen Kopf und zwang ihn, in kleinen Schlucken davon zu trinken, wodurch er sanft in die schmerzlose Leere zurückgeschickt wurde. Ständig schaute sie nach seiner Wunde, erneuerte den Umschlag und betete, dass sie es geschafft hatte, die Wunde zu reinigen.

Sie spürte, dass noch jemand anwesend war und schaute auf. Connor Lockewood starrte durchs Fenster, seine Unterarme auf dem Sims abgestützt.

»Guten Tag, Lockewood«, begrüßte Aurora ihn und nickte. Sein Blick fiel kurz auf ihr Amulett; es schien sich zu erwärmen.

»Ihr habt eine gute Hand, was das Heilen angeht«, machte er ihr ein Kompliment, wobei er auf den Jungen schaute.

»Er ist ziemlich robust.« Sie tränkte ein Tuch und legte es auf Dahreins Stirn. »Aber solche Qualen hat er einfach nicht verdient«, fügte sie hinzu, ihr Gesicht von Kummer gezeichnet.

»Ihr wisst, dass der Captain mich verdächtigt, meine Hand dabei im Spiel gehabt zu haben?«

»Ja.« Sie weichte das Tuch erneut ein. Seine Anwesenheit erweckte die seltsamsten Gefühle in ihr … als ob er eigentlich nicht so nahe bei ihr sein wollte. »Warum warst du in der Nähe der Bucht, Lockewood?«

Er zuckte mit den Schultern. »Ein Gespür für Schwierigkeiten, vermute ich.«

Sie sah auf. »Sie zu verursachen oder zu verhindern?«

Noch bevor er darauf eine Antwort geben konnte, wurde die Tür energisch aufgerissen. Aurora drehte sich um, und Connor schaute auf, als Ransom in den Raum trat.

Rans Blick schoss zwischen den beiden hin und her und blieb dann auf Aurora gerichtet.

»Du siehst müde aus, Liebes.«

Lockewoods grüne Augen verengten sich und blickten von einem zum anderen.

»Ein klein wenig.« Sie erhob sich und ging zu ihm hin. »Ich muss noch nach deiner Mutter schauen.«

Er hinderte sie jedoch daran, um ihn herumzugehen. Aus dem Augenwinkel heraus sah er, dass Lockewood wieder ging, und er sah außerdem, dass Aurora sein Fortgehen spürte. »Sie schläft nun ohne Schmerzen, Liebes. Ich habe mit ihr gesprochen«, versicherte er ihr.

»Und Rachel?«

»Hat seit dem letzten Abend ihr Zimmer nicht mehr verlassen.«

Aurora nickte. »Ich muss mit Shokai reden. Nein, halt mich

nicht davon ab, Ransom. Komm von mir aus mit, wenn du unbedingt willst; ich werde jedenfalls zu ihm gehen.«

Ran zog sie in seine Arme, drückte sie eng an sich und presste seine Lippen auf ihren Kopf. Sie hatte Fragen, die nur Shokai beantworten konnte, über ihre Mutter zum Beispiel, die sie nie richtig gekannt hatte, und das konnte er ihr nicht verweigern.

»Lass mich erst jemanden finden, der bei Dahrein bleibt, dann werde ich mit dir kommen.«

»Aber schnell«, willigte sie ein und erwiderte seinen Blick. »Ich weiß nicht, warum, aber hier stimmt so ziemlich alles nicht.« Sie schaute zum leeren Fenster hinüber und legte ihre Stirn leicht in Falten.

Lockewood verheimlichte etwas Schwerwiegendes, aber Aurora konnte nicht sagen, was. Da war eine Barriere zwischen ihr und seinen Gefühlen, stark und mächtig mit herzzerreißendem Schmerz. Und er beschäftigte noch immer ihre Gedanken, als sie das Haus verließ. Ransom lief ein paar Schritte hinter ihr und unterhielt sich leise mit Domingo. Sie spürte seinen Blick auf ihrem Rücken ruhen, lächelte und schaute zurück. Er zwinkerte ihr zu, und trotz all ihrer gemeinsamen Probleme und der Verletzungen, die diejenigen erlitten hatten, die sie liebten, fühlte Auroras Herz sich plötzlich leicht an.

Ihr Schritt war unbeschwert, als sie den Pfad zur Höhle hin fand und nach Shokai rief. Er erschien im Eingang. Sein Blick hielt den ihren, glitt hinter sie zu Ransom hin und dann auf die Umgebung.

Er trat heraus, und sie beschleunigte ihren Schritt. Ein zischendes Geräusch ließ sie erstarren.

Im gleichen Moment zuckte Shokai zurück, wie eine Marionette, an deren Fäden gezogen wurde, bevor er auf dem Boden zusammenbrach.

»Shokai!«, schrie Aurora und rannte los, Äste und Reben zur Seite schlagend. Ran war direkt hinter ihr, als sie zu Boden glitt.

»Sempai?«, brüllte sie verzweifelt und drehte ihn um. »O nein! Gott des Donners, nein!« Ein Pfeil steckte seitlich in seinem

Hals und bewegte sich im Rhythmus seines Herzschlages. Sie zog ihn heraus und legte seinen Kopf in ihren Schoss, als Ran sich neben ihr niederkniete.

»Meinen Beutel, schnell! Bitte!« Ran rührte sich nicht. »Ransom!«

Ran nahm vorsichtig den Pfeil auf und roch an der Spitze, dann schaute er ihr in die Augen. Die Hoffnung, die er dort sah, zerriss ihn in Stücke.

»Es ist der Sodomapfel, Liebes.« Tödlich. Zwanzig Mal stärker als das Gift, das Sayidda verabreicht worden war. »Und es ist in sein Blut eingetreten.«

»Neeein!«, schrie sie, und Tränen stürzten aus ihren Augen. »Nein! Shokai, schau mich an, bitte!«

Seine schmalen, mandelförmigen Augen öffneten sich. »Schau, Ransom, schau. Hol mir meinen Beutel!«

»Liebes ...«

»Scht«, beruhigte Shokai sie schwerfällig und schnell atmend.

»Verlass mich nicht, Shokai«, schluchzte sie und schüttelte ihn.

Er bedeckte ihre Hand und hielt sie fest. Sein verschleierter Blick hob sich kurz zu Ransom und ging dann zu Aurora zurück.

»Derjenige ist weise, der weiß, wann es genug ist, mein Kind.«

Er sackte in ihren Armen zusammen und seine verkrampften Finger lösten sich, als ihm sein letzter Atemzug über die Lippen kam.

»Shokai!«, schrie Aurora, und stieß ein tiefes, gequältes Heulen, wie das eines verwundeten Tieres, aus, als sie ihn an ihre Brust drückte und in ihren Armen wiegte. Und Ransom fühlte sich unglaublich hilflos. Sie schluchzte, wie sehr sie ihren *sempai* liebte, wie sie die ganzen Jahre nicht überlebt hätte ohne ihn. Sie blieb auf dem Boden sitzen, umarmte ihren toten Beschützer und wiegte ihn in das Leben nach dem Tode; und jeder ihrer Schluchzer zerriss Ransoms Seele und ließ ihn zu einem Teil ihrer Qual werden. Seine Augen brannten, seine Kehle war eng und heiß, und er brachte es nicht übers Herz, sie von dem Toten wegzulocken.

Er stand ein paar Fuß hinter ihr, Domingo an seiner Seite, als Aurora um ihren Beschützer trauerte, um den Mann, der ihre Mutter so sehr geliebt hatte, dass er sein Leben dafür geopfert hatte, in der Nähe ihres Kindes sein zu können.

Kurz vor Sonnenuntergang beruhigte Aurora sich langsam; sie hielt Shokai in ihren Armen, ihre Wange auf seinen Kopf gedrückt. Ran zog sie von dem alten Mann fort, sie ließ sich kraftlos in seine Arme fallen. Sie hielt ihre Augen geschlossen und er vermutete, dass sie sich vor Erschöpfung selbst in einen dringend nötigen Schlaf gebracht hatte. Er trug sie nach Hause, zog sie aus und legte sie in sein Bett.

Sie rührte sich nicht.

Der Mond ging auf und wieder unter, und Buckland wurde gerufen. Er konnte nichts besorgniserregendes feststellen und bat Ransom, Geduld zu haben. Ran stand kurz davor durchzudrehen, denn kein noch so häufiges Schütteln konnte sie aufwecken; und als der silberne Mond erneut seinen Aufstieg in den Nachthimmel begann, da wusste Ran, dass Auroras Geist sich nicht länger im Raum aufhielt.

36

Er war dabei, sie zu verlieren, und zwar an eine Welt, die er niemals verstehen würde. Aurora war nicht mehr in ihrem Körper, der dort auf dem Bett lag, sondern an einem mystischen Ort, den nur sie erreichen konnte.

Ran wollte sie zurückhaben.

Er wollte sie dafür verfluchen, dass sie ihn verlassen hatte.

Und er wusste nicht, wie er sie nach Hause bringen konnte.

Auf der Bettkante sitzend schaute er auf ihr ruhiges Gesicht hinab. Sie atmete kaum noch, ihre Haut war durchschimmernd und blass. Er versuchte sich an all das zu erinnern, was sie ihm über ihre Welt der Magie und des Heilens erzählt hatte, und suchte dort nach einem Hinweis. Seine Gedanken glitten ohne Unterlass über die Tage und Nächte, die sie miteinander verbracht hatten – von dem Moment an, als er sie zum ersten Mal gefangen im Verlies des Sultans gefunden hatte.

Wo sie eingemauert worden war, weil sie ein Menschenleben gerettet hatte.

Aurora setzte sich für die verwundeten Herzen und erschöpften Seelen ein.

Und wie soll ich mich jetzt für sie einsetzen können, dachte er, wenn ich nicht herausfinden kann, wohin sie gereist ist?

Allmächtiger Gott, kleine Lady. Komm nach Hause, quälte er sich. Sein Herz fühlte sich entzweit an. Er widerstand der Versuchung, sie in seine Arme zu nehmen, denn die Erinnerung daran, wie sie haltlos in seine Umarmung gefallen war, quälte noch immer seine wachsenden Ängste. Er suchte ihre ruhigen Gesichtszüge nach einem Flackern ab, nach einer blinzelnden Augenwimper.

Eine Flamme hellt noch einmal auf, bevor sie erlischt.

Gütiger Gott, ich klinge schon ganz wie Shokai, dachte er, und Bedauern überkam ihn. Er hatte den alten Mann am Tag zuvor auf einem Berggipfel begraben, in tiefer Trauer über den Verlust. Seine Vertrautheit mit dem alten Mann war noch neu, aber Ransom hatte immer die Weisheit in Shokai anerkannt, von niemandem übertroffen, den er je gekannt hatte – abgesehen von Aurora. Shokai hatte Aurora nie verhätschelt, wohl wissend, dass er nicht immer in ihrer Nähe sein würde. Ran fühlte sich unermesslich stolz, dass Shokai ihn ihrer würdig befunden hatte.

Welche Information war wohl so schwerwiegend, dass sie Shokai das Leben gekostet hatte?

Und warum war Lockewood immer in der Nähe, wenn irgendetwas passierte? War er es, der den Kadaver dorthin gelegt hatte? Hatte er seine Taten durch das Fälschen von Fußspuren verdecken wollen?

Und Lougière? Wie passte der in das Puzzle? Er kam einem nicht wie ein Mann vor, der einer Frau bewusst ein tödliches Gift geben würde, erst recht nicht einer Frau, von der er so liebevoll gesprochen hatte. Und warum sollte Rachel Helena helfen, ein Kind loszuwerden? Es war zweifelhaft, ob Lougière überhaupt der Vater war, denn Helena hatte mit mehreren Männern geschlafen. Vielleicht hatte Rachel aber auch gespürt, dass es so war, und Ran hatte keine Beweise, die diese Behauptung widerlegen konnten.

Und was, wenn sie alle logen?

Wenn Lougière Helena das Gift gegeben hatte und sie es dann, nachdem sie wahrgenommen hatte, was es war, an Rachel weitergegeben hatte, und zwar in der Hoffnung, sie zu töten – warum hatte Rachel aber dann nach Auroras Tränken gefragt? Warum hatte sie nicht ihren Hass auf den Mann gerichtet, der ihren Tod gewollt hatte?

Gott, dachte er, stützte seine Ellbogen auf seine Knie und legte seinen Kopf in die Hände. Sein Hirn tat ihm weh, und es zehrte an seinen Kräften, sowohl dafür zu sorgen, dass Dahrein in der schmerzlosen Leere verharrte, die Aurora ihm verordnet hatte, als auch an ihrer Seite zu sein.

Er brauchte Aurora, brauchte ihre Hilfe, ihr Verständnis und ihre unheimliche Macht, Fassaden und Lügen durchschauen zu können.

Er brauchte sie, um weiterleben zu können.

Er brauchte sie, um sie zu lieben.

Er drückte seine Hände vor sein Gesicht und atmete tief aus, bevor er sich vom Bett wegstieß.

Ran ging auf und ab, mit jedem Schritt vergrößerte sich seine Sorge. Seine Schultern verkrampften sich, er fühlte sich eingesperrt, wütend und rastlos. Am liebsten hätte er geschrien. Im Raum wurde es dunkler, was Ran jedoch erst bemerkte, als ein leises Klopfen an der Tür zu hören war. Er zuckte zusammen, hielt kurz inne und schritt dann zur Tür hinüber; mit einem Ruck öffnete er sie.

»Warum bist du nicht im Bett?«, schimpfte Ran, und Sayidda blinzelte zu ihm auf.

»Weil es mir sehr viel besser geht, Kassir«, antwortete sie ihm sanft. »Möchtest du etwas essen?« Sie hielt ihm ein Tablett hin. Er nahm es ihr ab, führte sie herein und schloss die Tür. Ran stellte das Tablett beiseite und drückte sie praktisch in einen Sessel, der neben dem Bett stand.

»Ich bin deine Mutter, Kassir, und kein Kleinkind«, beschwerte sie sich, freute sich jedoch gleichzeitig über seine Fürsorge. »Und ich habe mich um Dahrein gekümmert«, versicherte sie ihm, als er Anstalten machte zu gehen. Seine Schultern sackten vor Erleichterung zusammen.

Er starrte auf sie hinab. Wie viel Kummer habe ich dieser Frau doch verursacht, dachte er und fuhr sich mit den Fingern durchs Haar.

»Kassir?«, kam es verzweifelt, wobei sie auf die reglose Gestalt schaute, die in dem prachtvollen Bett lag. »Ist Aurora …?«

»Nein, alles unverändert.« Es klang besorgt und müde. Niedergeschlagen sank er auf den Boden, lehnte sich mit dem

Rücken gegen die Bettkante, zog seine Knie an und stützte seine Ellbogen darauf ab. Er starrte ins Nichts, während seine Fäuste sich zusammenballten und wieder lösten.

»Kassir.« Seine Mutter hatte ihn noch nie so verhärmt gesehen. Er schien in seiner Kleidung geschlafen zu haben; sein Haar war wild zerzaust, sein Blick trübe. Sie ergriff seine Hand, und er erwiderte den Druck und starrte einen Moment lang die schmalen Finger an, die um die seinen geschlungen waren, bevor er seinen Blick zu ihr erhob.

»Kannst du mir vergeben?« Als sie blinzelte, anscheinend verblüfft, warf er sich nach vorn. »Ich bin ein verdammter Narr gewesen«, zischte er scharf. »Ein Schurke allererster Güte, aber ich schwöre, dass ich nicht erkannt habe, was ich war … Nein«, traurig schüttelte er seinen Kopf, »doch, ich *habe* es erkannt. Ich wollte dir wehtun. Ich wollte dich den gleichen Schmerz spüren lassen, den ich erlitten hatte, denn ich gab dir die Schuld an jedem einzelnen Moment, da du mich meinem Vater übergeben hattest.«

»Ich weiß, Kassir«, sagte sie verständnisvoll, und er sah erstaunt aus.

»Warum hast du mir dann nichts von deinen Gründen gesagt?«

»Hättest du mir denn geglaubt, wenn ich es getan hätte?«

»Nein«, kam es ohne jeden Zweifel. »Damals nicht.« Nicht, bevor er Aurora lieben gelernt hatte, und das wusste er. »Warum bist du in jener Nacht auf Kreta eigentlich mit mir gekommen?«

Sie setzte sich auf einen Stuhl, rückte nah an ihn heran und lehnte sich zurück. »Was auch immer du erleiden musstest, dafür habe ich mir die Schuld gegeben, Kassir. Ich wusste nicht, dass Anna grausam war, und ich hatte gehofft, dass dein Schakal von einem Vater dich vor einem solchen Spott bewahren würde.« Sie zuckte mit den Schultern. »Ich wollte einfach nur in der Nähe meines Kindes sein, um welchen Preis auch immer.«

»Trotz meines Zornes?«

»Wenn du selbst einmal einen Sohn hast, dann wirst du verstehen, wie viel du für ihn in der Lage sein wirst zu erleiden.«

Um Elternliebe verstehen zu *können, muss man erst selbst ein Kind haben,* hatte Shokai einmal gesagt, und Rans Stimme wurde nun sanft. »Ich weiß, dass ich kein Recht habe zu fragen.« Er hielt ihrem Blick stand und schluckte tief, bevor er Luft holte. »Wirst du … kannst du … es mit deinem Herzen vereinbaren, mir zu vergeben… Mutter?«

Ihre Tränen kamen prompt und brennend, und sie griff in sein Haar und strich es ihm aus seiner Stirn. Sie schaute ihm in die Augen, bernsteinfarbene Augen, die sie so sehr an seinen Großvater erinnerten, und sie liebte den Mann, der aus ihm geworden war, von dem sie immer gewusst hatte, dass er es werden könnte.

»Natürlich, mein Sohn«, entwich es ihr mit einem Seufzer; er schloss die Augen, griff nach ihren Fingern, drückte ihr einen Kuss auf ihren Handrücken und flüsterte ihr seinen Dank zu. Er empfand einen wohltuenden Trost in ihrer Gegenwart.

»Sie wird zu dir zurückkommen, Kassir.« Mit dieser Versicherung durchbrach Sayidda die lang anhaltende Stille. »Gott, wie ich sie vermisse«, stieß Ran aus.

»Dann sag es ihr.«

Er richtete sich ruckartig auf. »Sie kann mich doch nicht hören«, entgegnete er verzweifelt.

Sayidda schaute an ihm vorbei zum Bett hinüber. »Aurora sieht und hört mehr als wir alle, wie ich herausgefunden habe.«

Seine Lippen spitzten sich. »Ja. Als ich sie das erste Mal getroffen hatte, glaubte ich, sie könne meine Gedanken lesen, denn oft sprach sie meine Gefühle aus, wenn ich sie eigentlich versuchte zu verbergen.« Sein Gesicht drückte absolute Hoffnungslosigkeit aus. »Ich habe sie angefleht, zu mir zurückzu kommen, aber noch immer schläft sie«, bemerkte er und fuhr sich frustriert mit der Hand über sein Gesicht.

Sayidda beugte sich vor, ergriff seine Hand und zwang ihn, sie anzuschauen. »Dann musst du sie erneut anflehen, Kassir.

Flehe sie so lange an, bis du nichts mehr hast, was du ihr geben kannst. Bis deine Kehle rau ist und deine Kraft erschöpft.« Sie drückte seine Hand, und ihre Worte klangen sehr überzeugt. »Wir bekommen so wenige Möglichkeiten zu lieben, lass es also nicht kampflos zu, dass dir diese hier genommen wird.«

Sie küsste seine Wange und ließ dann seine Hand wieder los. Sayidda schaute ihren Sohn noch einmal an, bevor sie aufstand und aus dem Raum ging.

Ihre Reise zum Versammlungsort war lang und mühsam. Eine Zeit lang konnte Aurora den Boden unter ihren Füßen nicht mehr spüren, aber das war ihr egal.

Als sie in dem Bewusstsein anhielt, ihr Ziel erreicht zu haben, erfüllte Frieden ihr Wesen und wiegte sie schmerzlos. Ein gelbbraunes Reh sprang in großen Sätzen hinter ihr durch den Wald. Geflügelte Kreaturen tanzten umher und nippten an den Blütenblättern. Der Wind trug die leisen Schreie der Vögel herüber.

Es war kühl und feucht, und der Dunst eines rauschenden Wasserfalls befeuchtete ihre Haut. Sie lächelte sanft. Es gefiel ihr, wie der Sprühregen auf ihrem Körper glänzte, sich süß auf ihre Haut legte. Das Sonnenlicht strahlte durch die hohen Bäume und ließ das kristallklare Wasser in leuchtenden Farben spielen. Eine Gestalt erschien, eingehüllt in Gold, Silber und Blau. Sie erkannte Shokai sofort.

Ich bin nun zu Hause, Kaiserin. Lass es nicht zu, dass irgendjemand mich rächt, flüsterte er, obwohl seine Lippen sich nicht bewegten. Sie nickte auf seine Bitte hin, und er sagte nichts weiter, sondern winkte sie auf den Weg zurück, den sie gekommen war. Dabei lächelte er ein Lächeln, das sie nie zuvor an ihm gesehen hatte. Sie wünschte ihm Lebewohl. Ihr Herz freute sich über seinen Frieden, als der Nebel ihn verschleierte und die Farben seines Gewandes sich auflösten.

Sie ging jedoch nicht zurück. Die Zeit ist noch nicht gekommen, erkannte sie, also lief sie weiter, während sie jemanden hinter sich spürte. Sie konnte den Herzschlag hören, die Schritte auf der weichen Erde, den Atem des Tieres, das ihr folgte, nicht pirschend, sondern geduldig darauf wartend, dass sie sich umdrehen und schauen würde. Sie tat es aber nicht – nicht aus Ablehnung der Macht, die ihre Welt lenkte, sondern, weil sie wissen wollte, warum.

»*Es ist Zeit, zurückzukehren*«, ermahnte das Tier sie. Aurora drehte sich trotzdem nicht um. »*Du hast genug getrauert.*«

Der weiße Wolf.

Das Verlangen zu schauen ging vorüber, und mit ihm ihre neunjährige Suche. Sie verspürte nicht länger den Drang, nach ihm zu suchen, nicht hier, nirgendwo, denn sie wusste nun, dass es nicht der verlorene Vater war, den sie immer gesucht hatte, sondern einen Ort, wo sie hingehörte und eine Liebe, die sie einst finden würde.

Sie drehte sich um. Der weiße Wolf saß geduldig da.

Und sie erkannte das Tier mit den seltsam farbigen Augen.

»*Warum hast du dich nicht zu erkennen gegeben?*«

»*Diejenigen, die deine Mutter getötet haben, suchen auch dich, und zwar durch mich.*«

»*Warum bist du nicht zurückgekehrt, um nach mir zu suchen?*«, wollte sie wissen, und das Tier neigte traurig seinen Kopf.

»*Die Scham hat mich davon abgehalten, mein Kind. Und ich war es nicht wert, mich deinen Vater zu nennen, ein Feigling, der dich und Cassiandra im Stich gelassen hatte.*«

»*Aber ich war allein!*«

Der Wolf neigte seinen Kopf, um sie anschauen zu können. »*Nein, mein Mädchen, du warst niemals allein.*« Und Aurora berührte ihr Amulett.

Plötzlich erschien ein Löwe, schlich um einen Baum herum und über einen niedrigen Felsblock, königlich stolzierend, bis vor Auroras Füße. Er spannte seine Muskeln an, als würde er sich auf einen Angriff vorbereiten, und als Aurora ihre Hand auf die buschige rote Mähne legte, ließ das Tier sich nieder, argwöhnisch, sie beschützend, den Wolf verspottend.

»Kehre zu denen zurück, die dich lieben.« Aurora streckte ihre Hand aus.

Der Wolf verschwand wie in einem Nebel.

Aurora senkte langsam ihren Arm. Auch der Löwe war weg.

»Komm zu mir, mein Liebes.«

Ransom. Seine Stimme klang angestrengt und flehend, und sie lächelte und rannte los.

»Ein Teil von mir wünscht, ich könnte zu dir kommen, denn das ist mit Sicherheit besser als das Elend, das ich nun verspüre«, murmelte er; dann seufzte er lang und tief, denn die Last seiner Taten verfolgte ihn. »Ich bin ein selbstsüchtiger Mann.« Er schloss fest die Augen, und seine Stimme war sanft und wütend auf sich selbst. »Ich habe ein Leben gelebt, in dem ich an nichts anderes geglaubt habe als an das, was ich sehen wollte, was ich miterleben wollte, und es war hart, mein Gott, verdammt hart, erkennen zu müssen, was ich dadurch denen um mich herum angetan habe.« Er öffnete seine Augen. »Ich habe mich – arroganterweise, wie du mir sicherlich sagen wirst – als einen Mann gesehen, der sein Leben im Griff hat. Aber du hast mir das Gegenteil bewiesen, nicht wahr?« Die Andeutung eines Lächelns kam ihm über die Lippen, und er beugte sie über sie, während sein Blick voller Liebe über ihr Gesicht strich. »Das waren sanfte Prügel, die du mir da verpasst hast, Liebes, um mich dazu zu bringen, die Unwahrheiten zu durchschauen, hinter denen ich mich versteckte. Und dies von einer Frau zu lernen, die nur wenig Liebe dafür zurückbekam, ist schon verdammt demütigend.« Sie rührte sich noch immer nicht, und Verzweiflung überkam ihn. Er durfte sie nicht verlieren. »O Gott, Aurora, ich brauche dich«, beschwor er sie. Er schloss seine Augen wieder. »Ich kann nicht zurück. *Ich kann nicht.«* Seine Stimme brach und er schluckte. »Ich brauche dich, um weiterleben zu können.«

Aurora öffnete die Augen und blinzelte, sich ihrer Umgebung bewusst sowie der Tatsache, dass Ran sich ganz nah bei ihr aufhielt. Seine dunkle Silhouette zeichnete sich vor dem Zwielicht der Morgendämmerung ab.

»Aber ich bin doch hier, mein Herz.« Sein Kopf schnellte hoch, und sein Blick stieß mit dem ihren zusammen.

»Aurora«, kam es verzückt und ungläubig. Er zitterte und hatte fast Angst, sie zu berühren.

»Ransom«, flüsterte sie, als sie den qualvollen Schmerz in seinen Augen sah. »Ich habe dich gehört.« Sie ließ ihre Finger über sein Gesicht gleiten, über seine Lippen, und er genoss ihre Berührung in vollen Zügen.

»Du hast mir schreckliche Angst eingejagt, kleine Lady«, beteuerte er scheltend.

»Ich werde dich niemals verlassen Ransom.«

»Schwöre mir das.« Er näherte sich ihr, und sie konnte den zarten Einfluss auf seine Gefühle spüren.

»Ransom?«

»Ich liebe dich, kleine Lady.«

Aurora blinzelte, denn sie war sich nicht sicher, ob sie richtig gehört hatte.

»Ich liebe dich«, wiederholte er, und seine Worte lösten sich sanft wie die Liebkosung des Windes von seinen Lippen. »Wahnsinnig sogar.«

Er schloss sie in seine Arme.

»Und wild.« Er zog sie hoch. »Und verzweifelt«, endete er mit einem Stöhnen und zog sie auf seinen Schoß. Sie fiel gegen ihn, schmiegte sich an ihn, und seine Hände strichen an ihren Seiten hoch unter ihre Arme und legten diese um seinen Nacken herum, bevor sie langsam zu ihrer Taille zurückwanderten.

Er erforschte ihre Gesichtszüge, merkte sich jede Linie. Er betete sie an.

Sie einfach nur anzuschauen, vermittelte ihm eine seltsame Mischung aus Frieden, Besitzgier und Angst.

»Ich liebe dich, Aurora Lassiter MacLaren.«

»Ist das eine neue Erkenntnis?«, kam es in atemloser Freude.

»Ja«, knurrte er verlegen. »Da ist ein mächtiges Gefühl in mir.«

»Ah, du traust nun also deinen Gefühlen?«, schmunzelte sie,

mit seinem goldenen Ohrring spielend. »Das ist eine gefährliche Sache, Ransom Montegomery. Und es wird dir nichts weiter einbringen als meine Liebe.«

Ihm stockte der Atem. »O Gott, Aurora …«

»Du glaubst doch wohl nicht im Ernst, dass ich für etwas anderes geblieben bin als für dein Herz?«

Er schaute verlegen drein.

»Du Dummkopf!« Sie zog an seinem Ohrring. »Du wirst es wohl erst in die Welt hinausschreien müssen, bevor du es selber glaubst, denke ich.«

Er umklammerte sie noch fester. »Flüstern.« Er zitterte, und der Eifer in seinen Augen trieb Tränen in ihre eigenen.

»Ich liebe dich, Ransom Montegomery«, hauchte sie, »in dieser Welt und in der nächsten.«

»Ich ziehe diese hier vor«, knurrte er. Dann küsste er sie und drängte sie an sich, und sie gab nach, weich und sinnlich, das Elend der letzten Nächte vertreibend. Sie öffnete seinen Mund, gierig auf sein Verlangen reagierend, und seine Hand glitt heiß und fordernd über ihren Körper.

»Ich liebe dich«, stieß er immer und immer wieder aus und überflutete ihr Gesicht und ihren Hals mit Küssen. Am liebsten hätte er ihr das Nachthemd vom Leib gerissen und ihre Haut auf der seinen gespürt. »Bist du krank? Hast du Schmerzen? Hast du Hunger?«

Sie lächelte, nahm sein Gesicht in ihre Hände und drückte seine Stirn an die ihre. »Nein, nein, und ein klein wenig.«

Er runzelte die Stirn und versuchte, sich an seine Fragen zu erinnern. »Essen«, kam es wie eine Offenbarung. Dann küsste er sie intensiv und leidenschaftlich, bevor er sie zögernd wieder losließ. Aurora seufzte euphorisch und erlaubte ihm, die Kissen hinter ihr aufzuschütteln.

»Du hast«, er fing ihren Blick auf, »dich selbst geheilt, nicht wahr?«

»Ah, nun denkst du schon ganz wie ein *Wiccan*, was?«

»Ansonsten wäre ich wohl verrückt geworden«, gab er zu und

schüttelte ein weiteres Kissen auf, bevor er das Bett verließ, um die Nachttischlampe anzuzünden. Aurora hörte plötzlich auf zu lächeln. Ihr Blick strich im Raum umher. Ran erwiderte kurz ihren Blick und legte seine Stirn in Falten; seine Sinne waren plötzlich äußerst geschärft. Dann drehte er sich weg und stürzte sich auf die Gestalt, die in der Nähe des Balkons schemenhaft zu erkennen war.

»Ransom!«, schrie Aurora, als dieser den Eindringling gegen die Türen schleuderte. Glas zerbrach, und das Mondlicht fiel auf eine silberne Klinge. Ran packte das Handgelenk des mutmaßlichen Mörders und hieb dessen Faust gegen die Wand. Die Waffe fiel zu Boden. Wütend stieß Ran den Mann auf den Balkon ins Mondlicht – und starrte in das Gesicht von Connor Lockewood.

37

Du Bastard!«

»Ich bin nicht gekommen, um ihr Schaden zuzufügen, Captain«, erklärte er ruhig, und Ran erkannte, dass Lockewood sich nicht gegen ihn wehrte, sich von Anfang an nicht gewehrt hatte. Sein Blick schoss zu der Waffe hinüber. Rans Herz hämmerte wie wild gegen seine Brust, die Haut auf seinem Rücken prickelte. Auf dem Teppich lag ein Messer, das identisch war mit Auroras zeremoniellem Dolch.

Ran schaute sie an.

»Lass ihn los, Ransom«, kam es ruhig und ohne den geringsten Zweifel.

Ran stieß Connor weg, schritt zurück und hob das Messer auf. Sein Blick streifte über das Silber, schoss dann zu Connor hin und wieder zurück. Angst befiel ihn.

»Ich weiß, wie gut Ihr mit einer Klinge umgehen könnt, Captain. Ich werde Euch nicht angreifen.«

Ran schaute ihn an, und seine Augen verengten sich. »Du hattest doch bisher noch nie einen Akzent.«

Connor verschränkte seine gewaltigen Arme. »Ich habe ja auch nicht gerade viel geredet, oder?«

»Du bist MacLaren!«, knurrte Ran empört. »Weißt du eigentlich, was du ihr angetan hast? Sie hat ihr Leben dafür aufgegeben, um dich zu finden!«

»Sie hätte mich vergessen sollen«, antwortete Connor ohne Vorrede und schaute zu seiner Tochter hin.

»Du rechtmäßiger Sohn eines …« Ran taumelte plötzlich. Ihm war, als ob irgendetwas ihn in die Brust stechen, ihm die Luft aus der Lunge stoßen und ihn festhalten würde. Seine Augen wurden größer. Er konnte sich nicht mehr bewegen.

»Lass ihn frei!«, forderte Aurora heftig und kletterte aus dem Bett, woraufhin Lockewood sich entspannte. Sofort hörte der Druck auf. Gütige Heilige! Er hatte sich nie vorstellen können, dass ihr Vater wirklich ein … Hexer war! In diesem Moment erkannte er auch die Veränderung in Connors Erscheinungsbild. Der Bart war ab, und seinem normalerweise gescheckten Haar fehlte nun das matte, glanzlose Braun – von Henna, erkannte Ran. Stattdessen war es nun rot, lang und zottig.

»Ransom«, sagte Aurora und schritt näher, ihren Blick dabei auf Lockewood gerichtet.

In drei Schritten war Ransom neben ihr und zog sie in seine Arme. Zitternd klammerte sie sich an ihn.

»Du wusstest es, nicht wahr?«, wollte er wissen und erforschte dabei ihr Gesicht.

»Auf meine Art, ja.« Sie zuckte mit den Schultern, und ihr Blick verlagerte sich hinter ihn zu Connor hinüber.

Langsam drückte sie sich aus Ransoms Umarmung heraus und ging zu ihrem Vater hinüber.

»Du hättest in den Highlands bleiben sollen, Tochter«, schalt er sie, es klang nicht unfreundlich.

Aurora schluckte. »Aber du bist doch alles, was ich an Familie habe«, kam es in einem gebrochenen Flüstern, und das brach Ran das Herz.

»Lass Blut keine Bande sein. Das hat deine Mutter getötet.« Connor schaute in Augen, die so sehr denen Cassiandras glichen, und er sehnte sich danach, die Qual lindern zu können, die darin schlummerte. »Deine Geburt war ein Geheimnis, Mädchen, denn deine Mutter und ich wussten, dass du getötet werden würdest für das Blut, das in deinen Adern fließt. Deine Suche brachte meinen Namen dem neuen König zu Gehör, und er sandte seine Spione aus. Es geht nicht um mich, aber du …« Seine Worte brachen ab und er zuckte mit den Schultern. »Wenn du mich nicht finden würdest, glaubte ich, dann könnten sie auch nichts von deiner Existenz erfahren. Aber dann bist du auf die *Red Lion* gekommen.« Mit sorgenvollem Gesichtsausdruck schaute er zu Ransom hinüber. »Euer Weg war auch meiner. Und lasst Euch gesagt sein, dass nichts King Stephan aufhalten wird. Er hält den Thron durch Furcht, nicht durch Beschluss inne.«

»Erzählt mir alles, was Ihr wisst«, verlangte Ran, zur höflichen Anrede übergehend, da ihm nun das vertrauensvolle Du, mit dem er seine Untergebenen ansprach, nicht mehr angemessen schien.

Connor seufzte schwer. »Helena war aus Scizore.« Er schaute Aurora an. »Sie muss dich erkannt haben durch die Ähnlichkeit mit deiner Mutter«, erklärte er mit einem Lächeln. Aurora berührte ihr Gesicht.

Ran nahm den Austausch gar nicht wahr, denn sein Hirn nahm krampfhaft die Details unter die Lupe. »Vielleicht hat Helena herausgefunden, dass es Lougière war, der gekommen ist, um Aurora zu töten …«

»Nein! Markus würde ihr niemals etwas zuleide tun!«

Rans Augen verengten sich raubtierhaft. »Weiß er, dass sie Eure Tochter ist? Cassiandras Erbin?«

»Nein, das Risiko wäre zu groß gewesen, es irgendjemandem zu erzählen.«

»Weiß er denn, dass du Cassiandras Gemahl warst?«, wollte Aurora wissen, und Connor entgegnete ihren Blick, wobei seine Gesichtszüge weicher wurden.

»Ja. Aber er weiß nichts von ihrer Herkunft.«

»Lougière war im Raum, als Shokai und Aurora zu den Sklavenhändlern gebracht wurden«, dachte Ran laut. »Castille ist in jener Nacht ums Leben gekommen.«

»Er ist verschwunden«, stellte Connor klar.

»Nein, Vater, er ist tot«, korrigierte Aurora ihn, und Connor erkannte, dass sie die Sehergabe seiner Vorfahren besaß.

»Aber Markus wurde doch ebenfalls verletzt«, verteidigte Lockewood ihn.

»Aber nur unerheblich«, winkte Ran ab, während er sich die Fakten durch den Kopf gehen ließ. »Als Shokai auf Cassiandras

Mörder stieß, hatte er einen von ihnen am Bein verletzt. Und Lougière hinkt.«

»Ich war dabei, als er in Bombay diese Schnittwunde zugefügt bekam! Das war, als wir uns zum ersten Mal getroffen haben.«

»Vielleicht«, zog Ran in Erwägung, »hat er ja eine zweite über Shokais Schnittwunde bekommen? Um die erste zu überdecken, da er ja wusste, dass es sich bei Euch um Cassiandras Gemahl handelte?«

Connors Gesichtsausdruck blieb unverändert.

Ran schaute finster drein und ließ sich in einen Sessel fallen. Aurora ging zu ihm hinüber und setzte sich auf die Armlehne. Niemand sagte etwas. »Sie haben versucht, Aurora zu töten, und sie sind dabei gescheitert«, sagte Ran, den Blick gesenkt, und hob ihn dann, um Auroras Vater anzuschauen. »Die Bastarde haben eine ganz schöne Menge dem Zufall überlassen, Connor. Könnte es sein, dass eine alte Freundschaft das Herz eines Mörders hindert?«

Connor ballte seine Fäuste; er weigerte sich, seinen Freund an den Captain auszuliefern.

Eine Glocke ertönte, fünf Mal kurz hintereinander. Ein Schiff näherte sich. Ransom sprang aus dem Sessel. Die Sonne kämpfte am Horizont, schlug sich mit den grauen Wolken um die Vorherrschaft am Morgenhimmel. Ein Schiff segelte auf die Insel zu.

Ein heftiges Klopfen erschütterte die Tür, bevor sie aufgerissen wurde. Domingo stürzte herein.

»Es ist ein britisches … Aurora!«, rief er erregt aus. »Ihr seid aufgewacht!« Er umarmte sie und drückte ihr einen Kuss auf die Wange, bevor er zu Ransom hinüberging und ihm ein Fernglas reichte. Ran seufzte, denn er spürte, dass Aurora neben ihm stand.

»Sie sind außerhalb der Kanonenschussweite«, stellte er mit gerunzelter Stirn fest. Alle, die von dem Durchgang in die Bucht wussten, befanden sich auf der Insel. »Ihre Kanonenluken sind geschlossen.«

»Sie haben ein Beiboot heruntergelassen.« Domingo wies darauf.

»Anmaßende Bastarde.« Ran klappte das Fernglas zu. »Zwei Truppen zur Küste, und ich will, dass Markus Lougière sofort Hand- und Fußschellen angelegt werden und eine Wache vor Rachels Tür postiert wird.«

Domingo hinterfragte die Befehle nicht. »Das Dorf ist sicher, aber was ist hiermit?« Er wies zum Haus hin.

»Schickt die in Panik Geratenen in den Keller, aber sie werden nicht so weit vordringen«, versicherte er ihm mit seiner ganzen Zuversicht und schaute dann Connor an.

Lockewood drückte sich von der Wand ab. »Ich werde meine Tochter beschützen, Captain Montegomery.«

»Tochter?«, staunte Domingo, als Ran Connor zunickte und ihm seinen silbernen Dolch zurückgab.

Ran küsste Aurora, murmelte ihr seine Liebe zu und schaute dann über ihren Kopf hinweg Connor noch einmal an, bevor er Domingo mit sich aus dem Raum zog.

»Tochter?«, staunte Dom erneut, als sie die Tür hinter sich schlossen.

Connor schaute mit seiner ganzen, bisher verborgen gehaltenen und nun befreiten Liebe auf Aurora hinab.

»Ich habe dich vermisst, mein Kind.«

Ran zog heftig die Zügel zurück und ließ sich vom Rücken des Pferdes hinabgleiten. Dann warf er Leelan Baynes die Leinen zu und schritt über den Strand. Das Dorf hinter ihm war ruhig, seine Bewohner hatten sich in ihre Keller zurückgezogen oder standen mit frisch geladenen Waffen vor den Barackenwänden aufgereiht. Über ihnen, auf dem Berggipfel, wurden Kanonen auf das englische Schiff ausgerichtet. Ransom stand bewaffnet vor seinen Männern; in seinem Hosenbund steckten Messer und schussfertige, geladene Steinschlosspistolen. Mehr als zwanzig Mann befanden sich am Strand, ihre Musketen auf die Feinde gerichtet. Die Besucher, erkannte Ran, als er durch das Periskop schaute, sind unbewaffnet, sechs Ruderer, einer achtern und zwei vorn.

Keiner von ihnen trug eine Uniform der Navy, andernfalls wären sie wohl auch vom Wasser in die Luft gejagt worden, noch bevor sie die Mole umrundet hätten.

Die Ruder schlugen auf das Wasser, die Brandung erzeugte so gut wie keine Wellen. Ran zog die Schultern hoch, während das Beiboot sich langsam näherte, nach und nach dämmerte ihm, wer da auf ihn zukam.

»Die Waffen runter«, knurrte er und entfernte sich von seinen Männern, während er wütend das Fernglas zusammenklappte. Das Boot wurde auf den Strand gezogen, und die Männer sprangen heraus, um es sicher an Land zu bringen. Eine Gestalt, die hinten im Boot gesessen hatte, stieg aus und lief durch das seichte Wasser auf den Strand.

Diesen arroganten, trägen Schritt hätte Ran überall wiedererkannt.

»Vater«, sagte Ran, und in diesem einen Wort lag ein Höchstmaß an Verachtung.

Granville Montegomery blieb vor seinem ältesten Sohn stehen, und sein Stolz auf den kräftigen jungen Mann ließ ihn lächeln. »Du siehst gut aus, Ransom.«

»Was willst du, Vater?« Ran verschränkte seine Arme vor der Brust.

Angesichts des beißenden Tonfalles zog Granville eine Augenbraue hoch und passte sich der Haltung seines Sohnes an. »Nur meinen Sohn sehen.«

Ran schnaubte. »Hast du nicht genug Bastarde, an die du dich wenden kannst?«

Granville atmete kräftig aus, und seine breiten Schultern sackten zusammen. »Ich hatte gehofft, wir könnten die Dinge klären und zu dem Verhältnis zurückkehren, das wir hatten, bevor Anna dir die Wahrheit gesagt hat.«

»Du hältst mich wohl für ziemlich einfältig, was?«

»Anna ist tot.«

»Dass ich um sie trauere, wirst du ja wohl kaum von mir erwarten.«

Granville machte ein finsteres Gesicht. »Was hat deine Feindseligkeit zu bedeuten, Ransom? Sie hat mit Sicherheit nichts mit meiner unerwarteten Ankunft zu tun.«

Ran hatte geglaubt, all seine Wut unterdrückt zu haben, aber anscheinend war ein Teil davon zurückgeblieben. Sein Vater war ein liederlicher Mensch, charmant und spitzbübisch, aber auch ein hedonistischer Lebemann, der daran glaubte, dass nur Geld das Leben einfacher machen konnte. Aurora hatte Ran bewiesen, dass Geld überhaupt nichts bedeutete, wenn es gegen Glück aufgewogen wurde.

»Wie viele von deinen Bastarden werden noch zu *mir* kommen, um mich in deinem Namen um finanzielle Unterstützung und Unterkunft zu bitten?«

Granville richtete sich auf und stand so Auge in Auge mit seinem Sohn. »Glaube bloß nicht, dass du schon alt genug bist, mich kritisieren zu können, denn ich habe gut für jedes meiner Kinder gesorgt.«

Ran verlagerte sein Gewicht auf einen Fuß. »Und was ist mit Rosas Kind?«

Traurigkeit legte sich kurz auf Granvilles Gesichtszüge; dann runzelte er fragend die Stirn. »Woher weißt du von Rosa?»

»Deine Tochter hat mich aufgesucht.«

»Das ist unmöglich«, sagte Granville argwöhnisch. »Das Kind ist gestorben, Ransom. Ich habe nur Söhne.«

Rans Gesichtszüge verkrampften sich, seine Augen suchten in denen seines Vaters nach einer Lüge. Dann drehte er sich sofort um, und mit wild schlagendem Herzen rannte er den Strand hinauf. Gott, was für ein Idiot er doch war! Die Briefe waren Fälschungen, und Ran machte sich nun Vorwürfe, sie nicht genauer untersucht zu haben. Und Rachel! Heiliger Jesus, ihre Täuschung war wirklich einwandfrei gewesen … Er fürchtete zu wissen, welche Bosheit sich in Wahrheit hinter ihrer sittsamen Maske versteckte.

Domingos Pferd kam zum Stehen. »Lougière ist verschwunden.«

Ran ergriff die Zügel und bestieg das Pferd. »Beschütze sie nur gut, Connor. Bitte«, flüsterte er zu sich selbst und grub seine Fersen in die Flanken des Pferdes.

Connor runzelte die Stirn angesichts des plötzlichen Mangels an Aufmerksamkeit seitens seiner Tochter, und sein Blick folgte ihr, als sie sich vom Bett erhob und zum Balkon hinüberging.

»Sei vorsichtig mit dem Glas, meine Kleine«, warnte er sie, und sie ging um den Scherbenhaufen herum.

»Hier ist irgendetwas Böses ans Tageslicht getreten, Vater.« Sie beobachtete, wie die Männer nacheinander aus dem Beiboot stiegen und es dann an den Strand zogen.

»Diese Männern betreffend?«, fragte er und kam an ihre Seite.

»Nein, es ist die ganze Zeit über schon hier gewesen, verborgen …«

Ein Klopfen war von der Tür her zu hören, und dann wurde sie ohne Aufforderung geöffnet. Rachel stand im Türrahmen und lächelte, und Aurora spürte, wie eiskalte Spiralen sich ihre Beine hochwanden. Sie öffnete ihren Mund und wollte gerade etwas sagen, als Rachel eine Pistole auf sie richtete und schoss.

Im Bruchteil einer Sekunde war Connor vorgeschnellt, um seine Tochter zu schützen. Die Kugel durchschlug seinen Körper, und er spürte, wie sie durch Muskeln und Sehnen fuhr, bevor sie aus seiner Schulter wieder austrat. Er sammelte all seine Kräfte, um sie davon abzuhalten, auch noch seine Tochter zu treffen, war jedoch nicht schnell genug. Connor hörte noch ihren Schmerzensschrei, bevor er das Bewusstsein verlor und auf den Boden sank.

Aurora fing sein Gewicht mit ihrem Körper auf. Sein warmes Blut lief über ihre Brust, glitt ihren Bauch hinunter und zwischen ihre Beine, um sich dann unter ihr zu sammeln. Sie tastete nach der Wunde und versuchte, den Fluss zu stoppen. Es gelang ihr jedoch nicht, ihre Augen oder Gedanken auf irgendetwas anderes zu konzentrieren als auf den Schmerz in ihrem Kopf. Etwas Nasses trat aus ihrem Ohr. *Ransom,* schrie sie und sank tiefer in das dunkle, schmerzlose Loch.

»Verdammt«, murmelte Rachel und betrat den Raum.

»Connor!«, kam es von hinten, und Rachel drehte sich um, als eine zweite Pistole ausgerichtet wurde.

»Komm rein und hilf mir«, schnauzte sie Markus an. »Der Schuss wird alle in Alarmbereitschaft versetzt haben.«

Markus kam herein und kniete sich neben Lockewood nieder. »Herrgott noch mal, Donette, das war völlig unnötig!«

»Ich bin es leid, deine Arbeit zu erledigen, Markus«, erwiderte Rachel mit erstaunlicher Ruhe, während sie ihr Haar aus dem Gesicht strich. »Wir müssen es erledigen, bevor wir zum Schiff gehen.«

»Du hast die Pistole abgefeuert. Du glaubst doch wohl nicht, nun noch davonzukommen, wo Ransom …«

»Heb sie auf«, warnte sie ihn leise und drückte den Lauf der Waffe gegen Connors Stirn. »Sofort.«

Markus rollte Connor von seiner Tochter herunter und hob Aurora vom Boden auf. Ihr Kopf hing schlaff über seinem Arm, ihr Nachthemd war rot von Connors Blut. Es tropfte von ihren Fingerspitzen, als er sie aus dem Raum trug.

Sayidda blieb unvermittelt stehen und starrte von Rachel zu Lougière; ihr bestürztes Keuchen alarmierte sie.

»Allah sei gnädig!« Sayiddas Blick verlagerte sich von Aurora zur Pistole. »Was habt Ihr getan?«

»Noch nicht genug«, entgegnete Rachel, und als Sayidda sich auf die Pistole stürzen wollte, traf Rachel sie mit dem Griff und schleuderte sie zurück, sodass sie taumelnd gegen die Wand schlug.

»Die Pferde warten hinter dem Haus«, rief sie, bevor Sayidda auf dem Boden aufschlug. Rachel lief schon die Treppe hinab, die Diener ignorierend, die wie verängstigte Kinder aus dem Haus flohen. Sie konnte es kaum erwarten, diese schreckliche kleine Insel zu verlassen, und wenn Sayidda nicht den Verdacht gehabt hätte, dass sie nicht diejenige war, für die sie sich ausgab, so wäre das Ganze wohl auch reibungslos verlaufen. Das Gift hätte sie getötet, noch bevor Aurora die Quelle entdeckt hätte. Verdammt sollte das junge Ding dafür sein, dass sie ihrer Mutter so ähnlich sah. Helena hatte das Mädchen sofort als die rechtmäßige Erbin erkannt und Rachel damit gedroht, ihre Stellung an Stephans Hof zu verraten. Das arme Mädchen hatte Rachels Ergebenheit ihrem König gegenüber unterschätzt. »Mein Gott! Wie habe ich das ganze Theaterspielen für diese Dummköpfe gehasst!«, schimpfte sie vor sich hin und hielt dann inne, als sie bemerkte, dass Markus nicht mehr neben ihr war. »Beeil dich!«

Markus überholte sie.

Sayidda hastete die Treppe hinunter, Schwindel ließ sie jedoch innehalten. Sie blieb stehen und griff nach dem Geländer, als Connor auf dem Treppenabsatz stolperte und ebenfalls am Geländer Halt suchte. Leise rief er ihren Namen, und ihre Augen weiteten sich, als sie den blutüberströmten Mann sah. Sie drückte sich flach gegen die Wand, als er seinen Arm hob, einen kurzen Blick nach unten warf und seine Gedanken darauf konzentrierte, genau zu zielen.

»Göttin, vergib mir«, hauchte er und warf die Klinge. Der Dolch zischte durch die Luft und traf Rachels Körper.

Sie schrie und taumelte nach vorn, ohne jedoch zu fallen; dann stolperte sie durch den Hintereingang hinaus. Sie packte die Zügel des Pferdes und drehte sich dann um, um einen Blick zurückzuwerfen; ein Schmerz jagte durch ihre Brust.

»Nein, nein, rauf aufs Pferd«, schnauzte sie, als Markus Anstalten machte, sie von dem Messer zu befreien. Er legte Aurora über den Widerrist des Rosses. Rachel schloss ihre Finger um den Griff des Messers und zog mit einem Ruck daran. Sie zog zischend Luft durch ihre Zähne, schloss kurz ihre Augen und steckte es in ihren Rockbund.

Markus bestieg das Pferd und erstarrte. Der Wachposten lag

auf dem Boden, seine Kehle von einem Ohr zum anderen aufgeschlitzt. Es war der Gehilfe des Quartermeisters.

»Fahr zur Hölle, Frau? Warum lässt du es nicht einfach gut sein?»

Rachel stieg zitternd auf das zweite Pferd; Blut lief in einer dunklen Spur ihre Röcke hinunter.

»Ich will ihren Kopf.« Markus riss entsetzt die Augen auf. »Schau nicht so empfindlich drein. Du hast ihrer Mutter schließlich Finger und Ohr abgeschnitten. Ich will, dass Stephan weiß, dass ich erfolgreich gewesen bin, wo du versagt hast!« Rachel presste dem Pferd unbarmherzig ihre spitzen Absätze in die Seite, und das Tier taumelte vom Haus fort auf den Pfad zum entfernten Ende der Insel hin. Markus folgte ihr.

Ihren Kopf. Donette Rostoff, die Gemahlin des Königs, würde es tun. Sie würde ihre Loyalität Stephan gegenüber durch den abgetrennten Kopf der letzten Kaiserin von Scizore beweisen. Dieser Gedanke machte sie vor Freude ganz schwindelig.

38

Keine Töchter.

Ran stieß einen Fluch aus und trieb das Pferd auf die Veranda. Das Klappern der Hufe hallte wider, und eine böse Vorahnung ließ ihn den Atem anhalten, als er sich aus dem Sattel gleiten ließ. Als er mit der Schulter die Tür aufstieß, erstarrte er.

Seine Mutter saß mit dem Rücken gegen die Wand gelehnt auf dem Treppenabsatz; ihre Wangen waren geschwollen, ihre Lippen blutig.

»O gütige Heilige!«, stöhnte er und ließ sich neben sie auf die Knie sinken.

»Hilf Lockewood«, schluchzte sie, wobei Blut von ihren zerplatzten Lippen lief. Mehrere Stufen weiter oben auf der Treppe lag Connor ausgestreckt, als wäre er gefallen und versuchte nun, sich zusammenzureißen und zu Sayidda zu gelangen. Ran ging zu ihm und half ihm hinunter zu einem Sitzplatz am unteren Ende der Treppe.

»Rachel hat den Wachposten an der Tür getötet«, informierte Connor ihn deprimiert. Er bedeckte seine Wunde mit seiner Handfläche und ließ sich plötzlich gegen den Geländerpfosten sinken. »Sie hat Aurora.« Blut sickerte durch seine Finger. »Sie hat versucht, sie zu erschießen.« Rans Blick schoss zu Connors Wunde, und ihm war sofort klar, dass er den Schuss auf sich genommen hatte, der eigentlich für seine Tochter bestimmt gewesen war.

»Madre de Dios«, flüsterte Domingo, als er zu Sayidda kam, sie sanft aufhob. Er zuckte zusammen, als sie gegen ihn fiel.

»Baynes, Pellum, Docks!«, brüllte Ran, als er sich aufrichtete, woraufhin die Männer schnell in die Eingangshalle gelaufen kamen. »Ruft die *Lion*-Crew zusammen, damit wir sie suchen können«, befahl er Pellum. »Sie haben keine andere Möglichkeit, als über die Berge zu fliehen.« Pellum tat, was ihm aufgetragen worden war.

»Was geht hier vor sich?«, wollte Granville wissen, als er hereinkam. »Wer hat das hier getan? Und vor allem warum?«

»Halt dich da raus, Vater«, knurrte Ran und drehte sich zu Baynes um. »Schickt zwanzig Mann an die Küste. Sorgt dafür, dass kein Schiff von hier wegsegelt. Und holt mir Häuptling Potahd. Erzählt ihm, was passiert ist, um seine Leute zu warnen. Sie sind in sein Gebiet hineingeritten.« Baynes nickte und rannte los, während Ran in sein Studierzimmer ging. Er riss eine Vitrine auf und bewaffnete sich mit einer Machete und mit Pistolen. Sein Vater stand daneben, von ehrfürchtiger Scheu befallen durch die Grausamkeit, deren Zeuge er gerade geworden war.

Ran verließ das Studierzimmer und schritt in den Salon, wo Léonie sich um Sayidda kümmerte. »Kassir, Kassir«, schrie seine Mutter und streckte die Hände aus, und er ging auf die Knie und ergriff sie.

»Ich werde sie finden, Mutter.«

»Möge Allah dich beschützen«, flüsterte sie und küsste ihn auf die Wange. Rans Blick ging zu Lockewood hinüber. Buckland untersuchte gerade unsanft seine Wunde, doch man merkte ihm nichts an.

»Sie ist verletzt, und zwar hier«, informierte Connor ihn und wies dabei auf sein Ohr. Rans Gesichtszüge verschärften sich, und Entsetzen, Angst und Wut wüteten durch seine Adern, als Connor erneut sprach. »Ich habe alles mitgehört. Rachel will eine Trophäe als Beweis für ihren König.« Connor schluckte. »Und zwar ihren Kopf.«

Rans bernsteinfarbene Augen kühlten sich zu einem raubtierhaften Glanz ab und seine Lunge weitete sich, um dann eine plötzliche Ruhe über ihn zu bringen. Er würde sie in Stücke reißen.

»Und Lougière?«

»Ist bei ihr.« Der niedergeschlagene Klang seiner Stimme versetzte Ran einen Stich. Wie konnte dieser Mann bloß nicht gemerkt haben, dass eine solche Schlechtigkeit in Lougière schlummerte? Ran stand wieder auf und berührte die Schulter seiner Mutter, bevor er das Haus durch den Hintereingang verließ.

»*Sahib?*« Ran hielt inne und starrte in den dunklen Korridor, als Dahrein ins Licht gehumpelt kam.

»Zum Teufel noch mal, Junge, du solltest im Bett sein!«

An der Wand abgestützt, stand Dahrein da, sein Kinn in die Höhe gestreckt. In seinen hellen Augen standen Tränen. »Ich werde mitkommen«, erklärte er, und Rans Herz schwoll vor Stolz und Liebe zu dem Jungen, als er sich hinkniete, ihn sanft auf seine Arme hob und nach Léonie rief, während er ihn in sein Zimmer zurücktrug.

»Traust du mir etwa nicht zu, sie zu finden?« Er legte ihn gerade aufs Bett, als Léonie hereingerauscht kam.

»Doch, auf jeden Fall, aber …«

Léonie goss rasch Dahreins Medizin in eine Tasse und drückte sie ihm dann in die Hand. »Ich werde ihr erzählen, wie tapfer du deine Hilfe angeboten hast«, versprach Ran ihm und drehte sich um. Als Dahrein erneut protestieren wollte, ergriff Léonie die Tasse und stupste sie ihm an die Lippen.

»Willst du dir etwa die Schelte anhören, die wir beide bekämen, wenn du krank würdest?«, fragte Ran ihn, schon halb aus der Tür.

Dahrein schüttelte den Kopf und stürzte das Getränk hinunter. »Ich will nur nicht mehr ohne sie leben, *sahib*«, flüsterte Dahrein, und die Angst in den Augen des Jungen spiegelte seine eigene wider.

»Das werden wir auch nicht müssen, mein Junge.«

Ran fand den Stallgehilfen, der mit blicklosen Augen zu ihm hochstarrte, und Ran sank neben dem Jungen auf die Knie. Heilige Mutter Gottes, er war nur ein oder zwei Jahre älter als Dahrein, dachte er und fuhr mit seiner Hand über sein Gesicht.

Er stand auf, zog sein Hemd aus und bedeckte das Gesicht des Jungen, bevor er die Anzahl der Pferde überprüfte.

Ein Stück Seil mit seiner Faust umklammernd verließ er den Stall.

Sein Vater holte ihn ein.

»Solltest du dich nicht um meine Mutter kümmern?«, bemerkte Ran bissig. Der Himmel über ihnen war von Wolken verhangen.

»Sayidda geht es gut. Ich habe ihre Spur gefunden. Sie haben diesen Weg hier genommen«, informierte Granville ihn und wies auf den Hang hinter dem Haus. Ran schaute ihn mit verbitterten Augen an, bevor er ihm hinsichtlich des Pfades Recht gab.

»Was hat Rachel vorgehabt?«, murmelte er zu sich selbst. »Den Berg zu überqueren, um dann über den Rand der verdammten Klippe zu gelangen?« Als er sah, dass Granville die Zügel eines Pferdes in der Hand hielt, fuhr er ihn grob an: »Nein! Dein Ruf als Erzeuger von Bastarden hat Rachel schließlich erst hierher gebracht!«

»Du würdest also wegen deines verdammten Stolzes meine Hilfe zurückweisen?«

Wollt Ihr wirklich seinen Arm für den Stolz eines Arztes riskieren? Auroras Worte verfolgten ihn. Beinahe lächelnd schüttelte Ran seinen Kopf.

»Nimm dir fünf Männer und reitet dann diesen Weg hoch«, nickte er in Richtung Norden zu der Spur hin, die Rachel hinterlassen hatte.

»Folgst du ihnen denn nicht?«

»Dies hier ist meine Heimat, Vater, und es gibt mehr als nur einen Weg zum Gipfel hinauf.« Ran zog eine Augenbraue hoch, und auf seinen Lippen spielte ein finsteres Lächeln, als er die Zügel herumriss und in Richtung Westen ritt.

Die Nachricht verbreitete sich wie ein Lauffeuer, und Inselbewohner und Piraten schwärmten aus, um sie zu suchen. Wolken brauten sich zusammen und verdunkelten das Land wie in der Dämmerung. Fackeln wurden angezündet und Gebete geflüstert, als Alt und Jung ihre Insel durchkämmten. Das Herz des Löwen war in Gefahr.

All seine Kraft zusammennehmend, schlug Ran sich durch den Dschungel, indem er sich mit der Machete einen Weg durch das Unterholz bahnte. Mit dem Seil gesichert, tastete er sich weiter und zog sich so die westliche Steilwand hoch. Schweiß bildete sich auf seiner Stirn und im Nacken und tropfte ihm den Rücken hinunter. Er ignorierte das.

Rachel und Markus steuerten auf den Gipfel und dann auf die Schlucht zu, ein tiefes Tal, das sich durch die Nordseite der Insel grub und dann ins Meer führte. Dies war ihre einzige Fluchtmöglichkeit. Um jedoch den Gipfel zu Pferde erreichen zu können, mussten sie den gewundenen Pfad den Berghang hinaufreiten.

Ransom kletterte auf die Klippe in der Hoffnung, den Gipfel als Erster zu erreichen. Von seiner Position aus gesehen befanden Rachel, Markus und Aurora sich irgendwo auf dem Pfad weit zu seiner Rechten.

Über ihm war der Gipfel und dahinter, über den Gipfel hinweg, das Tal und das Meer. Ran rammte seinen Stiefel in die Erde und zog sich höher.

Auf der anderen Seite hatten die Eingeborenen einen schmalen Pfad in den Steilhang gehauen, vom Gipfel direkt zum Meer hinunter. Er war gefährlich schmal und steil und führte an der Klippe entlang; ein endloser Abgrund zur Linken und die efeubewachsene Felswand zur Rechten. Das konnte man nur zu Fuß schaffen,

Ran hatte das Ganze bisher erst ein Mal gesehen. Der Anfang des Pfades markierte die Grenze zwischen den Piraten und den Inselbewohnern.

Ran hatte sich dazu entschlossen, auf der südlichen Seite der Insel zu leben, um sich besser verteidigen zu können, denn der

Zugang zur Bucht war heimtückisch. Die Eingeborenen bevorzugten den Nordwesten, wegen seines direkten Zuganges zum Meer und der sich daraus ergebenden Fluchtmöglichkeit. Sie waren schon oft von den Briten, Portugiesen und Spaniern überrannt worden und hielten es inzwischen für sicherer, in ihren Kanus zu den äußeren Inseln zu fliehen und abzuwarten, bis die Eroberer durch Fieber, giftige Schlangen oder Löwen ums Leben gekommen waren. Das Löwenrudel war den Eingeborenen heilig, und sie hielten es für ein Zeichen, dass Rans Schiff *Red Lion* hieß. Nicht willens, Ärger zu suchen, wo Frieden geschlossen werden konnte, hatte Ran den Glauben der Eingeborenen, dass er eine Manifestation ihres roten Löwen sei, akzeptiert und ließ das Ganze auf sich beruhen. Das Tier war nur eine Legende, aber es hatte für Frieden auf *Sanctuary* gesorgt.

Connor Lockewood lag auf dem Rücken auf seinem Bett; seine Wunde war genäht und verbunden worden. Er wusste, dass er nicht die Kraft hatte, Markus und Rachel zu verfolgen, aber er konnte sie finden – und helfen. Lockewood schloss die Augen, legte seine Arme auf die Seite, reinigte seinen Geist und verließ seinen irdischen Körper.

Die Hitze war drückend und senkte sich schwer von der Feuchtigkeit, die Regen bringen würde, nieder. Wolken jagten über den Himmel, Blitze leuchteten auf, von fern grollte Donner. Ran kletterte immer weiter, sein Gesicht von Entschlossenheit gezeichnet.

Ransom.

Seine Gesichtszüge verschärften sich.

Aurora? Er unterdrückte die Angst, die seinen Rücken hinunterlief, und spannte seine Muskeln an. Mit seinen Händen suchte er tastend nach Halt und streckte sich, um seine in Stiefeln steckenden Füße absetzen zu können. Plötzlich rutschte er ab. Trockene Äste knackten, Steine schürften über Brust und

Arme, als er fiel. Er klammerte sich an einem Rebengewächs fest, setzte seine Füße in den weichen Untergrund und versuchte erst einmal, wieder zu Atem zu kommen.

Ransom, flüsterte Auroras Stimme durch sein Hirn, und er schüttelte seinen Kopf, als wollte er es auslöschen.

Sie haben mich gefesselt.

Einen Moment lang dachte er, er würde verrückt werden, und er verspürte Angst. Die seltsame Verbindung wurde stärker.

Öffne dich mir Hilf mir.

Wo bist du?, fragte sein Hirn.

Kurz vor dem Gipfel.

Gipfel, dachte er und kletterte weiter. Ein Urinstinkt trieb ihn an, und Stärke und Macht kamen mit der Stimme, die er deutlich wahrgenommen hatte, in sein Hirn. Er betete, dass dies ein Zeichen dafür war, dass sie noch lebte und unterdrückte sein Bedürfnis, Blut mit Blut vergelten zu wollen, denn er hatte Angst, dass ein Infragestellen der Gedanken, die durch sein Hirn schossen, seine Verbindung zu ihr zerstören würde.

Sein Herz pumpte gleichmäßig, und seine Finger krallten sich in die Erde. Sie schien zu atmen und eine primitive Energie zutage zu fördern. Seine Gliedmaßen fühlten sich plötzlich geschmeidiger und länger an, seine Füße landeten geschickt dort, wo sie hinsollten. Das war ihm unheimlich. Er bewegte sich schneller, flinker, aus seinem Augenwinkel heraus sah er den vor Kraft strotzenden, goldroten Löwen. Er erschreckte ihn nicht, als ob er gespürt hätte, dass er die ganze Zeit über nicht allein gewesen war. Der Löwe bewegte sich mit ihm, schien ihm den Weg zu weisen, und Ran nahm seine Hilfe an und erkletterte den steilen Berg. Sein Blut pochte, sein Atem wurde ruhiger. Er konnte Wildheit in sich spüren, die Lust zu jagen. Und die Erwartung. Sein Rücken krümmte sich, und er ließ seine Muskeln spielen. Seine Hände passten genau in die Spalten und Risse, seine Füße fanden sichere Felsvorsprünge.

Er bewegte sich synchron mit dem Tier, erklomm den Gipfel und kroch flach und geduldig über den Grund.

Auf der Pirsch.

Und dann kam der Regen. Jetzt sind auch noch Schrot und Pulver feucht, dachte er, und warf seine letzte Pistole weg – die andere hatte er schon beim Aufstieg verloren.

Ran hielt kurz an, um wieder zu Atem zu kommen, und stützte sich dabei mit der Hand an einem Baum ab. Über ihm glitzerte das Wasser im Zwielicht, und es klang, als würden Kieselsteine in den Dschungel gestreut. Der Löwe wartete einige Meter entfernt im Dickicht auf ihn. Er starrte Ran an, bernsteinfarbene Augen trafen auf Bernstein, bevor das Tier seinen Kopf senkte und im Dschungel verschwand.

Rans Haut prickelte. Obwohl der Löwe ihn verlassen hatte, so spürte er, dass er doch nicht allein war.

Der Widerrist des Pferdes drückte ihr in den Bauch, sein Gang rüttelte sie durch und verursachte Schmerzen. Aurora konzentrierte sich, verengte ihre Gedanken und versuchte, ihre Fesseln zu lockern. In ihrem Kopf hämmerte es jedoch erbarmungslos. Sie kämpfte, um bei Bewusstsein zu bleiben, denn die Hitze war unerträglich, ihre Atmung ging flach. Die Pferde quälten sich den Abhang hinauf, und sie wusste, dass die erschöpften Tiere bei diesem Tempo nicht mehr lange durchhalten würden.

Der Dunst durchnässte ihr Kleid, und der metallische Geruch des Blutes ihres Vaters stieg ihr in die Nase. Sie hatte Angst, dass er tot sein könnte. Und seine Mörderin ritt ihr Ross mit königlicher Miene, unbeeinträchtigt durch die Feuchtigkeit. Ihr Lächeln wirkte gelassen. *Aber sie blutete.*

Rachel schien keinen Hass und keine Wut zu spüren; lediglich Ungeduld und Entschlossenheit erfüllten sie, und warum Aurora dies nicht gemerkt hatte, war ihr ein Rätsel. Aber sie war sich sicher, dass zu viele Gesichter in Rachel lauerten, als dass man sie alle hätte wahrnehmen können. Sie hatte diese sorgfältig erlernten Fassaden benutzt, um Auroras einzige Familie zu verletzen, und Aurora wusste, dass sie sie aufhalten musste, noch bevor sie ins Tal hinabstiegen. Ansonsten würde Ransom nicht in der Lage sein, sie rechtzeitig einzuholen. Aurora hatte nicht die Absicht, ihren Kopf an irgendeinen selbst ernannten König zu verlieren.

Mithilfe ihrer noch verbleibenden Energie verrückte sie sich mit jedem Anheben der Hufe des Tieres ein wenig und warf sich dann ganz plötzlich zurück.

Sie prallte auf den nassen, schlammigen Boden. Die Verletzung über ihrem Ohr pochte unaufhörlich, und sie rollte sich auf die Seite und versuchte aufzustehen.

Die Pferde hielten an, und Rachel fluchte.

»Zum Teufel noch mal, ich denke, sie ist bewusstlos«, sagte Markus.

»Denk lieber nicht, Markus. Denn genau das ist es, was uns diesen Plan verdorben hat.« Seine Gesichtszüge verkrampften sich, und er schaute sie boshaft an, während er vom Pferd stieg. »*Du* solltest in Lockewoods Nähe bleiben, bis sie ihn finden würden«, warf sie ihm vor und gab den Pferden einen Schlag auf die Hinterbacken. Sie bäumten sich auf und gingen dann den Weg zurück, den sie gekommen waren.

»Wenn du unserem König oft genug berichtet und ihn zufrieden gestellt hättest, so wäre ich nun nicht in diesem verdammten Pestloch,«

Rachel sah Markus mit stechenden Augen an. »Gott, wie ich diese Hitze hasse«, stöhnte sie, als die Kaiserin sich auf ihre Füße quälte.

Markus stützte Aurora, indem er von hinten ihre Arme ergriff.

»Lass sie«, fuhr Rachel ihn an und hielt sich ihre verwundete Seite. »Ein Kopf ist einfacher mit sich zu schleppen als sie. Erledige das.« Sie hielt ihm ein Messer hin. »Ich will dabei zusehen.« Rachel schritt zurück und kam leicht ins Taumeln. »Mein König wird jede Einzelheit von mir wissen wollen.«

»Vielleicht solltest du es dann doch lieber selber tun«, stachelte Markus sie an. »Stephan wäre entzückt, wenn er hören würde, dass du es selber getan hast.«

Sie winkte ab, als hätte er ihr eine zweite Tasse Tee angeboten. »Helena und dieser schreckliche kleine Mann waren schon genug für diese Reise.«

Aurora erhob ihren Kopf und starrte Rachel mit einer solchen Wut an, dass die Frau zurückwich.

»Nein so was, die Blume blüht auf«, murmelte Rachel. »Ja. Blasrohre sind sehr effektiv auf eine größere Distanz. Meistens jedenfalls«, ergänzte sie, als ob die Tatsache, dass sie Aurora und Ransom nicht getroffen hatte, ihr peinlich wäre. »Helenas Mutter war die Zofe der letzten Kaiserin, und sie erkannte Eure Ähnlichkeit mit Cassiandra durch ein Porträt, das ihre Mutter ihr verehrt hatte.«

Rachel ging zu Aurora hinüber und ergriff unsanft ihr Kinn. »Ich gebe zu, dass die Ähnlichkeit fast schon unheimlich ist«, staunte sie und untersuchte kritisch Auroras Gesichtszüge. »Sie hatte Gerüchte gehört, dass Cassiandra entbunden hatte und dass das Kind lebte.« Rachel zuckte mit der Schulter und ließ ihre Hand hinuntergleiten, um einen Finger auf die Vene an Auroras Kehle zu legen. »Stephan ist ein äußerst entschlossener Mann.« Sie drückte, und Auroras Sehvermögen schwand. »Als Eure Existenz erst einmal entdeckt worden war, hatte er geschworen, selbst Jahre zu warten, bis Ihr ins Jenseits befördert worden wäret.«

Aurora presste ihre Augen zusammen, Schmerz schrie in ihrem Kopf, als sie dem Drang widerstand, Rachel einen Tritt zu versetzen. Sie konnte sie unmöglich beide überwältigen, so schwindelig, wie ihr war. Aber sie wollte leben. »Ihr seid eine Närrin zu glauben, dass König Stephan eine Frau wird haben wollen, an deren Händen so viel Blut klebt«, bemerkte sie sanft.

Rachels Augen blitzten auf, und sie gab ihr eine Ohrfeige. »Halt den Mund!« Sie zitterte am ganzen Körper vor Wut. »Was weißt du denn schon von Stephan? Du … Bäuerin!«

Ran näherte sich ihnen langsam, vorsichtig die Äste beiseite streifend. Der starke Regen dämpfte die Geräusche seines Herannahens ab. Dann sah er sie, und sein Herz rutschte ihm in die Knie. Zum Teufel noch mal. Sie war blutbedeckt, und der Regen klatschte an ihren Körper. Blut lief aus ihren Ohren und seitlich ihren Hals hinunter. Sie ist von Connors Kugel gestreift worden, erkannte er, und schäumte vor Wut. Ihre Beine wankten, und er hätte am liebsten die Hände abgeschnitten, die sie berührten, die sie gefangen hielten.

Die drei standen nahe bei der Schlucht, ihre Rücken der Wasserscheide zugekehrt, die sich zwischen dieser und dem schmalen Rand des Pfades befand, der sich nach unten zum Meer hin schlängelte.

Der Abgrund ist zu nah, um angreifen zu können, dachte Ran und suchte nach einer Möglichkeit, sie von der gefährlichen Kante fortzulocken.

Hinter ihnen schlug das Meer gegen die Küste und ließ die Erde vibrieren.

Der Regen wurde stärker, Auroras Füße sanken in der aufgeweichten Erde ein.

Konzentriere dich.

In Gedanken sang Ran beschwörend ihren Namen, und plötzlich schaute sie auf. Diese Bewegung blieb jedoch bei ihren Entführern nicht unbemerkt – Markus zog sie an seine Brust und hielt ihr das Messer an die Kehle. Verdammt.

Ran beugte sich hinunter, zog eine Klinge aus seinem Stiefel und nahm die Spitze zwischen zwei Finger. Er zögerte. Die drei standen noch immer zu nahe am Abgrund. Er durfte keine plötzliche Bewegung riskieren und womöglich Aurora treffen.

»Tu es jetzt«, befahl Rachel über das Rauschen des Wassers hinweg, während ihr Blick die Umgebung absuchte. »Sonst werde ich dich töten!«

Markus drückte den Dolch an Auroras Kehle und neigte ihren Nacken zum schwarz gewordenen Himmel hin. Regen prasselte ihr ins Gesicht.

Ran balancierte immer noch die Klinge zwischen zwei Fingern und zog dann jäh seinen Arm zurück.

Lockewood trat aus dem Wald heraus.

»Tu ihr nichts, Markus.«

Lougière kam ins Straucheln, Aurora noch immer gegen seine Brust gedrückt.

Rachel machte ein finsteres Gesicht, als sie Markus' Panik erkannte. »Was ist los? Hast du irgendetwas gehört?« Ihr Blick suchte das Terrain ab, sie konnte jedoch nichts finden.

»Bist du gekommen, um die Kaiserin sterben zu sehen, Connor?«, fragte Markus ins Nichts. »Genauso wie bei deinem Weib kannst du auch diesmal nichts tun, um sie zu retten.«

Lockewood stahl sich näher heran. »Sie ist meine Tochter, Mann, du kannst mein Fleisch und Blut nicht verletzen.«

»Was kümmert es dich überhaupt? Du wolltest doch nicht einmal, dass sie es erfuhr.«

»Mit wem zum Teufel redest du da?«, fuhr Rachel ihn an. Markus ignorierte sie jedoch einfach.

»Ihre Verbrechen sind nicht meine, Markus. Ich flehe dich an, Mann.«

Geräusche und die Stimmen von Männern kamen vom Pfad herüber, den sie genommen hatten, und Rachel horchte auf.

»Glaube nur ja nicht, dass uns das aufhalten wird, Markus, du rückgratloser Narr!«, rief sie und zerrte an seinem Hemd.

Beug dich nach vorn, kleine Lady, warnte Ran Aurora. *Ich brauche deine Hilfe. Das hier kann ich nicht allein schaffen.*

Aurora krümmte sich, aber Markus packte ihre Haare und zog sie zurück. Ihr Blick strich über den Dschungel und suchte nach Ransom oder der Erscheinung ihres Vaters.

Markus schloss kurz seine Augen, denn er fühlte sich völlig verwirrt. Er musste einen Auftrag ausführen. Er musste!

»Wir sind doch Freunde, Markus. Wir haben zusammen getrunken und gegessen, wir haben zusammen Frauen aufgesucht.

Bitte, tu meinem geliebten Mädchen nichts.« Connor kam auf ihn zu.

Lougière wich zurück. »Bleib zurück oder ich schneid ihr sofort die Kehle durch!«

»Sofort, sofort!«, schrie Rachel, der es egal war, welcher Dämon Markus ritt, solange er nur tat, was sie ihm befahl.

»Ich habe doch sonst nichts mehr auf dieser Welt«, flehte Connor ihn an.

Markus' harter Gesichtsausdruck wurde weicher. »Ich wollte es nicht tun, Connor.«

Er machte einen Schritt nach vorn. »Was, mein Freund. Was?«

»Cassiandra, ich … ich …«

»O nein, Markus, sage mir, dass du es nicht warst, dass du es nicht getan hast.« Cassiandra. Connors Beine wurden ganz schwach bei dem Gedanken an sie. »Markus, nein!«

»Doch.« Lougière schritt auf den Felsvorsprung zu. »Man hatte mir aufgetragen, sie zu töten, und dich ebenfalls, aber ich konnte dich nicht finden«, gab er zu, als ob das nun noch eine Rolle spielte.

»Erzähl deinem Geist doch auch, dass du ihren Finger als Trophäe um deinen Hals getragen hast!«, lachte Rachel und schürte seine Qual noch. »Und dass Shokai dich verwundet hat!« Sie strich sich das nasse Haar aus dem Gesicht. Ihre Stimme klang in Markus' Ohr. »Tu es jetzt, Markus. Erlöse dich jetzt!«

Markus blickte von Rachel zu Connor. Der wilde Glanz in dessen Augen traf ihn hart. »Nein!«, schrie Markus Rachel ins Gesicht. »Es reicht!«

Rachels Gesicht verzerrte sich vor Wut, als sie sich auf Markus stürzte und ihn gegen die zerklüftete Steinwand schleuderte. Aurora war zwischen den beiden eingeklemmt, und Rachel ergriff Markus' Faust, um das Messer an Auroras Kehle zu drücken. Blut färbte die Klinge. Aurora konnte sich nicht bewegen.

Etwas silbern Glitzerndes pfiff durch den trommelnden Regen, und Rachel drehte sich zu dem Geräusch um. Die Klinge des Messers mit dem Elfenbeingriff versank dumpf in ihrer Kehle. Sie schnappte nach Luft und starrte ungläubig in Richtung Wald, als Ransom daraus hervortrat.

Rachel suchte nach Halt, griff nach der Klinge, aber der weiche Grund gab unter ihren Füßen nach. Sie fiel rückwärts, tastete in der Luft herum und ergriff dabei Auroras Hemd. Ein seltsames Lächeln verzerrte ihr Gesicht.

Ransom machte einen Sprung nach vorn und rutschte im Schlamm aus, als die Wucht von Rachels Fall sie alle drei über den Rand des Felsvorsprunges zog.

»Aurora!« Ihre Fingerspitzen streiften ihn, und angesichts seiner leeren Hand schnappte Ran vor Entsetzen nach Luft. »Aurora!«, schrie er rau. »O Gott, nein!« Er schlug mit seiner Faust in den Schlamm, während Todesangst ihn zerriss. »Aurora!«, hallte es ins Tal nieder.

Ransom!

Ran blinzelte, schluckte, schob sich sein triefendes Haar aus dem Gesicht und schaute über die Kante.

Unter dir. Beeil dich. Ich rutsche.

Ransom kletterte so weit wie möglich.

Männer stürmten aus dem Dschungel, allen voran sein Vater. Ran warf ihm ohne nachzudenken ein Ende des Seils, das er um seine Brust gewickelt trug, zu.

»Halte durch.« Ran glitt mit dem Kopf zuerst über die Kante. Rebengewächse und dicke Dornenzweige zerrissen seine Haut. Dann sah er sie, wie sie sich an einer vorstehenden Wurzel festklammerte, wie ein Faden an einem Ast daran herunterbaumelte. Regen schlug ihr ins Gesicht, als sie zu ihm hinaufschaute.

Mit heftigem Herzklopfen zwang Ran seinen Blick von der panischen Angst in ihren Augen fort und schob sich millimeterweise nach unten. Das Seil straffte sich und er streckte sich, um nach ihr zu greifen. Seine nassen Finger legten sich fest um ihr noch immer blaues Handgelenk.

Die Wurzel brach ab und ihr Körper nickte.

»Ich rutsche!«, schrie sie und klammerte sich an seinem Arm fest.

»Ich hab dich.«

»Ransom!«

»Aurora«, befahl er scharf. »Ich werde dich nicht im Stich lassen. Halte durch, Liebes, halte dich fest.« Ran versuchte, sie hochzuziehen. »Sie hängt irgendwo fest«, schrie Ran. »Irgendetwas hält sie zurück!«

Domingo glitt den schmalen Rand herunter, um nachzuschauen. *»Dios,* Markus hält sich an ihrem Fußgelenk fest!«

Der durch den Regen aufgeweichte Untergrund löste Kieselsteine, die Aurora ins Gesicht fielen. »Ransom!«

Connor war ganz in der Nähe, konnte jedoch lediglich von Markus gesehen oder berührt werden.

Er konzentrierte sich, um einen knotigen Ast in Markus' Reichweite zu zwingen. »Pack ihn, Markus«, flehte Connor ihn an. »Schnell, bevor ihr beide sterben werdet.«

Lougière neigte seinen Kopf zurück und erwiderte seinen Blick.

»Nein!«, geriet Connor in Panik, als er die Entschlossenheit in seinen Augen sah. »Nein, tu's nicht …!«

»Leb wohl, mein Kamerad.«

Connor starrte wie betäubt, als Markus Lougière seine Tochter losließ und lächelnd in seinen Tod flog.

Ran zog Aurora weit genug hoch, um ihr Gewand mit der Hand packen und es zusammendrehen zu können. Sie benutzte seinen Körper als Leiter und kletterte so in Sicherheit. Ihr Atem ging schnell und kurz, als Ran sich dann selbst Stück für Stück auf den Felsvorsprung schob.

Ran lag mit dem Gesicht zuunterst im Schlamm, und sein Rücken hob und senkte sich mit jedem keuchenden Atemzug. Sie berührte sein nasses Haar. Er hob seinen Kopf und schaute ihr in die Augen, und ihre Lippen zitterten, als er sich auf seine Knie aufrichtete. Ihre Hand lag zitternd zwischen ihnen, und der Regen spülte den Schlamm von ihren Fingern, als sie sein

Gesicht, seine Lippen berührte. Sie schluckte seufzend. Und Ran zog sie in seine Arme, tastete ihren Körper mit seinen Händen nach Verletzungen ab und glitt dann hoch zu ihren Schultern, zu ihrem Hals. Er nahm ihr Gesicht in seine Hände und schaute sie an. Der Regen prasselte unaufhörlich auf ihre blasse Haut.

»Ich liebe dich«, brachte Ran heraus, und seine Stimme brach. *»Ich liebe dich«,* stammelte er.

»Ich weiß«, erwiderte sie und fuhr mit ihren Fingern über seine Wange, die ganz nass war vom Regen und von seinen Tränen.

»Allmächtiger Gott, kleine Lady, ich dachte schon, ich würde dich verlieren! Schon wieder verlieren!« Die Todesangst steckte ihm noch immer in den Knochen.

»Das ist nicht möglich, mein Löwenherz«, beruhigte sie ihn sanft und zuversichtlich. »Es gibt da eine Macht, die uns beide verbindet. Nicht einmal der Tod könnte uns trennen.«

»Guter Gott«, würgte er, und seine Augen brannten heiß. »Bedeutet das etwa, dass du mich auch nach meinem Tode noch quälen wirst?«

»Wenn du das brauchst, ja. Aber …«, sie schluckte und ihr Körper bebte, »bitte küss mich, Ransom, jetzt auf der Stelle.«

Sein Mund berührte den ihren, zaghaft und zitternd, bevor er den Kuss vertiefte. Seine starken Arme umschlangen sie, und Aurora schluchzte gegen seinen Mund und klammerte sich leidenschaftlich an ihm fest.

Hinter ihnen lächelte Connor und löste sich dann im Berghang auf.

Der Dschungel wimmelte von Menschen, die sich durchs Unterholz schlugen; Piraten und halb nackte Eingeborene, die aus allen Richtungen angelaufen kamen und mit ihren Fackeln und Laternen das finstere Land erhellten.

»Oh, mein Gott!«, rief irgendjemand aus, als die Raubkatze aus dem Dickicht hervortrat anmutig mit ihrem tiefroten Fell. Sie bewegte sich langsam, umkreiste Ran und Aurora und ließ sich dann vor dem Paar nieder. Die Eingeborenen fielen betend auf ihre Knie, und selbst die Piraten wichen ein paar Schritte zurück.

»Jetzt endlich zeigst du dich«, schalt Aurora den Löwen aus. Er neigte seinen Kopf zurück und brüllte, was die Inselbewohner auseinandertrieb. »Ist ja schon gut.« Aurora streckte ihre Hand aus und ließ sie sanft über sein nasses Fell gleiten. »Ja, dir sei vergeben«, beschwichtigte sie ihn und schaute Ransom an. »Glaubst du nun an die Macht der Magie?«, fragte sie ihn und schaute in sein schlammverschmiertes Gesicht.

Ran lächelte, wobei sich in seinen Augenwinkeln kleine Fältchen bildeten. »Ich glaube an dich, Liebes, und das ist schon Magie genug.«

Epilog

Einige Monate später

Ran stand auf dem langen Dock, das sich vom Ende der Mole aus erstreckte, und wartete darauf, dass sie mit den letzten Verankerungen fertig wurden. Das Schiff war groß und schnittig, und schwarz von der Segelspitze bis hin zu seinem ausgeprägten Bug. Es war mit geschlossenen Kanonenluken und weißer Flagge auf dem Toppmast angekommen. Es hatte kein Grund bestanden, ihm den Liegeplatz zu verweigern, aber die zwanzig Kanonen an der Küste gaben Ran Rückendeckung bei seiner Entscheidung.

Als er seinen Namen nennen hörte, lächelte er und drehte sich um. Sein Lächeln schwand jedoch sofort wieder.

»Du lieber Gott, Aurora, renn doch nicht so!«

»Ich renne doch gar nicht«, verbesserte sie ihn schnaufend. »Das ist höchstens ein forscher Schritt.«

Sayidda, Granville und Connor kamen nicht weit hinter ihr, und jeder Einzelne von ihnen sah entsetzt und besorgt über ihr Verhalten aus.

»Kannst du deine Frau nicht besser unter Kontrolle halten, Ran«, beschwerte Connor sich. »Ich kriege jedes Mal einen verdammten Schreck, wenn sie anfängt, so loszurennen.«

»Sie ist deine Tochter«, konterte Ran, legte seinen Arm um Auroras kugelrunde Taille und schmiegte sich an sie. Sie bewegte sich unruhig, und vor all den Zuschauern beugte er sich vor und küsste sie gemächlich. »Meine Frau unter Kontrolle zu halten, ist einfach nicht möglich.« Er küsste sie ein zweites Mal, wobei seine Stirn sich jedoch leicht in Falten legte. »Wo ist Dahrein?«

»Er besteigt gerade den Berg«, antwortete Aurora ihm, und Rans von Stolz zeugender Blick schweifte in die Ferne zum Gipfel hin.

»Kassir?«

»Ransom«, verbesserte Granville.

Sayidda streckte ihre Nase in die Höhe. »Kassir, wer ist dein Gast?«

Seine Augen abschirmend drehte Ran sich um, um eine Gestalt auf die Schiffsreling klettern und sich mit einem Rums auf das Dock fallen lassen zu sehen, ohne zuvor die Laufplanke heruntergelassen zu haben. Ein seltsames Prickeln lief seinen Rücken hoch und breitete sich zu seinen Armen und Beinen hin aus.

Der Mann baute sich vor Ran auf. Sie starrten einander an und untersuchten gegenseitig mit intensiven Blicken Gesicht, Statur und Augen.

»Bei der Göttin des Lichtes«, flüsterte Aurora. »Das ist ja wie ein Spiegelbild.«

Ran schaute in das Gesicht, das dem seinen so ähnlich sah, und sein Prickeln wurde stärker.

»Ich heiße Royce Tremayne.« Der Wind fuhr durch sein kupferbraunes Haar.

»Ransom Montegomery.« Ran verneigte sich leicht. »Meine Gemahlin Aurora«, stellte er sie mit einem Nicken vor, wobei er ihn jedoch noch immer anstarrte. Er ist jünger, bemerkte Ran.

Der groß gewachsene Fremde ergriff ihre Hand und führte diese dann zu seinen Lippen.

»Es ist mir ein Vergnügen, Mylady, Euch hier anzutreffen. Evan Pierce lässt Euch grüßen und dankt Euch erneut dafür, dass Ihr ihm sein Leben und sein Bein gerettet habt.«

»Ihr seid Amerikaner!«, bemerkte Aurora, worauf er ihr ein lässiges Grinsen zublinkte.

Er wendete sich Ransom zu. »Evan bestand darauf, dass ich meine Vergangenheit im Gesicht eines Piratenkönigs finden würde.«

»Sieht wohl ganz danach aus«, murmelte Ran trocken und schaute dann zu Granville zurück. »Ich denke, es wäre nun langsam an der Zeit, uns eine vollständige und genaue Bestandsaufnahme all deiner Affären zu geben, Vater.«

Granville zog kommentarlos eine Augenbraue hoch, und Aurora entschied, dass dies wohl bei den Montegomery-Männern Zuneigung bedeutete, denn sie hatte genau das Gleiche schon öfter bei Ransom gesehen.

»Vater?«, fragte Royce, und sein Blick strich mit unverhohlener Neugier über den Mann.

Granville schritt vor. »Du bist Angelas Sohn …«, eine Pause, und dann, »… und meiner.« Royce' Gesicht brach in ein atemberaubendes Lächeln aus, frei und wohlwollend, und Vater und Sohn schauten sich kurz an, bevor Granville Royce schulterklopfend umarmte.

»Mein Herz«, flüsterte Aurora Ran zu und lehnte ihren Kopf an seine breite Brust. »Für einen Mann, der nichts von Familie wissen wollte, ist dein Haus inzwischen ganz schön voll geworden.«

Ran lächelte und küsste sie auf den Kopf. Royce trat zurück und schaute Ransom ins Gesicht, und beide Männer streiften sich mit der gleichen, arroganten Bewegung ihre Haare aus der Stirn. Aurora lachte leise und wissend, sie studierte Royce mit kritischen Augen.

»Aurora!« Ran warf ihr einen bezwingenden Blick zu, voller Eifersucht und Liebe.

Sie stupste ihn mit dem Ellbogen. »Das Herz des Löwen reicht mir völlig, denk ich.«

Leise in sich hineinlachend schlang Ran seinen Arm um Royce' breite Schulter und drängte ihn zum Haus hin.

»So. Und nun erzähl mal, kleiner Bruder, hast du eigentlich schon Rahman kennengelernt?«

Genehmigte Lizenzausgabe 2009 für
Verlagsgruppe Weltbild GmbH
Steinerne Furt, 86167 Augsburg

Projektleitung: Gerald Fiebig
Umschlag: Zeichenpool, München
Umschlagabbildung: © Ennis, John via Agentur Schlück GmbH
Satz: Uhl + Massopust, Aalen
Gesetzt aus der Adobe Garamond 11,15 pt/12,5 pt
Druck und Bindung: CPI Moravia Books s.r.o., Pohorelice

Gedruckt auf chlorfrei gebleichtem Papier

ISBN 978-3-86800-242-3